ROSAMUNDE PILCHER

Anglaise, Rosamunde Pilcher passe son enfance en Cornouailles. Dès le début de la Seconde Guerre mondiale, elle interrompt ses études et s'engage dans le corps des auxiliaires féminines de la Marine. Affectée à Ceylan, elle y écrit à 18 ans sa première nouvelle, qui est publiée dans un magazine. En 1946, elle part s'installer en Écosse, dont son mari est originaire. Tout en élevant ses quatre enfants, elle ne cesse d'écrire. Ce n'est qu'en 1988 que lui vient la consécration, avec la publication de *Pêcheurs de coquillages,* suivi notamment de *Retour en Cornouailles* (1996) et d'un recueil de nouvelles, *Retour au pays* (1997). Scandés par les temps forts de la vie, illuminés par la force et la sagesse des personnages féminins, ses romans célèbrent l'attachement aux lieux et l'amour des proches.

Entourée de ses quatre enfants et de ses huit petits-enfants, Rosamunde Pilcher n'a jamais quitté sa retraite écossaise, non loin de Dundee, où elle habite depuis une cinquantaine d'années.

RETOUR EN ÉCOSSE

DU MÊME AUTEUR
CHEZ POCKET

RETOUR EN CORNOUAILLES
LES PÊCHEURS DE COQUILLAGES
RETOUR AU PAYS

ROSAMUNDE PILCHER

RETOUR EN ÉCOSSE

Presses de la Cité

Titres originaux :
UNDER GEMINI; WILD MOUNTAIN THYME
ET *THE END OF SUMMER.*

Traduit de l'anglais par Vassoula Galangau,
Martine Bruce et Marie M. Brisset

ISBN : 2-266-10831-X

SOUS LE SIGNE DES GEMEAUX

1

ISOBEL

Il se tenait à la fenêtre en lui tournant le dos, entre les tentures délavées dont elle avait fait l'acquisition quarante ans plus tôt. Jadis d'un rose vif, leur couleur s'était flétrie sous les assauts du soleil, et il y avait des lustres qu'elles n'avaient pas été nettoyées, car leurs doublures élimées jusqu'à la trame risquaient de tomber en lambeaux. Or, elle aimait à les contempler, comme on se sent rassuré par la présence familière de vieux amis. Des années durant, sa fille Isobel avait tenté de la convaincre d'acheter des rideaux neufs mais, chaque fois, Tuppy lui avait opposé un refus catégorique.

— Ils resteront là jusqu'à la fin, répondait-elle invariablement, sans trop y croire. Oui, jusqu'à la fin.

Une fin proche, elle le sentait à présent.

Dernièrement, sa fameuse santé de fer, qui ne lui avait jamais fait défaut en soixante-dix-sept ans, s'était mise à décliner. Un soir, elle s'était trop attardée dans le jardin. Elle avait pris froid. Une sorte de rhume tenace qui avait rapidement dégénéré en pneumonie. De sa maladie, elle n'avait gardé qu'un souvenir flou ; la sensation d'avoir parcouru un interminable tunnel noir. Et lorsque, enfin, elle avait émergé à la lumière, son médecin l'appelait trois fois par jour, tandis qu'une infirmière du nom de Mme McLeod semblait s'être définitivement installée à son chevet. Une femme grande et sèche, aux traits chevalins et à la poitrine plate, affublée d'un uniforme bleu foncé, d'un tablier blanc amidonné, et de chaussures inusables...

Ainsi, mourir ne faisait plus partie de ces événements lointains, presque sans consistance, que l'on s'empresse de reléguer dans le coin le plus sombre de son subconscient. C'était devenu un constat, un fait inéluctable.

Tuppy n'avait pas peur de la mort, bien qu'elle la trouvât malvenue... Ses pensées dérivèrent vers le passé, sans qu'elle s'en rendît compte, comme cela lui arrivait de plus en plus souvent. Elle se revit à vingt ans, jeune mariée, enceinte pour la première fois, ce qui signifiait que, aux alentours de décembre, elle ressemblerait à une montgolfière et ne pourrait se rendre à aucun bal de Noël, avait-elle songé, irritée. Elle s'en était plainte à sa belle-mère et celle-ci l'avait réconfortée, avec sa vivacité coutumière, d'un « Bah, de toute façon, ce n'est jamais le bon moment pour avoir un bébé »... Pour la mort aussi, sans doute, ça n'est jamais le bon moment.

A la matinée ensoleillée avait succédé un après-midi maussade. Une lumière glauque éclairait la fenêtre contre laquelle se découpait la silhouette massive du docteur.

— Il va pleuvoir ? demanda Tuppy.

— La brume s'est levée sur la mer, répondit-il. On ne peut plus apercevoir les îles. Eigg a disparu il y a plus d'une demi-heure.

Elle leva les yeux vers lui. C'était un homme solide comme un roc, vêtu d'une veste en tweed défraîchie et aux poches déformées à force d'y fourrer les poings. Tuppy le considérait comme un excellent médecin, aussi compétent que l'avait été son père. Certes, au début, elle avait eu du mal à se laisser soigner par quelqu'un qu'elle avait connu en culottes courtes, les genoux perpétuellement écorchés, les cheveux pleins de sable. Puis, elle s'était habituée. Et maintenant, alors qu'il se tenait debout dans le contre-jour, elle nota avec un pincement au cœur les fils d'argent qui lui striaient les tempes. « Cela ne me rajeunit pas ! » se dit-elle, et, une fois de plus, l'idée de la mort vint la hanter.

— Tu commences à avoir des cheveux gris, déclara-t-elle d'un ton un peu rude, comme si elle lui en voulait.

Il se retourna, un sourire malicieux sur les lèvres.

— Je sais. Mon coiffeur me l'a fait remarquer l'autre jour.

— Quel âge as-tu ?

— Trente-six ans.

— Un gamin ! Tu ne devrais pas avoir un seul cheveu blanc.

— Je me suis trop fait de souci pour vous.

Il portait un pull-over de laine sous sa veste. Le tricot s'effilochait à l'encolure et une maille défaite avait formé un trou sur le devant. La gorge de Tuppy se serra. Il n'avait personne pour s'occuper de lui. Pour l'aimer... D'ailleurs, il n'aurait pas dû venir s'enterrer dans ce bled perdu des West Highlands où la clientèle se réduisait en tout et pour tout à une poignée de pêcheurs de harengs et quelques fermiers disséminés à l'intérieur des terres. Il aurait dû s'établir à Londres ou à Edimbourg, habiter un immeuble cossu avec une plaque de bronze doré sur la porte, son nom gravé dessus. Il aurait dû enseigner la médecine, écrire des articles, se consacrer à la recherche.

Etudiant, il s'était distingué par une intelligence, un enthousiasme et une ambition hors du commun. Une brillante carrière récompenserait ses efforts ; c'est ce que tous se disaient, au village. C'est à cette époque qu'il avait rencontré cette petite dinde, à Londres. Tuppy ne se rappelait plus son nom... Diana quelque chose. Il l'avait ramenée à Tarbole où, tout de suite, on l'avait détestée. Les objections farouches de son père n'étaient parvenues qu'à raffermir la détermination du jeune homme à l'épouser... Hugh était une tête de mule, l'avait toujours été. Les critiques ne faisaient qu'alimenter son entêtement. Son père aurait dû en tenir compte. Au lieu de cela, il avait manœuvré sans une once de diplomatie et si le vieux Dr Kyle avait été encore de ce monde, Tuppy ne se serait pas gênée pour le lui dire, sans mâcher ses mots.

La mésalliance avait culminé dans le drame, et le mariage pris fin. Hugh avait tenté de recoller les morceaux sans succès. Peu après, il était rentré au pays, le cœur brisé, pour succéder à son père comme médecin de campagne. Et aujourd'hui, il vivait seul, comme un vieux garçon dont les années s'étaient chargées d'aigrir le caractère. Tuppy savait qu'il s'occupait mille fois mieux de ses patients que de lui-même. Que, la plupart du temps, son dîner se composait d'un verre de whisky et d'un sandwich pris sur le pouce à l'unique pub du village.

— Pourquoi Jessie McKenzie n'a pas raccommodé ton pull ? demanda-t-elle.

— Je ne sais pas. Probablement parce que j'ai oublié de le lui demander.

— Tu devrais te remarier.

Comme pour éluder ce sujet épineux, il s'approcha du lit. Aussitôt, le petit yorkshire, minuscule boule de poils enroulée aux pieds de la malade, se dressa d'un bond sur la courtepointe à la manière d'un cobra, et se mit à grogner sourdement en exhibant férocement des canines que l'âge avait abîmées.

— Sukey ! gronda Tuppy.

— Elle ne serait plus Sukey si elle ne menaçait pas de me sauter à la gorge chaque fois que je vous approche, plaisanta le médecin en avançant une main amicale vers le cabot, dont les glapissements grimpèrent en un crescendo trépidant... Bon, je m'en vais, dit-il en se penchant pour ramasser sa mallette.

— Qui vas-tu voir maintenant ?

— Mme Cooper. Puis Anna Stoddart.

— Anna ? Rien de grave, j'espère ?

— Non, non, rassurez-vous. Elle va très bien. Tant pis pour le secret professionnel : elle attend un bébé.

— Anna ? Est-elle... Après toutes ces années ? s'exclama Tuppy, enchantée.

— Je savais que cette bonne nouvelle vous remonterait le moral. Mais n'en parlez pas. Pour le moment, elle ne voudrait pas que cela se sache, tant qu'elle n'est pas sûre de le garder.

— Je ne soufflerai mot à personne. Comment se porte-t-elle ?

— A merveille. Elle n'a même pas de nausées matinales.

— Eh bien, je croiserai les doigts pour elle. Afin que, cette fois-ci, elle puisse mener sa grossesse à terme. Prends bien soin d'elle... Mon Dieu, quelle recommandation stupide ! Bien sûr que tu feras pour le mieux... Cette nouvelle me réjouit.

— Vous faut-il autre chose, Tuppy ?

Elle regarda le trou dans son pull-over. Tout naturellement, son esprit dériva des bébés aux mariages. De là à penser à Antony, il n'y avait qu'un pas.

— Oui, j'ai besoin de quelque chose. Je souhaite qu'Antony ramène Rose à Fernrigg.

— Ah... Rien ne les en empêche, que je sache.

L'hésitation qui avait précédé sa réplique avait été si infime que Tuppy se demanda si elle ne l'avait pas imaginée. D'un regard aigu elle chercha ses yeux, mais il avait la tête penchée et s'escrimait à fermer sa mallette.

— Il y a plus d'un mois qu'ils se sont fiancés, poursuivit-elle. Et ça fait cinq ans que Rose a séjourné à Beach House avec sa mère. Je voudrais la revoir. Je ne me rappelle presque plus son visage.

— Je la croyais en Amérique.

— Oui, elle y a été. Et elle est retournée là-bas après les fiançailles. Or, d'après Antony, elle est revenue. Il a dit qu'il l'amènerait en Ecosse, mais quand ? Aux calendes grecques ? Ont-ils fixé la date du mariage ? Où vont-ils se marier ? J'ai eu beau questionner Antony chaque fois qu'il m'a appelée d'Edimbourg, je n'ai rien pu en tirer. Le pauvre garçon fait tant pour me calmer que c'en est irritant. J'ai horreur d'être calmée !

Il sourit.

— J'en parlerai à Isobel, promit-il.

— Dis-lui de t'offrir un verre de sherry.

— Oh, non. Comme je vous l'ai dit, je dois passer chez Mme Cooper. (C'était la préposée de la poste de Tarbole et elle passait pour une langue de vipère.) Elle semble déjà avoir piètre opinion de moi, alors imaginez, si j'empeste l'alcool à plein nez !

— Quelle détestable commère !

Ils échangèrent un sourire de parfaite connivence, puis Hugh sortit en refermant la porte derrière lui. Sukey en profita pour reprendre sa place dans les bras de sa maîtresse. Une brusque rafale de vent fit vibrer le panneau vitré de la fenêtre. Tuppy regarda la brume qui se collait sur la paroi translucide... Bientôt, l'infirmière lui servirait son déjeuner. Elle cala sa tête contre les oreillers et se laissa glisser, comme cela lui arrivait de plus en plus souvent, vers le passé... Soixante-dix-sept ans. Comment toutes ces années s'étaient-elles écoulées ? La vieillesse l'avait eue par surprise.

Presque par ruse. Tuppy Armstrong ne s'était pas sentie vieillir. Elle ne se considérait pas comme *une vieille*. D'autres personnes étaient vieilles, oui, comme les grand-mères du voisinage ou des personnages de romans... Elle songca à l'une de ces héroïnes : un modèle d'autorité matriarcale... Tuppy n'éprouvait aucune sympathie pour elle. Elle la trouvait possessive, abusive, dominatrice... Une snob, de surcroît, avec sa prédilection pour les tenues noires à la coupe impeccable. De toute sa vie, Tuppy n'avait jamais possédé une tenue comme celles-là. Certes, elle avait compté quelques jolies toilettes dans sa garde-robe, mais jamais un modèle noir, conçu par un grand couturier. La plupart du temps, elle se contentait d'antiques jupes de tweed qu'elle portait avec des cardigans aux coudes reprisés. De solides vêtements taillés dans des tissus faits pour braver les épines de la roseraie et les intempéries... Pourtant, si l'occasion se présentait, elle pourrait toujours exhumer sa vieille robe du soir, dont le somptueux velours bleu roi lui avait toujours donné l'illusion d'être riche et féminine... Surtout quand elle se mettait un nuage de parfum, avant d'enfiler ses bagues de diamant à ses doigts enflés par l'arthrose... Oui, elle mettrait la robe bleue si Antony et Rose venaient. Car il y aurait très certainement un dîner en leur honneur... Une table magnifiquement dressée, recouverte de l'ample nappe de lin, toute scintillante d'argenterie et ornée d'un ravissant bouquet de roses blanches.

En hôtesse consciencieuse, elle se mit à établir des plans : si Antony et Rose décidaient d'unir leurs destinées par les liens sacrés du mariage, une liste d'invités, côté Armstrong, devrait être dressée. Tuppy pourrait s'y attaquer dès maintenant, afin qu'Isobel sache qui inviter, au cas où...

Non, elle ne voulait pas y penser. Pas maintenant.

Elle ramena le petit corps de Sukey plus près d'elle pour déposer un baiser sur sa tête poilue et odorante. Elle reçut un gentil coup de langue sur le bout du nez en échange, puis la petite chienne se rendormit... Tuppy ferma les yeux.

Au tournant de la volée de marches, le Dr Hugh Kyle s'immobilisa, la main sur la rampe. Les propos qu'il venait d'échanger avec Tuppy avaient troublé son esprit. Il demeura là un instant, pareil à une figure solitaire, au beau milieu de l'escalier en spirale, son visage reflétant son inquiétude.

Au rez-de-chaussée, le vaste vestibule était vide, avec ses portes-fenêtres donnant sur une terrasse qui surplombait les doux et verts vallonnements du jardin, puis la mer, presque invisible dans la nappe de brouillard. Il laissa errer son regard sur le parquet ciré, les tapis aux coloris fanés, le vieux buffet où trônait une coupe de cuivre emplie de dahlias, la pendule ancestrale dont le balancier émettait un tic-tac feutré. D'autres détails, plus récents, complétaient le tableau de la vie des Armstrong. Le tricycle cabossé de Jason accoté à une cloison, à l'abri de la pluie. Les paniers des chiens et leurs bols d'eau. Une paire de bottes crottées abandonnée dans un coin, en attendant d'être rangée dans le débarras... Des images familières aux yeux de Hugh, depuis la nuit des temps. Il avait toujours connu Fernrigg House. Mais aujourd'hui, la grande demeure semblait le guetter, comme à l'affût de nouvelles de Tuppy. Personne n'était en vue, ce qui ne l'étonna guère. Jason devait être à l'école. Mme Watty s'activait très certainement dans sa cuisine, occupée par les préparatifs du déjeuner. Quant à Isobel... il se demanda où elle était passée.

Comme en réponse à sa question, un pas en provenance du salon résonna sur le parquet de chêne, et il entendit le grattement des pattes de Plummer sur le bois. L'instant d'après, Isobel apparut sur le seuil, le gros épagneul sur ses talons. A la vue de Hugh, elle se figea. Rejetant la tête en arrière, elle chercha d'un air anxieux le regard du praticien. Celui-ci s'était recomposé le masque chaleureux et rassurant du médecin de famille.

— Isobel, je vous cherchais.

— Tuppy ? fit-elle dans un murmure.

— Elle ne va pas si mal, répondit-il en descendant les dernières marches.

— Quand je vous ai vu là, debout, je me suis dit... j'ai eu peur que...

— Pardonnez-moi. Je pensais à autre chose. Je n'avais pas l'intention de vous effrayer.

Elle s'efforça de sourire sans paraître convaincue. A cinquante-quatre ans, Isobel ne s'était jamais mariée. Elle faisait partie de ces êtres qui sacrifient leur bonheur personnel à leur famille. Elle s'occupait activement de la maison et du jardin. Son affection rejaillissait sur tous ceux qui l'entouraient : sa mère, ses amies, son chien, ses nièces et neveux, et maintenant Jason, son petit-neveu, qui venait vivre à Fernrigg House chaque fois que ses parents voyageaient à l'étranger. Ses cheveux, jadis d'un roux flamboyant, avaient pris une teinte poivre et sel qui en tamisait l'éclat, mais, autant que Hugh pût s'en souvenir, elle n'avait pas changé. La vie de recluse qu'elle avait menée avait préservé l'expression candide, presque enfantine, de son visage. Ses yeux, d'un bleu aussi pur que l'azur, reflétaient comme des miroirs ses émotions les plus infimes. La joie les faisait briller, la tristesse les festonnait de larmes incontrôlées et, à présent, tandis qu'ils se fixaient sur Hugh, ils semblaient habités d'une indicible angoisse.

— Est-ce qu'elle va...

La phrase resta en suspens, comme si ses lèvres se refusaient à prononcer le mot abhorré. Hugh lui prit le coude pour la piloter fermement vers le salon, dont il referma soigneusement la porte.

— Oui, elle va peut-être mourir, dit-il. Elle n'est plus toute jeune et sa maladie l'a épuisée. Mais elle est forte. Aussi forte qu'une vieille racine de bruyère. Elle a une chance de s'en sortir.

— L'idée qu'elle pourrait rester diminuée ou invalide me fait froid dans le dos. Elle ne le supporterait pas.

— Je ne le sais que trop bien.

— Mon Dieu, que pouvons-nous faire ?

Le docteur toussota pour s'éclaircir la voix tout en se massant la nuque d'un geste las.

— Eh bien... A mon avis, il faut essayer de lui remonter le moral par tous les moyens... Si Antony venait la voir avec cette fille à laquelle il s'est fiancé...

Isobel le considéra. Elle aussi l'avait connu du temps où il n'était encore qu'un petit garçon... Un petit garçon bien turbulent, parfois.

— Oh, Hugh ! le sermonna-t-elle. Cessez donc de l'appeler « cette fille », c'est inconvenant. Son nom est Rose Schuster et vous l'avez rencontrée vous aussi.

Isobel montait toujours sur ses grands chevaux quand il était question d'une personne liée de près ou de loin à sa famille.

— Je suis désolé... Je crois que Tuppy serait heureuse de revoir Rose.

— Nous le serions tous, mais Rose est actuellement aux Etats-Unis avec sa mère. Ce voyage était prévu de longue date, avant ses fiançailles.

— Je sais. Peut-être sont-elles revenues. En tout cas, Tuppy se fait du souci à ce sujet. Vous devriez persuader Antony de l'amener ici, ne serait-ce que pour un week-end.

— Il a l'air tellement occupé.

— Sans doute le serait-il moins si vous lui expliquiez la situation. Dites-lui que... que le temps presse.

Comme il l'avait craint, instantanément, des larmes étincelèrent dans les yeux d'Isobel.

— Vous pensez qu'elle va mourir, n'est-ce pas ? murmura-t-elle, en plongeant une main dans sa manche à la recherche d'un mouchoir.

— Isobel, ne me faites pas dire ce que je n'ai pas dit. Vous savez combien Tuppy est attachée à Antony. Il est plus qu'un petit-fils pour elle. Un fils... Elle l'adore.

— Oui, oui, je vais lui en toucher deux mots, dit-elle en séchant ses larmes.

Son regard embué effleura la carafe de sherry.

— Voulez-vous boire quelque chose ? offrit-elle.

Il eut un rire qui rompit la tension.

— Surtout pas. Je vais chez Mme Cooper qui a eu, de nouveau, ses palpitations. Son pouls montera à cent quarante si elle me soupçonne d'être un ivrogne.

Malgré elle, Isobel sourit. Mme Cooper était devenue une sorte de blague familiale. Ensemble, ils sortirent du salon, traversèrent le vestibule. Elle lui ouvrit la porte d'entrée en frissonnant sous l'air froid et mouillé. L'humidité avait formé une fine pellicule luisante sur le capot de la voiture garée devant le perron.

— Appelez-moi à n'importe quelle heure si l'état de Tuppy vous inspire la moindre inquiétude, d'accord?

— Je n'y manquerai pas. J'espère arriver à me débrouiller avec l'infirmière.

Elle s'était résolue à embaucher la nurse sur les instances de Hugh. Sinon, avait-il dit, il se verrait obligé d'envoyer Tuppy à l'hôpital. A cette nouvelle, Isobel avait cédé à un mouvement de panique : Tuppy devait être vraiment au plus mal. Et où allait-elle dénicher une infirmière ? Et puis quelle serait la réaction de Mme Watty ? N'allait-elle pas émettre des objections ? Ne penserait-elle pas que la présence de la nouvelle venue dans sa cuisine lui porterait ombrage ?

Par bonheur, Hugh avait pris les choses en main. La cuisinière et l'infirmière s'étaient liées d'amitié et Isobel avait pu se reposer la nuit. Pour la centième fois, elle se demanda ce qu'elles seraient devenues sans lui ; sans la force tranquille qu'il dégageait. Elle attendit qu'il monte en voiture, puis suivit du regard le petit véhicule qui dévalait l'allée détrempée, bordée de massifs de rhododendrons. Il passa devant la loge de Watty, franchit les grilles blanches qui restaient toujours ouvertes, disparut au coin de la route. La marée n'avait cessé de monter ; sur la plage, les vagues grises allaient se fracasser sans répit contre les rochers déchiquetés. En réprimant un frisson, Isobel regagna la demeure avec la ferme intention d'appeler Antony.

Le téléphone trônait sur une petite table, dans le vestibule. Elle s'assit sur un bahut et se mit à fureter dans un répertoire. L'œil rivé sur le cahier, elle composa soigneusement le numéro du bureau d'Antony. Les longues sonneries s'égrenaient et Isobel s'abandonna à ses pensées : jeter le bouquet flétri des dahlias, en cueillir d'autres. Antony était sûrement parti déjeuner. Elle n'avait pas le droit de se montrer aussi égoïste au sujet de Tuppy. Tout le monde mourait un jour, c'était le destin des mortels. D'ailleurs, si Tuppy ne se sentait plus assez forte pour s'adonner au jardinage ou promener Sukey en laisse, elle ne voudrait plus vivre. Mais, Seigneur, quel vide elle laisserait si jamais... Les lèvres d'Isobel se mirent machinalement à réciter une prière. « Ne la laissez pas mourir. Nous ne sommes pas préparés à la perdre. Pas maintenant. Pas encore. Oh, mon Dieu, ayez pitié de nous. »

— McKinnon, Carstairs et Robb. Que puis-je pour vous ?

Une jeune voix débordante d'énergie ramena Isobel à la réalité... Ses doigts repartirent à la recherche du mouchoir.

— Oh, pardon ! Je voudrais parler à M. Armstrong, s'il vous plaît. M. Antony Armstrong.

— De la part de qui ?

— De Mlle Armstrong... Sa tante...

— Ne quittez pas.

Un, deux déclics... Une pause... Et, soudain, comme par magie, la voix d'Antony au bout de la ligne.

— Tante Isobel ?

— Oh, Antony...

— Quelque chose ne va pas ? s'alarma-t-il.

— Non, non, pas du tout. (Il ne fallait pas lui donner une impression fausse. Sans toutefois l'effrayer. Elle devait être simple, naturelle.) Hugh Kyle est passé aujourd'hui. Il vient juste de partir.

— L'état de Tuppy a-t-il empiré ? s'enquit-il d'une voix blanche.

— Il... Il a dit qu'elle tenait le coup... Il l'a même comparée à une vieille racine de bruyère, répondit-elle d'un ton qu'elle s'acharna à rendre léger.

Mais sa voix l'avait trahie. Elle revit l'air soucieux qu'elle avait surpris sur le visage du praticien. Lui avait-il dit la vérité ? N'avait-il pas plutôt essayé de lui dorer la pilule ?

— Euh... il a eu une conversation avec Tuppy, reprit-elle. Il semble qu'elle souhaite te revoir, Antony. Rose aussi. Je me suis demandé si tu as eu des nouvelles de Rose... Est-elle revenue d'Amérique ?

Un silence pesant flottait à l'autre bout du fil. Isobel se sentit obligée de combler le vide.

— Je sais que ton travail accapare tout ton temps. Je ne voudrais pas t'importuner.

— Tu ne me déranges pas, dit-il enfin. Oui. Oui, elle est à Londres actuellement. J'ai reçu une lettre d'elle ce matin.

— Pour Tuppy c'est très important, tu sais.

Encore une pause interminable.

— Elle n'en a plus pour longtemps, n'est-ce pas ?

Isobel fondit en larmes. Elle pestait intérieurement contre sa défaillance, mais c'était plus fort qu'elle.

— Je ne... sais pas. Hugh s'est efforcé de me rassurer. Pourtant, il paraissait très inquiet lui-même. Ce serait dommage qu'il arrive quelque chose à Tuppy sans qu'elle t'ait vu avant, avec Rose. Elle était si heureuse d'apprendre vos fiançailles. Si tu pouvais amener Rose à la maison, elle se sentirait de nouvelles forces... Elle trouverait une raison de...

Elle s'arrêta, incapable de continuer. Bon sang, elle ne pouvait plus aligner trois phrases sans éclater en sanglots. Mais elle se sentait si déçue, si défaite, comme un soldat qui se serait battu tout seul depuis trop longtemps. De nouveau, elle se moucha.

— Essaie de venir, Antony, réussit-elle à articuler.

C'était le cri du cœur.

— Je n'avais pas saisi la gravité de la situation, murmura-t-il d'une voix presque chevrotante.

— Je viens juste de la réaliser moi-même.

— Je tâcherai de mettre la main sur Rose... Je me débrouillerai. Nous serons là-bas à la fin de la semaine prochaine. Je te le promets.

— Oh, Antony...

Une immense sensation de soulagement l'avait submergée. Ils viendraient. Antony ne disait jamais de paroles en l'air. Il avait toujours tenu ses promesses, contre vents et marées.

— Ne t'inquiète pas trop pour Tuppy. Si Hugh prétend qu'elle est aussi forte qu'une vieille racine de bruyère, elle va peut-être s'en tirer... Elle nous enterrera tous, ajouta-t-elle avec un petit gloussement enjoué... Enfin, ce n'est pas exclu.

— Rien n'est exclu, répondit Antony. Tout peut arriver. A la semaine prochaine.

— Que Dieu te bénisse.

— Jusque-là, cesse de te morfondre. Passe mon bonjour à Tuppy.

2

MARCIA

Ronald Waring avait dit, peut-être pour la cinquième fois, « Nous devrions rentrer, maintenant ». Sa fille, Flora, tout engourdie par le soleil, avait marmonné un vague « Oui, je sais », mais ni l'un ni l'autre n'avaient bougé. La jeune fille, perchée sur un bloc de granit en pente, fixait les profondeurs bleu saphir de la vaste crique ceinte de rochers où, comme chaque après-midi, ils avaient nagé jusqu'à l'épuisement. Le soleil avait amorcé son déclin vers l'ouest, mais ses rayons obliques lui réchauffaient encore le visage et elle sentait le goût du sel sur ses lèvres. Ses cheveux gorgés d'eau s'enroulaient à son cou... Elle était assise, ses bras entourant ses jambes repliées, le menton sur les genoux, clignant les paupières contre l'éclat étincelant de l'eau... C'était un mercredi, la dernière d'une longue succession de splendides journées estivales... Septembre marquait-il officiellement le début de l'automne ? Flora ne s'en souvenait pas. A Cornwall, on ne tenait pas compte des directives du calendrier, et, souvent, l'été se prolongeait bien au-delà de ce qu'il était convenu d'appeler la fin de la saison. Ici, à l'intérieur de la couronne des falaises, à l'abri du vent, les galets conservaient longtemps la chaleur du soleil.

La marée montante affluait vers la plage. Un premier jet écumant avait giclé entre les formes effilées des rochers incrustés de coquillages... D'autres vagues suivraient, de plus en plus impétueuses, puis l'Atlantique engloutirait le bassin, qui resterait submergé jusqu'à la prochaine marée basse.

Flora ne se rappelait plus combien de fois ils s'étaient assis côte à côte, émerveillés par la violence du courant, mais aujourd'hui s'arracher à sa fascination semblait d'autant plus difficile que c'était la dernière fois.

Bientôt, ils remonteraient le sentier sinueux taillé à même la roche en se retournant de temps à autre pour jeter un ultime regard vers l'océan. Ils couperaient ensuite à travers champs, en direction de Seal Cottage où Marcia les attendait, avec le dîner dans le four et des fleurs sur la table. Après le repas, Flora se laverait les cheveux avant de boucler son bagage. Parce que le lendemain elle retournerait à Londres.

Tout avait été minutieusement mis au point, le séjour à Cornwall comme le départ. Or, pour le moment, la jeune fille se refusait à y songer, pour la bonne raison qu'elle détestait quitter son père. Elle l'observa à la dérobée, alors qu'il suivait la progression de la marée, assis sur le même bloc basculé, un peu plus bas qu'elle. D'un œil attendri, elle passa en revue le short prêt à tomber en lambeaux, l'archaïque tee-shirt dont il avait roulé les manches sur ses bras tannés par le soleil, ses longues jambes bronzées et ses pieds nus. Elle nota un début de calvitie sous la fine chevelure quc la brise ébouriffait, puis la ligne nette de sa mâchoire, comme taillée à la serpe, quand il tourna la tête pour suivre l'envol d'un cormoran au ras de l'onde.

— Je ne veux pas partir demain.

Il la regarda avec un sourire.

— Alors, reste.

— Non, je dois m'en aller. Il le faut. Il faut que je réapprenne à être indépendante. Je suis restée à la maison trop longtemps.

— J'aurais aimé que tu restes pour toujours.

Flora ignora la boule qui s'était formée au fond de sa gorge.

— Ce n'est pas bien, ce que tu fais là ! le taquina-t-elle. Ton rôle consiste à chasser ton poussin hors du nid.

— Es-tu sûre que tu ne t'en vas pas à cause de Marcia ?

— D'une certaine façon, si, répliqua-t-elle avec sincérité, mais le problème n'est pas là. J'adore Marcia, et tu le sais.

Comme il la dévisageait sans l'ombre d'un sourire, elle opta pour le ton de la plaisanterie.

— Bon, d'accord, tu as gagné. Marcia est le type même de la belle-mère acariâtre... Et j'ai pris la décision de m'évader avant de me retrouver enfermée à la cave avec les rats.

— Tu peux toujours revenir, Flora. Promets-moi que tu le feras si tu n'arrives pas à trouver un job ou si les choses tournaient mal.

— Je trouverai un emploi et tout ira bien.

— J'exige cependant ta promesse.

— Tu l'as. Mais il est probable que tu le regretteras le jour où tu me retrouveras sur ton paillasson... (Elle ramassa sa serviette de bain, enfila ses espadrilles éculées.) Tu viens ?

Marcia avait commencé par refuser sa main au père de Flora.

— Tu ne peux pas m'épouser ! Tu es le distingué professeur d'un lycée de renom, ne l'oublie pas. Tu devrais plutôt chercher une femme respectable, coiffée d'un feutre, dont les bonnes manières combleraient d'aise tes élèves. Une épouse responsable.

— J'ai horreur de ce genre de femmes, avait-il rétorqué d'une voix irritée. Sinon, je serais déjà marié à une matrone.

— Chéri, j'ai du mal à me voir dans le rôle de Mme Ronald Waring. Ça ne collera pas... « Eh bien, les garçons, la charmante Mme Waring remettra à M. Untel le prix du saut en hauteur... » La panique ! Je suis capable de trébucher sur les marches du podium ou d'oublier mon texte, si je ne décerne pas la coupe à la mauvaise personne.

C'était sans compter avec la persévérance de Ronald Waring. Il avait insisté, lui avait fait une cour assidue, avait fini par la convaincre. Ils s'étaient mariés au début de l'été dans la séculaire petite église de pierre, où flottait une odeur de moisissure. Marcia s'était parée pour la circonstance d'une élégante toilette de soie émeraude. Elle avait parachevé sa mise d'un chapeau de paille à larges bords tombants, comme celui de Scarlett O'Hara. Pour la première fois, Ronald s'était mis sur son trente et un. Costume, cravate, chaussettes assorties, mocassins noirs. Aucun bouton ne manquait à sa chemise immaculée. Aux yeux de Flora, ils formaient un couple parfait. A leur sortie de l'église elle les avait pris en photo, tandis que le vent s'acharnait à emporter le couvre-chef de la mariée et faisait se dresser les cheveux du marié.

Londonienne jusqu'au bout des ongles, Marcia avait atteint l'âge de quarante-deux ans sans jamais avoir sacrifié au rite du mariage. Probablement parce qu'elle n'avait jamais eu le temps d'y songer, avait décidé Flora. Brillante étudiante d'un cours d'art dramatique, son intrépide belle-mère avait poursuivi sa carrière comme habilleuse dans une troupe de théâtre ambulante, puis s'était lancée avec un succès relatif dans toutes sortes de métiers, plus extravagants les uns que les autres, sans que les aléas d'une existence mouvementée entament son caractère enjoué. Aujourd'hui, elle était responsable d'une boutique de Brighton spécialisée, selon ses propres termes, dans la « nippe orientale ».

Dès le premier jour, Flora s'était résolument prononcée en faveur de cette union. Marcia l'avait immédiatement conquise. Certes, ses talents de maîtresse de maison laissaient à désirer. Son futur mari serait condamné à se nourrir de pizzas surgelées, de plats cuisinés achetés chez le traiteur du coin, et de soupes en boîte... Or, Marcia semblait cacher plus d'un tour dans son sac. Et très vite, à la grande surprise de Flora et de son père, l'ancienne adepte de la bohème se mua en parfaite femme d'intérieur doublée d'un véritable cordon-bleu. De plus, ayant la main verte, elle avait transformé le jardin en un véritable petit paradis ; quant au potager, il recélait des trésors plantés en rangs impeccables, comme tirés au cordeau. Deux jardinières où rayonnaient géraniums et asphodèles fleurissaient la fenêtre de la vaste cuisine, d'où Marcia guettait l'arrivée de son mari et de sa belle-fille.

Elle les aperçut au milieu du champ que le soir striait d'ombres bleutées et s'élança à leur rencontre. Elle portait un corsage à smocks brodés sur un pantalon vert pâle et les ultimes rayons du couchant avaient allumé des reflets de feu dans sa chevelure. En la voyant, Ronald laissa échapper un soupir de pur ravissement. Il força l'allure. Restée en arrière, Flora suivit du regard les deux silhouettes qui s'enlaçaient, comme deux êtres qui se retrouvent au terme d'une longue séparation... Ce spectacle fit éclore un sourire attendri sur les lèvres de la jeune fille. Après tout, n'avaient-ils pas attendu des années pour se rencontrer ?

Ce fut Marcia qui l'escorta à la petite gare, le lendemain matin. Elle avait appris à conduire sur le tard et en tirait une extrême fierté... D'ailleurs, selon ses propres termes, il lui avait fallu attendre la quarantaine pour réussir ce que d'autres accomplissent à vingt ans.

Durant la première partie de sa vie, elle était passée à côté du mariage. Ç'avait été pareil pour le permis de conduire. D'après l'intéressée, elle était trop distraite, n'avait pas de véhicule et s'était toujours fait raccompagner par des amis... Elle n'avait aucun besoin de permis. Après son mariage avec Ronald Waring, dans leur petit cottage perché sur la corniche au milieu de nulle part, elle s'était sentie isolée de tout. Le besoin d'un moyen de locomotion personnel s'était alors fait sentir et elle s'était lancée dans des leçons de conduite sans plus attendre.

Elle avait raté le premier examen, à cause de son fichu manque d'application. Quant au deuxième, il s'était déroulé de façon tout aussi désastreuse ; elle avait percuté une poussette, par bonheur inoccupée. Flora comme son père avaient conclu qu'elle n'aurait pas le courage de recommencer. Ils l'avaient sous-estimée : la troisième tentative avait été la bonne. Aussi, quand son mari, accaparé par ses devoirs à l'école, annonça qu'à son grand regret il ne pourrait pas accompagner sa fille à la gare, sauta-t-elle sur l'occasion.

— Pas de problème. Je l'emmènerai.

Flora se sentit soulagée. Elle détestait les scènes d'adieux sur les quais, les derniers propos qui se perdaient dans le sifflement aigu du train. Si son père avait été là, elle n'aurait pas pu s'empêcher de fondre en larmes, rendant ainsi son départ plus pénible pour tous deux.

La journée était chaude et claire. Un ciel sans nuages s'étirait à l'infini, pur comme le cristal. Dans l'air pommelé de soleil, arbres, maisons et poteaux électriques semblaient bordés d'un liséré lumineux. Agrippée au volant, Marcia avait lancé sa petite voiture sur la route tortueuse.

— Quelle belle journée ! s'exclama-t-elle de sa voix de contralto, l'œil fixé sur le ruban goudronné qui défilait inlassablement sous les roues.

D'une main, elle s'était mise à tâtonner à la recherche de son sac, signe qu'elle voulait une cigarette. Bien évidemment, la voiture franchit la ligne blanche en zigzaguant et se mit à rouler sur le mauvais côté de la route.

— Attends ! gémit Flora.

Ayant plongé dans le sac, elle en extirpa une cigarette qu'elle alluma avant de la glisser entre les lèvres de la conductrice, qui remit le véhicule sur la bonne voie.

Tirant sur sa cigarette, Marcia reprit son bavardage.

— J'ai un bon pressentiment en ce qui te concerne. Tout va bien se passer, tu verras... Ma chérie, j'espère que tu n'as pas décidé de retrouver l'affreux smog londonien à cause de moi, ajouta-t-elle, les sourcils froncés.

Tous ces jours-ci, elle lui avait posé la même question avec une régularité exemplaire. Flora prit une profonde inspiration.

— Mais non, bien sûr que non. Je te l'ai déjà dit. J'essaie simplement de voler de mes propres ailes. De surmonter mes déceptions et de recommencer ma vie.

— Parce que je n'arrive pas à me débarrasser de l'idée que je te chasse peut-être de ta propre maison.

— Tu as tort. Au contraire, sachant papa en bonnes mains, je peux enfin m'en aller le cœur léger.

— Je me sentirais plus tranquille si j'en savais plus sur cette fameuse nouvelle vie, Flora, je te l'avoue. Parfois, je t'imagine dans une chambre de bonne glaciale en train d'avaler des haricots blancs en conserve et j'en ai la chair de poule.

— Mais non ! objecta Flora avec véhémence. Je trouverai un appartement. Et entre-temps, je serai hébergée chez mon amie Jane Porter... Tout a été arrangé, combien de fois dois-je te le répéter ? Sa colocataire est partie en vacances avec son petit ami. Je pourrai disposer de sa chambre. Le temps qu'elle revienne, j'aurai mon propre logement ainsi qu'un emploi fabuleux... (Et comme son interlocutrice ne se départait pas de son air lugubre :) Ecoute, Marcia, j'ai vingt-deux ans, pas douze. Mon diplôme de secrétaire de direction m'ouvrira toutes les portes. Je suis terriblement efficace, quand je m'y mets. Ne t'inquiète pas pour moi.

— Si jamais ça ne marchait pas comme tu le voudrais, appelle-moi. J'arriverais aussitôt pour te materner.

— Je n'ai jamais été maternée de ma vie, il est un peu tard pour commencer ! rétorqua Flora sèchement... Oh, pardon. J'ai été trop brusque...

— Non, ma chérie, tu as simplement dit la vérité. D'ailleurs plus j'y pense, plus tout cela me paraît incongru.

— Je ne te suis pas très bien.

— Ta mère... T'abandonnant, toute petite, avec ton père. Je peux comprendre à la rigueur que l'on puisse quitter un mari, mais un *bébé* ! C'est parfaitement inhumain. Quand on sait par quelles souffrances passent les femmes pour enfanter, eh bien, quand on a un bébé, on le garde !

— Je suis contente qu'elle ne m'ait pas gardée. Grâce à papa j'ai eu une enfance merveilleuse.

— Ah ! Ah ! Nous devrions fonder un club de fans de Ronald Waring... Je me demande où elle est allée... ta mère. Y avait-il un autre homme ? Je n'ai jamais osé poser la question à ton père.

— Je ne crois pas. D'après papa, ils se sont séparés

pour « incompatibilité d'humeur ». Elle lui reprochait son manque d'ambition. A mon avis, elle lui en voulait d'être un simple professeur fagoté comme l'as de pique et indifférent aux mondanités. Elle ne supportait pas de le voir aussi absorbé par son travail et de toute façon jamais il n'aurait gagné assez d'argent pour subvenir au train de vie dont elle rêvait. Une fois, j'ai trouvé une photo d'elle, dans un tiroir. Elle était très chic, très sophistiquée, pas du tout le genre de papa.

— Je me demande pourquoi ils se sont mariés.

— Ils se sont rencontrés dans une station de ski en Suisse. Papa est un skieur hors pair. Je me dis que la réverbération du soleil sur la neige les a aveuglés et que l'air pur des Alpes leur a fait tourner la tête. Ou alors, elle a été éblouie par la silhouette virile de papa dévalant une piste noire... Bref, ils se sont mariés, je suis née, puis tout a été fini entre eux.

Elles roulaient sur la route principale à présent.

— J'espère qu'il ne me demandera jamais de l'accompagner aux sports d'hiver, soupira Marcia.

— Pourquoi ?

— Je crains de m'empêtrer dans mes skis.

— Papa s'en ficherait complètement. Il t'adore exactement comme tu es. Tu le sais, non ?

— Oui... Ne suis-je pas la femme la plus chanceuse de la terre ? Mais la chance te sourira aussi. C'était dans ton horoscope ce matin. Tu es née sous le signe des Gémeaux. Tes planètes sont entrées actuellement dans une configuration idéale. Il suffira que tu saisisses les opportunités, c'est écrit noir sur blanc. (Marcia croyait dur comme fer aux horoscopes.) Cela veut dire que dans la semaine tu trouveras un job extra, un superbe appartement et un sublime soupirant, grand et brun, avec une Maserati.

— Dans la semaine ? Ça ne me laisse pas beaucoup de temps !

— Tu as intérêt à fournir quelques efforts car la semaine prochaine les prédictions pour ton signe auront changé.

— Je ferai de mon mieux.

Les adieux furent brefs. L'express de Londres ne s'arrêtait que quelques minutes à la petite gare de Fourbourne. A peine Flora et son volumineux bagage se trouvaient-ils à bord d'une voiture que le chef de gare claquait déjà les portières et portait son sifflet à la bouche. Flora se pencha par la fenêtre pour embrasser le visage levé de Marcia. Celle-ci renifla. Elle avait des larmes plein les yeux et son mascara avait coulé.

— Appelle-nous ! Tiens-nous au courant !

— Oui, oui, c'est promis.

— Et écris !

Elles n'eurent pas le temps d'en dire plus. La longue chenille de wagons s'ébranla. Flora agita la main en direction de la silhouette de Marcia, qui disparut soudain après un virage. Les cheveux dans les yeux, la jeune fille referma le panneau vitré, puis se laissa tomber sur la banquette d'un compartiment vide.

Elle tourna les yeux vers la fenêtre. C'était une habitude, presque une tradition, de laisser se graver dans sa mémoire chaque détail du paysage. Comme elle faisait quand elle venait en sens inverse, le nez collé à la vitre, afin de déchiffrer les points de repère familiers, annonçant Fourbourne... A cette heure-ci, la marée se retirait, pensa-t-elle. Le sable de l'estuaire accusait une teinte marron perlé, parsemé de flaques d'eau où se mirait le ciel. Là-bas, vers l'horizon, un village pointait ses toits à travers les frondaisons mouvantes... Plus loin, des dunes ondulaient contre l'azur et, l'espace d'une seconde, elle aperçut le scintillement de l'océan, par-delà la blancheur des brisants.

Les rails s'incurvaient vers l'intérieur des terres, à travers de grasses prairies, tandis que le front de mer piqueté de bungalows s'évanouissait. Le train se mit à haleter le long d'un viaduc avant de traverser une ville paisible... A nouveau des champs, d'étroites vallées vertes, des cottages blancs entourés de jardins dont les arbres ondoyaient sous la brise matinale. L'express franchit un passage à niveau dans un grondement fracassant. Derrière la barrière baissée, un homme attendait sur un tracteur rouge flanqué d'une remorque emplie de bottes de paille.

Ils avaient emménagé à Cornwall quand Flora avait cinq ans. Avant, son père enseignait le latin et le français dans une ruineuse école privée du Sussex. Afin de briser la routine, il avait inauguré des causeries en dehors des cours, dont le contenu avait fini par déplaire aux riches parents de ses élèves. De Cornwall, où il avait passé quelques étés étant petit, il avait gardé un souvenir ému. Il rêvait de vivre près de la mer. Sollicité pour le poste de professeur de grec et de latin au lycée de Fourbourne, il s'était empressé d'accepter la proposition. Le directeur avait vu d'un œil peu amène l'arrivée du jeune et bouillant professeur. Celui-là ne ferait pas long feu, s'était-il dit. Ronald Waring semblait promis à un destin autrement plus intéressant que d'inculquer la passion de l'Antiquité aux fils de pêcheurs, de fermiers et de mineurs.

Or, Ronald demeura inflexible. Lui et Flora avaient d'abord habité à Fourbourne. Elle se rappelait encore la première impression qu'elle avait eue à la vue de Cornwall, petite localité industrielle ceinte d'une morne campagne et de collines basses piquetées de vieilles exploitations minières.

Son père travaillait d'arrache-pied, ce qui ne l'empêcha pas d'acquérir une voiture d'occasion, pour explorer l'arrière-pays. Suivant les indications d'un agent immobilier de Penzance, ils avaient sillonné les routes, de St. Ives à Lands End, et ce fut lors d'une de ces excursions qu'ils découvrirent Seal Cottage.

C'était une froide journée hivernale. La maison était une ruine, dépourvue du moindre confort, sans eau ni aucune installation sanitaire. Une colonie de souris avait élu domicile dans ses pièces délabrées. Mais Flora n'avait pas peur des souris et Ronald Waring avait eu le coup de foudre pour la vieille demeure et, surtout, pour le splendide panorama. Le jour même, la maison leur appartenait.

Les premiers temps, ils avaient vécu dans des conditions terriblement primitives. Le nettoyage et le chauffage constituaient une lutte de tous les instants. Or, à part ses dispositions aux lettres classiques, Ronald possédait un charisme auquel même les paysans du coin se montrèrent sensibles. Il suffisait qu'il débarque dans un pub pour se faire aussitôt une douzaine de copains. Parmi ses nouveaux amis, il avait bientôt compté un maçon, qui accepta de consolider les cloisons défaillantes et de rebâtir la cheminée à moitié écroulée. Il avait ensuite rencontré M. Pincher, le charpentier, et Tom Roberts dont le neveu, plombier de son état, répara les canalisations avant d'installer une salle de bains. Puis il avait fait la connaissance d'Arthur Pyper et de sa femme. Chaque matin, Mme Pyper arrivait sur son antique bicyclette pour faire le ménage et garder la petite Flora.

A dix ans, Flora avait été expédiée dans un pensionnat dans le Kent où elle demeura jusqu'à seize ans. Le programme comportait des cours de sténodactylo et de cuisine. Afin de parfaire sa formation de cuisinière, la jeune fille avait suivi un stage en Suisse, puis en Grèce. De retour à Londres, elle s'était dégoté un emploi de secrétaire et partageait un appartement avec une amie. Ses journées se déroulaient entre son travail, les interminables queues devant les arrêts de bus, le shopping. Quelquefois, elle sortait avec des jeunes gens fauchés qui suivaient des études d'expert-comptable, et de moins fauchés qui avaient pignon sur rue dans des quartiers commerçants. Elle passait les vacances d'été et de Noël à Cornwall.

Un an plus tôt, après un rhume tenace suivi d'une déception amoureuse, la lassitude avait envahi Flora. L'immense ville ne présentait plus aucun attrait à ses yeux. Elle était rentrée à Cornwall pour les fêtes de Noël... et avait prolongé son séjour sans trop se faire prier. Une année s'était écoulée dans un doux farniente. Le rude hiver avait cédé la place à un printemps magnifique, lequel s'était mué à son tour en un été splendide... et Flora s'était découvert une passion sans limites pour la campagne. Rien ne l'attirait plus à Londres, cité tentaculaire noyée dans la grisaille... Un jour, peut-être, elle y retournerait. Mais pour l'instant, rien ne pressait.

Des petits jobs amusants — ramasseuse de jonquilles pour le compte d'un fleuriste local, serveuse dans un café, vendeuse de souvenirs pendant la saison touristique — lui rapportaient un peu d'argent de poche. Elle avait rencontré Marcia dans une boutique de caftans et l'avait invitée à prendre un verre à Seal Cottage. Incrédule mais ravie, elle avait remarqué l'étincelle quasi immédiate qui s'était allumée sitôt que son père et la visiteuse avaient échangé un premier regard. Rapidement, l'idylle s'était muée en un sentiment beaucoup plus profond. Marcia s'épanouissait comme une rose et Ronald, jusqu'alors indifférent à la mode, soignait son apparence. Par discrétion, Flora prétextait toujours une bonne raison pour ne pas accompagner le couple lors de leurs sorties à l'unique pub de Cornwall. Et elle s'était inventé mille occupations pour les laisser seuls à Seal Cottage.

Après leur mariage, elle s'était mise à évoquer un éventuel retour à Londres.

— Oh, non, reste ! avait supplié Marcia.

Elle avait accepté de passer encore un été à Cornwall, mais s'était promis de regagner Londres en septembre. De laisser à leur amour les deux tourtereaux. Maintenant, c'était fini. Elle avait tourné la page... Sa vie là-bas appartenait au passé... Et l'avenir ? *La chance te sourira*, avait affirmé Marcia. *Tu es née sous le signe des Gémeaux. Tes planètes sont entrées actuellement dans une configuration idéale...*

Rien de moins sûr... Flora extirpa de la poche de son manteau la lettre qu'elle avait reçue le matin même. Après l'avoir parcourue, elle s'était empressée de la dissimuler pour s'épargner les questions de Marcia... Chaque phrase s'était gravée dans sa mémoire. Elle était signée Jane Porter.

8, Mansfield Mews.

Flora chérie,

La chose la plus incroyable vient d'arriver. J'espère que ce mot te parviendra avant ton départ pour Londres. Betsy, la fille avec laquelle je partage l'appartement, a rompu avec son petit ami après une scène épouvantable et elle est revenue à la maison. Elle est ici, maintenant, pleurant toutes les larmes de son corps et guettant la moindre sonnerie du téléphone qui, naturellement, reste muet. Ainsi, le lit que je t'ai promis n'est plus libre. Bien sûr, tu pourrais dormir dans un sac de couchage sur le tapis de ma chambre, mais Betsy est dans un tel état que je ne souhaiterais pas à ma pire ennemie de subir cette ambiance dramatique. J'espère que tu te débrouilleras et, surtout, que tu ne m'en voudras pas de t'avoir laissée tomber. Appelle-moi sans faute, j'ai un tas de cancans à te raconter. J'ai hâte de te revoir et, pardon, pardon, mille fois pardon, mais ce n'est pas ma faute.

Bisous.

Jane

Flora plia le feuillet et le remit dans sa poche. Elle n'avait rien dit à Marcia, bien sûr, car celle-ci, prenant trop à cœur son nouveau rôle d'épouse et de mère, avait tendance à s'alarmer pour un rien. Si elle avait su la vérité, elle aurait certainement empêché Flora de partir. Rester n'était pas la bonne solution. Elle avait pris sa décision depuis longtemps et rien au monde ne la ferait changer d'avis... Calée contre le dossier capitonné, elle s'efforça de mettre de l'ordre dans ses idées. Que faire ? Où aller ? Elle avait des amis à Londres, naturellement, mais après un an d'absence elle n'était pas sûre de les retrouver. La plupart changeaient souvent d'adresse. Sa précédente colocataire s'était mariée et vivait à présent dans le Northumberland. A part elle, Flora ne pouvait pas compter sur grand monde. « Quel cercle vicieux ! » marmonna-t-elle.

Il était hors de question de louer un appartement qu'elle serait incapable de payer. Par ailleurs, comment chercher du travail sans poser ses bagages quelque part ? Elle se rappela alors le *Shelbourne*, un petit hôtel au charme désuet dans lequel elle avait passé un ou deux week-ends avec son père, des années auparavant. Cela ne devait pas coûter une fortune, conclut-elle en se remémorant les chambres étriquées, dépourvues de confort. A tout le moins, elle pourrait y passer la nuit. Dès le lendemain, elle se mettrait à la recherche d'un emploi.

Il ne s'agissait pas à proprement parler d'une solution mais plutôt d'un compromis. Oh, après tout, comme le disait si justement Marcia, la vie n'était qu'une succession de compromis.

Le *Shelbourne* avait des airs de relique, une sorte d'épave égarée dans le flot impétueux du progrès.

Situé au cœur d'une petite rue attenante à Knightsbridge, l'établissement semblait s'être enlisé dans un océan agressif d'immeubles de béton et d'hôtels modernes aux enseignes au néon. En poussant la porte à tambour, Flora eut la sensation de remonter le temps. Rien n'avait changé : ni les palmiers en pots ni la décoration démodée, non plus que la figure du portier. Tout paraissait s'être figé dans le passé. Une forte senteur de désinfectant saturait l'air, comme dans un hall d'hôpital. La même femme au visage morose était installée derrière le bureau de la réception. Elle portait une robe noire... Se pouvait-il que ce soit la *même* robe ? se demanda Flora, tandis que l'employée levait sur elle un regard maussade.

— Bonsoir, mademoiselle.

— Auriez-vous une chambre à un lit pour ce soir ?

— Un instant, s'il vous plaît.

Le tic-tac nerveux d'une horloge fit à Flora l'effet d'un détonateur.

— ... Oui, il en reste une. Malheureusement, elle est située sur la cour et...

— Je la prends.

— Pendant que vous signez le registre, le garçon d'étage vous montera votre bagage.

L'idée d'aller s'enfermer dans une pièce lugubre répugna tout à coup à Flora.

— Pas tout de suite, je dois sortir... Je vais dîner, improvisa-t-elle... Je reviendrai vers vingt et une heures trente. Laissez là ma valise. Je la monterai moi-même à mon retour.

— Comme vous voulez... Vous ne désirez pas visiter les lieux ?

— Oh, non. Cela ira. J'en suis sûre.

Au milieu de toutes ces vieilleries, elle eut la sensation de suffoquer. Elle avait attrapé la lanière de son sac et s'était mise à reculer en bredouillant encore une vague excuse. Près de l'entrée, elle manqua heurter l'un des fameux palmiers qui, dans leurs pots de grès, avaient su résister aux outrages du temps... Enfin, dehors. De l'air !

Elle aspira quelques larges goulées, se sentit un peu mieux. Le soir tombait, froid et clair. Le ciel formait une voûte translucide par-dessus les toits, un nuage rose en forme de jonque s'effilochait lentement dans le crépuscule. Flora enfouit ses mains dans ses poches et se mit à marcher.

Une heure plus tard, elle avait traversé le quartier de Chelsea et se dirigeait vers King's Road. La vue familière de cette rue avec ses charmantes façades victoriennes lui arracha un soupir rassuré. Ici aussi, rien n'avait changé depuis un an, hormis cette trattoria qui avait poussé à la place de la vieille cordonnerie aux vitrines poussiéreuses bourrées de toutes sortes de lacets, lanières et sacs à main en plastique. Le restaurant s'appelait *Seppi's*. Des arbustes plantés dans des caissons s'alignaient sous la marquise rouge à rayures blanches. Alors que Flora s'approchait, la porte s'ouvrit sur un homme transportant une petite table recouverte d'une nappe à carreaux rouges et blancs, qu'il déposa à même le trottoir. Il disparut à l'intérieur pour réapparaître presque aussitôt avec deux chaises en fer forgé qu'il plaça de part et d'autre de la table. La brise fit claquer la nappe, et il leva les yeux. Son regard sombre étincela, et il dédia à Flora un sourire éblouissant.

— *Ciao, signorina*.

« Ces Italiens ! toujours charmeurs ! » Elle sourit.

— Hello, dit-elle. Comment allez-vous ?

— Merveilleusement bien. Comment pourrait-on aller mal après une journée aussi superbe ? Je me suis cru à Rome. Et vous, avec votre bronzage, vous avez l'air d'une belle Italienne... (Il embrassa passionnément le bout de ses doigts réunis.) Magnifique.

— Merci.

Désarmée, elle s'était arrêtée devant la porte ouverte d'où s'échappaient des effluves appétissants — ail, tomate, huile d'olive — qui lui mirent l'eau à la bouche. Un coup d'œil discret à sa montre lui apprit qu'il était à peine sept heures du soir. Elle n'avait rien avalé depuis le matin et se sentait épuisée, affamée, mourant de soif.

— Vous êtes ouverts ?

— Pour vous, nous sommes toujours ouverts.

— Je voudrais quelque chose de léger. Une omelette.

— Tout ce que vous voulez, *signorina*.

Le restaurant s'organisait autour d'un petit bar. Des banquettes tapissées d'un tissu jaune orangé longeaient les cloisons, de minuscules bouquets ornaient chaque table de pin où brillaient couverts, verres et assiettes garnies de serviettes immaculées et fraîchement repassées. Les murs en miroir agrandissaient l'espace, un tapis-brosse couleur de paille recouvrait le sol. De joyeux tintements auxquels se mêlaient parfums d'épices et éclats de voix indiquaient la cuisine.

Tout ici respirait un ineffable bien-être. Après une journée éreintante, Flora s'y sentit aussi à l'aise que chez elle. Elle descendit aux toilettes où elle se savonna énergiquement les mains. Lorsqu'elle remonta, le jeune Italien qui l'avait accueillie avait tiré l'une des tables afin de lui dégager le passage. Elle se laissa tomber sur la banquette, l'œil rivé sur le verre de bière blonde glacée, accompagné d'un assortiment d'amuse-gueule qu'il avait disposés à son intention.

— Vous ne voulez vraiment qu'une omelette, *signorina* ? s'enquit-il. Ma sœur, Francesca, a préparé un osso buco de rêve comme plat du jour.

— Non, merci, une omelette me convient parfaitement. Avec un peu de jambon, peut-être... Et une salade verte.

— C'est parti !

La porte s'ouvrit devant des clients qui allèrent s'agglutiner au bar. Flora avala une gorgée de bière fraîche avec un soupir de contentement en se disant qu'elle avait eu de la chance d'être aussi bien reçue... Des bribes de conversation lui parvenaient. L'un trouvait Londres sinistre, l'autre se plaignait de la froideur des Londoniens...

Eh bien, ici, c'est un havre de paix, pensa-t-elle en s'accordant une deuxième gorgée de bière pétillante, tout en se regardant machinalement dans le miroir d'en face. Le bleu pâle de sa veste de daim ressortait agréablement sur l'orange de la banquette, comme dans quelque tableau de Van Gogh où les violents contrastes accentuent l'intensité de chaque couleur... C'était une fille mince, aux traits ciselés, avec des yeux d'un brun ardent et une bouche qui paraissait trop grande pour son visage fin. Ses cheveux d'acajou sombre qui lui balayaient la nuque mettaient en relief la ligne nette de sa mâchoire. Sa peau dorée par le soleil de Cornwall n'avait guère besoin de maquillage, et ses mains, longues et fines, arboraient le même bronzage que son visage.

« J'ai quitté Londres trop longtemps, se dit-elle. Avec cet air de vacancière, je ne trouverai jamais un job... Il faudrait que je me fasse couper les cheveux... Que je m'achète... »

De nouveau, la porte vitrée s'ouvrit. Une voix féminine cria un tonitruant « Salut, Pietro ! », après quoi l'arrivante pénétra dans l'établissement avec l'assurance d'une cliente de longue date. Sans un regard en direction de Flora, elle s'installa d'autorité à la table voisine en se laissant choir sur la banquette, yeux clos et jambes allongées.

Une telle décontraction frisait l'insolence. Flora décida qu'il devait s'agir d'une parente du dénommé Pietro. Probablement d'une cousine milanaise récemment implantée à Londres... Mais non ! Elle avait dit « Salut, Pietro » avec un accent dont l'origine britannique ne faisait pas de doute... Bah, une cousine de la branche anglaise de la famille, alors.

Amusée par ses suppositions, Flora jeta un coup d'œil à la dérobée dans le miroir d'en face. Son regard dériva sur le côté, puis, à nouveau, elle tourna la tête en direction de la surface polie, si vite que ses cheveux virevoltèrent autour de ses joues...

C'était sa propre image qu'elle venait de contempler.

Ce qui était impossible, compte tenu qu'il y avait deux reflets dans le miroir.

Inconsciente de la présence de Flora, l'arrivante ôta son foulard de soie, secoua ses cheveux, se pencha sur un ravissant sac à main en croco d'où elle extirpa une cigarette qu'elle alluma à l'aide d'une boîte d'allumettes qui traînait dans le cendrier. Elle exhala nonchalamment la fumée et la forte odeur du tabac français satura l'air. Son pied botté se mit à tapoter nerveusement le sol.

— Hé, Pietro ! cria-t-elle une nouvelle fois.

Flora ne pouvait détacher ses yeux du miroir. Les cheveux de l'inconnue, plus longs que les siens, accusaient la même teinte d'acajou sombre et brillant. Un maquillage sophistiqué adoucissait ses traits ciselés tout en soulignant sa bouche généreuse, trop grande pour sa figure mince. Ses yeux, d'un brun profond, s'ourlaient d'une longue frange de cils épaissie au mascara... Un solitaire étincelait à son annulaire, et ses mains, à part les ongles écarlates, étaient aussi longues et fines que celles de Flora.

Toutes deux portaient un jean, un pull à col roulé,

sauf que celui de l'autre fille affichait le moelleux du cachemire et que sa veste, négligemment jetée sur ses épaules, avait le lustre somptueux du vison noir.

Le jeune serveur revint en courant.

— Voilà, voilà, *signorina* ! Excusez-moi mais...

Sa voix dérapa dans les aigus, comme un vieux disque rayé, tandis que son corps se tassait.

— Eh bien, où étais-tu passé ? dit la voisine de Flora. Qu'est-ce que tu attends pour m'apporter ma chope ?

— Mais je croyais... je veux dire...

Il était devenu blanc comme un linge et regardait les jeunes filles tour à tour d'un air effaré. Flora le vit réprimer ce geste typiquement méditerranéen censé conjurer le mauvais œil.

— Oh, Pietro, pour l'amour du Ciel !

Exaspérée, l'arrivante avait levé les yeux, croisant ceux de Flora dans le miroir. Ce fut Pietro qui brisa le silence pesant qui s'était ensuivi.

— C'est stupéfiant ! fit-il d'une voix altérée, à peine audible. Stupéfiant !

L'autre fille parut recouvrer ses esprits avant ses deux compagnons.

— Oui, dit-elle. Stupéfiant. On peut le dire.

Elle semblait avoir perdu sa belle assurance. Flora, quant à elle, fut incapable de prononcer le moindre mot. Une fois de plus, Pietro reprit la parole.

— Excusez-moi, *signorina* Schuster, mais quand l'autre *signorina* est arrivée, je l'ai prise pour vous. (Puis, se tournant vers Flora :) Veuillez me pardonner, j'ai dû vous paraître bien familier. La *signorina* Schuster est une bonne cliente et je ne l'avais pas vue depuis un moment, alors...

— Je n'ai pas pensé un seul instant que vous étiez trop familier. Je me suis juste dit que vous étiez gentil.

La fille aux cheveux longs scrutait attentivement le visage de Flora, tel un expert évaluant un portrait.

— Vous me ressemblez, finit-elle par constater d'un air ennuyé, comme si elle venait d'essuyer un affront.

— Vous me ressemblez également, répondit Flora, sur la défensive. Disons que nous nous ressemblons... beaucoup.

Pietro confirma aussitôt cette impression.

— Oh, oui, énormément. Vous avez la même voix, les mêmes yeux... presque les mêmes vêtements. C'est à peine croyable. *Mamma mia !* Vous pourriez être jumelles. On dirait... (il claqua des doigts afin de donner de l'emphase à sa remarque)... la même personne, voyez-vous ?

— Pareilles, lâcha platement Flora.

— Absolument pareilles ! C'est fantastique !

— Des sœurs jumelles, alors ? murmura prudemment le sosie de Flora.

Pietro plissa les yeux.

— Vous voulez dire que vous ne vous êtes jamais vues auparavant ?

— Jamais.

— Pourtant, vous devez être sœurs...

Il avait posé la main sur son cœur. L'espace d'un instant, il sembla au bord de l'évanouissement. Enfin, sa nature optimiste ayant repris le dessus, il s'écria :

— La maison vous offre le champagne ! Je vais trinquer avec vous. Un tel miracle n'arrive pas tous les jours... Ne bougez pas ! recommanda-t-il avant de s'éclipser.

De toute façon elles auraient été incapables d'esquisser le moindre mouvement. C'est à peine si elles se rendirent compte qu'il n'était plus là. Flora déploya un effort surhumain pour ravaler la boule qui lui obstruait la gorge.

— Sœurs ? s'entendit-elle murmurer.

— Des jumelles. Quel est votre nom ?

— Flora Waring.

L'autre ferma les paupières, puis les rouvrit lentement. Lorsqu'elle parla, elle le fit avec un calme étudié.

— C'est aussi mon nom de famille. Je suis Rose.

3

ROSE

— Rose Waring ?

— Schuster. Je porte le nom de mon beau-père, Harry Schuster. Mais mon vrai père s'appelait Waring...

Elle s'interrompit, incapable d'en dire plus. À l'étonnement se mêlait maintenant un sentiment de reconnaissance, presque de complicité.

— Savez-vous qui est votre père naturel ? s'enquit péniblement Flora.

— Je ne l'ai jamais connu. Je crois qu'il était prof.

Flora songea à son père. A son caractère entier, sa passion de la vérité, son sens de la justice. « Il n'a pas pu me faire ça. Il n'a pas pu me cacher une chose aussi importante. Il me l'aurait dit ! » Elle se pencha vers Rose en cherchant laborieusement ses mots.

— Votre mère... Est-ce qu'elle ne s'appelle pas (le prénom, presque jamais prononcé durant toutes ces années, surgit dans sa mémoire) Pamela ?

— Exact.

— Quel âge avez-vous ?

— Vingt-deux ans.

— Quelle est la date de votre anniversaire ?

— Le dix-sept juin.

Tout concordait.

— La mienne aussi.

— Je suis née sous le signe des Gémeaux, déclara Rose, répétant sans le savoir les mots que Marcia avait dits le matin même... Un signe approprié, dans le cas présent.

Ma sœur jumelle !

— Mais que s'est-il passé ? demanda Flora.

— Ils ont décidé de se séparer. Chacun a pris un bébé.

— Vous n'en saviez rien ?

— Non. Et vous ?

— Non plus. J'en suis salement secouée, je l'avoue.

— Vous ne devriez pas. Il s'agit au contraire d'une réaction parfaitement normale. Et assez saine, finalement.

— Ils auraient dû nous mettre au courant.

— Pour quoi faire ? Quelle serait la différence ?

La situation semblait maintenant amuser Rose.

— C'est dingue ! reprit-elle. Le plus drôle de l'histoire est que nos parents se sont fait avoir par le hasard... Quelle drôle de coïncidence, tout de même, que de se rencontrer comme ça. Etes-vous déjà venue dans ce restaurant ?

— Jamais.

— Vous voulez dire que vous avez franchi la porte du *Seppi's* pour la première fois ?

— Je suis arrivée à Londres cet après-midi. J'ai passé un an à Cornwall.

— Se rencontrer dans cette ville immense ! C'est absolument renversant !

— On dit souvent que chaque quartier de Londres est comme un village. Je suppose que, suivant les endroits que vous fréquentez, vous avez plus de chances de tomber sur l'une de vos relations, fit remarquer Flora.

— Absolument ! Chez *Harrod's*, par exemple, je ne

peux pas faire un pas sans m'arrêter pour saluer un ami. Pourtant, ce qui s'est passé aujourd'hui sort complètement de l'ordinaire, conclut Rose en balayant une mèche de cheveux sur son front en un geste que Flora ébauchait souvent. Que faisiez-vous à Cornwall ?

— J'étais chez papa. Il vit et travaille là-bas.

— Ah, il est toujours prof ?

— Oui, il est enseignant, rectifia Flora non sans une certaine fierté. (Encore sous le choc, elle regarda Rose en s'efforçant de se donner un air décontracté.) Et vous ? Que vous est-il arrivé ?

— Maman s'est remariée quand j'avais deux ans. Il s'appelle Harry Schuster. Bien qu'il soit américain, il passe pas mal de temps en Europe où il représente sa firme.

— Vous avez grandi en Europe ?

— Oui... Paris, Rome, Francfort... On a beaucoup bougé.

— Est-ce qu'il est gentil, M. Schuster ?

— Adorable.

Et très riche, se dit Flora en lorgnant à la dérobée le sac en croco et la veste de vison. Pas étonnant que Pamela, après avoir quitté un maître d'école sans le sou, ait jeté son dévolu sur une grosse fortune.

— Avez-vous des frères et sœurs ?

— Non, je suis restée toute seule. Et vous ?

— Papa vient de se remarier. Elle s'appelle Marcia. Une femme extraordinaire mais pas vraiment une pondeuse.

— A quoi ressemble votre père ?

— Grand... classique, je suppose. D'une extrême gentillesse. Il porte des lunettes cerclées d'écaille et il est distrait... C'est un homme... (elle chercha frénétiquement un adjectif original, mais seul le mot « charmant » lui vint à l'esprit)... épris de vérité, acheva-t-elle. Voilà pourquoi je ne comprends pas qu'il ne m'ait jamais parlé de vous.

— Tous les parents font prendre à leurs rejetons des vessies pour des lanternes.

Flora la considéra d'un air choqué.

— Il n'a pas l'habitude d'altérer la vérité. Le mensonge, il l'a toujours eu en horreur.

— Ça doit être quelqu'un, alors, murmura Rose, songeuse, en écrasant son mégot dans le cendrier. Maman, elle, n'hésite pas à dénaturer les faits quand ça l'arrange. Mais elle le fait avec une telle élégance... qu'on lui pardonne tout.

— Est-elle jolie ?

— Très mince. Une allure très jeune... A mon avis, elle n'a rien d'un canon mais, d'un commun accord, les gens la trouvent ravissante... Elle-même se classe dans la catégorie des beautés fatales.

— Est-elle à Londres actuellement ?

Flora regretta aussitôt sa question. Si elle rencontrait sa mère, elle n'aurait rien à lui dire.

— Non, à New York, avec Harry. J'ai atterri à Heathrow il y a une semaine... Maman aurait préféré que je reste mais je suis revenue parce que... Oh, pour différentes raisons, termina-t-elle, les yeux dans le vague.

Le retour de Pietro avec le champagne la dispensa fort opportunément de fournir plus de détails. Avec des gestes cérémonieux, le serveur fit sauter le bouchon avant de faire ruisseler le pétillant breuvage dans les flûtes, sans en gaspiller une goutte. Ayant remis la bouteille dans un seau à glace, il porta un toast.

— A vous ! Et à ces retrouvailles combinées par la Providence.

— Merci, murmura Flora.

— Santé ! dit Rose en même temps.

L'œil humide, Pietro vida son verre avant de disparaître du côté de la cuisine, laissant la bouteille sur place.

— Nous finirons sous la table, sourit Rose... Où en étions-nous ?

— Vous étiez en train de me raconter votre retour des Etats-Unis.

— Ah, oui. Je repars en Grèce. Demain ou après-demain, je n'ai pas encore décidé.

Sa vic n'était qu'un tourbillon, décida Flora.

— Où habitez-vous ? s'enquit-elle.

« Au *Ritz*, sans doute, ou au *Connaught* », songea-t-elle au même moment. Elle se trompait. Le contrat de M. Schuster prévoyait des logements de fonction à Londres, Paris, Rome, Francfort, partout où il était obligé de se rendre. L'appartement londonien se situait justement à Cadogan Gardens.

— C'est à deux pas. Ce restaurant est ma cantine, quand je suis en ville. Et vous ?

— Pour le moment je n'habite nulle part. Je viens d'arriver de Cornwall, comme je vous l'ai dit. Je devais partager l'appartement d'une amie mais nos projets sont tombés à l'eau...

— Où dormirez-vous ce soir ?

Flora lui raconta son expédition au *Shelbourne*. Les palmiers en pots, la décoration désuète, l'atmosphère étouffante...

— J'avais oublié combien cet hôtel était déprimant, mais qu'importe. Je n'y resterai pas plus d'une nuit.

Rose la regardait. Il y avait, au fond de ses yeux sombres, une sorte de lueur froide. Calculatrice... Oui, on pouvait dire cela, *calculatrice*. « J'espère que je ne prends jamais cet air-là », se dit Flora, désarçonnée.

— Laissez tomber cet hôtel minable ! Nous allons manger un morceau ici et nous irons chercher vos bagages en taxi. Vous pouvez rester chez Harry sans problème. L'appartement est immense et contient des dizaines de lits... Si je pars demain pour la Grèce, nous ne nous reverrons peut-être plus de sitôt, et de toute façon vous pourrez rester après mon départ. Enfin, tant que vous voudrez, jusqu'à ce que vous ayez trouvé autre chose.

— Mais... personne n'y verra d'inconvénient ?

Sans s'expliquer pourquoi, Flora cherchait une faille à ce projet merveilleux.

— Qui voulez-vous que ça gêne ? J'en toucherai deux mots au portier de l'immeuble. Harry se fiche pas mal de ce que je fabrique et quant à maman... que peut-elle dire si elle apprend que ses deux filles se sont liées d'amitié ? fit Rose dans un éclat de rire amusé. Que dirait votre père ?

Flora réprima un frisson.

— Je n'en ai pas la moindre idée.

— Allez-vous lui raconter notre aventure ?

— Je n'en sais rien. Peut-être, un jour...

— N'ont-ils pas mal agi à notre égard ? demanda Rose, soudain songeuse. N'est-ce pas cruel de séparer deux jumelles ? On dit que les jumeaux sont les deux moitiés d'une seule et même personne. Les séparer équivaudrait à couper quelqu'un en deux.

— Peut-être était-ce un service à nous rendre.

Les yeux de Rose s'étrécirent.

— Je me demande pourquoi maman m'a choisie, alors que papa vous a préférée.

— Sans doute ont-ils eu recours à une pièce pour nous jouer à pile ou face, essaya de plaisanter Flora sans y parvenir tout à fait.

— Que se serait-il passé si le sort en avait décidé autrement ?

— Ce serait... différent.

Une autre existence... Flora songea à son père, à Seal Cottage quand le feu dansait dans la cheminée, et au parfum de résine que dégageaient les bûches en se consumant. Elle revit la mer aux flots pailletés de soleil. La carafe de vin rouge sur la table de bois brut, tandis que les accords émouvants de la *Pastorale* s'égrenaient à travers la maison. Et elle repensa à la chaleureuse présence de Marcia.

— Auriez-vous aimé que ce soit différent ? voulut savoir Rose.

Flora sourit.

— Non.

— Moi non plus. Cela n'aurait pas changé grand-chose.

C'était vendredi.

A Edimbourg, le matin pluvieux avait cédé la place à un radieux après-midi. Le soleil avait fini par percer les nuages, nimbant la vieille cité d'une fauve lumière automnale. Au nord, par-delà le profond indigo du Firth of Forth, les formes arrondies des collines se profilaient sur le bleu délavé du ciel. Au bout de Princess Street, les parterres de Waverly Gardens s'embrasaient de dahlias flamboyants, jusqu'au sud où s'érigeait le célèbre château royal surmonté d'un étendard flottant.

En émergeant de son bureau dans Charlotte Square, Antony Armstrong ralentit un instant l'allure, afin de faire un bref résumé de la situation. En vue du long week-end qu'il avait obtenu de ses patrons, il avait passé la matinée à trier des documents. Il n'avait pas eu le temps de déjeuner et, à présent, il lui fallait se dépêcher s'il voulait arriver à temps à l'aéroport pour attraper le vol de Londres. Il contempla d'un œil distrait les feuilles cuivrées des arbres plantés dans le square, respirant à fond la brise iodée. Cela sentait la campagne, décida-t-il, debout, son imperméable sur le bras, avant de grimper dans sa voiture. La pensée de Tuppy et de Fernrigg House l'avait obnubilé depuis la veille. Le jeune homme démarra et prit la direction de l'aéroport. Il passa au guichet des enregistrements une demi-heure avant le décollage.

Il lui restait juste le temps de monter au bar, afin de commander un sandwich arrosé d'une bonne bière. Le barman, une vieille connaissance, le salua aimablement.

— Je ne vous ai pas vu depuis un moment, monsieur.

— Je n'ai pas pris l'avion depuis au moins un mois.

— Jambon ou œufs ? s'enquit l'autre.

— Les deux.

— Vous allez à Londres, hein ?

— Exact.

Le barman hocha la tête d'un air connaisseur.

— Un week-end en amoureux, je parie ?

— Je ne resterai peut-être pas plus d'une journée. Cela dépendra.

— Bah, tâchez de vous amuser, conseilla son vis-à-vis en faisant glisser une chope d'Export sur le comptoir. Il paraît qu'il fait beau, là-bas... Bon voyage, monsieur Armstrong.

Antony s'empara de son plateau et alla s'installer à une table près de la fenêtre. Il jeta son imperméable sur une chaise, alluma une cigarette. A travers la baie vitrée, il pouvait apercevoir les collines couronnées de nuages... Il ne toucha pas à son plat, l'esprit trop accaparé par Rose. Il avait passé la nuit à arpenter sa chambre, sans parvenir à trouver une solution au problème. Il plongea la main dans la poche intérieure de sa veste d'où il tira la lettre qu'elle lui avait écrite. Il l'avait lue et relue tant de fois qu'il en connaissait chaque virgule par cœur. Il n'y avait pas d'enveloppe pour la bonne raison qu'elle était arrivée à l'intérieur d'une petite boîte de cuir contenant la bague de saphir sertie de diamants.

Il la lui avait offerte quatre mois plus tôt, au restaurant du *Connaught Hotel*. Ils avaient fini de dîner, le garçon venait de leur servir le café et il avait su que le moment propice était arrivé... Semblable à un prestidigitateur, il avait fait apparaître l'écrin et l'avait ouvert, faisant miroiter à la lueur des chandelles les pierres du bijou.

Immédiatement, Rose s'était exclamée :

— Quel bijou ravissant !

— Il est à toi, avait répondu le jeune homme.

Elle avait levé sur lui un regard incrédule et flatté. Pourtant, il aurait juré que quelque chose d'autre avait brillé au fond de ses prunelles noires, quelque chose que, sur le moment, il avait été incapable d'analyser.

— Je l'ai achetée ce matin, avait-il poursuivi à brûle-pourpoint. Il s'agit d'une bague de fiançailles, Rose, tu t'en doutes. J'espère que tu penses, comme moi, que nous sommes faits l'un pour l'autre. Epouse-moi.

— Antony...

— Ta voix semble pleine de reproches.

— Non, de surprise, simplement.

— Il n'y a pas de quoi. Nous nous connaissons depuis cinq ans.

— Ce n'est pas ce que j'appellerais se connaître, Antony.

— Non ? Pourtant, je le pense profondément.

Il était sincère. Toutefois, il lui fallait admettre que leur relation avait débuté d'une drôle de manière. A vrai dire, leur histoire consistait en une série de rencontres qui semblaient à la fois fortuites et préméditées.

La première fois qu'il l'avait vue, elle n'avait produit sur lui qu'un effet imprécis. A l'époque, à vingt-cinq ans, Antony filait le parfait amour avec une petite comédienne en tournée dans les Highlands. Rose, elle, venait d'avoir dix-sept ans. Sa mère, Pamela Schuster, avait loué Beach House, près de Fernrigg, pour les vacances d'été. Antony était retourné à la maison pour un week-end. Il avait été invité à boire un verre au cottage. La mère lui parut charmante, voire séduisante.

Rose avait boudé tout l'après-midi. C'était une adolescente gauche et dégingandée, tout en jambes, qui répondait par monosyllabes aux questions qu'on lui posait. De retour à Edimbourg, il l'avait oubliée. Lorsqu'il revint à Fernrigg, la semaine suivante, mère et fille étaient déjà reparties et il n'y avait plus pensé.

Un an plus tard, alors qu'il se trouvait à Londres pour affaires, il était tombé sur Rose. Celle-ci dégustait un cocktail au bar du *Savoy* en compagnie d'un jeune Américain à lunettes rondes. Il l'avait à peine reconnue. La chrysalide s'était métamorphosée en un papillon éclatant. Mince, sophistiquée, elle attirait tous les regards masculins.

Antony s'était empressé d'aller la saluer. La jeune fille avait eu l'air enchantée de le revoir. Ses parents, lui avait-elle expliqué, passaient leurs vacances dans le sud de la France où elle irait les rejoindre le lendemain... Le fait qu'à peine retrouvés, ils allaient se séparer, avait exacerbé leur désir de rester seuls. Sans prendre de gants, Rose planta là son soupirant à lunettes pour dîner avec Antony.

— Quand reviendrez-vous de France ? avait-il voulu savoir.

— Je ne sais pas. Je n'ai pas encore fixé la date.

— Vous n'avez pas un emploi ?

— Oh, non ! Pour quoi faire ? Je suis incapable de me concentrer sur un sujet, et le traitement de texte par ordinateur nécessite apparemment une science qui me manque cruellement, étant donné que je ne sais même pas taper sur un clavier. Par ailleurs, comme je n'ai nul besoin d'argent, l'idée de retirer le pain de la bouche d'un honnête travailleur me répugne.

En bon Ecossais, Antony avait rétorqué :

— Eh bien, ma chère, vous n'êtes qu'un parasite vivant aux dépens de la société.

Mais il avait exprimé son indignation avec un sourire indulgent et Rose ne s'en était guère offusquée.

— Je sais, avait-elle répliqué tout en vérifiant son maquillage dans le miroir d'un petit poudrier doré. N'est-ce pas abominable ?

— Faites-moi signe quand vous serez de retour.

— Sans faute ! avait-elle assuré en refermant d'un coup sec son poudrier.

Elle n'en fit rien. Antony ignorait son adresse à Londres. Les Schuster devaient être sur liste rouge car leur nom ne figurait pas dans l'annuaire. Il se renseigna discrètement auprès de Tuppy, qui n'en savait pas plus.

— Pourquoi me demandes-tu des nouvelles des Schuster ? dit-elle au bout du fil, avec une curiosité non dissimulée.

— J'ai rencontré Rose par hasard à Londres. J'aimerais la revoir.

— Rose ? Cette charmante enfant ?

Il la retrouva au début de l'été suivant. Les jardins embaumaient, les nouvelles feuilles habillaient les parcs d'un manteau vert émeraude. Sur le Strand, il rencontra un vieux camarade d'école, qui l'invita à une soirée. Son ami habitait un immeuble dans Chelsea. La première personne qu'il aperçut en franchissant le seuil de l'appartement en terrasse, ce fut elle.

Rose. En la voyant, son cœur fit un bond dans sa poitrine. Elle resplendissait dans un tailleur-pantalon de lin lavande, juchée sur des boots à hauts talons. Ses longs cheveux d'acajou sombre lui dégringolaient dans le dos. Elle était en grande conversation avec un garçon qu'Antony ne prit même pas la peine de regarder... Elle était là. Il l'avait enfin retrouvée. Le destin les avait réunis à nouveau. Rien d'autre ne comptait... Il s'approcha d'elle, un verre à la main.

Cette fois, ce fut parfait. Il allait rester encore trois jours à Londres. Elle ne partait pas dans le sud de la France. Ni ailleurs. Ses parents se trouvaient à New

York. Elle irait certainement les rejoindre plus tard. Pas tout de suite... Elle habitait l'appartement de son beau-père à Cadogan Court. Antony quitta immédiatement son hôtel pour emménager chez l'élue de son cœur.

Tout se déroula comme dans un rêve, sous le signe de la désinvolture. Le temps lui-même semblait veiller sur le bonheur des amoureux. Aux journées ensoleillées succédaient des nuits moirées de lune. Ils passaient leur temps en flâneries romantiques. Ils dînèrent tous les soirs dans les meilleurs restaurants, se promenèrent en taxi, allèrent au spectacle. Antony épuisa ses économies et cette orgie de dépenses culmina dans l'achat de la bague de saphir sertie de diamants qu'il se procura dans une luxueuse bijouterie de Regent's Street.

Ils étaient fiancés. Il avait peine à le croire. Comme pour donner corps à sa rêverie, il annonça à tous ses amis la bonne nouvelle. Ils envoyèrent un télégramme à New York et il téléphona à Fernrigg House. Tuppy exultait : elle souhaitait depuis si longtemps que son petit-fils se marie.

— Amène-la vite, mon chéri. Il y a tant d'années que je ne l'ai vue. Je me souviens à peine d'elle.

— Elle est belle. La plus belle fille du monde.

— J'ai hâte de la revoir.

Il le dit à Rose.

— Grand-mère est impatiente de t'embrasser.

— Eh bien, trésor, j'ai peur qu'elle ne soit obligée d'attendre un peu. Je dois me rendre aux Etats-Unis, je l'ai promis à maman et à Harry. Ils ont fait des projets et je ne voudrais pas les décevoir. Tu n'as qu'à l'expliquer à Tuppy.

Il le fit, dès le lendemain.

— Nous vous rendrons visite dès que Rose reviendra d'Amérique. C'est promis.

Elle prit l'avion pour New York. Grisé d'amour et de bonheur, Antony regagna Edimbourg.

— Je t'écrirai, avait-elle affirmé à l'aéroport.

Elle n'écrivit pas. Il lui adressa des missives enflammées auxquelles elle ne répondit pas. Inquiet, il envoya des télégrammes sans plus de résultats. Il finit par composer le numéro de Westchester County où elle demeurait. Un domestique répondit après plusieurs sonneries. Son accent à couper au couteau, dont Antony fut incapable de deviner l'origine, dénaturait complètement son discours. Néanmoins, le jeune homme crut comprendre que mademoiselle n'était pas là... Rose n'était pas en ville. Nul ne savait quand elle rentrerait.

Le désespoir commençait à submerger le jeune fiancé quand la première carte postale arriva. Une vue du Grand Canyon qu'accompagnait un message affectueux, d'une affligeante banalité. Une semaine après, deuxième carte postale. Rose avait décidé de passer l'été aux Etats-Unis... Il en reçut cinq, toutes aussi insipides.

Les plaintives questions dont sa tante et sa grand-mère le bombardaient par téléphone plusieurs fois par semaine n'arrangèrent en rien les choses. Plus il essayait de rassurer ses correspondantes, moins il se sentait sûr de lui-même. Pareils aux nuages menaçants qui s'amoncellent lentement mais sûrement dans l'éclatant ciel automnal, les doutes avaient commencé leur œuvre destructrice. Son solide bon sens écossais semblait avoir perdu son efficacité. S'était-il rendu ridicule ? Ce bref séjour magique à Londres, avec Rose, ne l'avait-il pas induit en erreur ? N'avait-il pas été aveuglé par une illusion, un leurre ayant les apparences de l'amour et du bonheur ?

Ses moroses méditations furent soudain balayées par un coup de fil d'Isobel. Tuppy était malade, lui apprit-elle. Un refroidissement qui s'avéra être une pneumonie. Une infirmière s'occupait d'elle nuit et jour.

— Ne t'en fais pas, déclara sa tante. Tout finira par s'arranger, j'en suis persuadée. Mais j'ai pensé que tu avais le droit de savoir.

— Veux-tu que je revienne à la maison ? proposa-t-il sans hésiter.

— Non. Si tu débarques, elle comprendra que son état de santé nous inspire des inquiétudes. Plus tard, peut-être, quand Rose aura fini son tour d'Amérique... A moins qu'elle ne soit déjà rentrée ?

— Non... Non, pas encore. Mais cela ne saurait tarder.

— Très bien, répondit Isobel.

Et Rose brillait toujours par son absence... Il détestait mentir à sa tante, mais comment pouvait-il faire autrement ? Perdu dans son dilemme, en proie à une léthargie qu'il n'avait jamais connue, il se cantonna dans une longue expectative.

Les choses en étaient là depuis plus d'une semaine quand d'un seul coup la situation se détériora. D'abord, le courrier du matin apporta le petit paquet contenant la fameuse bague de fiançailles ainsi que l'unique lettre écrite de la main de Rose. Il avait été posté à Londres, signe qu'elle était revenue. Et au moment même où il parcourait pour la énième fois le feuillet qui portait un coup fatal à ses espérances, un autre appel en provenance de Fernrigg vint compliquer singulièrement le problème. Cette fois-ci, Isobel avait été incapable de jouer la comédie. Ses larmes, sa voix chevrotante, l'aveu que Hugh Kyle se faisait du souci pour Tuppy instruisirent le jeune homme sur la rude réalité. Tuppy allait peut-être mourir... Ce serait terrible pour elle de s'éteindre sans avoir revu Antony et Rose *ensemble*. Antony n'eut pas le courage de mettre sa tante au courant de la triste vérité. Bien entendu, le téléphone des Schuster restait muet, mais Antony ne se laissa pas démonter. Un télégramme, expédié à la hâte, étant également resté sans réponse, Antony sut soudain ce qu'il lui restait à faire. Avec le calme et l'énergie du désespoir, il prit ses dispositions : son patron lui accorda un long week-end « pour raisons familiales ». Il réserva une place sur le prochain avion à destination de Londres.

En attendant que son vol soit annoncé, Antony déplia le luxueux papier turquoise avec l'adresse imprimée en gras en haut de la page...

82, Cadogan Court, Londres S.W.1

L'écriture de Rose, aux lettres mal formées comme si elles avaient été dessinées par un enfant et à la ponctuation inexistante, emplissait une bonne moitié de la feuille :

Cher Antony,

Désolée de te renvoyer ta bague, mais toute réflexion faite, j'en suis venue à la conclusion que cette union serait une regrettable erreur. Tu es un gentil garçon et je garde un souvenir ému de nos folles escapades à Londres, mais un flirt ne saurait en aucun cas présumer un mariage heureux. En fait, je n'ai pas l'étoffe d'une bonne épouse. N'étant pas casanière, l'idée de jeter l'ancre ne m'emballe pas. Non que je nourrisse des sentiments hostiles à l'encontre de l'Ecosse, loin de là. Mais m'y installer, pour toujours, me fait peur. Je me trouve à Londres depuis une semaine et j'ignore quel sera mon prochain pas. Maman t'envoie toute son amitié, bien qu'elle pense, elle aussi, que je ne suis pas faite pour vivre à Edimbourg. J'en suis navrée, mais comme on dit, mieux vaut prévenir que guérir. Les divorces coûtent tellement cher de nos jours...

Je t'embrasse fort (quand même !).

Rose

Il atterrit à Heathrow à quinze heures trente et il prit un taxi. La température à Londres lui parut un peu plus élevée qu'à Edimbourg. Ici, les feuilles des arbres commençaient à peine à virer au jaune. Dans Hyde Park, le gazon brunissait tout doucement sous le soleil automnal. Des écoliers avaient pris d'assaut Sloane Street, la main dans celle de leur élégante maman. « Si Rose n'est pas là, je vais m'asseoir sur l'escalier. Je la verrai envers et contre tout, dussé-je attendre toute la nuit. »

Le taxi tourna au coin du square pour s'arrêter devant l'immeuble familier de brique rouge, ceint de hêtres. Il régla la course, monta le perron, franchit le hall aux murs tapissés de tissu sombre, moqueté dans la même couleur et décoré de plantes en pot. Un riche parfum de cuir et de cigare lui chatouilla les narines. La loge du portier était vide... Antony appela l'ascenseur et attendit. Les portes s'ouvrirent dans un doux chuintement et il s'engouffra dans la cabine. Il pressa le bouton du quatrième et, tandis que la cabine montait, il se revit embrassant Rose à chaque étage. C'était un souvenir poignant.

L'ascenseur s'arrêta, les portes coulissèrent. Son sac de voyage à bout de bras, Antony longea le long corridor silencieux, s'arrêta devant la porte n° 82 et sonna, sans prendre la peine de réfléchir... De l'intérieur lui parvint le tintement du carillon. Le jeune homme posa son bagage par terre et s'appuya au montant de la porte, sans trop d'espoir. Elle n'était certainement pas là. Soudain, il eut la sensation d'une immense fatigue.

Un son étouffé derrière le battant clos le fit sursauter. Il se raidit, tel un chien aux abois... Une porte se ferma dans l'appartement. Une autre s'ouvrit. Des pas glissèrent le long d'un couloir. Enfin, la porte d'entrée roula sur ses gonds. Rose se tenait dans l'embrasure.

Antony la dévisagea, l'œil hagard. Mille idées se bousculaient dans son esprit fatigué. Rose était là. Il l'avait retrouvée. Elle n'avait pas l'air furieuse. Elle s'était fait couper les cheveux.

— Oui ? fit-elle.

C'était une drôle de réaction, mais après tout les circonstances ne correspondaient guère à ce qu'on pouvait appeler une situation classique.

— Salut, Rose.

— Je ne suis pas Rose, répliqua-t-elle.

4

ANTONY

Pour Flora, vendredi s'était écoulé comme un rêve éveillé, un tourbillon qui avait commencé avec les événements incroyables de la veille... On eût dit qu'elle avait été scindée en deux : une partie de son esprit s'était levée aux aurores et s'en était allée en ville à la recherche d'un emploi. L'autre partie reproduisait sans répit la soirée incongrue qu'elle avait passée en compagnie d'une sœur dont, jusqu'alors, elle avait ignoré l'existence. L'édifice solidement bâti de sa vie avait soudain basculé dans le désordre et...

— ... un rez-de-chaussée à Fulham. Un minuscule studio, mais si vous y habitez seule..., disait l'employée de l'agence immobilière.

Son ton professionnel ramena Flora à la réalité... S'il pouvait y avoir une réalité, après tout ce qui s'était passé en moins de vingt-quatre heures !

— Oui, oui, j'irai visiter, cela doit être parfait, merci...

Elle se retrouva dans la rue, l'air égaré. Ses pensées la ramenaient inexorablement à la nuit précédente.

Rose et elle avaient dîné à la trattoria, et il ne restait plus une goutte dans la bouteille de champagne quand Seppi leur avait servi le café... A la fin du repas, elles se disaient « tu » en riant comme deux amies de longue date. L'établissement s'était empli entre-temps de clients, certains attendant au bar qu'une place se libère. Rose avait réglé l'addition avec une carte de crédit et Flora s'était exclamée, incrédule, que le niveau de vie avait bien augmenté à Londres.

— T'en fais donc pas, fit Rose. La somme sera prélevée sur le compte de Harry. Il paie tout.

Puis toutes deux s'étaient rendues en taxi au *Shelbourne* pour y récupérer les bagages de Flora, avant de repartir à Cadogan Court.

L'appartement occupait tout le quatrième étage. Il semblait sorti tout droit d'une revue de mode, avec ses éclatants tapis orientaux, ses canapés de chintz et ses éclairages tamisés. Les baies vitrées s'ouvraient sur un balcon transformé en jardin suspendu. La cuisine évoquait quelque vaisseau spatial, et quant aux salles de bains, elles recélaient des trésors de bains moussants, lotions et savons délicatement parfumés.

Rose octroya à sa sœur l'une des nombreuses chambres d'amis. Une vaste pièce bleu pâle avec des miroirs partout, aux rideaux de soie thaïe d'une nuance plus soutenue. Cependant que l'arrivante tirait une chemise de nuit d'une malle, Rose s'était laissée tomber sur le lit.

— Veux-tu voir une photo de papa ? s'enquit soudain Flora.

Assise côte à côte, elles regardèrent les clichés. Seal Cottage. Le jardin. Le couple Ronald-Marcia sortant de l'église le jour de leur mariage. Une photo de lui assis sur les rochers, le visage bronzé, avec, comme toile de fond, un envol de mouettes sur la mer.

— Il est superbe ! s'exclama Rose. On dirait une star de cinéma, à part les lunettes. Je comprends à présent pourquoi maman l'a épousé... Bien qu'elle soit mieux assortie avec quelqu'un comme Harry.

— C'est-à-dire un homme riche.

— Sans doute... Je me demande pourquoi nos parents se sont mariés, reprit Rose, penchée sur la photo. Ils n'ont rien en commun.

— Ils ont été victimes des flèches de Cupidon dans une station de sports d'hiver. Savais-tu qu'ils se sont connus en faisant du ski ?

— Sans blague ?

— Trop d'oxygène dans l'air produit dans le cerveau le même effet que l'alcool. On dit bien ivre d'amour, non ? Ils ont succombé à un coup de foudre dû aux circonstances.

— Hum, peut-être, marmonna Rose, lassée de regarder les photos. Veux-tu prendre un bain ?

Elles se retirèrent chacune dans sa salle de bains personnelle, après quoi Rose fit glisser un disque compact dans le lecteur, tandis que Flora préparait du café... La première, en déshabillé de soie imprimée, retrouva la seconde, en peignoir de laine, sur le vaste sofa de velours bleu roi.

Elles se mirent à parler. Comme pour rattraper les années perdues, chacune fit à l'autre le résumé de sa vie. Rose évoqua leur somptueux penthouse à Paris, le château à Aix, les hivers à Kitzbühel. A son tour, Flora narra sa propre histoire. L'achat de Seal Cottage, l'arrivée de Marcia, ses études, ses stages en Suisse et en Grèce...

— A propos de la Grèce, Rose, quand vas-tu y aller ?

— Bientôt. Après avoir passé l'été à survoler les Etats-Unis, je n'ai pas très envie de reprendre l'avion.

— As-tu passé l'été en Amérique ?

— En grande partie. Harry rêvait de ce voyage depuis des années. Nous avons commencé par faire du rafting sur Salmon River. Puis ça a été le Grand Canyon à dos de mulet, des caméras à bout de bras.

Une vraie petite famille de touristes... Quand ton père s'est-il remarié ? s'enquit-elle brusquement, passant du coq à l'âne.

— En mai dernier.

— Et tu aimes bien Marcia ?

— Elle est formidable, répondit Flora, et l'image de la démarche chaloupée de sa belle-mère amena un sourire sur ses lèvres.

— D'après les photos, l'homme ne manque pas de séduction. Je me demande comment il a pu rester célibataire pendant si longtemps.

— Je n'en ai pas la moindre idée.

La tête penchée sur le côté, Rose laissa filtrer vers sa sœur un regard inquisiteur à travers l'épaisse frange de ses cils.

— Et toi ? Pas d'amoureux ? De fiancé ? De projets matrimoniaux ?

— Non, pas pour le moment.

— Tu n'as jamais songé à te marier ?

Flora haussa les épaules.

— Tu sais comment c'est. On rencontre un garçon et on se voit à son côté devant l'autel. Puis on se rend compte que l'affection qu'on lui porte n'était qu'un engouement passager... Et toi ?

— C'est la même chose, dit Rose en allumant une cigarette et en secouant son opulente chevelure. Aucune fille de notre génération ne voudrait se retrouver dans une vieille maison ennuyeuse avec une ribambelle de marmots pleurnichards accrochés à ses basques.

— Peut-être que ça ne serait pas si mal, après tout.

— Tu es trop romantique. A moins que tu ne souhaites vivre dans un bled perdu au fin fond d'un désert...

— Oui, j'apprécie la campagne. De toute façon, si j'aimais un homme, je le suivrais n'importe où.

— Sous le joug conjugal ? s'esclaffa Rose.

— Pourquoi pas ?

Rose exhala une volute de fumée bleue par les narines. Elle s'était approchée de la fenêtre et contemplait le square, dans la lumière diffuse des réverbères.

— M'en voudrais-tu beaucoup si je partais pour la Grèce demain ?

— *Demain ?* s'écria Flora, prise de court.

— Je veux dire vendredi... Je suppose que c'est aujourd'hui.

— Aujourd'hui ! répéta Flora, d'une voix étranglée par la surprise.

Rose se retourna.

— Eh bien, te sentirais-tu abandonnée ?

— Ne sois pas ridicule. Je suis étonnée, tout simplement. Il y a encore cinq minutes, tu ne savais pas si tu allais partir ou pas.

— C'est vrai. J'ai pourtant réservé ma place dans le prochain vol. Et tout à coup, je crois que j'ai vraiment envie d'y aller. J'espère que ma décision ne te dérange pas.

— Bien sûr que non ! répliqua Flora avec véhémence.

— Finalement nous ne nous ressemblons pas tant que ça, fit remarquer Rose avec un sourire. Tu es si honnête, presque transparente. Oh, je sais ce que tu penses.

— Vraiment ?

— Tu penses que je suis une garce de te laisser ici. Sais-tu pourquoi j'ai subitement hâte de m'en aller ?

— Non, mais je sens que je ne tarderai pas à le savoir.

— Tu l'as déjà deviné. Il s'agit d'un homme... tu t'en es doutée, non ?

— Peut-être.

— Je l'ai rencontré à New York cet été. Il vit à

Athènes. Il m'a envoyé avant-hier un télégramme dans lequel il me demande de le rejoindre à Spetsai, où il a loué une maison avec des amis.

— Alors, n'hésite pas. Si j'ai bien compris, rien ne te retient à Londres.

— Mais toi...

— Je trouverai un job et un logement.

— En attendant tu peux rester ici.

— Je ne sais...

— Je m'arrangerai avec le portier. S'il te plaît, Flora, reste. Au moins un jour ou deux. Le week-end. Je me sentirais moins coupable.

Un large sourire s'était épanoui sur ses lèvres généreuses, auquel fit aussitôt écho, comme à travers un miroir, celui de Flora.

— Bon, puisque tu insistes...

— Parfait ! fit Rose. Viens m'aider à boucler mes bagages.

— Je te signale qu'il est trois heures du matin.

— Et alors ? Tu n'as qu'à refaire du café.

Flora émit un soupir. Elle s'apprêtait à se déclarer épuisée mais préféra garder le silence. Rose ne comprendrait pas. Rose vivait intensément chaque instant. Et elle changeait d'avis comme de chemise.

A onze heures du matin, les deux sœurs se tenaient en bas de l'immeuble.

— On se reverra, hein ? dit Rose en serrant Flora dans ses bras. Laisse la clé au portier, quand tu t'en iras.

— Envoie-moi une carte postale.

— Sans faute ! Nous resterons en contact.

— Amuse-toi bien, Rose.

Celle-ci grimpa dans le taxi qui attendait, claqua vigoureusement la portière avant de passer la tête à travers la fenêtre.

— Prends bien soin de toi, cria-t-elle tandis que la voiture s'ébranlait.

Flora agita la main jusqu'à ce que le taxi disparaisse.

Et voilà ! C'était fini. Lentement, elle regagna l'appartement vide. Elle s'y sentait étrangère. Sans Rose, tout semblait si calme. Presque privé de vie.

La jeune fille entreprit de ranger le salon en vidant les cendriers avec une énergie inutile. Les livres qui tapissaient les rayonnages attirèrent son attention... Apparemment, Harry Schuster appréciait Hemingway, Robert Frost et Norman Mailer. Et il lisait Simenon en français. Des albums d'Aaron Copland s'empilaient près de la chaîne stéréo. Un magnifique paysage de Remington surplombait la cheminée.

Harry Schuster commençait à prendre forme. Un homme sympathique, se dit Flora. Elle ne pouvait pas en dire autant de sa mère... Quelqu'un qui vous abandonne à votre naissance, en emportant votre jumelle avec ses meubles, ne méritait pas son indulgence. Pamela Schuster évoquait une créature insouciante. Belle, mondaine, distinguée. Elle devait se parfumer avec « Joy » de Patou, à en juger par les innombrables flacons qui traînaient dans le dressing-room. Des photos d'elle, dans des cadres d'argent ciselé, sur le marbre de la cheminée, montraient une femme d'une minceur de mannequin. Habillée par Dior ou en blue-jean délavé, elle dégageait la même séduction... Pamela à Saint-Tropez, à Saint-Moritz faisant du ski, à une table de *La Grenouille*, à New York. Des yeux sombres, pétillants, rieurs. Des cheveux de jais coupés court. Un sourire éblouissant... Oh ! elle ne manquait ni d'assurance ni de charme. Mais éprouvait-elle de l'amour ? De la tendresse ? Flora en doutait.

La pendule d'argent se mit à sonner. La matinée était bien avancée. Flora s'habilla, déjeuna d'un sandwich et d'un verre de lait, attrapa son sac et s'en fut.

Elle ne revint qu'en fin d'après-midi. Epuisée. Déçue. Ses recherches s'étaient avérées infructueuses, mais elle recommencerait demain. Elle décida de regarder un film à la télévision et de se coucher tôt. La bouilloire venait de siffler quand la sonnerie de la porte carillonna.

— Oh zut !

En passant devant un miroir, elle jeta un coup d'œil à son reflet. Elle se trouva les traits tirés, les ailes du nez luisantes. Les manches de son tee-shirt blanc découvraient ses bras bronzés... Elle ouvrit la porte.

L'homme qui se tenait sur le seuil était grand, mince et très jeune, lui sembla-t-il. Il portait un costume de tweed marron. Ses cheveux avaient la couleur du cuivre patiné. Il avait les yeux clairs, d'un gris-vert limpide. Il la regardait comme s'il attendait qu'elle fasse le premier mouvement.

— Oui ? fit-elle.

Il dit :

— Salut, Rose.

— Je ne suis pas Rose.

— Pardon ? s'enquit-il après une courte pause.

— Je ne suis pas Rose, répéta Flora en détachant chaque syllabe. Je m'appelle Flora.

— Qui est Flora ?

— Moi... J'occupe cet appartement pour le week-end.

— Est-ce une plaisanterie ?

— Pas du tout.

Il la scruta de nouveau, d'un air confus.

— Mais vous... vous êtes la même...

— Je sais. Je suis la sœur de Rose. Sa sœur jumelle.

La pomme d'Adam du visiteur tressauta tandis qu'il déglutissait avec peine.

— Rose n'a pas de sœur.

— Elle n'en avait pas jusqu'à hier soir... Je veux dire qu'elle ne le savait pas.

Après une nouvelle pause, l'inconnu toussota pour chasser un chat de sa gorge.

— Comment ça ?

Flora se sentit la proie d'une hésitation grandissante. On lui avait confié un appartement richement décoré, il ne s'agissait pas de laisser entrer le premier venu.

— Et vous ? Qui êtes-vous ?

— Antony armstrong. Un ami de Rose. J'arrive d'Edimbourg... Ecoutez, mademoiselle, ajouta-t-il un rien irrité, si vous ne me croyez pas, vous n'avez qu'à poser la question à Rose. Si elle n'est pas là, allez donc l'appeler au téléphone. J'attendrai.

— Malheureusement, elle est injoignable.

— Pourquoi, je vous prie ?

— Elle est partie en Grèce.

— En *Grèce* !

L'horreur incrédule qui vibrait dans sa voix combinée à la subite pâleur de son visage attendrit Flora. Personne n'aurait été capable de feindre un choc d'une manière aussi convaincante... Ellle s'effaça pour le laisser passer.

— Entrez, je vous en prie.

Il semblait connaître les lieux, car après avoir lâché son imperméable et son sac de voyage sur la banquette de l'entrée, il mit le cap sur le salon d'un pas résolu. Rassurée, Flora lui proposa une tasse de thé qu'il accepta. Ensemble, ils retournèrent à la cuisine.

— Ceylan ou Chine ? s'enquit-elle.

— Chine. Très fort, s'il vous plaît, gémit-il en s'effondrant sur une chaise, près de la table ovale. Maintenant, dites-moi tout.

— Que voulez-vous savoir ?

— Etes-vous vraiment la sœur de Rose ?

— Oui, absolument.

— Que s'est-il passé ?

Elle se lançe dans une narration succincte du passé.

Le mariage brisée de Pamela et Ronald Waring. Le partage des bébés. La vie de chaque sœur ignorant l'existence de l'autre jusqu'à leur rencontre fortuite la veille au soir, chez *Seppi's*.

— Ah, parce que ça vient d'arriver ?

— Comme je vous l'ai dit.

— Je n'arrive pas à y croire.

— Moi non plus. C'est pourtant la vérité... Lait ? Sucre ?

— Les deux, merci. Et après ?

— Après, nous avons dîné ensemble. Rose m'a invitée ici et nous avons parlé toute la nuit.

— Et ce matin, elle a pris le premier vol pour Athènes.

— Oui.

— Et vous ? Que faites-vous ici ?

Flora dut poursuivre le récit de ses aventures. Son séjour à Cornwall chez son père et sa belle-mère. Son absence de Londres depuis un an.

— Je cherche un travail et je suis sans domicile... Notez, on ne trouve pas grand-chose en un jour. En tout cas, Rose m'a très gentiment proposé de passer le week-end ici... Elle a dit que personne n'y verrait d'inconvénient et s'est assuré la complicité du portier.

— Le week-end, hein ? murmura Antony d'un drôle d'air.

— Oui. Pourquoi ? Elle n'aurait pas dû ?

Il prit une gorgée de thé sans quitter le visage de Flora du regard.

— Ne vous a-t-elle pas dit, par hasard, que j'allais débarquer aujourd'hui ?

— Elle savait que vous veniez ?

— N'a-t-elle pas mentionné mon télégramme ?

Désarçonnée, Flora secoua la tête.

— Non. Rien. Elle ne m'a rien dit.

Antony Armstrong avala une nouvelle gorgée de

thé, puis posa la tasse dans sa soucoupe avant de quitter la pièce. Un instant plus tard il réapparaissait en brandissant un feuillet bleu pâle.

— Où l'avez-vous trouvé ? questionna Flora.

— Là où tout un chacun range invariablement invitations et télégrammes... Derrière le sucrier en porcelaine de Rockingham, au bout de la cheminée. A ceci près qu'en l'occurrence, le bol a été remplacé par un vase d'albâtre... Tenez, lisez-le.

A contrecœur, Flora saisit le papier qu'il lui tendait.

Paquet et lettre reçus. Il faut absolument que je te voie. Tuppy est gravement malade. Il y va de sa vie. Je serai à Londres vendredi en fin d'après-midi.

C'était signé Antony... Flora posa le télégramme sur la table de cuisine. Ses pires craintes venaient d'être confirmées. Il s'agissait d'un pathétique appel au secours que Rose avait royalement ignoré... Elle chercha frénétiquement quelque chose d'intelligent à dire.

— Qui est Tuppy ?

— Ma grand-mère. Est-ce que Rose vous a dévoilé la raison de ce soudain voyage en Grèce ?

— Euh... oui...

Sa phrase demeura en suspens. Sous le regard angoissé du garçon, elle ne put en dire davantage. En déployant un effort surhumain, elle parvint à se composer un masque impassible. Très certainement il en souffrirait terriblement... D'un autre côté, rien ne servait de lui cacher la vérité.

— Eh bien ? l'encouragea-t-il.

— Elle avait rendez-vous à Spetsai avec quelqu'un qu'elle a rencontré à New York...

Un silence de pierre accueillit cette information.

— Elle est partie ce matin.

— Je vois, murmura Antony.

Flora baissa les yeux sur le télégramme.

— J'ignore ce que tout cela a à voir avec Rose.

— Nous étions fiancés. Cette semaine, elle a rompu avec moi et m'a renvoyé la bague que je lui ai offerte. Or, Tuppy... ma grand-mère n'est pas au courant. La pauvre femme ne s'en remettra pas.

— Et vous ne voulez pas qu'elle le sache.

— Non. J'ai trente ans. Elle s'est mis dans la tête qu'il est grand temps que je me marie. Elle voudrait nous voir tous les deux, afin de discuter des modalités du mariage.

— Vous auriez souhaité que Rose se prête à ce jeu ?

— Uniquement pour rendre Tuppy heureuse.

— En lui débitant un tas de mensonges.

— Juste pour un jour ou deux... Tuppy est souffrante. Elle a soixante-dix-sept ans. Peut-être va-t-elle bientôt mourir.

Le dernier mot demeura suspendu comme un spectre dans le silence... Flora détourna le regard du visage défait du jeune homme.

— Où habite votre grand-mère ? se décida-t-elle enfin à demander.

— A Arisaig. En Ecosse occidentale.

— Je ne suis jamais allée en Ecosse.

— C'est un petit village près d'Argyll. Cela vous dit quelque chose ?

— Non, non plus. Vos parents vivent là-bas, eux aussi ?

— Je n'ai pas de parents. Le bateau de mon père a disparu durant la guerre. Ma mère est morte peu après ma naissance. J'ai été élevé par Tuppy, à Fernrigg House.

— Est-ce que Rose a connu Tuppy ?

— Pas très bien. Il y a cinq ans, Rose et sa mère avaient loué Beach House, un cottage voisin. C'est à cette époque que nous nous sommes connus. Elles sont restées une quinzaine de jours. Lorsqu'elles sont reparties, je les ai perdues de vue et, à vrai dire, je n'y ai plus pensé. J'ai retrouvé par hasard Rose à Londres un an plus tard. Mais Tuppy ne l'a plus revue depuis.

Fernrigg. Argyll. L'Ecosse... Des noms chantants, inconnus, que Rose n'avait guère mentionnés. Elle avait parlé de Kitzbühel, de Saint-Tropez, du Grand Canyon, mais jamais des Highlands...

— Vous venez d'Edimbourg, avez-vous dit ?

— C'est là-bas que je travaille.

— Allez-vous y retourner à présent ?

— Je ne sais pas. Je ne sais plus rien.

— Que comptez-vous faire ?

Antony fixa le fond de sa tasse vide.

— Dieu seul le sait... Rendre visite à Tuppy tout seul, je suppose... A moins que... (Son regard dériva vers Flora, puis il ajouta sur un ton uni :) A moins que vous n'acceptiez de m'y accompagner.

— *Moi ?*

— Vous.

— Qu'est-ce...

— Vous pourriez facilement vous faire passer pour Rose.

Il affichait un calme scandaleux. Flora le fixa d'un air furieux : il était assis là, tranquillement, l'air innocent. On aurait pu lui donner le bon Dieu sans confession.

— Non, merci, parvint-elle à articuler. Il n'en est pas question.

— Pourquoi pas ?

— Parce que je refuse de m'associer à une farce aussi sinistre. Parce que votre mensonge éhonté risquerait de causer une cruelle déception à votre grand-mère que vous prétendez aimer.

— Seule mon affection pour elle me pousse à courir ce risque.

— Eh bien, je n'ai pas l'intention d'entrer dans votre jeu, alors vous feriez mieux de penser à autre chose. Par exemple, ramasser vos affaires et déguerpir.

— Vous auriez adoré Tuppy.

— Pas si je me vois obligée de lui mentir... Le mensonge engendre la culpabilité, après quoi on en vient à prendre en grippe les personnes que l'on a abusées.

— Elle vous aimerait aussi.

— Je ne viendrai pas.

— S'il vous plaît...

— Non.

— Juste pour le week-end. Deux jours, pas un de plus. Je le lui ai promis. Je ne suis jamais revenu sur une promesse que j'ai faite à Tuppy.

A son grand effarement, Flora sentit son indignation fondre comme neige au soleil. Sa colère initiale, une sorte de défense contre le charme désarmant de ce jeune homme, refluait devant un singulier élan de compassion dont il convenait de se méfier comme de la peste.

— Non. Je regrette. Je ne peux pas.

— Mais si, vous le pouvez. A vous entendre, rien ne vous retient ici. Vous êtes sans emploi, vous n'avez pas de domicile. Votre père n'a aucune raison de s'inquiéter à votre sujet... A moins d'avoir pris des engagements vis-à-vis de quelqu'un dont vous m'avez caché l'existence...

— Si vous voulez parler d'un quelconque amoureux transi capable de me bombarder de coups de fil toutes les cinq minutes, vous êtes dans l'erreur... Je ne vois pas ce qu'il y a de si drôle ! s'écria-t-elle, ayant surpris une lueur amusée dans les prunelles gris-vert.

— Ce n'est pas drôle, c'est franchement ridicule ! J'ai toujours considéré Rose comme une créature de rêve, et vous êtes sa jumelle. Vous vous ressemblez comme deux gouttes d'eau... Pourquoi n'auriez-vous pas vous aussi une cour d'admirateurs ? A moins que les Londoniens soient devenus aveugles...

Son visage aux traits réguliers mais plutôt ordinaires s'était illuminé d'un sourire dévastateur. Pas étonnant que Rose ait succombé à un sourire comme celui-là. Malgré elle, Flora se mit à rire.

— Pour un garçon qui vient d'avoir le cœur brisé, vous ne perdez pas le nord, remarqua-t-elle.

Le sourire éblouissant s'effaça.

— J'ai atteint le fond, avoua-t-il. Seul mon bon sens d'Ecossais m'a aidé à refaire surface. Je me rends compte que j'ai commis une erreur fatale en m'entichant de Rose, mais que voulez-vous ? La vie est une suite d'erreurs corrigées.

— Je suis désolée qu'elle ait pris la fuite. Elle savait que vous aviez besoin d'elle.

— J'ai aussi besoin de vous, répondit-il, les bras croisés.

— Ne recommencez pas.

— L'Ecosse est un pays d'une beauté dont vous n'avez pas idée. Je vous offre le voyage sur un plateau d'argent. Réfléchissez avant de refuser. Vous n'aurez peut-être plus jamais l'occasion de visiter ces contrées enchanteresses.

— Je m'en passerai.

— Fernrigg vous plaira. Tuppy aussi. En fait, les deux sont tellement liés qu'il est impossible de les dissocier.

— Y vit-elle seule ?

— Non, Dieu merci. Il y a la famille. Tante Isobel, M. Watty le jardinier, sa femme, la cuisinière. Un de mes frères aînés Torquil, sa femme Teresa. Mon neveu, Jason. Tous les Armstrong, quoi.

— Votre frère habite Fernrigg, également ?

— Actuellement, il navigue du côté du golfe Persique avec son épouse. Il travaille dans le pétrole. Mais ils ont confié leur fils Jason à Tuppy... La maison convient à merveille à un petit garçon, avec la mer tout autour, et le vieux ponton d'amarrage où Torquil et moi attachions nos barques... Des rivières couvertes de nénuphars sillonnent l'intérieur des terres. L'ouverture de la pêche à la truite a lieu en septembre... Vous devriez venir. Rien que le spectacle de la forêt toute rouge dans son manteau d'automne vaut le détour.

Il avait laissé sa voix prendre une inflexion enjôleuse. Les coudes sur la table, le menton au creux de ses paumes, Flora le considérait.

— Un jour, j'ai lu un roman, dit-elle finalement, le personnage principal, qui s'appelait Brat Farrar, je crois, était un imposteur. Il avait pris la place de quelqu'un d'autre... Afin de réussir sa mystification, il avait passé des semaines et des mois à étudier celui dont il jouerait le rôle. A cette seule pensée, j'en ai la chair de poule.

— Il s'agit d'un cas totalement différent, objecta Antony. Vous n'aurez pas besoin de vous substituer à Rose, pour la bonne raison que personne ne la connaît. Personne ne l'a revue depuis plus de cinq ans. Ils savent seulement qu'elle est ma fiancée et, du reste, c'est tout ce qui les intéresse.

— Pourtant, je ne sais rien de vous.

— Rien de plus facile. Je suis de sexe masculin, j'ai trente ans et j'appartiens à l'église presbytérienne. J'ai suivi mes études à Fettes, j'ai fait un stage de formation à Londres, avant de m'établir à Edimbourg. Je travaille dans la même firme depuis lors. Que désirez-vous savoir de plus ?

— Qu'est-ce qui vous pousse à croire que je pourrais marcher dans votre plan machiavélique ?

— Il n'y a rien de machiavélique là-dedans. Seulement de la gentillesse.

— Appelez cela comme vous voulez, je ne marche pas.

— Réfléchissez, je vous en prie... Je vous en supplie. Faites-le pour Tuppy. Pour Isobel. Pour la promesse que je leur ai faite... S'il vous plaît, Flora.

« Sois dure ! se morigéna-t-elle. Ne te laisse pas avoir par des bons sentiments. » Ses convictions profondes lui interdisaient de mentir.

— Si je disais oui, dit-elle prudemment, quand partirions-nous ?

L'excitation fit étinceler les yeux clairs d'Antony.

— Ce soir. Tout de suite. L'avion à destination d'Edimbourg décolle à dix-neuf heures. J'ai laissé ma voiture à l'aéroport. Nous arriverions à Fernrigg demain, tôt le matin.

— Et quand reviendrions-nous ?

— Je dois être à mon bureau lundi matin. Vous prendrez le vol pour Londres le jour même.

Elle sut qu'elle pouvait lui faire confiance.

— Je ne suis pas Rose, le prévint-elle. Je ne pourrai être que moi-même.

— Je ne vous en demande pas plus.

Flora poussa un soupir. Son bon cœur lui jouerait toujours des tours. Obscurément, elle souhaitait sauver la réputation de Rose. C'était sa sœur, après tout.

— Elle n'aurait pas dû vous laisser dans le pétrin, dit-elle. Rose a très mal agi à votre égard.

— Nous en sommes tous deux responsables. Rose ne me doit rien. Vous non plus, d'ailleurs.

Et voilà ! la balle était dans son camp ! La décision lui revenait. Elle n'avait plus qu'un mot à dire. Toutefois, l'acharnement d'Antony à tenir sa promesse vis-à-vis de sa grand-mère avait quelque chose de puéril et de touchant à la fois. Un mensonge débité à bon escient ne pouvait être fondamentalement mauvais, songea-t-elle.

Elle avait toujours considéré le mensonge comme une chose dangereuse. Des années durant, son père lui avait insufflé l'amour de la vérité. Tout en elle s'insurgeait à l'idée d'abuser des gens innocents. Pour leur bien, certes, mais tout de même... Bizarrement, elle en voulut à son père. Sans vraiment s'en rendre compte, elle le rendait responsable de la situation. Sans lui, elle ne se serait pas trouvée face à ce dilemme... simplement parce qu'il lui avait caché l'existence de Rose. Par ailleurs, des réactions jusqu'alors insoupçonnées commençaient à se manifester dans son esprit. La curiosité, d'abord, puis, à sa grande honte, une sorte d'envie. Rose semblait avoir tout... La tentation de la remplacer pendant deux jours se faisait de minute en minute plus impérieuse.

Assis en face d'elle, Antony attendait. Lorsque leurs regards se croisèrent enfin, elle n'eut guère besoin de parler. Ses yeux l'avaient trahie. Un large sourire illumina la face du garçon, balayant d'un seul coup ses ultimes réticences.

— Vous venez !

C'était un cri de triomphe.

— Je dois être folle.

— Non, vous n'êtes pas folle. Vous êtes merveilleuse... Vous êtes une fille formidable !

Comme s'il venait juste de s'en souvenir, il tira de sa poche l'écrin de cuir qu'il ouvrit, mettant au jour la bague de saphir et de diamants. Il prit la main de Flora pour enfiler le mince anneau doré à son annulaire... puis il saisit les doigts entre les siens.

— Merci ! murmura-t-il.

5

ANNA

Tout ouïe, Jason Armstrong avait pris place sur le vaste lit, près de son arrière-grand-mère qui lui lisait *Deux Vilaines Souris*. Le conte s'adressait aux tout-petits. A sept ans, Jason avait franchement dépassé l'âge de ces récits naïfs et il le savait. Comme Tuppy, d'ailleurs... Or, depuis que le médecin avait forcé la vieille dame à garder la chambre, Jason s'était découvert une singulière nostalgie pour sa petite enfance. Et un peu plus tôt, quand elle l'avait envoyé chercher ce qu'elle appelait leur lecture du soir, il était revenu de la bibliothèque avec *Deux Vilaines Souris*. Tuppy avait eu le tact de ne rien dire. Elle avait chaussé ses lunettes, avait ouvert le livre à la première page et s'était mise à lire :

— Il était une fois une très jolie maison de poupée...

Elle lisait vraiment très bien, Jason le pensait sincèrement. D'habitude, après que le garçonnet avait dîné et pris son bain, elle lui racontait une histoire dans le grand salon du rez-de-chaussée, devant la cheminée. Dernièrement, elle avait été trop malade pour descendre, et même pour lire la moindre phrase.

— Laisse donc Granny tranquille, lui avait intimé Mme Watty.

— Je te ferai la lecture tous les soirs, avait dit tante Isobel.

Elle avait tenu parole. Elle lisait parfaitement bien, elle aussi, bien sûr, mais ce n'était pas la même chose... Tuppy avait un timbre de voix plus agréable, et Jason aimait son odeur de lavande... Ce n'était pas pour rien que Mme Watty disait que chaque nuage avait une doublure d'argent, car ici, sur le lit de Tuppy, Jason se sentait vraiment sur un nuage. Il s'agissait d'un lit inhabituel, une sorte de navire en cuivre décoré de pommeaux rutilants. Jason n'avait jamais vu d'oreillers aussi énormes. Les couvertures, frappées de monogrammes blancs, attiraient également son attention, comme les draps de lin dont les rapiéçages bigarrés adoptaient des formes aussi insolites que passionnantes.

D'ailleurs la chambre de Tuppy recélait d'autres mystères, tous plus captivants les uns que les autres : le mobilier d'acajou par exemple où chaque torsade semblait vous poser une devinette, sans parler de la coiffeuse qui croulait sous les flacons à bouchon d'argent et autres bizarreries, agrafes, minuscules boîtes de nacre, filets et épingles à cheveux, autant d'objets que seules les femmes avaient le droit d'utiliser, lui avait maintes fois expliqué Tuppy.

— ... il y avait sur la table de la cuisine deux homards bien rouges, un jambon, un poisson, un pudding, des pêches et des oranges...

Les rideaux étaient fermés. Au-dehors, le vent avait dû se lever, car, à travers les interstices des châssis, un filet d'air fit gonfler les vieilles étoffes, et Jason se rapprocha davantage de Tuppy. Depuis qu'elle était tombée malade, il ne l'en aimait que davantage. Il avait entendu les grandes personnes chuchoter que « Tuppy l'avait échappé belle ». Alors, il avait décidé de garder un œil sur elle. Parce que quand il reviendrait, l'année suivante, elle ne serait peut-être plus là.

Oh, elle avait dû souffrir de quelque chose de grave, puisque tante Isobel avait recruté une infirmière dont le seul travail consistait à veiller sur Tuppy. Mme McLeod avait fait en train le trajet entre Fort William et Tarbole, et M. Watty était allé la chercher à la gare en voiture. La nurse et Mme Watty étaient devenues les meilleures amies du monde, si on en jugeait par leurs interminables bavardages à mi-voix dans la cuisine et les innombrables tasses de thé qu'elles buvaient ensemble... Elles devaient parler de leurs varices, avait conclu le petit garçon, car il avait remarqué que Mme McLeod en avait également.

— ... Un beau matin, Lucinda et Jane sont parties faire un tour en landau. Alors...

En bas, dans la sombre caverne du vestibule, le téléphone se mit soudain à sonner. Tuppy cessa de lire, ôta ses lunettes et leva les yeux.

— Continue, implora Jason.

— Mais le téléphone...

— Tante Isobel répondra. Allez, continue.

Tuppy se pencha à nouveau sur le livre mais elle n'avait plus la tête aux aventures de Jane et Lucinda. Les sonneries s'arrêtèrent net et, une fois de plus, elle interrompit sa lecture. Jason renonça à apprendre la fin de l'histoire. De toute façon, il la connaissait.

— Qui ça peut bien être ? demanda-t-il.

— Nous ne tarderons pas à le savoir. Dans une minute ou deux, Isobel montera nous le dire.

Ils attendirent en silence. La voix d'Isobel flotta dans le lointain, puis ils l'entendirent raccrocher. Le bruit de ses pas résonna ensuite sur les marches, dans le couloir en direction de la chambre de Tuppy, après quoi le battant roula sur ses gonds, tandis que la tête d'Isobel passait par l'entrebâillement. Un sourire radieux illuminait ses traits. Ses cheveux défaits formaient une espèce d'auréole grise autour de son visage. Jason adorait ce sourire. Il la transfigurait. Isobel ressemblait alors à une jeune fille, pas du tout à une grand-tante.

— Bonnes nouvelles ! s'exclama-t-elle en s'avançant dans la pièce, d'une voix si excitée que même Sukey interrompit un instant sa sieste, les oreilles dressées... C'était Antony. Il appelait de Londres. Il vient passer le week-end à Fernrigg, et il amène Rose avec lui.

— Oh, mon Dieu, *il* vient ! s'écria Tuppy.

Elle aimait Antony plus que tout au monde. Jason crut qu'elle allait fondre en larmes, mais c'était la joie qui faisait briller ses yeux.

— Ils resteront deux jours, expliqua Isobel. Tous deux doivent retourner à leurs occupations lundi. Ils prendront l'avion pour Edimbourg ce soir, puis la voiture... Ils seront là demain matin.

Tuppy sourit à Jason.

— C'est formidable, non ?

Deux plaques rouges marbraient ses pommettes pâles.

Le garçonnet savait tout au sujet de Rose... Il haussa les épaules.

— Je ne sais pas. Je n'ai jamais rencontré Rose.

— Non, bien sûr. Tu n'étais pas encore ici quand elle et sa mère habitaient Beach House.

Jason savait également tout sur Beach House. Une ancienne cabane de pêcheur nichée sur la plage nord de Fernrigg. Tuppy l'avait transformée en cottage qu'elle louait pendant l'été. En hiver, Beach House restait fermée. Parfois, Jason passait devant la façade blanche aux persiennes closes... Cela devait être agréable de vivre à deux pas de l'eau.

— Comment est-elle ?

— Rose ? Une beauté, d'après mes souvenirs. Isobel, où va-t-elle dormir ?

— Dans l'une des chambres d'amis. La plus petite... Il y fait plus chaud et le lit est particulièrement douillet.

— Et la chambre d'Antony ?

— Mme Watty m'aidera à la nettoyer ce soir.

Tuppy abaissa le livre de conte sur la courtepointe neigeuse.

— Nous devrions inviter une ou deux personnes...

— Mère..., commença Isobel, mais, trop heureuse, Tuppy ne remarqua pas le ton circonspect de sa voix.

— ... donner une petite réception en leur honneur... Voyons, pas dimanche soir, si Antony doit se retrouver à son bureau lundi. Il ne nous reste plus que samedi... demain soir. Dis à Mme Watty de nous concocter une de ses fameuses recettes. Des pigeons rôtis, à moins qu'elle n'arrive à mettre la main sur une pintade... Oh, M. Reekie se débrouillera pour nous procurer des crevettes. Et...

— Je veux bien, coupa Isobel, à condition que tu ne commences pas à vouloir t'occuper de tout.

— N'aie crainte, je n'en ai pas la force... Téléphone aussi à M. et Mme Crowther, et à Anna et Brian Stoddart. Ils avaient sympathisé avec Rose du temps où elle était ici, et cela ferait une sortie à Anna... Seigneur, on les invite au dernier moment, j'espère qu'ils ne vont pas le prendre mal.

— Mais non, ils comprendront.

M. Crowther exerçait les fonctions de ministre du culte à Tarbole. Son épouse dirigeait l'école que Jason fréquentait : « Pour une surprise-partie, ça ne sera pas très gai ! » pensa-t-il.

— Et moi ? Suis-je invité à ce dîner ? s'enquit-il.

— Pas si tu n'en as pas envie, fit Tuppy en riant.

— J'aimerais que tu me lises l'histoire maintenant, soupira le garçonnet.

Tuppy reprit le livre, après avoir chaussé ses

lunettes... Elle venait d'attaquer la dernière page quand Mme McLeod fit irruption dans la pièce. Ses grosses mains rougeaudes expulsèrent Jason hors du lit.

— Il ne faut pas fatiguer Granny, gronda-t-elle. Sinon, je me ferai disputer par le Dr Kyle... Allez, allez...

Jason s'exécuta sagement. Les manières brusques de la nurse ne l'offusquaient pas. Au fond, il la trouvait plutôt sympathique : grâce à elle, Tuppy se sentait mieux. Il s'enferma dans la salle de bains où il se brossa énergiquement les dents. En pleines ablutions, il se rappela que demain c'était samedi. Grande journée ! se dit-il, réjoui. D'abord, il n'avait pas d'école. Ensuite, Antony venait. Avec un peu de chance, il lui fabriquerait un arc et des flèches. En souriant, Jason alla se coucher.

Quand le téléphone sonna à Ardmore House, Anna Stoddart se prélassait dans le jardin. A ses yeux, le crépuscule revêtait une magie particulière, surtout à cette époque de l'année où le couchant embrasait le ciel d'incarnat, d'orangé et de pourpre en souvenir des douces soirées tièdes de l'été.

Parfois, à l'heure du thé, elle s'obligeait à rester à l'intérieur devant l'âtre où le feu crépitait, séparée des parfums entêtants de l'extérieur. Il suffisait d'un bruit — souffle de vent contre les vitres, piaillement aigu d'une mouette à la marée montante ou bruissement de vagues — pour qu'Anna enfile à la hâte sa veste et ses galoches et se précipite dehors, le sécateur à la main, les chiens sur les talons.

Du haut d'Ardmore, le panorama sur la côte déchiquetée et les îles au large ne manquait jamais de lui couper le souffle. C'était la beauté grandiose du site qui, jadis, avait poussé Archie Carstairs, le père d'Anna, à y ériger son imposant manoir de granit. Bien sûr, la demeure était loin de tout, à plus d'un mile d'Ardmore Village où l'on trouvait un bureau de poste, le club de yachting et un supermarché. Quant à la ville, Tarbole et ses boutiques se trouvaient à environ six miles de là... Et pourtant, la splendeur du paysage compensait ces petits inconvénients.

Anna appréciait cette heure de l'après-midi particulièrement pour ses lumières. A mesure que le soir enveloppait la nature dans un voile cendré, des lueurs s'allumaient de toutes parts : les lanternes des bateaux de pêche sur la mer, la douce clarté jaune émanant des fermes et des cabanes, les réverbères des rues de Tarbole, dessinant sur le ciel obscur une auréole vermeille. Et par-delà la petite localité, dressée sur un promontoire solitaire, Fernrigg House dont elle pouvait apercevoir les fenêtres allumées.

Hélas, ce soir, il n'y avait pas grand-chose à voir. Le fog noyait les environs et seul le mugissement lugubre d'une corne de brume permettait de situer la mer. Ardmore lui parut plus isolée que jamais, telle une demeure oubliée du reste du monde... Un frisson parcourut Anna. La vue de Fernrigg à travers la campagne avait toujours eu le don de la réconforter. La jeune femme n'avait jamais dissocié Fernrigg House de Tuppy. A ses yeux, cette dernière représentait la vieillesse sage et heureuse. Elle aussi aurait voulu traverser les épreuves de la vie avec autant de sérénité, puis finir ses jours paisiblement, entourée de ses enfants, petits-enfants et amis. Oui, parfois, elle enviait à Tuppy son courage.

Anna n'était qu'une petite fille timide quand elle avait fait la connaissance de la propriétaire de Fernrigg... Timide et solitaire. Unique enfant d'un père riche entièrement dévoué à ses affaires et ses promenades en yacht, elle s'ennuyait à périr dans le vaste manoir. La mère d'Anna, morte peu après la naissance de sa fille, avait cédé la place à une succession de gouvernantes impassibles, indifférentes à la soif d'affection de l'enfant. Seule Tuppy avait témoigné de l'amitié à la petite fille taciturne. Contrairement aux autres, elle n'avait jamais considéré Anna comme le vilain petit canard du conte. Elle avait toujours du temps à lui consacrer.

— Viens m'aider à planter des oignons de tulipes demain, disait-elle. Pendant ce temps, nous en profiterons pour causer.

A ce souvenir, les larmes lui montèrent aux yeux. La maladie de Tuppy l'avait terrifiée et la seule idée que la vieille dame pourrait mourir lui était insupportable. Tuppy Armstrong et Hugh Kyle comptaient parmi les meilleurs amis d'Anna. Du reste, elle n'en avait pas d'autres. Brian était son mari. Elle l'aimait si fort que parfois cela lui faisait mal, mais de là à dire que c'était un ami, non ! Il ne l'avait jamais été. Souvent elle s'était demandé si les couples mariés pouvaient être aussi liés par l'amitié. Or, elle ne connaissait pas suffisamment les autres femmes du voisinage pour oser leur poser une telle question.

Elle se mit à cueillir les roses tardives, pâles taches fantomatiques dans la lumière glauque du soir. Elle ressentit la froideur de leurs longues tiges dans le creux de sa main et une épine lui piqua le pouce. Leur fragrance lui parvint, si faible qu'elle semblait imperceptible, comme un vestige du parfum capiteux qu'elles exhalaient en été.

« Quand elles seront à nouveau en bouton, le bébé sera là », songea-t-elle.

Etrangement, cette perspective ne lui procura aucune joie. Si elle perdait ce bébé aussi, si le petit être qu'elle portait ne voyait pas le jour, elle ne survivrait pas... Il avait fallu si longtemps pour être enceinte de nouveau. Après cinq ans d'efforts infructueux, elle avait perdu pratiquement tout espoir. Mais maintenant, la graine vivante grandissait dans son sein, un peu plus chaque jour... Et elle s'était mise à planifier la venue de l'enfant : tricoter un minuscule chandail, descendre le moïse du grenier, se reposer avec les pieds surélevés, selon les conseils du Dr Kyle... Et la semaine prochaine, elle irait à Glasgow constituer une adorable garde-robe pour le bébé et chez le coiffeur... D'après les magazines féminins, la beauté d'une femme s'épanouissait lors d'une grossesse. Anna avait fini par se voir comme une personne différente : romantique, féminine, aimée, désirable...

Les derniers mots éclatèrent comme des bulles à la surface de sa conscience. Cela faisait des années qu'elle ne s'était pas sentie aimée, ou désirable. Or, avec l'arrivée du bébé, tout allait s'arranger... Brian avait toujours voulu un enfant. Tous les hommes souhaitaient avoir un fils. C'était entièrement sa faute si elle avait fait une fausse couche. Elle s'était trop inquiétée à l'époque. Et cette sensation de faute l'avait hantée des années durant. Mais cette fois-ci, ce serait différent. Elle était plus âgée, moins soucieuse de plaire, plus mature. Oui, cette fois-ci, elle mènerait sa grossesse à terme.

Il faisait nuit à présent. Le froid la fit frissonner. Elle entendit les sonneries du téléphone et se dit que Brian allait probablement décrocher. Néanmoins, elle revint sur ses pas, à travers le gazon emperlé de gouttelettes de pluie, puis dans l'allée de graviers qui menait à la porte de service. Elle pénétra dans la cuisine et déposa la gerbe de roses sur la table. Le téléphone continuait de sonner. Du temps de son père, il n'y avait qu'un seul appareil, dans le hall. Aujourd'hui, presque chaque pièce était équipée d'un poste. Elle décrocha.

— Résidence Ardmore.

— Anna, c'est Isobel Armstrong.

Le cœur d'Anna cessa de battre.

— Tuppy va bien ?

— Oh oui, mieux que jamais. Elle a meilleur appétit. Grâce à Hugh, nous avons engagé une nurse de Fort William, qui s'est avérée une vraie perle. Je crois que Tuppy l'aime bien.

— Quel soulagement !

— Pourriez-vous venir dîner demain soir avec Brian ? Je m'y prends un peu tard, mais Antony a décidé de passer le week-end avec nous. Rose l'accompagnera. Aussi, Tuppy a tout de suite pensé qu'une petite fête s'imposait.

— Oui, bien sûr, cela nous ferait plaisir... A condition que Tuppy ne se fatigue pas trop.

— Elle ne descendra pas dans la salle à manger, mais vous connaissez son esprit d'organisation. Elle serait ravie de vous avoir, ainsi que Brian.

— Eh bien, c'est entendu. A quelle heure ?

— Vers dix-neuf heures trente. Inutile de vous mettre en robe du soir, nous serons en famille. Peut-être que les Crowther se joindront à nous.

Elles échangèrent encore quelques propos anodins. Isobel n'avait rien demandé au sujet du bébé. Seuls Brian et Hugh étaient au courant. Anna tenait à ce que personne d'autre ne le sache. Par une sorte de superstition, elle préférait garder son secret le plus longtemps possible.

Elle reposa le récepteur sur le combiné, puis retira ses galoches et son manteau. Elle se souvenait parfaitement de Rose Schuster et de sa mère... Elle ne risquait pas de les oublier, car l'été où elles avaient loué Beach House, Anna avait perdu son bébé. Sans trop savoir pourquoi, elle avait associé Pamela Schuster et sa fille au cauchemar. Peut-être parce que leur éclat faisait paraître Anna encore plus terne qu'à l'ordinaire. Elles l'avaient à peine remarquée, alors qu'elles avaient eu l'air d'apprécier la compagnie de Brian. Il fallait avouer que ce dernier avait déployé tout son charme, afin de plaire à leurs élégantes voisines... Anna s'était contentée de s'effacer, comme d'habitude. Elle se demanda si Rose avait changé maintenant qu'elle était fiancée à un garçon aussi gentil qu'Antony...

Anna traversa la maison silencieuse, attirée par la lumière qui filtrait sous les portes du salon. Brian, installé dans un fauteuil, était plongé dans la lecture du *Scotsman*, un verre de whisky à portée de main. Un appareil de téléphone trônait sur le guéridon, près de lui.

— Tu n'as pas entendu sonner le téléphone ? demanda-t-elle.

— Si. Mais je me suis dit que c'était certainement pour toi.

Elle se dirigea vers la cheminée, les mains tendues vers les flammes qui dansaient dans l'âtre.

— C'était Isobel Armstrong.

— Comment va Tuppy ?

— Mieux. Elles nous invitent à dîner demain. J'ai accepté.

— Tu as bien fait, marmonna-t-il, l'œil rivé à son journal.

— Antony sera là.

— Alors voilà la raison de ce festin.

— Rose sera là aussi.

Un silence suivit pendant lequel Brian vida son verre.

— Rose ? fit-il.

— Rose Schuster.

— Elle n'est pas aux Etats-Unis ?

— Apparemment non.

— Et elle vient passer le week-end à Fernrigg ?

— C'est ce qu'Isobel m'a dit.

— Qui l'eût cru...

Brian alla se servir une nouvelle rasade.

— Il pleut, déclara Anna, tandis que son mari maniait le siphon d'eau de Seltz. Le brouillard s'est levé.

Il revint vers sa place. Le miroir qui surmontait la cheminée reflétait l'image du couple. Lui, brun et élancé, les sourcils bien arqués, comme s'ils avaient été dessinés à l'encre de Chine. Elle, petite et boulotte. Avec des yeux trop rapprochés, un nez trop fort, des cheveux hésitant entre le blond et le châtain, que l'humidité avait fait frisotter... Qui donc était l'idiot qui avait prétendu que l'attente d'un heureux événement rendait les femmes plus belles ? Elle considéra son double qui la dévisageait à travers le miroir, à côté de son séduisant mari.

Qui est ce laideron ? se dit-elle. La réponse vint aussitôt, inéluctable, comme toujours : Anna. Anna à la mine ingrate. Anna Carstairs, aujourd'hui Anna Stoddart. Anna, qu'aucune grossesse ni rien au monde ne changerait jamais.

Flora s'était imaginé que, sitôt arrivés à Edimbourg, ils allaient sauter dans la voiture pour se lancer sur le chemin de Fernrigg. A sa surprise, une fois sur place, Antony ne montra aucune impatience à prendre la route.

— Allons manger un morceau, décida-t-il, après qu'ils se furent installés à l'intérieur du véhicule.

— Pardon ? s'étonna-t-elle.

— Je meurs de faim, pas vous ?

— Nous avons eu un repas dans l'avion.

— Vous appelez cette viande sous cellophane un repas ? De plus, j'ai horreur des asperges froides.

— Je croyais que vous étiez pressé de partir à la campagne.

— Si nous partons tout de suite, nous arriverons à quatre heures du matin, répliqua-t-il. Inutile de réveiller toute la maisonnée aux aurores. Allons faire un tour en ville.

— Y a-t-il encore un restaurant ouvert à cette heure-ci ?

— Bien sûr.

Ils sortirent de l'aire de stationnement de l'aéroport et mirent le cap sur Edimbourg. Antony emmena son invitée à son club où il commanda un excellent dîner, puis du café. Une sensation d'irréalité avait envahi Flora. Lorsqu'ils sortirent de nouveau dans la rue, il était près de minuit. Le vent était tombé, une pluie morne et glacée ruisselait inlassablement sur la ville.

— Combien de temps mettrons-nous ? s'enquit Flora en bouclant sa ceinture de sécurité.

— Environ sept heures, à cause de la pluie. Vous feriez bien de piquer un somme.

— Je n'y arriverai pas.

— Essayez toujours.

Naturellement, elle ne put fermer l'œil. Surexcité, son esprit reproduisait inlassablement les images des dernières vingt-quatre heures, riches en émotions et sous-tendues de périls. Certes, au point où en étaient les choses, il lui était impossible de revenir sur sa décision et, bizarrement, cette constatation mit un peu de baume sur le cœur inquiet de la jeune fille. Puisqu'elle ne pouvait ni avancer ni reculer, le temps seul se chargerait de résoudre le problème... « Bah, deux jours, ce n'est pas la mer à boire », conclut-elle, feignant de contempler un paysage fantomatique rendu encore plus indistinct par l'écran persistant de la pluie.

Ayant laissé loin derrière eux les lumières de la ville, ils roulaient sur une route cabossée tout en virages, dans la nuit noire. De temps à autre, pour négocier un tournant particulièrement dangereux, le jeune conducteur rétrogradait dans un affreux crissement de pneus sur le macadam mouillé. Les phares de la voiture balayaient de temps à autre la forme tourmentée d'un arbre qui semblait venir à leur rencontre pour s'en écarter au dernier moment... Ils dépassèrent un loch niché au fond d'une vallée étroite, après quoi la route se mit à monter sensiblement... Par la vitre entrouverte, les odeurs de la campagne assaillaient Flora. Senteur de tourbe, effluve de bruyère. A plusieurs reprises, Antony dut freiner, afin de laisser passer, dans la lumière des phares, de paisibles et lents moutons... Malgré l'obscurité quasi opaque, on devinait le paysage... La lande se muait en chaîne de montagnes... Oh, rien à voir avec les doux vallonnements de Cornwall. De vraies montagnes percées de cavernes, couronnées de roches plates en surplomb. La route serpentait maintenant sur le flanc de la montagne, au bord d'un précipice dont Flora ne pouvait apercevoir la fin. La pluie cinglait impitoyablement le pare-brise dans un tambourinement régulier qui recouvrait le rugissement du moteur.

L'aube se leva dans le ciel humide si insidieusement que Flora ne s'en rendit pas compte. Imperceptiblement, les ténèbres pâlissaient à tel point que, soudain, ils purent discerner les environs dans une lumière livide.

Durant la nuit, ils n'avaient rencontré pratiquement personne sur la route. Maintenant, de longs camions les croisaient, éclaboussant la voiture d'un flot d'eau boueuse au passage.

— D'où sortent-ils ? demanda Flora.

— De Tarbole. Jadis minable hameau de pêcheurs, il compte aujourd'hui parmi les ports les plus actifs de Grande-Bretagne.

— Où vont ces camions ?

— A Edimbourg, Aberdeen, Fraserburgh, ça dépend. Les homards sont envoyés à Prestwick d'où ils s'envolent directement pour New York. Les crevettes finissent à Londres, les harengs vont en Scandinavie.

— Je croyais que la Scandinavie avait ses propres harengs.

— La mer du Nord a été littéralement vidée de ses poissons. C'est pourquoi Tarbole a pris de la valeur. La prospérité commence à se faire sentir dans toute la région. Les pêcheurs circulent en voiture flambant neuve et regardent la télé couleurs... Jason est justement méprisé par ses petits camarades d'école parce que Fernrigg n'est équipé que d'un vieux poste en noir et blanc... Pauvre chou !

— Quelle est la distance entre Fernrigg et Tarbole ?

— Six miles environ.

— Comment donc votre neveu va-t-il à l'école ?

— Watty, le jardinier, l'y conduit. Le petit aurait bien voulu faire le chemin à bicyclette mais Tuppy n'a rien voulu savoir. Elle a une peur bleue des accidents, et elle n'a pas tort.

— Depuis quand ce petit garçon vit-il avec Tuppy ?

— Dix mois, un an, j'ignore jusqu'à quand il restera. Tout dépendra du contrat de Torquil.

— Mais ses parents ne lui manquent pas ?

— Si, bien sûr. Malheureusement, le golfe Persique ne constitue pas l'endroit idéal pour un enfant de cet âge... Tuppy a vivement encouragé les parents à le lui laisser. Elle adore les enfants. Il y a toujours eu un tas de petits garçons à Fernrigg. Là réside sans doute le secret de la jeunesse éternelle de Tuppy. Ma grand-mère n'a pas eu le temps de vieillir.

— Et Isobel ?

— Ma tante est une sainte. Elle appartient à cette catégorie de femmes qui vous soignent quand vous êtes malade, vous consolent quand vous avez du chagrin. Le genre à se lever au milieu de la nuit pour vous apporter un verre d'eau.

— Elle ne s'est jamais mariée ?

— Non. A cause de la guerre, sans doute. Elle était trop jeune quand la guerre a éclaté, puis elle a eu envie d'aller vivre à Fernrigg. Les célibataires sont plutôt rares, là-bas... Il y a bien eu un soupirant, je crois. Un fermier qui voulait acheter des terres sur l'île d'Eigg. Il l'a emmenée faire un tour là-bas et elle a découvert qu'elle avait le mal de mer. De plus, la ferme, dans un état de délabrement avancé, a achevé de la décourager. L'idylle en est restée là. A vrai dire, nous en étions tous ravis. Aucun de nous ne pouvait sentir ce type. Il avait un visage rouge brique et prônait le retour à la vie naturelle... Quel ennui !

— Je parie que Tuppy l'aimait bien.

— Tuppy aime tout le monde.

— Alors, peut-être m'appréciera-t-elle.

Antony tourna la tête pour lui adresser un sourire à la fois malicieux et conspirateur.

— Elle appréciera Rose, répondit-il.

Une fois de plus, Flora se cantonna dans le silence.

Il faisait jour à présent. La pluie s'était arrêtée, le vent venu du large saturait l'air d'une senteur marine. La route sinuait à travers les champs bordés de falaises de granit rose et d'ondoyantes collines boisées. Ils franchirent une série de villages encore somnolents dans le petit matin. Les sombres miroirs des lochs frémissaient sous le souffle de la brise. La voiture longeait le front de mer à présent. Un château en ruine se dressa soudain sur la gauche. Les moutons avaient brouté les herbes folles qui recouvraient ses murailles. Alentour, l'automne avait déployé ses teintes fauves, donnant aux feuilles des arbres l'aspect du cuivre fondu.

Flora chercha un mot pour décrire son émotion devant la splendeur du paysage. N'en trouvant pas, elle se rabattit sur le plus éculé.

— C'est romantique.

— Oui. Ce pays vit avec la nostalgie de son passé. Ici ont vu le jour de nobles causes perdues.

— Auriez-vous aimé vivre ici toute l'année ?

— La question ne se pose pas. Je dois gagner ma vie.

— Ce qui serait impossible à la campagne ?

— En tout cas comme expert-comptable. Comme pêcheur, oui. Ou alors médecin, comme Hugh Kyle. Il soigne Tuppy et semble avoir décidé de s'établir dans la région jusqu'à la fin de ses jours.

— Il doit être un homme heureux.

— Oh, non, dit Antony. Je ne le crois pas.

Ils firent une halte à Tarbole vers six heures du matin. Antony gara sa voiture sur le petit port quasiment désert, devant une cabane en rondins, face aux hangars où les harengs étaient conservés en attendant d'être boucanés... Tandis qu'ils sortaient de voiture, le vent iodé, chargé d'odeurs d'algues, de cordages élimés et de poisson, les frappa de plein fouet. Une enseigne en lettres bouton-d'or vantait les spécialités de l'établissement au-dessus des vitres embuées. « Beignets de poisson. Thé. Café. Snacks. »

Ils poussèrent la porte, avec la sensation de pénétrer dans un gros cube de bois. Une chaleur humide régnait à l'intérieur, l'appétissant fumet du pain sortant du four et du bacon grillé flottait dans l'air. Une cuisinière obèse en tablier fleuri salua Antony d'un large sourire.

— Seigneur, un revenant ! Que faites-vous ici à une heure pareille, Antony Armstrong ?

— Salut, Ina. Je compte passer le week-end à la maison. Servez-nous votre fabuleux petit déjeuner, s'il vous plaît.

— Asseyez-vous donc. Faites comme chez vous. (Ses yeux brillants de curiosité se fixèrent sur Flora.) Et voilà la jeune demoiselle que tu as emmenée avec toi, hein ? On dit que vous allez vous marier.

— Oui, répondit Antony en prenant Flora par la main pour la pousser légèrement en avant. Voici Rose.

C'était la première fois. Le premier mensonge. Le premier obstacle.

— Bonjour, dit Flora.

Le mot avait jailli avec une relative facilité. Curieusement, la jeune fille eut l'impression que l'obstacle était déjà derrière elle.

6

JASON

Réveillée depuis cinq heures du matin, Tuppy guettait l'arrivée d'Antony et de Rose. Six heures et toujours rien... En d'autres temps, alors que sa santé le lui permettait encore, elle aurait bondi hors du lit et se serait attaquée aux préparatifs. Elle serait descendue au rez-de-chaussée, afin de faire sortir les chiens par la porte de service. De retour au premier étage, elle aurait allumé le chauffage électrique avant de passer en revue les chambres destinées à accueillir les invités. Puis, s'étant assuré que les lits avaient été faits, les placards nettoyés et les salles de bains briquées, elle serait descendue au salon pour y tirer les rideaux et allumer le traditionnel feu de cheminée.

Or, maintenant vieille et malade, elle devait se contenter de rester clouée sur sa couche cependant que d'autres accomplissaient ces plaisantes tâches domestiques. La frustration et l'ennui l'assaillirent soudain. Elle eut envie de se lever, de s'habiller, et d'envoyer paître Isobel, Mme McLeod et Hugh Kyle. Elle n'en fit rien, bien sûr, de crainte de ne pouvoir descendre ce fichu escalier sans rater une marche.

Un soupir lui échappa et elle décida de se rendre à l'inévitable. Attendre et attendre encore... Elle grignota un biscuit qu'elle fit passer avec une gorgée de thé que la nurse laissait chaque soir sur sa table de chevet dans une Thermos. Patience, se dit-elle, patience... La maladie représentait une calamité dont il fallait accepter les inconvénients.

Sept heures : la maisonnée se réveillait. Elle entendit Isobel sortir de sa chambre et descendre au rez-de-chaussée. Des aboiements déchirèrent bientôt le silence et elle perçut le bruit sec des loquets qu'on tirait, puis le grincement de la clé tournant dans la serrure, avant que la porte de devant, semblable à quelque grille de forteresse, ne roule sur ses gonds bien huilés.

La voix de Mme Watty dit quelque chose d'inaudible, tandis que les premiers effluves du petit déjeuner s'élevaient dans la cage d'escalier. Puis elle entendit Jason se rendre à la salle de bains, et une fois prêt, claironner d'une voix enfantine :

— Tante Isobel ?

— Oui, mon chéri ?

— Est-ce que Rose et Antony sont arrivés ?

— Pas encore. Ils ne devraient pas tarder.

Des pas rapides sur les marches. La poignée de sa porte tourna lentement.

— Je suis réveillée, cria-t-elle, alors que Jason apparaissait sur le seuil de sa chambre.

— Ils ne sont pas encore là ! déclara-t-il.

— Le temps que tu t'habilles, ils seront certainement en train de se garer devant le perron.

— As-tu bien dormi ?

— Comme un loir, mentit Tuppy. Et toi, mon chou ?

— Oui. Tu ne sais pas où est passé mon tee-shirt Ranger, par hasard ?

— Sûrement dans l'armoire chauffante.

— Bon, je vais aller voir.

Il disparut en laissant la porte ouverte, ce qui permit à Sukey, de retour de sa promenade matinale dans le jardin, de se faufiler à l'intérieur de la pièce. La petite chienne trottina allègrement sur le tapis, prit son élan, puis sauta sur une chaise d'où elle plongea dans le lit de sa maîtresse.

— Sukey ! gronda doucement la vieille dame, mais ignorant royalement sa remarque, le minuscule yorkshire se pelotonna sur l'édredon.

La seconde visite fut celle de l'infirmière. Comme une tornade, elle ouvrit rideaux et persiennes, referma les fenêtres avec une violence qui fit trembler les fragiles bibelots sur la coiffeuse, avant d'attiser vigoureusement les braises dans l'âtre. Une longue flamme jaune darda et elle en profita pour y jeter une bûche.

— Eh bien, eh bien, s'écria-t-elle, avec une lueur alerte dans l'œil, on va faire un brin de toilette avant l'arrivée de votre neveu et de sa jeune dame, hein ? Mme Watty est en train de faire frire du bacon pour le petit déjeuner, vous en voulez ? demanda-t-elle en rejetant les couvertures, puis en tâtonnant sous les draps à la recherche de la bouillotte.

Alors que Tuppy se disait que l'attente lui était devenue insupportable, le rugissement d'un moteur, suivi par le crissement des pneus sur les graviers, brisa le silence. Elle avait toujours dit qu'Antony conduisait trop vite. Dieu merci, il était là. Un pandémonium précéda son apparition dans le vestibule. Plummer s'était mis à gémir de bonheur, après quoi il y eut des claquements de portes et des voix joyeuses emplirent l'espace.

— Ah, te voilà... Oh, comment allez-vous ? Je suis ravie de vous revoir.

— Salut, Antony, s'exclama Jason. Tu me l'as fabriqué, l'arc avec ses flèches ?

Tuppy entendit la voix d'Antony.

— Comment va Tuppy ?

Elle se sentit fondre de tendresse.

— Elle est réveillée ! cria Jason, surexcité. Elle t'attend.

La vieille dame ferma les yeux. Le jeune homme devait monter les marches quatre à quatre comme d'habitude. Maintenant, il allait pousser le battant...

— Tuppy !

— Je suis là.

Il franchit le seuil, traversa la pièce en deux enjambées, la serra dans ses bras.

— Tuppy !

Il portait un pantalon de velours côtelé, un épais chandail sous un blouson de cuir. Quand il l'embrassa, sa barbe naissante lui picota la joue. Il avait les joues froides, ses cheveux paraissaient avoir poussé depuis sa précédente visite, et elle avait du mal à croire qu'il était vraiment là.

— Tu as l'air en pleine forme ! déclara-t-il en se dégageant de son étreinte.

— Oui, je vais mieux. Mais tu es en retard. Des problèmes sur la route ?

— Aucun. Nous nous sommes arrêtés à Tarbole pour nous restaurer. Nous nous sommes gavés de thé noir et de saucisses.

— Rose est avec toi ?

— Oui. Elle est en bas. Veux-tu la voir ?

— Bien sûr ! Va vite la chercher.

Il sortit sur le palier. Elle l'entendit crier « Rose », puis, ne recevant aucune réponse, « *Rose !* » d'une voix plus forte.

— Montez, s'il vous plaît. Tuppy vous attend.

Les yeux de la vieille dame étaient rivés sur la porte. Quand Antony réapparut, il tenait Rose par la main. Tuppy leur trouva un air timide, presque effrayé, qui l'attendrit. Oui, finalement, malgré les années passées, elle se rappelait bien Rose. Elle devait avoir vingt-deux ans maintenant et sa beauté s'était épanouie. Elle avait toujours cette peau fruitée, hâlée par le soleil, cette masse de cheveux bruns aux reflets acajou, ces yeux foncés, presque noirs. Tuppy avait oublié combien ils étaient sombres. Elle était vêtue comme tous les jeunes de sa génération : blue-jean délavé, pull à col roulé, pardessus bleu marine galonné de tartan.

— Excusez-moi, murmura-t-elle, je ne suis pas très présentable.

— Allons, ma chère enfant. Vous êtes très élégante pour quelqu'un qui a voyagé toute la nuit... Je vous trouve ravissante. Venez donc m'embrasser.

Flora s'exécuta. Ses cheveux bruns frôlèrent la pommette saillante de la vieille dame. La joue de la jeune fille, lisse et fraîche, rappela à Tuppy la soyeuse texture d'une pomme tout juste cueillie.

— J'ai cru que jamais vous ne viendriez me voir.

— Je suis désolée, répondit Flora, assise sur le bord du lit.

— Vous étiez en Amérique, n'est-ce pas ?

— Oui.

— Comment va votre mère ?

— Très bien, merci.

— Et votre père ?

— Lui aussi... Nous avons fait un long voyage tous les trois et... oh, c'est votre chien ? s'enquit-elle en souriant.

— Mais oui, vous vous rappelez Sukey, Rose ! Elle ne ratait pas un de nos pique-niques sur la plage.

— Ah... oui... elle ne doit plus être toute jeune.

— Elle a dix ans. Cela fait soixante-dix en années-chien. Cependant, elle est toujours plus jeune que moi... plus alerte. Il lui manque quelques dents sur le devant, ce qui ne l'empêche pas de gambader dehors, alors que moi... Vous avez pris votre petit déjeuner, as-tu dit ?

— Oui, répondit Antony. A Tarbole.

— Mme Watty ne s'en remettra jamais. Vous allez devoir ménager sa susceptibilité en grignotant un bout de bacon avec une tasse de café noir.

Son regard se reporta sur la jeune fille.

— Montrez-moi votre bague.

Flora avança une mince main brune où miroitaient saphir et diamants.

— Une merveille, approuva Tuppy. Antony a toujours eu bon goût.

Flora sourit. Le genre de sourire sain et éclatant que Tuppy aimait tout particulièrement.

— Combien de temps resterez-vous ?

— Jusqu'à demain soir, déclara Antony.

— Deux jours, murmura la vieille dame qui s'était rembrunie. Le temps passe si vite. (Elle tapota la main de Flora.) Mais pas assez pour nous empêcher de passer un bon moment. J'ai décidé de donner une petite soirée, afin de fêter vos fiançailles... Toi, tais-toi, trancha-t-elle à l'adresse d'Antony. Isobel et la nurse s'occuperont de tout. Nous avons une nurse, maintenant, le saviez-vous ? Elle ressemble très exactement à un cheval, ajouta-t-elle à mi-voix, arrachant un petit gloussement à Flora. Je n'aurai donc rien à faire et je ne risque pas de me fatiguer, compte tenu que je ne descendrai même pas au salon. Je resterai tranquillement ici, avec un plateau, pendant que vous vous amuserez... J'ai invité Anna et Brian, dit-elle en se tournant vers Flora. Vous vous souvenez d'eux, n'est-ce pas ? Oui, bien sûr... Je me suis dit que cela vous ferait plaisir de les revoir.

— J'aurais préféré que vous soyez des nôtres.

— Vous êtes charmante. Mais si je me montre raisonnable, je serai sur pied pour votre mariage.

Son regard allait de l'un à l'autre. Ils la regardaient, eux aussi. Deux paires d'yeux, les uns si pâles, les autres si sombres... Les yeux sombres papillotaient.

— Rose, avez-vous dormi ?

— Non, je n'ai pas fermé l'œil.

— Mais vous devez être épuisée !

— Oui, un peu, pardonnez-moi.

— Allez vite au lit, ma chère. Un bon sommeil jusqu'à l'heure du déjeuner vous remettra d'aplomb. Toi aussi, mon garçon.

— Je vais bien, répliqua vite Antony. Je ferai une petite sieste dans l'après-midi.

— Mais Rose doit dormir. Demandez une bouillotte à Mme Watty. Après, vous prendrez un bon bain chaud.

— C'est une bonne idée, admit Flora.

— Alors ne perdez pas de temps. Allez goûter le jambon fumé de Mme Watty, et dites à l'infirmière de me monter mon petit déjeuner... Merci ! fit-elle, tandis qu'ils se dirigeaient vers la sortie. Merci d'être venus.

Etrange, de se réveiller dans cette chambre inconnue, dans ce lit pourtant merveilleusement moelleux et confortable. La frise qui bordait le plafond, les rideaux parme, tout lui parut un instant irréel. Désorientée, Flora sortit le bras de sous les couvertures, afin de consulter son bracelet-montre. Onze heures. Elle avait dormi pendant quatre heures... Elle se trouvait à Fernrigg, se souvint-elle. A Fernrigg House, Arisaig, Argyll, Ecosse. C'était bien elle, Flora, sauf qu'ici elle s'appelait Rose et se faisait passer pour la fiancée d'Antony Armstrong.

Elle avait fait la connaissance de tous les habitants de la vaste demeure. Isobel ; le petit Jason ; Mme Watty, aux mains veloutées de farine, alors qu'elle enfournait une double rangée de scones ; M. Watty, son mari, qui avait surgi dans la cuisine les bras chargés de légumes, alors qu'ils dégustaient un excellent café noir et corsé. Tout le monde avait eu l'air enchanté de la voir et pas seulement pour faire plaisir à Antony. Les souvenirs étaient à l'ordre du jour.

— Comment va M. Schuster ? avait voulu savoir Mme Watty. Cet été-là, je m'en souviens, il venait tous les matins chercher des œufs frais et mon mari lui donnait toujours une belle laitue.

Isobel s'était rappelé que, lors d'un pique-nique devant Beach House, il avait fait si chaud que Tuppy avait voulu plonger. Mme Schuster lui avait prêté une de ses élégantes tenues de bain.

— Elle nous avait interdit de la regarder entrer dans l'eau, avait pouffé Isobel, car elle avait peur d'être ridicule en maillot. En fait, elle était absolument parfaite.

Antony avait sauté sur l'occasion pour taquiner sa tante.

— Comment sais-tu qu'elle était parfaite si tu n'as pas regardé ? Tu as triché, avoue-le !

— Eh bien, je voulais m'assurer qu'elle n'aurait pas de crampe pendant qu'elle nageait.

Seul Jason, à son grand dam, n'avait aucun souvenir à évoquer.

— J'aurais bien voulu être ici en même temps que toi, avait-il dit à Flora en la dévorant d'un regard admiratif. Mais je n'y étais pas. J'étais ailleurs.

— Oui, à Beyrouth, lui répondit Isobel. De toute façon tu avais à peine deux ans, tu n'aurais pas retenu grand-chose.

— Comment ? Mais on se rappelle un tas de choses quand on a deux ans.

— Comme quoi ? s'enquit Antony, l'air sceptique.

— Je ne sais pas. Les sapins de Noël... De toute façon, je me serais souvenu de Rose ! déclara-t-il, ignorant les sourires entendus des adultes.

Apparemment, les Schuster avaient laissé une impression impérissable dans le pays, lors de leur passage, cinq ans plus tôt, se dit Flora... Une nouvelle fois, elle jeta un coup d'œil à sa montre. Les aiguilles indiquaient onze heures cinq. Elle se sentait pleinement réveillée maintenant. Bondissant hors du lit, elle ouvrit les rideaux pour contempler le jardin et la mer.

La pluie s'était arrêtée et la brume se diluait lentement dans la lumière. Au large, les vagues contours des îles commençaient à se préciser... La marée basse avait révélé une petite jetée, ainsi qu'une plage de galets que surplombait le jardin. Elle aperçut le filet d'un court de tennis à travers les feuillages roux et or sous le soleil pâle... Juste sous sa fenêtre, les branches du mûrier ployaient sous le poids de grappes de fruits d'un noir bleuté.

La jeune fille s'arracha à sa contemplation et partit à la recherche de la salle de bains... Peu après, elle se laissait sombrer avec un soupir de contentement dans l'eau bouillonnante d'une grande baignoire victorienne encastrée dans des panneaux d'acajou poli. Du plafond à caissons au sol de faïence, tout était d'époque, à part les serviettes, bien sûr, énormes carrés duveteux d'une blancheur immaculée.

Baignée et habillée, Flora fit son lit, rangea ses affaires dans une armoire sculptée et quitta sa chambre. Du haut du palier, l'escalier formait une structure aérienne tout en courbes et spirales. Elle s'y arrêta un instant, à l'affût d'une activité domestique quelconque, mais n'entendit rien... La porte de Tuppy était fermée. Peut-être la vieille dame se reposait-elle, à moins qu'elle ne fût avec son médecin. Elle n'osa la déranger. Au rez-de-chaussée, la cheminée monumentale dans laquelle dansaient les flammes orangées exhalait à travers toute la maison un délicieux parfum de tourbe.

Toujours personne... Flora poussa jusqu'à la cuisine. Mme Watty, debout devant la table, plumait énergiquement un poulet. La cuisinière la considéra à travers les flocons des plumes blanches.

— Vous avez bien dormi, mademoiselle Rose ?

— Merveilleusement bien, merci.

— Voulez-vous une tasse de café ?

— Non, merci, madame Watty. Où sont les autres ?

— Ils vaquent à leurs occupations. L'infirmière attend le médecin, Mlle Isobel est partie à Tarbole faire des emplettes pour le dîner, Antony et Jason sont allés voir Willie Robertson du côté de Lochgarry... Antony a dit qu'il lui dcmanderait de boucher les nids-de-poule sur la route... Ils seront tous de retour pour déjeuner, acheva-t-elle en s'emparant d'un coutelas meurtrier pour trancher d'un coup sec la tête de la volaille...

— Puis-je vous aider ? Mettre la table ou peler les pommes de terre ?

— Oh, non, tout est prêt. Allez plutôt vous promener, mademoiselle Rose. La pluie s'est arrêtée, un bol d'air frais ne vous ferait pas de mal... Allez jusqu'à Beach House, tenez ! Vous nous direz si elle a changé après toutes ces années.

Flora enfila son manteau. Dehors elle respira à pleins poumons l'air humide et doux, qui sentait les feuilles mortes. Sur la gauche, un chemin de graviers contournait la maison et menait à un bosquet de rhododendrons qu'il traversait pour serpenter jusqu'à une grille installée dans une muraille de pierre grise. Au-delà, la lande s'étirait jusqu'à la mer que festonnait une plage de sable d'un blanc éblouissant. Flora poussa la grille et se mit à marcher à travers les bruyères. Arrivée à la plage, elle se mit à la recherche de Beach House qu'elle repéra presque aussitôt. Le cottage, entouré de chênes noueux, se nichait au creux d'une petite baie... Un toit en ardoise, des volets pervenche, des murs blanchis à la chaux... Une volée de marches en bois menait à la terrasse où seuls un canot pneumatique abandonné et des géraniums fanés dans leurs jardinières rappelaient la chaleur de l'été.

Adossée à la porte close, le visage tourné vers l'océan, pareille à l'actrice s'apprêtant à étudier un nouveau rôle, Flora s'efforça de se glisser dans la peau de son personnage... Rose devait avoir dix-sept ans à l'époque. Qu'avait-elle fait cet été-là ? A quoi avait-elle consacré son temps ? A nager à contre-courant par marée haute ? A ramasser des coquillages sur le sable iridescent ? Ne s'était-elle pas ennuyée, plutôt ? N'avait-elle pas eu la nostalgie de New York, Kitzbühel, Paris ou un autre de ses lieux de prédilection ? D'ailleurs, qui était Rose ? Flora aurait payé cher pour en savoir plus et regretta de n'avoir pas eu l'occasion de questionner sa sœur davantage... Elle repartit vers la plage où l'onde cristalline déposait sur le sable fin un feston de coquillages. Flora se pencha pour en ramasser un, puis un autre. Absorbée par sa tâche, elle perdit la notion du temps... Soudain, se sentant observée, elle leva la tête. Une voiture garée sur un chemin étroit, au bout de la plage, attira son attention. Nonchalamment appuyé contre le capot, les mains dans les poches, un homme la regardait... Une cinquantaine de mètres les séparaient. Quand leurs regards se croisèrent, il sortit les mains de ses poches et s'avança vers elle, ses pieds s'enfonçant dans le sable poudreux. Flora s'était redressée. A part les mouettes, ils étaient seuls sur le rivage. Qui était-ce ? Un automobiliste égaré s'apprêtant à demander son chemin ? Un rôdeur ? Elle regretta de n'avoir pas pris avec elle l'un des chiens.

« Non, sûrement pas un rôdeur », conclut-elle en lui trouvant un air respectable. Il était très grand, avec de larges épaules et de longues jambes, et marchait d'un pas tranquille. D'après ses vêtements de campagnard, il devait être fermier ou propriétaire de quelque lopin de terre avoisinant.

Ses doigts se crispèrent sur les formes annelées des coquillages et elle s'efforça d'esquisser un sourire auquel il ne répondit pas. Simplement, il continua de s'avancer comme un bulldozer. Il devait avoir entre trente et quarante ans et, à mesure qu'il se rapprochait, elle put distinguer les contours puissants de son visage.

Ses cheveux, son costume, sa chemise même arboraient une teinte indéfinissable. Seuls ses yeux d'un bleu profond tranchaient sur l'ensemble singulièrement dénué de couleur. Son regard exprimait une sorte d'hostilité glacée qui acheva de la désarçonner. Il était arrivé à sa hauteur à présent. Le vent plaqua sur la joue de Flora une mèche de cheveux qu'elle balaya d'un revers de la main.

— Bonjour, Rose !

Je ne suis pas Rose.

— Bonjour, dit-elle.

— On dirait que vous revivez d'heureux souvenirs.

— Oui, sans doute.

— Alors, contente d'être revenue ?

Il avait l'accent traînant des West Highlands. C'était donc un habitant de la région. Et il connaissait Rose.

— Oui, assez, répondit Flora, laissant planer sur sa réplique un flou artistique.

— Vous savez, je n'ai jamais cru que vous reviendriez, déclara-t-il en enfouissant ses poings dans les poches de son pantalon.

— Eh bien, ce n'est pas ce qu'on peut appeler un accueil chaleureux. Je me trompe ?

— Cessez donc de jouer les idiotes, Rose. Oseriez-vous prétendre que vous vous attendiez à une autre réaction de ma part ?

— Pourquoi n'aurais-je pas dû revenir ?

L'ombre d'un sourire tremblota un instant sur les lèvres de l'inconnu sans pour autant altérer son masque impassible.

— Ni vous ni moi n'avons besoin de nous poser cette question.

Une boule s'était formée au creux de l'estomac de Flora. L'animosité de son vis-à-vis l'avait mise mal à l'aise.

— Avez-vous terminé ?

— Non. Je voudrais vous dire une bonne chose, ma chère. Vous n'êtes plus une gamine. Vous êtes la fiancée d'Antony. Une femme. Du moins, j'espère que pour votre propre bien, vous avez appris à vous comporter comme une adulte.

Elle redressa le menton, résolue à dissimuler son embarras.

— Votre conseil a un arrière-goût de menace, riposta-t-elle du ton le plus hautain qu'elle pût adopter.

— Non. Pas une menace. Un avertissement... Un avertissement amical. Maintenant, je vais vous souhaiter une bonne journée et vous laisser à vos coquillages.

Figée sur place, Flora le suivit du regard tandis qu'il s'éloignait. En un rien de temps, il avait atteint les rochers qu'il escalada sans difficulté, avant de sauter dans sa voiture et de la lancer sur la route de Tarbole. Elle demeura un long moment immobile, mille questions tournoyant dans sa tête. De tout cet imbroglio une seule conclusion s'imposait. A dix-sept ans, Rose avait dû avoir avec cet homme une aventure sentimentale qui s'était mal terminée. Aucune autre supposition ne pouvait expliquer ce ressentiment, cette haine à peine déguisée.

Elle laissa tomber brusquement les coquillages et se mit à courir vers Fernrigg House. A un moment donné, elle envisagea d'en parler à Antony, puis, toute réflexion faite, elle changea d'avis... Après tout, cela ne la concernait pas réellement. Elle était Flora, pas Rose. Son séjour ici ne se prolongerait pas au-delà de deux jours. Ils allaient repartir demain soir et elle ne verrait plus jamais l'homme de la plage. Le fait qu'il ait connu Rose ne voulait pas forcément dire qu'il était un ami des Armstrong... Certainement pas ! Tuppy Armstrong n'aurait jamais autorisé un personnage aussi déplaisant à franchir le seuil de sa maison.

Rose s'était peut-être mal comportée le fameux été

où les Schuster avaient loué le cottage, mais Flora ne s'en sentait pas responsable. Forte de cette conviction, elle poussa la grille du jardin, puis remonta l'allée. En émergeant du bosquet de rhododendrons, elle tomba presquc nez à nez avec Antony et Jason, partis à sa recherche. Tous deux portaient un pull informe sur un vieux pantalon. Un trou à la place du grand orteil ornait la chaussure de toile du petit garçon, ses lacets s'étaient dénoués. En voyant Flora, il s'élança vers elle, et elle le souleva dans ses bras, le faisant tournoyer en riant.

— Nous te cherchions, dit-il. Il est presque midi.

— Désolée. Je ne me suis pas rendu compte qu'il était si tard.

Son regard croisa celui d'Antony.

— Bonjour, dit-il avec un sourire en se penchant pour l'embrasser sur la joue. Comment ça va ?

— Très bien.

— Mme Watty nous a dit que tu étais partie faire un tour. As-tu trouvé Beach House ?

— Oui.

— Tout va bien ? insista-t-il.

Touchée par sa sollicitude, elle hocha la tête. L'espace d'une fraction de seconde, elle fut tentée de lui parler de son étrange rencontre, mais, de nouveau, elle changea d'avis.

— Oui, tout va à merveille, l'assura-t-elle avec son sourire le plus resplendissant.

— Ah bon, tu es allée à Beach House ? voulut savoir Jason.

Ils se dirigeaient vers la demeure et la main du petit garçon s'était glissée dans celle de Flora.

— C'était fermé. On ne peut pas voir l'intérieur.

— M. Watty se charge de verrouiller portes et fenêtres à chaque fin de saison. Des voyous de Tarbole visitent parfois les maisons vides. Une fois, quelqu'un a brisé une vitre pour voler une couverture.

— Et vous, qu'avez-vous fait ce matin ? lui demanda Flora.

— Nous sommes allés voir Willie Robertson au sujet des trous dans la chaussée. Il a promis de les boucher la semaine prochaine avec du goudron.

— Cela veut probablement dire dans un an, décréta Antony en riant. Dans cette partie de l'Ecosse, les gens ont une drôle de notion du temps.

— Mme Robertson m'a donné des bonbons, gazouilla Jason. Puis nous sommes allés au port de Tarbole. Il y avait un bateau danois et plein de marins qui chargeaient à bord des barils de harengs fumés... J'ai vu une mouette avaler un poisson en une seule bouchée.

— Les mouettes sont gourmandes, en effet.

— Et cet après-midi, Antony va fabriquer pour moi un arc et des flèches.

— Peut-être devrions-nous demander à Rose si elle a d'autres projets ? suggéra Antony.

Jason leva vers la jeune fille de grands yeux anxieux.

— Tu veux bien qu'il fasse ça, n'est-ce pas ?

— Oui, bien sûr. Je pense que nous aurons le temps de nous promener, un peu plus tard. Nous emmènerons les chiens, d'accord ? Les chiens aiment bien courir dans la nature.

— Plummer ne demande pas mieux, mais Sukey est une paresseuse. Elle préfère rester couchée sur le lit de Tuppy.

— Elle n'a pas tout à fait tort. Ce lit m'a l'air très douillet.

— C'est la chienne de Tuppy, tu comprends ? Tuppy l'adore, bien que Sukey ait mauvaise haleine.

Comme la table de la salle à manger avait été dressée pour le dîner, tout le monde prit place autour de la grande table de bois brut dans la cuisine. Une nappe à carreaux bleus et blancs la recouvrait, tandis qu'un bouquet de chrysanthèmes rayonnait au beau milieu. Antony occupait un bout de table, Jason lui faisant face, avec, de part et d'autre, Isobel, l'infirmière McLeod, Flora et Mme Watty. Ils se régalèrent de la traditionnelle panse de brebis farcie que Flora trouva délicieuse. Le dessert se composait de pommes au four nappées de crème. A la fin du repas, Mme Watty servit le café.

— Cet après-midi j'ai l'intention de tailler les rosiers, annonça fermement Isobel entre deux gorgées chaudes et parfumées.

— Nous irons faire un tour, dit Antony.

Jason s'en mêla.

— Mais, Antony, tu as dit que...

— Mentionne encore une fois l'arc et les flèches, et je t'en décoche une en plein cœur... Pang ! fit-il en faisant semblant de viser sa cible.

— On ne doit pas tirer sur les gens, décréta Jason d'un air austère. « Tu ne tueras point ! »

— Eh bien, sourit Antony, voilà un commandement qui n'est guère respecté par l'humanité... Veux-tu que nous montions un instant chez Tuppy ? demanda-t-il à Flora.

— Mme Armstrong a eu une mauvaise nuit, intervint l'infirmière. N'y allez pas tout de suite. Je comptais justement lui administrer un sédatif, afin qu'elle fasse une bonne sieste.

— Comme vous voulez, madame ! s'inclina Antony. C'est vous le chef... Quand pourrons-nous la voir ?

— Ce soir, avant le dîner. Cela lui donnera l'occasion de vous voir habillés pour la soirée.

— Parfait. Dites-lui que nous lui rendrons visite vers sept heures du soir, dans nos plus beaux atours.

— Je n'y manquerai pas, répondit la nurse en repoussant sa chaise pour se lever. Maintenant, excusez-moi. Ma patiente m'attend... Merci pour cet excellent déjeuner, madame Watty.

— Oh, je suis ravie que vous l'ayez apprécié, madame McLeod, répondit la cuisinière, la face illuminée d'un large sourire.

L'infirmière sortie, Antony appuya ses coudes sur la table.

— Dites, elle parle de cette soirée comme s'il s'agissait de la réception du siècle... Qui sont nos invités ?

— Anna et Brian. M. et Mme Crowther...

— Ça va être gai, soupira Antony.

— Il y aura également Hugh Kyle, fit remarquer Isobel en fusillant son neveu du regard. Si toutefois il n'est pas appelé d'urgence au chevet d'un malade.

— Voilà qui est mieux. La conversation volera haut.

— N'essaie pas de jouer au plus fin, l'avertit sa tante.

— M. Crowther est imbattable sur certains sujets, se mêla Mme Watty. Il a de la repartie.

— Qui est M. Crowther ? questionna Flora.

— Le ministre du culte de l'église presbytérienne, dit Antony en simulant l'accent épais des Highlands.

— Et Mme Crowther est directrice d'école, coupa Jason... Elle a des dents grandes comme ça !

— Jason ! le gronda Isobel.

— C'est pour mieux te manger, mon enfant ! le taquina Antony. Comptes-tu honorer cette fête de ta présence ?

— Oh, non, je n'ai pas envie. Je préfère dîner ici, avec Mme Watty. Tante Isobel a mis au frais une bouteille de Coca-Cola pour moi.

— Si je m'embête trop dans la salle à manger, je viendrai peut-être te tenir compagnie.

— Antony ! vitupéra Isobel, mais Flora aperçut son demi-sourire.

C'était un jeu entre membres d'une même famille, se dit-elle. Voilà sans doute pourquoi l'absence d'Antony était si cruellement ressentie par sa tante et sa grand-mère.

La fabrication de l'arc et des flèches ne dura pas plus d'une demi-heure. Equipé d'un canif tranchant, Antony donna une forme arquée à une branche flexible, sous le regard émerveillé de Jason, après quoi, il tailla une bonne demi-douzaine de flèches. Quand la corde fut en place, il dessina une cible à l'aide d'une craie sur un tronc d'arbre. Ivre de bonheur, Jason s'essaya au tir à l'arc sans grand résultat.

— Il faut ajouter des plumes à chaque flèche, lui expliqua son oncle.

— Oh, oui, des plumes !

— Je te montrerai comment demain.

— Oh, non, Antony, montre-moi maintenant.

— Non, jeune homme. Maintenant, nous partons faire une promenade. Va ranger tes jouets, si tu tiens à nous accompagner.

Tandis que le garçonnet s'en allait mettre à l'abri ses nouvelles possessions, Antony s'approcha de Flora qui, assise sur le gazon avec Plummer, attendait patiemment.

— Excusez-moi. La séance a été plus longue que prévu.

— Ce n'est pas grave. J'adore me prélasser sous les arbres. Il fait si beau aujourd'hui...

— Profitez-en. Demain, le temps se couvrira peut-être... Allez, venez ! fit-il en lui tendant la main.

Jason revint vers eux en courant, et ils se mirent en marche. Ils longèrent la route d'un pas vif jusqu'à la colline dominant l'arrière de la maison, ombrée de pins et de chênes verts... Ils traversèrent des champs de chaume, des pâturages tachetés de moutons. La truffe dans l'herbe haute, la queue frétillante, Plummer fit s'envoler une famille de grouses caquetantes. Le paysage se transformait. L'émail étincelant de l'eau scintillait dans les échancrures de la côte, tandis que des montagnes dardaient leur cime déchiquetée vers l'azur. Dans un champ verdoyant surgirent les ruines d'une closerie sur lesquelles veillait un sapin d'Ecosse, tordu et déformé par les impétueuses rafales du vent du nord. Une petite rivière ondoyait en cascades parmi les hêtres, les châtaigniers et les érables... Assis dans l'herbe, le dos calé contre un muret à moitié écroulé, ils laissèrent errer leur regard sur un paysage d'une beauté incomparable : au sud, le Sound of Arisaig, étendue infinie de landes, de montagnes et de vallons ombreux ; au nord, le sombre miroir d'un loch ceint de falaises ; à l'ouest, la mer d'un bleu translucide, sous un ciel de cristal... et des îles qui émergeaient à la surface des flots comme des mirages.

— Comme c'est beau ! murmura Flora. Les gens d'ici ont de la chance de pouvoir contempler tous les jours ce décor.

— Sauf que la plupart du temps, ils n'arrivent pas à distinguer le bout de leur nez à cause de la pluie et du brouillard, sans parler d'un vent à décorner les bœufs.

— Oh, Antony, ne gâchez pas tout.

— « Une maison nue, la lande vide, un lac frémissant devant la porte », cita-t-il. Robert Louis Stevenson. Quand Torquil et moi étions petits, Tuppy nous lisait ses livres dans l'espoir de nous inculquer un peu de culture... La petite île là-bas s'appelle Muck, ajouta-t-il, le doigt pointé vers l'archipel. L'autre, c'est Eigg. Celle qui a l'air d'une montagne immergée se nomme Rum. Sur votre droite, vous pouvez apercevoir Sleat, puis les sommets des Cuillins.

Dans le lointain, les pics abrupts brillaient comme des aiguilles d'argent contre le ciel.

— On dirait de la neige, dit Flora.

— Exact. Signe que l'hiver sera rude cette année.

— Quel est ce loch, là-bas, au pied de la montagne ?

— Le Fhada... Voyez-vous le bras de mer où se trouve Beach House ? C'est le même. L'estuaire du fleuve est situé là-bas, sous le pont... Le paradis des pêcheurs de saumon.

Jason leva sur son oncle un regard étonné.

— Pourquoi dis-tu à Rose toutes ces choses, comme si elle n'était jamais venue à Fernrigg House ?

— Eh bien...

— C'était il y a si longtemps, le devança Flora. A l'époque, je ne m'intéressais pas aux noms des lieux. Maintenant, j'ai envie de les connaître.

— Sans doute parce que tu viendras vivre ici ?

— Non, Jason. Je ne songe pas à m'établir dans la région.

— Pourquoi pas, si tu épouses Antony ?

— Antony vit à Edimbourg.

— D'accord, mais tu pourrais venir quelque temps à Fernrigg, pour tenir compagnie à Tuppy.

— Oui, bien sûr, dut convenir Flora.

Par chance, Plummer dissipa le malaise en se lançant à la poursuite d'un lièvre à travers les buissons. Sachant que le chien était capable de traquer sa proie jusqu'aux confins de la terre au risque de s'égarer dans la nature, Jason se dressa d'un bond.

— Plummer ! Plummer ! Viens ici. Reviens tout de suite.

Flora et Antony suivirent du regard le garçonnet qui courait sur ses jambes frêles derrière le chien.

— Allons l'aider, offrit Flora.

— Non, il va le rattraper... Nous avons failli commettre une gaffe ! Jason est un enfant intelligent. Je ne me suis pas rendu compte qu'il écoutait.

— Moi non plus.

— J'espère que tout se passera bien ce soir.

— Je m'en sortirai, si vous restez à mon côté.

— Je taquinais tante Isobel tout à l'heure. Ce sont des gens charmants.

— J'en suis sûre.

— Vous savez, dit-il lentement, je n'arrive pas à me faire à l'idée que vous ressemblez à Rose mais que vous n'êtes pas Rose.

— Auriez-vous préféré que je le sois ?

— Non... Je voulais dire que, entre nous, les sentiments sont différents.

— Autrement dit, vous n'êtes pas amoureux de moi comme vous l'avez été de Rose.

— Et je me demande bien pourquoi.

— Parce que je suis Flora.

— Vous êtes mille fois plus gentille que Rose... Elle n'aurait jamais consacré une minute à Jason... Rose n'aurait jamais daigné adresser la parole à Mme Watty ou à l'infirmière.

— Non, mais elle avait peut-être des choses importantes à vous dire, à vous.

— Oui, elle m'a dit adieu, répliqua Antony non sans amertume, avant de me quitter pour un séducteur grec sous prétexte qu'il lui offrait un voyage à Spetsai.

— Peut-être a-t-elle pris peur devant votre empressement à lui passer la bague au doigt.

Il eut un sourire futé.

— Je sais. J'avais hâte de me marier. J'ai trente ans et la vie de célibataire m'a lassé. Je suppose que je n'ai pas encore rencontré l'âme sœur.

— Je suis sûre qu'Edimbourg pullule de filles qui ne demandent pas mieux que de fonder un foyer... De jolies petites employées de bureau qui se sentent bien seules dans leur appartement de style géorgien.

Il éclata de rire.

— Est-ce donc ainsi que vous imaginez la vie à Edimbourg ?

— Pour moi, cela se résume à un dîner en compagnie d'Antony Armstrong par une nuit froide et pluvieuse... Je propose que nous allions récupérer Jason et Plummer avant de rentrer à la maison. Si Isobel est censée porter ce soir les bijoux de la couronne, je voudrais au moins me laver les cheveux.

— Oui, bien sûr. D'ailleurs, j'ai promis à Mme Watty de lui donner un coup de main à la cuisine... La vie de famille, acheva-t-il dans un rire. Un enchantement.

Il se pencha soudain pour l'embrasser sur la bouche.

— A qui s'adressait ce baiser ? demanda Flora quand il se détacha d'elle. A Rose ?

— Non. A vous.

Le couchant dégringolait vers la mer, laissant dans son sillage une longue écharpe arachnéenne d'or liquide. Flora s'était lavé les cheveux et se démenait pour les sécher à l'aide d'un antique séchoir emprunté à Isobel tout en admirant par la fenêtre le crépuscule. Peu à peu, tandis que la lumière déclinait, les couleurs se fondaient dans les ombres. Les îles virèrent au rose, puis au bleu poudré. La mer reflétait comme un miroir le ciel pâlissant et quand enfin le soleil eut disparu, les flots accusèrent une brillante teinte indigo que les lanternes des bateaux de pêche striaient de lueurs mouvantes... Pendant ce temps, la grande demeure s'animait des plaisants bruits de fiévreux préparatifs : pas précipités, éclats de voix, tintement de couverts d'argent sur de la porcelaine, appétissant fumet en provenance de la cuisine.

Le choix de sa tenue ne posa pas vraiment de problème à Flora. Elle n'en avait qu'une dans son bagage : une longue jupe de laine turquoise, un chemisier en soie et une ceinture de cuir blanc pour agrémenter l'ensemble. Les cheveux enfin secs, les yeux légèrement maquillés, elle s'habilla avant de poser sur ses poignets et derrière ses oreilles quelques gouttes de « Chamade », cadeau de Marcia pour son anniversaire. La fragrance suave du parfum éveilla une fulgurante réminiscence de Marcia et de son père. L'espace d'une fraction de seconde, elle se crut à Seal Cottage. La sensation fut si vive qu'elle se sentit perdue.

Que faisait-elle ici ? C'était de la pure folie ! La réponse à cette question acheva de la désorienter. Assaillie d'une panique sans nom, elle se laissa tomber sur le pouf de velours devant la coiffeuse, puis considéra son reflet d'un air halluciné. La fameuse réception à laquelle elle assisterait tout à l'heure lui apparut brusquement comme un abject tissu de mensonges. Un cauchemar ! Elle allait se couvrir de ridicule, se trahir, abandonner Antony à son triste sort. Tous comprendraient qu'elle n'était qu'une menteuse, une manipulatrice, une écervelée qui s'était prêtée à une sinistre mystification... Son instinct lui intimait de prendre ses jambes à son cou. De disparaître. Mais où irait-elle ?

Elle s'efforça de rassembler ses idées. Antony l'avait entraînée dans cette aventure uniquement pour faire plaisir à Tuppy. Evidemment, un mensonge bien intentionné n'en demeurait pas moins un acte odieux... Un pieux mensonge, se persuada-t-elle afin de se donner du courage, qui lui pèserait à jamais sur la conscience, sans affecter personne d'autre.

Encore que... L'image de l'homme de la plage jaillit dans sa mémoire. Avec son air hostile et ses menaces à peine dissimulées, il était la preuve que tout n'était pas aussi simple qu'elle l'avait d'abord pensé. De toutes ses forces, elle espérait qu'il n'avait rien à voir avec les Armstrong. En fait, seule Tuppy comptait... « Quand on a une bonne raison de déguiser la vérité, on est à moitié pardonné », soliloqua-t-elle. La bonne raison avait pour nom Tuppy. La gentille vieille dame qui devait attendre dans sa chambre que Flora aille l'embrasser...

Non, pas Flora. *Rose.*

Elle prit une profonde inspiration, quitta sa chambre et emprunta le couloir menant vers les appartements de Tuppy. D'un doigt tremblant, elle cogna contre le battant clos, et la voix de la vieille dame cria :

— Entrez.

Hélas, Antony brillait par son absence. Un abat-jour sur la table de chevet dessinait un cercle éblouissant sur le grand lit. Le reste de la pièce baignait dans la pénombre. Calée sur une pile d'oreillers, Tuppy portait une chemise de nuit garnie de dentelles à l'encolure, sous une liseuse de shetland bleu pâle, attachée sur le devant par des rubans de satin.

— Rose ! Je vous attendais. Approchez, ma chérie, laissez-moi vous regarder.

Flora s'avança dans le cercle lumineux.

— Je n'ai pas songé à apporter une robe plus habillée, s'excusa-t-elle en se penchant pour embrasser la joue flétrie.

— Elle est parfaite. Et vous aussi. Si jeune et belle ! Grande, mince, avec une taille de guêpe. Il n'y a rien de plus attrayant chez une femme qu'une taille fine.

— Vous êtes très belle aussi, dit Flora en s'asseyant sur le bord du lit.

— Mon infirmière m'a vêtue pour la circonstance.

— J'adore votre liseuse.

— Isobel me l'a offerte à Noël. Je la porte aujourd'hui pour la première fois.

— Antony n'est pas encore passé vous voir ?

— Si. Il y a une demi-heure.

— Avez-vous pu vous reposer cet après-midi ?

— Un peu, oui. Et vous ? Racontez-moi votre journée.

Flora se mit à lui conter leur promenade, tandis que Tuppy se renversait sur les oreillers. La lumière tomba sur son visage. Une petite figure aux traits tirés, avec de larges cernes noirs autour des yeux. Ses doigts jouaient inlassablement avec le bout du drap.

Elle avait l'air d'une vieille poupée fragile. Pourtant, cette face parcheminée avait quelque chose de merveilleux. Jeune, elle n'avait pas dû être une beauté. Néanmoins, l'aura généreuse qui émanait de toute sa personne la rendait irrésistible. Un semis de taches de rousseur tamisait l'éclat de sa peau, fine et sèche, hâlée par la vie au grand air. Sa joue faisait l'effet d'une feuille fanée, ses cheveux d'un blanc cotonneux frisaient sur ses tempes. Les lobes de ses oreilles avaient été percés et le poids des lourds pendants qu'elle avait portés toute sa vie les avait déformés. Elle avait la bouche d'Antony, le même sourire chaleureux... Mais c'était surtout les yeux de Tuppy qui, d'emblée, captaient l'intérêt, des yeux en amande, aux iris d'un bleu pétillant où brillait une inextinguible petite flamme de vitalité.

— ... puis, quand nous sommes rentrés, les garçons sont allés nourrir les poules et ramasser les œufs, et moi, je me suis lavé les cheveux.

— Ils sont magnifiques. Brillants, comme un meuble bien astiqué... Justement, je parlais de vous à Hugh, qui est passé me voir. Il est en bas, en train de boire un verre avec Antony... Un brave garçon, que j'apprécie énormément... Voilà des années que je le pousse à prendre un associé. Sa clientèle a considérablement augmenté ces derniers temps. Mais il prétend qu'il arrive à se débrouiller tout seul. A mon avis, le travail l'empêche de ruminer ses malheurs.

Sa conversation avec Antony à propos de Hugh Kyle resurgit dans la mémoire de Flora.

Il s'est établi comme médecin de campagne.

Il doit être un homme heureux.

Non. Je ne le crois pas.

— Est-il marié ? questionna-t-elle sans réfléchir.

L'œil bleu de Tuppy lui lança un regard pénétrant.

— Il est veuf, Rose. Vous ne vous en souvenez pas ? Sa femme s'est tuée dans un accident de la route.

— Oh, oui, bien sûr...

— Une triste affaire. Nous connaissons Hugh depuis toujours. Son père était notre médecin de famille avant lui. Nous l'avons vu grandir. C'était un petit garçon d'une intelligence hors du commun. Il était en train de terminer ses études à Londres quand sa femme est morte. Alors, il est revenu à Tarbole où il a hérité du cabinet de son père. Il avait alors à peine vingt ans... quel gâchis, mon Dieu.

— Pourquoi ne s'est-il pas remarié ?

— Il ne veut pas en entendre parler. Il a une gouvernante, une certaine Jessie McKenzie... une vraie souillon à mon sens. Mais que voulez-vous ? On ne peut pas diriger la vie des autres à leur place... (Elle sourit, avec une lueur amusée dans les yeux.) Je suis une vieille femme impossible qui ne cesse d'accabler son entourage de conseils. Ma famille et mes amis le savent et, je crois, acceptent mes suggestions de bonne grâce.

— Je suis sûre qu'ils les apprécient.

— Oui, dit Tuppy, devenue soudain songeuse. Vous savez, Rose, pendant que je vous attendais, j'ai eu une idée... une très bonne idée, même. (Sa voix s'était enrouée et dans un élan affectueux elle avait saisi la main de Flora entre les siennes.) Ecoutez, mon petit, êtes-vous vraiment obligée de repartir avec Antony ? Avez-vous un emploi à Londres ?

— Non, pas exactement, mais...

— Est-ce absolument nécessaire que vous y alliez ?

— Je suppose que oui... c'est-à-dire...

Sa phrase resta en suspens et, horrifiée, elle se rendit compte que les mots lui manquaient.

— Parce que, reprit Tuppy d'une voix plus ferme, si vous n'avez pas réellement besoin de retourner à

Londres, vous pourriez rester ici. Nous vous aimons tous tellement... Deux jours, c'est un peu court pour faire connaissance, n'est-ce pas ? Nous avons tant de choses à nous dire... tant de choses à organiser... ne serait-ce que fixer la date de votre mariage.

— Justement, nous n'avons pas pris de décision à ce sujet.

— Certes, certes... Songez cependant qu'une liste d'invités ne se fait pas d'un coup de baguette magique. Par ailleurs, il y a les possessions d'Antony qu'il voudrait peut-être emporter si vous vous mettiez à la recherche d'un logement. De l'argenterie, quelques tableaux, des meubles, le bureau de son grand-père... Tout cela demande réflexion. On se marie pour la vie, ma chère petite.

— Oh, Tuppy, ne vous faites pas de souci pour Antony et moi. Nous sommes venus vous rendre visite afin de vous rassurer. Vous êtes censée vous reposer, reprendre des forces.

— Peut-être ne reprendrai-je jamais de forces... D'ailleurs, à mon âge, cela m'étonnerait que j'aille mieux un jour. Je voudrais que tous ces détails soient réglés le plus vite possible. Pour moi, le temps presse, Rose.

Après un long silence, Flora déclara :

— Malheureusement, je ne peux pas rester. Pardonnez-moi mais il faut que je m'en aille demain avec Antony.

La déception assombrit les traits de Tuppy pendant une fraction de seconde seulement.

— En ce cas, fit-elle en souriant et en tapotant la main de la jeune fille, vous n'aurez plus qu'à revenir à Fernrigg bientôt, de manière que nous ayons une discussion plus sérieuse.

— J'essaierai... j'en suis désolée...

— Ma chère enfant, ne prenez pas cet air dramatique. Ce n'est pas la fin du monde. Juste une idée idiote de vieille femme. Maintenant, dépêchez-vous de descendre au rez-de-chaussée. Nos invités ne vont pas tarder et vous devriez être là pour les accueillir. Allez vite !

— Je vous verrai demain.

— Bien sûr. Passez une bonne soirée, ma chérie.

Flora l'embrassa. La porte s'ouvrit alors, livrant passage à Jason. Il était en pyjama, un livre sous le bras.

— Bonsoir, Jason ! dit Flora en se redressant.

— Tu es très jolie, Rose... Salut, Tuppy, as-tu bien dormi cet après-midi ?

— Oui, j'ai fait un tas de beaux rêves.

— J'ai apporté *L'Ile au trésor* à la place de *Peter Rabbit*, parce que Antony a dit que j'avais l'âge d'attaquer ce genre de lecture sans avoir peur.

— Eh bien, si l'histoire te semble trop effrayante, nous pourrons toujours nous rabattre sur autre chose.

— As-tu bien dîné ? demanda Flora.

— Super ! Et j'ai bu tout le Coca.

Il avait tendu le livre à Tuppy avant de grimper sur le lit. Il avait hâte de rester seul avec son arrière-grand-mère. Aussi regarda-t-il Flora en ajoutant :

— Hugh est au salon. Les autres ne sont pas encore arrivés.

— Alors, je m'en vais le saluer.

Elle quitta la pièce en refermant la porte. Sur le palier, elle s'appuya un instant contre le battant clos, les mains sur le visage. La déception qu'elle avait décelée dans les yeux de Tuppy la hanterait longtemps, elle le savait. Mais que pouvait-elle répondre, sinon refuser de rester ?

Seigneur, la vie ne pouvait-elle pas être plus simple ? Pourquoi fallait-il toujours que des émotions inattendues viennent compliquer les relations entre les êtres ? Lorsqu'elle avait accepté de devenir la complice d'Antony, rien ne l'avait préparée au sentiment de sympathie spontané et immédiat qu'elle allait éprouver à l'égard de la vieille dame.

Un long soupir gonfla la poitrine de Flora. Elle descendit l'escalier avec lenteur, songeant avec appréhension à l'épreuve qui l'attendait. Les fines semelles de ses chaussures dorées glissaient sur le tapis. Une gerbe de chrysanthèmes mêlés de gypsophile agrémentait le rebord de la fenêtre. Le hall, nettoyé de fond en comble pour l'occasion, resplendissait. A travers la porte entrebâillée du salon lui parvinrent des bribes de conversation.

— D'après toi, Hugh, Tuppy est en bonne voie de guérison, alors ?

C'était la voix d'Antony.

— Certainement. Je n'ai pas cessé de le répéter.

La voix de son interlocuteur était profonde, avec une intonation étrangement familière. Flora se figea, incapable d'ébaucher un pas de plus.

— Mais Isobel a cru...

— Qu'a-t-elle cru, Isobel ?

Ce fut cette dernière qui répondit d'un ton hésitant :

— J'ai cru que vous me cachiez quelque chose. Que vous vouliez me ménager.

— Isobel ! fit la voix profonde, chargée de reproches. Vous me connaissez assez bien pour savoir que jamais je ne vous aurais caché la vérité. Surtout en ce qui concerne Tuppy.

— C'était cette... cette expression sur votre visage...

— Hélas, je ne puis changer d'expression. Je suis né avec.

— Non ! objecta résolument Isobel. Vous étiez planté au milieu de l'escalier, les bras ballants, arborant un air tourmenté qui, je l'avoue, m'a fait peur. Je me suis dit que l'état de Tuppy s'était aggravé.

— Cela n'avait rien à voir avec Tuppy. J'étais

inquiet, oui, mais à propos d'autre chose. Je vous ai dit qu'elle allait s'en sortir. J'ai même ajouté, je m'en souviens à présent, qu'elle avait la force d'une vieille racine de bruyère et qu'elle allait probablement nous enterrer tous.

— Excusez-moi, mais je n'ai pas voulu vous croire, répliqua Isobel.

Elle paraissait au bord des larmes. Flora ne put en supporter davantage. D'un pas égal, elle franchit le seuil de la porte du salon et eut la sensation d'une scène où se jouait quelque sombre drame victorien. Les trois personnes qui s'y trouvaient cessèrent de parler pour se retourner vers elle.

Antony, en costume gris sombre, servait les apéritifs au fond de la salle. Isobel, en robe longue, se tenait près de l'âtre... Flora n'eut d'yeux que pour l'autre homme. Le médecin, Hugh Kyle. Il faisait face à Isobel. Il était si grand que sa tête et ses épaules se reflétaient dans le miroir vénitien qui surmontait la monumentale cheminée.

— Rose, venez près du feu, dit Isobel. Vous vous souvenez de Hugh, n'est-ce pas ?

— Oui, répondit Flora.

Sitôt qu'elle avait entendu le son de sa voix elle avait su que c'était lui. L'homme qu'elle avait rencontré sur la plage le matin même.

— Oui, je m'en souviens.

7

TUPPY

— Bien sûr que nous nous souvenons l'un de l'autre, dit-il. Comment allez-vous, Rose ?

— Excusez-moi mais, sans le vouloir, j'ai entendu une partie de votre conversation. Il s'agissait de Tuppy.

— Oui, répondit Antony. Il semble qu'il y ait eu un malentendu.

Il lui avait tendu d'autorité un verre qui lui parut glacé dans le creux de sa main.

— Va-t-elle guérir ?

— Hugh est affirmatif, en tout cas.

— C'était ma faute, expliqua rapidement Isobel. Une faute stupide. Mais j'étais si inquiète, si bouleversée... Je me suis mis dans la tête que Hugh essayait de me préparer au pire. Voilà la raison pour laquelle j'ai alerté Antony.

— Alors qu'il n'y avait aucune urgence.

— Non.

Flora chercha des yeux le regard d'Antony... Les deux conspirateurs, songea-t-elle. Pris dans leur propre piège. Ils n'avaient guère besoin de venir à Fernrigg. Ni de se prêter à cette comédie grotesque. Leur machination si soigneusement mise au point n'avait servi à rien.

Le visage expressif d'Antony montrait clairement qu'il avait lu dans les pensées de sa prétendue fiancée. Visiblement, il regrettait de l'avoir entraînée dans cette histoire. Toutefois, savoir que sa grand-mère était hors de danger avait détendu ses traits, tirés par la tension des derniers jours.

— Enfin, le plus important est que Tuppy aille mieux, soupira-t-il en prenant la main de Flora... Naturellement, si Rose et moi n'avions pas pensé qu'elle était au plus mal, nous n'aurions pas accouru si vite.

— En ce cas, je suis contente d'avoir mal compris le diagnostic de Hugh, déclara Isobel. Désolée de vous avoir dérangés mais, au moins, vous êtes là.

— En effet, aucun médicament n'aurait eu un effet plus positif sur ma patiente, renchérit le docteur. Pour Tuppy, votre présence est le meilleur remède du monde.

Il s'était adossé au manteau de la cheminée. Flora sentit son regard peser sur elle.

— Avez-vous retrouvé l'Ecosse avec plaisir, Rose ?

La froideur de ses yeux démentait le ton amical de sa voix.

— Oui, j'en suis ravie.

— Est-ce votre première visite depuis cinq ans ?

— Oui.

Antony vint à la rescousse.

— Elle a passé l'été aux Etats-Unis.

— Vraiment ? Où ça ?

Flora s'efforça de se remémorer l'itinéraire dont Rose lui avait tracé les grandes lignes.

— New York... le Grand Canyon... la côte ouest...

— Comment va votre mère ?

— Très bien, je vous remercie.

— Compte-t-elle revenir dans nos campagnes, un de ces jours ? voulut savoir Hugh avec une persévérance que Flora ne trouva pas exempte de perversité.

— Pas pour l'instant. Elle va rester à New York un moment.

— Mais elle viendra certainement pour le mariage... A moins que vous ne projetiez de vous marier à New York ?

— Ne dites pas une chose pareille ! objecta Isobel. Comment irions-nous tous là-bas ?

— Nous n'avons encore rien décidé, s'empressa de les informer Antony. Ni la date ni le lieu.

— Alors, ne mettons pas la charrue avant les bœufs, conclut Hugh.

Cette déclaration fut suivie d'un long silence pendant lequel chacun trempa ses lèvres dans son breuvage. Flora chercha frénétiquement un moyen de relancer la conversation. En vain. Un bruit de freins et de portières qu'on claque la sortit de l'impasse.

— Ah, voilà les autres, dit Isobel.

— Ils sont tous arrivés en même temps, observa Antony en posant son verre pour se porter à la rencontre des arrivants.

Isobel s'excusa, puis suivit son neveu, insensible au regard suppliant de Flora. La porte du salon se referma. Elle était seule, face à Hugh Kyle. Le silence retomba dans la pièce comme une chape de plomb... La jeune fille fut tentée de s'écrier : « Vous semblez tenir à la considération des Armstrong, ce qui ne vous a pas empêché de vous montrer très désagréable avec moi ce matin. » Bien sûr, pas un mot ne franchit ses lèvres. A l'évidence, ce M. Kyle en voulait à Rose ; or, il fallait avouer que les scrupules n'étouffaient pas cette dernière. La façon dont elle avait quitté Antony, sans l'ombre d'une hésitation, pour s'envoler vers les îles grecques en compagnie d'un nouveau soupirant, en était la preuve. De plus, elle avait délibérément laissé à Flora le soin de recoller les morceaux de ses fiançailles rompues... Dieu seul savait ce que Rose avait pu manigancer à dix-sept ans. Quand elle s'ennuyait, elle était capable de tout, même de jeter son dévolu sur le premier venu... Bien que Hugh Kyle ne fût pas à proprement parler le premier venu. Au contraire, sa personnalité forçait l'admiration et le respect... En fait, c'était un homme formidable, se dit Flora en s'obligeant à le regarder. Il se tenait toujours le dos au feu. Ses yeux d'un bleu limpide la scrutaient avec intensité, par-dessus son verre de whisky. Troublée, elle voulut détourner la tête, mais comme s'il avait eu conscience de son désarroi, il rompit le silence pesant.

— Tuppy m'a dit que vous repartiez demain avec Antony.

— C'est exact.

— Vous avez eu la chance d'avoir beau temps, cet après-midi.

— En effet, ce fut une journée splendide.

— Comment l'avez-vous passée ?

— Nous avons fait une longue promenade.

Dieu merci, le pénible tête-à-tête fut interrompu par l'entrée d'Antony dans la pièce. Deux hommes l'accompagnaient.

— Rose, voici M. Crowther. Vous ne l'avez pas connu, car il s'est installé à Tarbole un ou deux ans après votre départ.

M. Crowther portait le sobre vêtement qu'exigeaient ses fonctions de pasteur, mais sa face rubiconde auréolée d'une épaisse chevelure poivre et sel lui donnait davantage un air de bookmaker que d'homme d'Eglise.

— Enchanté ! s'exclama-t-il en saisissant la main de Flora et en la secouant vigoureusement. Depuis le temps que j'entends parler de la fiancée d'Antony ! Comment allez-vous ?

Il avait une voix de stentor dont les riches accents faisaient vibrer les pendeloques en pâte de verre des chandeliers. Il devait réussir ses sermons du dimanche, se dit distraitement Flora en répondant poliment :

— Très bien, merci. Et vous-même ?

— Mme Armstrong se faisait une joie de vous voir, ainsi que nous tous, d'ailleurs. (Son regard dériva du côté de Hugh.) Ah, docteur, quel plaisir de vous avoir parmi nous...

— Rose ? fit Antony.

Elle avait senti la présence du troisième homme. Il attendait patiemment que les effusions soient terminées. Flora se tourna vers lui.

— Tu te souviens de Brian Stoddart ? reprit Antony.

Flora se laissa aller à dévisager l'arrivant. Une face bronzée, des sourcils noirs, des plis rieurs autour des yeux et de la bouche. Des cheveux aile-de-corbeau, contrastant avec le gris pâle des prunelles. Il était moins grand qu'Antony et bien plus âgé. Toutefois, il dégageait une sorte de vitalité animale à laquelle on ne pouvait rester indifférent. Contrairement aux autres invités, il était habillé avec une nonchalance sophistiquée : pantalon noir et col roulé ivoire sous une veste de smoking de velours bleu nuit.

— Rose ! quelle bonne, quelle merveilleuse surprise ! s'écria-t-il avec chaleur.

Il la prit dans ses bras et ils s'embrassèrent sur les joues.

— Laissez-moi voir si vous avez changé, reprit-il en se reculant.

— Elle est encore plus belle qu'avant, apprécia Antony.

— Impossible ! Elle ne peut pas être plus belle ! En revanche, elle a l'air plus heureuse. Vous avez une chance folle, mon vieux.

— Oui, répondit le jeune homme d'un ton léger... Que désirez-vous boire ?

Isobel apparut escortée de deux femmes et la scène des présentations se répéta. Mme Crowther était corpulente, avec des dents proéminentes, ainsi que Jason l'avait fait remarquer, et elle portait une robe en tartan ornée d'une broche de Cairngorn. Faisant montre d'un enthousiasme aussi excessif que celui de son mari, elle s'écria :

— Comme c'est charmant d'être venue auprès de Mme Armstrong... Et quel dommage qu'elle ne puisse être des nôtres ce soir. (Elle sourit par-dessus la tête de Flora.) Bonsoir, docteur Kyle... Monsieur Stoddart...

— ... Anna, disait Isobel de sa voix douce. Anna Stoddart, d'Ardmore House.

Anna ébaucha un pâle sourire. Visiblement, elle souffrait d'une timidité maladive. Il était difficile de deviner son âge, et, à la voir, Flora se demanda de quelle façon elle était parvenue à se trouver un époux aussi séduisant. Si sa robe de soirée manquait d'éclat, ses bijoux avaient dû coûter une fortune. Des diamants tremblotaient à ses oreilles, scintillaient à ses doigts et à son cou. Elle tendit à Flora une main hésitante, puis la retira comme si elle craignait de commettre une gaffe.

— Hello, fit Flora... Je me souviens très bien de vous.

Un petit rire nerveux secoua les épaules d'Anna.

— Moi de même... de votre mère aussi.

— Et vous venez de...

— Ardmore. De l'autre côté de Tarbole.

— Un site magnifique, ponctua Isobel.

— Vous ne vous sentez pas trop isolée ? demanda Flora.

— Si, un peu, parfois. J'y ai vécu toute ma vie, alors je suis habituée à la solitude... On peut apercevoir Ardmore d'ici par temps clair, ajouta-t-elle, encouragée par l'intérêt que Flora semblait lui témoigner.

— Il faisait beau, aujourd'hui, mais je n'ai pas songé à vous localiser.

— Avez-vous vu ce crépuscule ?

— Fabuleux ! Je l'ai admiré pendant que je m'habillais.

— Anna, interrompit Brian, Antony me demande ce que tu veux boire.

— Je ne sais pas... rien...

— Allons ! feignit-il de la gronder. Prends quelque chose.

— Un jus d'orange, alors.

— Vous ne préférez pas un porto ou un sherry ? s'enquit Flora, tandis que Brian allait chercher un verre à son épouse.

Anna secoua la tête.

— Non... je n'aime pas les boissons alcoolisées... Je...

Une nouvelle fois, elles furent interrompues par M. Crowther qui traversait la pièce dans leur direction, avec la grâce d'un char de guerre.

— Voyons, messieurs, quelle honte de laisser seules deux jeunes femmes aussi ravissantes !

La soirée suivait laborieusement son cours. A force de sourire, Flora avait attrapé des crampes dans les mâchoires. Elle ne quittait pas d'une semelle Antony et s'était débrouillée pour éviter Hugh Kyle. Anna Stoddart s'était effondrée sur une chaise, et Mme Crowther avait pris place sur un fauteuil voisin. Antony et Brian évoquèrent quelques amis communs à Edimbourg cependant que M. Crowther et Hugh discutaient à voix basse près du feu... Isobel s'était éclipsée en direction de la cuisine.

Le son cuivré d'un gong annonça que le repas était servi. Chacun termina son verre avant de s'avancer vers la salle à manger, une imposante pièce lambrissée de bois sombre, toute décorée de portraits anciens. Un brillant feu de cheminée lançait des reflets mouvants sur la table d'acajou recouverte d'une nappe de lin neigeux, les couverts en argent et les plats de porcelaine. Au milieu trônait un bouquet de roses tardives. Des bougies opalines agrémentaient les chandeliers massifs.

Isobel fit asseoir les invités. Hugh et Crowther furent placés chacun à un bout de la table. De chaque côté, Antony et Brian eurent les chaises du milieu. Les femmes se partagèrent les quatre coins, et Flora se retrouva entre Brian et Hugh, face à Crowther.

— Voulez-vous réciter les grâces ? demanda Isobel à ce dernier.

Il se redressa lentement, l'air solennel. Les paroles rituelles fusèrent de sa bouche comme pour emplir une cathédrale. Il bénit le repas et pria le Seigneur de veiller sur la santé de Mme Armstrong, ainsi que sur toutes les personnes présentes.

— Amen ! conclut-il en se rasseyant.

Flora lui sourit. La bonté qui émanait de lui le rendait sympathique à ses yeux. En revanche, à la seule pensée qu'elle allait devoir faire la conversation à Hugh Kyle, la jeune fille sentit un léger voile de sueur perler à son front. Par chance, Mme Crowther la dispensa de cette corvée. Les deux verres de sherry qu'elle avait ingurgités avaient coloré ses joues et renforcé le timbre puissant de sa voix.

— J'ai rendu visite au vieux M. Sinclair l'autre jour, docteur. Il vous attendait... Il n'a pas l'air en bonne forme, vous savez...

Brian Stoddart se pencha vers Flora.

— Quel plaisir de vous revoir... Une bouffée d'oxygène. Vous ne pouvez imaginer dans quel désert nous vivons. On vieillit sans s'en rendre compte. On manque d'entrain, on devient assommant... Heureusement, vous êtes là pour secouer toute cette poussière.

— Ne me dites pas que vous vous prenez pour un vieux raseur, je ne vous croirais pas.

— Est-ce un compliment ? se réjouit-il, l'œil pétillant.

— Pas du tout. Une simple constatation... Vous avez l'air de tout sauf d'un vieillard.

— Alors, *c'est* un compliment !

Elle se mit à déguster le potage servi par Mme Watty.

— Maintenant que vous m'avez confié le pire, parlez-moi du meilleur.

— Il n'y en a pas, à la campagne.

— Je pense, au contraire, que vous bénéficiez d'un tas d'avantages.

— D'accord. Une maison confortable, un paysage grandiose, une pêche abondante. Un bateau amarré à Ardmore Loch. Des routes assez larges pour conduire ma voiture... Cela vous convient-il ?

Elle avait noté qu'il n'avait pas mentionné sa femme.

— Voilà un résumé plutôt matérialiste, cher monsieur.

— Allons, Rose. A quoi vous attendiez-vous ?

— Disons à un sens plus aigu de vos responsabilités.

— De mes responsabilités ?

— Vous n'en avez pas ?

— Si, bien sûr.

— Lesquelles ?

Son insistance parut l'amuser, mais il décida de jouer le jeu.

— Assurer l'administration du domaine d'Ardmore exige plus d'efforts que vous ne pourriez imaginer. Puis, il y a le conseil du comté... Des réunions interminables censées résoudre des problèmes du genre : faut-il élargir la route par laquelle passent les camions ? doit-on doter l'école primaire de Tarbole de nouveaux cabinets de toilette ? Passionnant, non ?

— Que faites-vous à part ça ?

— Dites donc, Rose, vous vous comportez comme un entrepreneur en quête d'employés.

— Je me disais simplement que si vous n'avez pas d'autres occupations, vous risquez, en effet, de devenir un vieux raseur.

— Touché ! fit-il dans un éclat de rire. Est-ce que diriger le club nautique compte pour un emploi sérieux ?

— Le club nautique ?

— Vous dites cela comme si vous n'en aviez jamais entendu parler ! s'écria-t-il... Le Yachting Club d'Ardmore. Je vous y ai emmenée une fois.

— Vraiment ?

— Si je n'appréciais pas votre humour, Rose, j'aurais parié que, au terme de ces cinq années d'absence, vous avez été frappée d'amnésie.

— C'est long, cinq ans.

— Il faut absolument renouer avec le Club... Et avec Ardmore House... Combien de temps restez-vous ?

— Nous repartons demain matin.

— Quoi ? Il y a à peine cinq minutes que vous êtes là.

— Le devoir appelle Antony.

— Mais pas vous !

— Je dois, moi aussi, regagner Londres.

— Restez une semaine ou deux... Donnez-nous la chance de mieux vous connaître... D'une façon moins superficielle.

L'intonation perfide de sa voix fit lever la tête de Flora. Elle jeta à son voisin de gauche un regard tranchant, mais les yeux pâles de Brian avaient conservé toute leur candeur.

— Je ne peux pas rester.

— Dites plutôt que vous ne voulez pas.

— Pourquoi ? J'aurais été ravie de rendre visite à Anna et à vous-même, mais...

— Anna part faire du shopping à Glasgow au début de la semaine prochaine, murmura Brian en émiettant un bout de pain entre ses doigts.

Son profil se découpait dans la lueur ambrée des bougies. La remarque recélait quelque chose de pernicieux, mais, sur le moment, Flora n'aurait pas su dire quoi au juste.

— Va-t-elle toujours à Glasgow faire ses emplettes ?

C'était une question innocente, presque banale, que son voisin de table eut l'air d'apprécier comme s'ils partageaient un secret exquis.

— Presque toujours, répliqua-t-il.

Isobel mit fin à leur bavardage en se levant pour rassembler les assiettes vides. En s'excusant à son tour, Antony s'en fut vers la desserte afin de déboucher les bouteilles de vin. La porte de la cuisine s'ouvrit de nouveau sur Mme Watty, pilotant une table roulante chargée de plats fumants et d'une pile d'assiettes propres. Mme Crowther entreprit de mettre Flora au courant d'une fête de charité qu'elle présiderait à Noël, ainsi que du drame de la Nativité qu'elle comptait produire dans son école.

— Avez-vous réservé un rôle à Jason ? s'enquit Flora.

— Oui, naturellement.

— Pas celui d'un ange, j'espère, plaisanta Hugh.

— Et pourquoi Jason ne jouerait-il pas un ange, je vous prie ? fit semblant de s'indigner l'épouse du pasteur.

— Je le verrais mieux en petit diable.

— Détrompez-vous, docteur. Tout de blanc vêtu,

avec une auréole de papier doré, il serait un parfait chérubin... Le spectacle vous enchantera, Rose.

— Pardon ? fit-elle, prise de court.

— Ne comptez-vous pas passer Noël en famille ?

— Euh... je n'en suis pas certaine...

La jeune fille chercha du regard le soutien d'Antony. Hélas, la chaise de celui-ci était vide. Sans trop savoir pourquoi, elle se rabattit sur Hugh.

— Peut-être irez-vous passer les fêtes à New York ? offrit gentiment celui-ci.

— Oui, sans doute...

— Ou à Londres, à moins que ce ne soit Paris ?

Comme il connaît bien Rose ! se dit-elle.

— Cela dépend...

— J'ai suggéré à Rose de prolonger de quelques jours son séjour parmi nous, déclara Brian. Malheureusement, je me suis cassé le nez sur une fin de non-recevoir.

— Quel dommage ! soupira Mme Crowther. Personnellement, je me range à la proposition de Brian. C'est une excellente idée. Prenez quelques jours de vacances, ma chère. Amusez-vous. En dépit des apparences, nos contrées ne manquent pas de divertissements. Qu'en pensez-vous, docteur ?

— Rose n'a besoin de personne pour s'amuser. Encore moins de nous, rétorqua Hugh.

Son ton était sec.

— Par ailleurs, cela ferait tellement plaisir à Mme Armstrong...

Sans doute, l'esprit embrumé par les vapeurs de l'alcool, Mme Crowther n'avait-elle pas saisi l'ironie du médecin. Flora, elle, encaissa l'affront comme une gifle. Sa main s'empara du verre à vin qu'Antony venait de remplir et elle en avala le contenu d'une traite, comme pour assouvir une soif inextinguible. Lorsqu'elle reposa le verre, sa main tremblait.

L'efficace Mme Watty, assistée d'Isobel, avait commencé à servir la suite. Un délicieux ragoût accompagné d'épinards à la crème et d'une onctueuse purée de pommes de terre. Flora avait perdu l'appétit... Isobel avait pris un plateau avant de se diriger vers la sortie, sous le regard d'aigle du pasteur.

— Où allez-vous, mademoiselle Armstrong ?

— Je monte à Tuppy son dîner. Je lui ai promis de lui raconter comment se déroulait la soirée.

Hugh s'était levé pour lui ouvrir la porte.

— Envoyez-lui nos salutations, s'époumona M. Crowther.

— Je n'y manquerai pas...

Lorsqu'elle eut quitté la pièce, Hugh referma le battant, puis regagna sa place. Antony lui demanda s'il avait déjà remisé son bateau.

— Oui, la semaine dernière. Geordie Campbell l'a conduit au chantier naval de Tarbole. A propos, il t'envoie ses félicitations pour tes fiançailles.

— J'essaierai de lui présenter Rose.

Réconfortée par le vin, Flora était parvenue à surmonter sa détresse. Elle se tourna tranquillement vers Hugh.

— Quel genre de bateau avez-vous ?

— Un vieux rafiot de sept tonneaux.

— Et vous le laissez au club nautique en hiver ?

— Non, au chantier naval de Tarbole. Je viens de le dire.

— Ce bon vieux chantier ! dit Brian en riant. Il commence à prendre de l'âge.

Hugh lui lança un coup d'œil glacial.

— Il date de 1928.

— C'est ce que je disais. Ce n'est pas un miracle de modernisme.

— Vous faites tous du bateau ? questionna Flora.

— L'Ecosse de l'ouest est un pays de navigateurs,

répliqua Hugh. Bien sûr, la mer, par ici, recèle mille dangers. Le vent peut se lever brusquement, et votre embarcation risque à tout instant de se laisser entraîner par les courants. Il ne faut pas prendre le large à moins d'avoir une solide expérience de marin. Rien à voir avec les habitués de Monte-Carlo, affalés à l'ombre des parasols, avec un gin-tonic dans une main et une blonde en bikini dans l'autre.

Mme Crowther laissa échapper un rire hennissant, alors que Flora ne daigna même pas sourire. Elle avait fermement décidé de ne pas se laisser intimider.

— Je ne me serais jamais hasardée à comparer Monte-Carlo à Tarbole, monsieur Kyle... Je suppose que vous avez pas mal navigué, cet été ?

Les mains de Hugh s'étaient crispées sur ses couverts.

— Non, à peine.

— Pourquoi pas ?

— Un triste concours de circonstances.

— Peut-être avez-vous été trop occupé par vos patients.

— Occupé ! s'esclaffa Mme Crowther qui, décidément, tenait à ajouter son grain de sel. Personne dans la région n'a un emploi du temps aussi chargé que le docteur.

— Tuppy est persuadée que vous devriez chercher un associé, reprit Flora. Elle me le disait encore tout à l'heure, quand je suis montée lui souhaiter bonne nuit.

Le médecin resta impassible, pas un muscle de son visage ne bougea.

— Tuppy essaie de prendre mon destin en main depuis que j'ai eu six ans.

— Apparemment, elle a échoué, fit remarquer Brian.

Un silence glacial suivit. Même Mme Crowther parut à court d'arguments. Flora jeta un regard de biais vers Antony, mais le jeune homme discutait avec Anna... Elle posa sa fourchette et son couteau avec une lenteur étudiée, comme si une immuable étiquette interdisait le moindre bruit.

Hugh et Brian avaient échangé un regard interminable, après quoi le premier prit une gorgée de vin.

— L'échec m'appartient, déclara-t-il tranquillement.

— N'empêche que Tuppy a raison, insista Brian. Un associé changerait votre vie. Embauchez donc un jeune et énergique médecin et tâchez de ne plus vous détruire la santé en travaillant comme un forcené.

— Je préfère ça que de me tourner les pouces, repartit Hugh.

Il était grand temps d'intervenir avant que l'échange de propos acerbes ne dégénère en dispute.

— Vous n'avez personne pour vous aider ? demanda Flora.

— J'ai une infirmière au cabinet de consultation, fit-il d'un ton cassant. Elle est capable d'administrer piqûres, collyres et prescriptions, et excelle dans l'art du pansement. C'est une force de la nature.

Une grande fille saine et fraîche d'origine paysanne, conclut Flora. Probablement amoureuse de son patron, comme dans un vieux roman de Cronin... Sous son aspect bourru, on sentait un cœur en or. D'ailleurs, il ne manquait pas de charme, et sa distinction naturelle atténuait ses manières parfois brusques... C'était sûrement tous ces contrastes qui avaient dû séduire Rose... Et voilà : Rose avait flirté avec lui, il avait pris l'idylle au sérieux, et en avait été cruellement déçu... La porte se rouvrit sur Isobel, mettant fin aux réflexions de Flora.

— Comment va Tuppy ? s'enquit chacun.

La tante d'Antony, souriante, reprit sa place près de M. Crowther, qui s'était levé pour lui avancer sa chaise.

— Merveilleusement bien. Elle vous envoie à tous son affection... Et elle m'a priée de faire part à Rose d'un message.

Les yeux des convives se tournèrent vers la jeune fille avant de se fixer, de nouveau, sur Isobel.

— Elle voudrait que nous gardions Rose un peu plus longtemps avec nous, dit l'arrivante d'une voix haute et claire. Elle pense que Rose pourrait rester à Fernrigg et qu'Antony est parfaitement capable de reprendre seul le chemin d'Edimbourg... J'avoue que je m'associe volontiers à cette proposition et, je l'espère, vous aussi, Rose.

Oh, Tuppy, espèce de traîtresse !

Flora dévisageait Isobel, n'osant en croire ses oreilles. Elle avait l'impression d'être sur une scène, dans l'éclatante lumière des projecteurs, avec des milliers de paires d'yeux braquées sur elle... Un coup d'œil du côté d'Antony confirma ses craintes. Les traits du garçon reflétaient une stupeur égale à la sienne. Tout en le suppliant silencieusement de lui venir en aide, elle se lança dans un bredouillage nébuleux.

— Je... euh... ne crois pas...

Le vaillant Antony vola à son secours.

— Isobel, il n'en est pas question. Rose doit absolument rentrer.

De toutes parts, les objections se mirent à pleuvoir.

— Balivernes !

— Pourquoi une telle hâte ?

— En fait, elle n'a aucune raison de s'en aller aussi vite.

— Non, aucune. Et cela ferait tellement plaisir à Tuppy.

— Je lui ai déjà soumis la même suggestion. Franchement, c'est une idée géniale ! s'exclama Brian en se renversant sur sa chaise.

Même Anna s'était rangée à l'opinion générale :

— Restez avec nous, Rose, allez !

Un soudain silence se fit, pendant lequel chacun regarda Hugh, comme pour solliciter son assentiment.

— Rien ne l'oblige à rester, prononça-t-il. (Puis, comme si les mots lui échappaient :) A moins qu'elle le veuille vraiment.

Une flamme de défi étincelait dans ses yeux bleus. Flora porta les doigts à ses tempes. Il lui arrivait une drôle de chose. Quelque chose qui n'était pas sans rapport avec leur rencontre sur la plage... Obscurément, elle se sentit torturée par l'envie de prouver à Hugh qu'elle n'était pas celle qu'il croyait. Le vin qu'elle avait bu avait singulièrement ramolli ses défenses. Elle crut entendre la voix de son père lui susurrer : tu te coupes le nez pour te venger de ton visage. Puis elle dit :

— Si Tuppy y tient, je veux bien rester, bien sûr.

La soirée était terminée. Les invités avaient pris congé, on avait sorti les chiens, rapporté les tasses de café à la cuisine, puis Isobel avait embrassé les deux fiancés en leur souhaitant une bonne nuit. Antony et Flora se faisaient face devant la cheminée où le feu se mourait.

— Pourquoi ? questionna-t-il.

— Je ne sais pas.

— J'ai cru que vous aviez perdu la raison.

— Vous n'avez sûrement pas tort. De toute façon c'est trop tard maintenant.

— Oh, Flora !

— Je suis incapable de revenir sur ma parole. J'espère que vous ne m'en voulez pas.

— Non... bien sûr que non... vous m'avez pourtant fait jurer que ce séjour ne se prolongerait pas au-delà d'un week-end.

— Je sais. Mais alors, c'était différent.

— Parce que nous croyions que Tuppy allait mourir, alors que nous sommes maintenant pratiquement certains de sa guérison ?

— Oui. Ça et autre chose.

Avec un soupir, il poussa du bout de sa chaussure un morceau de bûche calcinée qui s'effrita dans l'âtre.

— Bon sang ! Que va-t-il se passer maintenant ?

— Cela dépend de vous. Vous pourriez dire à Tuppy la vérité.

— Comment ? Lui annoncer que vous n'êtes pas Rose ?

— Par exemple.

— C'est hors de question. Je n'ai jamais menti à Tuppy de ma vie.

— Jusqu'à hier.

— D'accord. Jusqu'à hier.

— Ne la sous-estimez pas. A mon avis, elle comprendra.

— Je refuse de le lui dire ! répéta-t-il avec l'entêtement d'un petit garçon borné. Je ne peux pas.

— A vrai dire, moi non plus, admit Flora.

Ils échangèrent un regard désespéré qu'Antony finit par adoucir d'un sourire sans joie.

— Quelle bonne paire de lâches nous faisons !

— Un beau tandem de mystificateurs.

— Pas très réussis, en plus.

— Pour des débutants, nous nous débrouillons assez bien, s'efforça-t-elle de plaisanter.

— Pourquoi diable ne suis-je pas amoureux de vous ?

— Et moi de vous ?

— Flora, vous avez l'air fatiguée, dit-il en la voyant réprimer un frisson. La soirée n'a pas été de tout repos. Vous vous en êtes très bien sortie, du reste.

— Je n'en suis pas si sûre. Dites, Hugh et Brian ne peuvent pas se sentir, n'est-ce pas ?

— Rien d'étonnant. Ils sont si différents. Pauvre Hugh ! Il ne peut pas s'asseoir quelque part sans être dérangé par le coup de fil d'un patient.

Le médecin avait dû quitter la table avant le dessert. Alerté par un appel téléphonique, il avait enfilé son pardessus en présentant ses excuses à l'assistance. Son départ avait laissé un vide.

— Et vous, Antony, vous l'aimez bien, Hugh ?

— Je l'estime énormément. Quand j'étais gosse, je voulais lui ressembler. Il jouait avec l'équipe de rugby de l'université d'Edimbourg. C'était un dieu pour moi.

— Il n'a pas l'air de me porter dans son cœur... Pour une raison que j'ignore, il semble détester Rose.

— Vous vous faites des idées. Certes, il n'est pas très commode, mais de là...

— N'aurait-il pas eu un flirt avec Rose ?

— Hugh et Rose ? s'étonna Antony. Quelle idée !

— En tout cas, il y a eu quelque chose entre eux...

— Mais pas ça ! c'est impossible. (Il l'avait saisie par les épaules.) Votre imagination doublée par la fatigue vous joue des tours. Je me sens épuisé, moi aussi. Je n'ai pas fermé l'œil depuis presque deux jours... Je n'ai qu'une envie, aller au lit. Bonne nuit, ajouta-t-il en l'embrassant.

— Bonne nuit, Antony.

Ils placèrent le garde-feu métallique contre la cheminée, éteignirent les lumières, puis, enlacés, comme pour se soutenir l'un l'autre, gravirent l'escalier enténébré.

Le trille d'un oiseau niché dans le pêcher réveilla Tuppy tôt le matin. Elle éprouvait une chaude sensation de bonheur. Il y avait des lustres que cela ne lui était arrivé. Ces derniers temps, l'oppression, l'anxiété, l'inquiétude accompagnaient chaque réveil. La lecture de la presse ou le journal télévisé du matin ne faisaient qu'accroître son angoisse. Partout, guerres, misère, désastres... La plupart du temps, la froide clarté de l'aube semblait vide, sans espérance ni promesse... Mais ce matin était différent. On eût dit qu'il avait jailli d'un rêve merveilleux. L'espace d'un instant, la vieille dame n'osa ni bouger ni ouvrir les paupières, de crainte que le rêve ne se dilue dans la dure, l'inexorable réalité. Or, peu à peu, la certitude triompha des doutes... C'était vrai ! La veille au soir, Isobel était remontée, hors d'haleine, lui annoncer que Rose avait décidé de rester. Antony repartirait comme prévu pour Edimbourg.

Mais Rose, elle, ne s'en irait pas.

Tuppy ouvrit les yeux. Un rayon de soleil enflammait le montant de cuivre du lit. C'était dimanche. Tuppy aimait les dimanches. Avant sa maladie, Fernrigg bourdonnait de monde après la messe. On avait à peine le temps de s'asseoir avant midi. Suivant les saisons, les festivités se poursuivaient en parties de tennis ou courses en canot. A l'heure du thé, on dégustait de délicieux scones nappés de beurre et de sirop de myrtille, des gâteaux au chocolat, des biscuits au gingembre que Tuppy faisait venir spécialement de Londres... L'après-midi s'achevait sur une partie de cartes ou la lecture de contes pour les enfants, puisés dans de vieux livres aux pages cornées, cent, mille fois lus... La veille encore, elle en avait lu un à Jason. Avec sa petite silhouette en pyjama, la senteur suave de ses cheveux mouillés après le bain, il aurait pu être n'importe lequel de tous ces petits garçons auxquels Tuppy avait lu et relu ces histoires merveilleuses... Ils avaient été si nombreux que, parfois, elle finissait par les confondre... par oublier la date de leur naissance ou de leur mort...

James et Robbie, ses petits frères, jouant avec leurs soldats de plomb sur le tapis. Bruce, son propre enfant, sauvage comme un petit gitan, courant pieds nus dans la lande, « parce qu'il n'avait pas de père », disaient les villageois en hochant la tête... Puis Torquil et Antony et, maintenant, Jason. Différents et au fond si semblables et si chers au cœur de Tuppy... Chacun lui avait apporté son lot de joies et de peines : bras cassés, genoux écorchés, rougeoles, toux, fièvres... Elle avait farouchement veillé à leur éducation : dis merci, dis s'il vous plaît, dis excusez-moi, puis-je sortir de table ?

Tuppy, ne te mets pas dans tous tes états, mais Antony vient de tomber du sapin.

Elle sourit, les yeux mi-clos... Leurs premiers pas. La première leçon de natation. La première leçon de tir... *Ne laissez jamais votre arme braquée sur quelqu'un*. Les prières du soir... Puis les années d'école. Des malles partout, des baisers et des larmes sur le quai de la gare de Tarbole.

Tous ces petits garçons représentaient les maillons d'une longue chaîne dorée qui disparaissait dans le passé... et qui se poursuivait miraculeusement vers le futur... Il y avait Torquil, le solide, le compétent Torquil, qui vivait à Bahreïn. Torquil n'avait jamais causé le moindre souci à Tuppy... Pas comme Antony, trop remuant, trop volage. Il avait déjà amené des dizaines de filles à Fernrigg... Jamais la bonne. Jusqu'au jour où il avait rencontré Rose Schuster... Tuppy n'avait jamais perdu sa foi dans les miracles. L'annonce de leurs fiançailles l'avait transportée au septième ciel.

Rose. Une perle rare. Un cadeau précieux qu'Antony faisait à sa grand-mère. Oh, elle aurait voulu partager son bonheur avec la terre entière et pas seulement avec les Crowther et les Stoddart qui, après tout, faisaient presque partie de la famille.

Un nouveau plan commençait à germer dans l'esprit de la vieille dame. D'après Isobel, le dîner de la veille avait été une réussite. A vrai dire, Tuppy s'était sentie frustrée de ne pouvoir participer à la liesse générale. Du haut de son repaire, elle s'était contentée de guetter les éclats de voix et de rires, se privant du plaisir d'assister au spectacle.

Mais vers la fin de la semaine... Elle s'abîma dans un rapide calcul. Voyons, aujourd'hui c'était dimanche. Antony s'apprêtait à partir mais il reviendrait chercher Rose le week-end suivant. Ils avaient une semaine devant eux...

Une semaine entière pour organiser une réception digne de ce nom. Un dîner dansant. Les accents d'une danse écossaise retentirent dans sa tête, ses doigts noueux se mirent à battre le rythme sur le drap : *diddle diddle dum dum, dum dum dum.*

Le plan prenait forme. Toute à la joie de sa nouvelle trouvaille, elle en oublia sa maladie. Le spectre de la mort lui-même s'estompa. Et Tuppy se dit qu'il lui restait encore mille choses à accomplir.

Le jour s'était levé. Tuppy éteignit sa veilleuse, en profita pour jeter un coup d'œil à la pendulette dorée sur sa table de chevet. Sept heures et demie. Elle se redressa dans son lit, s'adossa à sa pile d'oreillers, passa sa liseuse dont elle attacha les rubans aussi vite que le lui permettaient ses doigts perclus de rhumatismes. Elle chaussa ses lunettes, puis ouvrit le tiroir de la table de chevet pour en extirper un bloc de papier et un crayon. En tête de la première page, elle écrivit :

Mme Clanwilliam.

Son écriture avait perdu de son ancienne vigueur, mais quelle importance ? Son esprit enfiévré continua à faire le tour du voisinage.

Charles et Christian Drummond.

Harry et Frances McNeil.

La réception aurait lieu vendredi. Le vendredi se prêtait à merveille à ce genre de réjouissances. Les invités pouvaient rester tard et faire la grasse matinée le lendemain. Antony se débrouillerait pour arriver en fin d'après-midi.

Elle griffonna :

Hugh Kyle.

Elizabeth McLeods.

Johnny et Kirsten Grant.

Par le passé, la nourriture ne posait aucun problème. Saumons fumés, dindes rôties et puddings sirupeux semblaient sortir tout droit de la vaste cuisine de la demeure. Mme Watty n'aurait jamais le temps de préparer tous ces plats. Isobel irait réclamer les lumières de M. Anderson, le meilleur traiteur de la région. Il possédait un garde-manger débordant de victuailles et pourrait leur prêter son chef... D'autres noms étaient venus s'ajouter à la liste. Les Crowther et, bien sûr, les Stoddart, puis ce couple récemment implanté à Tarbole, dont le mari avait quelque chose à voir avec des congélateurs.

Tommy et Angela Cockburn.

Robert et Susan Hamilton.

Diddle diddle dum dum, dum dum dum. La vieille rengaine lui trottait toujours dans la tête. M. Cooper, l'époux de l'employée des postes, jouait de l'accordéon, se souvint-elle. Il pourrait parfaitement réunir un orchestre. Juste un violoniste et un batteur... Isobel s'en occuperait. Naturellement, Jason assisterait au bal... en kilt et pourpoint de velours... La page était presque pleine, mais elle continua.

Sheamus Lochlan.

Les Crichton.

Les McDonald.

Elle prit un feuillet de papier vierge. Elle ne s'était pas sentie aussi heureuse depuis des années.

C'est à Isobel que revint le rôle de messager. Elle était montée chercher le plateau du petit déjeuner de

Tuppy. Lorsqu'elle redescendit, elle avait l'air en état de choc. Elle posa le plateau avec une force inutile. Tous les regards se tournèrent vers elle. Même Jason cessa de mastiquer son bacon. L'arrivante jeta un regard circulaire sur l'assemblée avec une exprcssion exaspérée sur son visage d'habitude serein. Ce fut Mme Watty qui, sans cesser de peler des pommes de terre, brisa le silence.

— Que se passe-t-il ?

Isobel se laissa tomber sur une chaise.

— Elle veut organiser une autre réception.

Comme seul un silence incrédule lui répondait, elle poursuivit :

— Un dîner dansant pour vendredi prochain.

— Un bal ? chevrota l'infirmière McLeod d'une voix outragée. Elle devra me passer sur le corps.

— Elle n'hésitera pas... M. Anderson, a-t-elle décidé, s'occupera du menu et le mari de Mme Cooper sera chargé de réunir les musiciens.

— Serai-je invité ? demanda Jason.

Pour une fois, on l'ignora.

— Vous ne lui avez pas dit non ? voulut s'informer l'infirmière, les yeux exorbités.

— Bien sûr que je lui ai dit non.

— Et qu'a-t-elle répondu ?

— Elle n'en a absolument pas tenu compte.

— Cela est hors de question ! décréta la nurse. Pensez au remue-ménage, au bruit... Mme Armstrong est en convalescence. Un dîner dansant ! Est-elle au moins consciente de ce que cela représente pour sa santé fragile ?

— Non. Tâchez donc de le lui suggérer.

— Mais pourquoi, Seigneur ? demanda la cuisinière. Pour quelle raison exige-t-elle une nouvelle réception ?

— Pour Rose, soupira Isobel. Elle souhaite présenter Rose à tout le comté.

Tous les regards se reportèrent sur Flora. Celle-ci reposa sa tasse de café, bouche bée, sentant un flot incarnat lui monter au visage.

— Mais je ne veux pas. Je n'ai pas besoin de bal. J'ai accepté de rester uniquement pour faire plaisir à Tuppy. Si j'avais su hier ce qu'elle manigançait...

Isobel lui tapota la main.

— L'inspiration date de ce matin. Vous n'avez rien à vous reprocher. Tuppy a toujours eu la manie des réceptions.

— Mais une semaine ne suffit pas pour expédier les invitations, dit Flora, cherchant une objection d'ordre pratique.

— Les invitations seront lancées par téléphone, répondit Isobel amèrement. Elle a pensé à tout.

Ayant décidé que la plaisanterie avait assez duré, Mme McLeod s'assit pesamment sur une chaise en lissant le plastron de son tablier amidonné, comme un pigeon indigné.

— Eh bien, quelqu'un doit opposer aux projets de Mme Armstrong un refus catégorique.

Un double soupir échappa à Isobel et à Mme Watty.

— Facile à dire, marmonna la cuisinière. Quand Mme Armstrong a quelque chose en tête, rien ne peut la faire changer d'avis.

— Je n'ai jamais été à un bal, dit Jason en beurrant consciencieusement sa tartine et, une fois de plus, il fut totalement ignoré par les grandes personnes.

— Confions à Antony cette mission délicate, insista l'infirmière.

Isobel et Mme Watty secouèrent la tête. Primo, le jeune homme dormait encore. Ensuite, il n'avait pas l'étoffe pour faire front à sa grand-mère.

— Eh bien, fit Mme McLeod d'un ton un rien méprisant, si aucun membre de la famille ne dispose d'une once de pouvoir sur ma patiente, peut-être que le Dr Kyle pourrait s'en charger, lui !

— Ça, c'est une bonne idée ! s'exclama Mme Watty. Seul son médecin est capable de l'influencer. Est-ce qu'il passe la voir ce matin ?

— Oui. Un peu avant midi.

Mme Watty appuya ses avant-bras massifs sur la table.

— Alors, il ne reste plus qu'à attendre. Je suis sûre que vous êtes d'accord avec moi, madame McLeod, il est inutile de bombarder Mme Armstrong d'objections dont elle se fiche éperdument. Laissons l'affaire au Dr Kyle.

Ayant momentanément résolu le problème, chacune se mit à vaquer à ses occupations. Flora aida Mme Watty à faire la vaisselle, puis à passer l'aspirateur dans le salon, tandis qu'Isobel mettait son chapeau et emmenait Jason à l'église. De retour dans la cuisine, Mme Watty commença à préparer le déjeuner. Flora annonça son intention de monter chez Tuppy.

— Ne vous laissez pas prendre au piège ! l'avertit Mme McLeod. Si elle évoque le bal, changez de sujet.

— Tenez ! dit la cuisinière en s'essuyant les mains sur un torchon avant de remettre à la jeune fille un sac en plastique empli d'écheveaux de laine grise avec laquelle elle comptait tricoter un pull-over pour Jason, demandez à Mme Armstrong de vous aider à former des pelotes.

Le sac de laine à la main, Flora gravit les marches. En pénétrant dans la chambre de Tuppy, elle constata que celle-ci allait mieux. Les cernes noirs avaient disparu et elle avait meilleure mine.

— J'espérais que ce serait vous, s'écria-t-elle joyeusement. Venez m'embrasser. Vous êtes ravissante ce matin, ajouta-t-elle en indiquant la jupe et le pull de shetland qu'avait mis Flora. Je ne sais pas pourquoi vous vous acharnez à cacher vos jolies jambes sous des pantalons.

Elles s'embrassèrent. Flora voulut reculer, mais Tuppy la retint.

— Etes-vous fâchée contre moi ?

— Fâchée ?

— Je vous ai joué un sale tour, hier soir, en chargeant Isobel de vous transmettre le message... Mais j'avais tellement envie que vous restiez.

Désarmée, Flora sourit.

— Non, je ne vous en veux pas... Enfin, pas moi ! poursuivit-elle, ignorant délibérément les avertissements de l'infirmière.

— Qui alors ?

— Devinez... Vos nouveaux projets ont déplu.

— Ah ça..., gloussa Tuppy. La pauvre Isobel a failli tomber dans les pommes quand je les lui ai annoncés.

— Tuppy, soyez raisonnable.

— Pourquoi ? Pourquoi n'ai-je pas le droit de m'amuser un peu, moi aussi ?

— Parce que vous êtes supposée vous reposer.

— Mais je ne me fatiguerai pas. Du reste, personne ne se fatiguera. Tout est déjà organisé.

— Isobel passera toute une journée au téléphone à appeler les gens.

— La belle affaire !

— Et le reste ? Qui fera le ménage ? Qui déplacera les meubles ? Qui s'occupera des fleurs ?

— Watty est capable de vous chambouler la maison en un tour de main... Quant aux fleurs... (La vieille dame s'interrompit un instant en quête d'inspiration.) Vous pourriez vous en charger.

— Je ne suis pas très calée en décoration florale.

— Alors, nous aurons recours aux plantes en pots. Ou bien Anna nous donnera un coup de main. En tout cas, cessez d'inventer des obstacles. J'ai déjà pensé à tous les détails.

— D'après votre infirmière, le dernier mot appartient au Dr Kyle.

— Eh bien, je m'en réjouis. Hugh trouvera mon idée épatante.

— A votre place, je ne compterais pas trop là-dessus.

— Oh, mais je n'y compte pas. Je le connais suffisamment pour savoir qu'il peut se montrer têtu comme une mule... Je suis surprise que vous l'ayez compris aussi vite.

— J'étais assise à côté de lui pendant le dîner, dit Flora en ouvrant le sac et en extirpant un écheveau de laine. Mme Watty m'a priée d'enrouler une ou deux pelotes de laine. Vous sentez-vous d'attaque pour m'aider ?

— Allons-y ! répondit Tuppy en s'emparant de l'écheveau, pendant que Flora commençait à embobiner le fil. Racontez-moi la soirée d'hier. Je veux tout savoir.

Avec un enthousiasme délibéré, Flora lui fit le récit des événements.

— Les Crowther sont très sympathiques, n'est-ce pas ? soupira Tuppy. Surtout lui. Un peu envahissant, par moments, mais si gentil. Est-ce que Hugh s'est bien amusé ?

— Oui. Du moins il en a eu l'air... Un de ses patients l'a appelé et il a dû partir avant la fin du dîner.

— Le cher garçon ! Si seulement il se décidait à engager quelqu'un... Enfin, je crois que pour lui le travail est une sorte de thérapie.

— De quoi cherche-t-il à se guérir ? De la mort de sa femme ?

— Oui, sans doute. Petit, il venait souvent à la maison jouer avec Torquil. Son père était notre médecin de famille, comme je vous l'ai déjà dit. Un homme discret et un praticien hors pair. Dès son plus jeune âge, Hugh s'est signalé par son intelligence. Il a eu une bourse, ce qui lui a permis de finir le lycée à Fettes, après quoi il est allé étudier la médecine à l'université d'Edimbourg.

— Où il a porté les couleurs de la glorieuse équipe de rugby.

— Antony vous l'a dit, hein ? Bref, il a passé ses examens avec mention très bien. Il a même obtenu une récompense en anatomie... Une distinction qui lui ouvrait toutes les portes. D'ailleurs, le professeur McClintock, qui exerçait comme chirurgien à l'hôpital Saint-Thomas, à Londres, lui a demandé d'aller travailler sous ses ordres. J'étais très fière de Hugh, comme s'il avait été mon propre enfant.

C'était difficile de reconnaître dans ce brillant portrait l'irascible compagnon de table de la veille.

— Que s'est-il passé, alors ?

Tuppy leva ses poignets autour desquels elle avait passé l'écheveau et Flora continua à enrouler le fil.

— On ne sait pas exactement.

— Il s'est marié, n'est-ce pas ?

— Oui. Avec Diana. Ils se sont rencontrés à Londres où ils se sont fiancés et il l'a ramenée avec lui à Tarbole.

— Vous l'avez connue ?

— Oui.

— Vous l'aimiez bien ?

— Elle était belle, élégante, pleine de charme. Je crois qu'elle était issue d'une famille riche... Tarbole manquait de distractions par rapport à Londres. Elle n'a pas su apprécier les gens d'ici, trop ternes à son goût. Pauvre Hugh ! Comme il a dû souffrir. Bien sûr, je ne lui ai jamais rien dit, mais son vieux père ne s'est pas gêné pour critiquer sa femme. Il a eu tort, à mon sens... Hugh était trop amoureux pour regarder la réalité en face. Nous ne voulions pas le perdre. Nous souhaitions seulement qu'il soit heureux.

— L'était-il ?

— Je l'ignore. Il est reparti et n'a plus donné signe de vie pendant deux ans. Quand nous l'avons revu, Diana était morte dans un affreux accident de la route. Il a tout laissé pour revenir au pays. Il n'en a plus jamais bougé.

— Depuis quand ?

— Presque huit ans, maintenant.

— Pourquoi n'a-t-il pas essayé de surmonter son chagrin ? De refaire sa vie avec quelqu'un d'autre ?

— Un autre homme aurait agi de la sorte. Pas Hugh.

Un silence suivit. La pelote de laine ne cessait de grossir entre les mains de Flora.

— J'aime bien Anna, dit-elle au bout d'un moment en changeant de sujet.

Le visage de Tuppy s'illumina.

— Moi aussi. Ce n'est pas toujours facile de le lui montrer. Elle est terriblement timide.

— Elle m'a dit avoir vécu ici toute sa vie.

— Oui. Son père, Archie Carstairs, était un excellent ami. Originaire de Glasgow, il avait amassé une fortune colossale. Bien sûr, il passait auprès de certains pour une crapule — les gens sont parfois pleins de préjugés — mais je n'ai jamais accordé le moindre crédit à ces ragots. Archie, qui adorait la navigation, sillonnait les mers à bord de son yacht et c'est ainsi qu'il a découvert Ardmore. Ça a été le coup de foudre immédiat et sans appel. On ne peut pas le blâmer. Il n'y a pas un paysage au monde qui possède la grandeur des Highlands... Il a fait construire Ardmore House peu après. Il passait de plus en plus de temps dans ce qu'il appelait sa « bicoque de campagne ». Quand il a pris sa retraite, il s'y est établi définitivement. Anna est née ici ; son père s'était marié sur le tard, étant trop accaparé par ses affaires pour s'encombrer d'une femme plus tôt... Anna était, comme on dit, « un enfant de vieux ». Sa mère est morte quelques mois après qu'elle l'eut mise au monde. Si elle avait vécu, le caractère d'Anna aurait été complètement différent...

— Et Brian ? Comment a-t-elle rencontré Brian ?

Un sourire furtif éclaira la figure de la vieille dame.

— Brian a débarqué au port d'Ardmore par une belle journée d'été, dans un rafiot délabré qu'il avait piloté tout seul depuis le sud de la France. A l'époque, Archie venait de fonder le club nautique d'Ardmore... Son Yachting Club, vous pensez ! il le couvait comme un bébé. Brian a laissé son embarcation à quai, avant d'aller se rafraîchir le gosier au bar. Archie, à qui il a raconté ses aventures, a été fortement impressionné par le pied marin du nouveau venu. Il l'a invité à boire l'apéritif à Ardmore House le soir même. Aux yeux d'Anna, ça a été le Prince Charmant sur son cheval blanc qui franchit le seuil de la demeure. Elle est tombée éperdument amoureuse de lui.

— Et elle l'a épousé.

— Bien sûr.

— Comment son père a-t-il réagi à cette idylle ?

— Assez mal, vous vous en doutez. Certes, il admirait Brian, il lui vouait même une profonde sympathie, mais pas au point de lui accorder la main de sa fille.

— N'a-t-il pas essayé de dissuader Anna ?

— Oh si, mais vous savez, les personnes les plus douces se transforment en harpies sous l'emprise de l'amour. Anna n'était plus une petite fille. Elle savait ce qu'elle voulait et elle avait la ferme intention de l'obtenir.

— Est-ce que Brian était amoureux d'elle ?

Tuppy haussa les épaules.

— Franchement, je ne le pense pas, dit-elle après un silence. Disons qu'il lui était attaché... comme il était attaché à tous les biens matériels que cette union lui rapportait.

— Autrement dit, il l'a épousée pour son argent.
— Entre autres. J'aime trop Anna pour conclure que son mari a agi uniquement par calcul.
— L'important, c'est qu'elle soit heureuse.
— Je ne cesse de me le demander.
— Est-elle vraiment très riche ?
— Oui. A la mort d'Archie, elle a hérité de toute sa fortune.
— Et Brian ?
— Son beau-père lui a laissé une rente rondelette par testament. Mais le capital appartient à Anna.
— Et qu'arriverait-il si le mariage se soldait par un divorce ?
— Brian perdrait sa rente. Il resterait sans un sou.
L'image d'Anna parée de ses diamants jaillit dans la mémoire de Flora.
— Il est séduisant, murmura-t-elle.
— Qui, Brian ? Oui. Séduisant et frustré. Egoïste, aussi. Il ne s'occupe que de lui-même.
— Ils n'ont jamais eu d'enfants ?
— Anna a perdu le bébé qu'elle portait l'été où vous étiez ici avec votre mère. Juste après votre départ.
La pelote de laine était presque terminée. Quelques fils duveteux s'accrochaient encore aux poignets émaciés de Tuppy.
— Elle est enceinte à nouveau.
Flora cessa de bobiner.
— Vraiment ? J'en suis ravie.
— Mon Dieu, je n'aurais pas dû vous le dire. Cela m'a échappé. J'ai promis à Hugh de garder le secret.
— Votre secret ne risque rien avec moi, la rassura Flora. Je l'ai déjà oublié.
Elles avaient attaqué le dernier écheveau quand Hugh apparut, après avoir frappé discrètement à la porte. Il tenait sa mallette informe à bout de bras et un stéthoscope dépassait de la poche de sa veste.

— Bonjour, dit-il.

Tuppy le regarda.

— Personne ne t'a jamais expliqué que dimanche est un jour de repos ? fit Tuppy d'un ton peu amène.

— J'ai oublié que nous étions dimanche, bougonna-t-il en venant se planter au pied du lit et en allant droit au but. Quelle est cette nouvelle lubie, Tuppy ?

La vieille dame esquissa une grimace.

— Evidemment, elles ne m'ont pas laissé l'occasion de t'en parler moi-même.

— Eh bien, allez-y. Parlez-m'en.

Le dernier fil glissa sur les poignets de Tuppy pour s'enrouler autour de la pelote.

— J'ai envie de donner une petite fête en l'honneur de Rose vendredi prochain.

— C'est quoi, pour vous, une *petite* fête ?

— Une soixantaine de personnes. Soixante-dix, tout au plus.

— Soixante-dix individus encombrant le hall, buvant du champagne et déversant un flot de paroles... Savez-vous ce que ce chambardement pourrait avoir comme conséquence sur votre état de santé ?

— Aucune, sinon une nette amélioration.

— Et qui va organiser votre sauterie ?

— Personne. C'est déjà fait. Cela m'a pris une demi-heure avant le déjeuner.

Il continua de la dévisager d'un œil sceptique, presque réprobateur.

— Tuppy, j'ai du mal à y croire.

— Nom d'un chien, tu n'es qu'un rabat-joie, mon garçon ! Quant aux autres, tout le monde réagit comme si je m'étais lancée dans une affaire d'Etat.

Le regard du médecin s'était reporté sur Flora.

— Qu'en pensez-vous, Rose ?

— Moi ? fit Flora tout en empilant les pelotes de laine dans le sac. Je... je trouve l'idée charmante mais si vous n'êtes pas d'accord...

— Ne retournez pas votre veste, vous aussi ! coupa Tuppy d'une voix irritée. Vous ne valez pas mieux que les autres !... Ecoute, Hugh, tout marchera comme sur des roulettes. M. Anderson s'occupera du menu, Rose mettra en place les bouquets de fleurs, Watty fera le ménage et Isobel contactera les invités par téléphone. C'est aussi simple que ça. Je te conseille d'effacer cette expression d'altesse outragée de ton visage si tu tiens à être convié à la soirée.

— Et vous ? De quoi vous occuperez-vous ?

— Mais de rien ! Je serai tranquillement assise ici, à contempler le vide.

Hugh sonda un instant le regard bleu de sa patiente, puis, penchant la tête de côté, la scruta avec attention.

— Pas de visiteurs ! trancha-t-il.

— Plaît-il ?

— Vous m'avez très bien compris. Je ne veux personne dans cette pièce.

— Même pas un ou deux amis ? s'enquit Tuppy, déçue.

— Commencez par un ou deux et à la fin de la soirée votre chambre ressemblera au métro aux heures de pointe. Donc, pas de visiteurs ! Je posterai devant votre porte votre infirmière équipée de l'arme de son choix pour faire refluer les importuns. Est-ce clair, madame Armstrong ?

Ayant contourné le lit, il se tenait à présent à son côté.

— Soyez gentille, Rose, allez dire à Mme McLeod que je suis là, reprit-il.

— Oui, oui, tout de suite.

Flora effleura le front de Tuppy d'un rapide baiser avant de s'éclipser. Sur le palier, elle croisa l'infirmière dont la figure allongée reflétait le plus profond mécontentement.

— Est-ce que le docteur est avec Mme Armstrong ?

— Il vous attend.

— J'espère qu'il a coupé court à ce projet extravagant.

— Je crois qu'ils ont opté pour un compromis.

— Que Dieu nous vienne en aide !

Mme Watty, quant à elle, prit la chose avec philosophie.

— Puisqu'elle y tient tant... Vous savez, il y a eu tellement de réceptions dans cette maison ! Nous nous débrouillerons parfaitement, si chacun y met du sien.

— Je suis censée m'occuper de la décoration florale.

— Mme Armstrong a toujours eu un talent inné pour distribuer les rôles, remarqua la cuisinière avec un sourire.

— Mais je suis nulle dans ce domaine. Je ne suis pas fichue de mettre des jonquilles dans une cruche.

— Oh, vous vous en sortirez à merveille, j'en suis persuadée, déclara Mme Watty en posant une pile d'assiettes sur la table. Le docteur s'est-il laissé convaincre facilement ?

— Il a fini par céder. A condition que Tuppy renonce à recevoir des visiteurs dans sa chambre. La nurse jouera le cerbère devant sa porte.

Mme Watty hocha la tête.

— Pauvre Dr Kyle ! Comme s'il n'avait pas assez de soucis comme ça. Pas d'associé et plus de gouvernante. Jessie McKenzie a dû se rendre au chevet de sa mère malade à Portree. Elle a pris le ferry avant-hier... On ne trouve pas facilement du personnel à Tarbole. Les conserveries de harengs emploient presque toutes les femmes de la région...

Son œil se tourna vers la pendule murale. Oubliant les malheurs du Dr Kyle, elle ouvrit le four pour arroser de jus son rôti.

— Allez donc réveiller Antony. S'il dort toute la journée, il est capable de partir sans rien avaler.

Flora s'exécuta. Alors qu'elle s'apprêtait à traverser le hall, Hugh sortit de chez Tuppy et se mit à dévaler les marches. Aujourd'hui, il portait des lunettes cerclées d'écaille qui lui donnaient un air plus distingué. Lorsqu'il la vit en bas des marches, il ralentit le pas.

— Eh bien ? fit-il, comme si elle pouvait avoir quelque chose à lui dire.

A sa surprise, elle s'entendit déclarer :

— Hugh, hier soir... Vous auriez préféré que je reparte, n'est-ce pas ?

Sa franchise parut le décontenancer un instant.

— En effet. Toutefois, j'ai l'impression que mon refus n'est pas étranger à votre changement d'attitude.

— Pourquoi avez-vous voulu que je reste, finalement ?

— Disons que j'ai eu une sorte de prémonition.

— La prémonition d'une catastrophe ?

— Peut-être.

— Comme la réception de Tuppy, par exemple ?

— Nous aurions pu nous en passer.

— Mais Tuppy est-elle en état de supporter tout ce tohu-bohu ?

— Oui, si elle se conforme à mes instructions. Mme McLeod est résolument contre cette initiative. Je crois que son estime pour moi en a pris un sérieux coup... Au fond, Tuppy a besoin d'un stimulant. La fête pourrait en être un. Sinon...

Il ne termina pas sa phrase mais le silence parut à Flora plus éloquent que les mots. Il avait l'air éreinté, et malgré elle, la jeune fille fut envahie par un sentiment de compassion à son égard.

— Ça ne fait rien, répondit-elle en s'efforçant de déguiser son inquiétude sous un ton désinvolte. Au moins, Tuppy aura eu le dernier mot sur sa maladie. Comme ce vieillard de quatre-vingt-dix ans à qui l'on demande comment il aimerait mourir et qui choisit d'être abattu par un mari jaloux.

Un sourire aussi spontané qu'inattendu éclaira subitement la physionomie de Hugh. C'était la première fois qu'elle le voyait sourire et elle fut frappée par la douceur de ses traits. L'espace d'une seconde, elle crut apercevoir l'insouciant jeune homme qu'il avait jadis été.

— Exactement, répliqua-t-il.

Dehors, un ciel plombé écrasait la lande immobile. Un brusque souffle de vent écarta soudain les nuages. Un rayon de soleil darda dans la grisaille et illumina dans un poudroiement de lumière le vestibule, faisant prendre conscience à Flora d'un millier de détails que, jusqu'alors, elle n'avait pas remarqués. Le costume que Hugh portait révéla tout à coup sa texture laineuse, lustrée par endroits. Flora nota les poches déformées par les instruments médicaux; le pull-over où une maille avait filé. Sa main, qui reposait sur la pomme de la rampe, était longue et fine, avec des doigts fuselés. La chevalière miroitante... Il souriait toujours à sa plaisanterie, mais la fatigue accumulée au fil du temps assombrissait ses yeux. Elle ne put s'empêcher de l'imaginer seul, dans une maison en désordre, à la recherche d'une chemise propre.

— Vous avez été appelé d'urgence, hier soir. Rien de grave, j'espère.

— Assez grave, malheureusement. Un pauvre fermier, surveillé par une belle-fille à bout de forces. Il s'est levé en pleine nuit pour se rendre aux toilettes et il est tombé dans l'escalier. Par miracle, il ne s'est rien cassé. Bien sûr, il est couvert d'ecchymoses. Voilà un moment qu'il aurait dû se faire hospitaliser, mais il ne veut pas en entendre parler. Il est né dans cette maison et c'est là qu'il veut mourir.

— Où habite-t-il ?

— A Boturich... sur l'autre rive du loch Fhada.

— Une bonne quinzaine de miles d'ici, je présume.

— Environ.

— A quelle heure êtes-vous rentré chez vous ?

— Vers deux heures du matin.

— Et depuis quelle heure êtes-vous debout ?

— A quoi rime cet interrogatoire ?

— Vous devez être fatigué.

— Je n'ai pas le temps d'être fatigué, grommela-t-il en ramassant son sac. D'ailleurs, il faut que j'y aille.

Elle le raccompagna à la porte. Sous le pâle soleil d'automne, le gazon emperlé de rosée scintillait.

— A bientôt ! lâcha-t-il de son air bourru.

Elle le regarda descendre en voiture l'allée jonchée de feuilles mortes, à travers les massifs de rhododendrons, puis franchir les grilles ouvertes.

Antony avait entrepris de se raser lorsqu'elle passa la tête par la porte de sa chambre. Il tourna vers elle un visage couvert de mousse neigeuse. Il portait des mules rouges et une serviette de bain lui ceignait les reins.

— Mme Watty m'a envoyée vous réveiller.

— Entrez, fit-il en se penchant de nouveau vers le miroir.

Flora ferma la porte avant d'aller s'installer sur le lit.

— Avez-vous bien dormi ?

— Comme une souche.

— Alors, vous avez recouvré vos forces.

Il fronça les sourcils.

— Pour une raison que j'ignore, votre remarque m'emplit d'une vague appréhension.

— A juste titre. Il y aura une autre réception. Vendredi. Un dîner dansant.

— Quoi ?

— Tuppy a déjà tout organisé. Elle semble avoir

mis tout le monde dans sa poche, y compris le Dr Kyle. Seule l'infirmière a pris résolument parti contre ce qu'elle considère comme un scandale.

— Vous voulez dire que la chose est inévitable ?

— Hum, j'en ai peur...

— Toujours en l'honneur d'Antony et de Rose, je suppose.

— Une sorte de célébration de leurs fiançailles.

Antony posa le rasoir sur la tablette du lavabo et poussa un gémissement de désespoir.

— C'est ma faute, soupira Flora, écrasée par le remords. Je n'aurais jamais dû accepter de prolonger mon séjour ici.

— Comment auriez-vous pu deviner ?

Un air lugubre assombrissait son visage d'habitude chaleureux. La façon dont il passa les doigts dans ses cheveux cuivrés en disait long sur sa confusion.

— Je crains qu'on ne puisse rien inventer pour contrarier les projets de votre grand-mère. A moins...

— Bon sang ! grogna-t-il. J'ai l'impression de m'enliser dans des sables mouvants... Vous disiez ?

— A moins d'avouer la vérité à Tuppy.

— Non !

— Mais...

— J'ai dit non ! répéta-t-il en se retournant pour lui faire face. Tuppy va peut-être mieux, Isobel a peut-être tout compris de travers. Toutefois, une révélation aussi brutale pourrait la tuer. Tuppy est âgée, elle a été très malade. S'il lui arrivait malheur sous prétexte que nous avons envie de nous payer le luxe d'une bonne conscience, je ne me le pardonnerais jamais. Comprenez-vous ?

Un soupir échappa à Flora.

— Oui, je comprends, murmura-t-elle lamentablement.

— Vous êtes la fille la plus sensationnelle que j'aie jamais connue ! s'écria Antony.

Il l'embrassa. Il avait les joues lisses et sentait le savon.

— Maintenant, excusez-moi. Je vais m'habiller.

L'après-midi, profitant de la marée basse, ils décidèrent de faire un tour. Ils avaient habilement évité Jason, et avaient pris les chiens — même Sukey, qu'Antony arracha littéralement au lit de sa maîtresse. Ils longèrent longuement la plage détrempée. Le reflux avait nettoyé le sable de toute impureté. La brise charriait des embruns sous les rayons obliques du soleil.

La promenade évoquait quelque marche funèbre. Le départ imminent d'Antony jetait une ombre lugubre sur la beauté sauvage du paysage. Ils échangèrent à peine deux mots. Et pourtant, leur silence avait quelque chose de fraternel car Flora savait que les mêmes pensées tourmentaient l'esprit d'Antony.

Ils firent une halte au bord de l'eau. Antony envoya un morceau de bois dans les flots et Plummer, haletant, la queue frétillante, plongea dans un immense éclaboussement pour le rapporter. Sukey s'était ménagé une retraite vers les dunes. Plummer revint, son trophée entre les dents, puis s'assit, l'oreille dressée, en attendant que le jeu recommence. Antony lança une nouvelle fois le bout de bois et le chien, en jappant, se lança à sa recherche.

— Antony, il faut bien que nous leur disions quelque chose, dit Flora, debout dans le vent. Ils ont le droit de savoir que je ne suis pas Rose. Se donner bonne conscience est peut-être un luxe mais je refuse de traîner une mauvaise conscience jusqu'à la fin de mes jours.

Antony fourra ses poings dans ses poches, offrant à sa compagne un profil de pierre.

— Je n'arrête pas d'y penser, moi aussi. Or, c'est à moi de dévoiler la vérité. Surtout pas à vous.

Elle prit un air blessé.

— Je n'ai jamais eu l'intention de faire une chose pareille.

— Très bien. La semaine s'annonce difficile, tâchez de tenir le coup. Le week-end prochain, après la réception, je mettrai Tuppy au courant. En attendant, personne ne doit savoir.

— Personne ne saura.

— Promettez-le-moi.

Elle le lui promit. Le ciel s'était couvert et la température s'était singulièrement refroidie... Antony siffla pour appeler les chiens et, en frissonnant, ils reprirent le chemin de la maison.

Dans le salon, ils trouvèrent Isobel et Jason qui buvaient du thé et dégustaient de croustillantes tartines beurrées en regardant la télévision. Antony et Flora se servirent en silence alors que sur l'écran défilaient les images d'une poursuite infernale dans un château fort. A la fin de l'épisode, Isobel éteignit le poste de télévision, tandis que Jason se tournait vers Antony et Flora.

— J'aurais bien voulu me promener avec vous. Quand je vous ai cherchés, vous étiez déjà partis.

— Désolé, dit Antony d'un ton qui voulait dire exactement le contraire.

— On joue aux cartes ?

— Je n'ai pas le temps. Je boucle mon bagage et je repars à Edimbourg.

— Alors, je viens t'aider.

— Inutile. Rose le fera.

— Mais pourquoi non ? pleurnicha le petit garçon. Il était souvent de mauvaise humeur le dimanche soir, sachant que l'école recommençait le lendemain.

— Antony et Rose ont sûrement un tas de choses à

se raconter, mon chéri, intervint Isobel avec douceur. Va chercher les cartes dans le tiroir, je jouerai avec toi.

Ils laissèrent Jason en train d'éparpiller les cartes sur la nappe de feutre et montèrent dans la chambre d'Antony. La pièce dégageait une pénible impression de vide, comme si le jeune homme était déjà parti. Il commença à rassembler ses affaires, tandis que Flora pliait ses chemises et les lui passait. L'opération ne dura pas plus de quelques minutes. Antony rabattit le couvercle de la valise dont il bloqua les serrures.

— Ça ira ? s'enquit-il.

Son anxiété amena un sourire sur les lèvres de sa compagne.

— Oui, bien sûr.

Il fouilla dans sa poche, en tira une carte de visite.

— Voilà les numéros de téléphone où vous pouvez me joindre si nécessaire. Celui du bureau et celui de mon appartement... Il y a une cabine téléphonique au port de Tarbole.

— Quand reviendrez-vous ?

— Vendredi en début d'après-midi.

— Je serai là.

— Je l'espère bien.

Flora descendit au rez-de-chaussée tandis qu'Antony allait embrasser Tuppy. Puis il dévala l'escalier, serra dans ses bras Mme Watty et embrassa Isobel et Jason.

— A vendredi, cria-t-il avant de sortir, Flora sur ses talons, dans le jardin que le crépuscule enveloppait dans un voile bleu cendre.

Sa voiture attendait devant le perron. Il flanqua sa valise sur la banquette arrière, prit Flora dans ses bras.

— Dommage que vous soyez obligé de retourner là-bas, dit-elle d'une voix faible.

— Prenez soin de vous. Tâchez de ne pas trop vous impliquer dans l'affaire.

— Je le suis déjà.
— Je sais, marmonna-t-il, l'air désemparé. Je sais...

Elle fixa les feux arrière de la voiture jusqu'à leur disparition. De retour dans le vestibule, elle s'adossa contre le battant fermé, les yeux clos. Alentour, les bruits familiers de la maison — ustensiles de cuisine que l'on remue, chuchotements d'Isobel et Jason poursuivant leur partie de cartes — peuplaient le silence. Flora consulta sa montre. Dix-sept heures quarante-cinq... Un bain lui ferait le plus grand bien.

Sa chambre qui lui avait paru si chaleureuse à la lumière du jour avait maintenant un air franchement déplaisant... La chambre d'une étrangère dans une maison étrangère... Elle tira les rideaux, alluma la lampe de chevet, mit le chauffage électrique, puis, à genoux sur le tapis, elle s'efforça d'analyser l'insolite sensation qui, peu à peu, l'envahissait. Une sorte de flottement.

Il ne lui fallut pas longtemps pour réaliser qu'elle souffrait d'une perte d'identité. La seule personne qui savait qui elle était venait de s'en aller. En quittant les lieux, on eût dit qu'Antony avait emmené Flora avec lui, laissant Rose à sa place. Rose, qui devait s'amuser dans les tavernes de Spetsai, sous le ciel constellé d'étoiles... Hélas, loin de la réconforter, ces pensées achevèrent de la déprimer. En vain s'efforçait-elle d'imaginer sa jumelle ailleurs qu'ici. Les images qu'elle faisait surgir dans son esprit ressemblaient à des cartes postales sans consistance. Non, Rose n'était pas en Grèce. Elle était ici, à Fernrigg.

Ses mains étaient glacées. *Je suis Flora. Flora Waring.*

La promesse qu'Antony lui avait extorquée pesait sur ses épaules comme un lourd fardeau. Le besoin de dire la vérité à quelqu'un se faisait plus impérieux que jamais... A quelqu'un qui saurait l'écouter. Et la comprendre.

Mais qui ?

La réponse jaillit spontanément au milieu de ses interrogations, comme à travers un voile qui se déchire. Elle avait donné sa parole de ne rien dire à personne... C'est-à-dire à aucun membre de la famille Armstrong ou de son entourage... Il y avait un petit bureau dans un coin de la pièce. Flora se dressa d'un bond pour en inspecter le contenu et découvrit ce qu'elle cherchait dans le premier tiroir : papier à lettres, enveloppes, buvard, un stylo sur un plateau d'argent.

Elle s'assit, saisit le stylo, et inscrivit la date sur une feuille vierge.

Ensuite, elle commença à écrire une longue lettre à son père.

8

BRIAN

Le lendemain matin, Flora descendait l'escalier pour aller petit-déjeuner quand le téléphone se mit à sonner dans le vestibule... Personne en vue. Après une brève hésitation, elle décrocha.

— Allô, Fernrigg House ?

— Oui ?

— Isobel ?

— Non... Voulez-vous parler à Isobel ?

— C'est vous, Rose ?

Flora sentit un pincement au cœur.

— Oui.

— C'est Anna Stoddart à l'appareil.

— Bonjour, Anna. Je vais appeler Isobel.

— Non, c'est inutile. Je voulais juste vous remercier pour le dîner de samedi soir. Je... J'ai passé une excellente soirée.

— J'en suis enchantée... Je le dirai à Isobel.

— Excusez-moi de vous appeler si tôt ; mais je comptais le faire hier et puis ça m'est sorti de la tête. Je pars pour Glasgow...

— Je vous souhaite un bon voyage.

— Merci. Je resterai absente deux jours. A mon retour, je serais heureuse de vous recevoir à Ardmore...

Nous pourrions bavarder autour d'un thé ou d'un lunch...

Sa voix dérapa, soudain incertaine, comme si elle craignait d'en avoir trop dit.

— Oh ! oui, j'en serai ravie, s'exclama Flora, simulant un enthousiasme destiné à remonter le moral de sa correspondante. J'ai tellement entendu parler de votre manoir, j'adorerais le visiter.

— Oui... ce serait amusant. Je vous rappellerai dès mon retour.

— Entendu... Etes-vous au courant du dîner dansant ?

— Non...

— Tuppy désire donner un dîner dansant vendredi prochain.

— *Ce* vendredi ?

— Exactement. La pauvre Isobel passera au moins une journée au téléphone à appeler les gens. Je lui dirai que je vous ai eue, ça lui fera un coup de fil de moins à passer.

— Mon Dieu, en voilà une agréable nouvelle. Merci. J'achèterai une nouvelle tenue à Glasgow, exprès pour le bal. De toute façon j'avais besoin d'une robe.

De nouveau, sa voix se fêla. Visiblement, Anna était de ceux qui détestaient le téléphone. Flora s'apprêtait à mettre fin au supplice de son interlocutrice par un cordial « Eh bien, à très bientôt » quand celle-ci déclara :

— Ne quittez pas.

Il y eut des chuchotements à l'autre bout du fil, après quoi la voix d'Anna revint sur la ligne.

— Brian veut vous parler. Quant à moi, je vous dis au revoir. Brian ?

— Au revoir, Anna. Amusez-vous bien.

La voix claire et légère de Brian Stoddart remplaça brusquement celle de son épouse.

— Rose ?
— Bonjour, Brian.
— Ma femme a la manie de téléphoner à des heures incongrues. Avez-vous pris votre petit déjeuner, au moins ?
— Pas encore, mais...
— Antony est parti ?
— Oui. Hier, après le thé.
— Alors, vous voilà seule et désespérée... Anna est en train de m'abandonner également. Nous pourrions nous tenir compagnie ce soir. Je vous invite à dîner.

Nul doute qu'Anna écoutait la conversation, preuve qu'il s'agissait certainement d'une invitation amicale. Mais qu'en penserait Tuppy ? Et Isobel ? Le bon sens lui suggérait qu'un dîner en tête à tête avec un homme séduisant alimenterait de furieux ragots chez les commères de la petite ville...
— Rose ?
— Je suis toujours là.
— J'ai cru que vous aviez raccroché. A quelle heure je passe vous chercher ?
— Je n'ai pas encore dit que j'acceptais.
— Bien sûr que vous acceptez, ne soyez donc pas si timide. Nous irons au *Fisher's Arms* où je vous gaverai de crevettes... Bon, je vous laisse. Je dois conduire Anna à l'aéroport... Sept heures et demie, huit heures ce soir, d'accord ? Si Isobel traverse une de ses phases généreuses, elle m'offrira un verre. Allez, à plus tard !

Il interrompit la communication. Flora baissa les yeux sur le récepteur qu'elle tenait encore entre les mains. Quel individu mal élevé ! fulmina-t-elle en silence. Il devait être terriblement sûr de lui, persuadé que les ondes de son charme opéraient même à distance... Elle raccrocha avec un sourire. Bah, il n'y avait pas de quoi s'affoler. Et puis, elle adorait les crevettes.

Elle pénétra dans la cuisine, réalisant qu'elle mourait de faim. M. Watty avait conduit le petit Jason à l'école. Isobel sirotait une dernière tasse de café en lisant une lettre, en compagnie de Mme McLeod. Tout en pétrissant une pâte feuilletée sur le comptoir, Mme Watty demanda :

— Le téléphone a sonné ?

— Oui, j'ai répondu, dit Flora en s'asseyant et en remplissant un bol de céréales. C'était Anna Stoddart qui voulait remercier Isobel pour le dîner de l'autre soir.

— Ah, bien, murmura cette dernière sans lever le regard de son courrier.

— Elle s'en va à Glasgow pendant deux jours.

— Oui, elle avait dit quelque chose comme cela.

— Et Brian m'a invitée au restaurant ce soir.

Elle scruta le visage d'Isobel, à l'affût de la moindre ombre de mécontentement, mais ne vit qu'un large sourire.

— Quelle bonne idée ! C'est gentil de sa part.

— D'après lui, comme nous sommes tous deux seuls et abandonnés par nos tendres moitiés, nous nous tiendrons compagnie. Il passera me chercher vers dix-neuf heures trente. Si vous êtes dans une de vos phases de générosité, vous lui offrirez un verre, a-t-il ajouté.

Isobel éclata de rire.

— Il est futé, ce grand diable, marmonna la cuisinière à l'adresse de sa pâte.

— Vous ne l'aimez pas trop, hein, madame Watty ?

— Je n'ai rien contre lui, bien que, par moments, je le trouve terriblement effronté.

— En fait, Mme Watty reproche à notre ami de ne pas être un Ecossais de pure souche. En tout cas, j'approuve son initiative de sortir Rose.

— Je les ai prévenus au sujet de la réception, cela vous fera un coup de fil en moins. Anna s'achètera une nouvelle robe qu'elle portera vendredi.

— Seigneur, soupira Isobel. Anna n'arrête pas de s'acheter de nouveaux vêtements. Elle se ruine en robes, qui se ressemblent toutes... Je suppose que nous devrions nous aussi penser à nos tenues de bal... Je porterai la toilette de dentelle bleue, bien que tout le monde l'ait déjà vue une bonne dizaine de fois.

— Elle vous va bien, la rassura la cuisinière. Quelle importance que les gens l'aient déjà vue ou pas ?

— Et vous, Rose ? Qu'allez-vous mettre ?

Flora jeta un regard circulaire sur l'assistance.

— Je n'en ai pas la moindre idée.

La nurse la dévisagea d'un air compassé. Tout en restant farouchement opposée à cette réception, elle ne pouvait résister à l'effervescence générale. En dépit d'origines sociales plutôt modestes, Mme McLeod était assez snob pour se refuser à croire qu'une jeune fille de bonne famille pût passer quelques jours à Fernrigg House sans avoir songé à inclure dans ses bagages au moins une robe de bal, avec diadème assorti.

— Comment ça, aucune idée ? demanda-t-elle à Flora.

— Je suis juste venue pour le week-end. Je n'ai pas imaginé que j'aurais besoin d'une tenue de soirée.

— Pourquoi pas celle que vous portiez l'autre soir ? suggéra Isobel.

— Oh, non, souffla Mme Watty. Le dîner dansant est organisé pour vous. Vous serez la reine de la soirée, il vous faut quelque chose de plus habillé.

— Ne pourrais-je pas acheter quelque chose ?

— Pas à Tarbole. Et il n'y a pas une boutique décente à moins de cent cinquante kilomètres à la ronde.

— Si j'avais su, j'aurais accompagné Anna à Glasgow.

— Il n'y a rien ici que nous pourrions transformer ? s'enquit l'infirmière.

Alarmée, Flora se vit drapée dans l'un des couvre-lits ajourés.

— Rien qui ressemble à un modèle de prêt-à-porter, répliqua Isobel en secouant la tête.

— Quand j'étais jeune, je faisais tous mes vêtements moi-même, insista l'infirmière.

— Vous voulez dire que vous êtes capable de confectionner une robe pour la circonstance ?

— Si ça peut aider...

Mme Watty se retourna, le visage illuminé, la main équipée d'un effrayant couteau à viande.

— Le grenier regorge de vieilles malles. Et chaque malle d'habits qui appartenaient à Mme Armstrong du temps de sa jeunesse. Des étoffes magnifiques.

— La naphtaline, dit Isobel. Cela empeste la naphtaline.

— Un bon rinçage à l'eau claire, une journée au grand air, et il n'y paraîtra plus.

L'idée prenait forme. La cuisinière lâcha son couteau dans l'évier, se lava les mains, puis déclara qu'elle monterait au grenier. Une minute après, elles y étaient toutes les quatre.

Flora promena son regard dans l'espace noyé dans une semi-obscurité. Une odeur de camphre et de vieilles choses saturait l'air. Des objets fascinants se détachaient de l'ombre. Un pèse-personne ancien, équipé des poids de bronze et d'une barre graduée. Un berceau de poupée victorien. Un mannequin rembourré. Des brocs de toilette en vieille porcelaine... Flora se serait volontiers attardée à admirer ces trésors, mais la cuisinière, munie d'une lampe-torche, s'avança d'un pas rapide vers les malles rangées le long du mur. L'infirmière et Isobel soulevèrent le premier couvercle et, bravant l'âcre senteur de la naphtaline, mirent au jour des habits richement brodés : soie noire pailletée de perles de jais, satin rose thé à franges, jaquette de laine bouclée doublée de mousseline de soie.

— Est-ce vraiment la garde-robe de Tuppy ? s'enquit Flora.

— De son temps, les femmes ne rataient pas une occasion de s'habiller... En bonne Ecossaise de l'ancien temps, elle a bien sûr conservé tous ses vieux effets.

— C'est quoi, ça ?

— Une cape du soir, expliqua Isobel en secouant l'étoffe de velours froissé et en soufflant sur le col de fourrure qui semblait avoir souffert des mites.

Les étoffes se succédaient sans susciter l'enthousiasme de la jeune fille. Les coupes étaient tarabiscotées, passées de mode. Elle était sur le point de proposer un rapide aller-retour à Glasgow par le train quand Mme Watty extirpa de la malle un tissu tout en dentelles et guipures, qui avait dû être blanc. On dirait un vieux mouchoir, se dit Flora. C'était une robe, néanmoins, à col montant et manches longues.

— Oh ! la robe de tennis de Tuppy ! s'écria Isobel.

— Elle jouait au tennis là-dedans ?

— Oui, quand elle était jeune fille.

Isobel saisit la robe et la tint par les épaules.

— Qu'en pensez-vous, madame McLeod ? Peut-on en tirer quelque chose ?

La nurse tâta l'étoffe et eut une moue de connaisseuse.

— Possible.

— Elle est trop courte pour moi, objecta Flora.

— Il n'y aura qu'à défaire l'ourlet et le tour sera joué, affirma son inflexible couturière.

— C'est complètement transparent et je n'ai pas de jupon.

— On peut doubler le tout dans une jolie nuance... rose bonbon, peut-être.

Rose bonbon ! Flora réprima un hoquet de stupeur horrifiée. Pendant ce temps, Isobel et Mme McLeod échangeaient un regard inspiré. Mme Watty se rappela soudain qu'il restait quelque part un coupon de doublure de rideau.

Elle se mit à fureter dans les tiroirs d'un meuble de rangement et, avec un cri de triomphe, exposa à ses compagnes le produit de ses investigations. Du coton satiné bleu pâle.

— Qu'en dites-vous ? demanda-t-elle à Flora.

Celle-ci s'efforça de sourire. Le bleu, du moins, paraissait moins sainte nitouche que le rose. Une fois lavée et repassée, la robe serait peut-être mettable. Ses amies la scrutaient, attendant son verdict. On eût dit trois bonnes fées mal assorties. Elle eut honte de son manque d'enthousiasme...

— Ce sera parfait ! affirma-t-elle d'un ton qui se voulait enjoué.

Dans l'après-midi, la lettre volumineuse qu'elle avait adressée à son père trônait toujours sur le bureau. Flora ne disposait pas de timbre et ignorait où se trouvait la poste. Lorsque, après le déjeuner, Isobel lui demanda si elle avait des projets, elle sauta sur l'occasion.

— J'aimerais aller à Tarbole si vous n'y voyez pas d'inconvénient. J'ai une lettre à poster.

— Au contraire, cela m'arrange. Je manque de crème pour les mains, soyez gentille de me prendre un tube à la pharmacie. Si vous aviez le temps de passer à l'école chercher Jason à la place de M. Watty, il vous en serait sûrement reconnaissant... Je suppose que vous savez conduire ?

— Oui, si quelqu'un me prête une voiture.

— Prenez le van.

La nouvelle fit le tour de la maisonnée comme une traînée de poudre. Flora fut assaillie de commandes. La nurse avait besoin d'aiguilles fines et de fil de soie bleue assorti à la doublure de la nouvelle robe. Tuppy, elle, désirait des mouchoirs en papier et des bonbons à la menthe forte... Munie de sa liste d'emplettes, Flora entra dans la cuisine.

— Madame Watty, je vais à Tarbole. Je ramènerai Jason. Avez-vous besoin de quelque chose ?

La cuisinière se pencha dans le réfrigérateur d'où elle sortit une tourte à la viande.

— Juste une petite livraison.

— A qui dois-je remettre cette merveille ?

— Au Dr Kyle, répondit Mme Watty en enveloppant la tourte dans une feuille de papier d'aluminium. Au moins, avec ça, il aura un repas correct dans la journée. Il habite dans une maison au sommet de la colline. Vous ne pouvez pas la manquer... Vous verrez l'enseigne du cabinet, et il y a une plaque de bronze sur le portail.

— Je le laisse devant la porte d'entrée ?

— Mais non ! Mettez-le au réfrigérateur, dans la cuisine.

— Et si la porte est fermée ?

— Alors la clé sera sur le rebord du côté droit du porche.

— Espérons que je laisserai votre colis dans la bonne maison, soupira Flora, et Mme Watty, croyant qu'elle plaisantait, éclata d'un rire tonitruant.

La jeune fille traversa le potager, afin de prévenir M. Watty qu'elle s'occupait de Jason. Le jardinier lui remit la clé du van.

— L'engin est dans le garage, mademoiselle. Il se laisse conduire sans problème. Rien à signaler...

Tuppy ayant décidé que la vieille Daimler usait beaucoup trop de carburant, et qu'il leur fallait un deuxième véhicule, plus petit et moins onéreux, M. Watty avait fait l'acquisition du van : une voiture d'occasion qui avait appartenu au poissonnier de Tarbole. Sur les instances de sa femme, il avait passé une couche de peinture sur la carrosserie, mais les lettres imprimées à même les portières demeuraient parfaitement lisibles : *Archibald Reekie, poisson de qualité, harengs fumés maison, livraisons à domicile*.

Peu après, installée au volant, Flora mit le cap sur Tarbole et découvrit une petite ville bourdonnante d'activité : chalutiers serrés les uns contre les autres dans le port, quais encombrés de camions attendant leur cargaison de poissons, coups de klaxon impatients, cris de mariniers lancés d'un bateau à l'autre, grincement des poulies qui chargeaient les barils de harengs dans les camions, et piaillements incessants des mouettes. Et partout, des pêcheurs en ciré jaune, des camionneurs en salopette, des représentants des autorités portuaires en uniforme. Quant aux femmes, protégées par un tablier en plastique et chaussées de bottes de caoutchouc, elles aidaient les hommes à entasser saumons et harengs dans les barriques.

Antony lui avait raconté comment, en quelques années, l'ancien petit hameau de pêcheurs s'était transformé en un vaste et prospère centre de l'industrie du poisson.

Le van passa devant la nouvelle école, construite pour répondre aux besoins d'une population en pleine expansion. Des HLM avaient poussé comme des champignons dans la périphérie, toutes sortes de véhicules en stationnement bordaient les rues étroites, allant du camion frigorifique à la voiture de sport. Flora tourna pendant cinq bonnes minutes à la recherche d'une place libre. En désespoir de cause, elle laissa le van sur un passage clouté. Les emplettes ne lui prirent pas plus d'un quart d'heure. Elle découvrit la poste sans difficulté, acheta un timbre, le colla sur l'enveloppe qu'elle fit glisser d'une main hésitante dans la boîte. Elle l'entendit atterrir lourdement au fond du cube métallique et, l'espace d'une seconde, elle eut la désagréable sensation que le cours des choses avait soudain échappé à son contrôle. Elle imagina son père en train de lire les feuillets couverts de sa fine écriture, avant de les passer à Marcia.

De retour vers le van, elle constata avec angoisse qu'un jeune policier l'attendait de pied ferme. Elle accourut, en bredouillant une vague excuse, mais il l'accueillit d'un jovial :

— Vous êtes une amie de Mme Armstrong, hein ?

— Oui, mais...

— Il m'a bien semblé reconnaître la voiture.

— Je suis désolée. Je n'ai pas pu me garer ailleurs.

— Avez-vous d'autres courses à faire ?

— Une livraison pour le Dr Kyle, avant d'aller chercher Jason à l'école.

— Alors montez la colline à pied et laissez le van ici. Je garderai un œil dessus.

Il lui ouvrit la portière avec une exquise courtoisie, ce qui lui permit de récupérer le paquet contenant la tourte à la viande.

— Pourriez-vous m'indiquer où il habite ?

— En haut de la colline, hors de la ville. La dernière maison à gauche, juste avant l'hôtel. Il y a un jardin sur le devant, avec la plaque du docteur sur la grille.

— Merci. Merci beaucoup.

— A votre service, dit en souriant le jeune agent.

La pente était si raide que seules des marches pratiquées à même la rocaille en permettaient l'ascension. Flora gravit lentement l'interminable escalier. De pimpants pavillons ceints d'arbres l'accueillirent... Un pub... D'autres cottages... Des maisons plus grandes entourées de jardins. Et, près du sommet, une vaste demeure en retrait de la route. Une allée pavée de tomettes menait du portail au porche. Un bâtiment de béton blanc s'accrochait à son flanc, comme une aile qu'on aurait ajoutée à un corps de logis. Elle vit la plaque de bronze portant le nom de Hugh Kyle, puis remonta l'allée jusqu'au perron. La sonnette tintinnabula longuement, mais personne ne vint ouvrir. Flora sonna une deuxième fois par pure politesse sans plus de résultat. La clé était là où on le lui avait dit. Elle la trouva sans peine et la glissa dans la serrure. La porte s'ouvrit sur un hall dallé, dominé par une cage d'escalier où flottait un vague relent de renfermé comme dans les boutiques d'antiquités. Le mobilier se réduisait à un archaïque portemanteau avec porte-parapluies, une table d'angle incrustée de nacre, une pendule arrêtée. Il y avait de la poussière partout, jusque sur la rampe en bois de l'escalier.

Une porte sur la droite donnait sur un salon sans caractère aux rideaux tirés. En face se trouvait une imposante salle à manger de style victorien... Une table en acajou, une desserte assortie croulant sous les flacons de cristal et les carafes à vin. Les chaises avaient été repoussées contre les murs. Ici aussi, les rideaux tirés ménageaient une pénombre lugubre de chapelle funéraire. Flora referma doucement le battant comme si elle craignait de déranger spectres et fantômes...

Elle découvrit la cuisine à l'arrière de la maison. Ici, dans cette pièce étriquée, l'ordre funèbre prenait brusquement fin, cédant le pas à un véritable capharnaüm. Poêles à frire, poêlons et casseroles gisaient pêle-mêle sur le comptoir tandis que l'évier débordait d'assiettes sales. Sur la table, les reliefs de divers repas traînaient : corn flakes ramollis au fond d'un bol, assiette d'œufs frits, cake aux fruits entamé et rassis. Une bouteille de whisky à moitié vide donnait la touche finale au désastre.

Le réfrigérateur occupait le coin à côté de la cuisinière. Flora trébucha sur un tapis élimé étalé sur le sol criblé de souillures qui n'avait pas dû voir de serpillière depuis des semaines. Elle rangea rapidement la tourte à la viande en détournant la tête, de crainte de découvrir d'autres horreurs. Tuppy avait raison. La dénommée Jessie McKenzie n'était qu'une souillon. Hugh avait tout intérêt à changer de gouvernante. Aucun homme au monde, si seul fût-il, ne méritait une cuisine dans un tel état, s'indigna-t-elle, puis une vague de pitié à l'égard du propriétaire des lieux la submergea.

Elle avait une heure devant elle, avant d'aller chercher Jason. Une promenade au port, avec une halte dans un pub où elle pourrait déguster une tasse de thé, la tenta pendant un instant. Mais, bien sûr, elle n'en ferait rien car, machinalement, tout en réfléchissant, elle avait retiré ses gants, ôté son manteau et retroussé ses manches... Un tablier d'homme beaucoup trop large pour elle pendait au bord de l'évier. Elle le passa et dut faire deux tours de ceinture pour l'ajuster à sa taille. Une éponge coincée derrière le robinet ferait l'affaire. Flora s'en empara tout en laissant l'eau chaude ruisseler sur la pile d'assiettes.

Sous l'évier s'agglutinaient torchons sales et vieilles brosses usées. Un paquet de poudre de lessive que l'humidité avait rendue presque compacte s'égarait parmi le bric-à-brac. Il fallait se débrouiller avec les moyens du bord, songea-t-elle en soupirant.

Elle commença par les assiettes. Une fois lavées et séchées, elle les rangea dans le placard. Les tasses subirent le même sort avant d'être suspendues par leur anse à des crochets. Lorsqu'elle eut terminé de récurer la batterie de cuisine, poêles et casseroles brillaient de mille feux. Et quand elle eut fini d'astiquer l'évier, le reste des travaux ne lui prit qu'un temps étonnamment court. Elle frotta la table et les paillasses à l'aide d'un torchon imbibé d'eau savonneuse. Tout se mit à étinceler dans la lumière de l'après-midi... Il ne restait plus que le sol. Un coup d'œil à sa montre lui apprit qu'elle disposait encore d'une bonne demi-heure. Elle enroula le vieux tapis avant de repartir à la chasse à la saleté. Le balai se logeait au fond d'une niche obscure qui sentait le cirage. Après avoir balayé, elle remplit un seau d'eau bouillante où le reste de la lessive se dilua.

Au bout de dix minutes, le linoléum accusait une blancheur de marbre. Restait la sombre caverne sous l'évier. Armée de la brosse, Flora se mit à quatre pattes. En un rien de temps, l'antre souillé de taches de graisse se mit à reluire... Elle brossa soigneusement chaque coin, remit en place les objets qu'elle avait dû retirer. C'était fini.

Flora s'apprêtait à se redresser quand, à travers les pieds de la table, elle remarqua une paire de chaussures de cuir marron sur des semelles de crêpe pointant sous les jambes d'un pantalon. S'asseyant sur ses talons, elle laissa son regard remonter lentement vers la figure stupéfaite de Hugh Kyle.

— Oh, zut ! murmura-t-elle.

Il aurait été difficile de deviner lequel des deux était le plus surpris.

— Pourquoi « zut » ?

— J'espérais que vous ne seriez pas de retour si vite.

Il jeta un regard interloqué alentour.

— Nom d'un chien ! Qu'est-ce que vous avez fait ?

— J'ai nettoyé.

Pourvu qu'il ne soit pas offensé, pria-t-elle en silence.

— Vous n'auriez pas dû.

— Pourquoi pas ? C'était répugnant.

Il promena un regard ahuri sur l'évier, la rangée d'ustensiles, les paillasses. Tout rutilait. Ses yeux revinrent se poser sur Flora. Il n'avait pas perdu son air déboussolé. Sa main passa et repassa sur sa nuque, signe que les mots lui manquaient.

— Eh bien, Rose, fit-il, recouvrant soudain l'usage de la parole, c'était extrêmement gentil de votre part. Je vous en remercie.

— Ce fut un plaisir.

— Néanmoins, je ne comprends toujours pas la raison de votre présence chez moi.

— Mme Watty m'a chargée de vous apporter une tourte à la viande... Je l'ai mise dans le réfrigérateur. Je ne vous ai pas entendu entrer.

— La porte de devant était ouverte.

— Mon Dieu, j'ai oublié de la fermer.

Elle balaya des deux mains les mèches de cheveux qui lui tombaient sur le visage. Puis, se redressant, elle ôta son tablier et déroula ses manches.

— Votre gouvernante est l'incompétence incarnée. Remplacez-la au plus vite.

— Jessie fait de son mieux. Elle a dû s'absenter pendant quelques jours.

— Quand revient-elle ?

— Je ne sais pas. Demain. Peut-être après-demain.

— Eh bien, profitez-en pour lui donner congé, puis chercher quelqu'un d'autre..., déclara-t-elle, furieuse de le voir aussi épuisé. Ne soyez pas ridicule ! Vous êtes le médecin de cette ville. Il vous faut du personnel. Demandez à votre infirmière de vous donner un coup de main à la maison.

— Elle est mariée avec trois enfants. Elle n'a pas le temps.

— Peut-être connaît-elle une personne capable d'exercer correctement les fonctions de gouvernante... Je vous demande pardon, ajouta-t-elle, regrettant d'avoir été aussi brutale. Vous êtes apparu si brusquement... j'ai eu peur. D'où venez-vous ?

Il tira une chaise et s'assit près de la table.

— De Lochgarry. Je suis allé à l'hôpital rendre visite à Angus McKay.

— Le vieux fermier qui est tombé dans l'escalier ?

Il fit oui de la tête.

— A-t-il accepté de se faire hospitaliser, en fin de compte ?

— Disons qu'il s'est laissé convaincre. L'ambulance est allée le chercher ce matin. Je lui ai promis de passer le voir dans l'après-midi. Il est dans un pavillon avec cinq autres patients de son âge... Quand je suis entré, il m'a regardé avec des yeux de chien battu. J'ai eu l'impression d'être un assassin.

— Ce n'est pas votre faute. Vous m'avez dit vous-même que sa belle-fille était à bout de forces. En cas d'urgence, qui l'aurait soigné au milieu de sa campagne ? Au contraire, vous lui avez évité un nouvel accident.

Hugh hocha la tête, les sourcils froncés.

— Il est vieux, Rose. Il est fragile, confus, et se sent déraciné. Il n'y a pas pire chose que l'on puisse faire à un homme. Angus est né à Boturich, tout comme son père et son grand-père. Il a ramené sa femme à Boturich et leurs enfants ont vu le jour là-bas. Et maintenant, à la fin de sa vie, nous le jetons au fond d'un mouroir, loin de tout ce qu'il a aimé. Nous lui souhaitons une bonne nuit et le laissons entre des mains étrangères.

— Malheureusement, il n'y avait pas le choix. Vous ne pouvez pas empêcher les gens de vieillir.

— Angus n'est pas « les gens ». Il fait partie de moi-même, de mon enfance. Quand j'étais petit, mon père n'avait pas toujours le temps de s'occuper de moi. J'enfourchais ma bicyclette et je filais chez Angus, à quinze miles de là. C'était un homme droit, carré, solide comme un chêne. Je croyais qu'il savait tout. Je le considérais comme un grand sage, une force de la nature, une sorte de dieu champêtre. Il m'emmenait avec lui à la pêche. Un jour, il a grimpé avec moi sur la montagne pour me montrer le nid d'un couple d'aigles.

— Vous aviez quel âge, alors ? sourit Flora, attendrie par ses réminiscences.

— Dix ans environ. J'étais un peu plus âgé que Jason.

Jason ! « Seigneur, j'ai oublié Jason ! » Un coup d'œil à sa montre mua son inquiétude en panique.

— Il faut que je me dépêche. J'étais censée aller chercher Jason à l'école. Il va croire qu'on l'a oublié.

— Et moi qui espérais que vous me feriez du thé.

— Pas le temps... Il sort à quatre heures moins le quart, et il est moins vingt.

— Je vais appeler le maître d'école, qui saura le faire patienter.

Une telle réaction était inattendue de la part de Hugh.

— Jason est un petit garçon susceptible. Il risque de se vexer.

— Pensez-vous ! Il sautera sur l'occasion pour jouer avec le train électrique de la garderie.

Il quitta la cuisine en laissant la porte ouverte. Debout, les bras ballants, Flora l'entendit composer un numéro. Décidément, pensa-t-elle, le caractère irascible du docteur cachait des facettes surprenantes. Tandis qu'elle remplissait la bouilloire et la mettait sur le feu, elle entendit sa voix en provenance du vestibule.

— Allô, monsieur Fraser ? C'est le Dr Kyle à l'appareil. Avez-vous le jeune Jason Armstrong sous la main ? Soyez gentil, rassurez-le. La fiancée d'Antony qui devait passer le chercher a eu un petit empêchement. Elle ne sera pas là avant un bon quart d'heure... A vrai dire, elle est en train de me préparer du thé. Oui, elle est ici... Eh bien, ce serait très gentil à vous. Merci.

Nous serons ici quand il viendra, oui. Il n'aura qu'à pousser la porte. Il nous trouvera dans la cuisine. Merci encore, monsieur Fraser.

Un instant après, il réapparaissait dans la cuisine.

— Tout est arrangé. Un des instituteurs se propose d'accompagner Jason jusqu'ici.

— Il ne jouera donc pas avec le train électrique ?

Hugh alla chercher une deuxième chaise.

— Pas cette fois-ci.

Flora avait sorti du placard une théière ébréchée et deux tasses de porcelaine.

— Je ne sais pas où sont le thé et le sucre.

Il les extirpa d'un autre placard. Le thé se trouvait dans une boîte métallique ornée d'un portrait de George V dont la peinture s'écaillait.

— Votre pot n'est pas de la première jeunesse, fit-elle remarquer.

— Comme tout dans cette maison, moi y compris.

— Avez-vous vécu toute votre vie ici ?

— Presque. Mon père y est resté pendant plus de quarante ans. Dire qu'il détestait les changements est un doux euphémisme. Quand je suis revenu, j'ai cru émerger de *La Machine à remonter le temps*. Au début, j'ai voulu apporter quelques améliorations. La construction du cabinet, à côté, m'a coûté pas mal d'efforts et d'argent. Et puis une fois cela fini, j'ai oublié le reste...

La bouilloire se mit à siffler. Flora éteignit, versa l'eau frémissante sur les feuilles de thé et porta la théière et les tasses sur la table.

— J'aime bien votre maison, dit-elle poliment.

— Tuppy la trouve horrible. Elle l'appelle le mausolée.

— A mon avis, fit-elle, croisant son œil sceptique, quelques légères transformations rendraient ce lieu très agréable... Une bonne couche de peinture, par exemple...

— C’est tout ?

— Ce n’est qu’un début. Une simple couche de peinture peut faire des miracles.

— Je vous promets d’essayer.

Il ajouta du lait dans son thé, plus une généreuse cuillerée de sucre. Elle le regarda avaler son breuvage d’une traite, puis se resservir en soliloquant :

— Les murs repeints. Les rideaux ouverts pour laisser entrer le soleil... Des fleurs. Des livres. De la musique. Un bon feu de cheminée durant les longues journées d’hiver...

— C’est une nouvelle épouse qu’il vous faut, pas une nouvelle gouvernante, lança-t-elle sans réfléchir... Excusez-moi, ajouta-t-elle en regrettant aussitôt ses paroles.

Il n’eut pas l’air offensé.

— Ainsi vous savez que j’ai été marié.

— Tuppy me l’a dit.

— Et que vous a-t-elle dit d’autre ?

— Que votre femme s’est tuée dans un accident de voiture.

— Mais encore ?

— Rien... Elle m’a parlé de vous parce qu’elle vous aime bien. Elle a de la peine à vous savoir tout seul.

— Quand je me suis fiancé avec Diana, je l’ai ramenée à Tarbole. Sa visite ne fut pas un franc succès. Tuppy ne vous a rien signalé à ce propos ?

— Pas vraiment.

Elle se sentait de plus en plus mal à l’aise.

— On voit sur votre figure qu’elle vous a tout raconté. Tuppy avait pris Diana en grippe. Comme tous les autres, elle pensait que j’avais commis une terrible erreur.

— Et... ils avaient raison ?

— Absolument. J’étais tellement aveuglé par ma passion que je ne voulais pas l’admettre. Je l’ai rencontrée à Londres. A l'époque, je faisais mon internat à l'hôpital Saint-Thomas. J'avais un ami, là-bas, John Rushmoore. Nous nous étions connus à l'université d'Edimbourg... Il avait trouvé un job dans la City[1] et nous nous sommes retrouvés. C'est lui qui m'a présenté Diana. Elle et John appartenaient à un milieu social très élevé. Le pauvre péquenot a été ébloui par la haute société... et par Diana. Quand je lui ai demandé sa main, tout le monde m'a traité de fou. Son père me tenait pour un vulgaire coureur de dot. Il s'est opposé farouchement à mes aspirations matrimoniales. De son côté, mon père s'est élevé contre ce mariage... Aussi bizarre que cela puisse vous paraître, l'opinion de mon père comptait à mes yeux plus que tout au monde. J'ai emmené Diana à la maison, afin qu'il fasse sa connaissance. Il a fallu que j'insiste pour la convaincre. Naïvement, je pensais qu'en la voyant mon père et mes amis tomberaient à ses pieds, comme moi... Ça a été un pur désastre. Il a plu sans arrêt. Diana a détesté Tarbole. Comme toutes les femmes gâtées, elle savait se montrer charmante mais uniquement avec les personnes qui l'amusaient... Les gens d'ici ne l'amusaient pas... Alors, elle s'est cantonnée dans un mutisme puéril et, au bout de trois jours, le drame a éclaté. Mon père m'a fait une scène épouvantable. Le ton est monté et nous nous sommes disputés. Il ne me restait plus qu'à repartir avec Diana. Nous avons regagné Londres où nous nous sommes mariés une semaine plus tard... au grand dam de nos pères respectifs.

— Est-ce que ça a marché ?

— Non... Si, au début. Nous étions très amoureux l'un de l'autre. Après... le gouffre social qui nous séparait n'a fait que se creuser peu à peu. Diana avait ima-

1. Quartier des affaires, à Londres. *(N.d.T.)*

giné qu'elle deviendrait l'épouse d'un brillant chirurgien, et elle s'est retrouvée mariée à un pauvre étudiant qui tirait le diable par la queue. Nous avons tous deux été responsables de l'échec de notre union.

Pour se réchauffer, Flora avait entouré de ses paumes sa tasse de thé.

— Peut-être, si les circonstances avaient été différentes...

— Hélas, elles ne l'ont pas été.

— Quand est-elle morte ?

— Deux ans après notre mariage... Diana m'avait dit qu'elle allait passer le week-end chez une ancienne copine de lycée au pays de Galles. Je l'ai crue. Sauf que quand l'accident a eu lieu, son corps a été retrouvé dans la voiture de John Rushmoore. Il conduisait. Ils n'allaient pas au pays de Galles mais dans le Yorkshire.

— Vous voulez dire... votre ami ?

— Mon ami. Ils avaient une liaison depuis des mois et je ne m'en suis même pas aperçu. Par la suite, j'ai appris que tout le monde était au courant mais que personne n'avait eu le courage de m'ouvrir les yeux. Perdre en même temps sa femme et son meilleur ami est une rude épreuve. Perdre son honneur est une blessure dont on ne se remet pas.

— John a été tué lui aussi ?

— Non. Il continue à sévir.

— C'est alors que vous êtes revenu.

— Oui, parce que mon père était malade.

— Vous n'avez jamais eu envie de retourner à Londres ?

— Jamais.

— Vous ne pourriez plus devenir chirurgien ?

— C'est trop tard. J'appartiens à cette ville maintenant. Je n'arriverais plus à vivre ailleurs, loin de l'air pur et de l'odeur de la mer.

— Vous êtes comme...

Flora s'interrompit à temps, avant d'ajouter « comme mon père ». En écoutant le récit de Hugh, elle avait oublié qu'elle était censée être Rose. Une soudaine envie de s'épancher sur son épaule l'assaillit : de lui confier ses propres chagrins, ses propres angoisses. Hugh avait ouvert une porte sur la confiance et elle mourait d'envie d'en franchir le seuil.

Or, elle ne le pouvait pas. En tant que Rose, elle n'avait rien à lui offrir en retour. Ni confidences ni réconfort. Elle en éprouva un sentiment de frustration si intense que, l'espace d'un instant, elle fut tentée de lui avouer la vérité. Hugh saurait la comprendre, elle le savait. Elle avait donné sa parole à Antony mais après tout, Hugh était médecin... Se confier à un médecin équivalait un peu à se confesser à un prêtre.

Depuis le début, son instinct s'était insurgé contre le mensonge ; contre le piège dans lequel Antony l'avait entraînée, avec sa bonne foi et son désir de faire plaisir. Mais le mécanisme s'était détraqué, emprisonnant Flora dans un engrenage diabolique.

Hugh attendit qu'elle finisse sa phrase. Comme elle ne disait plus rien, il demanda :

— Comme qui ?

— Oh... un ami.

La porte sur la confiance s'était refermée. La tentation avait reflué. Elle était toujours Rose et ne savait si elle devait s'en montrer désolée ou réjouie. Alentour, le monde s'était figé dans une mystérieuse expectative. Même les bruits semblaient s'être éteints, hormis les piaillements des mouettes dans le ciel.

La porte du devant s'ouvrit, puis claqua avec une force qui fit vibrer la maison de fond en comble. La voix claire de Jason fit voler le silence en éclats.

— Rose !

— Elle est ici. Dans la cuisine, cria Hugh.

Des pas rapides longèrent le couloir, le battant s'ouvrit sur le petit garçon.

— Hello ! M. Thomson m'a emmené en voiture. Il y avait un gros cargo allemand dans le port... Salut, Hugh.

— Salut, mon gars.

— Salut, Rose, fit-il en lui passant les mains autour du cou pour l'embrasser... Tu sais, Hugh, j'ai fait un dessin spécial pour Tuppy cet après-midi.

— Montre-le-moi.

Jason farfouilla dans son cartable, d'où il tira une feuille de papier.

— Oh mince ! Il est tout froissé.

— Fais voir.

Le dessin fut étalé sur la table. Tous deux le regardèrent, Jason appuyé contre le genou de Hugh. Celui-ci avait déplié soigneusement la feuille et lissait chaque pli du tranchant de la main. Flora avait déjà remarqué ses mains. Cette fois-ci, leur vue fit naître une boule d'émotion au creux de son estomac.

— Belle image, dit-il. Qu'est-ce que cela représente ?

— Oh, Hugh, tu es bête !

— Précise ta pensée.

— Je ne sais pas ce que ça représente.

— Alors explique-le-moi avec tes mots à toi.

— Bon. Regarde. Il y a un avion et un homme en parachute. Là, assis sous un arbre, un autre parachutiste, qui a déjà atterri, attend son copain.

— Je vois. Tuppy va l'adorer... Non, ne le plie pas. Il faut qu'il reste à plat. Rose le portera pour toi, hein, Rose ?

— Comment ? fit-elle, prise au dépourvu.

— Je disais à Jason que vous porteriez son dessin.

— Oui, bien sûr.

— Il n'y a rien à manger ? s'enquit Jason d'une voix pleine d'espoir.

— Regarde dans la boîte rouge, sur le plan de travail.

Jason s'exécuta, et sortit un énorme biscuit au chocolat enveloppé dans du papier d'aluminium.

— Je peux le manger ?

— A tes risques et périls. Je ne sais plus depuis quand il croupit là-dedans.

Jason ôta le papier avec un air gourmand et grignota une minuscule bouchée.

— C'est bon, fit-il en mastiquant. Un peu pâteux, mais bon... (Son regard dériva vers Flora :) Pourquoi tu n'es pas venue me chercher, Rose ?

— J'ai préparé une tasse de thé à Hugh. Tu n'es pas fâché ?

— Oh, non.

Il alla près d'elle et elle lui entoura les épaules de son bras.

— J'ai joué avec le train électrique, reprit-il avec un accent de profonde satisfaction qui la fit rire.

Elle chercha des yeux ceux de Hugh, mais celui-ci ne semblait pas partager son amusement. Simplement, il les observait d'un air attentif, comme s'il venait de faire une merveilleuse découverte.

Jason était parti se coucher et Tuppy somnolait dans son lit quand Brian Stoddart passa chercher son invitée en voiture. Assise près du feu, Isobel tricotait paisiblement en écoutant un concerto de Mozart. Les notes limpides qui s'égrenaient dans le salon silencieux lui procuraient une émotion indicible. Etre seule comptait parmi ses rares plaisirs, tout comme écouter Mozart à la place du journal télévisé. Tuppy regardait tous les soirs le journal télévisé avant de tomber malade, et Isobel ne mettait jamais le disque sur la platine sans éprouver une pointe de culpabilité au fond du cœur...

Pourtant, ce soir, elle se sentait en paix, alors que les aiguilles à tricoter cliquetaient entre ses doigts. Après tout, elle méritait cette petite récompense. Elle avait passé la journée à appeler les gens pour les convier au dîner dansant de vendredi et se sentait épuisée.

Le téléphone sonna ; machinalement, elle jeta un coup d'œil à la pendule, avant de poser son tricot pour aller décrocher dans le vestibule. C'était Hugh Kyle.

— Oui, Hugh ?

— Excusez-moi de vous déranger, Isobel. Est-ce que Rose est là ?

— Non, elle n'est pas là. Voulez-vous lui laisser un message ?

— Elle est passée cet après-midi me livrer une des délicieuses tourtes de Mme Watty et elle a oublié ses gants. Je ne voudrais pas qu'elle croie les avoir perdus.

— Je ne la reverrai pas ce soir, mais je le lui dirai demain matin.

— Ah bon, elle est sortie ?

— Oui, avec Brian Stoddart.

Il y eut un flottement sur la ligne.

— Quoi ? fit-il d'une voix altérée.

— Brian Stoddart l'a emmenée dîner. Anna est absente, alors ils ont décidé de se tenir compagnie.

— Où sont-ils allés ?

— A Lochgarry, sans doute. Brian avait mentionné un restaurant du nom de *Fisher's Arms*. Il a bu un verre ici avant qu'ils ne partent.

— Je vois.

— Je dirai à Rose, pour ses gants.

— Comment ?... Ah, oui. Cela n'a pas d'importance. Bonne nuit, Isobel.

— Bonne nuit.

Elle raccrocha en se disant que quelque chose ne tournait pas rond. Bah, ce n'est rien, conclut-elle. Elle avait toujours eu une imagination trop fertile. Elle éteignit le plafonnier et retourna à sa musique.

Lochgarry se trouvait à quinze miles de Fernrigg, près d'une charmante crique, au carrefour des grand-routes de Fort William, Tarbole, Morven et Ardnamurchan. Longtemps auparavant, ce n'était qu'une petite communauté de pêcheurs, avec une modeste auberge en guise de relais pour les rares voyageurs. Puis le réseau ferroviaire s'était développé. Des trains emplis de riches oisifs sportifs venus d'Angleterre changèrent du tout au tout l'aspect du paysage. Le *Lochgarry Castle Hotel*, qui avait supplanté la vieille auberge, avait été conçu pour accueillir les amateurs de chasse et de pêche en même temps que leurs familles, amis et domestiques. En août et septembre, les collines environnantes crépitaient des coups de feu des chasseurs.

Après la Seconde Guerre mondiale, de nouveaux changements s'étaient produits : l'explosion industrielle avait fait naître une multitude de scieries et de chantiers de bois. Des habitations avaient poussé un peu partout autour d'une nouvelle école et d'un hôpital. Par les routes, qui avaient été élargies, les estivants affluaient dès le mois de juin.

Cependant, le *Fisher's Arms* érigeait toujours sa façade face au loch, tel un fidèle témoin des temps passés. Le bâtiment avait été remis à neuf, des fenêtres en rotonde avaient remplacé les anciennes fenêtres étroites et la décoration intérieure évoquait maintenant quelque riche maison de campagne anglaise. Des salles de bains flanquaient les chambres dans les étages, tandis qu'un bar-restaurant agrémentait le rez-de-chaussée.

Brian gara sa voiture dans le parking presque bondé. Les lumières des cottages se reflétaient dans le sombre miroir de l'eau. Dans la nuit tombante, l'enseigne au néon brillait de toutes les couleurs du prisme et un fumet appétissant se mêlait à l'air iodé.

— Ce coin a l'air très populaire, observa Flora.

— Il l'est. Ne vous inquiétez pas, j'ai réservé une table.

Il lui prit le coude pour l'aider à traverser l'aire de stationnement, puis à gravir les marches de l'établissement. Dans le hall, Flora se dégagea gentiment.

— Je monte au vestiaire des dames.

— Je vous attendrai au bar.

Un serveur en veste blanche apparut.

— Bonsoir, monsieur Stoddart. Il y a longtemps qu'on ne vous a vu.

— Hello, John. J'espère que votre menu est aussi excellent que dans mon souvenir.

Au vestiaire des dames, charmant boudoir tapissé d'un papier à ramages, Flora suspendit son manteau à un cintre. Devant le miroir, elle se recoiffa. Elle portait l'incontournable jupe longue de lainage turquoise et un pull noir à manches longues et bouffantes. Elle s'était habillée sans entrain... Sortir avec Brian ne l'enthousiasmait guère mais elle n'avait trouvé aucune excuse valable pour lui faire faux bond, aussi n'avait-elle pris qu'un soin relatif de son apparence. Elle examina son reflet. Ses cheveux luisaient comme un rideau de soie, sa peau rayonnait, ses yeux sombres étincelaient.

— Vous êtes magnifique ! s'était exclamée Isobel.

— Vous ressemblez à une déesse, avait murmuré Brian, tandis qu'elle prenait place dans sa voiture, une rutilante Mercedes, très certainement un cadeau de sa femme.

Elle redescendit au rez-de-chaussée. Le bar était noir de monde. Brian avait réussi à obtenir la meilleure table, près de la cheminée. Il se leva quand elle apparut sur le seuil. Elle traversa la salle, consciente des regards admiratifs qui la suivaient.

Brian l'accueillit d'un sourire qui s'adressait plutôt à l'assistance.

— Asseyez-vous près du feu. Je vous ai commandé un verre.

Sitôt qu'ils furent installés, il tira de sa poche un étui à cigarettes doré et lui en offrit une, qu'elle refusa. Il glissa une cigarette entre ses lèvres, l'alluma avec un briquet en or gravé à ses initiales. Il y avait un verre de whisky devant lui. La boisson de Flora arriva, sur un petit plateau d'argent.

— Qu'est-ce que c'est ? demanda-t-elle en regardant la coupe givrée.

— Un Martini, bien sûr. Extra-dry, comme vous l'aimez.

N'osant refuser, elle saisit la coupe, tandis que Brian levait son verre à son intention.

— *Slaintheva.*

— Je ne parle pas cette langue.

— Cela veut dire « santé ». C'est le seul mot de gaélique que j'ai pu retenir.

— Un mot fort utile, je suppose.

Elle prit une gorgée de Martini et faillit suffoquer. Le liquide opalescent lui fit l'effet d'un feu glacé. La voyant reposer son verre, il éclata de rire.

— Qu'est-ce qui ne va pas ?

— Ce breuvage est bien trop fort pour moi.

— Qu'est-ce que vous me chantez ? Vous en buviez plusieurs à la suite, dans le temps.

— Je... J'ai perdu l'habitude.

— Bon sang, Rose ! N'essayez pas de changer. Je ne le supporterais pas. Vous avaliez une demi-douzaine de Martini sans sourciller et vous fumiez comme un sapeur.

— Vraiment ?

— Des gauloises, en plus. Vous voyez ? Je n'ai rien oublié.

— Je fume encore, mais rarement.

— Voilà où mène l'influence d'un homme bon.

— Je suppose que vous faites allusion à Antony ?

— A qui d'autre ? A moins qu'il y ait eu d'autres gentils garçons dans votre vie, ce dont je doute.

— D'accord. Il s'agit bien d'Antony.

Brian hocha la tête d'un air interloqué.

— Pourquoi diable vous êtes-vous fiancée avec lui ?

Flora avala péniblement sa salive. Elle se sentait pareille à la patineuse qui, tout à coup, découvre que la couche de glace sur laquelle elle glisse devient de plus en plus mince, de plus en plus fragile.

— J'avais toutes les raisons du monde.

— Citez-m'en une.

— Cela ne vous regarde pas.

— Bien sûr que ça me regarde. Tout ce qui vous concerne me regarde. Vous avez commis une erreur, Rose. Antony et vous n'êtes pas faits l'un pour l'autre. Quand Anna m'a annoncé vos fiançailles, je n'ai pas voulu en croire mes oreilles. J'ai toujours du mal à y croire.

— Antony vous déplaît ?

— Antony plaît à tout le monde. Et c'est là que réside son drame. Il est trop sympathique.

— La voilà, la raison que vous cherchiez. Il m'a plu.

— Balivernes ! grommela-t-il en reposant son verre et en se penchant vers elle par-dessus la table.

Il était vêtu ce soir d'un ample blazer sur un pantalon gris anthracite. Aux pieds, il portait des mocassins Gucci où flamboyait le petit insigne rouge et vert de la marque. Ses cheveux d'ébène coiffés en arrière dégageaient son large front, les feux pâles de ses iris la scrutaient sous les sourcils noirs et fournis. Dans la voiture, elle avait senti la fragrance épicée de son après-rasage... Maintenant, elle notait sa montre-bracelet en or, ses boutons de manchettes, sa chevalière... Aucun détail n'avait été négligé.

— Est-ce qu'Anna vous a mis au courant de la soirée de Tuppy ? demanda-t-elle, tentant désespérément de ramener la conversation sur un terrain plus neutre.

— Oui, elle me l'a dit.
— Vous êtes invités tous les deux.
— Je sais.
— Viendrez-vous ?
— Vraisemblablement.
— Vous n'avez pas l'air enthousiaste.
— Je connais bien les soirées de Tuppy. On y rencontre les mêmes gens et on y entend les mêmes inepties... Comme je vous le disais l'autre soir, le confort se paie cher.
— Voilà une façon bien cavalière de répondre à une invitation.
Il lui adressa un sourire charmeur.
— Rien ne pourrait m'empêcher d'accourir chez Tuppy, sachant que vous y serez, aussi séduisante que d'habitude.
— Oh, sûrement moins, répondit-elle en riant malgré elle. Je risque même de vous paraître assez bizarre.
— Bizarre ? Pourquoi ?
Elle lui narra l'épisode de la robe. Lorsqu'elle eut terminé, il la regardait, incrédule.
— Rose, ce n'est pas possible ! Vous ne pouvez pas aller à un bal accoutrée dans de vieux oripeaux sortis du grenier de Fernrigg.
— Que puis-je faire d'autre ?
— Je vous conduirai à Glasgow en voiture. Ou à Edimbourg. A Londres, même. Mieux, je vous offre un voyage à Paris. Nous y passerons le week-end et, dès lundi, je vous emmène faire vos achats chez Dior.
— Vous en avez, de bonnes idées !
— J'en ai toujours eu. Acceptez, Rose. Vous aimiez vivre dangereusement autrefois.
— Je n'irai nulle part faire des emplettes avec vous, Brian !
— Ne me demandez pas de blâmer les gens qui se paieront votre tête quand ils vous verront fagotée

comme l'as de pique... Finissez votre verre. Le serveur me fait signe que notre table est prête.

Une ambiance feutrée régnait dans la salle à manger éclairée aux chandelles, qu'égayait une musique discrète. La plupart des tables étaient prises. La leur se logeait dans le creux de la rotonde... Brian avait choisi le coin le plus intime. Ils prirent place et aussitôt un serveur leur apporta d'autres boissons. Flora, qui ressentait déjà les effets du premier Martini, regarda le second avec appréhension.

— Je n'en veux pas.

— Pour l'amour du Ciel, Rose, cessez d'être ennuyeuse. Ce soir, c'est la fête. Détendez-vous. Vous ne conduisez pas.

— En revanche, vous, vous prendrez le volant tout à l'heure, murmura-t-elle, le regard rivé sur son verre de whisky.

— Ne vous inquiétez pas. Je connais la route comme ma poche... (Il ouvrit le menu :) Qu'allons-nous manger ?

Flora hésitait entre les crevettes et les huîtres.

— Prenez des huîtres, offrit-il. Je goûterai les crevettes. Que voulez-vous ensuite ? Une entrecôte ? Avec une salade verte, et quoi d'autre ? Champignons ? Tomates ?

Brian passa commande. Après avoir parcouru la carte des vins, son choix se fixa sur un château-margaux 1964.

— A moins que vous ne préfériez du champagne ? demanda-t-il, quand le sommelier se fut éloigné.

— Pourquoi du champagne ?

— N'est-ce pas la boisson idéale des retrouvailles romantiques ?

— Nous fêtons des retrouvailles ?

— Oui, les nôtres. Je ne les aurais pas manquées pour tout l'or du monde... Maintenant, seront-elles romantiques ? Ce sera à vous de décider, Rose. Mais il est encore trop tôt pour exiger une réponse immédiate.

Une sensation de malaise avait envahi la jeune fille. La mince couche de glace commençait à se fissurer. Elle fixa son hôte à travers le halo ambré des bougies.

— Sans doute, répliqua-t-elle, prudente.

— Oh, Rose ! s'esclaffa-t-il.

— Qu'est-ce qui vous fait rire ?

— Vous ! Vous êtes très drôle dans votre nouveau rôle de forteresse imprenable. D'accord, vous êtes fiancée à l'honorable Antony Armstrong, mais vous êtes toujours Rose. Vous n'avez pas besoin de feindre avec moi.

— Peut-être ai-je changé.

— Vous n'avez pas changé ! affirma-t-il avec une assurance absolue.

Confrontée à un homme qui connaissait la vérité sur Rose, Flora se demanda si elle allait pouvoir continuer à contrôler la situation. Après tout, Rose était sa sœur. L'espace d'un instant, sa loyauté vis-à-vis d'un membre de sa famille s'opposa à sa curiosité d'en savoir plus. La seconde finit par l'emporter.

— Comment savez-vous que je n'ai pas changé ? insista-t-elle en appuyant ses avant-bras sur la table et en se penchant vers lui.

— Allons, Rose...

— Dites-moi comment j'étais.

— Exactement la même qu'en ce moment. Votre vraie nature a repris le dessus... Vous ne pouvez pas l'empêcher. Vous n'y arriverez jamais. Vous ne résisterez jamais à la tentation de parler de vous-même.

— Racontez-moi comment j'étais à dix-sept ans.

— Très bien, fit-il, les yeux brillants, en saisissant son verre de whisky. Vous étiez belle, merveilleusement jeune, avec des jambes superbes. Tour à tour suave et égoïste. Vous vous preniez pour le centre du monde et vous étiez très sexy. Sexy et fascinante. Chaude. Débordante d'énergie.

Les flammes des chandelles lui brûlaient les joues. Elle passa un doigt dans le col de son pull, qui l'étranglait.

— Tout ça... à dix-sept ans ?

— Absolument. Quand vous êtes partie, je ne suis jamais parvenu à vous sortir de ma tête... Combien de fois ne suis-je pas descendu jusqu'à Beach House, rien que pour contempler les persiennes closes de votre chambre. Mais il n'y avait plus aucune trace de vous, comme si la marée avait tout effacé.

— Tant mieux.

— Vous étiez... spéciale. Je n'ai jamais connu personne comme vous.

— Vous devez parler d'expérience.

Il eut un sourire plein de fierté.

— Avec vous, je n'ai jamais été forcé de mentir.

— Parce que j'ai toujours su que je ne représentais qu'un maillon d'une longue chaîne ?

— Exactement.

— Et Anna ?

Il s'octroya une lampée de whisky avant de répliquer :

— Anna pratique la politique de l'autruche. Tout ce qu'elle ne voit pas n'existe pas. En ce qui concerne son mari, elle s'évertue à ne rien voir.

— Vous semblez très sûr d'elle.

— Savez-vous ce qu'est aimer à la folie ? On s'enfonce dans un matelas de plumes et on ne remonte plus.

— Et vous ? Avez-vous aimé quelqu'un à la folie ?

— Jamais. Pas même vous. J'ai éprouvé à votre égard des sentiments que seuls quelques mots désuets de la Bible peuvent encore décrire. La luxure... Quel mot fabuleux.

Elle fixa les flammes des chandelles tandis que le serveur apportait les hors-d'œuvre. Il fallait coûte que coûte qu'elle recouvre ses esprits. Quelqu'un avait ôté la coupe de Martini et elle réalisa qu'elle l'avait vidée. A sa place, il y avait maintenant un verre à pied empli d'un vin couleur rubis aux reflets presque grenat... Elle n'aurait pas dû mettre ce pull-over. La laine, trop épaisse, la brûlait; le col, trop étroit, l'étouffait... Son regard se fixa sur le plat d'huîtres. Le serveur était reparti.

— Vous n'en voulez plus ? s'enquit Brian.

— Pardon ?

— Votre expression d'incertitude incite à penser que ces coquillages ne vous inspirent pas confiance.

Elle réussit à esquisser un sourire.

— Non, non, ils ont l'air délicieux.

Elle prit un morceau de citron et le pressa. Le jus dégoulina sur ses doigts. De l'autre côté de la table, Brian s'était attaqué à son plat avec l'appétit d'un homme qui a la conscience tranquille. Flora saisit sa fourchette, puis la reposa. Au prix d'un immense effort, ses lèvres parvinrent à formuler la question qui, depuis un moment, lui tournait dans la tête.

— Brian, quelqu'un a-t-il su ce qui s'était passé entre vous et moi ?

— Non, bien sûr que non. Pour qui me prenez-vous ? Je ne suis pas un débutant... A part Hugh...

— *Hugh ?*

— Ne prenez pas cet air horrifié. Oui, Hugh. Enfin, Rose, ne soyez pas stupide. Il nous a quand même trouvés ensemble... Dieu, quelle scène ! dit-il amusé. Il ne me l'a jamais vraiment pardonné. A mon avis, il était tout simplement jaloux. J'ai toujours soupçonné qu'il était amoureux de vous.

— Ce n'est pas vrai !

Sa véhémence parut le surprendre.

— Pourquoi dites-vous cela ?

— Parce que ce n'est pas vrai. (Elle chercha frénétiquement un argument.) Antony me l'a confirmé.

— Ah, vous en avez déjà parlé avec Antony ? C'est amusant.

— Antony a dit que Hugh n'était pas...

— Forcément ! coupa Brian. Aux yeux d'Antony, Hugh représente une figure paternelle. Le héros joueur de rugby. Chaque jeune garçon a besoin d'un modèle. Hugh fait semblant de s'intéresser aux seules choses de l'esprit. N'empêche que sa femme était morte depuis trois ans à l'époque et que le pauvre bougre doit être tourmenté par le démon de la chair comme tout le monde.

Flora baissa la tête, accablée. L'idée que Hugh avait été amoureux de Rose l'avait effleurée dès leur première rencontre sur la plage. Elle en avait été un peu gênée, alors, avant de conclure que ça n'avait aucune importance... Cela en avait, maintenant.

Il était difficile de savoir à quel moment c'était devenu important pour elle. Peut-être était-ce la veille, quand Hugh lui avait raconté l'histoire d'Angus McKay en bas de l'escalier de Fernrigg House. Peut-être était-ce aujourd'hui, quand il avait déplié le dessin de Jason sur la table de sa cuisine... Elle ne savait plus.

Elle n'avait plus chaud. Ni froid. Elle ne sentait rien, si ce n'est une sorte de torpeur insolite. Elle regretta amèrement d'avoir posé des questions au sujet de Rose ; d'avoir voulu savoir. Maintenant, c'était trop tard. Les pièces du puzzle s'étaient emboîtées les unes dans les autres pour former une image abjecte. Rose à dix-sept ans, nue sur un lit, dans les bras de Brian Stoddart... Mais le plus dur à supporter était la pensée que Hugh avait pu tomber amoureux d'une créature aussi méprisable.

Le dîner se poursuivait comme dans un mauvais rêve. Radouci par le whisky et le vin, Brian avait enfin cessé de parler de lui-même. Il était en train de décrire le nouveau bateau qu'il projetait de faire construire, quand le serveur s'approcha.

— On vous demande au téléphone, monsieur.

— Comment ? En êtes-vous sûr ?

— Oui, monsieur. La standardiste m'a prié de vous en avertir.

— Qui est-ce ?

— Je n'en sais pas plus, monsieur.

Brian se tourna vers Flora.

— Excusez-moi...

— Je vous en prie.

Il se fraya un chemin à travers les tables, puis disparut par une porte au fond du restaurant. Rester seule ressemblait à une trêve dont il fallait profiter. Flora repoussa son assiette en s'efforçant de rassembler ses pensées. « J'ai trop bu ! » Un début de migraine lui vrillait les tempes. Chaque bruit dans la salle encombrée faisait vibrer douloureusement ses tympans. Elle réclama au serveur une carafe d'eau et but son verre d'une seule traite... Quelqu'un était venu se placer en face d'elle. Il était debout et ses mains reposaient sur le dossier de la chaise de Brian.

Elle reconnut les mains. Pour la seconde fois dans la journée, elle leva les yeux sur le visage de Hugh Kyle.

Sa première réaction fut un élan de joie sans mélange.

— Hugh !

— Bonsoir, dit-il.

Il paraissait plus grand, plus massif, plus fort que jamais. Il portait un lourd pardessus sur son costume de tweed, détail qui finit par troubler la jeune fille. Il n'avait pas l'air d'un homme s'apprêtant à dîner.

— Que faites-vous ici ? demanda-t-elle.

— Je suis venu vous ramener à la maison.

Flora jeta un regard alentour.

— Où est Brian ?

— Brian est parti.

— Sans moi ? s'écria-t-elle, sachant qu'elle posait une question stupide. Il a eu un appel téléphonique.

— Il n'y a jamais eu d'appel téléphonique. Si vous préférez, l'appel, c'était moi... Une ruse pour attirer Brian hors du restaurant. (Ses yeux bleus semblaient durs comme l'acier.) Inutile de lui courir après. En ce moment, il doit être en route pour Ardmore.

Sa voix était dure également. La joie de Flora se fondit dans une drôle de sensation. La froideur de Hugh était dictée par une sorte de rage mal contenue, réalisa-t-elle, mais elle se sentait trop ivre pour en chercher la raison.

— Il est parti sans moi ?

— Oui. Sans vous. Venez. Je vais vous raccompagner.

Il arborait un air de majesté outragée qui donna à Flora envie de résister.

— Je n'ai pas fini de dîner.

— Vous avez suffisamment bu pour vous couper l'appétit.

Le ton, cassant, acheva de l'exaspérer.

— Je ne veux pas aller avec vous.

— Non ? Il ne vous reste que la marche à pied. Quinze miles à travers la campagne.

— J'appellerai un taxi.

— Il n'y a pas de taxis ici. Où est votre manteau ?

— Au vestiaire. Mais je n'ai pas l'intention de vous suivre.

Il fit signe à un jeune serveur.

— Allez chercher le manteau de mademoiselle. Un bleu marine avec une doublure en tartan... Allez, venez ! dit-il quand le garçon eut disparu.

— Pourquoi Brian est-il parti ?

— Je vous le dirai dans la voiture.

— Vous l'y avez obligé ?

— Rose, les gens commencent à nous regarder. Ne nous donnons pas en spectacle, voulez-vous ?

En effet, le brouhaha des conversations s'était presque éteint. De différentes tables, des visages curieux se tournaient vers eux. Flora avait en horreur tout ce qui ressemblait à une scène en public. Sans un mot, elle se redressa. Elle avait les jambes en coton. Elle dut se concentrer sur chaque pas pour traverser la salle et sortir.

Le garçon avait trouvé le manteau. Hugh lui donna un pourboire avant d'aider Flora à le passer. Elle eut toutes les peines à le fermer, et Hugh, à bout de patience, lui prit le coude et l'entraîna vers la sortie.

Il faisait noir, dehors. Le vent du nord soufflait sur la mer. Privée de la chaleur du restaurant, Flora eut l'impression de pénétrer dans un bloc de glace. L'obscurité la cernait de toutes parts. Yeux fermés, elle porta une main à sa tête mais Hugh lui agrippa le poignet, la propulsant vers sa voiture. Elle trébucha, perdit un soulier et elle se serait affalée s'il ne l'avait pas soutenue d'une poigne de fer. Il attendit avec impatience qu'elle récupère sa chaussure. Un nouveau pas de travers. Son sac tomba. Il le ramassa, étouffant un juron, et l'enfouit dans la poche de son manteau.

La forme de la voiture émergea dans la nuit. Il ouvrit la portière, poussa Flora à l'intérieur, puis alla prendre le volant. La passagère se sentit submergée par sa présence... Elle avait froid, les pieds mouillés, les cheveux défaits. Mais elle serra les dents afin de réprimer ses sanglots. Si elle fondait en larmes, elle ne se pardonnerait jamais cette faiblesse.

— Voulez-vous parler ou êtes-vous trop soûle pour tenir une conversation ?

— Je ne suis pas soûle.

Il avait allumé les phares et avait lancé son véhicule sur une route enténébrée.

— Où est Brian ?

— Je vous l'ai dit. Il est rentré à Ardmore.

— Comment l'avez-vous obligé à s'en aller ?

— Cela ne vous regarde pas.

— Comment saviez-vous où nous étions ?

— Par Isobel. Vous avez oublié vos gants chez moi. J'ai appelé pour vous en avertir. Isobel m'a dit que Brian vous avait emmenée au restaurant.

— Ce n'est pas un crime.

— Ça l'est dans ce cas précis.

Il fait semblant de s'intéresser aux seules choses de l'esprit...

— Pourquoi avez-vous fait ça ? A cause d'Antony ?

— A cause d'Anna.

— Anna était présente quand Brian m'a invitée à dîner.

— Là n'est pas le problème.

— Où est le problème, alors ?

— Vous le savez pertinemment.

Elle se tourna vers lui. Ses yeux s'étaient accoutumés à l'obscurité et le pâle profil du conducteur se découpait sur le pan sombre de la vitre.

Sa femme était morte depuis trois ans et je soupçonne que le démon de la chair le tourmentait comme tout le monde.

Hugh avait passionnément aimé Rose. Flora avait combattu de toutes ses forces cette idée, mais son attitude, son intervention intempestive, son ressentiment, prouvaient le contraire... Il avait aimé Rose... Et cela donnait à Flora des envies de meurtre.

— Oui, je sais, hurla-t-elle rageusement. Vous crevez de jalousie...

Rose n'aurait pas fait une autre réplique... Le vin

qu'elle avait bu, sa déception, tout l'incitait à décocher ses flèches acérées à cet homme.

— Brian a tout ce que vous n'avez pas. Une femme, un foyer. Son bonheur vous insupporte.

Les larmes avaient jailli malgré elle et ruisselaient sur son visage... Or, si Flora pleurait, c'était Rose qui s'exprimait par sa bouche.

— Votre femme a détruit votre vie par la façon dont elle est morte.

La dernière remarque toucha enfin la cible. Il y eut un bref silence, puis Hugh la gifla... Personne ne l'avait jamais frappée auparavant et le choc tarit ses larmes sur-le-champ. L'humiliation, plus que la douleur, la figea sur place, le souffle court... Il arrêta la voiture, alluma la veilleuse, et elle se couvrit la face de ses paumes.

— Ça va ? demanda-t-il.

Elle hocha la tête. Il lui prit les poignets pour écarter les mains de sa figure.

— Pourquoi êtes-vous aussi exigeante, Rose ? Pourquoi voulez-vous tout avoir ?

Je ne suis pas Rose. Je ne suis pas Rose.

Elle s'était mise à trembler de tous ses membres.

— Je veux rentrer à la maison, murmura-t-elle.

9

FLORA

La soif la réveilla. Une soif inextinguible, semblable à quelque forme de torture primitive. Elle avait la bouche sèche, la tête douloureuse. Sitôt qu'elle ouvrit les yeux, l'horreur de la soirée précédente lui fondit dessus. Flora resta un moment immobile, trop malheureuse, trop accablée par les remords pour aller chercher un verre d'eau.

L'édredon avait glissé par terre — elle se sentait glacée. Elle se pencha afin de le ramasser, mais ce simple mouvement fit exploser un assourdissant son de cloches dans son crâne... La douleur s'atténua peu à peu, tandis qu'elle gisait inerte sur sa couche. *Soif !* Elle mit un pied hors du lit, s'assit sur son séant. Une brusque nausée l'assaillit et elle se rua vers la salle de bains.

Elle reprit conscience sur le carrelage, vêtue de sa chemise de nuit, la tête appuyée au rebord de la baignoire. Une douleur fulgurante transperça son estomac vide... En nage, elle referma les paupières et attendit la mort.

Rien ne se passa. Elle rouvrit les yeux sur une vue bizarrement distordue des lieux. Péniblement, elle se redressa en se tenant au mur, et s'achemina avec lenteur vers son lit. Elle s'y affala enfin, tremblante et glacée, sans même trouver la force de tirer sur son corps épuisé les couvertures.

« Malade... Très malade. »

Et ce froid intense ! Par la fenêtre restée entrouverte, l'air nocturne pénétrait dans la pièce avec force. « Je mourrai ici, songea-t-elle confusément. J'attraperai sûrement une pneumonie. » Au prix d'un effort surhumain, elle réussit à se glisser sous les draps. La bouillotte avait refroidi. Elle se mit à claquer des dents.

Ses yeux restèrent grands ouverts sur le noir. Elle ne se rendormirait pas. Les heures interminables de la nuit se succédaient, et elle perdit l'espoir de revoir poindre l'aube. Quand, enfin, les premières lueurs du matin firent pâlir le firmament, elle avait sombré dans un sommeil de plomb.

Ce fut Isobel qui vint à son secours. N'ayant pas vu Flora au petit déjeuner, la tante d'Antony monta à l'étage.

— Vous êtes probablement en train de faire la grasse matinée, mais...

Elle s'interrompit devant l'aspect chaotique de la chambre : les habits de la veille jonchant le tapis, les draps entortillés, l'édredon par terre.

— Rose !

Isobel traversa la pièce presque au pas de course. Du fond du lit, la petite figure blême, une frange de cheveux trempés de sueur collée à son front, la considéra.

— Je vais bien, souffla-t-elle d'une voix blanche. J'ai été malade toute la nuit.

— Ma pauvre enfant ! Pourquoi ne m'avez-vous pas réveillée ?

— Je ne voulais pas vous déranger.

Isobel posa une main fraîche sur son front.

— Vous êtes brûlante.

— J'ai eu si mal...

Isobel commença par tirer draps et édredon sur le corps tremblant de la malade.

— Je m'en vais appeler Mme McLeod... Ne bougez pas, d'accord ?

Elle disparut pour réapparaître presque aussitôt en compagnie de l'infirmière. Des visages soucieux se penchèrent sur Flora, des mains douces refirent le lit avec des draps propres, deux bouillottes furent glissées sous les couvertures de laine. Elle sentit qu'on lui enfilait une chemise de nuit en flanelle... Des gants de toilette sur sa figure et ses mains... La fraîcheur parfumée d'une eau de Cologne... Une liseuse.

— A qui appartient ce vêtement ? s'enquit-elle.

— A moi, répondit Isobel.

Le déshabillé en lainage rose pâle était muni d'amples manches incrustées de dentelle.

— Il est joli.

— Un cadeau de Tuppy.

Tuppy ! Des larmes brouillèrent la vue de Flora.

— Oh, Isobel, vous avez votre mère dans un lit, moi dans un autre, et le dîner dansant en prime. Mon Dieu, quelle tuile.

— Ne dites pas de bêtises. La nurse prendra soin de Tuppy et m'aidera à vous remettre sur pied, n'est-ce pas, madame McLeod ?

L'infirmière hocha la tête, les bras chargés des draps sales.

— Sûr ! Tout va s'arranger.

Elle quitta la pièce de son pas pesant. Isobel essuya les larmes de Flora à l'aide d'un mouchoir de papier.

— Quand Hugh passera voir Tuppy, je lui dirai...

— Non ! s'écria Flora d'une voix si forte qu'Isobel sursauta.

— Non ?

— Je ne veux pas voir Hugh. Je ne veux voir aucun médecin..., répondit-elle en s'accrochant à la main d'Isobel, avec la ferme intention de la retenir, jusqu'à ce qu'elle soit convaincue. Je n'ai rien. J'ai dû manger quelque chose qui n'est pas passé... mais je me sens beaucoup mieux... Je déteste les docteurs, improvisa-t-elle, tandis qu'Isobel la scrutait, de plus en plus alarmée. Une sorte de phobie de l'enfance que le temps n'a pas atténuée...

— D'accord, d'accord, murmura son interlocutrice d'un ton apaisant.

— Promettez-le-moi, Isobel !

Celle-ci dégagea sa main de l'étreinte des doigts brûlants.

— Je ne fais jamais des promesses que je ne suis pas sûre de tenir.

— S'il vous plaît.

Isobel avait déjà tourné la poignée de la porte.

— Commencez par dormir un peu. Nous verrons après...

Son sommeil fut peuplé de cauchemars. Elle se vit sur une plage de sable noirâtre, grouillante d'araignées. Rose se pavanait en bikini au bord d'une mer huileuse, suivie d'un troupeau d'hommes... Soudain, Flora découvrit qu'elle était nue, tandis que Rose éclatait d'un rire discordant et moqueur. Flora essaya de prendre la fuite. Ses pieds s'enfoncèrent dans une boue visqueuse et l'un des hommes l'attrapa pour la frapper au visage. Il allait la tuer.

Elle se réveilla en sursaut, le front couvert d'une sueur glacée. Mme McLeod lui secouait gentiment l'épaule. Délivrée de son cauchemar, Flora sourit à l'infirmière et celle-ci lança :

— Calmez-vous maintenant. Le Dr Kyle est là.

— Je refuse de le voir !

— Tant pis pour vous, fit la voix de Hugh. Parce que le Dr Kyle, lui, tient à vous examiner.

Il se tenait au pied du lit, la dominant de toute sa haute taille. Flora cligna les paupières.

— J'ai prié Isobel de ne pas vous mettre au courant.

— Comme nous tous, il arrive à Isobel de désobéir.

— Elle me l'a promis.

— Voyons, mon petit, interrompit la nurse. Mlle Armstrong ne vous a rien promis du tout... Docteur, excusez-moi, je vais juste jeter un coup d'œil à Mme Armstrong.

— Prenez votre temps.

L'infirmière s'en fut dans le bruissement de son tablier empesé. Hugh referma la porte avant de revenir près de Flora.

— D'après Isobel, vous avez été malade, dit-il en s'asseyant sans façon sur le bord du lit.

— Oui.

— A quelle heure les symptômes ont-ils commencé ?

— Je n'ai pas regardé l'heure. Au milieu de la nuit.

— Bien.

Il posa la main sur son front moite. *Cette main m'a giflée, hier soir.* Elle ferma les yeux, tremblante d'une rage contenue.

— Avez-vous eu très mal ?

— Oui.

— Où ?

— Partout. Au ventre, surtout.

— Montrez-moi où exactement.

Elle s'exécuta.

— Avez-vous déjà eu l'appendicite ?

— J'ai été opérée il y a des années.

— Nous pouvons donc éliminer cette possibilité. Souffrez-vous d'allergies à la nourriture, ou à autre chose ?

— Non.

— Qu'avez-vous mangé hier midi ?

— Du gigot d'agneau froid et des pommes de terre rôties.

— Et au dîner ?

— Un steak-salade.
— Pas d'entrée ?
— Une douzaine d'huîtres.
— Des huîtres, murmura-t-il songeur.
— J'ai un faible pour les coquillages.
— Moi aussi. Quand ils sont frais.
— Vous voulez dire qu'ils ne l'étaient pas ?
— Les avez-vous goûtés ? Normalement, on ne se trompe pas.
— Je... Je ne me rappelle pas.
— J'ai déjà eu des ennuis avec les crustacés du *Fisher's Arms*. J'irai en toucher deux mots au propriétaire avant que la moitié de la population d'Arisaig soit empoisonnée.

Il se remit debout, tira un thermomètre hors de son étui.

— C'est drôle, hasarda-t-il en lui tâtant le pouls. Je n'ai pas encore reçu de coup de fil d'Ardmore.
— Brian a pris des crevettes.
— Dommage, grommela Hugh en glissant le thermomètre dans la bouche de Flora.

Elle était à sa merci. Afin de s'épargner ses réflexions désagréables, elle détourna la tête vers la fenêtre. Des nuages bas roulaient dans le ciel couleur de chrome. Un cri de mouette perça l'air matinal... Flora attendit qu'il retire le thermomètre, et qu'il la laisse à son triste sort.

Les minutes s'écoulaient mais il ne fit ni l'un ni l'autre. Un silence déplaisant s'était abattu dans la pièce où chaque objet paraissait figé. Flora retourna la tête... Il n'avait pas bougé. Il se tenait toujours près du lit, lui prenant le pouls, l'air pensif. Sans doute rassemblait-il son courage pour lui apprendre qu'elle était condamnée, se dit-elle.

Isobel entrebâilla la porte, passa la tête dans la pièce avant d'entrer, redoutant malgré tout l'accueil de Flora.

— Comment se porte la malade ?

Hugh lâcha le poignet de Flora tout en lui ôtant le thermomètre de la bouche.

— Je penche pour une intoxication alimentaire, répondit-il en chaussant ses lunettes pour lire la température sur le petit cylindre gradué.

— *Intoxication alimentaire ?*

— Rien de grave, inutile de vous affoler. Vous n'allez pas tous succomber à une épidémie. Elle a mangé une huître abîmée au restaurant hier soir.

— Oh, Rose, murmura Isobel d'un ton si abattu que Flora se sentit presque coupable.

— Je n'ai pas pu m'en empêcher. J'adore les fruits de mer.

— Et le dîner dansant ? Sera-t-elle encore alitée, docteur ?

— Pas nécessairement. Nourrissez-la à la tisane pendant deux jours et gardez-la au lit... Vous vous sentirez probablement très déprimée, ajouta-t-il à l'adresse de la patiente, tout en ramassant son sac. Il s'agit d'un autre symptôme de l'intoxication alimentaire. Une sorte d'envie permanente de pleurer. Ne vous laissez pas aller.

Flora se retint pour ne pas fondre en larmes. Il s'en rendit compte et entraîna fermement Isobel vers la porte. Avant de sortir, il regarda Flora par-dessus son épaule, lui dédiant un de ses sourires rares.

— Au revoir, Rose.

Flora s'empara de la boîte de mouchoirs en papier.

Il avait eu raison pour la dépression. Flora passa la première journée à dormir. Le lendemain, elle avait le cafard. Le temps, qui s'était détérioré, ne faisait rien pour arranger son humeur. La pluie cinglait les vitres sans merci, de gros nuages couleur d'ardoise obscurcissaient le ciel, les piaillements des mouettes transperçaient l'air mouillé. La marée haute charriait avec violence ses vagues contre les rochers, en un chant mélancolique. La nuit envahit la maison si tôt qu'il fallut allumer les lumières dès trois heures de l'après-midi.

Les pensées de Flora, pareilles aux éléments déchaînés, déroulaient leurs sombres spirales sans aboutir nulle part. Etendue sur ce lit étranger, au milieu de cette chambre étrangère, elle fut assaillie une fois de plus par la terrifiante sensation de perte d'identité. Comment avait-elle pu se laisser entraîner dans cette ronde infernale où tout n'était que mensonge et illusion ?

Les vrais jumeaux sont les deux moitiés d'une seule et même personne. Les séparer serait comme si on coupait cette personne en deux.

C'était Rose qui avait prononcé cette phrase, à Londres. Au début, Flora n'y avait accordé aucune importance. A présent, elle avait peur... Peur, parce que Rose s'était révélée immorale, perverse, sans principes. Les germes de ces défauts ne dormaient-ils pas quelque part, dans le subconscient de Flora ?

Si leur mère l'avait prise à la place de Rose, laissant cette dernière à leur père, comment serait Flora aujourd'hui ? *Qui* serait-elle ? L'adolescente qui, à dix-sept ans, n'avait eu aucun scrupule à séduire un homme marié ? La fiancée volage qui avait abandonné Antony, alors qu'il avait besoin d'elle, pour s'évader au bras d'un nouvel amant ? Aurait-elle eu l'aplomb d'utiliser Rose comme celle-ci l'avait manipulée ? Jusqu'alors, cette éventualité lui avait semblé incroyable, mais après la pénible scène qui l'avait opposée à Hugh, elle ne savait plus quoi penser. *Votre femme a détruit votre vie par sa façon de mourir*. Ces mots, seule Rose aurait pu les formuler. Pourtant, c'était Flora qui les avait prononcés... La redoutable phrase fit soudain surface dans sa conscience. Les yeux clos, elle enfouit son visage dans l'oreiller.

A ses tourments personnels venaient s'ajouter d'autres inquiétudes. Comment, le moment venu, dirait-elle au revoir aux Armstrong ? Et quand elle repartirait de Fernrigg, où irait-elle ? A Cornwall ? Elle venait juste de s'en aller, afin que son père et Marcia puissent profiter de leur lune de miel. A Londres, alors ? Pour vivre comment ? Exercer quel métier ? Faire quoi ? Elle se vit dans l'une des interminables files s'étirant devant les arrêts de bus, sous la pluie. Quel destin l'attendait à Londres ? Celui de toutes ces petites employées travaillant d'arrache-pied pour un loyer exorbitant, en quête d'amitiés nouvelles ou anciennes.

Et Hugh ? Non, elle se refusait à penser à Hugh car, chaque fois qu'elle l'avait fait, un flot de larmes amères avait noyé ses yeux.

Si tu étais Rose, tu te ficherais éperdument de l'opinion des Armstrong. Tu leur dirais gentiment au revoir et tu t'en irais sans un regard en arrière.

Je ne suis pas Rose.

Si tu étais Rose, tu n'aurais guère eu besoin de travailler pour gagner ta vie. Ni de faire la queue pour prendre le bus. Tu aurais les moyens de circuler en taxi jusqu'à la fin de tes jours.

Mais je ne suis pas Rose.

Si tu étais Rose, tu aurais, sans tarder, séduit Hugh une fois de plus.

Là, il n'y avait plus de réponse.

Elle était entourée de gens qui ne demandaient qu'à lui faire plaisir. Isobel lui rapportait les messages d'Antony, Jason avait cueilli exprès pour elle un bouquet dans le jardin. Anna Stoddart lui avait envoyé une splendide azalée en pot, avec un mot aimable.

— L'azalée est un produit de leur serre, commenta Isobel. Ils possèdent la plus belle serre des environs... une pure merveille que je leur envie ! Rose... Rose... ne pleurez pas.

— Je ne peux pas m'arrêter.

Avec un soupir résigné, Isobel lui tendit un mouchoir en papier.

Mme McLeod, de son côté, la tenait au courant de chaque progrès accompli dans la confection de sa robe de bal.

— Je suis en train de coudre la doublure. Elle donnera du corps au tissu. Que diriez-vous d'une ceinture ? Mme Watty dispose d'une boucle brodée de perles dans sa boîte à boutons, qui conviendrait parfaitement à l'ensemble.

Tuppy lui avait fait parvenir une gerbe de blanches roses tardives ; elle les avait arrangées elle-même dans un vase de cristal, qu'Isobel posa au chevet de Flora en déclarant :

— Cadeau d'une grabataire à une autre.

— Hugh voit toujours Tuppy tous les jours ? s'enquit Flora.

— Non, plus maintenant. Il ne passe plus que tous les deux jours. Souhaitez-vous le voir ?

— Surtout pas.

Le mercredi s'annonçait comme une journée magnifique. Les rayons d'un soleil radieux pommelaient d'or le ciel azuréen et même les incessants cris des mouettes résonnaient d'une gaieté estivale.

— Quelle belle journée ! s'époumona Mme McLeod en tirant les rideaux avant de retirer la bouillotte refroidie de Flora.

— Je voudrais me lever.

— Otez-vous cette idée tordue de la tête. Vous resterez couchée tant que le Dr Kyle ne vous aura pas autorisée à mettre un pied hors du lit.

Le visage de la jeune fille se rembrunit. Les mots haineux qu'elle lui avait jetés à la figure lui revinrent en mémoire. De toute façon, il était inutile d'essayer de les oublier. Sans cesse, ils revenaient la hanter et ils ne cesseraient de la tourmenter tant qu'elle n'aurait pas quémandé son pardon, elle le savait.

A cette seule idée, un vertige la saisit. Elle se glissa sous les couvertures.

— Vous ne vous sentez pas bien ? s'enquit l'infirmière, qui la couvait d'un œil attentif.

— Je vais très bien.

— Avez-vous faim ? Je vous monte votre petit déjeuner ? Que désirez-vous ? Un bol de la fameuse semoule de Mme Watty ?

— Apportez-moi de la semoule et je la jette par la fenêtre !

Mme McLeod pinça les lèvres, feignant la réprobation, et s'envola vers la cuisine pour déclarer que la jeune malade était sur la voie de la guérison.

Isobel remonta avec un plateau. Rien de bien extraordinaire, mais un véritable festin aux yeux de Flora. Un toast, une cuillerée de confiture de fraises, du thé au jasmin.

— Et du courrier, annonça Isobel en posant à même le plateau une carte postale.

Un ciel bleu cobalt, des marronniers touffus, la tour Eiffel... Paris ? Etonnée, elle retourna le cliché. Une main inconnue adressait la missive à Mlle Rose Schuster, Fernrigg House, Tarbole, Arisaig, Ecosse. Incrédule, Flora parcourut le message et déchiffra l'écriture minuscule.

J'ai promis de rester en contact. Te retrouver était super. J'ai décidé de faire une halte à Paris en route vers Spetsai. Je t'envoie ceci à Fernrigg, parce que mon petit doigt me dit que tu y es, au sein de la famille et, qui sait, peut-être mariée avec Antony. Embrasse-le pour moi.

Ni date, ni signature.

— Une amie ? demanda Isobel.

— Une amie.

Satanée Rose ! Isobel ne se serait jamais autorisée à lire le courrier d'une autre personne, mais même si elle l'avait fait, le texte ne lui dirait rien. Flora eut l'impression que le petit rectangle de carton glacé lui collait aux doigts. Avec une grimace, elle l'expédia dans la corbeille, par-dessus le lit.

— Vous vous sentez mal ? s'alarma Isobel.

— Au contraire, l'assura Flora.

Elle étala la confiture sur le toast et mordit dedans comme un animal affamé. Quand elle eut fini sa maigre pitance, Isobel quitta la pièce en emportant le plateau. Seule à nouveau, Flora se sentit envahie par la colère. Elle détestait Rose autant qu'elle se détestait elle-même. Cela ne pouvait plus durer. Elle avait besoin d'une oreille compatissante. Maintenant. Tout de suite. Il n'y avait qu'une seule personne au monde capable de la comprendre... de la consoler... La jeune fille se redressa à la recherche de ses vêtements. Elle irait parler à Tuppy.

Jessie McKenzie avait regagné Tarbole. Sa vieille mère, clouée au lit par une attaque, avait décidé que, après tout, la mort pouvait attendre. Cette guérison quasi miraculeuse n'avait pas grand-chose à voir avec l'arrivée de sa progéniture. Une nette amélioration s'était amorcée du jour où une voisine, venue remonter le moral de l'invalide, avait laissé tomber dans la conversation que Katy Meldrum, déjà mère d'un rejeton illégitime nommé Gary, se trouvait de nouveau dans un état intéressant. Katy représentait la honte du quartier. Le bon prêtre de la paroisse, qui avait en vain essayé de la sermonner, n'avait récolté que railleries. Et maintenant, le ventre comme un ballon, l'impudente se promenait dans les rues de Portree, sans se soucier des regards indignés de ses concitoyens... En fait, ceux-ci s'amusaient comme des fous, en s'efforçant de deviner l'identité du père de l'enfant qu'elle portait. Des paris avaient été échangés dans les pubs. La majorité penchait pour le jeune Robby McCraye, le frère du constable, mais une autre rumeur attribuait la paternité à un homme marié et père de famille.

Mme McKenzie ne pouvait pas rater ça ! Mourir avant que le mystère soit élucidé lui parut tout à coup d'un mauvais goût sans nom. La vieille dame se hissa sur ses oreillers, frappa contre la cloison à l'aide de sa canne et quand sa fille apparut sur le seuil, elle lui réclama de quoi se sustenter. Deux jours plus tard, délivrée de son mal, elle avait rejoint le chœur des commères du voisinage.

Jessie se dit qu'elle ferait mieux de rentrer chez elle.

A Tarbole, elle partageait avec son frère un ancien cabanon de pêcheurs niché dans l'inextricable lacis des ruelles du centre-ville... Chaque matin, son frère prenait le chemin des fumoirs tandis qu'elle-même grimpait la colline vers la maison du docteur où elle répondait au téléphone, prenait des messages, faisait la causette à des représentants de laboratoires pharmaceutiques, colportait des cancans auprès des voisines, et buvait du thé. Entre deux occupations, elle feignait de faire le ménage et de s'occuper du linge du docteur tout en lui préparant son repas du soir.

La plupart du temps, elle partait avant le retour du maître de céans. Mais le lendemain, elle se rendait compte qu'il n'avait pas touché au dîner — tarte au poisson, à la viande ou côtelettes d'agneau — qu'elle lui avait laissé dans le four. Jessie jetait le tout à la poubelle en secouant la tête, après quoi elle partait à la recherche d'une âme compatissante à qui elle énumérait ses craintes quant à la santé du praticien. S'il continuait à ne pas se nourrir correctement, eh bien, Jessie ne donnait pas cher de la peau de son patron.

Naturellement, en ville, sa position sociale de gouvernante du médecin l'avait nimbée d'une véritable aura...

— Que deviendrait-il sans vous ? lui disait-on.

Jessie se contentait d'un hochement de tête plein de fierté et de modestie... Et que deviendraient-ils, tous, sans elle ? se disait-elle. Oui, qu'adviendrait-il des patients si Jessie n'était pas là pour répondre au téléphone, prendre des messages, laisser des mots au docteur ? Elle se sentait indispensable, sensation rare qu'elle n'avait jamais éprouvée auparavant.

Aussi ressentit-elle un choc le mercredi matin, à son retour de Portree. Elle avait gravi l'escalier à flanc de colline dans la lumière froide du matin en évoquant le désordre qui régnerait immanquablement chez son patron, après une absence de quatre jours. Or, un ordre éclatant et inhabituel avait remplacé le chaos : un sol parfaitement nettoyé, un évier étincelant, une batterie de cuisine impeccable et pas une assiette sale en vue.

Elle s'assit, le souffle coupé, comme si on lui avait asséné un coup sur la tête. Lentement, elle réalisa ce qui avait dû se passer. Il avait permis à quelqu'un d'autre de pénétrer dans le royaume de Jessie. Dans son esprit en ébullition défila rapidement la liste des femmes de charge disponibles à Tarbole... Mme Murdoch ? Sûrement ! Cette langue de vipère n'avait cessé de casser du sucre sur le dos de Jessie. Ah, elle devait bien rigoler, avec ses copines... La gouvernante se demanda si elle n'allait pas s'évanouir.

Des bruits familiers en provenance de l'étage la firent changer d'avis. Le docteur s'était levé. Elle l'entendait aller et venir dans sa chambre, puis dans la salle d'eau. Le menton haut, les paupières plissées, Jessie fixa le plafond.

« Eh bien, il est là-haut et je suis ici. Et personne ne pourra me faire sortir d'ici. » Aucune femme de Tarbole ne pourrait la déloger de sa cuisine à moins de faire appel aux forces de l'ordre.

Forte de cette conviction, elle ôta son manteau, puis remplit la bouilloire. Quand le Dr Kyle gagna le rez-de-chaussée, un copieux petit déjeuner l'attendait, disposé sur une nappe propre. Toasts, bacon, œufs brouillés.

— Jessie ! cria-t-il depuis le vestibule.

— Bonjour, docteur, répliqua-t-elle d'une voix enjouée.

Il franchit le seuil de la cuisine. Jessie le dévisagea avec attention : il n'arborait pas l'air austère du patron s'apprêtant à donner congé à son employée de maison.

— Bonjour, Jessie. Quelles sont les nouvelles ?

— Assez bonnes, docteur.

— Comment se porte votre mère ?

— Elle a bon moral, docteur. A vrai dire, elle est à nouveau sur pied.

— J'en suis ravi.

Il prit la tasse fumante, but une gorgée qu'il parut apprécier. Sous le regard scrutateur de Jessie, il goûta le toast. Croustillant à point... Tout en se restaurant, il avait commencé à ouvrir son courrier : une longue enveloppe avec un timbre de Glasgow d'où il tira un feuillet dactylographié.

Jessie mit sur la table l'assiette d'œufs brouillés au bacon, sans le quitter des yeux. Il parcourut la lettre jusqu'au bout, tourna la feuille pour prendre connaissance de la suite. La gouvernante aperçut une signature tarabiscotée en bas de la page.

Elle s'éclaircit la gorge.

— Et vous, docteur ? Comment vous êtes-vous débrouillé pendant mon absence ?

— Hum ? fit-il, sans lever le regard.

Elle décida que la lettre devait être d'une importance capitale.

— Comment vous êtes-vous débrouillé pendant que je n'étais pas là ? répéta-t-elle.

Il lui adressa un de ses rares sourires. Elle ne l'avait pas vu d'aussi bonne humeur depuis des années.

— Vous m'avez manqué, Jessie. Vous êtes une mère pour moi.

— Sans blague !

— C'est vrai. Sans vous, la maison ressemblerait à une porcherie.

Il s'était mis à grignoter ses œufs.

— En tout cas, quelqu'un est passé par là.

— Une bonne fée a tout nettoyé, après quoi mon infirmière a accepté de faire le ménage jusqu'à ce que vous soyez là de nouveau.

Jessie ne craignait pas l'infirmière. Celle-ci passait le plus clair de son temps au cabinet... Et quant à la « bonne fée », s'il faisait allusion à Mme Murdoch... Une fois de plus, elle se sentit au bord de l'évanouissement, mais elle se cramponna. Il fallait qu'elle sache la vérité.

— Quelle est cette bonne fée, si je peux me permettre ?

— Il s'agit de la fiancée de M. Antony Armstrong. Elle est passée un après-midi et a eu la gentillesse de récurer ma cuisine de fond en comble.

La fiancée d'Antony Armstrong. Une vague de soulagement submergea la gouvernante. Sa réputation était sauve. Son emploi ne risquait rien.

Son emploi ! Que faisait-elle là, debout, à perdre un temps précieux ? Mue par un enthousiasme proche de l'exaltation, elle ramassa brosses, balais et pelle à poussière. Au moment où Hugh s'apprêtait à quitter les lieux, la gouvernante, à genoux au milieu de l'escalier, astiquait les marches en chantant une vieille rengaine à tue-tête.

— Jessie, si on m'appelle, je serai à mon cabinet à dix heures. En cas d'urgence, on peut me joindre à Fernrigg où je vais faire un saut pour saluer Mme Armstrong... Laissez les rideaux ouverts, afin que la lumière du soleil puisse entrer.

En temps normal, Jessie se serait élevée farouchement contre cette lubie. Mais aujourd'hui, les circonstances dictaient douceur et diplomatie.

— Très bien, monsieur.

Elle continua à frotter l'escalier avec ardeur et n'entendit même pas la porte claquer.

— Bonjour, dit-il en pénétrant dans la chambre.

Tuppy n'avait pas fini son petit déjeuner. Elle le regarda par-dessus ses lunettes, car elle lisait en même temps les journaux du matin.

— Hugh !

— Quelle magnifique journée !

La vieille dame ôta ses lunettes avant de lui lancer un coup d'œil suspicieux. Elle avait détecté une note de satisfaction dans le ton de sa voix.

— Je te trouve bien matinal, mon garçon.

— J'ai eu une consultation très tôt et, sur ma lancée, j'ai décidé de faire le tour de mes patients. Vous en faites partie.

— J'ignore où se trouve Mme McLeod et, par ailleurs, je ne suis pas prête.

— Votre infirmière ne tardera pas à se montrer.

— En tout cas, tu arbores l'air du chat qui vient d'avaler le canari.

Il se tenait à sa place habituelle, au pied du lit.

— Jessie McKenzie est revenue de Portree. Elle a entrepris de faire le ménage de fond en comble.

— Voilà qui est gratifiant pour elle mais qui n'explique guère ton expression béate.

— Bien vu ! J'ai quelque chose à vous annoncer, Tuppy.

— Une bonne nouvelle, au moins ?

— Je l'espère... J'ai reçu ce matin la lettre d'un jeune homme du nom de David Stephenson. Il a eu son diplôme de médecine il y a trois ans à l'université d'Edimbourg et termine actuellement son internat au Victoria Hospital de Glasgow. Il possède d'excellentes références. Il a environ trente ans, une épouse, ancienne infirmière, deux enfants en bas âge. Ils en ont assez de la vie agitée des grandes villes et voudraient s'établir à Tarbole.

— Un associé, alors ?

— Exact.

Tuppy le regarda, à court de mots. Elle ferma les yeux, se renversa sur ses oreillers, compta jusqu'à dix, rouvrit les paupières.

— Je tenais à ce que vous soyez la première à le savoir. Qu'en dites-vous ?

— Que tu es l'homme le plus exaspérant de la terre !

— Pourquoi ? Parce que je ne vous ai rien dit plus tôt ?

— Voilà des mois que je te supplie de prendre un associé. Ah, tu m'as fait tourner en bourrique, avec tes cachotteries.

— Mais vous êtes contente, quand même.

— Bien sûr que je suis contente ! Rien ne pouvait me faire davantage plaisir. Quand je pense que tu m'as laissée dans l'ignorance ! Ah, j'aurais pu économiser ma salive !

— Tuppy, vous oubliez parfois que je n'ai plus l'âge de Jason.

— Oh, j'ai parfaitement compris, docteur Kyle. *Vous* êtes assez grand pour recruter un associé sans passer par les conseils de la vieille bavarde que je suis.

— Je n'ai jamais dit ça.

— Non, tu l'as prouvé. (Un sourire lumineux éclaira son visage ridé.) Enfin, tu auras l'occasion de te reposer. De te consacrer à tes loisirs.

— Je ne suis pas encore décidé. Lui non plus, d'ailleurs. Il viendra me voir jeudi prochain et si l'endroit lui plaît...

— Où va-t-il habiter ? s'enquit Tuppy, toujours pratique.

— Voilà justement le hic. Il n'y a pas une seule maison de libre.

— Ces choses-là se font par le bouche-à-oreille. A force d'en parler on finira bien par lui trouver un gîte décent pour loger sa famille.

— N'ébruitez pas la nouvelle avant que nous n'ayons conclu notre marché.

— Je ne soufflerai pas un mot. (Elle sourit.) Dr Stephenson, l'associé du Dr Kyle. Deux noms qui vont bien ensemble, hein ?

— A nous, maintenant. Comment vous sentez-vous aujourd'hui ?

— Mieux qu'hier et moins bien que demain. Je ne tiens plus en place, Hugh. J'en ai assez d'être clouée sur ce lit à longueur de journée.

— La semaine prochaine, vous pourrez vous lever pendant une heure ou deux.

— Et Rose ? Comment as-tu trouvé ma pauvre petite Rose ?

— Je ne l'ai pas encore vue.

— Vas-y vite, alors. Il faut que cette petite soit entièrement remise pour le dîner dansant. Je tiens à ce que tout le comté la voie et ce n'est pas une vilaine huître qui se mettra en travers de mon chemin.

Hugh s'était avancé vers la fenêtre, comme attiré par l'éclat de la nouvelle journée. Il tournait le dos à sa patiente, qui se demanda s'il prêtait attention à son bavardage.

— Tu étais exactement à cette place, fit-elle remarquer, le jour où j'étais si malade et où je t'ai fait part de mon souhait de revoir Antony et Rose. C'est grâce à toi que mon vœu a été exaucé... et à ma chère Isobel, bien sûr. Je ne sais comment te remercier, Hugh. Tout a si bien marché... Au fond, j'ai bien de la chance.

Il se tourna vers elle, mais un tambourinement à la porte l'empêcha de répliquer. Pensant que c'était la nurse, Tuppy cria :

— Entrez !

Flora apparut dans la pièce. A la vue de Hugh, elle ralentit le pas. Elle fit demi-tour, sa courte jupe écossaise virevoltant sur ses longues jambes gainées dans des bas noirs, puis se dirigea résolument vers la sortie.

— Hé ! Revenez ! cria Hugh d'un ton que Tuppy estima plutôt rude.

La porte, qui allait se refermer, se rouvrit. Flora réapparut, la main sur la poignée, comme prête à s'envoler de nouveau. Elle avait l'air si jeune, se dit Tuppy, attendrie. Hugh, lui, dévisageait l'arrivante d'un air féroce. Drôle de situation, songea la vieille dame. D'habitude, Rose se précipitait sur elle pour l'embrasser, en riant. Or, aujourd'hui, la jeune fille semblait au bord des larmes.

— Qui vous a autorisée à vous lever ? demanda Hugh, rompant le silence.

— Pe... personne, bredouilla-t-elle, mal à l'aise.

— L'infirmière vous a bien dit de rester au lit, non ?

— Oui. Ce n'est pas sa faute.

— Alors pourquoi êtes-vous debout ?

— Je voulais voir Tuppy. J'ignorais que vous étiez là.

— Ça, je veux bien le croire !

— Hugh ! cesse donc de harceler Rose ! s'interposa Tuppy. Elle n'est plus un bébé. Elle a le droit de se lever si elle en a envie. Mon petit, ôtez ce plateau et laissez-moi vous regarder.

La jeune fille s'exécuta ; Tuppy lui prit les mains, l'attirant plus près du lit.

— Vous avez maigri ! Vos poignets ressemblent à des ailes d'oisillon. Comme vous avez dû souffrir... Peut-être devriez-vous vite regagner votre lit, vous avez une petite mine. N'oubliez pas que demain c'est le grand jour. Il faut que vous soyez en pleine forme... Oh, une excellente nouvelle : Anna nous prête une flopée de plantes de sa serre. Il y en aura plein sa Land Rover... Plus quelques feuillages de hêtre...

Sa voix se fêla. Flora ne répondait rien. Elle restait immobile, les yeux baissés, la figure amaigrie, sans une ombre de maquillage. Ses cheveux même paraissaient ternes et un pli amer s'était formé au coin de sa bouche... La vieille dame revit Rose à dix-sept ans, tantôt exubérante, tantôt boudeuse... Mon Dieu, pourvu qu'elle ne s'avère pas capricieuse, songea-t-elle, inquiète pour Antony. Les sautes d'humeur constituaient à ses yeux le pire des défauts.

Ses pensées voltigèrent dans tous les sens ; elle cherchait avec frénésie la raison de ce changement. S'était-elle querellée avec Antony ? Non, Antony n'était pas là. Avec Isobel, alors ? Ridicule ! Isobel ne s'était jamais disputée avec personne.

— Rose, ma chère enfant, qu'est-ce qui ne va pas ?

Ce fut Hugh qui répondit à sa place :

— Votre chérie a eu un empoisonnement alimentaire et elle a quitté son lit trop vite. Voilà ce qui ne va pas... Comment vous sentez-vous ?

— Je vais bien. A part une faiblesse dans les jambes.

— Avez-vous pris votre petit déjeuner ?

— Oui.

— Pas de vertiges ? de nausées ?

— Non.

— En ce cas, allez faire un tour. L'air frais vous retapera... Allez-y maintenant, pendant que le soleil brille.

— D'accord, murmura-t-elle sans enthousiasme.

A contrecœur elle se dirigea vers la porte. L'instinct matriarcal de Tuppy reprit le dessus :

— Puisque vous descendez, emportez donc mon plateau, Rose. Et dites à Mme McLeod de monter... Prévenez Mme Watty avant de sortir, elle vous demandera peut-être de lui rapporter des haricots.

Tuppy semblait bénéficier d'un sixième sens, car la cuisinière tendit à Flora un panier en la priant de le remplir de haricots du potager.

— L'infirmière sait que vous êtes debout ?

— Oui, je viens de la croiser. Elle m'a fusillée du regard.

— Evitez-la, ça vaudra mieux.

— J'essaierai.

Le panier à la main, Flora déboucha dans le vestibule. Elle n'avait aucune envie de ramasser des haricots ; ni même de sortir. Elle avait caressé le projet de se faire dorloter par Tuppy mais la présence de Hugh avait ruiné ses belles espérances... D'une main lasse, elle décrocha l'un des innombrables manteaux suspendus dans l'entrée et l'enfila. C'était un ample vêtement de tweed, au col en fourrure de lapin. Elle était en train de le boutonner quand Hugh fit son apparition.

— J'ai touché deux mots à la nurse. Elle s'est rendue à l'inévitable. Vous sortez ?

— Oui. Mme Watty a besoin de haricots, dit-elle d'une voix éteinte en montrant le panier.

Il lui ouvrit la porte. Ensemble, ils franchirent le perron. Flora cligna les yeux dans le jour éblouissant. A travers les branches, on voyait miroiter les flots bleus du loch. L'air l'enivrait comme du vin. Les mouettes tourbillonnaient inlassablement dans le ciel.

Hugh suivit du regard le vol des oiseaux.

— Regardez, elles ont formé une île flottante. C'est signe d'orage.

— Il pleuvra aujourd'hui ?

— Ou demain...

Ils avaient descendu les marches, traversaient l'allée de graviers.

— Hugh ?

Il s'immobilisa avant de la regarder.

Maintenant. Dis-le maintenant.

— Je suis désolée des horreurs que je vous ai dites l'autre soir à propos de votre femme. Je n'avais pas le droit de remuer le couteau dans la plaie. Je suppose que vous m'en voulez trop pour me pardonner.

C'était dit. Fait. Le soulagement qu'elle éprouva alors lui mit les larmes aux yeux.

— J'ai aussi des excuses à vous présenter, répondit Hugh. Des excuses durables...

Elle n'osa demander le sens de cette mystérieuse déclaration.

— Prenez bien soin de vous, reprit-il, et ne vous inquiétez plus pour tout cela. Quand Antony revient-il ?

— Demain après-midi.

— Parfait. Je vous verrai tous les deux demain soir.

— Viendrez-vous à la réception ?

— Pourquoi ? Vous ne voulez pas de moi ?

— Si, si, bien sûr... Je ne connais que trois personnes parmi les invités. Si vous ne venez pas, il n'y en aura plus que deux.

Il eut un sourire amusé.

— A bientôt.

Il se glissa dans sa voiture et démarra. Flora le suivit du regard jusqu'à ce qu'il ait franchi les grilles. Elle n'avait pas très bien compris les réponses du médecin. *Des excuses durables !* De quoi avait-il l'intention de s'excuser ? Et pourquoi ses justifications seraient-elles durables ? L'esprit confus, elle prit la direction du potager.

C'était vendredi.

Isobel se réveilla en guettant la pluie. Il avait plu tout l'après-midi d'hier et une bonne partie de la soirée. Des rafales de vent plaquaient la pluie contre les vitres. La vision de traces de pas boueuses sur le parquet ciré du vestibule l'avait hantée toute la nuit. M. Watty, ses bottes de caoutchouc crottées, armé de son éternel sécateur, puis les employés du traiteur ployant sous les plateaux de nourriture, sans compter les brassées de feuillages de hêtre rouge destinées à la décoration, ainsi que les luxuriants pélargoniums en pots en provenance des serres d'Ardmore.

Toutefois, vers sept heures du matin, les éléments semblaient s'être apaisés. Isobel quitta son lit pour écarter les doubles rideaux. Une brume perlée frôlait la mer, tandis que les premières lueurs du soleil teintaient d'or pâle l'horizon. Les îles semblaient noyées dans une nappe iridescente, l'eau était immobile, comme celle d'un lac.

Il y avait encore de la pluie dans l'air, mais le vent était tombé. Isobel demeura un instant figée à contempler le jardin, puis la plage, en contrebas. Elle hésitait à entamer une journée qui ne s'arrêterait pas avant une bonne vingtaine d'heures... Une tasse de café s'imposait. Et cet après-midi, Antony arriverait d'Edimbourg.

L'image de son cher neveu lui insuffla force et courage. En souriant, elle mit le cap sur sa salle de bains.

Jason refusa énergiquement de prendre le chemin de l'école.

— Je reste ici. On a besoin de moi. Puisque je suis invité au bal, je ne vois pas pourquoi je n'aiderais pas aux préparatifs.

— Personne ne t'a demandé d'aider, mon chou, lui répondit placidement Isobel.

— Tu n'as qu'à écrire un mot à M. Fraser lui expliquant que tu as besoin de moi à la maison. Maman l'aurait fait, elle.

— Peut-être, mais pas moi. Maintenant, dépêche-toi de finir ton œuf à la coque.

Le garçonnet sombra dans le mutisme. Le bal était devenu pour lui une source constante de soucis. D'abord, il allait devoir revêtir le kilt ainsi que le pourpoint que son grand-père avait portés lorsqu'il avait son âge. Le kilt ne posait pas de problème mais le pourpoint, taillé dans un velours rubis, lui déplaisait. Le rouge seyait aux filles, pas aux garçons. Bien sûr, il cacherait soigneusement ce détail dégradant à Doogie Miller... Doogie était son meilleur ami. Il avait un an de plus et le dépassait d'une tête. Son père possédait son propre bateau et quand Doogie serait plus grand, il s'embarquerait comme mousse à bord. L'opinion de Doogie importait plus que tout à Jason.

Ayant terminé son œuf, il but son lait sans hâte, puis leva le regard sur Isobel, résolu à tenter une seconde fois sa chance.

— Je saurais me rendre utile en donnant un coup de main à Mme Watty.

Isobel lui ébouriffa les cheveux.

— J'apprécie ton offre mais il faut que tu ailles à

l'école. Antony, qui sera là cet après-midi, sera d'un précieux secours à Mme Watty.

Jason avait oublié le retour d'Antony.

— Cet après-midi ? fit-il d'une voix pleine d'espoir.

Tante Isobel hocha la tête et le petit garçon poussa un soupir satisfait. Cela changeait tout. Si Antony était là, il allait sûrement décorer de plumes les flèches qu'il lui avait faites la semaine précédente.

Un peu plus tard, la Land Rover d'Anna Stoddart dépassa les grilles en tressautant sur les nids-de-poule, et alla se garer à côté d'un van bleu frappé de l'insigne du *Tarbole Station Hotel*. L'entrée de la maison béait sur le vestibule. Anna, les mains enfouies dans les poches de son manteau de cuir, gravit la volée de marches.

Dépouillé de son mobilier et de ses tapis, le vestibule avait pris des allures de piste de danse. Mme Watty polissait minutieusement le parquet de chêne à l'aide d'une vieille cireuse. M. Watty, promu responsable des cheminées, transportait de gros paniers de bûches dans chaque pièce.

Chacun salua aimablement l'arrivante sans cesser de vaquer à ses occupations... Et même Isobel, les bras chargés d'une pile de linge de maison, l'accueillit d'un « Ah, Anna, quelle joie de vous voir » plutôt distrait, lui sembla-t-il. Ne sachant que faire au juste, Anna la suivit dans la salle à manger.

La table monumentale, repoussée sur le côté, était couverte d'une lourde étoffe de feutre rouge sur laquelle Isobel posa son fardeau.

— Dieu qu'ils sont lourds. Heureusement qu'on ne les utilise pas tous les jours.

— Isobel, vous n'avez pas arrêté depuis l'aube. Reposez-vous cinq minutes.

— Pas le temps..., marmonna-t-elle en dépliant d'un seul mouvement la nappe damassée. Avez-vous apporté les plantes ?

— Oui, la Land Rover en est pleine à craquer. Quelqu'un pourrait m'aider à les transporter à l'intérieur ?

— M. Watty, répondit Isobel en déployant la nappe sur le dessous de table. Watty ! Où êtes-vous ?

— Il ne doit pas être loin, répliqua Mme Watty dans un barrissement censé couvrir le bruit de la cireuse.

— Ah ! vous voilà, dit Isobel, tandis que le jardinier surgissait du couloir menant à la cuisine. Aidez Mme Stoddart à décharger sa voiture, s'il vous plaît... Comment ? Vous n'avez pas encore fini avec les bûches... Très bien, où est Rose ? Madame Watty, avez-vous vu Rose ?

— Non ! souffla la cuisinière en poussant la cireuse dans un coin sombre derrière le rideau.

Les joues empourprées, Isobel rejeta ses cheveux en arrière. Anna la regarda.

— Ne vous inquiétez pas. Je me débrouillerai.

— Vous la trouverez probablement au salon, en train de se débattre avec les branches de hêtre rouge.

M. Anderson, prenant à cœur son rôle de traiteur, vint demander à Mlle Armstrong de lui accorder une minute... Anna sourit à Isobel.

— Ne vous occupez pas de moi. Je trouverai Rose.

Depuis la nuit des temps, les réceptions à Fernrigg House obéissaient à un schéma immuable mis en place une fois pour toutes par Tuppy. Apéritif et causette au salon, souper dans la salle à manger, danse dans le hall... Une ambiance désuète, avec des invités fastidieux, ronchonnait Brian qui prétendait s'y ennuyer à périr. Alors qu'Anna aimait bien ces vieilles traditions. La nouveauté l'effrayait.

Même l'apparent chaos qui semblait précéder la fête l'emplissait d'une indicible satisfaction, car elle savait qu'à vingt heures chaque chose aurait trouvé sa place et que, comme lors d'une pièce de théâtre, la représentation pourrait commencer. Ce serait un spectacle plus splendide qu'à l'ordinaire car Tuppy serait là. Même si son médecin lui avait défendu de descendre, Tuppy, semblable à une vieille reine, boirait du champagne dans ses appartements, vêtue de sa robe de soirée de velours bleu roi, parée des bijoux de ses ancêtres...

Flora se trouvait, en effet, dans le salon. A genoux sur le tapis persan près du piano à queue, elle s'abîmait dans la contemplation de deux longues branches de hêtre rouge, étalées pour le moment sur un vieux drap. Son regard glissa vers la vasque de porcelaine posée à même le sol, et un soupir gonfla sa poitrine.

— Bonjour, dit Anna.

— Oh, Anna, grâce à Dieu vous êtes là ! Je crains que l'on ait surestimé mes talents de décoratrice. J'ai eu beau annoncer la couleur, il n'y a rien eu à faire. Je ne sais comment me dépêtrer de ce monceau de feuillages.

Anna retira son manteau.

— Il faut couper les tiges à des longueurs différentes, si vous ne voulez pas que votre gerbe ressemble à un balai. Où est le sécateur ? Regardez... là... et puis là...

Flora la considéra avec une admiration non dissimulée.

— Vous êtes une véritable artiste ! s'écria-t-elle. Qui vous a appris à composer d'aussi jolis bouquets ?

Anna sourit. Personne ne l'avait jamais traitée d'artiste. L'art de disposer les fleurs lui venait tout naturellement.

— Il faudrait ajouter quelques chrysanthèmes, déclara-t-elle, les couleurs se marient bien ensemble.

— Isobel a demandé à M. Watty d'en cueillir une douzaine dans le jardin, mais le pauvre homme ne sait plus à quel saint se vouer.

— Hum, je sais. Tout semble désorganisé jusqu'au dernier moment, après quoi, comme par miracle, chaque chose trouve sa place. Nous panacherons le tout de tiges d'aubépine blanche... Où dois-je mettre ce vase ?

Flora souleva la vasque pour la poser sur le piano. Anna suivit du regard ses mouvements gracieux, les longues jambes minces, la taille fine, les vagues souples de la chevelure dont le lustre n'était le produit d'aucun artifice. Cette fille représentait tout ce à quoi Anna aurait voulu ressembler. Pourtant, elle n'en avait conçu aucune envie à son encontre... Sans doute l'un des symptômes de la grossesse, à moins que ce fût une nouvelle façon de voir Rose. Elle n'aurait jamais cru qu'elle arriverait un jour à la trouver sympathique. Avant, quand Rose avait dix-sept ans et que Brian l'emmenait avec sa mère au club nautique boire un verre, Anna s'était chaque fois sentie paralysée par sa timidité. La Rose de cette époque ne lui avait pas épargné certains sarcasmes, et elle avait redouté une nouvelle rencontre avec elle.

Cependant, Rose avait changé. Sans doute grâce à Antony. En tout cas, elle n'était plus la même. Anna n'avait éprouvé aucune jalousie quand Brian l'avait invitée au restaurant... Peut-être avait-elle mûri. Peut-être avait-elle appris à accepter des situations qui, jadis, l'auraient mise dans tous ses états.

— Qu'en pensez-vous ? demanda Flora en reculant d'un pas.

Toujours à genoux sur le tapis, Anna sourit.

— C'est parfait... Rose, je voudrais vous dire que Brian a beaucoup apprécié votre sortie. Il a été désolé pour cette histoire d'huître. D'ailleurs, il a passé un savon au chef du *Fisher's Arms* par téléphone. Il était furieux.

— Ce n'était pas sa faute. Je n'ai pas encore eu l'occasion de vous remercier pour l'azalée... Vous m'avez gâtée.

— Rassurez-vous, je l'ai fait de bon cœur.

— Comment va Brian ?

— Très bien... A part son œil, bien sûr.

— Son œil ?

— Le pauvre chéri est littéralement entré dans une porte. J'ignore comment, en tout cas il s'est retrouvé avec un coquart qui l'a obligé à porter des lunettes noires pendant plusieurs jours... Enfin, ça va mieux maintenant.

— J'en suis navrée..., murmura Flora. Allons-nous cueillir les aubépines maintenant ou préférez-vous que nous rentrions les plantes ?

— M. Watty nous donnera un coup de main... Voyez-vous... personne ne le sait encore, mais Hugh m'a interdit de porter des choses lourdes... J'attends un bébé.

— Quelle merveilleuse nouvelle !

Anna hocha la tête. Le plus merveilleux était d'avoir une confidente, une autre femme à qui on pouvait avouer son secret.

— La naissance aura lieu au printemps.

— Le printemps est la saison de la renaissance de la nature.

— Je me demandais... (Anna marqua une légère hésitation)... si vous accepteriez d'être la marraine du bébé. Je n'ai rien dit à Brian encore, je préférais vous en parler d'abord...

— Oh... oui, bien sûr, j'en suis très flattée. Le seul ennui, c'est que je risque d'être absente.

— Vous aurez tout le temps de revenir, si vous le savez suffisamment à l'avance... On dit qu'une marraine est la mère spirituelle d'un enfant et donc une amie très « spéciale » de sa mère naturelle. Etes-vous d'accord ?... Quelques dahlias sur le bureau seraient du plus bel effet, poursuivit-elle sans attendre de réponse. Allons faire une razzia dans le jardin. Pauvre Watty, il en aura le cœur brisé.

Anna partie, chacun s'accorda une pause vers le milieu de l'après-midi. Ils s'étaient tous réunis dans l'accueillante cuisine où Mme Watty, infatigable, alignait sur une plaque de four une fournée de scones. Son mari sirotait une tasse de thé avant d'aller chercher Jason à l'école. Il affichait un air de croque-mort, le massacre de ses chers dahlias l'avait profondément attristé. Mme McLeod achevait ses travaux de repassage, quand Isobel annonça qu'elle monterait dans sa chambre s'étendre un peu.

— Vous devriez vous reposer, vous aussi, Rose. Vous n'avez pas arrêté de la journée.

— Je ne suis pas fatiguée. J'ai plutôt envie d'emmener Plummer faire un tour.

— Ah, tant mieux. Il m'a suivie toute la journée avec des yeux pleins de reproches mais je n'ai pas le courage de le sortir.

— A quelle heure arrive Antony ? demanda Flora, le regard sur la pendule.

— Il a quitté Edimbourg à midi. Il ne devrait pas tarder... Bon, je monte avant de m'effondrer, sourit Isobel en étirant son corps fourbu.

Flora s'en fut à la recherche de Plummer. En désespoir de cause, le chien avait battu en retraite dans sa niche. La jeune fille passa un manteau et prit la laisse. Ce geste familier fit bondir Plummer, avec un gémissement de bonheur.

Dehors, il faisait un temps frais, gris, sans éclat. Le soleil n'était pas parvenu à percer les nuages et la pluie de la veille avait semé de flaques miroitantes la route de Tarbole. Après un mile ou deux, ils coupèrent à travers champs, vers une plage détrempée. Libéré de la laisse, le chien se mit à courir au ras de l'eau en aboyant. Emmitouflée dans son manteau, Flora s'assit sur un muret d'où elle pouvait surveiller le trafic.

Il n'y en avait pas beaucoup. Chaque fois qu'un véhicule apparaissait au tournant, elle tendait le cou, dans l'espoir de reconnaître la voiture d'Antony... Une demi-heure s'écoula avant que celle-ci ne surgisse sur le chemin. Elle s'élança à sa rencontre en agitant les bras. Lorsque Antony l'aperçut, il ralentit, puis se rangea sur le bas-côté de la route.

— Flora !

— Je vous attendais. Je voulais vous voir en premier.

— Depuis quand êtes-vous là ?

— Au moins une éternité.

— Vous avez l'air frigorifiée. Montez donc.

Il allait redémarrer, quand elle se souvint de Plummer. Antony émit un sifflement, et le chien se mit à galoper dans leur direction, la queue frétillante, les oreilles rabattues en arrière. Il ne se fit pas prier pour se glisser sur la banquette arrière, entre la valise, une caisse de bières et une pile de disques.

— Pourquoi avez-vous déménagé votre discothèque ? questionna Flora.

— Pour pouvoir continuer à danser pendant les pauses des musiciens. L'ambiance se refroidit immédiatement quand la musique s'arrête, l'avez-vous remarqué ?... Mais, dites-moi, comment vous portez-vous ?

— Vous voyez bien. Comme un charme.

— Comme une gosse, je dirais. A peine ai-je le dos tourné que vous trouvez le moyen de vous empoisonner avec des fruits de mer... Isobel était au bord de l'hystérie quand elle m'a appelé... Il paraît que le drame s'est produit à la suite d'un dîner que vous avez eu en compagnie de ce cher Brian ?

— Exact.

— Cela vous apprendra à vous méfier des invitations du Casanova d'Arisaig, dit-il, amusé. Où en sont les préparatifs du dîner dansant ? Isobel ne s'est pas encore évanouie ?

— Presque... Elle est allée faire une sieste. Anna Stoddart et moi avons coupé tous les dahlias de Tuppy et M. Watty ne nous adresse plus la parole.

— Ah ! Ah ! Il a horreur qu'on tripote ses plates-bandes. Comment va Tuppy ?

— Elle vous attend. A ses dires, elle se sent en pleine forme. La semaine prochaine, elle se lèvera une ou deux heures par jour.

— Génial ! (Il se pencha pour déposer un rapide baiser sur la joue de Flora.) Vous avez maigri, non ? On dirait un sac d'os.

— Je vais bien maintenant.

— Oh, Flora, vous devez me détester !

— Non, je ne vous déteste pas. Je m'en veux à moi-même. J'aime de plus en plus votre famille et je me sens de plus en plus fautive... Par moments, j'arrive à me persuader que je suis Rose, que je vais vous épouser, que je ne mens pas. L'instant suivant, Flora remonte à la surface... Alors, j'ai honte ! Antony, j'ai tenu la promesse que je vous ai faite. Tiendrez-vous la vôtre ? Allez-vous dire la vérité à Tuppy ?

Elle vit les mains gantées du conducteur se crisper sur le volant.

— Oui, murmura-t-il finalement d'une voix si oppressée qu'elle eut pitié de lui.

— Je sais ce que vous ressentez. D'une certaine façon, j'aurais souhaité qu'elle sache tout maintenant... Mais avec le dîner dansant cela ne doit pas être possible.

— Je lui parlerai demain, riposta-t-il d'un ton cassant. Pour le moment, laissez-moi respirer. Je suis épuisé et je meurs de faim et de soif.

— Mme Watty a préparé des scones pour le thé.

— Essayons d'oublier ce qui se passera demain, Flora. Je vous en supplie, n'en parlons plus.

Il s'apprêtait à redémarrer, mais la main de sa passagère se posa sur la sienne.

— Il y a une chose encore, annonça-t-elle en fouillant dans sa poche pour en tirer la carte postale. Ceci.

— Qu'est-ce que c'est ?

— Devinez.

— Une carte postale toute fripée.

— Je l'ai jetée dans la corbeille, puis je l'ai reprise pour vous la montrer.

— Paris ? fit-il en regardant l'image.

Il la retourna, reconnut immédiatement l'écriture, la parcourut en silence.

— Quelle garce ! soupira-t-il... A mon avis, Rose prolongera indéfiniment son séjour à Paris. Son pâtre grec n'a pas fini de l'attendre à Spetsai.

— Peut-être a-t-elle rencontré un homme plus intéressant à bord de l'avion. Qui sait quelle sera sa prochaine escale ? Gstaad, Monaco ou... Acapulco ?

— Allez savoir. (Il rendit la carte postale à Flora.) Jetez-la dans le feu dès que nous arriverons à Fernrigg. Ce sera la fin de Rose, où qu'elle se trouve.

Il redémarra. Flora ne répondit rien. Elle savait que Rose était toujours là. Comme elle savait qu'ils ne s'en débarrasseraient pas tant qu'Antony n'avouerait pas la vérité à Tuppy.

10

HUGH

Antony se préparait à monter se changer quand l'orchestre arriva dans une petite voiture cabossée, conduite par M. Cooper, le mari de la postière. Les musiciens eurent quelque peine à s'extirper, avec leurs instruments, de leur abri de tôle. Antony leur indiqua l'espace qui leur avait été assigné dans le hall où ils commencèrent à s'installer. Ils étaient trois : M. Cooper, l'accordéoniste, une amie de Mme Cooper à la retraite, avec son violon, et le batteur, un moussaillon de Tarbole, tous revêtus d'une tenue de circonstance — chemises de viscose bleue et nœuds papillons de tartan... Antony offrit à chacun un verre de whisky, avant de s'éclipser. Son costume l'attendait, étalé sur le lit : le fameux couteau que tout Ecossais digne de ce nom doit porter, enfoncé dans sa jarretière, longues chaussettes, chemise, cravate, aumônière de cuir brut, pourpoint. Et, bien sûr, le kilt. Les boucles de ses chaussures étincelaient, tout comme les boutons d'argent du pourpoint, le manche ciselé du poignard, ses boutons de manchettes... Il bénit du fond du cœur Mme Watty et dix minutes plus tard, l'image même du gentleman des Highlands descendait solennellement l'escalier.

Peu à peu, le rez-de-chaussée s'animait. Le feu

flambait dans la cheminée, les musiciens accordaient leurs instruments. Les traiteurs étaient là. M. Anderson, vêtu d'une chemise et d'une veste immaculées sur un pantalon noir, disposait religieusement les plateaux de saumon fumé sur le buffet, assisté par Mme Watty. Mme Anderson, réputée dans tout Tarbole pour son éducation sans faille, donnait aux verres un dernier coup de chiffon. Antony consulta sa montre. Il avait un bon quart d'heure devant lui pour se servir un verre, avant d'aller saluer Tuppy. Il avança la main vers une bouteille de whisky mais un brusque crissement de pneus lui fit suspendre son geste.

— Qui ça peut bien être ?

— Qui que ce soit, il est en avance de quinze minutes, déclara Mme Anderson.

Antony fronça les sourcils. Personne n'était jamais en avance en Ecosse. Encore moins dans l'ouest où les gens avaient toujours trois quarts d'heure de retard. Saisi par une vague appréhension, il se vit en train de faire la conversation à l'appareil auditif de Mme Clanwilliam... Une portière de voiture claqua, des pas firent crisser les graviers, puis Hugh Kyle fit son entrée en élégant costume du soir.

— Bonsoir, Antony.

— Ah, Dieu merci, c'est toi. Tu es en avance.

— Je sais, dit Hugh en laissant errer un regard alentour. Tout est parfait. Comme au bon vieux temps.

Antony servit deux whiskies.

— J'allais m'en jeter un derrière la cravate avant de monter chez Tuppy, dit-il allègrement, en mettant d'autorité un verre dans la main de l'arrivant. *Slaintheva*, mon vieux.

Il avait levé son verre en un toast, mais Hugh n'avait pas bougé... Antony regarda la figure sombre de son ami, dont les yeux bleus le sondaient.

— Quelque chose ne va pas ?

— Oui, répondit platement Hugh. Mieux vaut en discuter tout de suite. Allons dans une pièce où nous ne serons pas dérangés.

Drapée dans son vieux peignoir duveteux, Flora était assise devant la coiffeuse. Penchée vers le miroir, elle passait une petite brosse de mascara sur ses longs cils recourbés. Le reflet que lui renvoyait le panneau translucide n'avait rien à voir avec Flora Waring... On eût dit un de ces mannequins posant pour une couverture de magazine, avec son maquillage sophistiqué, les savantes ondulations de ses cheveux, ses hautes pommettes mises en relief par un audacieux coup de blush... Non, ce n'était plus Flora Waring qui se tenait devant le miroir. D'ailleurs rien, dans cette chambre, n'appartenait à Flora Waring, pas même la superbe robe de bal suspendue à un cintre au montant du lit.

Mme McLeod l'avait apportée un peu plus tôt. Un sourire de fierté sans mélange éclairait sa figure, à juste titre, s'était dit Flora. Son œuvre n'avait gardé qu'une très vague ressemblance avec la tenue désuète dénichée au grenier. Remise à neuf, cousue, lavée et repassée, la robe pouvait passer pour la création d'un grand couturier. La doublure bleu pâle que l'on apercevait à travers les guipures ombrait à peine la texture neigeuse de l'ensemble. Une ligne de minuscules boutons ressemblant à des perles ornait le bustier.

Sa présence avait eu un effet nocif sur les nerfs de Flora. Silencieuse, presque hostile, la robe semblait la guetter, comme un témoin à charge. Oh, elle ne voulait pas la mettre. Elle avait reculé l'instant de l'enfiler autant qu'elle l'avait pu mais maintenant, elle avait épuisé toutes les excuses. Le temps pressait. Elle posa le mascara sur le plateau poli de la coiffeuse, puis s'empara du flacon de parfum que Marcia lui avait offert et vaporisa un nuage musqué sur sa nuque et ses cheveux. Ensuite, debout, elle ôta à contrecœur le peignoir familier. L'espace d'une seconde, son corps resplendit dans la lumière ambrée des abat-jour. Le slip et le soutien-gorge blancs tranchaient sur sa peau satinée qui avait conservé le hâle du soleil d'été... La chambre était bien chauffée mais un frisson la parcourut. Comme un automate, elle se dirigea vers la robe qu'elle décrocha du cintre. Elle l'enfila par le bas, passa les bras dans les longues manches étroites, avant de rabattre le tout sur ses épaules. L'étoffe, rigide et froide, la fit tressaillir.

Ses doigts agrafèrent laborieusement les petits boutons de nacre. Le col montant, raide comme un carton, sciait la chair délicate de son cou, juste sous la mâchoire. Il ne restait plus que la ceinture. Lorsque celle-ci fut attachée, la femme qu'elle vit dans le miroir lui fit l'effet d'une figurine de sucre surmontant quelque gâteau de mariage... J'ai peur, songea-t-elle, mais son reflet se contenta de lui rendre son regard affolé. Un soupir gonfla la poitrine de Flora. Elle éteignit les lumières, quitta rapidement la pièce et mit le cap sur la chambre de Tuppy.

Il faisait doux dans le couloir. Dûment chapitrée par la maîtresse de maison, Mme Watty n'avait pas lésiné sur le chauffage. En provenance du rez-de-chaussée, la musique rythmée fit vibrer les tympans douloureux de Flora. De joyeux éclats de voix du côté de la cuisine composaient une atmosphère de réveillon de Noël.

La porte de Tuppy était grande ouverte. Là aussi, un brouhaha de voix... Flora franchit le seuil. Calée sur ses oreillers, Tuppy arborait une liseuse blanche décorée de nœuds de satin. A son côté, Jason faisait penser à un enfant sorti d'un des vieux portraits du salon.

— Rose ! s'exclama la vieille dame en lui ouvrant les bras, approchez-vous, ma chérie. Ou plutôt non ! Reculez-vous afin que nous puissions vous admirer...

Magnifique ! Cette Mme McLeod cache plus d'un tour dans son sac. Maintenant, venez m'embrasser. Comme vous sentez bon ! Asseyez-vous. Attention, vous allez froisser votre jupe.

Flora avait pris place au bord du lit.

— Avec ce col, je me sens comme une femme girafe, gémit-elle.

— C'est quoi, une femme girafe ? voulut se renseigner Jason.

— Elles appartiennent à des tribus originaires de Birmanie, lui expliqua son arrière-grand-mère. Dès leur plus jeune âge, elles portent un nombre incalculable d'anneaux dorés autour du cou, afin de le rendre de plus en plus long.

— S'agit-il vraiment de votre robe de tennis, Tuppy ? demanda Flora.

— Oui, je la portais quand j'avais votre âge.

— Je n'arrive pas à vous imaginer jouant au tennis là-dedans.

— A vrai dire, je jouais assez mal.

Tous les trois éclatèrent de rire. Tuppy avait saisi la main de Flora et la tapotait affectueusement. La joie faisait briller ses yeux, à moins que ce ne fût le champagne, qui pétillait dans une flûte posée sur la table de nuit.

— Ah, mes enfants, quel bonheur d'écouter cette musique. Mes vieux pieds dansent sous les draps et les souvenirs d'autres fêtes surgissent dans ma mémoire. Quand Jason est apparu dans le costume de son grand-père, je me suis rappelé la réception que nous avons donnée pour ses vingt et un ans. Nous avions allumé un feu de bois sur la colline, les domestiques avaient fait rôtir un mouton entier à la broche, la bière coulait à flots ! Ce qu'on a pu s'amuser.

— Raconte à Rose l'histoire de mon grand-père et de son bateau.

— Non, mon chéri, Rose a d'autres chats à fouetter que d'écouter les récits d'une vieille femme.

— Je vous en prie, dites-moi tout, supplia Flora.

Tuppy ne se le fit pas dire deux fois.

— Mon fils, c'est-à-dire le grand-père de Jason, s'appelait Bruce. Enfant, il ressemblait à un petit sauvage. Il jouait toute la journée avec les fils des fermiers et j'avais déployé des ruses de Sioux pour le persuader de mettre des chaussures le dimanche. Il vouait une profonde passion à la mer. Il avait l'âge de Jason quand il a eu son premier youyou. A l'époque, le club nautique d'Ardmore organisait des régates. Il y avait aussi des courses pour enfants, comment s'appelaient-elles déjà, Jason ?

— Ça s'appelait Tinker's Race, parce que toutes les voiles étaient rafistolées.

— Rafistolées ? demanda Flora.

— Elles étaient faites à la maison, reprit Tuppy. Des voiles multicolores composées d'étoffes cousues ensemble, comme un patchwork... Chaque mère travaillait des semaines et des mois durant. L'enfant qui avait la voile aux couleurs les plus gaies gagnait la coupe. Bruce eut le prix dès la première année et je peux vous dire qu'il ne l'a jamais oublié.

— Mais il a gagné d'autres prix, hein, Tuppy ?

— Oh, oui. Un tas de courses de bateaux. Et pas seulement à Ardmore... Il a gagné le premier prix des régates royales, puis, beaucoup plus tard, il a participé à une traversée de l'Atlantique... Bruce a toujours eu un bateau. La navigation était sa grande passion.

— Et quand la guerre a éclaté, il a rejoint la marine, intervint Jason, émerveillé.

— Oui. Il était capitaine sur un contre-torpilleur qui faisait partie des convois de l'Atlantique...

— Et ma grand-mère était dans la marine, elle aussi !

— Absolument, répondit Tuppy avec un sourire indulgent. Elle était membre du WRNS[1]. Ils se sont mariés au début de la guerre. Drôle de mariage ! Ils remettaient la date sans arrêt parce que Bruce était constamment en mission. Finalement ils ont réussi à se retrouver à Londres lors d'une permission d'un week-end. Isobel et moi avons eu toutes les peines du monde à trouver une place dans un train. Tous les wagons étaient bondés de soldats... Ah, on s'était bien amusées !

— Raconte-nous encore une histoire ! implora Jason, mais la vieille dame leva les mains au ciel.

— Vous n'êtes pas ici pour écouter des histoires... Vous êtes censés m'embrasser avant de vous rendre à la réception. Pense que tu assisteras à ton premier bal, mon petit. Et que tu portes le kilt et le pourpoint de ton grand-père.

Jason se redressa à contrecœur. Ses yeux se levèrent sur Flora.

— Tu danseras avec moi ?

— Avec plaisir. Si tu m'apprends les pas.

— Je veux bien, dit Jason en se dirigeant vers la porte. Bonne nuit, Tuppy.

— Bonne nuit, trésor.

La porte refermée sur lui, la vieille dame se renversa sur ses oreillers d'un air paisible.

— Comme c'est étrange, soliloqua-t-elle. Ce soir, j'ai l'impression que le temps s'est effacé. Que toutes ces années ne se sont pas écoulées... J'entends la même musique, dans cette même maison. Quand Jason est entré, tout à l'heure, j'ai cru un instant voir Bruce... Vous savez, Rose, c'est ici que je suis née, ici que j'ai grandi.

1. *Women's Royal Naval Service* : corps de femmes dans la Navy. *(N.d.T.)*

— Je l'ignorais.

— Toute une vie entre ces murs... Mes deux petits frères ont également vu le jour dans cette maison.

— Je ne savais pas que vous aviez des frères.

— James et Robbie. Ils étaient beaucoup plus jeunes que moi. Quand notre mère est morte, j'avais douze ans. En quelque sorte, je les ai élevés. Ce qu'ils pouvaient être turbulents, ces deux-là ! De vrais petits diables ! Une fois, ils ont construit un radeau. Le courant les a entraînés au large et le canot de sauvetage a dû aller les récupérer. Une autre fois, ils ont failli mettre le feu à la forêt. C'était la première fois que je voyais mon père aussi furieux... Ils m'ont beaucoup manqué quand ils sont partis à l'école. Ils sont devenus de beaux jeunes gens. Toujours aussi malicieux, bien sûr. Entre-temps je m'étais mariée et je vivais à Edimbourg. Chaque fois qu'ils me rendaient visite, ils me régalaient de leurs escapades ! Ah, ils en avaient des choses à me raconter, ces impénitents bourreaux des cœurs.

— Que sont-ils devenus ?

— Ils sont morts, répondit Tuppy d'un ton sourd. Morts au champ d'honneur pendant la Première Guerre mondiale. D'abord Robbie, puis James... Mon Dieu, tous ces jeunes gens fauchés en pleine jeunesse, ces interminables listes de noms. Même quelqu'un de la génération d'Isobel ne peut pas s'imaginer l'horreur que l'on ressentait quand on parcourait les listes des victimes... Vers la fin de la guerre, mon mari a été tué également. Je me suis dit que je n'avais plus aucune raison de vivre...

Des larmes miroitaient dans ses yeux bleus.

— Oh, Tuppy...

— Enfin, il me restait mes enfants, murmura-t-elle. Isobel et Bruce. Je n'ai pas été très maternelle à leur égard, j'en ai peur. Voyez-vous, j'avais trop materné mes petits frères. Nous vivions alors dans le Sud, je m'occupais d'eux, bien sûr, mais sans trop d'enthousiasme, je l'avoue. Naturellement, j'en avais conscience et je m'en sentais terriblement coupable. C'était un cercle vicieux.

— Que s'est-il passé ensuite ?

— J'ai reçu une lettre de mon père. La guerre était enfin terminée et il me demandait de venir passer Noël avec les enfants à Fernrigg. Nous avons pris le train. Il nous attendait à la gare de Tarbole où nous sommes arrivés à l'aube. Il pleuvait et il faisait un froid de canard... Mon père nous a mis sur une charrette tirée par un cheval et nous avons pris le chemin de la maison. En route, nous avons rencontré un vieux fermier qui a échangé une chaleureuse poignée de main avec papa... Je croyais être venue seulement pour le réveillon de Noël, je suis restée passer aussi celui du Nouvel An. Une semaine s'est écoulée, puis un mois. Soudain, le printemps est arrivé. Je me suis mise au jardinage. J'ai su, alors, que je ne repartirais pas.

Elle marqua une pause. D'en bas leur parvenaient les exclamations des invités et le brouhaha de voix se mêlant à la musique. La réception avait commencé. Tuppy avala une gorgée de champagne, posa la flûte, reprit la main de Flora.

— Torquil et Antony sont nés ici. Leur mère a eu un premier accouchement difficile et le médecin lui avait conseillé d'éviter une deuxième grossesse. Elle a tenu à prendre quand même le risque. Bruce s'inquiétait comme un fou pour elle. Nous avons décidé de l'héberger à Fernrigg, le temps qu'elle donne naissance à son deuxième bébé. Tout se serait bien passé si le bateau de Bruce n'avait pas été torpillé un mois avant qu'Antony vienne au monde. A partir de ce moment-là, elle n'a plus eu envie de s'accrocher à la vie. Je savais ce qu'elle ressentait... (Elle eut un pâle sourire.) Nous nous sommes retrouvées seules, Isobel et moi, avec deux nouveaux petits garçons à élever. Il y a toujours eu des petits garçons à Fernrigg. D'ailleurs ils y sont encore, tous. J'entends parfois leur voix dans le jardin, leur pas sur les marches. Tant que je serai là à les évoquer dans mes souvenirs, ils ne seront pas tout à fait morts.

De nouveau, elle se tut.

— J'aurais aimé que vous m'ayez raconté cette histoire plus tôt, dit Flora au bout d'un moment.

— A quoi bon remuer le passé ?

— Fernrigg est pourtant une maison débordante de vie et de bonheur. On le sent dès l'instant où l'on franchit sa porte.

— Je suis contente que vous l'ayez perçu. Parfois, cette demeure me fait penser à un arbre centenaire, au tronc tordu et déformé par les intempéries. Les orages ont arraché certaines branches. Souvent, on a pu croire l'arbre moribond. Puis le printemps fait jaillir de nouvelles pousses, des milliers de jeunes feuilles vertes... Oui, le miracle se reproduit à chaque printemps. Vous êtes l'une de ces petites feuilles, Rose, tout comme Antony. Et comme Jason. La vie vaut la peine d'être vécue tant qu'on est entouré de jeunesse. Savoir que vous êtes là est une joie de tous les instants...

Flora la regarda, le souffle coupé par l'émotion. Elle avait ouvert la bouche pour dire quelque chose mais les mots se dérobaient. Avec un changement d'humeur qui lui était propre, Tuppy émit un rire léger.

— Nom d'un chien, qu'est-ce qui m'a pris ? Je vous retiens ici, alors que tout le monde est impatient de faire votre connaissance. Vous sentez-vous nerveuse ?

— Un peu.

— Il ne faut pas. Vous êtes ravissante. Tous les hommes tomberont amoureux de vous... à part Antony, qui l'est déjà. Allez, donnez-moi un baiser et filez !

Demain, vous me raconterez tout, dans les moindres détails, d'accord ?

Flora se pencha pour embrasser le front creusé de rides, avant de s'éloigner. Elle avait la main sur la poignée de la porte, quand Tuppy l'appela.

— Rose ?

Elle se retourna, le cœur battant.

— Amusez-vous bien, sourit Tuppy.

Ce fut tout. La jeune fille quitta la pièce et referma la porte derrière elle.

Ce n'était vraiment pas le moment de fondre en larmes ! C'était tout simplement ridicule de se mettre dans cet état parce qu'une vieille dame, sous l'emprise du champagne, avait égrené ses souvenirs. Ridicule et enfantin ! Pourtant, Flora n'était plus une enfant. En tant qu'adulte, elle avait appris à contrôler ses sentiments. A maîtriser ses émotions. Il suffisait de faire le vide dans son esprit et d'avaler la boule qui s'était formée dans sa gorge. Alors, ses larmes puériles reflueraient.

Elle était restée longtemps auprès de Tuppy. En bas, la fête battait son plein. Elle devait descendre... Non, elle n'allait pas se mettre à pleurer, pas maintenant, alors que, un étage plus bas, entouré de ses relations et amis, Antony l'attendait et qu'elle lui avait promis...

Que lui avait-elle promis au juste ? Quelle sorte de folie l'avait poussée à lui faire une pareille promesse ? Comment avaient-ils pu s'imaginer qu'ils repartiraient de Fernrigg sans rien laisser derrière eux ?

Ces questions, dictées par le désespoir, n'avaient pas de réponse. La robe même qu'elle portait, espèce de carcan inconfortable, symbolisait parfaitement le piège dans lequel elle était tombée. La porter était un supplice. Les manches, trop étroites, lui comprimaient les bras. Le col, trop raide, l'empêchait de respirer. Elle étouffait.

Rose ? Amusez-vous bien.

« Mais je ne suis pas Rose. Et je ne peux pas faire semblant d'être Rose plus longtemps. »

Elle pressa son poing contre sa bouche pour arrêter ses sanglots, mais c'était trop tard. Elle pleurait maintenant. Elle versait toutes les larmes de son corps sur Tuppy, sur les petits garçons, sur elle-même. Un flot salé de larmes l'aveugla, creusant de longs sillons brillants sur ses joues. Son mascara s'était mis à couler mais cela n'avait plus aucune importance, car la farce sinistre à laquelle elle s'était prêtée était terminée. Elle n'irait pas à la réception où elle serait obligée de poursuivre un rôle dont elle ne voulait plus. Instinctivement, elle s'était reculée vers le sanctuaire de sa chambre. Soudain, elle s'élança le long du couloir, telle une prisonnière cherchant à s'évader. D'une poussée, elle ouvrit sa porte, la referma : elle était à l'intérieur. En sécurité.

La musique et les éclats de rire s'étaient dilués dans un lointain bourdonnement que dominait le bruit lugubre de ses propres sanglots. Un froid glacial l'enveloppa. Ses doigts commencèrent à dégrafer maladroitement, l'un après l'autre, les boutons nacrés de son corsage. Le col sembla s'élargir et elle put respirer. Elle fit glisser la robe sur ses épaules, jusqu'à ce qu'elle s'affaisse dans un bruissement sur le tapis où elle forma une flaque luisante. Frissonnante, elle se drapa dans son vieux peignoir avant de s'étaler en travers du lit, en versant un nouveau torrent de larmes.

Elle avait perdu la notion du temps. Depuis quand gisait-elle là, Flora n'aurait pas su le dire. Il lui sembla entendre le chuintement du battant roulant sur ses gonds, mais elle ne se retourna pas. Le matelas se creusa comme sous le poids de quelqu'un qui serait venu s'y asseoir. Elle sentit une présence réconfortante, chaleureuse, solide. Enfin, elle tourna la tête sur l'oreiller et une main lui balaya les mèches de cheveux qui lui tombaient sur la figure. A travers ses larmes, elle distingua les contours d'une silhouette sombre. Progressivement, le costume foncé et la chemise blanche prirent consistance... Hugh Kyle.

Elle s'était attendue à voir Isobel ou Antony. Certainement pas Hugh. Réprimant un sursaut, elle déploya toute son énergie pour arrêter de pleurer. Sans grand résultat. L'homme assis au coin du lit attendait, armé d'une patience hors du commun. Comme s'il avait tout son temps.

Flora ouvrit la bouche pour dire n'importe quoi, ne serait-ce que « Sortez immédiatement ! », mais pas un son ne franchit ses lèvres. Alors, dans un geste inattendu, Hugh lui ouvrit les bras et, sans réfléchir davantage, elle s'y blottit, tremblant comme une feuille.

Il ne parut pas songer aux dégâts subis par sa chemise immaculée, tandis que Flora continuait à sangloter contre sa large poitrine. Ses bras robustes entouraient les frêles épaules que les pleurs secouaient. Il dégageait un agréable parfum d'après-rasage et de linge propre. Au bout d'un moment, elle sentit son menton sur le sommet de sa tête.

— Qu'est-ce qui ne va pas ? murmura-t-il gentiment.

Les mots jaillirent aussitôt, saccadés, incohérents.

— J'étais chez Tuppy... elle m'a raconté... les petits garçons... je n'en savais rien... Et elle a dit... comme une feuille verte... Alors, je n'ai pas pu en supporter davantage... voulais plus entendre tous ces gens... la musique... Je ne pouvais pas descendre... C'était au-dessus de mes forces...

Il la laissa pleurer un long moment.

— Isobel se demande où vous êtes passée, dit-il quand il la sentit plus calme. Elle m'a envoyé vous chercher.

Elle secoua la tête.

— Non. Je nc vicndrai pas.

— Bien sûr que vous viendrez. On n'attend plus que vous. Vous n'allez pas gâcher la soirée de tout le monde.

— Je ne peux pas. Je ne *veux* pas. Dites-leur que je suis malade à nouveau... Dites-leur...

Il resserra son étreinte.

— Voyons, Flora, remettez-vous.

Soudain, la chambre sembla se pétrifier. A travers le silence, le cerveau enfiévré de la jeune fille discerna quelques sons : notes de musique, murmure du vent, bruissement des vagues lointaines. Et, plus proche, le battement régulier d'un cœur contre le sien. Tout doucement, elle se dégagea des bras qui la tenaient.

— Comment m'avez-vous appelée ?

— Flora. Joli nom. Il vous va mieux que Rose.

Elle le regarda, effarée, les yeux agrandis, le visage ruisselant. Il lui tendit avec tendresse un mouchoir qu'elle accepta avec reconnaissance.

— Je n'arrive pas à m'arrêter de pleurer. D'habitude je ne pleure pas. Jamais. (Elle se moucha.) Vous n'allez pas me croire mais, ces derniers jours, je n'ai fait que pleurer.

— Vous avez en effet subi une tension nerveuse considérable.

— Oui, fit-elle en regardant le mouchoir criblé de taches noirâtres. Mon Rimmel a coulé.

— Vous avez l'air d'un panda.

Elle prit une profonde aspiration.

— Comment avez-vous su que je suis Flora ?

— Antony me l'a dit. Enfin, il m'a dit votre nom. Quant à moi, ça fait quelques jours que je vous soupçonnais de ne pas être Rose.

— Mais... quand ?

— Pas mal de temps en fait. Je m'en suis assuré le jour où vous êtes tombée malade.

— Pourquoi ?

— Quand Rose était ici, il y a cinq ans, elle avait eu un accident sur la plage. Alors qu'elle se faisait bronzer au soleil, elle s'était coupé le bras sur un tesson de bouteille enterré dans le sable. Juste là. (Son doigt dessina une ligne de trois ou quatre centimètres sur l'avant-bras de Flora.) Rien de grave, heureusement, mais il avait fallu y poser quelques points de suture. C'est moi qui l'ai recousue... L'opération a dû laisser une petite cicatrice. Que j'ai en vain cherchée sur votre bras.

— Pourquoi n'avez-vous rien dit ?

— Je voulais d'abord en parler à Antony.

— L'avez-vous fait ?

— Oui.

— Alors, il vous a tout raconté ? Au sujet de Rose, de moi, de nos parents ?

— En effet. Quel imbroglio !

— Il... il comptait tout avouer à Tuppy demain.

— Il est en train de tout avouer à Tuppy maintenant, rectifia-t-il.

— Vous voulez dire, là, tout de suite ?

— En ce moment même.

— Alors... Tuppy sait que je ne suis pas Rose ? parvint-elle à articuler.

— Elle doit le savoir à l'heure qu'il est... Est-ce la raison pour laquelle vous avez eu cette crise de larmes ? Parce que vous aviez mauvaise conscience ?

Flora ébaucha un misérable oui de la tête.

— Vous vous en vouliez d'avoir menti à Tuppy ?

— J'avais l'impression d'avoir commis un crime.

— Eh bien, vous n'avez plus aucune raison de vous sentir coupable... A présent, quittez ce lit, rhabillez-vous, et descendez au salon.

— Avec mon visage barbouillé ?

— Vous pourriez vous refaire rapidement une beauté.

— Ma robe est froissée.

Il chercha la robe, la découvrit par terre. Après l'avoir ramassée il se mit à la secouer. Les bras enserrant ses jambes repliées, Flora suivait chacun de ses mouvements.

— Vous avez froid ? demanda-t-il.

— Un peu.

Sans un mot, il appuya du bout de sa chaussure sur l'interrupteur du chauffage électrique. La veilleuse s'alluma. A la faible lueur, Flora distingua sur la coiffeuse le reflet vert d'une bouteille de champagne flanquée de deux coupes.

— Est-ce vous qui avez apporté ça ?

— Je me suis dit qu'un petit remontant s'imposait, fit-il en s'attaquant au bouchon.

Un bruit sec, comme un coup de feu, suivi d'une explosion de bulles, et le liquide ambré coula dans les coupes. Hugh leva la sienne en disant « *Slaintheva* » et ils trinquèrent. Le vin léger et pétillant désaltéra Flora, les barres calorifères viraient au rouge incandescent, la chambre avait perdu son air hostile... Flora avala une deuxième gorgée avant de déclarer à brûle-pourpoint :

— Je sais, pour Rose.

Il avait calé son dos massif contre le montant de cuivre, remonté les jambes sur le matelas.

— C'est-à-dire ?

— Je sais qu'elle a eu une aventure avec Brian Stoddart. Je l'ignorais avant son invitation à dîner, sinon je l'aurais déclinée.

— Il a dû se faire une joie de vous raconter ça en détail...

— Je ne pouvais plus l'arrêter.

— Avez-vous été choquée ? surprise ?

— Je ne sais pas. Les deux peut-être. Je n'ai pas eu le temps de bien connaître Rose. Nous nous sommes rencontrées à Londres un soir. Elle partait pour la Grèce le lendemain. Elle me ressemblait et j'ai imaginé qu'elle était comme moi. Sauf qu'elle était riche... Nous étions les deux moitiés d'un tout, ai-je pensé. Nous avions été séparées toute notre vie mais, au fond, nous étions une seule et même personne... Bref, Rose est partie, Antony est arrivé et je me suis laissé embarquer dans cette galère. Peut-être pour racheter Rose... Bah, tout cela n'a pas de sens.

— Flora, lors de notre première rencontre près de Beach House, vous avez dû me prendre pour une sorte de maniaque.

— Je... je me suis dit que vous étiez sûrement un homme que Rose avait blessé.

— Vous avez cru que j'étais amoureux d'elle ?

— Oui, quelque chose comme ça.

— Je n'intéressais pas Rose... Et je ne crois pas qu'elle ait été attirée par Antony. Brian, en revanche, c'était une autre paire de manches.

— Alors, vous n'étiez pas amoureux d'elle ?

— Non, grand Dieu, non... Pourquoi souriez-vous ?

— Je l'ai longtemps cru. Cela m'était insupportable.

— Pourquoi ?

— Parce que Rose est un être méprisable... Puis, sans doute, parce que vous me plaisez.

— Moi ?

— Voilà pourquoi j'ai été aussi agressive avec vous la nuit où vous m'avez ramenée de Lochgarry.

— Etes-vous toujours agressive avec les hommes qui vous plaisent ?

— Seulement quand je pense qu'ils sont jaloux.

— Et moi qui étais sûr que vous me détestiez... et que vous étiez ivre morte...

— Je n'ai pas l'habitude de boire et l'alcool m'était monté à la tête. Au moins, je ne vous ai pas giflé, moi.

— Pauvre Flora, murmura-t-il, d'un ton qui ne reflétait pas l'ombre d'un repentir.

— Mais si votre colère n'était pas suscitée par la jalousie, alors pourquoi étiez-vous furieux ?

— A cause d'Anna.

Anna... Bien sûr, Anna. Un soupir échappa à Flora.

— Expliquez-moi, Hugh. Sinon, je ne comprendrai jamais.

Il avait acquiescé, avant de remplir de nouveau leurs coupes vides.

— Que savez-vous des Stoddart ?

— Tuppy m'a raconté leur histoire.

— Cela nous fait gagner du temps. Commençons par... il y a cinq ans, quand Rose et sa mère ont loué Beach House. J'ignore pourquoi elles ont choisi Fernrigg. L'endroit ne convient guère à un couple de la jet-set internationale comme les Schuster. Sans doute ont-ils aperçu l'annonce de Tuppy dans le *Times* et se sont-ils laissé tenter par un retour à la nature. Toujours est-il qu'ils ont débarqué ici un beau jour. Tuppy, très soucieuse du bien-être de ses locataires, les a traités comme des invités. Elle leur a présenté tous ses amis et c'est ainsi que Rose et sa mère ont connu les Stoddart... Anna attendait un bébé cet été-là. Son premier. Brian, quant à lui, s'amusait avec la serveuse du club nautique, une extra recrutée pour l'été.

— Et... on l'a su ?

— Tarbole est une petite ville. Tout le monde s'en est aperçu mais personne n'a ouvert la bouche, par égard pour Anna.

— Elle ignore que son mari la trompe ?

— Sous ses apparences fragiles, Anna est une femme passionnée. Amoureuse de son mari. Possessive.

— Brian l'a décrite comme une autruche qui voit seulement ce qui l'arrange.

— Charmant portrait. Anna préfère en effet ne pas remarquer ce qui la gêne. Mais chez certaines femmes, la grossesse est source d'émotions violentes.

— Comme la jalousie ?

— Exactement. Cette fois-là, Anna ne s'est pas contentée d'enfouir sa tête dans le sable. Elle avait parfaitement saisi la situation entre son mari et la serveuse et en souffrait énormément. Dieu merci, elle n'a pas vu Rose entrer en scène. Quant à moi, j'ai découvert la chose par pur hasard.

« Un matin, j'ai reçu un coup de fil d'Anna. Elle semblait en proie à une anxiété inquiétante. Brian n'était pas rentré de la nuit. J'ai essayé de la rassurer, après quoi je suis parti à sa recherche. J'ai fini par le découvrir au club nautique... Il m'a raconté qu'il avait participé à une surprise-partie et qu'il avait préféré y passer la nuit, afin de ne pas déranger Anna. Je l'ai incité à rentrer chez lui et il a eu l'air d'obtempérer.

« Plus tard, dans la journée, deuxième message d'Anna. Elle me demandait de l'appeler d'urgence. J'étais en rase campagne, rendant visite au fils d'un fermier se plaignant de douleurs abdominales. La mère craignait une crise d'appendicite... Quand j'ai contacté Anna, elle m'a dit qu'elle avait une hémorragie. “ Dites à Brian d'appeler une ambulance, lui ai-je dit, je vous rejoins à l'hôpital. ” Elle m'a répondu que Brian n'était pas encore rentré. J'ai dû appeler l'ambulance moi-même, ainsi que l'hôpital de Lochgarry. Quand je suis arrivé sur place, elle était au bloc opératoire. C'était trop tard ; elle avait perdu l'enfant. Une infirmière m'a appris qu'Anna ne cessait de réclamer son mari mais que personne ne savait où il se trouvait. Je me suis rendu à Beach House. Je l'ai trouvé au lit, avec Rose.

— La mère de Rose était au courant ?

— Je l'ignore. Ce jour-là elle était absente... Je crois qu'elle était partie jouer au golf.

— Qu'avez-vous fait, alors ?

Il passa une main lasse sur ses yeux.

— Je me suis mis en colère... J'ai reproché à Brian la mort du bébé d'Anna.

— Maintenant elle en attend un deuxième, dit Flora. Et vous n'alliez pas permettre que le cauchemar recommence.

— Certainement pas.

— Y a-t-il eu des conséquences, à l'époque ?

— Non. Quand Anna est sortie de l'hôpital, Rose et sa mère avaient quitté les lieux.

— Tuppy n'en a jamais rien su ? Ni Isobel ?

— Non.

— Et Antony ?

— Il travaillait à Edimbourg. Il avait vu Rose une ou deux fois à l'occasion d'un week-end.

— Comment avez-vous réagi quand vous avez appris qu'il allait épouser Rose ?

— Je suis tombé des nues. Après quoi, je me suis dit que cinq ans s'étaient écoulés et que Rose avait peut-être changé.

— Et Anna ? Elle n'a jamais eu vent de l'histoire ?

— J'ai passé un marché avec Brian. La vérité aurait détruit Anna. Que son mari ait une liaison sans lendemain avec une petite traînée de Glasgow était une chose. Savoir qu'il couchait avec Rose était différent. Si l'affaire s'ébruitait, les Armstrong se trouveraient impliqués malgré eux.

— Je parie que Brian sortait gagnant de votre accord.

— Il a sauvé son mariage... C'est-à-dire qu'il a pu conserver tout le confort matériel dont il ne peut se passer.

— Vous le détestez, n'est-ce pas ?

— C'est réciproque. Nous faisons semblant de nous supporter en public.

— Il n'a pas dû apprécier votre intervention, l'autre soir, à Lochgarry.

— Pas vraiment.

— Anna m'a dit qu'il avait un œil au beurre noir.

— Sans blague ! fit Hugh, et l'ombre d'un sourire joua sur ses lèvres.

— L'avez-vous frappé ?

— Je l'ai secoué un peu.

— Qu'adviendra-t-il de leur mariage ?

— Rien. Brian continuera à papillonner par-ci, par-là. Anna continuera d'ignorer ses escapades. Le mariage survivra.

— La naissance de l'enfant sera-t-elle bénéfique ?

— Elle le sera pour Anna.

— Ce n'est pas juste !

— La vie est injuste, Flora. Vous avez dû vous en rendre compte par vous-même.

Elle hocha la tête avec un gros soupir.

— En effet. J'aurais voulu que Rose soit meilleure. Hélas, c'est une personne immorale qui se complaît à rendre les autres malheureux... Elle et moi sommes jumelles. Pourquoi est-elle comme ça ?

— Une question de milieu...

— Vous voulez dire que si j'avais été élevée par ma mère à la place de mon père, j'aurais été comme Rose ?

— Je n'arrive pas à imaginer cette éventualité.

— J'ai été jalouse de Rose et de son environnement. De son somptueux manteau de vison, de son appartement à Londres, de son argent... Aujourd'hui, je suis navrée pour elle... Pour rien au monde je n'aurais voulu être à sa place.

— Je suis ravi que vous soyez Flora... J'ai peu à

peu commencé à comprendre que vous ne pouviez pas être Rose. D'abord, je vous trouve en train de nettoyer ma cuisine, ce qui, franchement, ne lui ressemblait pas. Ensuite, je me surprends à vous parler d'Angus McKay, puis à vous raconter l'histoire de ma vie... Je n'avais pas évoqué Diana depuis des années.

— Je suis contente que vous vous soyez confié à moi.

— Et juste au moment où je commençais à me dire que Rose n'était peut-être pas si mauvaise, la voilà repartie en compagnie de Brian Stoddart... J'ai littéralement vu rouge.

— Je comprends, dit-elle avec un sourire.

D'en bas leur parvenaient les accords d'une valse. Une deux trois. Une deux trois.

— Il est temps de descendre, remarqua-t-il. Sinon, le dîner dansant se terminera sans vous.

— Dois-je toujours jouer le rôle de Rose ?

— Il vaut mieux. Pour Antony, Isobel, et les soixante personnes réunies... Allez laver votre figure.

Flora passa dans la salle de bains et se refit une beauté. Elle avait remis la robe de bal qu'elle trouva plus inconfortable que jamais. Or, rassérénée par le champagne, elle se dit qu'à présent elle pouvait tout endurer.

— Il faut souffrir pour être belle, déclara-t-elle en agrafant la ceinture et en se tournant pour faire face à Hugh.

— Vous êtes ravissante.

Elle lui retourna le compliment.

— Vous avez un air très distingué dans votre smoking... A part les taches sur le plastron, vous frisez la perfection.

Il bondit devant le miroir pour contempler les traînées de mascara sur le tissu immaculé de sa chemise...

— Votre cravate est de travers, ajouta-t-elle.

— Vous auriez pu la rajuster.

— Oh non, le geste est trop banal.

— En quoi, je vous prie ?

— Rappelez-vous tous ces vieux films en noir et blanc... Le couple habillé, prêt à sortir. La femme amoureuse de l'homme, qui ne le sait pas. Soudain, elle prétend que sa cravate est de travers et la remet en place. Geste hautement symbolique et tendre. Après quoi, ils se regardent dans les yeux.

— Que se passe-t-il ensuite ? demanda Hugh, pris au jeu.

— D'habitude il l'embrasse, alors qu'une divine musique se fait entendre. Puis, enlacés, ils s'éloignent de la caméra et le mot fin apparaît sur leurs dos... Je vous l'ai dit, c'est banal.

— En tout cas, il est hors de question que j'apparaisse au bal avec une cravate de travers.

Flora la rajusta dans un rire... Il se pencha et l'embrassa. C'était une sensation exquise. Elle noua les doigts sur la nuque de Hugh et répondit à son baiser avec ardeur... Ce fut lui qui mit fin à l'étreinte. Flora le regarda.

— Vous n'aimez pas être embrassé ?

— Oh, si. Enormément. Je crains d'avoir perdu l'habitude. Il y a si longtemps que cela ne m'était pas arrivé.

— Oh, Hugh, personne ne peut vivre sans amour.

— J'avais cru que je le pouvais.

— Vous n'êtes pas assez égoïste. Vous êtes fait pour avoir une femme et des enfants.

— J'ai déjà essayé et ça a été la catastrophe.

— Ce n'est pas votre faute. La deuxième chance existe malgré ce que vous en avez conclu.

— Flora, j'ai trente-six ans. J'en aurai trente-sept dans deux mois. Je suis un petit médecin de campagne sans ambition, sans avenir, qui ne fera jamais fortune.

Je finirai probablement mes jours à Tarbole, comme mon vieux père... Quelle femme accepterait de partager une existence aussi terne ?

— Pourquoi dites-vous « terne » ? Vous exercez le plus noble métier qui soit.

— Peut-être, mais il s'agit de ma propre vie. J'entends n'imposer mes habitudes à personne.

— Si une femme vous aime, elle aimera tout autant vos habitudes.

— C'est facile à dire, murmura-t-il. (Puis, changeant brusquement de sujet :) Que ferez-vous quand tout sera réglé avec les Armstrong ?

Elle le regarda, ulcérée par ce soudain revirement.

— Je partirai.

— Où irez-vous ?

Flora haussa les épaules.

— A Londres. Je chercherai un emploi. Pourquoi ?

— Je commence à entrevoir le vide que vous laisserez derrière vous... L'obscurité. Comme une lumière qui s'éteint tout à coup. (Il eut un sourire sans joie.) Allons-y. Il faut y aller maintenant.

Ils sortirent dans le couloir. Le hall bourdonnait encore d'éclats de voix et de musique. Flora sentit son courage l'abandonner.

— Vous resterez près de moi ?

— Antony sera là.

— Danserez-vous avec moi ?

— Tout le monde voudra danser avec vous.

— Mais...

Sa phrase resta en suspens. Il était difficile de renoncer à ce lien fragile et ténu qui l'attachait à lui.

— Après, je vous emmène souper, l'entendit-elle dire, et de toutes ses forces, elle s'accrocha à cette proposition comme à une bouée de sauvetage.

— Vraiment ?

— C'est promis. Allons-y, à présent.

Quand le dîner dansant organisé par Tuppy en l'honneur d'Antony et de Rose fut terminé, Flora n'avait en mémoire qu'une succession d'images éparses, comme une série d'instantanés sans ordre chronologique apparent.

Elle, au bras de Hugh, descendant l'escalier en direction d'un monde de sons et de lumières, d'où une multitude de visages levaient les yeux vers elle... Des présentations à n'en plus finir. Baisers, félicitations, poignées de main.

Un groupe d'hommes d'âges variés, en kilt.

Une Mme Clanwilliam, dans le salon, coiffée d'une perruque, à moins que ce fût un nid d'oiseaux, le tout couronné d'un antique diadème de diamants, assise près du feu, un verre de whisky à la main. Elle était d'une humeur massacrante parce que ses rhumatismes l'empêchaient de danser et parlait de la voix haute des sourds. Elle aurait bientôt quatre-vingt-sept ans, avait-elle déclaré.

Les Crowther, dansant ensemble... M. Crowther poussant des cris bizarres chaque fois qu'il tournait, et Mme Crowther faisant virevolter les volants de sa jupe écossaise.

Le champagne. Un vieil homme à la figure couperosée chantant les louanges de Tuppy et regrettant de ne pas l'avoir épousée « pendant qu'il était encore temps ».

Jason, ébauchant les pas compliqués de *Strip the Willow*, une sorte de gigue des Highlands, entraînant Flora dans son sillage.

Anna Stoddart, superbe dans une robe d'une élégance folle, assise près d'Isobel sur le canapé.

Brian Stoddart, avec son œil au beurre noir.

Flora l'avait dévisagé sans pouvoir réprimer un sourire et il s'était renfrogné.

— A quoi rime ce regard pénétrant ?

— Anna m'a dit que vous étiez entré dans une porte.

— Ce cher Dr Kyle apprendra un jour à ses dépens à ne pas fourrer le nez dans les affaires des autres et, surtout, à garder les mains dans ses poches.

— Ainsi, c'était bien Hugh.

— Inutile de prendre cet air innocent, Rose. Vous avez très bien saisi ce qui s'est passé... Il adore faire régner l'ordre. Je vous aurais bien invitée à danser mais la seule idée de sautiller comme un singe me répugne et, manifestement, l'orchestre ne sait pas jouer autre chose.

— Je sais, répondit Flora d'une voix compatissante. L'ennui de la province. Mêmes visages, mêmes habits, mêmes conversations.

Il plissa les yeux.

— Ai-je détecté un soupçon de sarcasme dans vos remarques, Rose ?

— Peut-être. Un très léger.

— Vous aviez un humour plus corrosif autrefois.

— J'ai évolué.

— On dirait plutôt que vous avez subi un lavage de cerveau.

— Je ne suis pas la fille que vous avez connue, Brian. Je ne l'ai jamais été.

— En effet, un changement s'est produit en vous. Je le regrette du fond du cœur.

— Vous pourriez essayer de vous améliorer, vous aussi.

Une ombre passa dans les prunelles pâles de Brian.

— Je vous en supplie. Epargnez-moi vos leçons de morale.

— Vous ne pensez donc jamais à Anna ?

— Presque tout le temps.

— Alors, prenez une coupe de champagne, allez vous asseoir auprès d'elle et dites-lui qu'elle est belle.

— Non. Ce serait faux.

— Faites en sorte que cela paraisse vrai... Cela ne vous coûtera pas un sou, ajouta-t-elle d'un ton suave.

Elle avait dansé avec Antony mais n'avait pas eu l'occasion de le questionner en tête à tête. Il fallait qu'elle sache la réaction de Tuppy avant la fin de la soirée. Elle finit par le dénicher dans la salle à manger, devant le buffet, où il emplissait une assiette de saumon fumé et salade de pommes de terre.

— A qui destinez-vous ce festin ?

— A Anna. Elle ne restera pas jusqu'à la fin, et Isobel insiste pour qu'elle mange quelque chose.

— Je voudrais vous parler.

— Moi aussi.

— Tout de suite.

— D'accord, soupira-t-il après avoir jeté un regard anxieux alentour.

— Quelque part où nous serons tranquilles.

— Je propose l'office. Vous savez, la petite pièce que Mme Watty et Isobel réservent au nettoyage de l'argenterie.

— Très bien.

— Alors cueillez au passage une bouteille et deux verres et partez en direction de la cuisine. Je vous rejoindrai là-bas.

— On risque de remarquer notre absence.

— Les fiancés ont le droit de s'isoler pendant une dizaine de minutes. Personne n'y verra d'inconvénient... A tout de suite.

Il s'éloigna avec le dîner d'Anna. Flora prit une bouteille de vin blanc et deux verres. D'un air naturel, elle prit la direction de la cuisine. L'office se logeait dans le même couloir. La jeune fille s'y faufila sans se faire remarquer.

C'était une petite pièce, éclairée d'une fenêtre, aux

murs tapissés de placards, avec pour tout mobilier une petite table recouverte d'une nappe cirée. Une odeur d'encaustique imprégnait l'air. Elle s'assit sur la table... Antony arriva peu après, à pas de loup, comme un conspirateur. A l'instar de quelque héros de série B, il s'adossa contre le battant de la porte et sourit à Flora.

— Enfin seuls ! gémit-il. Je viens de vivre l'expérience la plus traumatisante de ma vie. Je ne suis pas prêt à recommencer.

— Cela vous servira de leçon. Ne vous fiancez plus jamais avec une fille comme Rose.

— Je vous en prie, pas de sermon ! Vous êtes dans le pétrin jusqu'au cou, vous aussi.

— Antony, je tiens à savoir ce que Tuppy a dit.

Le sourire du jeune homme s'effaça. Il remplit les deux verres, en tendit un à Flora.

— Elle a été furieuse.

— Vraiment ?

— Elle m'a presque insulté... « Tu ne m'as jamais menti de ta vie et maintenant, parce que tu as cru que je devenais sénile, tu as osé me jouer cette comédie », etc., etc.

— Est-elle toujours furieuse ?

— Plus maintenant. Elle a fini par me pardonner mais je me sens vraiment minable.

— Est-elle fâchée contre moi aussi ?

— Non, elle regrette que vous soyez mêlée à cette histoire sordide. J'ai pris l'entière responsabilité de cette mise en scène en vous attribuant le rôle de la victime... Mais comment saviez-vous que j'allais tout avouer à Tuppy ce soir ?

— Hugh me l'a dit.

— Il a compris depuis longtemps que vous n'étiez pas Rose.

— Grâce à une cicatrice que j'étais censée porter sur le bras.

— On se croirait dans un conte des *Mille et Une Nuits*. Le vrai prince a un grain de beauté en forme d'étoile sur la fesse gauche... Quant à moi, je n'ai pas remarqué qu'une cicatrice marquait le bras de Rose... Hugh me l'a dévoilé en début de soirée. A mon tour, je lui ai raconté le reste. Rose, vous, vos parents, le départ de Rose en Grèce en vous laissant dans l'appartement... Il m'a conseillé de tout dire à Tuppy sans délai en me menaçant de le faire lui-même.

— Si vous ne lui aviez pas tout avoué, je n'aurais pas pu continuer à jouer la comédie ce soir.

— Que voulez-vous dire ?

— Chacun a une certaine aptitude au mensonge. J'avoue que la mienne est limitée. J'ai horreur d'abuser les gens, surtout si je les respecte.

— Je n'aurais jamais dû vous entraîner dans cette aventure.

— Je n'aurais jamais dû accepter de vous suivre.

— Eh bien, à présent que nous avons étalé nos regrets, buvons à nos retrouvailles.

Flora s'était levée.

— Nous avons assez bu, dit-elle en lissant la jupe ajourée de sa robe.

Antony posa son verre pour la prendre par les épaules et l'attirer vers lui.

— Je vous trouve très en beauté ce soir, mademoiselle Waring.

— Illusion d'optique due à la robe de tennis de Tuppy.

— Pas du tout. Cela vient de vous. Les yeux brillants, la mine resplendissante... Superbe.

— Le champagne, peut-être.

— J'en doute. Je parie plutôt que vous êtes amoureuse. Et que vous êtes aimée en retour.

— Voilà une pensée romantique.

— Dommage que l'heureux élu ne soit pas moi.

— Nous en avons déjà discuté. Tout est une question d'atomes crochus, comme on dit.

Il déposa un baiser sonore sur le bout de son nez.

— Je vous l'ai probablement déjà dit, mais vous êtes la fille la plus sensationnelle quc j'aie jamais connue.

Amoureuse. Aimée en retour.

Antony n'était pas tombé de la dernière pluie. Toute la soirée, Flora n'avait eu d'yeux que pour Hugh, n'avait ressenti que la présence de Hugh, n'avait fait qu'épier Hugh, solidement campé sur ses jambes, dépassant d'une bonne tête les autres invités de Tuppy. Depuis qu'ils avaient regagné le salon, ils n'avaient pas échangé un mot, n'avaient pas dansé une seule fois ensemble.

C'était un pacte tacite. La certitude que leur relation amorçait un tournant délicat. Le souhait de préserver de la curiosité générale ce qu'ils considéraient comme quelque chose de précieux. Cette secrète complicité avait suffi à remplir d'espoir le cœur de Flora... Elle se sentait comme une timide adolescente à l'aube de son premier flirt. A vingt-deux ans, elle ne possédait presque aucune expérience de l'amour. Quelques amitiés amoureuses, quelques coups de cœur vite déçus. Un chevalier servant à Londres... Un soupirant en Grèce où elle s'était rendue un été... Chacun avait eu un morceau de son cœur, une partie d'elle-même. Alors que quand on était amoureux, on avait envie de tout donner.

Ayant été élevée par son père, Flora s'était fait de fausses idées sur le couple. Et maintenant, après ce séjour incroyable dans les Highlands, l'amour lui était apparu sous un jour différent. Comme dans un éblouissement, elle avait compris que tout ce qu'elle avait pris jusqu'alors pour un sentiment amoureux n'était qu'engouement passager.

Parce que Hugh, c'était autre chose. Il avait déjà été marié, c'était un médecin de campagne sans avenir, selon ses propres termes. Il ne serait jamais riche, son existence ne révélerait aucune surprise. Pourtant, avec une certitude absolue, Flora savait qu'il était l'homme de sa vie et qu'elle n'en voulait pas d'autre. Qu'elle était prête à le chérir jusqu'à la fin des temps, ici, à Tarbole, dans sa maison biscornue.

Elle n'avait jamais éprouvé auparavant une passion aussi impétueuse.

Minuit... Ereintés, en nage, les musiciens venaient d'exécuter pour la deuxième fois, à la demande générale, *Le Duc de Perth*. Enfin, abandonnant leurs instruments, ils filèrent en direction de la cuisine où Mme Watty leur avait servi un souper bien mérité... Antony, assisté de Jason, avait aussitôt posé sur la platine de la chaîne stéréo un des disques qu'il avait apportés d'Edimbourg.

La plupart des invités, aussi épuisés que les musiciens, avaient battu en retraite dans la salle à manger, en quête de rafraîchissements. Seuls quelques couples restaient et dansaient toujours, dans le hall. Assise sur les marches, Flora prêtait une oreille distraite au bavardage du jeune propriétaire d'une petite conserverie de saumon à Ardnamurchan.

— Vous n'avez pas faim ? s'enquit-il gentiment. Voulez-vous que j'aille vous chercher quelque chose ?

— Non, merci. J'ai promis à Hugh Kyle de souper avec lui.

— Hugh ? Où est-il ?

— Je n'en ai pas la moindre idée, mais il ne tardera pas à se montrer.

— Je vais le prévenir que vous l'attendez, dit le jeune homme en se redressant et en lissant les plis de son kilt. Il doit probablement être en grande conversation avec un vieux pêcheur du coin.

— Ne vous inquiétez pas pour moi. Allez plutôt vous servir au buffet.

— L'un n'empêche pas l'autre. Je me dépêche avant que la dinde froide disparaisse, dit-il en s'en allant vers le buffet.

Le second disque se mit en marche. Une musique suave, presque irréelle après les danses folkloriques qui, toute la soirée, avaient fait vibrer le vieux parquet de chêne.

Dansons comme un couple démodé
dans les bras l'un de l'autre...

Elle ne reconnut pas la voix du chanteur. Antony se balançait doucement au rythme langoureux du blues, avec une jeune femme vêtue d'une robe bleu électrique. Brian Stoddart serrait contre lui une élégante en tenue de crêpe noir et boucles d'oreilles étincelantes.

Dansons, joue contre joue,
cœur contre cœur...

Hugh arriverait d'un instant à l'autre. Il l'avait promis. Elle attendit encore, assise sur la marche, se sentant un peu ridicule, mais n'osant se lever, intimidée comme une jeune fille à son premier rendez-vous... Le propriétaire de la conserverie ne revint pas. Flora en conclut qu'il avait rejoint le groupe des pêcheurs. Au bout d'un moment, incapable de se contenir davantage, elle décida d'aller chercher Hugh sur-le-champ... Elle fit le tour des pièces, d'un air d'abord décontracté, puis de plus en plus anxieux, en demandant à droite et à gauche :

— Avez-vous vu Hugh Kyle ? Quelqu'un a vu Hugh Kyle ?

Personne ne l'avait vu. Elle ne le trouva pas. Plus tard, elle apprit qu'à la suite d'un coup de fil annonçant la venue au monde prématurée d'un bébé, Hugh était parti.

L'orage éclata soudain et, vers deux heures du matin, il avait atteint la plénitude de sa force. Les retardataires enfilaient manteaux et imperméables, prêts à affronter les éléments déchaînés. Chaque fois que la porte d'entrée s'ouvrait, un souffle glacé s'engouffrait dans le hall. La cheminée fumait tant qu'elle pouvait et les rideaux ondulaient dans le courant d'air. Dehors, le déluge sillonnait le jardin de sombres rigoles brillantes, tandis que des rafales de vent emportaient les feuilles mortes dans un tourbillon démentiel.

Le dernier couple, emmitouflé dans de lourds pardessus, tête baissée contre le vent, dégringola les marches ruisselantes du perron pour se glisser dans sa voiture. Antony ferma les lourds battants et poussa les loquets. Harassés, les habitants de la demeure se retirèrent dans leurs appartements.

Le fracas de l'ouragan reprit de plus belle. L'océan déferlait par vagues sur la plage, noyant le sable d'écume.

Seule dans sa chambre, pelotonnée sous l'édredon, Flora guettait chaque bruit. Elle avait les yeux secs. A la fin de la soirée, elle avait avalé une tasse de café noir. Les battements de son cœur lui faisaient l'effet d'un balancier. Sa tête était pleine du son éclatant de la gigue, d'images décousues, de voix inaudibles. De sa vie elle ne s'était sentie plus réveillée.

Les lueurs grises de l'aube s'immisçaient dans le noir frémissant du firmament, quand, vaincue par la fatigue, elle sombra dans un sommeil peuplé de rêves extravagants. Lorsqu'elle rouvrit les yeux, il était encore tôt, mais l'interminable nuit s'était enfin achevée. Elle tourna le regard vers la fenêtre nimbée de lumière froide. Antony se tenait au pied de son lit : les traits tirés, les joues veloutées d'une barbe naissante, les cheveux ébouriffés. Il était vêtu d'un tweed sur un vieux pantalon de velours côtelé et tenait deux tasses fumantes.

— Bonjour, Flora... Il est dix heures et demie. Je vous ai apporté un peu de café.

— Merci, murmura-t-elle en étouffant un bâillement.

Il s'était assis sur le lit.

— Comment vous sentez-vous ?

— Hagarde.

— Buvez. Vous vous sentirez mieux.

Elle avala une gorgée du breuvage brûlant.

— Les autres sont levés ?

— Ils sont en train de faire surface. Sauf Jason, qui dort à poings fermés. Isobel et Mme Watty sont debout depuis huit heures du matin... Il ne reste plus une trace de la fête.

— Mon Dieu, j'aurais dû les aider !

— Je vous aurais laissée vous reposer si cette lettre n'était pas arrivée de bon matin. Je me suis dit que vous auriez envie de la lire tout de suite.

Elle prit l'enveloppe sur laquelle s'étalait l'écriture de son père et le cachet du bureau de poste de Cornwall. Elle était adressée à Mlle Rose Schuster.

— Une lettre de papa, murmura-t-elle.

— Je m'en suis douté. Vous lui avez écrit ?

— Il fallait bien que je parle à quelqu'un, Antony.

— J'ignorais que le besoin de confession était aussi enraciné en vous. Vous lui avez tout dit ?

— Absolument tout.

— Oh... le pauvre homme a dû recevoir un choc.

— Probablement, admit-elle lamentablement.

Elle avait commencé à décacheter l'enveloppe.

— Préférez-vous que je me retire, afin que vous puissiez parcourir tranquillement votre courrier ?

— Surtout pas..., fit-elle en dépliant prudemment le feuillet. Son œil capta le début : *Flora, ma chérie*... Je suis encore sa fille chérie. Apparemment, il a surmonté le choc.

Réconfortée par la chaleureuse présence d'Antony à son côté, elle se mit à lire la lettre.

Seal Cottage, Lanyon, Lands End, Cornwall.

Flora, ma chérie,

J'adresse cette missive à Rose, suivant tes instructions. L'enveloppe est là, sur mon bureau, preuve vivante que le mensonge engendre d'autres mensonges, comme une épidémie qui contaminerait progressivement de plus en plus de personnes.

Je suis content que tu m'aies écrit aussi longuement. Dans ta lettre tu semblais redouter ma réponse. Je te rassure tout de suite, non seulement je ne suis pas furieux, mais j'essaierai de t'aider à résoudre tes problèmes.

D'abord, Rose. J'ai toujours espéré que tu n'en saurais jamais rien. Mais voilà, c'est arrivé, alors, je te dois une explication.

Ta mère et moi avions pris la décision de nous séparer dès la première année de notre mariage. Elle était alors enceinte mais nous avons trouvé inutile de continuer à vivre ensemble jusqu'au terme de sa grossesse. Nous sommes convenus qu'elle aurait la garde du bébé et qu'elle l'élèverait seule. Après quoi, elle est retournée chez ses parents.

Tu sais maintenant qu'elle a donné naissance à des jumelles. Dès qu'elle s'en est aperçue, Pamela est devenue hystérique. Aussi a-t-elle changé d'avis. Un bébé, ça pouvait aller ; deux, c'était trop. Lors de ma première visite à la clinique, elle m'a annoncé sa nou-

velle décision. Elle garderait un bébé, je prendrais l'autre.

J'avoue avoir trouvé la proposition séduisante. Pamela a séché ses larmes et nous avons tous deux jeté un coup d'œil sur nos jumelles, couchées dans deux berceaux identiques. C'était la première fois que nous nous voyions depuis notre séparation. Rose dormait comme un ange. Elle avait des cheveux sombres et soyeux, une peau nacrée, de petits poings adorables. Toi, en revanche, tu arborais une tignasse hirsute, étais rouge écrevisse et couverte de taches de son. Ta mère tendit les bras vers Rose. L'infirmière la lui mit dans les bras et le partage fut consommé.

Mais moi aussi j'avais fait mon choix. Je ne pouvais plus t'entendre pleurer, comme si tu souffrais je ne sais quel martyre. Je t'ai prise dans mes bras, tu as fait un rot et tu as cessé de pleurer. Tu as ouvert les yeux et nous nous sommes regardés. Je n'avais jamais encore tenu un bébé entre mes mains. J'étais mal préparé à l'émotion que je ressentirais. Un immense sentiment d'amour et de fierté. Tu étais mon bébé. Rien ni personne ne pourrait jamais t'enlever à mon affection.

Voilà comment cela s'est passé. Aurais-je dû te le dire ? Je n'ai jamais su la réponse. Oui, sans doute. Mais tu paraissais si heureuse, si épanouie que j'ai eu scrupule à introduire le doute et l'insécurité dans ta tête d'enfant. Pamela était partie, emmenant Rose. Le divorce a été prononcé et je ne les ai plus jamais revues.

L'hérédité tout comme l'environnement constituent des facteurs étonnants. Si j'ai bien compris, Rose est devenue la réplique exacte de sa mère. Cependant je me refuse à croire que, dans les mêmes circonstances, tu te transformerais en une créature aussi égoïste, écervelée, voire malhonnête.

Ta situation actuelle me préoccupe. Pas seulement

pour toi et le jeune Antony, mais surtout pour les Armstrong. Ces gens méritent plus qu'une affreuse déception. Mon conseil : dites-leur la vérité le plus vite possible. Et soyez prêts, tous les deux, à en subir les conséquences.

Lorsque cela sera fait, je voudrais que tu reviennes à la maison, Flora, c'est un ordre, pas une suggestion, comme je te disais quand tu étais petite. Nous avons un tas de choses à discuter. Le temps se chargera d'effacer cet épisode qui, à l'évidence, t'a traumatisée.

Marcia t'envoie son affection et moi aussi. Tu es mon seul enfant, ma petite fille chérie.

Ton père, qui t'adore.

Elle tendit la lettre à Antony en se demandant si elle n'allait pas fondre en larmes.

— Je vais rentrer chez moi, déclara-t-elle.

— A Cornwall ?

— Oui.

— Quand ?

— Tout de suite.

Il parcourut rapidement le feuillet, tandis qu'elle avalait son café, puis se levait en enfilant son vieux peignoir duveteux. Par la fenêtre, on apercevait un ciel bas couleur de plomb. La marée avait atteint son point culminant et des trombes d'eau grise déferlaient sur la plage, par-dessus les rochers. Quelques mouettes s'escrimaient à déployer leurs ailes contre le vent. Des feuilles mortes jonchaient la pelouse.

— Voilà une lettre sympathique, apprécia le jeune homme.

— Papa est un homme sympathique.

— Voulez-vous que je vous accompagne ? Et que j'aille subir à votre place les foudres paternelles ?

Elle lui sourit, touchée par sa sollicitude.

— Cela ne sera pas nécessaire. Et puis, vous avez d'autres chats à fouetter, ici même.

— Vous voulez partir aujourd'hui ?

— Peut-être arriverai-je à attraper un train à Tarbole.

— L'express de Londres part à treize heures.

— Antony, me conduirez-vous à la gare ?

— Je vous aurais volontiers conduite au bout du monde, Flora.

— Tarbole me suffit amplement. Maintenant, sortez. Je vais m'habiller, puis j'irai voir Tuppy... Antony ! appela-t-elle cependant qu'il s'éloignait... La bague !

Elle fit glisser l'anneau orné du saphir le long de son doigt, le récupéra dans sa paume ouverte.

— Prenez-la. Elle pourra vous servir à nouveau un de ces jours.

— Bah, fit Antony. Cette fichue bague ne me porte pas chance.

— Allons, cessez de vous comporter comme un paysan superstitieux des Highlands... Pensez plutôt à votre sens de l'économie typiquement écossais. Ce bijou a dû vous coûter une fortune, non ?

En souriant, Antony enfouit la bague dans sa poche.

— Je vous attends en bas.

Lavée et habillée, Flora fit son bagage avant de ranger méticuleusement la chambre, comme pour effacer toute trace de son passage... Tuppy, elle le savait, l'attendait dans son antre, à l'autre bout du couloir. A peine frappait-elle à la porte close que la vieille dame lui criait d'entrer.

Flora s'exécuta. Tuppy était penchée sur la presse du matin. Elle ôta ses lunettes, se redressa dans son lit. Leurs yeux se rencontrèrent. Ceux de la vieille dame paraissaient si tristes que Flora en eut un pincement au cœur. Son fin visage se contracta, ce qui amena un sourire sur les lèvres de son hôtesse.

— Flora !

Quel soulagement de ne plus être appelée Rose ! Comme le pigeon voyageur qui rentre au nid, la jeune fille fonça dans les bras de Tuppy.

— Je ne sais quoi dire... ni avec quels mots vous le dire... Je suis désolée. J'ignore comment vous demander pardon.

— Ne vous justifiez pas, mon petit. Vous avez fait une bêtise avec Antony, mais la nuit porte conseil et j'ai eu toute la nuit pour réfléchir. Votre mensonge partait d'une bonne intention, certes, mais l'enfer est pavé de bonnes intentions. J'étais furieuse contre Antony, hier soir.

— Il me l'a dit.

— Je suppose qu'il m'a crue au bord de la tombe, pour mentir ainsi. Quant à Rose, je suis contente qu'il n'épouse pas cette créature sans cœur qui l'a quitté pour le premier venu, sans même un mot d'explication ! Quelle cruauté !

— Je suis venue à Fernrigg à la place de Rose uniquement pour aider Antony.

— Je comprends. C'est gentil à vous. Vous n'avez pas dû vous amuser tous les jours.

— M'avez-vous pardonné ?

Tuppy l'embrassa avec fougue.

— Mais oui, ma chérie. Mon seul regret est que vous et Antony ne soyez pas amoureux l'un de l'autre. Mais que voulez-vous, l'amour ne se commande pas.

— Tuppy...

En face, l'œil bleu se fit attentif.

— J'ai reçu ce matin une lettre de mon père. Je ne sais si Antony vous l'a dit, il est professeur et vit à Cornwall. Je lui ai écrit au début de la semaine parce que j'avais un irrépressible besoin de me confier à quelqu'un...

— Que vous a-t-il répondu ?

Flora tira la lettre de sa poche.

— Lisez vous-même.

Tuppy chaussa ses lunettes, lut la missive en silence de bout en bout.

— Quelle histoire extraordinaire ! murmura-t-elle. Et quel homme merveilleux... Allez-vous rentrer chez vous ?

— Aujourd'hui. Un train part à treize heures. Antony me conduira à la gare.

Une ombre passa dans les yeux de Tuppy.

— Mon Dieu, cette idée m'insupporte.

— Moi aussi.

— Mais vous reviendrez. Promettez-le-moi. Revenez nous voir quand vous voulez. Nous vous attendrons.

— Vous voulez encore de moi ?

— Nous vous aimons, mon petit. C'est aussi simple que ça... Votre père a raison, continua-t-elle en se calant sur les oreillers, un bref séjour à Cornwall vous fera le plus grand bien.

— J'ai horreur des scènes de séparation. Je ne sais quoi dire à Jason, Isobel, la nurse ou Mme Watty. Ils ont tous été si gentils, si...

— Pourquoi voulez-vous à tout prix leur dire quelque chose ? Dites simplement que vous avez reçu une lettre et que vous devez partir. Quand Antony reviendra de la gare, il leur expliquera. Après tout, c'est lui qui vous a entraînée dans ce pétrin.

— Et tous ces gens, hier soir ?

— La rumeur que les fiançailles ont été rompues occupera les commères pendant une semaine ou deux.

— Mais vos amis sauront tôt ou tard que j'avais pris la place de Rose.

— Eh bien, ils vont se poser des questions, puis ils oublieront. Après tout, aucun crime n'a été commis. Personne n'en est mort.

— Avec vous, les choses deviennent si simples...

— La vérité simplifie tout. Je ne remercierai jamais assez Hugh. Sans lui, Dieu seul sait combien de temps cette farce stupide aurait duré. Nous lui devons tout... Vous savez, il vous aime beaucoup, Flora.

La jeune fille demeura assise, les yeux baissés sur ses mains crispées. Ses phalanges avaient blanchi et ses longs cils jetaient une ombre bleutée sur ses joues pâles. Tuppy sentit sa détresse. Sa vieille main chercha celle de Flora : elle était glacée.

— Tout va bien, murmura Flora sans lever le regard.

— Mais non, justement. Vous avez l'air bouleversée. Qu'est-ce qui vous tracasse, ma chère enfant ? Antony ?

— Non... bien sûr que non...

— Hugh ?... C'est Hugh, n'est-ce pas ?

— Oh, Tuppy, je ne veux pas en parler.

— Au contraire, parlons-en. Je déteste vous voir malheureuse. Etes-vous amoureuse de lui ?

Flora leva la tête. Ses yeux étaient sombres et profonds comme des lacs.

— Sans doute.

La vieille dame fronça les sourcils. Elle comprenait parfaitement les sentiments de Flora à l'égard de Hugh. Or, c'était bien la première fois qu'une intrigue se nouait sous son nez sans qu'elle s'en rendît compte.

— Eh bien, eh bien, susurra-t-elle. Je n'arrive pas à m'imaginer quand...

— Ça n'a pas d'importance, coupa Flora d'une voix plate. Ce... cette idylle n'a pas d'avenir.

— Et pourquoi donc ?

— A cause de Hugh. La vie l'a trop blessé, il a peur de recommencer. Il a construit un univers qu'il ne veut partager avec personne. Il n'a pas besoin d'une autre épouse... Il dit qu'il n'aura pas grand-chose à lui offrir.

— Il semble que vous ayez évoqué cette possibilité.

— Pas vraiment. Nous en avons vaguement parlé hier soir en buvant du champagne... l'alcool délie les langues, c'est bien connu.

— Est-ce qu'il sait ce que vous éprouvez pour lui ?

— Tuppy, j'ai ma fierté. J'ai essayé de le mettre au courant, mais il a fait la sourde oreille.

— Vous a-t-il raconté son histoire avec Diana ?

— Oui, mais pas hier soir, avant.

— Il ne se serait jamais confié s'il ne se sentait pas des affinités avec vous.

— On peut se découvrir des affinités avec quelqu'un sans l'aimer pour autant.

— Hugh est têtu comme une mule et terriblement orgueilleux.

— Je sais, répondit Flora avec un sourire sans joie. Hier soir nous étions censés souper ensemble... Il avait prétendu qu'il ne danserait pas avec moi, parce que tout le monde allait m'inviter, mais il avait promis de m'emmener souper. J'ai attendu des heures durant cet instant. Je croyais que lui aussi ne pensait qu'à cela... Pourtant, il est parti. Il a reçu un coup de fil à propos d'un accouchement, je crois. Il n'a pas hésité une seconde.

— Il est médecin, ma chère.

— Il aurait pu me prévenir. Me dire au revoir au moins.

— Peut-être n'en a-t-il pas eu le temps.

— Je sais que j'exagère. Mais je ne puis faire autrement.

— Croyez-vous que vous arriverez à l'oublier quand vous serez loin ?

— Je n'en sais rien. Je suis incapable de donner une réponse aux questions les plus simples. Je ne suis qu'une idiote !

— Au contraire, je vous trouve exceptionnellement

lucide. Hugh est un homme hors du commun. Il dissimule ses qualités derrière ses manières un peu rudes et son franc-parler.

— Que dois-je faire ?

— Allez voir votre père. Allez chercher vos bagages, et demandez à Antony de vous emmener à Tarbole en voiture... C'est aussi simple que ça.

— Croyez-vous ?

— Quand les choses se compliquent, il faut toujours dénouer le nœud de l'intrigue. Embrassez-moi et filez. Reposez-vous à Cornwall et tâchez de voir plus clair dans vos pensées. Quand vous reviendrez, nous recommencerons tout sur de nouvelles bases.

Elles s'embrassèrent.

— Je ne vous remercierai jamais assez, gémit Flora.

— Il n'y a qu'une seule façon de me remercier. En revenant ici.

Un minuscule jappement s'éleva du coin du lit. Sortie de sa sieste, Sukey donna un gentil coup de langue sur la main de Flora.

— Sukey ! as-tu enfin décidé d'être aimable avec moi ? s'écria-t-elle en riant.

— Sukey a le sens de l'observation, dit Tuppy. Elle a dû enfin réaliser que vous n'étiez pas Rose.

Flora s'était redressée.

— Il est grand temps que je m'en aille. Adieu, Tuppy.

— Non, pas adieu, Flora. Au revoir... Flora ?

Sur le seuil de la porte, la jeune fille se retourna.

— Oui, Tuppy ?

— La fierté compte certes parmi les grandes qualités de l'âme humaine. Cependant, un malentendu entre deux personnes fières aboutit souvent à une catastrophe.

Elle avait pris son bagage, avait lancé un ultime

regard à la chambre qu'elle quittait. Seule la robe de bal suspendue à un cintre dans l'armoire vide montrait qu'elle avait vécu dans cette chambre. Flora descendit l'escalier. La demeure avait retrouvé son visage de tous les jours. Des éclats de voix l'attirèrent vers le salon. Devant la cheminée Antony et Isobel étaient en grande conversation. Lorsque Flora entra dans la pièce, ils se tournèrent vers elle.

— J'ai dit la vérité à tante Isobel, annonça Antony.

— J'en suis contente, murmura Flora.

Les traits d'Isobel reflétaient tour à tour surprise et confusion. Elle avait mis un moment à comprendre les informations que son neveu essayait de lui communiquer.

Un seul fait lui paraissait clair. Rose... non, Flora, repartirait aujourd'hui. Maintenant. Comme ça. Cette constatation avait bouleversé Isobel.

— Ne partez pas, implora-t-elle, sachant que sa requête était inutile. Peu importe qui vous êtes. Nous aimerions que vous restiez.

— Malheureusement, je dois m'en aller.

— La lettre de votre père... Antony me l'a dit.

— Où sont les autres ? s'enquit Flora à l'adresse du jeune homme.

— Ils savent que vous partez mais ignorent que vous n'êtes pas Rose. Cela vous facilitera la tâche... Je leur expliquerai plus tard. Mme Watty est en train de vous préparer un pique-nique. Elle ne fait guère confiance aux déjeuners pris dans les trains.

— Je suis prête.

— Je vais les chercher, dit Antony.

Lorsqu'il sortit du salon, Flora s'approcha d'Isobel.

— Vous reviendrez, n'est-ce pas ? questionna celle-ci.

— Tuppy a eu la gentillesse de m'inviter.

— J'aurais tant souhaité que vous épousiez Antony.

— Moi aussi, Isobel, il appartient à une famille fabuleuse. Hélas, les choses sont plus compliquées que cela.

Un soupir échappa à Isobel.

— Oui, ça ne marche jamais comme on voudrait. On bâtit patiemment un édifice, et un beau jour il s'écroule comme un château de cartes.

— Au revoir, Isobel.

Les deux femmes s'embrassèrent avec effusion.

— Reviendrez-vous ? répéta la plus âgée.

— Sans faute ! l'assura la plus jeune.

Il ne restait plus qu'à saluer les autres. Ceux-ci s'étaient alignés dans le hall. A la vue de leurs visages tristes, Flora eut un pincement au cœur. Personne ne remarqua que la bague de fiançailles ne miroitait plus à son doigt. Elle donna un baiser à la nurse, puis à Mme Watty qui lui mit entre les mains un sac contenant une portion de cake et quelques pommes. Finalement, elle s'agenouilla pour enlacer Jason. Le petit garçon noua ses bras autour de sa nuque.

— Je veux venir à la gare avec vous.

— Non, coupa Antony.

— Mais je veux...

— Je préfère que tu ne viennes pas, mon chéri, dit Flora. Je déteste les scènes d'adieu dans les gares... Merci de m'avoir appris les pas de la gigue.

— Tu ne les oublieras pas, hein ?

— Je m'en souviendrai jusqu'à la fin de mes jours.

Antony ouvrit la porte et un courant d'air glacial traversa le vestibule. L'instant d'après, ils étaient dehors, lui portant sa valise à bout de bras, elle le talonnant, la tête baissée contre la pluie. Il jeta le bagage sur la banquette arrière, aida Flora à s'installer à l'avant, puis prit le volant.

Bravant l'orage, toute la maisonnée était sortie sur le perron. Même Plummer se tenait devant le petit groupe. Le vent tordait le tablier de Mme McLeod, ébouriffait le chignon d'Isobel, mais ils demeurèrent sur place, jusqu'à ce que la voiture eût franchi les grilles pour se lancer sur la route trouée d'ornières.

C'était fini. Du bout des doigts, Flora effleura le sac que la cuisinière lui avait remis. Elle reconnut la forme compacte d'une pomme. Ses yeux fixaient la route à travers le pare-brise. La pluie formait un rideau fluide sur la vitre. Antony roulait lentement, ses codes allumés. Un camion se matérialisa soudain dans la brume, et ils dépassèrent une petite voiture visible à ses feux arrière, qui haletait sur le chemin.

— Sale temps pour partir, marmonna Antony.

— Tant mieux. Je n'aurai pas envie de regarder en arrière.

Elle n'avait pas oublié la splendeur du paysage sous le pâle soleil hivernal, ni le bleu translucide du ciel et des lochs. La voiture traversa Tarbole et elle revit le petit port bondé de bateaux.

— Antony, quelle heure est-il ?

— Midi un quart. Nous sommes en avance. Nous irons boire un café chez Ina, comme le jour où nous sommes arrivés d'Edimbourg.

— Mon Dieu, j'ai l'impression que des siècles se sont écoulés depuis.

— Tuppy était vraiment sincère quand elle vous a demandé de revenir.

— Prenez soin d'elle.

— J'essaierai. Elle ne me pardonnera jamais ce que j'ai fait. Pas plus que de ne vous avoir pas épousée, vous.

— Elle sait qu'un mariage ne se conclut pas à la légère.

— Oui, soupira-t-il. Elle le sait.

Ils longeaient le port, à présent. Les vagues se brisaient violemment contre le muret de pierre, inondant la rue d'eau grise et salée. La même odeur d'iode, de poisson et de pétrole saturait l'air. Au carrefour, elle reconnut l'endroit où elle avait garé le van. La petite gare s'érigeait de l'autre côté de l'esplanade, simple façade de granit surmontée d'un fronton devant des quais d'où s'étirait l'inextricable lacis des rails. En dépit des protestations de Flora, Antony lui offrit son billet pour Cornwall.

— J'ai de quoi payer, je vous assure...

— Ne soyez pas stupide, coupa-t-il d'une voix rude, afin de lui cacher son émotion.

Ils attendirent en silence dans le petit bureau où brûlait un maigre feu que l'employé prépare le billet. Lorsqu'il fut prêt, Antony le tendit à Flora.

— Vous changerez de train à Londres... Je vous aurais volontiers pris un retour si j'étais sûr que vous reveniez.

— Je reviendrai, répondit-elle en rangeant le billet dans son sac. Antony, allez-vous-en maintenant. Je préfère rester seule.

— Et moi j'entends vous mettre dans ce fichu tortillard.

— Non. Je déteste les gares, vous le savez. Comme je l'ai déjà fait remarquer à Jason, les scènes d'adieu me font pleurer. Après quoi je me sens ridicule.

— Mais il vous reste quarante minutes d'attente.

— Aucune importance. Je vous en prie, partez.

— D'accord. Si vous y tenez...

Elle laissa sa valise à la consigne et le raccompagna jusqu'au parking. Devant sa voiture, il la regarda.

— Eh bien, voilà, fit-il. Tout est bien qui finit bien.

— Saluez Tuppy de ma part.

— Ecrivez-moi. Restez en contact avec Fernrigg.

— Oui, bien sûr.

Ils s'embrassèrent.

— Vous savez quoi ? dit Antony.

Elle sourit.

— Je sais... Je suis la fille la plus sensationnelle que vous ayez jamais connue.

Le jeune homme remonta en voiture et démarra brutalement. Il disparut presque aussitôt au tournant. Flora demeura seule. La pluie s'était transformée en une sorte de crachin froid... Flora hésita un instant : qu'avait donc dit Tuppy ? *Un malentendu entre deux âmes fières aboutit souvent à une catastrophe.*

Elle se mit en marche.

Les rafales de vent rendaient pénible l'ascension de la colline. Enfin rendue à destination, Flora s'appuya contre le portail, afin de reprendre son souffle. Elle sentait le sel de l'air marin sur ses lèvres et ses joues. Sa main poussa la grille, et elle remonta l'allée sinueuse jusqu'au porche. Elle tira sur la sonnette.

Quelqu'un cria « voilà, voilà » de l'intérieur, après quoi le battant roula sur une femme d'âge indéterminé. Elle portait un tablier fleuri et des mules aux pieds qui faisaient penser à des lapins morts. Sans lui avoir jamais été présentée, Flora reconnut Jessie McKenzie.

— Vous désirez ?

— Le docteur est-il là ?

— Il est encore à son cabinet.

— Quand aura-t-il terminé son travail ?

— Qui vivra verra, répliqua la gouvernante. En général, les consultations commencent vers dix heures, mais ce matin, à cause de l'accident, le docteur n'a pas pu se mettre au travail avant onze heures et demie.

— Il y a eu un accident ?

— Ouaip ! Un câble s'est rompu sur un bateau de pêche. Résultat, une barrique de poissons a dégringolé sur le quai. L'un des dockers a eu une jambe cassée. Evidemment, le Dr Kyle a été appelé d'urgence. Il a fallu une ambulance pour transporter le pauvre garçon à l'hôpital de Lochgarry. Le docteur l'a accompagné... Bien sûr, il a fallu opérer. Il n'est pas rentré avant... oh, il devait bien être onze heures. Ensuite...

Elle était intarissable et Flora, qui craignait de manquer son train, l'interrompit.

— Serait-il possible de le voir ?

— Je n'en sais rien. Notez, j'ai vu l'infirmière sortir, signe que les consultations sont peut-être terminées. Le docteur n'a rien avalé depuis ce matin, je lui ai préparé un bon potage et... (Son regard se fixa sur Flora.) Etes-vous une patiente ? C'est urgent ?

— Oui, c'est urgent. Je dois attraper le prochain train pour Londres. Puis-je aller le voir ? Je ne le dérangerai pas s'il est occupé.

— En ce cas..., fit Jessie, songeuse. Oui, peut-être pourriez-vous tenter votre chance.

— Par où se rend-on au cabinet ?

— Suivez le petit chemin qui contourne la maison.

— Merci.

— Quel temps de cochon, hein ? soupira l'autre, prête à se lancer dans une nouvelle tirade.

Mais Flora était déjà dehors, contournant la maison. Le chemin dallé conduisait au cabinet, par une galerie couverte. Elle déboucha dans une salle d'attente déserte au linoléum maculé de traces de boue, signe du va-et-vient continu des patients. Une odeur de désinfectant lui chatouilla les narines. Au bout de la salle, une cloison de Plexiglas isolait le bureau, petite pièce étriquée encombrée de meubles à tiroirs et de classeurs. Le nom du praticien figurait sur le panneau... Rassemblant son courage, Flora tambourina contre le battant vitré.

— Entrez ! cria la voix familière.

Elle s'exécuta. Assis à sa table de travail, Hugh se penchait sur un dossier, en prenant des notes.

— Oui ? fit-il sans lever les yeux.

Elle se contenta de refermer la porte. Enfin, il la regarda. L'espace d'une seconde, il resta figé, avant de retirer ses lunettes en se calant dans son fauteuil, comme pour mieux l'observer.

— Que faites-vous ici ?

— Je suis venue vous dire au revoir.

Elle regrettait déjà son initiative. Le bureau, obscur et impersonnel, n'offrait aucun confort... Des murs jaunes, un linoléum marron, une vitrine débordant d'instruments sinistres.

— Où allez-vous ?

— A Cornwall. Chez mon père.

— Quand avez-vous pris cette décision ?

— Ce matin. Il m'a envoyé une lettre. Je lui avais écrit au début de la semaine pour lui raconter ce qui se passait. Où j'étais. Ce que je faisais.

— Que vous a-t-il répondu ?

— Il m'a incitée à retourner à la maison.

Une lueur amusée brilla un instant dans les prunelles de Hugh.

— Etes-vous ici pour vous cacher ?

— Bien sûr que non. Papa n'est pas furieux contre moi... J'ai mon billet, le train part dans une demi-heure et... je voulais juste vous saluer.

Il posa son stylo, puis se leva et s'approcha d'elle.

— Je suis désolé pour hier soir.

— J'ai pensé que vous aviez oublié notre souper. Ensuite, quelqu'un a mentionné l'appel téléphonique.

— J'ai vraiment oublié, confessa-t-il. Quand j'ai reçu ce coup de fil, je me suis précipité, comme toujours. J'étais à mi-chemin quand je me suis rappelé notre rendez-vous et, naturellement, c'était trop tard.

— Ce n'est pas grave.

— Ça l'a été pour moi.

— L'accouchement s'est bien passé ?

— Oui. Le bébé, une petite fille, a été placé en couveuse. Elle s'en sortira.

— Et le garçon qui a eu la jambe cassée ce matin ?

— Comment l'avez-vous su ?

— Par votre gouvernante.

— On ne peut pas se prononcer sur son sort avant un ou deux jours.

— Vous voulez dire qu'il va mourir ?

— Non... Mais il risque de perdre sa jambe.

— J'en suis navrée.

Hugh croisa les bras.

— Combien de temps resterez-vous chez votre père ?

— Je ne sais pas.

— Que ferez-vous après ?

— Comme je vous l'ai dit hier soir, je chercherai un emploi à Londres.

— Reviendrez-vous à Fernrigg ?

— Tuppy me l'a demandé.

— Et vous avez accepté ?

— Je ne sais pas. Cela dépendra...

— De quoi ?

Elle le fixa droit dans les yeux.

— De vous, je suppose.

— Oh, Flora...

— Hugh, je vous en prie. Ne me rejetez pas sans en discuter... au moins.

— Quel âge avez-vous ?

— Vingt-deux ans. Ne me dites pas que vous pourriez être mon père, parce que vous ne l'êtes pas.

— Je n'allais pas dire ça. Néanmoins, je suis suffisamment âgé pour éviter un nouveau désastre. Vous vous imaginez sans doute que vous êtes adulte, mais votre vie commence à peine. Un jour, quelque part, vous rencontrerez un jeune homme digne de vous. Quelqu'un qui vous mérite. Pas un obscur médecin de campagne qui a raté sa carrière et son premier mariage.

— Et si cet homme me plaît ?

— Vous en aurez vite assez... Flora, je n'ai rien de passionnant à vous offrir, j'ai essayé déjà de vous le démontrer hier soir.

— Je vous ai répondu que si une femme vous aime suffisamment, elle partagera votre existence avec joie.

— Excusez-moi, mais j'ai déjà commis cette erreur-là.

— Bon sang, Hugh, je ne suis pas Diana. Je suis moi-même. Diana vous a détruit ! Elle a détruit en vous la confiance. Afin de ne pas souffrir, vous êtes prêt à faire souffrir les autres.

— Flora, je ne veux pas vous faire souffrir. Vous ne comprenez donc pas ? Supposons que je vous aime... Supposons que je vous aime trop, justement, pour vous laisser vous détruire.

Flora le regarda. Drôle de déclaration d'amour, songea-t-elle.

— On ne me détruit pas facilement. Je ne suis pas en sucre. J'ai survécu aux événements de la semaine dernière. J'aurai la force de survivre à tout le reste.

— Puisque Tuppy vous a invitée à Fernrigg...

— Je vous ai dit que mon retour dépendait de vous.

— Ne soyez pas bête ! Maintenant, quand vous reviendrez...

Un flot incarnat enflamma les joues de Flora. La colère l'assaillit. Tuppy avait raison : Hugh était têtu comme une mule. Rien ne semblait pouvoir entamer son orgueil mal placé.

— Ecoutez, Hugh, explosa-t-elle. Ou bien je reviens pour vous, ou je ne remettrai plus jamais les pieds en Ecosse.

A l'instar de l'accalmie succédant à l'orage, un lourd silence suivit.

— En plus, votre cravate est de travers ! s'écria Flora, comme pour lui décocher une ultime flèche.

Nouveau silence. Elle se sentit au bord des larmes.

Une décision s'imposa soudain à son esprit, et elle fixa la cravate mal nouée, en attendant le prochain geste de l'adversaire. « S'il la remet froidement en place, je sors de cette pièce sans un regard en arrière. Je prends le train et je fais l'impossible pour l'oublier. »

Il ne bougeait pas, les bras croisés sur sa poitrine.

— Eh bien, murmura-t-il, pourquoi ne remédiez-vous pas à la situation ?

Lentement, soigneusement, Flora resserra le nœud de la cravate. Elle se recula d'un pas, leva les yeux sur lui. Leurs regards se croisèrent. Pour la première fois, elle lui trouva un air vulnérable de jeune homme égaré. Elle l'entendit murmurer son nom tout doucement, tout en lui ouvrant les bras. Avec un son qui tenait du sanglot et du cri de triomphe, Flora se blottit contre Hugh.

— Je t'aime, chuchota-t-elle tout contre sa chemise.

— Mon Dieu, que ferai-je de toi ?

— Demande-moi en mariage. Je serai une merveilleuse épouse de médecin. Penses-y.

— Voilà trois jours que j'y pense.

— Je t'aime, Hugh.

— J'ai cru que j'aurais la force de te laisser partir. Mais je ne peux pas.

— Il le faudra bien, pourtant. J'ai un train à prendre.

— Mais quand reviendras-tu ?

— Dans trois, quatre jours.

— C'est trop long.

— Pas tant que ça.

— Je t'appellerai tous les soirs chez ton père.

— Il sera très impressionné.

— A ton retour, tu me trouveras sur le quai. J'aurai un bouquet de fleurs dans une main et une bague de fiançailles dans l'autre.

— Pitié, plus de bague de fiançailles. Pourquoi pas un anneau de mariage, plutôt ?

Il éclata de rire.

— Tu es impossible.

— Je sais, c'est affreux.

Enfin, il prononça les mots qu'elle avait attendus si longtemps :

— Je t'aime, Flora.

Leurs lèvres s'unirent en un baiser ardent qui leur coupa le souffle.

Jessie trouvait que le docteur exagérait. Le potage cuisait à gros bouillons et si le docteur ne se montrait pas tout de suite, il ne resterait plus grand-chose au fond de la casserole. Elle s'était déjà servi son propre repas : des pommes de terre de la veille, une cuisse de poulet froid, une boîte de haricots blancs — ses préférés. Après, elle dégusterait des prunes à la crème anglaise et se préparerait une bonne tasse de thé noir et revigorant.

Elle s'apprêtait à saisir la cuisse de poulet entre ses doigts quand elle entendit des voix résonner à l'arrière de la maison. Avant qu'elle ait le temps de poser son poulet, la porte de service s'ouvrit d'une poussée et le Dr Kyle apparut sur le seuil. Il tenait par la main la femme au manteau bleu marine qui lui avait rendu visite un peu plus tôt.

Elle souriait aux anges, les cheveux dans le vent, et, quant au visage du docteur, il était transfiguré. Jessie n'en crut pas ses yeux. Normalement, il aurait dû être épuisé, les épaules voûtées sous le lourd fardeau de ses responsabilités. Oui, en temps normal, il aurait avalé sa soupe sans un mot avant de regagner son cabinet d'un pas empreint de lassitude... Et au lieu de cela, il était là, tout sourire, l'œil humide, la joue lisse, rajeuni de dix ans.

— Jessie...

Elle laissa tomber la cuisse de poulet dans son assiette, mais il n'eut pas l'air de le remarquer.

— Jessie, je vais faire un saut jusqu'à la gare. Je serai de retour dans dix minutes.

— Bien, docteur.

Il ne portait pas d'imperméable mais semblait insensible à la pluie. Il s'en fut avec l'inconnue, laissant la porte ouverte. Un âpre souffle de vent s'engouffra dans la cuisine de Jessie.

— Et votre potage ? cria-t-elle.

Mais il n'était déjà plus là. La gouvernante se leva pour refermer la porte, puis se rendit sur le devant de la maison. D'un doigt précautionneux, elle écarta un rideau. Elle les aperçut en train de dégringoler l'allée. Ils se tenaient enlacés et riaient comme des enfants, sans se soucier de l'averse. Elle les suivit du regard, tandis qu'ils s'engageaient sur la route en pente en direction de la ville. Leurs têtes disparurent sous la crête du mur, d'abord celle de la jeune femme, puis celle du Dr Kyle.

Ils étaient partis.

La gouvernante laissa tomber le rideau.

— Eh ben..., marmonna-t-elle.

Elle avait hâte de répandre la nouvelle auprès de ses voisines.

UNE ODEUR DE THYM SAUVAGE

A Robin, Kirsty et Olivier

1

VENDREDI

Naguère, avant la construction du nouveau tronçon, la route traversait le village, déversant son flot incessant de voitures en un vacarme étourdissant qui venait troubler la quiétude de ce bourg aux ravissantes maisons et aux petites échoppes à la vitrine en saillie. Ainsi, il y avait peu encore, Woodbridge n'était qu'un lieu de passage, un de ces endroits où nul ne s'arrête, trop pressé d'arriver à destination.

Mais, depuis que la route évitait l'agglomération, les choses avaient changé. En mieux, pour la plupart ; en pire, pour les commerçants, le garagiste et le patron du relais des routiers.

Quoi qu'il en soit, les habitants de Woodbridge pouvaient désormais faire leurs courses et même traverser la rue sans mettre leurs jours en danger ni avoir à tenir étroitement leurs chiens en laisse. Le week-end, les enfants, chevauchant de fringants destriers, leur bombe de velours marron enfoncée jusqu'aux sourcils, trottaient joyeusement jusqu'au poney-club local. Garden-parties et fêtes de charité se succédaient ; le relais des routiers était devenu une épicerie fine, le vieux bureau de tabac avait été cédé à un jeune homme efféminé qui se targuait de vendre des antiquités, et le pasteur s'affairait déjà à organiser les festivités pour le tricentenaire de sa petite église gothique, lequel serait célébré l'été suivant.

Woodbridge renaissait.

L'horloge de l'église indiquait midi moins dix, en cette frileuse matinée de février, lorsqu'une grosse Volvo délabrée tourna devant l'échoppe du bourrelier et descendit lentement la rue principale, pavée de grosses pierres. Le jeune homme assis au volant, encore plein du bruit et de la fureur de la circulation, s'étonna de découvrir la longue rue maintenant déserte. Il admira la charmante asymétrie des maisons et des échoppes aux vitrines arrondies, la belle perspective et, au loin, le scintillement des saules qui bordaient les prés. Au-dessus de lui, dans le ciel hivernal chargé de nuages fuyants, un avion bourdonnait en direction de Heathrow. A part cela, tout était calme.

Il passa devant un café fraîchement repeint, qu'ornaient deux lauriers en pots, disposés de chaque côté de la porte, puis devant un coiffeur : CAROLE COIFFURE. Plus loin, il découvrit un marchand de vins à la vitrine pleine de bonnes bouteilles et un magasin d'antiquités où s'entassaient les précieuses reliques d'un temps révolu.

Il s'arrêta enfin devant une maison, se gara sur le trottoir et coupa le contact. Le ronronnement de l'avion s'estompa dans la quiétude de cette fin de matinée. Un chien aboya, un oiseau lança un trille du haut d'un arbre, persuadé que le timide soleil annonçait l'arrivée du printemps.

L'homme sortit de sa voiture, claqua la portière et observa la façade nue et symétrique de la demeure avec sa porte surmontée d'un auvent et ses agréables proportions. En voyant les rideaux de voile soigneusement tirés à chacune des fenêtres à guillotine, il se dit que, décidément, cette maison resterait toujours aussi opaque.

Il gravit la volée de marches qui menait à la porte et sonna. La sonnette en cuivre était parfaitement astiquée, de même que le heurtoir à tête de lion. La porte récemment laquée de jaune ne présentait pas la moindre éraflure. Là, à l'abri du soleil, le froid se faisait sentir.

Le jeune homme frissonna malgré son blouson molletonné et actionna de nouveau la sonnette. Presque aussitôt des pas se firent entendre, puis la porte d'entrée s'ouvrit.

Une jeune fille apparut, l'air passablement contrarié comme si elle avait été interrompue dans quelque tâche et souhaitait être dérangée le moins longtemps possible. Elle avait de longs cheveux blond cendré et portait une robe en jersey de coton qui moulait ses rondeurs juvéniles, un tablier, des chaussettes montant jusqu'aux genoux et des bottes rouges.

— Oui ?

Le sourire avec lequel il la salua chassa aussitôt son agacement. Elle fut ravie de constater qu'il n'était ni le livreur de charbon ni le quêteur de la Croix-Rouge, mais un grand jeune homme, plutôt bien de sa personne avec son jean impeccable et sa barbe de Viking.

— J'aurais voulu savoir si Mme Archer était là, dit-il.

— Je suis désolée, répondit-elle, manifestement sincère, mais je crains que non. Elle est allée faire des courses à Londres aujourd'hui.

Elle doit avoir environ dix-huit ans, se dit-il, et, d'après son accent, être scandinave. Suédoise, peut-être.

Il continua, d'un ton faussement désabusé :

— Voilà bien ma chance ! Bien sûr, j'aurais dû téléphoner, mais j'espérais la trouver à la maison.

— Vous êtes un de ses amis ?

— J'ai bien connu les Archer il y a quelques

années, mais nous nous sommes... disons... un peu perdus de vue depuis. Je passais par ici en allant à Londres et j'ai pensé qu'il serait gentil de venir dire un petit bonjour. Juste une idée comme ça. Mais c'est sans importance...

Alors qu'il amorçait un mouvement de recul, la jeune fille lui fit la proposition qu'il espérait.

— Vous pouvez repasser plus tard. Dès son retour je la préviendrai. Elle devrait rentrer pour le thé.

Au même instant, comme par magie, l'horloge de l'église se mit à sonner douze coups.

— Il n'est que midi. Je peux difficilement attendre jusque-là. Cela ne fait rien, j'aurai sans doute l'occasion de revenir une autre fois. (Son regard scruta la rue.) Il y avait bien un routier ici, autrefois...

— C'est une épicerie fine maintenant.

— Tant pis, je vais tâcher de trouver un sandwich dans un pub. Mon petit déjeuner me paraît très loin, dit-il en lui souriant. Alors, au revoir. Ravi d'avoir fait votre connaissance.

Il lui tourna le dos, s'apprêtant à partir. Il sentit alors son hésitation, puis, comme s'il lui avait soufflé sa conduite, il l'entendit murmurer :

— Je pourrais...

Un pied sur la première marche, il se retourna.

— Vous pourriez... ?

— Etes-vous vraiment un ami de la famille ? insista-t-elle, désireuse d'être complètement rassurée.

— Oui. Absolument. Mais je n'ai aucun moyen de vous le prouver.

— Eh bien, j'étais en train de préparer le déjeuner pour moi et pour le petit. Quand il y en a pour deux, il y en a pour trois.

Il prit un air réprobateur qui la fit rougir.

— C'est très imprudent de votre part. Je suis sûr qu'on vous a plus d'une fois mise en garde contre les inconnus qui sonnent à la porte.

Elle parut embarrassée. A l'évidence, c'était le cas.

— Mais puisque vous êtes un ami, je suis certaine que Mme Archer aurait voulu que je vous propose d'entrer.

Seule avec un enfant, elle s'ennuyait probablement. Toutes les filles au pair souffrent de solitude et d'ennui. C'est un des inconvénients du métier.

— Je ne voudrais pas que vous ayez des problèmes, reprit-il.

Elle se prit à sourire malgré elle.

— Je ne pense pas que j'en aurai.

— Imaginez que je dérobe l'argenterie... Ou que j'essaie de vous violer...

Pour quelque étrange raison, non seulement cette éventualité ne sembla pas l'alarmer, mais elle lui parut même du plus haut comique.

— Si tel était le cas, dit-elle en riant, je crierais, et le village entier volerait à mon secours. A Woodbridge, chacun sait ce que fait son voisin. Et les rumeurs vont bon train. Pas question de garder un secret.

Elle recula d'un pas et ouvrit toute grande la porte, laissant voir le joli vestibule.

Il hésita juste ce qu'il fallait pour paraître sincèrement désolé de la déranger, puis la suivit avec l'expression d'un homme qui a fini par se laisser convaincre. Elle referma la porte, et il la dévisagea.

— Eh bien, vous aurez été prévenue...

Elle rit de nouveau, tout excitée par cette visite inattendue. Puis, prenant le ton de la parfaite maîtresse de maison, elle proposa :

— Voulez-vous vous débarrasser de votre vêtement ?

Il ôta son blouson, qu'elle accrocha au portemanteau.

— Si vous voulez me suivre dans la cuisine... Vous prendrez bien un verre de bière ?

— Volontiers. Merci.

Elle le guida le long d'un couloir qui conduisait, à l'arrière de la maison, à une cuisine ultramoderne, donnant sur un jardin. Exposée au sud, elle était pour l'heure inondée de soleil. Elle était parfaitement propre et rangée, brillant de mille feux ; plans de travail, cuisinière, placards, boiseries, tout étincelait. Des plantes garnissaient le rebord de la fenêtre et la table était mise pour le déjeuner. Sur la chaise haute au plateau de plastique impeccable, étaient disposés de petits couverts et une tasse Beatrix Potter.

— Vous gardez un enfant ? demanda-t-il.

Elle prit une bière dans le réfrigérateur, referma celui-ci et s'empara d'une chope en étain suspendue dans un vaisselier en pin de couleur claire.

— Oui. Le petit-fils de Mme Archer.

— Comment s'appelle-t-il ?

— Thomas. Tom.

— Où est-il ?

— Dans son lit. Il dort toujours un peu le matin. J'irai le chercher dans un moment pour le faire déjeuner.

— Quel âge a-t-il ?

— Deux ans, répondit-elle en lui tendant la bière et la chope.

Il versa le liquide blond, lentement, sans faire de mousse.

— Il habite ici ou ses parents vous l'ont-ils seulement confié pendant leur absence ?

— Il vit ici en permanence. (Son visage souriant prit une expression tragique.) C'est une triste histoire. Sa mère est morte, expliqua-t-elle, avant d'ajouter en fronçant les sourcils : C'est curieux que vous ne soyez pas au courant...

— Je vous l'ai dit, j'ai perdu la famille de vue. J'ignorais ce qui s'était passé. C'est terrible.

— Elle a été tuée dans un accident d'avion en revenant d'un séjour en Yougoslavie. C'est son unique enfant.

— Et les grands-parents ont pris le bébé en charge, c'est ça ?

— Oui.

Il but une gorgée de bière bien fraîche qui lui parut délicieuse.

— Et le père ? poursuivit-il.

La fille lui tournait le dos. Courbée sur le fourneau, elle remuait quelque chose. Une bonne odeur se répandit dans la cuisine, lui faisant monter l'eau à la bouche.

— Ils étaient séparés, reprit-elle. Je ne sais rien de lui. Mais vous, vous auriez dû en entendre parler...

Elle lui jeta un regard soupçonneux.

— Non. J'avais quitté le pays. Je suis allé en Espagne et aux Etats-Unis.

— Oh ! je vois. (Elle jeta un coup d'œil à l'horloge.) Il est l'heure d'aller réveiller Thomas. Je peux vous laisser quelques instants ?

— Si vous êtes sûre que je n'en profiterai pas pour faucher les petites cuillères...

La plaisanterie rendit sa bonne humeur à la jeune fille.

— Je ne vous en crois pas capable, répliqua-t-elle en riant.

C'était une grande fille toute simple, franche comme l'or.

— Comment vous appelez-vous ?

— Helga.

— Vous êtes suédoise ?

— En effet.

— Les Archer ont de la chance d'avoir quelqu'un comme vous.

— Moi aussi j'ai de la chance. C'est un bon job, et ils sont gentils. Certaines filles tombent très mal... Je pourrais vous raconter d'horribles histoires...

— Vous suivez des cours l'après-midi ?

— Oui. D'anglais et d'histoire.

— Pourtant votre anglais me paraît parfait.

— J'étudie la littérature. Jane Austen entre autres.

Elle semblait si heureuse de vivre qu'il ne put s'empêcher de sourire.

— Allez chercher le bébé, Helga. Je ne sais pas s'il a faim, mais moi, oui.

Sans raison apparente, elle se mit à rougir. Enfin, elle se décida à le laisser seul dans la cuisine inondée de soleil.

Il l'entendit monter l'escalier, marcher dans la chambre juste au-dessus, puis parler à voix douce et tirer les rideaux. Alors seulement, il posa sa bière et se dirigea sur la pointe des pieds jusqu'au bas de l'escalier.

Il poussa une porte et entra dans le salon. D'un regard, il embrassa la pièce tendue de chintz, avec son piano à queue, ses bibliothèques bien ordonnées et ses aquarelles insipides. Bien qu'il n'y eût pas de feu dans la cheminée, le salon baignait dans une douce chaleur grâce au chauffage central ; des jacinthes embaumaient l'atmosphère.

Cet ordre, cette propreté, ce côté guindé et prétentieux l'exaspérèrent, comme toujours. Il aurait préféré le désordre d'un tricot commencé, de journaux éparpillés, la présence chaleureuse d'un chien ou d'un chat lové sur les coussins du sofa. Mais il n'y avait rien de tout cela. Uniquement le tic-tac régulier de la pendule trônant sur la cheminée.

Il commença son inspection. Le piano à queue était envahi de photos : M. Archer en chapeau haut de forme, la moustache arrogante, le veston impeccablement tendu sur sa bedaine proéminente, recevant une décoration quelconque de la main de la reine, à Buckingham Palace ; Mme Archer, jeune fille romantique en robe de mariée ; le bébé étendu sur une couverture de fourrure ; et Jeannette...

Il s'empara du portrait et le contempla. Dieu qu'elle était jolie ! Il se rappela ses jambes au galbe parfait et ses longues mains graciles. Ce fut tout. Il ne put se souvenir de sa voix ni de son sourire.

Il l'avait épousée parce que les Archer refusaient qu'elle devienne une fille mère. Quand ils avaient appris avec horreur que leur chère et précieuse enfant entretenait une liaison avec cet horrible Olivier Dobbs, leur petit monde étriqué avait volé en éclats. Mme Archer avait dû s'aliter à la suite d'un malaise. M. Archer, quant à lui, en soldat qu'il avait été, avait resserré sa cravate, redressé la tête et emmené Olivier déjeuner à son club londonien.

Le jeune homme, peu impressionné, s'était conduit en spectateur indifférent d'une scène qui lui avait paru aussi irréelle qu'une pièce de théâtre démodée.

— Mon unique fille, avait marmonné M. Archer, être tombée aussi bas... Moi qui avais nourri pour elle les plus grands espoirs...

Conscient qu'il était trop tard pour se lamenter, il avait demandé à Olivier ce qu'il comptait faire au sujet du bébé.

Olivier avait répondu qu'il ne voyait guère de solution. Il faisait la plonge dans un bar et ne pouvait envisager de se marier, surtout avec une fille comme Jeannette.

M. Archer s'était éclairci la voix avant de déclarer que, loin de vouloir se montrer le moins du monde curieux, il aurait tout de même aimé comprendre pourquoi Olivier, un garçon de bonne famille, sorti d'une école fort renommée, devait travailler dans un bar.

Olivier avait expliqué qu'il espérait devenir écrivain et qu'en attendant il lui fallait bien gagner un peu d'argent.

M. Archer s'était de nouveau raclé la gorge avant d'interroger Olivier sur sa famille. Ce dernier avait patiemment continué ses explications. Ses parents vivaient dans le Dorset, avec pour tout revenu la maigre pension que son père recevait de l'armée. Ils avaient économisé jusqu'au moindre penny pour le faire entrer dans cette école prestigieuse et, lorsqu'il en était sorti à l'âge de dix-sept ans, ils avaient essayé de lui faire prendre une voie conventionnelle telle que la médecine, la banque, l'armée de terre ou la marine. Mais seule l'écriture l'intéressait. Furieux, ses parents l'avaient renié, lui coupant les vivres et refusant obstinément de le revoir.

Déplorant, lui aussi, une telle situation, M. Archer avait changé de registre. Olivier aimait-il Jeannette ? Se sentait-il capable d'assumer le rôle de père et d'époux ?

Olivier avait répliqué qu'il ne pourrait jamais faire un bon mari en étant aussi pauvre.

M. Archer, se raclant la gorge pour la troisième et dernière fois, en était venu au fait : si Olivier acceptait d'épouser Jeannette et d'être le père de l'enfant, il veillerait pour sa part à ce que le jeune couple soit à l'abri du besoin.

Olivier avait demandé ce qu'il entendait par là. M. Archer s'était expliqué, tripotant nerveusement son verre de vin, émiettant son morceau de pain. Le jeune homme avait alors compris qu'il était sur la bonne voie.

En vivant dans l'appartement de Jeannette à Londres, avec une pension raisonnable qui lui permettrait d'abandonner son travail, il pourrait enfin finir sa pièce de théâtre. Il avait déjà écrit un roman qui était entre les mains d'un agent, mais cette pièce revêtait pour lui une tout autre importance. Cette œuvre hantait son esprit, et il ne retrouverait la sérénité que lorsqu'il l'aurait achevée.

Pour écrire, il avait besoin de mener deux vies en parallèle. L'une consacrée aux femmes, à la bonne chère, aux soirées passées entre amis dans des pubs enfumés, et une autre, plus intime, peuplée des personnages qu'il créait et qu'il trouvait infiniment plus vivants et plus sympathiques que tous les gens qu'il côtoyait dans la réalité. Infiniment plus intéressants que les Archer, par exemple...

A la fin du repas, les deux hommes étaient parvenus à un accord. Dès que celui-ci fut mis noir sur blanc et signé devant notaire, il ne resta plus à Olivier et Jeannette qu'à passer devant le maire. C'était tout ce qui comptait pour les Archer.

Mais, au bout de quelques mois, le couple se sépara. Bien avant la naissance du bébé, Jeannette était retournée vivre chez ses parents. L'ennui et la solitude étaient deux choses qu'elle aurait pu accepter, avait-elle expliqué, mais les fréquents accès de colère et la brutalité d'Olivier étaient plus qu'elle n'en pouvait supporter. Olivier remarqua à peine son départ. Il resta dans l'appartement jusqu'à ce qu'il eût achevé d'écrire sa pièce de théâtre. Après quoi, il quitta les lieux, referma soigneusement la porte derrière lui et posta la clé à Jeannette. Il était en Espagne lorsque l'enfant naquit et il s'y trouvait encore quand il apprit par un hebdomadaire que sa femme avait trouvé la mort dans un accident d'avion au-dessus de la Yougoslavie. Mais Jeannette ne représentait plus grand-chose pour Olivier, qui dut reconnaître que la tragédie n'éveillait guère d'émotion en lui. Jeannette appartenait déjà au passé.

Il avait commencé son second roman et, après s'être interrompu cinq minutes tout au plus, il replongea dans le monde imaginaire et ô combien délicieux de la fiction.

Quand Helga redescendit, Olivier était assis dans la cuisine, le dos au soleil, dégustant sa bière. La porte s'ouvrit et la jeune fille apparut, portant l'enfant dans ses bras. Vêtu d'une salopette rouge et d'un pull blanc, il était plus grand qu'Olivier ne l'avait imaginé. Il ne vit d'abord que ses cheveux, d'un roux doré, semblable à la couleur des nouvelles pièces de un penny, car l'enfant cachait son visage.

La jeune fille lui sourit.

— Il est timide. Je lui ai expliqué que nous avions de la visite, mais il n'ose pas vous regarder. (Penchant la tête, elle murmura à l'enfant :) Ne boude pas, c'est un gentil monsieur. Il va déjeuner avec nous.

L'enfant émit un petit grognement de protestation et enfouit encore plus profondément sa tête dans le cou d'Helga. La jeune fille éclata de rire et alla le déposer dans sa chaise.

Olivier et Tom commencèrent à se dévisager. Olivier ne connaissait pas grand-chose aux enfants. Rien, à la vérité.

— Bonjour ! lança-t-il.

— Dis bonjour au monsieur, ordonna la jeune fille à Thomas, avant d'ajouter à l'intention d'Olivier : Il ne parle pas beaucoup, vous savez.

L'enfant sentait le savon et portait encore sur la joue gauche la marque de son oreiller. Tandis que la jeune fille lui accrochait un bavoir de plastique autour du cou, il ne cessa pas un instant de fixer Olivier de ses yeux bleus.

Helga se dirigea vers la cuisinière et sortit du four une tourte à la viande et un plat de choux de Bruxelles. Elle déposa un peu des deux dans une petite assiette et écrasa le tout à l'aide d'une fourchette.

— Maintenant, tu vas manger, dit-elle à l'enfant en lui mettant sa cuillère dans la main.

— Il mange tout seul ?

— Bien sûr. Il a deux ans, ce n'est plus un bébé. N'est-ce pas, Thomas ? Montre au monsieur que tu sais manger comme un grand.

L'enfant prit sa cuillère tout en continuant d'observer Olivier, au point que celui-ci en ressentit de la gêne.

— Attends, dit-il.

Il posa sa chope et prit la cuillère des mains de Tom. Il la remplit d'un peu de viande et de légumes et la porta à la bouche déjà grande ouverte de l'enfant, qui engloutit le tout sans pour autant le quitter des yeux. Ce n'est que lorsque Olivier lui rendit sa cuillère que l'enfant lui sourit enfin, dévoilant ses petites dents.

Helga, occupée à disposer les couverts sur la table, surprit ce sourire.

— Mais il s'est fait un ami, on dirait ! s'exclama-t-elle en s'installant à côté de l'enfant pour déjeuner. Voilà un gentil petit garçon.

— Que fait-il dans la journée ? demanda Olivier.

— Il joue, il dort. Tous les après-midi, Mme Archer l'emmène se promener. Mais aujourd'hui, ce sera moi.

— Il aime déjà les livres, j'en suis sûr.

— Oui, les livres d'images, bien qu'il les malmène parfois.

— Et quels sont ses jouets préférés ?

— Il adore les petites voitures et les cubes mais déteste les peluches. Je crois qu'il n'aime pas le contact de la fourrure.

Olivier goûta la tourte et la trouva succulente, cuite à point.

— Vous aviez déjà l'expérience des bébés ? demanda-t-il.

— Plus ou moins. Mes frères et sœurs sont beaucoup plus jeunes que moi et je m'occupais d'eux quand ils étaient petits.

— Et vous aimez bien Thomas ?

— Oh oui. Il est adorable, répondit-elle. N'est-ce pas que tu es mignon, Thomas ? Et, au moins, il ne pleure pas pour un oui ou pour un non comme d'autres enfants.

— Ce doit être plutôt... triste pour lui d'être élevé par ses grands-parents.

— Il est trop petit pour se rendre compte.

— Mais ça viendra vite.

— Bien sûr, ce n'est jamais gai d'être orphelin, mais il y a plein d'enfants dans ce village, il se fera beaucoup d'amis.

— Et vous, vous en avez ?

— Il y a une autre fille au pair qui habite près d'ici, nous suivons les mêmes cours.

— Vous avez un petit ami ?

Elle sourit.

— Mon fiancé est resté en Suède.

— Il doit vous manquer, non ?

— On s'écrit régulièrement. Et après tout, je ne reste que six mois. Ensuite, je retourne dans mon pays.

— Et Thomas ?

— Je suppose que Mme Archer cherchera une autre fille au pair. Voulez-vous encore un peu de tourte ?

Le déjeuner s'acheva par des yaourts et des fruits. Thomas mangea un yaourt et Olivier choisit une orange, qu'il pela tandis qu'Helga allait préparer du café.

— Vous habitez Londres ? demanda-t-elle.

— Oui. J'ai un pied-à-terre non loin de Fulham Road.

— Vous y retournez ce soir ?

— Oui, après une semaine passée à Bristol.

— En vacances ?

— En février ? Ce serait une drôle d'idée. Non, on monte une de mes pièces de théâtre là-bas, et j'y suis allé pour modifier quelques répliques, à la demande des comédiens.

— Un écrivain ! s'exclama-t-elle, les yeux écarquillés sous l'effet de la surprise. Vous écrivez des pièces de théâtre ! Et qui se jouent, en plus... Vous devez être drôlement bon.

— J'ai l'immodcstie de le croire, dit-il avant d'avaler un quartier d'orange, dont le goût lui rappela l'Espagne. Mais c'est l'opinion d'autrui qui compte, celle des critiques et des spectateurs.

— Comment s'appelle votre pièce ?

— *La Chaîne brisée.* Ne me demandez pas quel est son sujet, ce serait trop long à expliquer.

— Mon fiancé écrit, lui aussi. Il a publié des articles de psychologie dans le journal de l'université.

— Je suis certain qu'ils sont passionnants.

— Evidemment, ce n'est pas comme écrire des pièces de théâtre...

— Non. Non, en effet.

Thomas ayant terminé son repas, Helga lui essuya la bouche et lui retira son bavoir avant de le sortir de sa chaise. Aussitôt, l'enfant vint tout près du visiteur, s'agrippant à son genou. Olivier pouvait sentir la chaleur des petits doigts à travers l'épais tissu de son jean. Thomas recommença à le fixer en souriant, puis leva la main pour caresser sa barbe et éclata de rire. Olivier le prit sur ses genoux.

Helga semblait heureuse de ces démonstrations d'affection.

— Voilà. On est amis maintenant... Si j'allais chercher un livre, vous pourriez peut-être lui montrer quelques images pendant que je remplis la machine à laver la vaisselle ? Après, je l'emmènerai faire sa promenade.

Bien qu'il eût préféré partir tout de suite, Olivier se contenta de répondre :

— D'accord.

Helga s'en alla aussitôt chercher un livre, le laissant seul avec Thomas.

L'enfant semblait fasciné par la barbe d'Olivier, qui le tenait debout sur ses genoux afin qu'ils aient les yeux à la même hauteur. Quand Thomas tira quelques poils de sa barbe, Olivier poussa un cri qui fit exploser l'enfant de rire et lui donna l'envie de recommencer. Olivier s'empara alors de la petite main et la garda dans la sienne.

— Tu me fais mal, espèce de petit garnement.

Thomas le fixa avec attention.

— Tu sais qui je suis ? demanda Olivier d'une voix douce.

L'enfant éclata de rire à nouveau comme si cette question était particulièrement drôle.

Helga revint avec un grand livre d'images représentant les animaux de la ferme et le posa sur la table. Olivier l'ouvrit au hasard, sous le regard attentif du petit garçon.

Et tandis qu'Helga s'affairait dans la cuisine, Olivier tournait les pages, mentionnant le nom de chaque animal, indiquant la ferme, son portail, l'arbre, la meule de foin. Quand il pointa son doigt sur le chien, Thomas se mit à aboyer, puis, quand il lui montra la vache, l'enfant poussa un beuglement. C'était un petit être délicieux.

Helga déclara qu'il était temps pour Thomas de monter s'habiller pour la promenade. Olivier resta assis à les attendre, tout en regardant le jardin trop bien entretenu. Il pensa au départ d'Helga, à l'arrivée de la prochaine fille au pair et de toutes celles qui suivraient jusqu'à ce que Thomas ait l'âge d'être envoyé dans une excellente école. Il songea à son fils condamné au carcan d'une éducation rigide, tenu de choisir des amis toujours parfaitement convenables, et d'accepter, sans jamais la remettre en question, la tyrannie d'une tradition aujourd'hui dénuée de sens.

Olivier, lui, y avait échappé. A dix-sept ans, il avait

pris le large, poussé par un esprit rebelle et un immense désir d'écrire.

Mais Thomas ?

Cette pensée le mit mal à l'aise, et il s'efforça de la chasser. Après tout, en quoi était-il concerné par l'avenir de Thomas ou par l'école qu'il fréquenterait ? Tout cela n'avait aucune importance pour lui.

Il alluma une cigarette et rouvrit le livre. Sur la page de garde, écrit de la main de Mme Archer, il put lire :

A Thomas Archer,
Pour ses deux ans,
De la part de Mamie.

Et, tout à coup, Olivier se sentit concerné. Une sorte de rage s'empara de lui, au point que, si la mère de Jeannette s'était trouvée là en cet instant, il lui aurait asséné quelques phrases meurtrières, et, au besoin, quelques coups de poing.

Il ne s'appelle pas Thomas Archer, espèce de sale sorcière. Il se nomme Thomas Dobbs. Et c'est mon fils.

Quand Helga reparut, portant Thomas vêtu d'une sorte de combinaison de ski et coiffé d'un bonnet à pompon, Olivier attendait dans le hall. Il avait déjà enfilé son blouson et était prêt à partir.

— Il est temps de vous quitter à présent. Je dois rentrer à Londres.

— Bien sûr, je comprends.

— C'était très gentil à vous de m'avoir invité à déjeuner.

— Je dirai à Mme Archer que vous êtes passé.

— C'est cela, dites-lui.

— Oui, mais... je ne connais pas votre nom.

— Olivier Dobbs.

— Très bien, monsieur Dobbs. (Elle hésita un instant en bas de l'escalier avant de demander :) Pouvez-vous garder Thomas un instant pendant que je vais chercher la poussette et mon manteau ?

— Bien sûr.

Il lui prit l'enfant des bras et le serra contre lui.

— J'en ai pour une minute, Thomas, promit Helga avant de disparaître par la porte à demi vitrée située sous l'escalier.

Charmante petite idiote ! Olivier espéra qu'on ne lui ferait pas payer trop cher son imprudence. Prends ton temps, ma belle ! Son fils dans les bras, il traversa le vestibule, ouvrit la porte d'entrée, dévala les quelques marches et s'engouffra dans la voiture après avoir déposé l'enfant sur la banquette arrière.

Helga entendit une voiture démarrer sans s'imaginer un instant qu'il pût s'agir de celle d'Olivier. Quand elle revint avec la poussette, l'enfant et l'inconnu semblaient s'être volatilisés.

— Monsieur Dobbs ?

La porte d'entrée était grande ouverte, une bise glacée pénétrait dans la maison.

— Thomas ?

Dehors, la rue était déserte et silencieuse.

2

VENDREDI

Victoria Bradshaw venait d'en arriver à la conclusion qu'il était infiniment plus épuisant de n'avoir rien à faire que d'être submergée de travail ; cette journée en était la parfaite illustration.

Février n'est pas un bon mois pour le commerce de vêtements, ni de quoi que ce soit d'autre, d'ailleurs, pensa-t-elle. Noël était déjà loin, et les soldes de janvier avaient été catastrophiques. La matinée s'annonçait pourtant prometteuse, avec son soleil timide et son léger givre, mais, dès le début de l'après-midi, le ciel s'était couvert, et à présent il faisait si froid et si humide que les gens un tant soit peu sensés restaient chez eux, au coin du feu, ou dans leurs appartements bien chauffés, à faire des mots croisés, à préparer des gâteaux ou à regarder la télévision. Ce mauvais temps ne les encourageait guère à renouveler leur garde-robe de printemps.

La pendule indiquait presque cinq heures, et la nuit commençait de tomber. Le nom de la boutique était écrit sur la vitrine : SALLY SHARMAN. De l'intérieur, l'inscription se lisait à l'envers, comme dans un miroir, formant des sortes d'hiéroglyphes au travers desquels on distinguait Beauchamp Place noyée sous la pluie. Les passants, armés de parapluies, courbés contre le vent, luttaient avec leurs paquets, et, sur Brompton Road, une file de voitures attendait que le feu passe au vert.

Une silhouette, enveloppée dans un vaste imperméable, gravit les marches en courant, poussa violemment la porte vitrée comme si sa vie en dépendait, laissant entrer une bourrasque de vent glacé avant de claquer la porte derrière elle.

C'était Sally, avec son imperméable noir et sa toque de renard roux.

— Mon Dieu, quelle journée ! dit-elle en refermant son parapluie.

La jeune femme retira ses gants et déboutonna son imperméable.

— Alors ? demanda Victoria.

Sally avait passé l'après-midi en compagnie d'un jeune créateur qui avait décidé de se lancer dans le prêt-à-porter.

— Pas mal, répondit-elle en étalant son imperméable sur le porte-parapluies pour qu'il sèche. Pas mal du tout. Beaucoup de nouvelles idées, de belles couleurs. Une ligne plutôt classique pour quelqu'un de si jeune. Je craignais qu'il ne donne dans le sportswear ou le bas de gamme, mais pas du tout.

Sally ôta sa toque, la secoua pour en faire tomber les gouttes de pluie, et apparut enfin telle qu'elle était, mince et élégante, dans un pantalon moulant rentré dans des cuissardes et un pull à grosses mailles. Sur n'importe qui d'autre, celui-ci aurait eu l'air d'une serpillière, mais sur elle, il était splendide.

Sally, qui avait commencé comme mannequin, n'avait jamais perdu sa silhouette élancée ni son extraordinaire visage aux traits saillants, si photogénique. Ayant beaucoup fréquenté les magazines de mode dans son premier métier, et forte de ce qu'elle avait appris, de ses relations et de son sens inné des affaires, elle avait ouvert sa première boutique. Elle avait presque quarante ans, était divorcée et beaucoup plus sensible qu'elle ne voulait bien le laisser paraître. Victoria travaillait pour elle depuis bientôt deux ans et l'appréciait au plus haut point.

Sally ne put retenir un bâillement.

— Je déteste vraiment ces déjeuners d'affaires. Ça me rend vaseuse pour le reste de la journée.

Elle fouilla dans un immense sac à main et en sortit des cigarettes et un journal du soir, qu'elle lança sur le comptoir.

— Et ici ? Rien de nouveau ?

— Pas grand-chose. J'ai vendu la robe beige. A part cela, une bonne femme est entrée, a hésité plus d'une demi-heure devant le manteau de cachemire à col de vison. Elle a fini par ressortir en m'annonçant qu'elle allait réfléchir. Elle fait partie de la ligue protectrice des animaux.

— Tu aurais dû lui dire qu'on pouvait le remplacer par de la fourrure synthétique !

Sally tira le rideau qui séparait son petit bureau du reste de la boutique, s'assit à sa table et commença à ouvrir le courrier.

— Tu sais, Victoria, lança-t-elle, je pense que ce serait bien que tu prennes deux ou trois semaines de congé. Les affaires vont bientôt reprendre, et alors ce ne sera plus possible. Tu n'es pas partie en vacances depuis Dieu sait quand ! Evidemment, février n'est pas le mois idéal... Mais tu pourrais aller skier ou aller voir ta mère à Sotogrande. Ce doit être bien Sotogrande en février.

— Venteux et humide, tu veux dire...

Sally leva la tête.

— Mon idée n'a pas l'air de te faire plaisir, je le sens à ta voix.

Victoria ne prit pas la peine de répondre, et Sally soupira.

— Si ma mère avait une splendide villa à Sotogrande, je suis sûre que j'irais à n'importe quelle période de l'année. Ecoute, tu as vraiment l'air d'avoir besoin de te reposer. Tu es si maigre, si pâle... Je me sens coupable, un peu comme si je t'obligeais à trop travailler. (Elle ouvrit une autre lettre.) Je pensais avoir payé cette note d'électricité... Mais si, je l'ai payée. Ah ! ces ordinateurs ! Encore une erreur, à coup sûr.

Au soulagement de Victoria, la question de ses vacances semblait être pour le moment écartée. Elle s'empara du journal que Sally avait sorti de son sac, et, n'ayant rien d'autre à faire, le parcourut distraitement. Elle jeta un œil sur les désastres quotidiens, du plus grand au plus petit. L'Essex était victime d'inondations, des conflits raciaux enflammaient l'Afrique du Sud, un lord anglais entre deux âges se remariait pour la troisième fois et — nouvelle qui n'avait rien de dramatique —, au Fortune Theatre de Bristol, on répétait la nouvelle pièce d'Olivier Dobbs, *La Chaîne brisée*.

Il n'y avait aucune raison pour qu'elle remarque ces quelques lignes, tout en bas de la dernière colonne de la page des spectacles, sans titre, sans même une photographie. Mais le nom d'Olivier surgissant du passé avait dû attirer ses yeux, lui faire signe.

— ... Dernier avis avant poursuite ! continuait Sally. Quel culot ! Je suis certaine de leur avoir envoyé un chèque il y a plusieurs semaines. (Victoria ne répondant toujours pas, Sally la regarda, étonnée.) Victoria... ? Qu'est-ce que tu as ?

— Rien. Je viens juste de lire le nom d'un homme que j'ai connu...

— Dans la rubrique crimes passionnels ? ironisa Sally.

— Non. C'est un écrivain de théâtre. Tu as peut-être entendu parler de lui... Olivier Dobbs. Cela te dit quelque chose ?

— Bien sûr ! Il lui arrive d'écrire des scénarios pour la télévision. J'ai vu quelque chose de lui l'autre soir. Et aussi ce merveilleux documentaire sur Séville. Qu'est-ce qui lui vaut les honneurs de la presse ?

— Sa nouvelle pièce. La première aura bientôt lieu à Bristol.

— Quel genre d'homme est-ce ? demanda distraitement Sally, de nouveau préoccupée par l'iniquité dont faisait preuve à son égard la compagnie d'électricité de Londres.

— Très séduisant.

A cette remarque, Sally releva la tête. Elle avait un faible pour les hommes séduisants.

— Et il t'a séduite ?

— J'avais dix-huit ans et j'étais innocente.

— Ne l'avons-nous pas toutes été dans notre folle jeunesse ? Non, excuse-moi. Evidemment, cela ne te concerne pas, jeune et resplendissante créature !

Soudain Sally perdit tout intérêt pour Olivier Dobbs, comme pour cette exaspérante note d'électricité. Elle se renversa dans son fauteuil et bâilla à nouveau.

— Et puis zut ! Nous allons fermer la boutique et rentrer. Bénissons celui qui a inventé les week-ends. Pour une fois, l'idée de ne rien faire pendant deux jours me ravit. Je vais passer la soirée dans un bain chaud à regarder la télévision.

— Je croyais que tu sortais ?

La vie privée de Sally était aussi compliquée que mouvementée. Une foule d'hommes l'entouraient, chacun semblant ignorer l'existence des autres. Elle jonglait avec eux en virtuose, évitant de mélanger leurs prénoms en les appelant tous « chéri ».

— Dieu merci, non. Et toi ?

— Je suis censée aller boire un verre chez des amis de ma mère. Je crains que cela ne soit guère palpitant.

— Oh ! tu sais, répliqua Sally, on ne sait jamais. La vie est parfois pleine de surprises.

L'appartement qu'occupait Victoria à Pendleton Mews appartenait en fait à sa mère. Il avait l'avantage d'être situé non loin de Beauchamp Place, ce qui lui permettait de se rendre à pied à son travail. La plupart du temps, elle appréciait cette balade. En prenant un lacis de ruelles étroites, elle ne mettait pas plus d'une demi-heure. Cela lui donnait l'occasion de faire un peu d'exercice, matin et soir.

Mais, ce soir-là, la perspective d'affronter la pluie et le vent glacé la découragea de marcher jusqu'à chez elle. Passant outre pour cette fois la règle qu'elle s'était faite, elle héla un taxi sur Brompton Road.

Du fait des sens uniques et des embouteillages, la course prit un temps fou et lui coûta une petite fortune. A l'arrivée, elle tendit au chauffeur un gros billet, lui laissant comme seul pourboire les quelques pennies qui restaient.

Le taxi l'ayant déposée devant l'arche qui séparait l'impasse de la rue, elle dut faire quelques mètres au milieu des flaques avant d'atteindre son refuge. Elle sortit sa clé et ouvrit la porte joliment laquée de bleu. Puis elle alluma la lumière avant de gravir l'étroit escalier, moquetté de beige, qui menait à son petit appartement, où l'on entrait directement dans le salon.

Victoria posa son parapluie et son fourre-tout pour aller tirer les rideaux, la nuit étant maintenant tombée. La pièce se fit immédiatement plus intime, rassurante.

Elle alluma le chauffage central au gaz, se dirigea vers la minuscule cuisine, mit la bouilloire en route, alluma la télévision, avant de l'éteindre quelques instants après, préférant écouter une ouverture de Rossini. Elle posa le disque sur la platine et se dirigea vers sa chambre pour enfin enlever ses bottes et son manteau.

La bouilloire, rivalisant avec Rossini, se mit à siffler pour attirer l'attention de Victoria, qui alla aussitôt se faire un café instantané.

Puis la jeune femme s'assit près du radiateur, son fourre-tout près d'elle. Elle en sortit le journal emprunté à Sally et tourna les pages jusqu'au fameux article consacré à Olivier Dobbs et à sa dernière pièce.

« J'avais dix-huit ans et j'étais innocente », avait-elle répondu à Sally, mais elle avait surtout conscience d'avoir été affreusement seule et vulnérable, un fruit mûr tremblant au bout de sa tige, attendant l'irrémédiable chute.

Et Olivier, au pied de l'arbre, n'avait eu qu'à attendre qu'elle tombe.

A dix-huit ans, en première année d'école d'art, Victoria était une jeune fille timide, esseulée et peu sûre d'elle. Elle avait été flattée d'être invitée par cette camarade plus âgée qu'elle et qui semblait l'avoir prise en pitié.

— Dieu sait quel genre de soirée ce sera, avait expliqué cette dernière, mais on m'a dit que je pouvais amener qui je voulais. Il faut juste apporter une bouteille... Ne t'en fais pas, toi, tu peux arriver les mains vides... Allez ! C'est l'occasion de rencontrer des gens sympas... Je te note l'adresse. Le type s'appelle Sebastian... Tu peux passer quand tu veux dans la soirée. Ça n'a pas d'importance...

Victoria, n'ayant jamais été confrontée à ce genre d'invitation, avait décidé de ne pas y donner suite. Puis elle avait changé d'avis, et, surmontant son appréhension, avait enfilé un jean propre, avait pris une des meilleures bouteilles de la cave de sa mère et s'était rendue à l'adresse indiquée.

Elle s'était retrouvée dans un appartement situé au dernier étage d'un immeuble de West Kensington, serrant nerveusement sa bouteille de bordeaux contre elle et ne connaissant personne. Quelques minutes plus tard, quelqu'un lui avait pris la bouteille des mains en la remerciant.

Puis personne d'autre ne lui avait adressé la parole. La pièce était enfumée, pleine de types peu ragoûtants, et de filles aux visages de déterrées. Il s'y trouvait même un ou deux bébés dans un état de saleté avancé. Il n'y avait rien à manger, et, à part le bordeaux qu'elle avait apporté, rien de buvable. Elle n'avait pas retrouvé la fille qui l'avait invitée et était trop timide pour se mêler aux groupes éméchés qui discutaient assis à même le sol ou sur l'unique canapé défoncé d'où pendaient des ressorts. En même temps, elle n'avait pas assez d'assurance pour prendre son manteau et partir.

L'atmosphère était emplie de l'odeur douceâtre et capiteuse de la marijuana. Victoria se tenait près de la fenêtre, redoutant une possible descente de police, quand soudain quelqu'un lui avait demandé :

— On se connaît, non ?

Victoria avait sursauté et, en se retournant, avait heurté le verre de son interlocuteur.

— Oh ! Je suis désolée...

— Ce n'est pas grave. Il n'y a pas eu de dégâts, lui avait dit le garçon avec un grand sourire, comme s'il s'agissait d'un incident plaisant.

Elle lui avait rendu son sourire, reconnaissante qu'il fût venu jusqu'à elle, et ravie de constater que, dans cette horrible soirée, le seul homme qui lui eût adressé la parole ne fût ni sale ni saoul. A vrai dire, il était même tout à fait présentable. Grand, élancé, avec des cheveux roux ni trop longs ni trop courts et une barbe joliment taillée, elle l'avait trouvé fort séduisant.

— Vous n'aviez rien à boire ? s'était-il étonné.

— Non.

— Vous voulez quelque chose ?

Elle avait refusé ; non seulement elle n'avait nullement envie de goûter l'horrible breuvage qui circulait, mais surtout elle craignait que, sous le prétexte d'aller lui chercher une boisson, il ne disparaisse définitivement.

Il avait paru amusé.

— Vous n'aimez pas ça ? avait-il demandé en montrant son verre.

— J'avoue que je ne sais même pas ce que c'est.

— Je crains que personne ne le sache vraiment... Cela ressemble à... (Il avait bu une petite gorgée de la boisson, faisant claquer sa langue avant d'avaler, tel un dégustateur professionnel.) Encre rouge avec un doigt d'anisette, peut-être.

— Je plains votre estomac !

— Nous verrons cela demain, avait-il répondu, avant d'ajouter en la fixant attentivement : Finalement, je ne crois pas que nous nous connaissions.

— Non, je ne pense pas. Je m'appelle Victoria Bradshaw.

— Et que faites-vous dans la vie, Victoria ?

— Je commence des études d'art.

— Ce qui explique votre présence ici... Et ça vous plaît ?

— Pas beaucoup, à vrai dire, avait-elle répliqué en regardant autour d'elle.

— Non, je parlais de vos études. Mais si cet endroit vous déplaît, pourquoi ne pas rentrer chez vous ?

— Je ne voudrais pas me montrer impolie.

Son compagnon avait éclaté de rire, visiblement amusé par sa réponse.

— Vous savez, avec ce genre de personnages, la politesse n'est pas de mise.

— Je ne suis là que depuis dix minutes.

— Et moi, cinq.

Il avait fini son verre d'une traite, aussi facilement que s'il se fût agi d'une délicieuse bière fraîche. Puis il l'avait posé sur le rebord de la fenêtre et avait dit :

— Allez, partons.

Une main sous son coude, il l'avait habilement guidée jusqu'à la sortie, et, sans un au revoir ni une excuse, ils avaient quitté la soirée.

En haut de l'escalier crasseux, elle s'était tournée vers lui.

— Je suis vraiment désolée.

— Et pourquoi donc ?

— Je ne voudrais pas vous obliger à partir sous prétexte que j'en ai assez.

— Qui vous dit que j'avais envie de rester ?

— Mais la soirée bat son plein !

— Il y a des années-lumière que je ne fréquente plus ce genre d'assemblées ! Dépêchez-vous, allons respirer un peu d'air pur.

Sur le trottoir, dans la douce pénombre de cette nuit d'été, Victoria s'était de nouveau arrêtée.

— Eh bien, il ne me reste plus qu'à vous remercier.

— Ce qui veut dire ?

— Que je vais prendre un taxi et rentrer chez moi.

Il avait esquissé un sourire.

— Auriez-vous peur de moi, jeune fille ?

Victoria n'avait pu s'empêcher de rougir.

— Non. Bien sûr que non.

— Alors, pourquoi me fuyez-vous ?

— Ce n'est pas ça. Simplement, je...

— Veux rentrer à la maison.

— Exactement.

— Il n'en est pas question.

— Pourquoi ?

— Parce que nous allons d'abord essayer de trouver un bon restaurant italien et que vous allez me raconter l'histoire de votre vie.

Il avait hélé un taxi en maraude. Il avait presque poussé Victoria à l'intérieur, avant de donner les indications au chauffeur. Puis ils avaient roulé en silence pendant cinq bonnes minutes. A l'arrivée, il avait payé le taxi, et ils n'avaient eu qu'à traverser la chaussée pour gagner le petit restaurant italien, un établissement sans prétention, avec ses quelques tables alignées le long des murs, son atmosphère enfumée et sa bonne odeur de cuisine.

Dès qu'ils avaient été placés, il avait commandé une bouteille de chianti et demandé la carte, avant d'allumer une cigarette et de s'adresser enfin à Victoria.

— Alors ?

— Alors quoi ?

— Alors racontez-moi tout.

Elle n'avait pu s'empêcher de sourire.

— Vous pourriez peut-être me dire d'abord qui vous êtes et quel est votre nom.

— Olivier Dobbs. Vous pouvez tout raconter à l'écrivain que je suis. Ecrivain publié, j'ajouterais même. J'ai un agent littéraire, un découvert bancaire à la hauteur de mon talent, et je sais écouter. De nos jours, plus personne n'a cette capacité. Chacun y va de sa petite histoire, mais nul n'écoute. Vous n'avez pas remarqué ?

Victoria avait alors pensé à ses parents.

— Si, peut-être.

— Peut-être ? Vous n'en êtes pas sûre ? C'est drôle... Personne n'est jamais sûr de rien. Quel âge avez-vous ?

— Dix-huit ans.

— Je vous croyais plus jeune. Au milieu de ces personnages décadents, on vous aurait donné quinze ans. J'ai failli appeler le bureau de l'aide sociale pour signaler qu'une mineure traînait dans un endroit malfamé, à la nuit tombée.

La bouteille de vin était arrivée, déjà débouchée, et il avait rempli leurs verres.

— Où habitez-vous ? lui avait-il demandé.

— Pendleton Mews.

— Où est-ce ?

Quand elle lui avait expliqué, il avait poussé un sifflement admiratif.

— Très chic. Je n'aurais jamais imaginé une jeune fille riche dans une école d'art.

— Mais je ne suis pas riche.

— Dans ce cas, comment vous êtes-vous débrouillée pour habiter Pendleton Mews ?

— C'est l'appartement de ma mère. Elle vit actuellement en Espagne et elle me l'a laissé.

— Intéressant... Et pourquoi Mme Bradshaw vit-elle en Espagne ?

— Elle ne s'appelle plus Bradshaw, mais Paley. Mes parents ont divorcé, il y a six mois, et ma mère s'est aussitôt remariée avec un certain Henri Paley qui possède une maison à Sotogrande à côté du golf, où il passe toute la sainte journée. (Brusquement, Victoria avait eu envie de tout lui raconter.) Mon père, quant à lui, est parti vivre chez un vague cousin, dans une propriété quasiment en ruine. Il prétend vouloir se lancer dans l'élevage des chevaux de course, mais il a toujours de grands projets qu'il ne réalise jamais. Je suppose que cette fois-ci ce sera pareil.

— Et la jeune Victoria est restée à Londres, seule et abandonnée.

— Oui.

— Ce doit être dur parfois, non ?

— Je préfère être seule qu'en mauvaise compagnie.

Olivier avait fait une grimace.

— Les parents, c'est l'enfer, n'est-ce pas ? Les miens ne valent pas mieux, même s'ils n'ont jamais été jusqu'au divorce. Ils moisissent dans le fin fond du Dorset. Et tout, depuis l'augmentation de leur sacro-sainte bouteille de gin jusqu'aux poules qui ne pondent plus, tout est ma faute ou celle du gouvernement.

— Remarquez, j'aime bien mes parents, avait tenu à préciser Victoria. Le problème vient de ce qu'ils ont, eux, cessé de s'aimer.

— Vous avez des frères et sœurs ?

— Non, je suis fille unique.

— Ainsi personne ne veille sur vous.

— Je m'en sors très bien toute seule.

Il avait pris un air dubitatif.

— Désormais, c'est moi qui m'occuperai de vous ! avait-il lancé avec emphase.

Après cette mémorable soirée, Victoria était restée une quinzaine de jours sans la moindre nouvelle d'Olivier. Et elle avait fini par penser qu'elle ne le reverrait jamais.

Un vendredi soir, complètement déprimée, elle s'était lancée frénétiquement dans un grand ménage dont son appartement n'avait pourtant aucunement besoin, puis, en désespoir de cause, elle avait décidé de se laver les cheveux. Ce fut alors que, la tête sous la douche, elle avait entendu le carillon de la porte d'entrée. En toute hâte, elle avait enveloppé ses cheveux mouillés dans une serviette, avait enfilé un peignoir et était descendue ouvrir. C'était Olivier Dobbs en personne.

Victoria avait été si heureuse de le voir qu'elle avait fondu en larmes. Il avait refermé la porte derrière lui et l'avait prise immédiatement dans ses bras, là, en bas des escaliers, lui essuyant le visage avec un coin de la serviette.

Une fois dans le salon, Olivier avait sorti une bonne bouteille de sa veste, et elle avait apporté des verres. Ils avaient bu, tranquillement assis sur le canapé. Puis elle était allée dans sa chambre pour se coiffer et s'habiller. Olivier l'avait ensuite emmenée dîner, sans un mot d'explication pour ces deux semaines de silence, évoquant vaguement un séjour à Birmingham au cours de la conversation. Et il n'était pas venu à l'esprit de Victoria de lui demander ce qu'il avait fait.

En fait, cette soirée servit de modèle à leurs futures relations. Olivier entrait et sortait de sa vie, imprévisible et pourtant étrangement constant, sans jamais expliquer ses soudaines disparitions. Revenait-il d'Ibiza ou de chez un ami au pays de Galles ? Elle aurait été bien incapable de le dire. Cet homme avait un goût certain pour le secret. Il ne lui parlait jamais de son travail, et elle ne sut jamais rien de précis sur le pied-à-terre qu'il habitait, sinon que c'était un sous-sol près de Fulham Road. Il avait un caractère instable. Une ou deux fois, Victoria avait été témoin d'accès de colère incontrôlables qu'elle avait mis sur le compte de son âme d'artiste. Par ailleurs, il était drôle et aimant et d'excellente compagnie. C'était un peu comme avoir un grand frère irrésistiblement attirant. En son absence, elle l'imaginait travaillant sur sa machine à écrire, écrivant, corrigeant, jetant nerveusement une page et la recommençant, poussé par un incroyable désir de perfection. Parfois, il semblait avoir un peu d'argent qu'il dépensait avec elle.

A d'autres moments, sa bourse paraissait vide, et c'était Victoria qui offrait les repas, les bouteilles de bon vin et les petits cigares qu'il affectionnait particulièrement.

Puis Olivier avait connu une période de découragement. Il pensait que ce qu'il écrivait ne valait rien, puisque aucun éditeur n'en voulait. C'est à cette époque qu'il prit un travail à temps partiel dans un café, sa tâche consistant à remplir et vider le lave-vaisselle. Lorsqu'il vendit une pièce de théâtre à une chaîne de télévision, les choses commencèrent à s'améliorer. Il garda cependant son emploi, qui lui permettait de payer son loyer.

Victoria n'avait jamais eu d'autre ami et n'en désirait pas. Curieusement, elle n'avait jamais pensé qu'Olivier pût avoir une autre femme dans sa vie, n'ayant jamais eu l'occasion d'être jalouse, sans doute. Le peu qu'Olivier lui donnait lui suffisait.

La première fois qu'ellc entendit parler de Jeannette Archer fut le jour où Olivier lui annonça qu'il allait se marier.

C'était le début de l'été et les fenêtres étaient grandes ouvertes. En face, Mme Tingley repiquait ses géraniums, et, un peu plus loin dans la rue, un homme nettoyait sa voiture. Les pigeons roucoulaient sur le toit, tandis qu'à travers l'épais feuillage des platanes on percevait le bourdonnement lointain de la circulation. Olivier s'était assis à côté d'elle, sur le rebord de la fenêtre, où elle était occupée à recoudre un bouton de sa veste. Elle enfonçait l'aiguille dans le velours usé quand Olivier lui avait demandé :

— Qu'est-ce que tu dirais si je t'annonçais que je vais me marier ?

De saisissement, Victoria s'était piqué le doigt, et la douleur, pourtant minime, lui avait semblé insupportable. Sans prononcer un mot, elle avait fixé la goutte de sang qui perlait à son pouce.

— Attention ! s'était écrié Olivier. Tu vas tacher ma veste.

Et, comme elle ne bougeait pas, il avait attrapé sa main et léché le sang de son doigt. Quand leurs regards s'étaient croisés, il avait murmuré :

— Ne me regarde pas ainsi.

Victoria avait alors baissé les yeux sur ce doigt qui l'élançait affreusement.

— Comment veux-tu que je te regarde ?

— En tout cas pas avec cet air hagard... Parle ! Dis quelque chose.

— Et que suis-je censée dire ?

— Tu pourrais me souhaiter beaucoup de bonheur.

— Je ne savais pas que tu... Je veux dire, je ne savais pas que tu étais...

Même en cet instant terrible, Victoria avait tenté de rester calme, polie, délicate, mais Olivier lui avait brutalement coupé la parole, dédaignant ses efforts.

— Tu veux sans doute dire que tu n'imaginais pas qu'il y avait quelqu'un d'autre dans ma vie... On dirait une de ces répliques de romans de gare que ma mère affectionne tant !

— Qui est l'heureuse élue ?

— Jeannette Archer. Elle a vingt-quatre ans, c'est une fille de bonne famille, avec un appartement agréable, une petite voiture et un bon job. Cela fait quatre mois que nous vivons ensemble.

— Je croyais que tu habitais près de Fulham Road !

— En effet. Mais pas ces derniers temps.

Prise d'un impérieux besoin de savoir, elle lui demanda :

— Tu l'aimes ?

— Là n'est pas la question. Elle est enceinte, et ses parents tiennent à ce que je l'épouse pour que l'enfant ait un père. Cela semble primordial pour eux.

— J'avais cru pourtant comprendre que les parents t'importaient peu.

— Certes, quand ce sont des ratés geignards comme les miens. Mais les Archer roulent sur l'or... J'ai besoin d'argent. J'en ai besoin pour acheter quelque chose d'infiniment précieux : le temps d'écrire !

C'en était trop. Son pouce lui faisait mal et ses yeux s'emplissaient de larmes qui roulaient sur le velours de la veste tandis que, tête baissée, elle tentait de finir de recoudre ce fichu bouton. Voyant son désarroi, il avait murmuré :

— Ne pleure pas, je t'en prie.

Doucement, il lui avait relevé le menton et avait regardé son visage inondé de larmes.

— Je t'aime, avait murmuré Victoria.

Il s'était penché pour l'embrasser sur la joue et avait eu cette phrase terrible :

— Oui, mais toi, tu n'attends pas de bébé !

Victoria fut brusquement tirée de ses souvenirs par le carillon de la pendule posée sur la cheminée. En entendant les sept coups, la jeune femme vérifia l'heure à sa montre, stupéfaite qu'il fût si tard. L'ouverture de Rossini était terminée depuis bien longtemps, le reste de café dans sa tasse était froid, dehors il pleuvait toujours, et il ne lui restait plus qu'une demi-heure pour se rendre à cette soirée de Campden Hill.

Consciente d'avoir perdu momentanément toute notion du temps, Victoria fut prise d'une sorte de frénésie, qui lui fit oublier Olivier Dobbs.

Elle se leva d'un bond et entreprit, dans l'ordre et avec une incroyable rapidité, de rapporter sa tasse dans la cuisine, de se faire couler un bain, de sortir des vêtements du placard et de trouver une paire de bas assortis; elle songea aussi à appeler un taxi, puis à se décommander en prétextant un mal de tête pour enfin se raviser en se rappelant que les Fairburn étaient des amis de sa mère et qu'il s'agissait d'une invitation lancée de longue date. Or Victoria détestait blesser les gens.

Lorsqu'elle entra dans la salle de bains, un nuage de vapeur s'échappa. Elle ferma les robinets de la baignoire, versa dans l'eau quelques gouttes d'huile parfumée, puis, les cheveux protégés par un bonnet et le visage enduit de crème, plongea dans l'eau. Quinze minutes plus tard, elle était pratiquement prête, vêtue d'une robe ras du cou en soie noire, de bas et de chaussures à hauts talons, noirs eux aussi. Elle mit du mascara à ses cils, accrocha des boucles à ses oreilles et termina par une touche de parfum.

Enfin, elle prit un manteau avant d'ouvrir les rideaux, puis la fenêtre. La nuit était particulièrement sombre et le vent continuait à souffler, mais la pluie semblait avoir cessé. En contrebas, l'impasse était calme, les pavés luisaient telles des écailles de poisson et les flaques reflétaient la pâle lumière des lampadaires. Une voiture tourna au coin de la rue et s'engagea lentement dans l'impasse.

Victoria referma la croisée et enfila son vieux manteau de fourrure si confortable. Après avoir vérifié qu'elle avait bien ses clés, elle éteignit les lumières. Alors qu'elle descendait, la sonnette d'entrée retentit.

— Zut! pesta-t-elle en pensant qu'il s'agissait de cette commère de Mme Tingley, venue sous prétexte de lui emprunter quelque chose.

Bien décidée à se débarrasser au plus vite de son assommante voisine, Victoria ouvrit brutalement la porte. C'est alors qu'elle remarqua, garée un peu plus loin, la voiture qu'elle avait vue s'engager dans l'impasse, quelques instants plus tôt : un vieux break Volvo. Elle se demandait, perplexe, où pouvait bien se trouver le conducteur quand surgit de l'ombre une silhouette. Elle entendit son nom. De frayeur, elle sursauta, puis, reconnaissant la voix, elle eut l'impression de tomber dans un gouffre sans fond. Le vent soufflait dans l'impasse, emportant un vieux journal, et son cœur battait la chamade.

— Je me demandais si tu habitais toujours ici. A dire vrai, j'étais même sûr du contraire.

Ce n'est pas possible, se dit-elle, ces choses-là n'arrivent que dans les romans. Incapable de prononcer un mot, Victoria se contenta d'un hochement de tête.

— Ça fait bien longtemps, reprit-il.

La gorge sèche, elle parvint à articuler :

— Oui.

Olivier Dobbs... Elle chercha à voir s'il avait changé. Mais non, ses cheveux, sa barbe étaient les mêmes ; ses yeux étaient toujours aussi lumineux, sa voix aussi profonde et douce, et il portait le même genre de vêtements un peu usés qui lui allaient si bien, lui donnant une allure décontractée.

— Tu t'apprêtais à sortir ? lui demanda-t-il.

— Oui. Je suis en retard, d'ailleurs. Mais ne reste donc pas dans ce froid, entre, proposa-t-elle en reculant d'un pas vers la porte restée ouverte.

— Tu vas bien ?

— Oui. Mais je dois sortir, insista-t-elle, comme si ce fait était la seule issue possible à cette invraisemblable situation.

Elle commença à gravir l'escalier, précédant Olivier.

Arrivée en haut, Victoria alluma la lumière et Olivier s'immobilisa un instant sur le seuil, examinant attentivement la pièce, si charmante avec ses murs pastel, ses chintz aux couleurs printanières, sa petite armoire en pin trouvée dans une brocante et son pêle-mêle de livres et de photos.

Il sourit, l'air heureux.

— Rien n'a changé. Tout est exactement comme dans mon souvenir. C'est merveilleux ! (Il la regarda.) Je craignais de ne pas te trouver. Tu aurais pu t'être mariée ou simplement avoir déménagé. J'étais quasiment certain que la porte s'ouvrirait sur un inconnu... Et tu es là ! C'est miraculeux.

Victoria ne trouvait rien à répondre. Elle restait sans voix. Alors qu'elle cherchait désespérément quelque chose à dire, son regard tomba sur le placard où elle rangeait ses bouteilles.

— Que dirais-tu d'un verre ? proposa-t-elle en désespoir de cause.

— Avec plaisir.

Victoria posa son sac et s'accroupit devant le placard. Il y avait du sherry, une bouteille de vin entamée et une autre de whisky, qu'elle sortit, bien qu'elle fût presque vide.

— Désolée, je n'ai pas grand-chose à t'offrir.

— C'est parfait, dit-il en lui prenant la bouteille des mains. Je vais préparer ça.

Sur ce, il disparut dans la cuisine comme s'il était chez lui, comme si son départ ne datait que de la veille. Elle entendit l'eau couler, le tintement des verres.

— Tu en prends un, n'est-ce pas ? cria-t-il.

— Non merci.

— Où vas-tu ce soir ? s'enquit-il quand il revint, un verre à la main.

— A Campden Hill. Chez des amis de ma mère.

— Tu rentreras tard ?

— Je ne le pense pas.

— Je peux t'attendre ici ?

— M'attendre ?

Voyant l'étonnement de Victoria, Olivier s'empressa d'ajouter :

— C'est important. Je dois absolument te parler.

Il paraissait aux abois, comme s'il avait la police ou quelque voyou de Soho à ses trousses.

— Rien de grave, j'espère ?

— Non. Ne t'inquiète pas, répondit-il avant d'ajouter : Je voulais te le dire quand tu reviendrais, mais je préfère te l'avouer maintenant. Je ne suis pas venu seul... Il y a quelqu'un d'autre dans la voiture.

— Quelqu'un d'autre ? bredouilla Victoria, imaginant une petite amie ou quelque compagnon de beuverie gisant, saoul, sur la banquette arrière.

Sans plus d'explication, Olivier disparut dans l'escalier. Victoria entendit la porte d'en bas s'ouvrir, des pas résonner sur les pavés de l'impasse. Elle alla attendre en haut des marches. Il avait laissé la porte ouverte. Quand il reparut, elle le vit refermer doucement celle-ci avec son pied. Elle comprit pourquoi en découvrant le beau petit garçon qu'il portait dans ses bras et qui dormait comme un bienheureux.

3

VENDREDI

Il était un peu plus de sept heures quand, au terme d'une journée éprouvante, John Dunbeath engagea sa voiture dans le calme relatif de Cadogan Place, avant d'emprunter une étroite ruelle encombrée de véhicules en stationnement, où par chance il trouva à se garer. Il éteignit les phares, coupa le moteur et prit sa serviette bourrée à craquer sur le siège arrière. Puis il descendit et ferma sa voiture à clé.

Il avait quitté son bureau sous des trombes d'eau, et bien que la pluie eût pratiquement cessé, le ciel semblait toujours aussi chargé. L'air de la nuit parut à John frais et revigorant, après dix heures passées dans une atmosphère surchauffée. Marchant à pas lents, sa serviette en cuir frottant contre sa jambe, il respira profondément, goûtant cette fraîcheur.

Il gravit les quelques marches qui conduisaient à la porte d'entrée de sa maison. Elle était peinte en noir, avec un heurtoir et une boîte aux lettres en cuivre amoureusement astiqués par le gardien. Dans cette ancienne demeure londonienne depuis longtemps divisée en appartements, le vestibule comme l'escalier, pourtant soigneusement entretenus et moquettés, sentaient toujours le renfermé. John referma la porte, prit son courrier et monta chez lui, au deuxième.

Son appartement avait été astucieusement aménagé à partir des chambres principales de la maison d'origine. Ce meublé lui avait été trouvé par un de ses collègues quand il avait quitté New York pour venir travailler à Londres au quartier général européen de la Warburg Investment Corporation. John en avait pris possession à peine descendu d'avion. En six mois, il avait eu le temps de s'y habituer. Même s'il restait un peu froid et sans âme, c'était un endroit agréable pour un homme vivant seul.

Il alluma la lumière et vit, sur la table de l'entrée, le petit mot laissé par Mme Robbins, la femme de ménage que lui avait recommandée le gardien. John ne l'avait vue qu'une fois, au tout début, lorsqu'il lui avait donné une clé et expliqué brièvement ce qu'il attendait d'elle. Mme Robbins, femme imposante et respectable, lui avait fait alors clairement comprendre qu'elle savait ce qu'elle avait à faire. A la fin de leur entretien, John s'était rendu compte que c'était lui qui avait été soumis à un interrogatoire en règle, et non le contraire. Quoi qu'il en soit, il avait dû se montrer à la hauteur, puisque la majestueuse matrone avait finalement accepté de s'occuper de son ménage, comme elle le faisait pour deux autres locataires de l'immeuble.

Depuis lors, ils correspondaient au moyen de petits mots, et, une fois par semaine, John laissait à Mme Robbins une enveloppe contenant sa paye.

Après avoir laissé tomber sa serviette et jeté son imperméable sur une chaise, John ramassa le billet de Mme Robbins avec le reste du courrier et passa dans le salon. La pièce, dans les tons de beige et de marron, était parfaitement impersonnelle. Aux murs étaient accrochés des tableaux choisis par un inconnu ; il en était de même des livres qui emplissaient les bibliothèques placées de chaque côté de la cheminée. Mais John ne souhaitait pas qu'il en fût autrement.

Parfois, sans raison particulière, le vide de son existence, le manque d'amour se faisait cruellement sentir. Alors, les souvenirs le submergeaient. L'éclat de son appartement new-yorkais, avec ses immenses tapis blancs, le goût parfait de Liza, son sens de la couleur, sa passion du détail et, surtout, sa totale désinvolture à l'égard du compte en banque de son mari. Il revoyait Liza — cette image remontait au début de leur mariage —, belle à couper le souffle dans une de ces tenues aériennes créées par Oscar de la Renta : elle l'attend, un sourire mystérieux aux lèvres, l'embrasse, lui glisse un Martini entre les doigts ; elle semble si heureuse de le voir !

Mais, la plupart du temps, comme ce soir par exemple, John appréciait sa nouvelle vie. Il allait se servir un verre de whisky, lire tranquillement son courrier et, après une dure journée de labeur, retrouver le calme et la sérénité.

Il fit le tour de la pièce, allumant toutes les lampes ainsi que les fausses bûches, qui se mirent aussitôt à rougeoyer dans la cheminée, puis il tira les lourds rideaux de velours marron et se servit un scotch bien tassé avant de déchiffrer le message en style télégraphique de Mme Robbins.

Blanchissage : manque deux paires de chaussettes et deux mouchoirs.

Mlle Mansell a téléphoné : prière la rappeler ce soir.

Il parcourut le reste du courrier : un relevé de banque, une convocation à une assemblée générale, deux invitations et une lettre de sa mère, qu'il mit de côté pour la lire plus tard à tête reposée. Assis sur l'accoudoir du canapé, il composa un numéro de téléphone.

Presque aussitôt une voix de femme lui répondit.

— Allô ?

— Tania ?

— Chéri ! Je pensais que tu n'appellerais jamais...

— Désolé. Je viens juste de rentrer et d'avoir ton message.

— Mon pauvre chou, tu dois être épuisé... J'ai un empêchement pour ce soir. Je dois partir tout de suite à la campagne. Mary Colville a appelé ce matin. Certains de ses invités ont la grippe, elle compte sur moi pour faire nombre ! J'ai tenté de lui expliquer que ce soir... Mais elle a rétorqué que tu pouvais venir me rejoindre demain et rester pour le week-end.

Elle s'arrêta, non à cours de mots, mais à bout de souffle. John sourit. Ce babillage, cet essoufflement perpétuel, ce manque d'organisation faisaient partie de son charme. Elle était si différente de son ex-femme, au contraire toujours calme et méthodique.

Il jeta un coup d'œil à sa montre.

— Si tu dois être à la campagne pour dîner, tu devrais peut-être accélérer un peu, non ?

— Oh ! oui, chéri, je suis affreusement en retard. Mais, au lieu de me le faire remarquer, tu pourrais au moins avoir l'air déçu !

— Evidemment, je suis déçu.

— Alors tu viendras me rejoindre demain ?

— Je ne peux pas, Tania. J'ai appris aujourd'hui qu'il fallait que j'aille au Moyen-Orient. Je prends l'avion demain.

— Oh, zut ! Combien de temps pars-tu ?

— Juste quelques jours. Une semaine tout au plus. Cela dépendra de la situation.

— Tu me fais signe dès ton retour ?

— Bien sûr !

— J'ai appelé Imogène Fairburn et me suis décommandée pour ce soir. Elle a insisté pour que tu viennes quand même. Oh ! chéri, quand tout va mal... Tu ne m'en veux pas, j'espère ?

— Si. Je suis absolument furieux, dit-il sur le ton de la plaisanterie.

— Mais tu comprends, n'est-ce pas ?

— Bien sûr que je comprends. Remercie Mary de son invitation et n'oublie pas de lui expliquer les raisons de mon refus.

— Je n'y manquerai pas, bien sûr. Je ne...

Une autre de ses caractéristiques était qu'elle ne savait jamais terminer une conversation. Il l'interrompit brutalement.

— Ecoute, Tania, tu es attendue pour dîner. Raccroche, finis ta valise et file. Avec un peu de chance, tu arriveras chez les Colville avec moins de deux heures de retard.

— Oh ! chéri, je t'adore.

— Je t'appelle sans faute dès que je rentre.

— J'y compte bien, répliqua-t-elle en lui envoyant des baisers. Allez, bye !

Et elle raccrocha. John reposa le combiné sur son support en se demandant, songeur, pourquoi il n'était pas plus déçu que ça quand une si charmante et séduisante jeune femme lui faisait faux bond, lui préférant une invitation plus attrayante. Il rumina cette question un moment, pour finalement conclure que cela n'avait aucune importance.

Juste au moment où il s'apprêtait à partir chez les Fairburn, John reçut un coup de fil de son vice-président. Ce dernier, de retour d'un voyage d'affaires, avait une ou deux idées à lui soumettre concernant sa mission à Bahreïn. En discuter lui prit encore quelques précieux instants, et John arriva à Campden Hill avec trois bons quarts d'heure de retard.

La soirée battait déjà son plein. La rue étant

encombrée par les voitures des invités, il lui fallut encore cinq minutes pour se garer. Des grandes baies vitrées du premier étage entièrement éclairé s'échappait le bourdonnement continu des conversations. A peine eut-il sonné qu'un majordome en veste blanche — probablement engagé pour l'occasion — lui ouvrit la porte en lui souhaitant le bonsoir, avant de lui indiquer les escaliers.

C'était une maison agréable, accueillante et décorée avec un goût exquis. John monta l'escalier et passa devant un jeune couple assis en haut des marches.

— Nous prenons un peu l'air, expliqua la fille comme pour s'excuser.

Dans le salon d'Imogène, une foule bigarrée bavardait joyeusement, buvait, fumait et dégustait d'appétissants petits-fours.

Près de la porte, était dressé un buffet où officiait un serveur.

— Bonsoir, monsieur. Que puis-je vous servir ?

— Un whisky-soda, s'il vous plaît.

— Avec de la glace, monsieur, naturellement...

John ne put s'empêcher de sourire. Le « naturellement » indiquait que le garçon avait tout de suite reconnu l'Américain qu'il était.

— Naturellement, répliqua-t-il. Vous savez où je peux trouver Mme Fairburn ?

— Je crains qu'il ne vous faille la chercher, monsieur. Comme une aiguille dans une meule de foin, si je puis me permettre...

John acquiesça d'un signe de tête, but une bonne gorgée de whisky et plongea dans la foule.

Contrairement à ses craintes, la soirée se passa pour le mieux. A peine entré, il fut happé par un groupe ; on lui offrit un canapé au saumon fumé et un cigare. On lui donna même un tuyau pour une des courses de chevaux du lendemain. « Du sûr. Trente-trois contre un. »

Une fille qu'il connaissait de vue vint l'embrasser et lui laisser — du moins le craignit-il — une trace de rouge à lèvres sur la joue. Puis un grand jeune homme accompagné d'un vieillard chauve vint à sa rencontre.

— Vous êtes bien John Dunbeath, n'est-ce pas ? demanda-t-il. Crumleigh, pour vous servir... Je connaissais votre prédécesseur. Comment va la banque ?

John surveillait jalousement son verre, mais, dans un moment d'inattention, un serveur réussit à le lui prendre des mains pour le remplir de nouveau. Quelqu'un lui écrasa le pied. Un adolescent arborant une cravate club s'approcha, tirant par le coude une jeune fille d'environ dix-sept ans, aux cheveux curieusement frisottés.

— Elle veut absolument faire votre connaissance, déclara le jeune homme. Voilà cinq bonnes minutes qu'elle vous dévore des yeux de l'autre bout de la pièce !

— Oh ! Nigel, tu es vraiment insupportable ! protesta la fille.

Heureusement, à cet instant précis, il aperçut son hôtesse et s'excusa. Il réussit à la rejoindre, non sans difficulté.

— Imogène !

— John ! Chéri !

Elle était absolument ravissante avec ses cheveux cendrés, ses grands yeux bleus, sa peau veloutée et ses manières provocantes.

Il embrassa poliment la joue qu'elle lui tendait.

— Quelle magnifique réception !

— Je suis si heureuse de te voir. Tania n'a pas pu venir. Elle m'a téléphoné... Obligée de partir pour la campagne, si j'ai bien compris. Quel dommage ! J'espérais tant vous voir ensemble. Tant pis, l'important, c'est que tu sois venu. As-tu vu Reggie ? Il meurt d'envie d'avoir avec toi une de ses interminables et sinistres discussions, sur la Bourse ou Dieu sait quoi encore !

Interrompue par un couple désireux de prendre congé, elle lui demanda à voix basse de rester là, avant de s'adresser tout sourire à ses deux invités.

— Mes chéris ! Vous devez vraiment partir ? Quelle tristesse ! J'ai été si heureuse de vous voir.

Puis elle se tourna de nouveau vers John.

— Ecoute, puisque tu es venu seul, je voudrais te présenter une jeune femme. Elle est jolie comme un cœur, n'aie crainte, mais elle ne connaît pratiquement personne ici. Sa mère est une de nos meilleures amies. Elle a l'air un peu perdue, sois un ange, occupe-toi d'elle !

John, en Américain bien élevé et familier des réceptions mondaines, fit exactement la réponse qu'attendait Imogène.

— J'en serai enchanté. Où est cette jeune personne ?

N'étant pas très grande, Imogène se hissa sur la pointe des pieds pour tenter d'apercevoir son invitée.

— Là-bas, dans le coin, dit-elle, sa main fine et gracieuse agrippant le poignet de John et l'enserrant comme un étau. Viens, je vais te présenter.

Elle se fraya un chemin à travers la pièce bondée et enfumée, sans relâcher un instant sa pression. John, obligé bon gré mal gré de la suivre, faisait penser à un gros paquebot tiré par un petit remorqueur. Ils arrivèrent enfin dans un coin tranquille. Une jeune femme, assise sur le bras d'un fauteuil, discutait avec un homme âgé qui, avec son smoking et son nœud papillon, semblait s'être trompé de réception.

— Victoria !

En entendant son nom, elle se leva, sans qu'on pût dire si c'était par politesse à l'égard d'Imogène ou pour échapper à son compagnon.

— Victoria, je suis désolée d'interrompre ce charmant tête-à-tête, mais j'aimerais te présenter John, dont la compagne n'a pu venir ce soir. Sois particulièrement gentille avec lui. Il est américain et je l'adore.

John, gêné pour la jeune femme autant que pour lui-même, se contenta d'un sourire poli.

Avec un léger raclement de gorge et un imperceptible geste d'adieu, le vieil homme en smoking s'éclipsa.

— La mère de Victoria est une de mes meilleures amies, reprit Imogène, serrant toujours le poignet de John. L'année dernière, Reggie et moi sommes allés en Espagne lui rendre visite. A Sotogrande. Dans une demeure absolument divine ! Voilà... Je suis sûre que vous avez des tas de choses à vous dire, je vous laisse.

Elle relâcha enfin le pauvre poignet de John, qui eut l'impression qu'on venait de lui enlever des menottes.

— Bonsoir, Victoria, dit-il à la jeune femme.

— Bonsoir.

Imogène n'avait pas vraiment su la décrire. Elle n'était pas « jolie comme un cœur », mais beaucoup mieux que cela. Avec son teint pâle, elle lui rappelait les jeunes Américaines qu'il avait connues dans sa jeunesse. De longs cheveux blonds et soyeux encadraient son mince visage aux traits parfaitement dessinés. Ses yeux étaient d'un joli bleu et son cou long et gracieux. Quant à sa bouche, elle était à la fois belle et expressive, avec une fossette de chaque côté.

Pourtant, cette beauté n'avait rien de mièvre. Curieusement, John pensa que la jeune femme serait plus à sa place à la barre d'un voilier ou sur des pistes de ski que dans une soirée mondaine à Londres.

— Imogène a bien parlé de Sotogrande ?

— En effet.

— Depuis combien de temps votre mère vit-elle là-bas ?

— Environ trois ans. Vous connaissez ?

— Non. Mais j'ai des amis passionnés de golf qui y vont régulièrement.

— Mon beau-père est fou de ce sport, lui aussi. C'est pour cette raison qu'il a choisi d'aller vivre là-bas. Sa maison donne directement sur le parcours. Il pousse la porte du jardin et se trouve sur le trou numéro dix. C'est aussi simple que ça.

— Vous jouez aussi au golf ?

— Non. Mais Sotogrande offre bien d'autres possibilités. On peut nager, jouer au tennis, monter à cheval, si on veut.

— Que faites-vous comme sport ?

— Je sors rarement quand je suis là-bas, mais, quand cela m'arrive, je joue surtout au tennis.

— Votre mère revient souvent en Angleterre ?

— Deux ou trois fois par an pour courir d'une galerie d'art à l'autre, voir une bonne demi-douzaine de pièces de théâtre et renouveler sa garde-robe.

Ils échangèrent un sourire, puis marquèrent une pause. Le sujet de Sotogrande semblant être épuisé, la jeune femme jeta un œil par-dessus l'épaule de John, comme si elle guettait quelqu'un, puis, très vite, en personne bien élevée, elle le regarda de nouveau.

— Vous cherchez quelqu'un ? demanda-t-il.

— Non. Je ne connais pas grand monde, ici, répondit-elle, avant d'ajouter : C'est dommage que votre amie n'ait pu venir.

— Elle a dû quitter Londres.

Dans une coupe posée sur une des tables basses, Victoria prit une poignée de noisettes, qu'elle se mit à manger, une par une.

— Ainsi, vous êtes américain, n'est-ce pas ? reprit-elle.

— Oui, c'est exact.

— Vous n'avez pas tout à fait l'accent.

— Ah bon ! Et quel accent ai-je ?

— Une sorte de mélange. Moitié anglais, moitié yankee.

John fut impressionné.

— Vous avez une très bonne oreille. Ma mère est américaine et mon père anglais, ou plus exactement écossais.

— Vous avez donc la nationalité britannique ?

— J'ai la double nationalité. Mais je suis né aux Etats-Unis.

— Où, exactement ?

— Dans le Colorado.

— Parce que votre mère était en vacances ou parce que vos parents y habitaient ? demanda-t-elle pour plaisanter.

— Ils y vivent toujours. Ils ont un ranch dans le sud-ouest du Colorado.

— Je ne vois pas où cela se trouve.

— Au nord du Nouveau-Mexique, à l'ouest des Rocheuses et à l'est de San Juan.

— Il me faudrait un atlas. Mais cela me paraît fantastique.

— Le mot n'est pas trop fort.

— Je suppose que vous montiez à cheval avant même de savoir marcher ? se moqua-t-elle par jeu.

— Absolument.

— Je vois... Et quand avez-vous quitté le Colorado ?

— A onze ans, lorsque j'ai été envoyé en pension sur la côte est. Puis je suis venu en Angleterre, d'abord à Wellington, où mon père avait étudié avant moi, puis à Cambridge.

— Tout ça grâce à votre double nationalité, n'est-ce pas ? Et après Cambridge ?

— Je suis retourné vivre à New York. Et me voici de retour en Angleterre. Depuis l'été dernier.

— Vous travaillez pour une compagnie américaine ?

— Oui. Une banque d'investissement.

— Et vous retournez de temps en temps dans le Colorado ?

— Dès que je le peux, mais, ces temps-ci, j'ai eu beaucoup de travail, alors...

— Vous aimez Londres ?

— Oui, beaucoup.

Voyant la jeune femme soudain pensive, il sourit, puis demanda :

— Pourquoi ? Pas vous ?

— Si. Mais sans doute parce que je ne m'imagine pas vivant ailleurs. C'est ma ville.

Elle se tut et, de nouveau, sembla chercher quelqu'un dans l'assemblée. Puis elle fixa la montre en or qui étincelait à son poignet. Qu'une jolie fille regarde sa montre plutôt que lui était une expérience inhabituelle pour John Dunbeath. Mais, au lieu d'en être agacé, il en fut presque amusé.

— Vous avez vraiment l'air d'attendre quelqu'un, fit-il remarquer.

— Non. Pourquoi ?

Il eut l'impression que derrière cette attitude calme et polie se cachait quelque chose, et il se demanda si elle était toujours comme ça ou si sa difficulté à communiquer était due à l'atmosphère lénifiante propre à ce genre de réception. Evidemment, elle lui avait posé des questions, mais avait-elle seulement écouté les réponses ? Ils n'avaient échangé que des banalités et se connaissaient toujours aussi peu. Sans doute ne souhaitait-elle pas aller au-delà ; par indifférence ou simplement par timidité, John n'aurait su le dire.

La jeune femme recommença à jeter des coups d'œil furtifs autour d'eux. Pourquoi était-elle venue ? Exaspéré, John était sur le point de le lui demander, quand Victoria lui annonça sans préambule qu'elle allait partir.

— Il se fait tard et j'ai l'impression d'être là depuis des lustres, dit-elle, avant d'ajouter aussitôt, consciente de sa maladresse : Oh ! je suis désolée. Je ne voulais pas dire que le temps m'avait paru long en votre compagnie. Pas du tout, mais il est vrai que je suis ici depuis un moment... J'ai été ravie d'avoir fait votre connaissance.

John ne répondit pas, se contentant d'un sourire forcé.

— Je dois absolument rentrer à la maison, je suis déjà en retard.

— Où habitez-vous ?

— Pendleton Mews.

— C'est tout près de chez moi. J'habite Cadogan Place.

— Oh ! je vois. C'est un quartier agréable, n'est-ce pas ?

— Oui, très agréable.

Elle posa discrètement son verre et rajusta la bandoulière de son sac à main sur son épaule.

— Eh bien, au revoir.

John, peu habitué à ce qu'on le laisse choir de cette manière, sentit monter en lui une bouffée de colère. De toute façon, son verre était vide et, sans Tania, la soirée n'avait aucun intérêt. Il se souvint brusquement qu'il prenait l'avion le lendemain pour Bahreïn et qu'il devait encore faire sa valise, vérifier ses papiers et laisser des instructions à Mme Robbins.

— Je pars aussi, lui répondit-il.

— Mais vous venez juste d'arriver...

— Je vous raccompagne.

— Ce n'est vraiment pas nécessaire.

— Je sais, mais j'en ai envie.

— Je peux très bien prendre un taxi, protesta faiblement Victoria.

— Pourquoi, puisque nous allons dans la même direction ?

— Mais...

John commençait à en avoir assez.

— J'ai un avion à prendre demain matin et il est grand temps que je rentre, moi aussi.

— Vous retournez aux Etats-Unis ?

— Non. Je pars pour le Moyen-Orient.

— Qu'allez-vous faire là-bas ?

Il lui prit le coude et la poussa vers la sortie.

— Discuter, répliqua-t-il.

En les voyant, Imogène se sentit partagée entre la surprise qu'ils se soient si bien entendus et la tristesse que John parte si tôt.

— Mais, John chéri, tu viens juste d'arriver ! protesta-t-elle.

— C'est une soirée merveilleuse, mais je m'envole tôt pour Bahreïn demain et...

— Un samedi ? Quelle horreur ! Mais j'imagine que c'est le sort réservé aux potentats en herbe. Vraiment, tu ne peux pas rester encore un peu ?

— J'aurais aimé, mais franchement je dois partir.

— Tu es pardonné. Au fait, as-tu pu parler avec Reggie ? Non, je suppose. Je lui dirai que tu le pries de t'excuser. Viens dîner à ton retour. Au revoir, Victoria. C'est gentil d'être venue. J'écrirai à ta mère pour lui dire que je t'ai trouvée resplendissante.

Une fois sur le palier, John demanda à Victoria :

— Votre manteau est en bas ?

— Oui.

Dans l'entrée, sous un tas de vêtements empilés sur des fauteuils, Victoria dénicha son vieux manteau de fourrure démodé, et John l'aida à l'enfiler. Le majordome en veste blanche leur ouvrit la porte, et ils partirent dans la nuit venteuse en direction de la voiture.

Alors qu'il attendait au feu rouge, à l'extrémité de Church Street, John se rendit compte qu'il mourait de faim. A la réception, il s'était contenté du canapé au saumon, et le sandwich qu'il avait avalé au déjeuner était loin. L'horloge du tableau de bord indiquait neuf heures. Le feu passa au vert, et il suivit le flot de voitures qui se dirigeaient vers Kensington.

Il ne pensait plus qu'à manger. Il jeta un coup d'œil à la jeune femme assise à ses côtés. Sa réserve était un véritable défi. Elle l'intriguait. Il voulait briser cette résistance, découvrir ce que cachait ce visage, persuadé que, derrière le haut mur qu'elle avait érigé autour d'elle, il découvrirait quelque merveilleux jardin secret.

Il regarda son profil se dessiner au gré des lumières ; le menton enfoncé dans le col de fourrure, elle n'avait pas bougé ni prononcé un seul mot depuis le départ. Il hésita encore un instant, puis se lança.

— Accepteriez-vous de dîner avec moi, quelque part ? demanda-t-il.

— Oh..., murmura-t-elle en se tournant vers lui, comme c'est gentil à vous.

— Il faut absolument que j'avale quelque chose. Si vous voulez vous joindre à moi...

— Merci, mais je dois vraiment rentrer à la maison...

A sa façon de dire « à la maison » pour la deuxième fois, il eut le sentiment que quelqu'un l'attendait chez elle : une sœur peut-être, un amant, ou même un mari, pourquoi pas ?

— Cela n'a pas d'importance. C'était juste si vous n'aviez rien eu d'autre à faire.

— Merci encore, mais c'est vraiment impossible.

Un silence pesant s'abattit sur eux, uniquement rompu, quelques minutes plus tard, lorsque Victoria dut expliquer le meilleur chemin pour rejoindre Pendleton Mews.

— Vous pouvez me laisser là, dit-elle quand ils parvinrent à la hauteur de l'impasse. Je peux faire quelques pas.

Obstiné, il décida que, puisqu'il ne pouvait pas dîner avec elle, il la raccompagnerait au moins jusqu'à sa porte. Il s'engagea lentement dans la petite rue étroite, remarquant au passage les jolies portes peintes et les plantes aux balcons. La pluie s'était arrêtée, mais les pavés étaient encore humides et brillants dans la lumière de ses phares.

— Quel numéro ? demanda-t-il.

— C'est tout au bout. Mais vous n'aurez pas la place de tourner, vous allez devoir faire marche arrière.

— Ce n'est pas grave.

— Voilà, c'est ici.

La maison qu'elle avait indiquée était éclairée au premier, et, l'air inquiet, Victoria scruta les fenêtres comme si elle s'attendait à y voir apparaître un visage, un visage porteur de mauvaises nouvelles.

Mais rien de tel n'arriva, et la jeune femme sortit de la voiture. John, fit de même et, fidèle à sa galanterie, l'accompagna jusqu'à l'entrée.

Victoria fouilla dans son sac pour trouver ses clés, puis, l'air toujours aussi anxieux, elle ouvrit la porte.

— Merci infiniment de m'avoir raccompagnée. C'est très gentil. Vous n'auriez pas dû...

Elle s'interrompit brusquement en entendant des hurlements d'enfant provenant du premier étage. Atterrée, elle regarda John. Les cris redoublant de fureur, celui-ci attendit une explication, mais elle ne vint pas. Dans la lumière crue de l'entrée, il remarqua le visage décomposé de Victoria, qui, d'une voix où perçait l'angoisse, finit par murmurer :

— Bonne nuit, John.

Elle lui signifiait son congé, purement et simplement, et il eut envie de l'envoyer vertement promener. Pourtant, il se contenta de répondre :

— Bonne nuit, Victoria.

— Bon voyage à Bahreïn, ajouta-t-elle.

« Au diable Bahreïn ! » pensa-t-il, furieux, avant de répondre :

— Oui, bien sûr... merci.

La porte claqua. La lumière s'éteignit.

Pestant toujours, John remonta en voiture et effectua une rapide marche arrière, manquant heurter un des piliers de l'arche. Là, il s'arrêta un instant, le temps de retrouver son calme.

Un enfant... Quel enfant ? Probablement le sien... Pourquoi n'en aurait-elle pas, d'ailleurs ? se demanda-t-il. A cause de son allure encore si enfantine ? Mais elle pourrait parfaitement avoir un mari, un amant, être une fille mère...

Tania allait bien rire quand il lui raconterait ça : « Comme tu ne pouvais pas m'accompagner chez Imogène, j'y suis allé seul, et tout ce que j'ai trouvé à faire, c'est de m'enticher d'une fille qui ne pensait qu'à rentrer pour s'occuper de son bébé ! »

Comme sa contrariété se dissipait, John décida de rentrer chez lui où il pourrait toujours se faire un sandwich. De toute façon, il n'avait plus très faim. Il redémarra et se mit à penser à ce qui l'attendait le lendemain.

4

VENDREDI

Olivier, assis sur le canapé, tenait l'enfant sur ses genoux. En pénétrant dans le salon, Victoria remarqua tout de suite le visage rouge et baigné de larmes du petit garçon qui, surpris par sa soudaine apparition, s'arrêta aussitôt de pleurer. Mais, se rendant compte qu'il ne s'agissait de personne de sa connaissance, il recommença de plus belle.

Olivier le faisait sautiller sur ses genoux, essayant en vain de le calmer. Victoria laissa tomber son sac et s'approcha d'eux, tout en déboutonnant son manteau.

— Il est réveillé depuis longtemps ?

— Environ dix minutes.

Les hurlements de l'enfant étaient tels qu'Olivier dut crier pour se faire entendre.

— Il est malade ? s'inquiéta la jeune femme.

— Non. Je crois qu'il a faim, répondit Olivier en se levant, l'enfant dans les bras.

Le petit garçon était vêtu d'une salopette et d'un pull blanc tout froissé. Ses cheveux blonds et bouclés étaient humides et collaient à sa nuque et à son front.

La seule chose qu'Olivier avait dite à Victoria, avant qu'elle parte à sa soirée, était que cet enfant était le sien. Sans demander d'explications, elle les avait alors laissés tous les deux, l'un buvant tranquillement son whisky, l'autre dormant profondément.

Et à présent... Elle posa sur eux un regard inquiet. Elle ne connaissait rien aux enfants ; elle ne se souvenait même pas d'en avoir jamais tenu un dans ses bras. Qu'est-ce qu'on pouvait bien manger à cet âge-là ? Et pourquoi ces cris et ces larmes intarissables ?

— Comment s'appelle-t-il ? demanda-t-elle.

— Tom, répondit Olivier, essayant toujours de calmer l'enfant. Eh ! Tom, dis bonjour à Victoria.

Tom regarda une nouvelle fois la jeune femme et, pour toute réponse, émit un hurlement rageur.

Victoria enleva son manteau et le posa sur une chaise.

— Quel âge a-t-il ?

— Deux ans.

— S'il a faim, il faut lui donner quelque chose à manger.

— Oui, mais quoi ?

Constatant qu'Olivier ne semblait pas en savoir plus qu'elle sur la question, Victoria partit dans la cuisine, à la recherche d'une nourriture pouvant convenir à un petit enfant de deux ans. Elle ouvrit un à un ses placards : épices, farine, moutarde, lentilles, bouillon en cubes...

Tout en passant en revue ses maigres réserves, elle se demanda ce que faisait Olivier dans son appartement, après trois ans de silence, de surcroît avec un enfant. Où était la mère ?

... Confiture, sucre, flocons d'avoine laissés par sa mère lors de son dernier passage.

— Est-ce qu'il mangerait du porridge ? cria-t-elle.

Olivier ne lui répondit pas. Comprenant que les hurlements de l'enfant avaient couvert sa voix, Victoria passa la tête dans l'embrasure de la porte et réitéra sa question.

— Du porridge ? Oui, je suppose, répondit Olivier. Je pense qu'il a tellement faim qu'il avalerait n'importe quoi.

Exaspérée, Victoria mit une casserole d'eau à bouillir, y versa les flocons d'avoine, puis sortit un bol, une cuillère et du lait. Au premier bouillon, elle baissa le feu et retourna dans le salon totalement envahi par Olivier, à tel point qu'elle eut le sentiment de ne plus être chez elle. Son verre vide, ses mégots de cigarettes, son blouson à même le sol, les coussins du canapé froissés... et les sanglots déchirants de son fils. Elle n'allait pas supporter cela plus longtemps.

— Voilà ! dit-elle. Va t'assurer que le porridge ne brûle pas. Je m'occupe de Tom.

Elle prit l'enfant dans ses bras et le porta jusqu'à la salle de bains, où elle le posa par terre. S'armant de courage, elle décida de le changer. Par chance, il devait déjà être propre, car il ne portait pas de couche et n'était pas mouillé. En l'absence de pot, elle devrait faire preuve d'ingéniosité pour le persuader d'utiliser des toilettes d'adulte. Enfin soulagé, l'enfant retrouva le sourire. Il s'empara d'une éponge et entreprit de jouer avec. Victoria, trop heureuse que ses pleurs se soient arrêtés, le laissa faire. Après lui avoir lavé le visage et les mains, elle l'emmena à la cuisine.

— Il est allé aux toilettes comme un grand, annonça-t-elle.

Olivier, qui s'était resservi un whisky avec ce qui restait dans la bouteille, tenait son verre dans une main, tandis que de l'autre il remuait le porridge.

— Je pense que c'est prêt, dit-il.

Victoria remplit le bol, y versa du lait, puis s'assit à la table, Tom sur ses genoux. Constatant que l'enfant se débrouillait très bien tout seul, elle en profita pour attraper une serviette, qu'elle noua hâtivement autour de son cou. En un instant, le bol fut vide, mais Tom ne paraissait pas rassasié pour autant.

Olivier s'éloigna de la cuisinière.

— Je sors un moment, déclara-t-il.

Victoria eut soudain peur qu'il ne disparaisse définitivement en la laissant avec l'enfant.

— Tu ne peux pas...

— Quoi ?

— Tu ne peux pas me laisser seule avec lui. Il ne me connaît pas, expliqua-t-elle.

— Il ne me connaît pas non plus et il a plutôt l'air heureux, non ? (Il se pencha et l'embrassa avec la même familiarité que trois ans auparavant.) Je m'absente cinq minutes. Je vais acheter des cigarettes et une bouteille de vin.

Victoria eut un brusque serrement de cœur.

— Tu vas revenir ?

— Tu es bien méfiante, on dirait. Bien sûr que je vais revenir... Tu ne te débarrasseras pas de moi comme ça.

En fait, il s'absenta un bon quart d'heure, le temps pour Victoria de ranger le salon, de secouer les coussins, de pendre les vêtements, de vider les cendriers. A son retour, Olivier trouva la jeune femme devant l'évier de la cuisine, occupée à éplucher une laitue.

— Où est Thomas ? s'inquiéta-t-il.

— Je l'ai mis au lit, répondit-elle sans daigner se retourner. Il n'a pas pleuré. Je pense qu'il va s'endormir.

Olivier, jugeant son attitude hostile, posa son paquet et l'obligea à lui faire face.

— Serais-tu fâchée, par hasard ?

— Non. Dubitative, plutôt.

— Je peux t'expliquer.

— J'aimerais en effet, répliqua-t-elle sèchement en retournant à sa laitue.

— Je ne te dirai rien tant que tu ne m'écouteras pas attentivement. Laisse ça et viens dans le salon.

— Je pensais que tu aurais envie de manger quelque chose. Il se fait tard.

— L'heure n'a pas d'importance. Nous avons la vie devant nous. Allez, va t'asseoir.

Il avait rapporté du vin et une autre bouteille de whisky. Il prit des glaçons dans le réfrigérateur et servit deux verres. Puis il rejoignit Victoria au salon, où elle s'était installée sur le canapé. Il lui tendit un verre et leva le sien.

— A nos retrouvailles !

— D'accord.

Trinquer à leurs retrouvailles n'engageait à rien. Elle but une gorgée et se sentit mieux, plus à même d'entendre ce qu'il avait à lui dire.

Olivier s'assit sur un tabouret, en face d'elle. Victoria remarqua ses bottes de daim éculées et se demanda à quoi il dépensait les fruits de son succès. Tout devait passer en whisky, ou peut-être dans un appartement plus confortable et plus agréable que celui qu'il occupait à Fulham Road. Elle repensa à la Volvo garée dans l'impasse, puis aperçut sa grosse Rolex en or.

— J'ai à te parler, dit-il.

— Eh bien, je t'écoute.

— Je supposais que tu serais mariée.

— Tu l'as déjà dit quand je t'ai ouvert la porte.

— Ainsi, tu ne l'es pas.

— Non.

— Pourquoi ?

— Je n'ai rencontré aucun homme qui m'ait donné envie de me marier. Mais peut-être suis-je trop difficile...

— Tu as continué la peinture ?

— Non. J'ai tout arrêté au bout d'un an. Je n'étais pas assez douée. Quand on n'a pas de talent, mieux vaut ne pas insister.

— Alors que fais-tu actuellement ?

— Je travaille dans une boutique de mode, à Beauchamp Place.

— Ce n'est pas trop pénible ?

Elle haussa les épaules.

— Non, ça va.

Mais pourquoi parler d'elle ? C'était à Olivier de s'expliquer, pas à elle.

— Olivier...

— Comment s'est passée ta soirée ? la coupa-t-il.

Elle comprit qu'il faisait diversion, probablement pour éviter ses questions ou se laisser le temps de peaufiner des réponses. Devant son regard attentif et son air innocent, elle se dit que cela n'avait pas d'importance. De toute manière, tôt ou tard, il faudrait bien qu'il lui donne des explications.

— Comme prévu : beaucoup de monde, d'alcool et de bavardages insipides.

— Qui t'a raccompagnée ?

Victoria fut surprise de cette question, mais se souvint qu'Olivier s'intéressait beaucoup aux gens, même ceux qu'il ne connaissait pas. Il pouvait s'asseoir dans un bus et se mettre à écouter les conversations. Dans les bars ou les restaurants, il engageait volontiers la discussion avec des étrangers ou avec les serveurs. Toutes les informations qu'il recueillait ainsi étaient soigneusement stockées dans sa mémoire, triées, digérées, prêtes à être régurgitées dans un de ses écrits, sous forme de descriptions ou de dialogues.

— Un Américain, répondit-elle.

Il parut intrigué.

— Quel genre d'Américain ?

— Un Américain, c'est tout.

— Je veux dire chauve, d'âge moyen, bardé d'appareils-photo, sérieux, drôle... ? Allez ! Tu as eu le temps de l'observer.

Bien sûr qu'elle avait eu le temps de l'observer. Il

était grand, mince, un peu plus petit qu'Olivier mais plus carré. Le genre de type qui se défoule au squash dès qu'il a un moment de libre et qui fait du jogging tous les matins au parc, en tennis et survêtement. Elle se souvenait aussi de ses yeux sombres et de ses cheveux noirs à la coupe recherchée, œuvre, sans doute, d'un des meilleurs coiffeurs de Londres. Elle revoyait son teint hâlé, ses beaux traits virils, ses merveilleuses dents blanches. Pourquoi les Américains ont-ils toujours d'aussi belles dents ? se demanda-t-elle.

— Non, répondit-elle. Il n'était rien de tout cela.

— Comment s'appelle-t-il ?

— John. John quelque chose... Mme Fairburn n'a pas dit son nom de famille quand elle me l'a présenté.

— Etonnant pour un Américain qu'il ne l'ait pas fait lui-même. Les Américains vous expliquent toujours qui ils sont et ce qu'ils font, avant même que vous leur demandiez quoi que ce soit. *Hi !* fit-il, imitant à la perfection l'accent new-yorkais. John Hackenbaker, Consolidated Aloominum. Heureux que vous ayez l'occasion de me connaître !

Victoria ne put s'empêcher de sourire, puis elle se sentit un peu honteuse, comme si elle se devait de défendre ce jeune homme qui l'avait si aimablement raccompagnée dans son Alfa-Romeo.

— Il n'était pas du tout comme ça. Il s'envole demain pour Bahreïn, ajouta-t-elle, comme si ce détail pouvait jouer en faveur de John.

— Ah ! je vois, monsieur est dans le pétrole !

Victoria commençait à en avoir assez de ces railleries.

— Arrête, Olivier, je n'en ai pas la moindre idée.

— Tu n'as pas l'air de savoir grand-chose, dis-moi. De quoi avez-vous bien pu parler ? Ça y est ! je sais. De moi.

— Certainement pas ! Mais par contre il est grand temps que, toi, tu me parles de toi... Et de Thomas.

— Pourquoi de Thomas ?

— Ça suffit, Olivier, assez joué maintenant !

Il rit de son exaspération.

— Je ne suis pas gentil, hein ? Tu brûles de savoir d'où vient cet enfant... D'accord, j'y arrive... Je l'ai enlevé.

C'était pire que tout ce que Victoria avait imaginé. Elle dut prendre une profonde inspiration avant de pouvoir demander :

— Et à qui l'as-tu enlevé ?

— A Mme Archer, la mère de Jeannette. Tu ne le sais probablement pas, mais Jeannette a été tuée dans un accident d'avion, peu de temps après la naissance de Tom. Depuis, ce sont ses grands-parents qui se sont occupés de lui.

— Tu allais le voir de temps à autre, je suppose ?

— Non. Jamais. Je l'ai vu aujourd'hui pour la première fois.

— Et pourquoi aujourd'hui ?

Olivier avait fini son verre. Il se leva et alla dans la cuisine s'en servir un autre. Victoria, perplexe, écouta le tintement de la bouteille et le bruit des glaçons tombant dans le verre. Olivier revint et s'affala dans le canapé, ses longues jambes étendues devant lui.

— J'ai passé toute la semaine à Bristol. On monte une de mes pièces au Fortune Theatre, et il fallait que j'apporte certaines modifications au texte. Enfin bref, ce matin, en rentrant à Londres, je repensais à la pièce sans faire particulièrement attention à la route, quand, tout à coup, j'ai réalisé que j'étais sur l'A 30, à la hauteur de Woodbridge, l'endroit où habitent les Archer. Et je me suis dit : pourquoi ne pas leur faire une petite visite ? Voilà, c'est aussi simple que ça ! Un caprice. La main du destin.

— Et tu as vu Mme Archer ?

— Non, elle était à Londres en train d'acheter des

draps chez *Harrod's* ou quelque chose comme ça. Mais j'ai eu droit à une superbe jeune fille au pair qui n'a pas eu besoin de beaucoup d'encouragements pour m'inviter à déjeuner.

— Elle savait que tu étais le père de Tom ?

— Non.

— Et après ?

— La fille m'a fait asseoir à la table de la cuisine et elle est montée chercher Tom. Puis nous avons déjeuné. Tout était bon, sain, propre. D'ailleurs, on a l'impression que la maison entière est stérilisée. Pas de chien ni de chat, ça va de soi, pas un livre qui traîne... Personne ne doit jamais oser s'asseoir dans les fauteuils. Le jardin ressemble à un cimetière avec ses horribles cinéraires et ses allées tracées au cordeau. C'est un endroit sinistre.

— Oui, mais c'est la maison de Tom.

— Elle m'étouffe. Elle l'étouffera... Quand j'ai vu un livre d'images avec écrit sur la première page : « A Thomas Archer, de la part de Mamie », ça m'a achevé. Il n'y a pas de Thomas Archer ! Il s'appelle Thomas Dobbs. Quand la fille au pair est partie chercher je ne sais quelle horrible poussette pour emmener promener Tom, j'en ai profité pour le prendre et filer.

— Il n'a pas protesté ?

— Non. Il avait plutôt l'air content. Nous nous sommes arrêtés en route dans un petit parc, où il a passé l'après-midi à faire de la balançoire, à jouer dans le bac à sable et à courir après un chien. Puis il a commencé à pleuvoir et je lui ai acheté des gâteaux. Comme il était temps de rentrer à Londres, je l'ai ramené chez moi.

— Tu habites où ?

— A Fulham. Toujours au même endroit, dans mon sous-sol. Je sais, tu n'y es jamais venue. C'est plutôt triste et inconfortable, mais pour travailler, ça me suffit. Pour le ménage, j'ai un arrangement avec la grosse Cubaine du premier qui est censée venir une fois par semaine. Bref, Tom a daigné s'endormir sur mon lit et j'ai téléphoné chez les Archer.

Il avait débité son histoire avec une telle désinvolture que Victoria, qui pourtant connaissait ses défauts, se sentit brusquement très mal.

— Oh ! Olivier.

— Eh bien quoi ? Après tout, c'est mon fils !

— Mme Archer devait être folle d'inquiétude.

— Plus ou moins, mais à la description que la fille au pair avait faite de moi, elle avait déjà compris que Tom était avec son père.

— Mais...

— Tu sais quoi ? Tu me fais penser à la mère de Jeannette. Comme si j'avais l'intention de faire du mal à cet enfant !

— Ce n'est pas ça, mais c'est terrible pour cette femme.

— Inutile de la plaindre.

— Elle va vouloir le récupérer, je suppose.

— Bien sûr ! Mais je lui ai fait comprendre qu'il était temps que son père s'occupe de lui.

— Et c'est possible ? Légalement, je veux dire ? Elle peut faire appel à la police ou même te traîner en justice.

— Un procès ? Ce n'est pas son genre. Elle aurait horreur de ça. Pendant dix bonnes minutes, elle m'a abreuvé d'injures, mais elle ne peut rien faire d'autre. Personne ne peut rien faire. Tom est mon enfant. Je suis son père et je ne suis ni un criminel ni un malade mental.

— Non, mais tu es incapable de t'occuper de lui, voilà le hic.

— Tout ce qu'on cherchera à savoir, c'est si j'ai les moyens d'assurer une vie décente à Tom — or c'est parfaitement le cas.

— En habitant un sordide sous-sol à Fulham ?

Un lourd silence s'abattit sur eux. Après avoir longuement réfléchi, Olivier écrasa sa cigarette et déclara :

— Voilà précisément pourquoi je suis ici.

Il l'avait dit. Enfin il jouait cartes sur table, dévoilant son véritable mobile.

— C'est bien, au moins tu es franc.

Olivier prit l'air indigné.

— Je suis toujours franc !

— Et tu comptes sur moi pour m'occuper de cet enfant ?

— Nous allons nous en occuper ensemble. Toi et moi. Tu ne voudrais pas que je le ramène dans mon sous-sol pourri ?

— Il est hors de question que vous vous installiez ici !

— Pourquoi ?

— Je travaille. J'ai un bon job et il n'y a pas de place ici pour un enfant.

Il prit un ton ironique.

— Ah ! oui... Que vont dire les voisins, c'est ça ?

— Il ne s'agit pas des voisins.

— Raconte-leur que je suis un cousin d'Australie dont la femme aborigène est morte en couches.

— Olivier, cesse, veux-tu ! Cela n'a rien de drôle. Tu as kidnappé un enfant, c'est extrêmement grave. Mme Archer est sans doute follement inquiète. Quand à la police, elle risque de débarquer d'un moment à l'autre, et tout ce que tu sais faire, c'est plaisanter !

Le visage d'Olivier se ferma.

— Si tu le prends comme ça, il est préférable que je reprenne Tom et que je parte.

— Ce n'est pas ce que je te demande, mais essaie d'être un peu raisonnable.

— D'accord. Je suis raisonnable. Regarde comme j'ai l'air raisonnable, dit-il avec une mimique.

Victoria refusa de trouver cela drôle.

— Allez ! Ne sois pas fâchée, reprit-il. Je ne serais pas venu si j'avais pensé que cela pourrait te contrarier.

— Je me demande d'ailleurs pourquoi tu es venu.

— Parce que je supposais que tu étais la seule personne à pouvoir m'aider. J'ai bien pensé téléphoner d'abord, mais j'ai eu peur de tomber sur un étranger, ou pire, sur un mari jaloux ! Qu'aurais-je pu lui dire ? Allô, Olivier Dobbs à l'appareil. J'ai un bébé sur les bras dont j'aimerais que votre femme s'occupe. Pas mal, non ?

— Qu'aurais-tu fait si j'avais été absente ?

— Je l'ignore, j'aurais trouvé autre chose. De toute façon, il n'était pas question que je ramène Tom chez les Archer.

— Tu y seras bien obligé un jour ou l'autre. Tu es incapable de t'occuper de lui et...

Olivier ne la laissa même pas finir sa phrase.

— Ecoute ! J'ai une idée au cas où les Archer feraient des difficultés. Nous devrions disparaître quelque temps. Fuir Londres. Partons... Toi, moi et Tom. Prenons l'avion. Allons au pays de Galles, ou dans le nord de l'Ecosse, ou en Cornouailles, et regardons le printemps éclore. Nous...

Victoria n'en croyait pas ses yeux ni ses oreilles. Elle était profondément choquée, indignée, outragée même. Comment, mais comment pouvait-il imaginer qu'elle ait si peu de fierté ? Ignorait-il le mal qu'il lui avait fait autrefois en la quittant pour en épouser une autre, la laissant seule et complètement désemparée ?

Et à présent, il avait le toupet de lui demander de s'occuper de son enfant ! Il était assis, là, tirant des plans sur la comète, tentant de la séduire avec de belles paroles, persuadé qu'il pourrait aisément la convaincre, pour peu qu'il y mette le temps et la conviction voulus.

— ... pas de touristes, les routes sont désertes. Nous n'aurons même pas besoin de réserver des chambres d'hôtel. A cette époque, ils sont pratiquement vides.

Il continua ainsi ses élucubrations, où se mêlaient des images de mer bleue, de champs de jonquilles et de promenades insouciantes le long des chemins de campagne sinueux... Victoria écoutait, s'émerveillant de son égoïsme. Il voulait garder son fils, mais pour cela, il devait trouver quelqu'un pour s'en occuper avec lui. Elle semblait toute désignée, c'était l'évidence même.

Enfin, il se tut, le visage rayonnant, comme s'il ne pouvait envisager la moindre objection à ses projets idylliques. Après un court instant, Victoria posa la question qui lui brûlait les lèvres :

— Et pourquoi moi ?

— Parce que tu es toi.

— Tu veux dire stupide ?

— Non, pas stupide.

— Disons, peu rancunière, alors.

— En effet, ça n'est pas dans ton caractère, et puis, nous avons connu de bons moments ensemble et tu sembles heureuse de me revoir, n'est-ce pas ? Sinon, tu ne m'aurais pas laissé entrer chez toi.

— Olivier, il y a des meurtrissures qui ne se voient pas.

— Que veux-tu dire par là ?

— Que je t'ai aimé pour mon plus grand malheur. Tu le sais d'ailleurs.

— Et moi, je n'ai aimé personne.

— Personne, à part toi.

— Tu as sans doute raison.

— Je ne veux plus être malheureuse, Olivier. J'ai trop souffert.

Il eut une sorte de rictus.

— Tu as l'air bien déterminée.

— Je ne viendrai pas avec toi, c'est tout.

Il la fixa de ses yeux pâles sans prononcer un mot, tandis que dehors les assauts du vent faisaient trembler les vitres. Dans l'impasse, une voiture démarra, une femme cria un nom. Au loin on entendait le bourdonnement de la circulation.

— Tu ne peux pas passer le reste de ton existence dans la crainte d'être blessée, ou alors tu devras refuser toute forme de relation avec qui que ce soit.

— Eh bien, disons que je refuse d'être blessée par toi. Blesser les autres est un jeu auquel tu excelles.

— Est-ce l'unique raison de ton refus ?

— C'est une raison suffisante, bien qu'il y ait d'autres considérations ; mon travail par exemple...

— Comme si c'était intéressant de vendre des vêtements à des bonnes femmes stupides ! Téléphone et trouve une excuse... je ne sais pas. Ta grand-mère est morte. Tu viens d'avoir un bébé... tu ne serais pas loin de la vérité ! Donne ta démission. Je suis un homme riche à présent. J'ai les moyens de t'assurer une vie confortable.

— Je t'ai déjà entendu dire ça, il y a bien longtemps... Et qu'as-tu fait ?

— Quelle prodigieuse mémoire !

— Il y a des choses qui ne s'oublient pas.

Sur la cheminée, la petite horloge se mit à carillonner. Il était onze heures. Victoria se leva et alla poser son verre vide à côté de la pendule. Dans le miroir, elle vit Olivier qui l'observait attentivement.

— Tu as peur, n'est-ce pas ? lui demanda-t-il.

— Oui.

— De moi ou de toi ?

— Des deux, admit-elle en se retournant. Allez, nous devrions dîner maintenant.

Il était presque minuit lorsqu'ils eurent fini d'avaler leur maigre pitance. Victoria se sentait si fatiguée qu'elle n'eut même pas le courage de débarrasser et de faire la vaisselle. Olivier se servit le fond de vin qui restait et alluma une cigarette, apparemment prêt pour une nuit blanche, mais la jeune femme, reculant son siège, annonça :

— Je vais me couchcr.

Olivier eut l'air surpris.

— Ce n'est pas très aimable de ta part.

— Peut-être, mais je tombe de sommeil.

— Que veux-tu que je fasse ?

— Rien.

— Tu n'as pas compris ma question, reprit-il lentement, comme s'il s'adressait à une idiote. Est-ce que tu veux que je rentre à Fulham ? Est-ce que je dois dormir dans ma voiture ? Ou dois-je prendre Thomas et disparaître à jamais de ta vie ? Parle.

— Tu ne peux pas emmener Thomas. Il dort.

— Dans ce cas, je retourne à Fulham et je le laisse ici.

— Il n'en est pas question. Il pourrait se réveiller au milieu de la nuit et avoir peur.

— Alors, je reste, dit-il, décidé à se montrer conciliant coûte que coûte. Où veux-tu que je dorme ? Sur le canapé ou devant ta porte, à même le sol, comme un vieux chien ou un esclave fidèle ?

Elle ignora ses railleries.

— Il y a un divan dans le dressing. La pièce est encombrée des valises et des affaires de ma mère, mais ça fera un lit plus confortable que le canapé. Je vais aller le préparer.

Elle le planta là, avec sa cigarette et son verre de vin, au milieu de la vaisselle sale.

En haut d'un placard, Victoria dénicha des couvertures et un oreiller. Elle débarrassa le divan des monceaux d'habits qui le recouvraient et mit des draps propres. La pièce sentant le renfermé et la naphtaline que sa mère mettait pour protéger son manteau de fourrure, elle ouvrit la fenêtre en grand. Les rideaux se soulevèrent sous le souffle de la brise humide et froide. Dehors, il faisait nuit noire.

De la cuisine, provenaient des bruits familiers, comme si Olivier avait décidé d'empiler la vaisselle sale ou même de la laver. La jeune femme en fut étonnée, et même émue, car les tâches domestiques n'avaient jamais été son fort. Bien qu'épuisée, elle faillit aller l'aider, mais, sachant qu'ils recommenceraient à discuter et qu'Olivier tenterait une nouvelle fois de la persuader de partir avec lui et son fils, elle préféra le laisser seul.

Elle regagna sa chambre, où la lampe de chevet était allumée. Thomas dormait sur un côté du grand lit, un bras au-dessus de la tête, son pouce dans la bouche. Victoria ne lui avait laissé que son pull. Le reste de ses vêtements était soigneusement plié sur une chaise.

Les bruits s'étaient tus dans la cuisine, et Olivier était revenu dans le salon. Malgré l'heure indue, il téléphonait, comme à son habitude. Victoria se déshabilla, enfila sa chemise de nuit avant de se glisser dans le lit à côté de l'enfant. Ce dernier ne bougea pas, et elle pria pour qu'il ne se réveille pas avant le lendemain matin. Elle s'allongea sur le dos et fixa le plafond, attendant que le sommeil la gagne. Des images se bousculaient dans son esprit, une foule de souvenirs d'Olivier ressurgissaient, et, bien que ce fût la dernière chose au monde dont elle eût envie, une sorte d'excitation s'empara d'elle.

Finalement, elle prit un livre dans l'espoir de retrouver son calme.

Dans la pièce à côté, elle entendit Olivier raccrocher le téléphone, puis allumer la télévision, mais les programmes étant terminés à cette heure-ci, il éteignit et passa à la salle de bains. Quand ses pas s'arrêtèrent devant la porte de sa chambre, Victoria posa son livre.

La poignée tourna, la porte s'ouvrit, et sa grande silhouette se découpa dans l'embrasure.

— Tu ne dors pas ? s'étonna-t-il.

— Pas encore.

Ils parlaient à voix basse pour ne pas réveiller Tom. Olivier vint s'asseoir au bord du lit.

— J'ai juste appelé un copain. Rien d'important.

— Ton lit est prêt.

— Je sais. J'ai vu.

Il ne bougeait toujours pas.

— Quels sont tes projets pour demain ? lui demanda-t-elle enfin.

Il lui sourit.

— Demain est un autre jour... Tiens, qu'étais-tu en train de lire ?

Victoria souleva le livre pour qu'il puisse en voir le titre.

— C'est un de ces romans qu'on lit et relit volontiers. Une fois l'an, je me replonge dedans. C'est comme un vieil ami pour moi.

Olivier lut à haute voix :

— *Les Années de l'aigle*.

— Tu l'as lu ?

— Peut-être...

— C'est de Roddy Dunbeath. Ça raconte la vie d'un petit garçon en Ecosse, entre les deux guerres. Une sorte d'autobiographie. Ses frères et lui habitaient une magnifique demeure, appelée Benchoile...

Olivier avait saisi son poignet, et Victoria pouvait sentir son étreinte chaude et puissante.

— ... quelque part dans le Sutherland. Avec des montagnes tout autour et un grand lac. Un aigle venait parfois prendre de la nourriture dans sa bouche.

La main d'Olivier remontait maintenant le long de son bras nu, le caressant, le massant comme s'il voulait redonner vie à un membre paralysé depuis des années.

— ... Et il avait un canard, lui aussi apprivoisé, et un chien nommé Bertie qui raffolait des pommes.

— Moi aussi, j'aime les pommes, dit doucement Olivier en soulevant une mèche de ses longs cheveux.

La jeune femme pouvait entendre le battement de son cœur, sentir un frémissement à l'endroit où il l'avait touchée. Elle continuait de parler, s'efforçant tant bien que mal de contrôler son émoi.

— ... Ils allaient souvent pique-niquer près d'une cascade qui se jetait dans le lac. Les collines étaient pleines de cerfs. Il dit que cette cascade est le cœur même de Benchoile...

Olivier se pencha et posa un baiser sur ses lèvres, arrêtant ainsi le flot de ses paroles. Victoria savait qu'il n'avait rien écouté. A présent, il écartait la couverture, glissait sa main sur ses reins. Ses lèvres frôlaient sa joue pour venir se nicher dans le creux de son cou.

— Olivier ! murmura-t-elle d'une voix atone.

Autant son départ l'avait laissée glacée, sans vie, autant maintenant ses caresses la réchauffaient, faisant fondre ses meilleures résolutions et renaître des sensations depuis longtemps oubliées. Elle songea à protester et, de ses mains, essaya de le repousser, mais il était mille fois plus fort qu'elle, et cette tentative de résistance était aussi vaine que pathétique.

— Olivier... Non !

Sans doute n'avait-elle pas crié assez fort. Il continua de la caresser et bientôt, presque sans le vouloir, Victoria le serra contre elle, si fort qu'à travers le fin coton de sa chemise, elle pouvait sentir ses muscles puissants.

— Tu capitules enfin, fit-il.

Elle tenta de retrouver un peu de bon sens.

— Olivier, enfin ! Il y a Thomas.

Elle devina son rire intérieur.

— Cela peut s'arranger très facilement.

Il se leva, la souleva dans ses bras avec la même facilité que s'il se fût agi de son fils. Elle avait l'impression d'être aussi légère qu'une plume et fut prise de vertige en voyant les murs de la chambre tournoyer. Il lui fit franchir la porte, puis la porta jusqu'au dressing, où la fenêtre était encore ouverte. L'odeur de naphtaline s'était dissipée, et le lit sur lequel il la déposa était dur et étroit. Les rideaux se soulevaient légèrement, et la taie amidonnée était fraîche sous la joue. Elle fixa les contours de son visage, à peine visibles dans l'obscurité.

— Je ne souhaitais pas en arriver là, protesta-t-elle faiblement.

— Moi si, répliqua Olivier.

Elle sut qu'elle le regretterait, mais il était trop tard pour reculer, car, à cet instant, elle le désirait de toutes ses forces.

Plus tard — beaucoup plus tard qu'elle ne l'aurait cru, car l'horloge venait de sonner deux heures —, Olivier chercha à tâtons son briquet et ses cigarettes dans la poche de sa veste. Pendant une seconde, la flamme du briquet éclaira la petite pièce, puis Victoria ne vit plus que le bout incandescent de la cigarette d'Olivier. Elle vint se blottir contre le creux de son épaule.

— Et si nous parlions de l'avenir ? murmura-t-il.

— Quel avenir ?

— Le nôtre. Nous pourrions partir quelque part, toi, moi et Thomas.

— Parce que je viens avec vous ?

— Oui.

— Ai-je dit cela ?

Il rit et l'embrassa.

— Oui, à ta manière.

— Il est hors de question que je sois malheureuse de nouveau.

— Tu ne dois pas t'inquiéter. Il n'y a aucune raison

d'avoir peur. C'est seulement un projet de vacances. Une petite escapade. Des rires. Beaucoup d'amour.

Victoria ne répondit pas. Elle ne savait que dire ni penser. Une chose était sûre, cependant : c'était la première fois qu'elle se sentait en sécurité et en paix depuis qu'il l'avait quittée. Demain ou après-demain, elle partirait avec lui, elle le savait. Une fois encore, elle lui ferait confiance. Pour le meilleur et pour le pire. Peut-être cela marcherait-il, cette fois; peut-être avait-il changé et les choses seraient-elles différentes. Il était possible que ses sentiments d'amour paternel lui aient ouvert le cœur à d'autres formes d'amour. Aimer une personne et rester avec elle pour toujours... Les dés étaient jetés. Victoria avait dépassé le point de non-retour.

Elle soupira profondément, mue par un sentiment de confusion plutôt que de tristesse.

— Et où irons-nous? demanda-t-elle.

— Où tu veux. Est-ce qu'il y a un cendrier ici?

Victoria en trouva un sur la table de nuit et le lui tendit.

— Comment s'appelle cet endroit décrit dans le livre dont tu me parlais pour essayer d'échapper à mes caresses?

— Benchoile.

— Aimerais-tu y aller?

— Mais c'est impossible.

— Pourquoi?

— Ce n'est pas un hôtel, et nous ne connaissons pas les gens qui habitent cette demeure.

— Moi si, chère innocente...

— Qu'est-ce que tu racontes?

— Je connais Roddy Dunbeath. Je l'ai rencontré il y a deux ans environ au cours d'un dîner littéraire. Nous étions assis côte à côte au milieu de gens sans intérêt et nous étions plutôt contents d'être ensemble.

Avant la fin de la soirée, nous nous sommes juré une amitié éternelle, et Roddy m'a affirmé que je serais toujours le bienvenu si l'envie me prenait de venir à Benchoile. Je n'en ai rien fait jusqu'à maintenant, mais si ça tc fait plaisir...

— Tu crois vraiment?

— Bien sûr.

— Es-tu certain qu'il ne s'agissait pas d'une de ces invitations qu'on lance à la fin d'un repas bien arrosé et qu'on oublie aussitôt ou qu'on regrette le restant de sa vie?

— Pas du tout. Il était parfaitement sincère et il m'a même tendu sa carte, d'une manière assez vieux jeu, je dois dire. Je peux retrouver son numéro de téléphone et l'appeler.

— Crois-tu vraiment qu'il se souviendra de toi?

— J'en suis absolument certain. Je lui expliquerai que j'aimerais venir passer quelques jours à Benchoile avec ma femme et mon fils.

— Cela risque de faire beaucoup de monde. Et, de surcroît, je ne suis pas ta femme.

— Alors je dirai ma maîtresse et mon fils. Etant plutôt rabelaisien, il ne sera pas choqué. Il te plaira. Il est très gros, aime la bonne chère et abuse volontiers de l'alcool. C'est du moins comme cela que je l'ai jugé à la fin de ce fameux dîner. Mais, quand il a trop bu, Roddy Dunbeath est dix fois plus drôle que la plupart des gens lorsqu'ils sont à jeun.

— Le chemin pour arriver là-bas représente une longue distance.

— Nous ferons des étapes. De toute façon, nous avons tout notre temps.

Olivier écrasa sa cigarette et reposa le cendrier sur la table de nuit. Dans l'obscurité, Victoria souriait.

— Tu sais, Olivier, visiter Benchoile sera comme réaliser mon rêve le plus cher.

— Et en plus, tu y vas avec moi !
— Et Thomas, précisa Victoria.
— En effet, avec moi et Thomas.
— Je ne peux rien imaginer de plus parfait, dans ce cas.
La main d'Olivier erra sur son corps nu, puis se referma sur un sein petit et ferme.
— Moi si, murmura-t-il.

5

DIMANCHE

La vague de froid survint à la mi-février. Noël avait été ensoleillé, le Nouvel An doux et calme, et les semaines suivantes n'avaient connu qu'un peu de pluie et quelques faibles gelées. « Nous aurons un bel hiver », avaient prédit ceux qui n'y connaissaient rien, tandis que les paysans et les bergers s'étaient montrés plus réservés. Observant le ciel, la direction des vents, ils avaient senti que le pire était à venir. L'hiver attendait tout simplement son heure.

Les gelées commencèrent en début de mois, puis vinrent le verglas, la neige fondue et les orages.

— Tout ça nous vient de l'Oural, fit remarquer Roddy Dunbeath en entendant gémir le vent glacial soufflant de la mer.

Les flots déchaînés prenaient une teinte sombre, semblable à celle de l'ardoise humide. Les vagues battaient les criques, laissant sur le sable des déchets — filets déchirés, débris de caisses à poissons, morceaux de cordages, bouteilles en plastique, vieux pneus et chaussures éculées.

A l'intérieur des terres, les collines avaient revêtu leur blanc manteau, sous un ciel d'un noir d'encre. La neige s'envolait des champs et formait des congères sur les routes étroites. Les moutons, protégés par leur chaude laine d'hiver, supportaient mieux le froid glacial que le reste du bétail, qui se blottissait contre les murs de pierres sèches, en attendant le fourrage que les fermiers apportaient deux fois par jour.

Habitués aux hivers rigoureux, les gens du pays acceptaient cette épreuve avec stoïcisme. Dans les collines, chaque petite ferme, la moindre chaumière était très vite coupée du monde, mais les murs étaient épais, les tas de tourbe suffisants et les réserves abondantes. La vie continuait. La camionnette rouge des postes parvenait à faire la tournée des vallons, au grand plaisir des robustes paysannes, qu'on voyait, vêtues de trois cardigans et chaussées de bottes de caoutchouc, nourrissant les poules sur le pas de leur porte, ou étendant le linge dans le vent glacé.

C'était dimanche.

Le Seigneur est mon berger,
Rien ne saurait me manquer.
Dans les verts pâturages,
Il me conduit...

L'église était à peine chauffée et les courants d'air insupportables. Les fidèles, réduits à une poignée à cause du mauvais temps, chantèrent courageusement le dernier psaume du service du matin, mais leurs voix étaient couvertes par les mugissements du vent.

Jock Dunbeath, assis seul sur le banc réservé aux hobereaux de Benchoile, tenait son livre de chant entre ses mains gelées mais ne le regardait pas : d'une part, il connaissait ces cantiques par cœur ; de l'autre, il avait laissé ses lunettes à la maison.

Ellen l'avait gentiment réprimandé.

— Vous devez être fou pour vouloir aller à l'église aujourd'hui ! Les routes sont bloquées. Demandez au moins à Davey de vous y conduire.

— Davey a assez à faire.

— Alors restez là, asseyez-vous et écoutez une bonne émission à la radio. Une fois n'est pas coutume.

Mais Jock était un être obstiné, inébranlable, et Ellen avait soupiré, puis levé les yeux au ciel, avant d'abandonner la partie.

— Eh bien, ce ne sera pas ma faute si on vous retrouve gelé dans une congère !

Curieusement, elle avait paru tout excitée à cette idée. Les drames donnaient un peu de piment à la vie d'Ellen, et elle était toujours la première à lancer : « Vous voyez, je vous l'avais bien dit ! »

Toutes ces remarques avaient irrité Jock, qui était parti en oubliant ses lunettes. Et, entêté comme il l'était, il n'était pas revenu les chercher. Bien lui en avait pris, car il avait eu du mal à conduire sa vieille Land Rover à travers les vallons. Pour arriver sain et sauf, il avait été obligé de rester en première durant les six kilomètres qui séparaient Benchoile de l'église.

Bien qu'il fût glacé jusqu'aux os et aussi myope qu'une taupe, Jock était fier d'avoir fait l'effort de venir. De toute sa vie, à moins d'en être empêché par la maladie, ou la guerre, Jock n'avait jamais manqué de se rendre au temple le dimanche. Enfant, parce qu'on l'y obligeait ; plus tard, parce qu'il était le maître de Benchoile et, en tant que tel, se devait de maintenir les traditions et de donner le bon exemple ; et, à présent, pour y trouver la paix et le réconfort. Cette vieille église, les rituels, les cantiques faisaient partie des rares choses qui n'avaient pas changé dans sa vie. Sans doute les seules, d'ailleurs.

Le bonheur et la grâce m'accompagnent
Tout au long de mes jours,
Et je resterai à jamais dans la maison du Seigneur.

Jock referma son livre de cantiques et inclina la tête pour la bénédiction. Puis il ramassa ses gants et sa vieille casquette de tweed placés derrière lui, boutonna son pardessus, enroula soigneusement son écharpe et se dirigea vers la sortie par l'allée centrale.

— Bonjour, monsieur.

Les paroissiens étaient chaleureux et engageaient volontiers la conversation, évitant ces chuchotements de bigots qui donnent à penser qu'un mort repose dans la pièce voisine.

— Quel temps horrible !

— Bonjour, colonel Dunbeath ! Comment sont les routes par chez vous ?

— Eh bien, Jock ! Venir par un temps pareil... je te reconnais bien !

En entendant la voix du pasteur, Jock se retourna. Le révérend Christie était bâti comme un joueur de rugby, et pourtant Jock le dépassait d'une demi-tête.

— Je savais que tu n'aurais guère d'adeptes ce matin, rétorqua Jock. Et je suis content d'avoir fait l'effort de venir.

— J'imaginais que Benchoile était coupé du monde.

— Le téléphone ne fonctionne plus. Mais j'ai réussi à faire la route en Land Rover.

— Il fait un froid de gueux. Pourquoi ne viendrais-tu pas au presbytère prendre un verre de porto avant de rentrer ?

Son regard respirait la gentillesse. C'était un homme bon, et son épouse était une femme simple et accueillante. Jock se prit à imaginer un instant leur salon, la chaise près de la cheminée où crépitait un bon feu de bois. Les Christie prenaient toujours grand soin de leurs hôtes. Il pensa au porto, si réconfortant, à l'agréable présence de la femme du pasteur, et fut tenté d'accepter l'offre.

— Non, répondit-il. Je suppose qu'il est préférable que je rentre avant que le temps n'empire. Ellen m'attend, et je n'aimerais pas que le constable me retrouve gelé dans une congère et empestant l'alcool.

— Oui, je comprends, fit le pasteur.

Il garda une expression bienveillante pour masquer une certaine inquiétude. Il avait été contrarié de voir Jock assis seul sur son banc, isolé des autres fidèles, qui, pour quelque obscure raison, étaient restés rassemblés dans le fond de l'église.

Pour la première fois, Jock lui avait paru vieux, si maigre qu'il flottait dans son costume et que le col de sa chemise bâillait sur son cou décharné. Il avait aussi remarqué ses gestes hésitants lorsqu'il avait pris son livre de cantiques et, plus tard, quand il avait glissé son obole à la quête.

Jock Dunbeath, laird de Benchoile. Quel âge pouvait-il bien avoir? soixante-huit, soixante-neuf ans? Ce qui n'était pas si vieux de nos jours, surtout par ici, où les hommes atteignaient facilement quatre-vingts ans en restant actifs et alertes, bêchant leur jardin, s'occupant de leurs poules, sans oublier la petite visite au pub le soir. Mais, en septembre dernier, Jock avait eu une attaque, et, depuis, il déclinait. Le pasteur se demanda ce qu'il pourrait bien faire. Si Jock avait été une de ses ouailles ordinaires, il aurait été lui rendre visite, avec un paquet de gâteaux faits par son épouse ou un peu de bois pour la cheminée. Mais Jock n'était pas un simple villageois. C'était le lieutenant-colonel John Rathbone Dunbeath, maître de Benchoile et juge de paix du comté. C'était un homme fier, un homme vieux et seul, mais certainement pas un homme pauvre. Bien au contraire, c'était un propriétaire terrien respecté, possédant un splendide manoir et une ferme et quatre mille hectares de terres arables, de bois et de chasses. Une fort jolie propriété, en somme. Et si Jock était à plaindre, ce n'était pas parce qu'il était pauvre, mais parce que sa femme était morte, sans lui avoir donné d'enfant, le laissant inconsolable.

Le pasteur Christie chercha à relancer la conversation. D'habitude, il tentait un « Et comment va la famille ? ». Ce qui marchait dans la plupart des cas, mais pas avec Jock, celui-ci n'ayant pratiquement pas de famille, à part son frère, Roddy.

— Et ton frère ? Toujours frais ?

Jock lui répondit avec humour :

— Tu parles de lui comme s'il s'agissait d'un hareng ! Je pense qu'il se porte bien. Nous ne nous voyons pas très souvent. Nous respectons notre intimité. Roddy dans sa maison, et moi dans la mienne. (Il s'éclaircit la gorge.) Sauf le dimanche, où nous déjeunons ensemble. Et j'avoue que c'est fort agréable.

Christie se demanda de quoi les deux frères pouvaient bien parler. Il n'avait jamais vu deux êtres aussi dissemblables. Autant l'un était réservé, autant l'autre était ouvert. Roddy était un écrivain, un conteur, un artiste. Ses livres, dont certains écrits vingt ans auparavant, étaient régulièrement réédités, et on pouvait les trouver en format de poche dans n'importe quel bazar de campagne. « Un classique », disait-on en quatrième de couverture, sous une photo de Roddy prise trente ans plus tôt. « Une bouffée de nature. Roddy Dunbeath vous présente son Ecosse, avec un talent inné, tout au long de ces pages... »

Roddy ne venait à l'église que pour Pâques, Noël et les enterrements. Etait-ce par paresse ou par manque de conviction religieuse ? Le pasteur l'ignorait. Roddy ne faisait plus que de rares apparitions au village. Jess Guthrie, la femme du berger, lui faisait ses courses.

— Et comment va M. Roddy, Jess ? ne manquait pas de s'enquérir l'épicier en fourrant les deux bouteilles de whisky dans le panier à provisions de la brave femme.

En détournant les yeux, celle-ci répondait :

— Oh ! Pas mal.

Ce qui pouvait vouloir dire n'importe quoi...

— Est-ce qu'il travaille sur quelque chose en ce moment? demanda le pasteur Christie à Jock.

— Il m'a parlé d'un article pour le *Scottish Field.* Je... Je nc sais pas vraiment... (Jock passa une main mal assurée dans ses cheveux.) Il ne me parle jamais beaucoup de son travail.

Un autre aurait été découragé, mais Christie continua et s'inquiéta du troisième frère Dunbeath.

— Des nouvelles de Charlie?

— J'ai reçu une lettre de lui à Noël. Susan et lui skiaient... à Aspen. C'est dans le Colorado.

— John était avec eux?

Jock marqua une pause et, relevant la tête, fixa de ses yeux trop pâles un point mal défini, quelque part derrière le pasteur.

— John ne travaille plus à New York, finit-il par dire. Il a été affecté à la branche londonienne de sa banque il y a six mois environ.

— Mais c'est formidable!

A présent, l'église était presque vide. A petits pas, ils se dirigèrent vers la lourde porte centrale.

— Oui. C'est une bonne chose pour John. Il gravit les échelons... C'est un garçon intelligent. Je suis certain qu'il sera président avant peu de temps. J'entends président de la banque, bien sûr! Pas président des Etats-Unis...

Mais Christie n'était pas homme à se laisser divertir par ce genre de plaisanterie oiseuse.

— Ce n'est pas ce que je voulais dire, Jock. Ce que je voulais dire, c'est que, s'il vit à Londres maintenant, il pourrait monter dans le Sutherland pour passer quelques jours avec toi et Roddy.

Jock s'arrêta net et le fixa, les yeux mi-clos, tous les sens en alerte, tel un vieil aigle.

Le pasteur en fut déconcerté.

— Juste une idée comme ça, bredouilla-t-il. Il me semble que tu aurais besoin de jeunesse, d'un peu de compagnie.

« Et de quelqu'un pour veiller sur toi », pensa-t-il.

— Cela doit faire au moins dix ans que John n'est pas venu, reprit-il.

— Oui. Dix ans. Il avait juste dix-huit ans.

Le vieil homme semblait combattre quelque démon intérieur et le pasteur attendit, plein de tact.

— Je lui ai écrit l'autre jour pour lui suggérer de venir cet été, poursuivit Jock. Le coq de bruyère ne l'intéresse pas, mais nous pourrions pêcher.

— Je suis certain que tu n'as pas besoin de lui faire miroiter ce genre de chose pour l'attirer ici.

— Je n'ai pas encore de réponse.

— Donne-lui le temps. Il doit être débordé.

— Certainement, mais le problème est que je ne sais pas combien de temps il me reste à vivre, dit Jock, avec ce petit sourire étrange qui ne manquait pas de désarmer les gens. Mais la mort est une chose inéluctable, tu le sais mieux que quiconque !

Au sortir de l'église, une bourrasque de vent souleva l'habit du pasteur. Il regarda Jock Dunbeath grimper avec difficulté dans sa Land Rover et se mettre en route pour regagner son manoir. Malgré lui, il soupira, le cœur serré. Il aurait au moins essayé. Que pouvait-il faire d'autre ?

Il n'avait pas neigé pendant l'office, et Jock en fut heureux. Il traversa la petite ville paisible et, après le pont, prit la direction de Benchoile et du loch Muie. La route était étroite, à une seule voie, et des renfoncements étaient aménagés pour faciliter le croisement des véhicules. Mais, pour l'heure, l'endroit était désert. Le jour du Seigneur était respecté dans les campagnes.

Assailli par les bourrasques glacées, courbé sur le

volant, le nez dans son écharpe, la casquette enfoncée jusqu'aux oreilles, Jock Dunbeath laissait la Land Rover suivre plus ou moins sa route, comme un cheval connaissant le chemin du retour, réempruntant ses traces du matin.

Jock songeait à ce que le pasteur lui avait dit. Il avait raison, bien sûr. C'était un homme bon. Et qui s'inquiétait sans jamais le montrer. Et, ma foi, qui avait parfaitement raison !

« Il me semble que tu aurais besoin de jeunesse, d'un peu de compagnie. »

Il se rappela Benchoile autrefois, quand lui, ses frères et leurs amis remplissaient la vieille demeure. Il se rappela le hall encombré de bottes et de paniers de pêche ; le thé servi sur la pelouse, sous les blancs bouleaux ; et, en août, les collines empourprées, retentissant de coups de fusil. Il se rappela les bals et les filles qui descendaient le grand escalier de Benchoile, parées de leurs robes du soir, et le vieux break qui partait pour aller chercher les invités à la gare de Creagan.

Mais, comme le reste, ces jours-là étaient révolus. Pour les trois frères, la jeunesse s'était envolée. Roddy était devenu un vieux célibataire endurci ; Charlie s'était trouvé une charmante épouse, américaine — hélas ! —, et il vivait aux Etats-Unis, élevant du bétail dans le ranch de son beau-père, dans le sud-ouest du Colorado ; quant à Jock et Lucy, ils n'avaient jamais eu d'enfant, alors que tous deux le désiraient ardemment. Cette ombre n'avait heureusement jamais altéré leur bonheur, et c'est à la mort de sa femme, cinq ans auparavant, que Jock avait compris le vrai sens du mot solitude.

« Il me semble que tu aurais besoin de jeunesse, d'un peu de compagnie. »

Curieux que le pasteur ait prononcé le nom de John quelques jours après que Jock lui eut écrit, comme s'il avait deviné... Enfant, John venait régulièrement à Benchoile avec ses parents et, plus tard, seul avec son père. C'était un petit garçon sage, sérieux, très avancé pour son âge, doté d'une intarissable curiosité qui lui faisait poser sans cesse des questions. Mais déjà à cette époque, Roddy était son oncle préféré, et tous deux partaient des heures entières chercher des coquillages, observer les oiseaux, pêcher la truite par les calmes soirées d'été, dans les endroits profonds et sombres de la rivière. John avait été, à tous égards, un enfant agréable et un neveu charmant. Pourtant, Jock n'avait pas réussi à se rapprocher vraiment de lui. Sans doute parce que John ne partageait pas sa passion pour la chasse. John était doué pour le lancer et la mouche, et il devint très vite un pêcheur émérite, mais il renâclait à gravir les collines, fusil sur l'épaule, pour traquer le cerf, acceptant tout au plus de porter les appareils-photo.

Aussi, la lettre qu'il lui avait envoyée n'avait pas été facile à rédiger. John n'était plus venu à Benchoile depuis bientôt dix ans, et Jock avait eu le sentiment que toutes ces années avaient creusé un vide presque impossible à combler par des mots. Et ce n'était pas, se rassura-t-il, parce qu'il n'aimait pas ce garçon... Il se souvenait de John, à dix-huit ans, comme d'un jeune homme calme et réservé, aux opinions déjà très affirmées. Jock avait alors trouvé ce calme et cette réserve polie quelque peu déconcertants, et depuis, ils avaient perdu le contact... Tant de choses s'étaient passées... Lucy était morte... Les années s'étaient écoulées, vides de sens... Charlie lui avait écrit, bien sûr, lui donnant des nouvelles : John était allé à Cambridge, il avait joué au squash, au jeu de paume, défendant les couleurs de son université; il avait obtenu sa licence d'économie, et, de retour à New York, il était entré à la Warburg Investment Corporation, grâce à ses seuls mérites personnels, sans avoir besoin d'aucun appui ; il avait fréquenté quelque temps la Harvard Business School, et inévitablement, il s'était marié. Charlie était un père trop loyal pour s'étendre sur cette mésalliance, mais Jock comprit vite en lisant entre les lignes que le jeune couple battait de l'aile, et il ne fut guère surpris d'apprendre que le divorce avait été prononcé. Heureusement, il n'y avait pas d'enfant.

De toute évidence, la carrière de John n'avait pas souffert de ses problèmes personnels : sa nomination à Londres en était la preuve. La banque était un monde auquel Jock n'entendait rien, et c'était pour lui une raison supplémentaire de se sentir si éloigné de ce neveu américain.

Cher John,

Ton père m'a dit que tu étais de retour au pays et que tu travaillais à Londres.

Cela aurait été moins dur s'il avait eu quelque chose à partager avec ce jeune homme. Un unique centre d'intérêt commun lui aurait fourni un point de départ.

Si tu avais un peu de temps libre, peut-être pourrais-tu monter vers le nord et passer quelques jours à Benchoile...

Jock n'avait jamais su tourner une lettre, et cela lui avait pris presque une demi-journée pour arriver à rédiger celle-ci, et, bien que le résultat final ne l'eût pas satisfait, il l'avait signée, mise sous enveloppe et timbrée. Tout ça aurait été tellement plus facile si John s'était intéressé aux coqs de bruyère, songea-t-il avec mélancolie.

Perdu dans ses réflexions, il avait déjà parcouru la moitié du chemin. La route étroite, pleine d'ornières et de congères, déboucha soudain, après un virage, sur le loch Muie, sombre sous le ciel menaçant. Une lumière brillait à la ferme des Guthrie, et, plus loin, au bout du lac, on apercevait Benchoile, abrité par les pins qui se profilaient, noires silhouettes se découpant sur les collines blanches de neige.

Construite en pierres grises, la demeure était longue et basse, agrémentée de tourelles et de pignons. Orientée au sud et donnant sur une vaste pelouse qui descendait jusqu'au lac, elle avait une vue à couper le souffle. Trop grande, pleine de courants d'air, difficile à chauffer, nécessitant sans cesse des réparations, elle était néanmoins sa maison, son foyer, le seul endroit où il eût jamais souhaité vivre.

Dix minutes plus tard, il était arrivé. Il franchit les grilles, longea les pelouses où paissaient quelques moutons, passa sous la voûte de rhododendrons sauvages et s'arrêta devant la maison, sur l'allée circulaire de graviers. Une grande arche de pierre séparait la maison des communs, où vivait Roddy, et, au-delà, une grande cour pavée menait au garage construit à l'origine pour des attelages et qui, pour l'heure, abritait la vieille Daimler de Jock et la petite M.G. verte dans laquelle Roddy tentait de faire entrer sa grande carcasse quand l'envie lui prenait d'aller faire un tour.

A côté de ces deux véhicules fort dissemblables, et dans une semi-obscurité due au ciel d'orage, Jock rangea sa Land Rover, mit le frein à main et coupa le moteur. Il s'empara des journaux du dimanche posés sur le siège à côté de lui, descendit et claqua la portière. Dans la cour, une couche de neige épaisse recouvrait les pavés. Le salon de Roddy était éclairé. Prudemment, prenant garde de ne pas glisser, Jock se fraya un chemin jusqu'à la porte de son frère et entra.

Ce qu'on appelait souvent « l'appartement de Roddy » était en fait une maison à un étage, aménagée à la fin de la guerre, dans les vieilles écuries, quand le frère de Jock était revenu à Benchoile avec l'intention de s'y installer. Plein d'enthousiasme, Roddy avait dirigé lui-même les travaux. Les chambres et les salles de bains occupaient le rez-de-chaussée, tandis que la cuisine et le salon étaient situés au premier. On accédait à l'étage par un escalier en teck, semblable à ceux qu'on voit dans les bateaux.

Jock resta en bas et appela :

— Roddy !

Des pas firent craquer le plancher au-dessus de sa tête, et un instant plus tard, l'imposante carrure de son frère apparut en haut des marches.

— Ah ! C'est toi, dit Roddy comme s'il avait pu s'agir de quelqu'un d'autre.

— J'ai apporté les journaux.

— Monte ! Quel fichu temps !

Jock grimpa et rejoignit son frère dans le salon, où ce dernier passait toutes ses journées. C'était une pièce merveilleuse, très lumineuse et vaste. Le plafond suivait les courbes du toit et un des murs avait été remplacé par une immense baie vitrée, qui permettait d'admirer le lac et, au-delà, les collines : une vue qui, par beau temps, était une splendeur, mais qui, en ce dimanche matin, était à vous glacer l'âme. Les bourrasques de vent soulevaient la neige, et les eaux grises du lac se perdaient dans l'obscurité ambiante.

Bien que typiquement masculin, ce salon était décoré avec un goût très sûr, empli de livres et d'objets disposés en un savant désordre. Le trumeau de la cheminée était joliment sculpté, des vases chinois en porcelaine blanc et bleu et une armure japonaise donnaient à l'ensemble un côté sophistiqué. Le plancher soigneusement astiqué était couvert de quelques beaux tapis. Le reste du mobilier se composait de deux vieux fauteuils et d'un canapé un peu affaissé, mais des plus confortables. Dans la superbe cheminée — créée de toutes pièces lors des transformations, dont elle avait été la partie la plus coûteuse — brûlaient deux bûches de bouleau, dont l'odeur unique se mêlait à celle de la tourbe et à l'arôme pénétrant du cigare et de l'huile de lin.

Barney, le vieux labrador de Roddy, était étendu de tout son long devant le foyer. A la vue de Jock, il daigna lever son museau humide et grisonnant, puis il bâilla et se rendormit aussitôt.

— Tu es allé à l'église ? s'étonna Roddy.

— Oui, répondit Jock en déboutonnant son pardessus de ses doigts gelés.

— Tu es au courant que la ligne de téléphone est coupée ? Un câble a dû s'effondrer quelque part. (Il lança un coup d'œil à Jock.) Tu es bleu de froid ! Tu devrais prendre quelque chose.

Il s'avança d'un pas lourd vers une table sur laquelle étaient disposés des verres et des bouteilles, et Jock nota que son frère s'était déjà servi un copieux whisky. Lui ne buvait jamais dans la journée, c'était un principe. Mais curieusement, depuis que le pasteur lui avait proposé un verre de porto, il ne cessait d'y penser.

— Aurais-tu un peu de porto ?

— Seulement du blanc, mais très sec.

— C'est parfait.

Jock enleva son manteau et alla le mettre à sécher devant le feu. Le dessus de la cheminée était, comme toujours, encombré d'objets hétéroclites et poussiéreux : photos racornies, vieilles pipes, plumes de faisan dans un vase ébréché, invitations périmées et probablement laissées sans réponse. Mais aujourd'hui, une lettre sur papier glacé, bordée d'or et écrite d'une large écriture prétentieuse, était posée contre la pendule.

— Qu'est-ce que c'est ? Une invitation de Sa Majesté ?

— Non, seulement un dîner au *Dorchester* pour une remise d'oscar. Meilleur documentaire télévisé de l'année. Dieu sait pourquoi j'ai été invité. Je croyais être rayé de toutes les listes. Remarque, à part les discours toujours pompeux et ennuyeux, j'aimais bien ce genre de festivités, autrefois. J'y ai rencontré de jeunes écrivains talentueux et pas mal de gens intéressants.

— Tu iras ?

— Je me fais trop vieux pour entreprendre pareil voyage, juste pour le plaisir d'un bon dîner bien arrosé.

Il avait trouvé la bouteille de porto, un verre relativement propre et avait servi son frère. Il s'octroya un autre whisky et, reprenant son cigare à demi consumé, revint s'asseoir près du feu.

Roddy avait neuf ans de moins que Jock. Quand ils étaient jeunes, Roddy était le plus beau des trois frères ; avec ses allures de charmeur nonchalant, il avait brisé plus d'un cœur. Les femmes l'adoraient. Les hommes se méfiaient. Roddy était trop beau, trop intelligent, trop talentueux dans des domaines très divers. Il dessinait, écrivait et jouait remarquablement du piano, et savait même chanter...

Au cours des parties de chasse, il avait l'art de s'approprier la plus jolie fille, oubliant qu'il était là pour le coq de bruyère, lequel s'envolait sereinement au-dessus de lui. Et, à la fin de la traque, on le retrouvait en grande conversation avec sa nouvelle compagne, son fusil froid, son chien tristement couché à ses pieds.

Naturellement brillant, il fit des études sans avoir l'air de se donner le moindre mal. Il termina Oxford auréolé de gloire. Les modes, les nouvelles tendances étaient lancées par lui, Roddy Dunbeath. Quand les autres portaient du tweed, il préconisait le velours, et aussitôt le velours réapparaissait. Il était aussi renommé pour son esprit caustique et ses talents d'orateur.

Quand la guerre éclata, mû par un profond patriotisme, Roddy s'engagea à la surprise générale dans le corps des marines, à cause, déclara-t-il, du joli uniforme ; mais très vite, il fit partie des commandos d'élite, escaladant des falaises vertigineuses, sautant en parachute depuis des avions de combat en feu.

Lorsque le pays fut en paix de nouveau, les rescapés qui n'étaient pas encore mariés se dépêchèrent de remédier à cet état de fait. Il y eut une véritable épidémie de mariages, et Jock lui-même se laissa tenter. Mais pas Roddy. Roddy reprit sa vie là où il l'avait laissée en 1939, et commença à écrire. *Les Années de l'aigle* sortit en premier, suivi de *Vent dans les pins* et de *Renard roux*. La gloire le saisit. Il fit des discours, donna des conférences, passa à la télévision...

Il prit du poids alors que Jock restait mince. Son tour de taille s'épaississait, en même temps qu'apparaissaient les bajoues et le double menton. Toutefois, il ne perdit rien de son charme, et, quand ils ne trouvaient plus de détails croustillants sur la famille royale, les échotiers publiaient la photo de Roddy Dunbeath dînant avec une des femmes les plus en vue de Londres.

Mais, bien vite, sa jeunesse s'enfuit et sa gloire s'effaça. N'étant plus de toutes les fêtes, Roddy vint se réfugier à Benchoile. Il s'occupa en écrivant de courts articles pour les journaux, des scripts pour la télévision et même des entrefilets pour la presse locale. Cependant, rien ne pouvait le changer. Il était toujours le même Roddy, charmant, spirituel. Un conteur qu'on aimait avoir à table et qui n'hésitait pas à revêtir son smoking et à faire une longue route au volant de sa petite voiture pour venir égayer un repas. Et qui, chose encore plus étonnante, arrivait à rentrer chez lui, au petit jour, après avoir absorbé des quantités impressionnantes de whisky.

De fait, il buvait trop. On ne pouvait le rencontrer sans un verre à la main, même s'il ne perdait jamais le contrôle de lui-même et n'était à aucun moment agressif. Lui qui avait toujours eu tendance à mener une vie oisive devint carrément paresseux. Il nc faisait même plus l'effort de se rendre à Creagan.

Son horizon se limitait désormais à Benchoile.

— Comment sont les routes ? s'enquit Roddy.

— Praticables. Mais tu n'irais pas loin avec ta M.G.

— Je n'ai aucune intention de sortir.

Il ôta son cigare de sa bouche et le lança dans la cheminée. Puis il prit quelques bûches dans le panier et les jeta dans la tourbe brûlante. Il y eut un nuage de poussière, les morceaux de bois vacillèrent avant de s'enflammer tout d'un coup dans une pétarade. Une gerbe d'étincelles vola sur le vieux tapis posé devant l'âtre. L'odeur de laine brûlée chatouilla les narines de Jock, et Roddy écrasa promptement les petites braises sous la semelle de sa chaussure.

— Tu devrais avoir un garde-feu, fit remarquer Jock.

— Je trouve ça affreux.

Il avait fini son whisky, aussi s'approcha-t-il de la table pour se resservir.

— Tu n'as guère le temps d'en prendre un autre, dit Jock. Il est déjà une heure passée.

Roddy regarda sa montre.

— Oh ! mon Dieu, c'est exact. Ellen doit pester contre nous. C'est un miracle qu'elle ne soit pas déjà là à aboyer comme une furie. Je suppose que tu n'as aucune chance de la convaincre d'utiliser le vieux gong ? On pourrait le mettre dans la cour. Ce serait épatant d'être appelé par le gong pour le repas dominical, dans notre vénérable demeure. Du plus grand chic, non ? Nous ne devons pas nous laisser aller, Jock !

Nous devons sauvegarder les apparences, même s'il n'y a personne pour le remarquer. Pense à ces vieux bâtisseurs d'empires, dînant dans la jungle en smoking et chemise empesée. Un peu de caractère, que diable...

Le verre de porto avait libéré les inhibitions de Jock.

— Ce matin, le pasteur Christie m'a dit que nous ferions bien d'avoir un peu de jeunesse autour de nous.

— Bonne idée. (Roddy hésita, puis se versa un fond de porto.) De beaux garçons, de jolies jeunes filles... Que sont devenus tous les charmants neveux et nièces de Lucy ? Il y en avait une ribambelle, si ma mémoire est bonne.

— Tout ce petit monde a grandi, s'est marié...

— Alors organisons une réunion. Passons une annonce dans le *Times* : « Les Dunbeath de Benchoile recherchent jeune compagnie. Faire proposition. » Nous pourrions avoir des réponses amusantes.

Jock repensa à la lettre qu'il avait écrite à John. Il n'en avait pas encore parlé à Roddy, préférant attendre d'avoir une réponse avant de le mettre dans la confidence. Mais, à présent, il n'était plus si sûr de la justesse de son raisonnement. Roddy et lui se voyaient peu, et des moments aussi agréables que celui-ci étaient rares. S'il lui parlait de John maintenant, ils pourraient en discuter durant le repas. Parfois, il fallait savoir profiter de l'occasion. Il finit d'un trait son porto, redressa les épaules et dit :

— Roddy...

Un coup frappé à la porte d'entrée l'interrompit. Un souffle d'air glacé monta jusqu'au salon tandis qu'une voix aiguë, presque menaçante, criait du bas de l'escalier :

— Il est une heure passée, vous savez !

Roddy prit l'air résigné.

— Oui, Ellen. Je sais.

— Est-ce que le colonel est avec vous ?

— Oui. Il est là.

— J'ai vu la Land Rover, et comme il n'était pas à la maison... Vous feriez mieux de venir tous les deux, et vite, sinon mon faisan sera trop cuit.

Ellen ne prenait jamais de gants pour dirc lcs choses. Jock posa son verre vide et alla reprendre son manteau.

— Nous arrivons, Ellen, répondit-il. Nous arrivons tout de suite.

6

LUNDI

Le fait que les lignes téléphoniques soient coupées n'inquiétait guère Roddy. Alors que d'autres auraient, dix fois dans la matinée, essayé en vain d'avoir la tonalité et auraient fini par se ruer vers la cabine la plus proche, Roddy, lui, restait impassible. Il n'y avait personne qu'il eût envie d'appeler, et il appréciait au plus haut point qu'il fût impossible de le joindre, donc de le déranger.

Lorsque le téléphone sonna, le lundi matin vers onze heures trente, il sursauta, irrité.

Le vent était tombé pendant la nuit, et le ciel, lavé de tout nuage, était clair et d'un bleu de glace. Le soleil, en se levant sur l'autre rive du lac, avait teinté de rose les collines enneigées avant de les rendre d'une blancheur aveuglante. La pelouse devant la maison avait de toute évidence été visitée par les lapins et par un cerf qui s'était attaqué aux jeunes plantations de Jock. Puis le soleil était monté à l'assaut des montagnes, et le ciel maintenant bleu cobalt se reflétait dans les eaux du lac. La gelée matinale scintillait, l'air glacé était pareil à du cristal, et, lorsqu'il avait ouvert sa fenêtre pour jeter quelques miettes aux oiseaux, Roddy avait pu entendre le bêlement des moutons qui broutaient au bord de l'eau.

Ce n'était pas un jour à travailler. Pourtant, plein de bonnes résolutions, Roddy réussit à finir une ébauche d'article pour le *Scottish Field* avant de se remettre à la fenêtre, les jumelles en bandoulière et le cigare aux lèvres. Il observa les oies cendrées dans les chaumes, près des pins. Par des temps froids comme celui-ci, elles arrivaient par milliers.

En entendant la sonnerie, Roddy ne put retenir un juron. Barney, affalé devant la cheminée comme à son habitude, releva la tête et remua la queue avec vigueur.

— Tout va bien, vieux ! lança Roddy en reposant ses jumelles pour aller répondre, la mort dans l'âme.

— Roddy Dunbeath, j'écoute.

Il y eut quelques grésillements, et, l'espace d'un instant, Roddy espéra que la ligne était toujours en dérangement. Mais finalement il entendit une voix, et ses espoirs s'évanouirent.

— Je suis bien à Benchoile ?

— Aux écuries, oui. Roddy Dunbeath à l'appareil.

— Roddy ! C'est Olivier Dobbs.

— Qui ? demanda Roddy après un silence.

— Olivier Dobbs.

C'était une voix agréable, jeune et vaguement familière. Roddy fouilla dans sa mémoire, sans grand succès.

— Désolé, mais je ne vois vraiment pas...

— Nous nous sommes rencontrés à dîner à Londres, il y a deux ou trois ans. Nous étions assis à côté l'un de l'autre...

Les souvenirs affluèrent. Bien sûr, Olivier Dobbs. Un jeune homme intelligent. Un écrivain plein d'avenir. Ils avaient passé un très agréable moment ensemble.

— Mais oui ! Bien sûr, s'exclama Roddy en attrapant une chaise derrière lui et en s'installant pour discuter. Cher ami, je suis heureux de vous entendre. D'où appelez-vous ?

— De Lake District.

— Que faites-vous là-bas ?

— Je prends quelques jours de vacances. Je remonte vers l'Ecosse.

— Vous venez me voir, évidemment.

— C'est pour cela que je vous téléphone. Votre ligne était coupée hier. Lors de notre rencontre, vous m'aviez gentiment invité, et je crains d'avoir pris cette offre au sérieux...

— Ne craignez rien. Je suis absolument ravi.

— Nous avons pensé éventuellement rester quelques jours...

Si l'idée d'avoir la compagnie d'un garçon intelligent et gai le réjouissait, Roddy ne put s'empêcher de s'inquiéter de la tournure de la phrase.

— Qu'entendez-vous par « nous » ?

— Eh bien, c'est là le problème. Il s'agit de Victoria, Thomas et moi, ma petite famille en quelque sorte. Thomas n'a que deux ans, mais il est très bien élevé et peu exigeant. Mais si vous n'avez pas assez de place, nous pouvons parfaitement, comme Victoria le propose, descendre dans l'auberge la plus proche.

L'hospitalité de Benchoile était légendaire, même si depuis le décès de Lucy le livre des visiteurs, relié de cuir et reposant sur la console du hall d'entrée, n'avait guère servi.

— Quelle absurdité ! s'exclama Roddy indigné. Vous vous installerez chez nous. Quand arrivez-vous ?

— Sans doute jeudi. Nous avons pensé remonter le long de la côte ouest. Victoria n'a jamais vu les Highlands.

— Passez par Strome Ferry et Achnasheen, conseilla Roddy, qui connaissait les routes écossaises comme sa poche. Ensuite, descendez par Strath Oykel jusqu'à Lairg. Vous aurez là un paysage comme vous n'en avez jamais vu de toute votre vie.

— Avez-vous de la neige ?

— Oui, beaucoup, mais le beau temps est de retour. D'ici à jeudi, les routes seront dégagées.

— Etes-vous certain que nous n'allons pas vous déranger ?

— Absolument certain. Nous vous attendons donc jeudi pour déjeuner, et, ajouta-t-il avec la volubilité d'un hôte qui n'est pas concerné par l'intendance, vous pourrez rester aussi longtemps que vous le désirez.

Ce coup de fil tombé du ciel laissa Roddy tout excité. Il fuma son cigare un long moment, pensant à cette visite avec une joie enfantine.

Il aimait la jeunesse. Malgré son embonpoint et sa calvitie, Roddy se voyait toujours comme un jeune homme. Il se rappela la sympathie qui s'était d'emblée instaurée entre Dobbs et lui, leurs visages impassibles alors qu'ils manquaient de s'étouffer de rire en écoutant des discours interminables et insipides.

Pendant la soirée, Olivier avait fait une remarque, du coin des lèvres, sur le tour de poitrine de leur voisine, et Roddy s'était dit alors qu'ils avaient le même genre d'humour. Ce devait être cela. Olivier était une sorte de double, le jeune homme que Roddy avait été, ou mieux, celui qu'il aurait voulu être, si les circonstances avaient été différentes, s'il n'y avait pas eu la guerre.

Il devait partager sa joie avec son frère et prévenir Ellen Tarbat sans attendre. La vieille gouvernante ne manquerait pas de secouer la tête, en prenant son air de martyre, même si cette visite inattendue l'enchantait.

Roddy écrasa son cigare et, sans se préoccuper de prendre un manteau, se précipita dans l'escalier, le chien sur les talons. Ils sortirent dans l'air froid du matin, traversèrent la cour aux pavés gelés et entrèrent dans la grande maison par la porte de derrière.

Les couloirs dallés de pierre étaient froids et interminables. D'innombrables portes permettaient d'accéder aux remises à charbon et à bois, à la blanchisserie, aux caves, aux garde-manger. Roddy poussa une porte verte qui s'ouvrit sur le grand hall. La température y était plus clémente. Le soleil entrait à flots par les portes-fenêtres et des myriades de grains de poussière dansaient dans ses rayons obliques qui illuminaient l'escalier et la cheminée monumentale. Roddy remit un peu de tourbe dans l'âtre et partit à la recherche de son frère.

Il trouva ce dernier installé, comme à son habitude, dans la bibliothèque. Il était assis au bureau, un vieux meuble démodé qui avait appartenu à leur père, et vérifiait les comptes de l'exploitation.

Depuis la mort de Lucy, le salon avait été fermé, par une sorte d'accord tacite et cette bibliothèque était devenue l'endroit préféré de Jock. D'ailleurs, il y passait pratiquement ses journées. Roddy aussi aimait cette pièce pour son aspect vieillot, ses murs couverts de livres, ses fauteuils de cuir accueillants comme de vieux amis. Le soleil emplissait la bibliothèque d'une pâle clarté hivernale, et un feu brûlait dans la cheminée, réchauffant les deux labradors beiges de Jock, couchés devant.

Quand Roddy entra, Jock le regarda par-dessus ses lunettes posées au bout de son nez aquilin.

— Bonjour, lança Roddy.

— Bonjour, répondit Jock en enlevant ses lunettes. Qu'est-ce qui me vaut ta visite ?

Roddy ferma la porte.

— Je t'apporte de bonnes nouvelles, dit-il à son frère qui l'écoutait poliment. On peut même dire que je suis une sorte de sorcier, capable d'exaucer tes vœux les plus chers !

Jock écoutait toujours, patiemment. Roddy s'installa près du feu, enfonçant sa lourde carcasse dans un des fauteuils. Après avoir traversé la cour venteuse, parcouru le corridor glacial, ses pieds étaient gelés. Il ôta ses pantoufles et remua ses doigts de pied devant les braises. Il y avait un trou à l'une de ses chaussettes. Il faudrait qu'il demande à Ellen de la lui raccommoder.

— Tu te rappelles m'avoir dit hier que le pasteur t'avait conseillé un peu de compagnie. Eh bien, nous allons en avoir !

— Ah oui ! Et qui donc ?

— Un délicieux et brillant jeune homme qui se nomme Olivier Dobbs et ce qu'il appelle sa petite famille.

— Et qui est cet Olivier Dobbs ?

— Si tu n'étais pas un vieux réactionnaire, tu aurais entendu parler de lui. C'est un jeune écrivain qui a déjà quelques succès à son actif.

— Oh ! Je vois...

— Tu l'apprécieras, tu verras.

Et la chose extraordinaire, c'est que Jock l'apprécierait certainement. Roddy avait traité son frère de vieux réactionnaire, mais Jock était tout sauf cela. Au contraire, il était foncièrement libéral, et, sous sa froideur apparente et sa fierté de vieux loup solitaire, se dissimulait un homme doux, tolérant et d'une grande courtoisie. Jock ne trouvait jamais quelqu'un déplaisant *a priori* et était toujours disposé à écouter le point de vue d'autrui.

— Et en quoi consiste cette petite famille ? s'enquit Jock.

— A vrai dire, je ne sais pas très bien.

— Quand arrivent-ils ?

— Jeudi, pour déjeuner.

— Et où vont-ils coucher ?

— J'avais pensé ici, dans la grande maison. Il y a plus de place.

— Tu n'as qu'à t'arranger avec Ellen.

— Je vais devoir m'armer de courage.

Jock lança un regard amusé à Roddy, puis se renversa dans son fauteuil et se frotta les yeux, comme s'il n'avait pas dormi de la nuit.

— Quelle heure peut-il bien être ? demanda-t-il en regardant sa montre.

Roddy, qui mourait d'envie de boire quelque chose, répondit qu'il était midi. Jock ne saisit pas l'allusion — à moins qu'il ne préférât l'ignorer — et répondit :

— Je sors me promener.

Roddy s'efforça de cacher sa déception. Il retournerait chez lui et se servirait quelque chose là-bas.

— C'est une matinée splendide, dit-il.

— Certes, approuva Jock en regardant par la fenêtre. Merveilleuse. Benchoile sous son plus beau jour.

Ils échangèrent encore quelques paroles, puis Roddy s'en alla, plein de courage, affronter Ellen. Jock, suivi par les chiens, quitta la bibliothèque, traversa le hall et gagna la salle aux fusils. Là, il enfila une veste de chasse, des bottes, enfonça sa vieille casquette jusqu'aux oreilles, et enroula son cache-nez pour se protéger au maximum du vent. Il sortit des mitaines de la poche de sa veste et les mit. Il trouva son bâton, une longue houlette de berger, et sortit tout content de la maison.

L'air froid le saisit, lui coupant le souffle. Depuis quelques jours, il ne se sentait pas très bien, mais il mettait cela sur le compte de la fatigue et de l'hiver rigoureux. Le pâle soleil de février le réchauffa quelque peu et, bientôt, il respira mieux. Sans doute devrait-il sortir plus souvent.

Marchant d'un pas lourd vers le lac, sur la neige craquante, il repensa aux jeunes gens que Roddy avait invités. Il n'était pas mécontent de cette visite imprévue comme beaucoup d'hommes de son âge auraient pu l'être. Il appréciait les jeunes autant que son frère, bien que, parfois, il ne sût pas quelle attitude adopter avec eux. Il savait que ses manières un peu austères, son rigorisme d'ancien soldat, les impressionnaient. Mais qu'y pouvait-il ? Peut-être, s'il avait eu des enfants...

Des invités pour plusieurs jours... Ils allaient devoir préparer les chambres, allumer les feux, peut-être même rouvrir la vieille nursery. Il avait oublié de demander à Roddy quel âge avait l'enfant. Dommage qu'on ne pût pas pêcher, mais le hangar à bateaux était fermé pour l'hiver.

Soudain, il revit les joyeuses fêtes d'autrefois, son frère et lui-même lorsqu'ils étaient enfants, leurs amis, puis les nombreux neveux et nièces de Lucy...

Le lac s'étendait maintenant devant lui, bordé de glace d'où émergeaient les joncs pâles. Un couple de vanneaux passa, et il leva la tête pour observer leur vol, mettant sa main en visière pour se protéger du soleil aveuglant. Les chiens fouillaient la neige, flairant quelque odeur excitante, inspectaient prudemment la rive gelée, pas assez téméraires pour s'aventurer sur la surface luisante.

C'était en effet une merveilleuse journée. Il se retourna pour admirer, au sommet de la pente enneigée, la maison, si familière, si sécurisante et tant aimée. Les rayons du soleil illuminaient ses fenêtres, et la fumée sortant des cheminées montait tout droit dans l'air calme. Il humait avec délices l'odeur de mousse, de tourbe et de résine de sapin. Au-delà de la propriété, les collines semblaient partir à l'assaut du ciel bleuté. Ses collines. Les collines de Benchoile. Il éprouva un sentiment de douce béatitude.

Ainsi, la jeunesse arrivait. Dès jeudi, il y aurait de nouveau des rires, des éclats de voix, des bruits de pas dans l'escalier. Benchoile allait revivre.

Il détourna son regard de la maison et reprit sa marche, les chiens sur ses talons, l'esprit paisible.

Ne le voyant pas revenir pour déjeuner, Ellen s'inquiéta. Elle ouvrit en grand la porte d'entrée et ne vit que ses traces de pas dans la neige, en direction de la rive. Maintes fois par le passé il avait été en retard, mais aujourd'hui son instinct de Highlander la poussait à envisager le pire. Elle alla trouver Roddy, qui appela aussitôt Davey Guthrie. Celui-ci arriva très vite au volant de sa camionnette, et les deux hommes partirent à la recherche de Jock.

Ses empreintes et celles des chiens étant nettement visibles dans la neige fraîche, ils les retrouvèrent sans difficulté près de la digue de pierres sèches. Jock reposait calmement, le visage serein, tourné vers le soleil. Et si les chiens paraissaient inquiets, il était évident que leur maître, quant à lui, ne le serait plus jamais.

7

MARDI

Thomas Dobbs, avec ses bottes toutes neuves en caoutchouc rouge, était accroupi au bord de l'eau, fasciné par cet étrange phénomène, le regard fixe, comme hypnotisé. Il observait le joyeux va-et-vient des petites vagues scintillantes, les oiseaux de mer qui tournoyaient dans l'air froid en criant au-dessus de sa tête, les bateaux dans le lointain. De temps à autre, il prenait une pleine poignée de sable qu'il jetait dans la mer.

Derrière lui, à quelques mètres, Victoria était assise sur les galets de la plage et le regardait. Elle portait un pantalon d'épais velours et trois pull-overs, dont un appartenait à Olivier. Elle se tenait recroquevillée, les genoux sous le menton, les bras croisés. Il faisait particulièrement froid. Mais, pour un matin de février dans le nord de l'Ecosse, cela n'avait rien d'étonnant.

Ce n'était pas vraiment une plage, juste une étroite bande de galets malodorante, coincée entre l'hôtel et le rivage et jonchée de détritus provenant des bateaux qui faisaient la navette entre les divers lieux de pêche. Il y avait des morceaux de cordages, des têtes de poissons et un objet pelucheux et humide, qui après examen s'avéra être un paillasson pourri.

« Un trou perdu », avait déclaré Olivier la veille au soir, quand la Volvo avait passé le col pour redescendre vers la mer. Victoria, pour sa part, avait trouvé l'endroit merveilleux. Ils étaient arrivés à l'extrême nord-ouest, et, au-delà, il n'y avait plus que la mer. Les paysages, les vastes étendues, les couleurs, l'éclat cristallin de l'air avaient rendu ce long voyage inoubliable.

Le matin précédent, ils s'étaient réveillés à Lake District sous une pluie fine et glacée, mais comme ils remontaient vers l'Ecosse, un fort vent d'ouest avait chassé les nuages. Depuis, le ciel était resté dégagé, mais il faisait un froid de loup. Le sommet des collines était couvert de neige et brillait comme du verre, et les eaux étaient d'un bleu indigo profond.

Le fjord, comme l'avait découvert Victoria, s'appelait le loch Morag. Le petit village, avec ses minuscules boutiques et sa flottille de bateaux de pêche, portait aussi ce nom, de même que l'hôtel, ce qui avait fait dire à Olivier que les patrons se nommaient sans doute M. et Mme Lochmorag. Construit initialement pour accueillir les pêcheurs, comme l'indiquait le dépliant accroché au seuil de la porte, le *Loch Morag Hotel* était un édifice aussi vaste que laid, en pierres couleur lie-de-vin et doté de tourelles crènelées. A l'intérieur, les tapis étaient passablement usés et les tentures murales couleur de porridge d'un goût hideux, mais des feux de tourbe brûlaient dans toutes les pièces et l'accueil y était fort aimable.

— Est-ce que le petit bonhomme aimerait un peu de thé ? avait demandé la dame en robe mauve qui semblait remplir à la fois les fonctions de serveuse et de réceptionniste. Peut-être un œuf à la coque, ou un peu de flocons d'avoine ? A moins qu'il ne préfère de la gelée. Dis, mon mignon, tu voudrais une petite gelée ?

Finalement, ils s'étaient décidés pour un œuf à la coque et une pomme, que la gentille dame (Mme Lochmorag ?) avait montés dans leur chambre, sur un plateau. Elle s'était assise près de Thomas pendant que

Victoria en profitait pour prendre un bain. Lorsque cette dernière avait émergé de la salle de bains, elle avait trouvé Mme Lochmorag jouant avec Thomas et le petit cochon en calicot rose qu'ils lui avaient acheté à Londres avant de partir, en même temps que quelques vêtements, une brosse à dents et un pot. Victoria aurait préféré un ours en peluche, mais Olivier lui avait expliqué que Tom n'aimait pas la fourrure et avait lui-même choisi le petit cochon rose. Avec son pantalon bleu, ses bretelles rouges, ses petits yeux noirs et brillants, Thomas l'avait tout de suite adopté.

— Vous avez un très joli petit garçon, madame Dobbs. Quel âge a-t-il ?

— Deux ans.

— Nous sommes de vrais amis maintenant, mais, vous savez, il ne m'a pas dit un mot.

— Il... Il ne parle pas beaucoup.

— Oh ! Mais il devrait parler à son âge. (Elle souleva l'enfant et le prit sur ses genoux.) Quel paresseux ! Ne pas dire un mot... Tu peux dire « maman », n'est-ce pas ? Et comment s'appelle ton cochon ? Allez, dis-moi son nom.

Elle prit l'animal, le lança en l'air, puis le fit danser. Thomas souriait, mais ce fut Victoria qui répondit.

— Il s'appelle Piglet.

— C'est un joli nom, mais pourquoi est-ce que Thomas ne répond pas ?

L'enfant resta muet. En fait, il ne disait pas grand-chose. Cela n'enlevait rien à son charme. C'était un petit garçon si gai et si peu exigeant que ces quatre jours passés en sa compagnie avaient été un enchantement. Pendant tout le trajet, il était resté assis sans dire un mot sur les genoux de Victoria, étreignant son nouveau jouet et regardant défiler par la vitre les camions, les champs, les villages et les paysages souvent étranges. Quand ils s'arrêtaient pour les repas, Thomas les accompagnait, mangeant du bacon et des œufs, buvant du lait, se régalant des morceaux de pomme qu'Olivier lui préparait.

Quand il était fatigué, il mettait son pouce dans sa bouche et s'installait, tout confiant, dans les bras de Victoria pour dormir ou chantonner, les yeux fermés, ses longs cils ombrant ses belles joues roses.

— Pourquoi ne parle-t-il pas plus ? avait-elle demandé à Olivier un jour que l'enfant dormait profondément.

— Je suppose que personne ne lui parlait jamais. Ils étaient tous trop occupés à briquer la maison de la cave au grenier, à soigner méticuleusement le jardin et à stériliser ses jouets.

Victoria n'était pas d'accord avec Olivier. Un enfant aussi facile n'avait pu être négligé de quelque façon que ce soit. Au contraire, son comportement et son caractère heureux donnaient à penser qu'il avait été très choyé.

Quand elle lui avait fait part de ses réflexions, Olivier s'était insurgé.

— S'ils étaient si merveilleux, pourquoi ne lui manquent-ils pas ? Pourquoi ne les réclame-t-il jamais ?

— Parce qu'il ne réclame rien d'une façon générale, avait fait observer Victoria. Le fait qu'il soit si confiant prouve que j'ai raison. Personne n'ayant jamais été méchant avec lui, il ignore la peur et l'agressivité. C'est pourquoi il est si charmant avec nous.

— Foutaises ! ricana Olivier, qui ne pouvait supporter d'entendre un seul mot positif concernant les Archer.

Victoria connaissait son côté excessif.

— Si Thomas avait hurlé, demandé ses grands-parents, s'était plaint, avait mouillé son pantalon et s'était conduit comme la plupart des enfants dans ce genre de situation, tu aurais encore trouvé le moyen d'en accuser les Archer.

— Ça, ce n'est qu'une hypothèse.

— Absolument pas.

Ne pouvant argumenter plus avant, Victoria s'était murée dans le silence. Mais nous devrions téléphoner aux Archer, se dit-elle, ou leur écrire un mot. Olivier devra leur faire savoir que Thomas va bien. Un jour.

Ce fut leur seule querelle. Ce voyage qui aurait pu s'avérer désastreux avait été idyllique. Tout avait été simple, facile, délicieux. Les routes d'hiver désertes, les paysages, le ciel à l'infini, la campagne éblouissante, tout avait contribué à leur plaisir.

A Lake District, il avait plu, mais ils avaient enfilé un imperméable et marché des kilomètres avec Thomas, toujours gai, sur les épaules de son père. Puis ils étaient rentrés se réchauffer auprès du feu de bois qui ronronnait dans la cheminée de leur chambre. Leur petit hôtel était situé au bord du lac et, en bas du jardin, des bateaux étaient amarrés à une jetée. Le soir, une charmante femme de chambre avait gardé Tom pendant qu'ils dînaient aux chandelles, de truites grillées et de délicieux poissons du lac.

Et, cette nuit-là, reposant dans la douce obscurité et la chaleur d'un lit de plume, blottie dans les bras d'Olivier, elle avait regardé les rideaux onduler sous l'effet de la brise qui pénétrait par la fenêtre entrouverte et venait caresser ses joues de son souffle frais et humide. De dehors, lui parvenaient le clapotis de l'eau et le craquement des barques. Et elle avait eu brusquement un sombre pressentiment. Un tel bonheur ne pouvait pas durer ; quelque chose allait arriver, qui gâcherait tout.

Mais son appréhension devait se révéler infondée. Rien ne s'était passé. Le jour suivant avait été encore plus agréable, et le soleil était apparu alors qu'ils passaient la frontière écossaise. Dans l'après-midi, ils avaient pu admirer les hauts sommets neigeux des Western Highlands et, arrivés au pied de Glencoe, ils s'étaient arrêtés dans un pub pour prendre un thé et déguster de succulents petits pains au lait faits maison. Ensuite, la campagne était devenue absolument magnifique. Olivier avait expliqué à Victoria que cet endroit s'appelait Lochaber, et il avait entonné un vieux refrain de la région : « Par Tummel, Loch Rannoch et Lochaber nous passerons... »

Aujourd'hui, Loch Morag; demain, ou peut-être après-demain, Benchoile. Victoria avait perdu le sens du temps, comme de toute chose. Tout en regardant Thomas, elle serra ses bras encore plus fort sur sa poitrine et appuya son menton sur ses genoux. Le bonheur, pensa-t-elle, devrait être tangible; il faudrait pouvoir l'enfermer précieusement dans une boîte ou une bouteille. Ainsi, plus tard, dans les moments de tristesse, on pourrait le ressortir, le contempler, le toucher et le sentir, afin d'être à nouveau heureux.

Thomas s'était lassé de jeter du sable dans la mer. Il se leva sur ses petites jambes, regarda autour de lui et aperçut Victoria, assise là où il l'avait laissée. Il la gratifia d'un large sourire et courut vers elle.

La vue de Tom emplissait le cœur de Victoria d'une tendresse infinie, presque douloureuse. Si j'éprouve un tel sentiment pour cet enfant au bout de seulement quatre jours, se dit-elle, que doit ressentir Mme Archer, elle qui ignore où se trouve son petit-fils?

Cette idée lui était insupportable. Lâchement, elle la chassa de son esprit et ouvrit grand les bras à Thomas, qui s'y précipita. Le vent fit voler ses longs cheveux sur les joues de l'enfant qui, chatouillé, se mit à rire.

Tandis que Thomas et Victoria l'attendaient sur la plage, Olivier téléphonait. La veille au soir, avait eu lieu la première de sa pièce à Bristol, et il avait hâte de savoir ce qu'en disaient les critiques dans la presse du matin.

Il n'était pas vraiment inquiet, car il savait que sa pièce était bonne ; la meilleure qu'il eût jamais écrite, en fait. Mais il y avait toujours des impondérables. Il voulait savoir si la représentation s'était déroulée normalement, si le public avait bien réagi et si Jennifer Clay, la jeune première, s'était montrée digne de la confiance que le metteur en scène et lui-même avaient placée en elle.

Cela faisait près d'une heure qu'il était au téléphone avec Bristol, écoutant les critiques dithyrambiques qui lui étaient lues à quelque neuf cents kilomètres de là. Les journalistes du *Sunday Times* et de l'*Observer* allaient venir voir la pièce avant la fin de la semaine, Jennifer Clay était en passe de devenir une star, bref, c'était un véritable triomphe.

Olivier était satisfait, mais, ayant vu les dernières répétitions, il n'était guère surpris. Ayant raccroché avec Bristol, il appela son agent, qui lui confirma les bonnes nouvelles et l'informa qu'un théâtre new-yorkais avait posé une option pour sa pièce, *Un homme dans la nuit*, qui avait si bien marché l'été dernier à Edimbourg.

— Est-ce que cela t'intéresserait ? demanda son agent.

— Qu'entends-tu par « intéresserait » ?

— Serais-tu prêt à te rendre à New York si nécessaire ?

Olivier adorait New York. C'était l'une de ses villes préférées.

— Je serais prêt à y aller même sans raison, plaisanta-t-il.

— Dans l'immédiat, combien de temps comptes-tu t'absenter ?

— Environ deux semaines.

— Où puis-je te joindre ?

— Dès jeudi, je serai à Benchoile, dans le Sutherland. Chez un type qui s'appelle Roddy Dunbeath.

— Dunbeath, l'écrivain ?

— Absolument.

— Quel est son numéro de téléphone ?

Olivier attrapa son agenda en cuir et le feuilleta.

— Le 237 à Creagan.

— O.K. C'est noté. Si j'ai quelque chose de nouveau, je te passe un coup de fil.

— Très bien.

— Bonnes vacances alors. Et félicitations.

L'agent raccrocha, et Olivier resta quelques secondes l'appareil à la main, comme s'il regrettait de mettre fin à cette conversation. Enfin, il reposa le combiné et s'assit, le regard fixe. Le soulagement l'envahissait, doucement. C'était fini. *La Chaîne brisée* était lancée, son enfant volait de ses propres ailes. Un enfant conçu avec passion, mis au monde dans les pires douleurs, puis nourri, cajolé jusqu'à ce qu'il arrive à maturité. La suite n'était plus de son ressort...

C'était fini. Il repensa encore un instant aux répétitions, au choc des personnalités, aux crises de nerfs des uns et des autres, aux moments de panique et de désespoir. Or, tout cela se soldait par une éclatante réussite.

Ce succès allait lui rapporter beaucoup d'argent, peut-être même faire de lui un homme riche. Mais tout cela n'était rien comparé à l'apaisement, au sentiment de liberté qu'il ressentait à cet instant.

Et après ? Il attrapa une cigarette. Quelque chose l'attendait, mais quoi ? Il sentait que son subconscient était déjà au travail, peuplé d'êtres imaginaires. Des bribes de dialogues, des visages affleuraient dans son esprit, surgissaient de sa prodigieuse mémoire...

Ces premiers souffles de vie remplissaient Olivier d'une exaltation qui rappelait la ferveur amoureuse.

C'était le moment le plus agréable, la partie la plus fascinante de son travail d'écrivain, semblable à cette attente fébrile qui s'empare du spectateur dans les instants précédant la levée du rideau, alors que le théâtre est déjà plongé dans l'obscurité.

Il se dirigea vers la fenêtre et l'ouvrit. Dans l'air glacé du matin, les mouettes tournoyaient et criaient au-dessus d'un bateau de pêche battu par les flots, luttant contre le vent d'ouest qui les poussait vers le large.

Il regarda, au loin, les collines saupoudrées de blanc qui se détachaient sur le bleu profond des eaux et, au-dessous, le jardin de l'hôtel et l'étroite bande de galets où étaient assis son fils et Victoria, nullement conscients d'être observés. Tom en avait manifestement assez de jeter du sable dans l'eau. Il se mit à courir en direction de Victoria qui lui ouvrit grand les bras et le serra très fort, ses longs cheveux voletant sur ses petites joues rondes, rougies par le froid.

Cette scène charmante mêlée à l'euphorie du succès emplit Olivier d'une joie inhabituelle. Il savait cet instant éphémère : il pouvait durer une heure, un jour tout au plus. Pourtant, ce monde lui apparaissait soudain plus brillant, porteur d'espoir, ce monde où le plus banal événement pouvait prendre une immense signification, où la tendresse, l'affection pouvaient se transformer en amour, et l'amour se transformer en... passion.

Il referma la croisée et descendit leur apprendre la bonne nouvelle.

8

JEUDI

Mlle Ridgeway, en parfaite secrétaire de direction, se trouvait déjà à son poste lorsque, vers neuf heures moins le quart, John Dunbeath prit l'ascenseur pour le neuvième étage du building ultramoderne où se situaient les élégants et luxueux bureaux de la Warburg Investment Corporation.

Elle leva les yeux en le voyant arriver, affichant une expression aimable, polie et réservée, comme à son habitude.

— Bonjour, monsieur Dunbeath.

— Bonjour.

Il ne se résolvait pas à prononcer le très formel « mademoiselle Ridgeway », ayant toujours appelé ses secrétaires par leur prénom. Cela faisait pourtant plusieurs mois qu'ils travaillaient ensemble, et il aurait été plus facile de pouvoir ajouter Mary ou Daphné par exemple. Le problème était qu'il n'avait jamais osé lui demander son prénom tant ses manières étaient compassées.

Parfois, il l'observait en train de prendre son courrier en sténo, ses jolies jambes soigneusement serrées l'une contre l'autre, et il tentait d'imaginer sa vie privée. Avait-elle une mère âgée dont elle s'occupait à l'instar de ses bonnes œuvres ? Allait-elle écouter des concerts à l'Albert Hall et passer ses vacances à Florence ? Ou, comme ces secrétaires que l'on voyait dans les films, enlevait-elle ses lunettes, secouait-elle ses cheveux châtains avant de recevoir ses amants et de se livrer à la passion la plus débridée ?

Il ne le saurait jamais.

— Comment s'est passé votre voyage ? demanda-t-elle.

— Très bien. Mais l'avion est arrivé très en retard hier soir, nous avons été retenus à Rome.

Elle remarqua son costume sombre et sa cravate noire.

— Vous avez bien reçu le télégramme de votre père ?

— Oui. Je vous en remercie.

— Il est arrivé mardi matin. J'ai pensé que vous aimeriez en être informé, aussi en ai-je envoyé aussitôt une copie à Bahreïn. L'original est avec votre courrier personnel... (John se dirigeait vers son bureau et elle dut se lever pour le suivre.) Et dans le *Times* d'hier il y avait l'annonce du décès. J'ai supposé que vous désireriez la voir.

Elle pensait vraiment à tout.

— Merci, répéta-t-il en ouvrant sa serviette et en sortant son rapport de douze pages écrit de sa large écriture, dans l'avion du retour. Vous allez me taper cela tout de suite. Le vice-président doit être impatient de le lire. Quand M. Rogerson arrivera, dites-lui de m'appeler. (Il jeta un coup d'œil sur son bureau.) Où est le *Wall Street Journal* de ce matin ?

— Je l'ai, monsieur.

— Et le *Financial Times* aussi, j'espère. Je n'ai pas eu le temps de l'acheter.

Au moment où elle sortait de la pièce, il la rappela et lui tendit un paquet de documents.

— Je voudrais un résumé de ces pièces, dit-il. Et

trouvez-moi toutes les informations que vous pourrez sur une compagnie texane, la Albright. Ils prospectent en Libye. Et ceci doit être envoyé à Cheikh Mustapha Saïd. Quant à ça...

— Est-ce tout ? finit par demander Mlle Ridgeway au bout d'un moment.

— Pour l'instant, oui, répondit-il en souriant. Mais j'apprécierais un grand café bien tassé.

La secrétaire eut un sourire compréhensif qui lui donna l'air presque humain.

— Je m'en occupe, dit-elle en refermant doucement la porte derrière elle.

John se dit qu'elle devrait sourire plus souvent, puis s'installa derrière son bureau rutilant en se demandant par quoi il pourrait bien commencer. Son panier était rempli de lettres soigneusement attachées par un trombone au dossier correspondant et, il le savait, dans l'ordre de priorité, les plus urgentes au-dessus. Trois lettres personnelles étaient posées sur son sous-main, dont le buvard avait été changé comme chaque jour. Il y avait aussi un exemplaire du *Times* de la veille.

Avant toute chose, il décrocha le téléphone vert réservé aux lignes intérieures et composa un numéro.

— John Dunbeath à l'appareil. (Il coinça le combiné contre son épaule et ouvrit le journal à la dernière page.) M. Gardner est-il là ?

— Oui, monsieur Dunbeath, mais il n'est pas dans son bureau pour le moment. Dois-je lui dire de vous rappeler ?

— Oui. S'il vous plaît.

Il raccrocha et parcourut la chronique nécrologique du *Times* :

Dunbeath. Nous avons la douleur de vous faire part du décès du lieutenant-colonel John Rathbone Dunbeath, survenu subitement à Benchoile dans sa soixante-huitième année. Le service funèbre aura lieu à l'église paroissiale de Creagan (Sutherland) le jeudi 19 février, à 10 h 30.

John se rappela le vieil homme, si grand, si maigre, avec son allure de militaire en retraite, son teint pâle et son nez proéminent. Il le revit parcourant à grandes enjambées les collines couvertes de bruyères, pêchant la truite, chassant la grouse. Ils n'avaient jamais été très proches, mais il ressentait un immense vide, comme c'est le cas lorsqu'une personne de son propre sang disparaît.

Il reposa le journal, prit le télégramme envoyé par son père et le relut.

ONCLE JOCK DÉCÉDÉ. CRISE CARDIAQUE. BENCHOILE 16 FÉVRIER — STOP — FUNÉRAILLES CREAGAN 10 H 30 JEUDI MATIN 19 FÉVRIER — STOP — SERIONS RECONNAISSANTS TA MÈRE ET MOI SI TU POUVAIS NOUS REPRÉSENTER — STOP — TON PÈRE.

De Bahreïn, il avait envoyé deux télégrammes : l'un à ses parents, dans le Colorado, expliquant pourquoi il ne pourrait satisfaire à la requête de son père, l'autre à Roddy, à Benchoile, présentant ses condoléances et donnant les raisons de son absence. Toutefois, avant de repartir, il avait trouvé le temps d'écrire une longue lettre à Roddy, qu'il avait postée à son arrivée à Heathrow.

Deux enveloppes attirèrent son attention, l'une écrite à la main, l'autre à la machine. Il prit la première et, avant de l'ouvrir, s'attarda sur la belle calligraphie à l'ancienne. Dessinée à la plume et à l'encre noire, chaque lettre était une œuvre d'art. Il regarda le cachet de la poste et lut : Creagan. 10 février.

Il sentit son cœur se serrer. Il sortit la feuille de papier blanc et vit ses soupçons se confirmer. La lettre était bien de Jock.

Benchoile,

mercredi 9 février.

Cher John,

Ton père m'a dit que tu étais de retour au pays et que tu travaillais à Londres. Ne connaissant pas ton adresse personnelle, je t'envoie cette lettre au bureau.

Il me semble qu'il y a des siècles que je ne t'ai vu. En consultant le livre des visiteurs, je me suis rendu compte que cela faisait dix ans. Je sais que tu es un homme très occupé, mais si tu avais un peu de temps libre, peut-être pourrais-tu monter vers le nord et passer quelques jours à Benchoile. Il te serait possible de prendre l'avion jusqu'à Inverness. Roddy ou moi viendrions t'accueillir à l'aéroport. Il y a bien des trains pour Creagan, mais ils sont peu nombreux, très lents et souvent en retard.

Nous avons eu un hiver rude, mais je pense que les grands froids sont passés maintenant. La période actuelle est même plus agréable que le début du printemps où les dernières gelées font des ravages dans les nichées de coqs de bruyère.

Fais-moi savoir si cette idée te tente et quand tu penses pouvoir nous rendre visite. Nous avons hâte de te revoir.

Avec toutes mes amitiés,

Affectueusement,

Jock

Cette invitation tombée du ciel, écrite par Jock seulement quelques jours avant sa fatale crise cardiaque, avait quelque chose de troublant. John se carra dans son fauteuil et relut une nouvelle fois cette étrange missive, cherchant une signification cachée entre ces lignes si soigneusement calligraphiées. Mais il ne put en trouver.

« Je me suis rendu compte que cela faisait dix ans... »

Dix ans. John repensa au jeune homme plein d'avenir qu'il était alors. Il allait entrer à Cambridge et passait une partie de ses vacances d'été avec son père à Benchoile. Il n'y était plus retourné depuis.

Il aurait probablement dû se sentir coupable de cette longue absence, mais tant de choses s'étaient passées ! Cambridge, puis New York, les vacances dans le Colorado, dans le ranch de son père, le ski à Aspen, Harvard... Et enfin Liza et toute l'énergie qu'il avait dû déployer pour simplement arriver à la garder, à la rendre heureuse, à l'amuser, à lui donner le style de vie auquel elle était habituée et qu'elle considérait comme un dû. Etre marié à Liza signifiait qu'il devait renoncer au Colorado : elle détestait les ranchs et se disait trop fragile pour skier. Ils étaient allés aux Antilles puisqu'elle adorait le soleil, à Antigua, aux Bahamas, où John avait fait de la plongée sous-marine et de la voile, essayant d'oublier ses montagnes.

Après le divorce, John s'était saoulé de travail, ne trouvant même pas le temps de sortir. C'était son président qui, finalement, l'avait sermonné et l'avait fait nommer à Londres en lui expliquant qu'il ne s'agissait pas seulement d'une promotion, mais d'un changement qui lui ferait le plus grand bien sur le plan personnel. Londres était une ville plus calme que New York, l'environnement professionnel y était moins stressant et l'ambiance généralement plus insouciante.

« Tu pourras aller dans le Nord voir Jock et Roddy », lui avait dit son père au téléphone quand il l'avait appelé pour l'informer de son départ. Mais une chose chassant l'autre, John n'avait pu réaliser ce projet. Et puis, il fallait bien reconnaître que Benchoile ne l'attirait guère, même si c'était un endroit objectivement beau. Après avoir été élevé dans les Rocheuses, il trouvait les collines et les vallons du Sutherland trop paisibles, presque fades. Bien sûr, il y avait la pêche...

Mais pêcher dans les tumultueux affluents de l'Uncompahgre qui traversaient les terres de son père était incomparablement plus captivant. Bien sûr, Benchoile possédait une ferme... mais si petite par rapport au ranch. Quant à la chasse, ses règles d'un autre âge, ses battues, ses affûts, tout cela avait laissé John totalement insensible.

Tout enfant déjà, il se rebellait contre le massacre des animaux et n'allait jamais traquer le cerf comme certains de ses camarades, et ce n'était pas parce qu'il était en Ecosse qu'il allait abandonner ses convictions les plus intimes.

Enfin, et surtout, il avait toujours été persuadé que l'oncle Jock ne l'aimait pas beaucoup. « Il est juste réservé et timide », assurait son père, mais, malgré maintes tentatives de sa part, John n'avait jamais pu établir de relation étroite avec son oncle. Leurs conversations grinçantes évoquaient plutôt les roues mal graissées d'un train.

Il soupira, reposa la lettre, puis s'empara de la seconde enveloppe, qu'il ouvrit sans l'examiner, tout à ses souvenirs. Il déplia la feuille à l'en-tête suranné.

MacKenzie, Leith & Dudgeon,
Notaires associés,
18 Trade Lane,
Inverness.

Mardi 17 février.

John Dunbeath, Esq.,
Warburg Investment Corporation,
Regency House,
Londres.

Succession John Rathbone Dunbeath.

Cher Monsieur,

Je tiens à vous informer que, conformément aux

volontés testamentaires de votre oncle, John Rathbone Dunbeath, vous êtes désigné comme légataire universel du domaine de Benchoile, Sutherland.

Je suggère que vous nous contactiez au plus vite afin que nous puissions remplir les formalités inhérentes à ce legs.

Me tenant à votre entière disposition, je vous prie d'agréer, Monsieur, l'expression de notre plus haute considération.

Votre dévoué,

Robert MacKenzie

Lorsqu'elle revint, portant un plateau à la main, Mlle Ridgeway trouva John assis à son bureau, aussi immobile qu'une statue, le visage enfoui dans ses mains.

— Voici votre café, monsieur, dit-elle doucement.

Il releva la tête, le regard si sombre qu'elle se permit de lui demander si quelque chose de fâcheux s'était produit.

Il se renversa dans son fauteuil, sans répondre, laissant tomber ses mains sur ses genoux. Puis, après un instant, il déclara qu'en effet quelque chose était arrivé, avant de retomber dans son mutisme. Sans demander d'explication, Mlle Ridgeway posa la tasse à côté de lui, et le laissa seul, après avoir refermé doucement la porte derrière elle, avec son tact habituel.

9

JEUDI

Comme ils se dirigeaient vers l'intérieur des terres, laissant derrière eux les fjords aux eaux paisibles de l'ouest de l'Ecosse, les fermes, les villages et les senteurs de varech, le paysage changea, devint ingrat, avec ses routes désertes serpentant à travers la lande triste, morne, uniquement peuplée de quelques moutons égarés, au-dessus desquels tournoyaient des rapaces.

La journée s'avéra froide et nuageuse avec un fort vent d'est. Les cumulus se déplaçaient en rang serré dans le ciel. De temps à autre surgissait un petit morceau de ciel bleu où perçait un pâle soleil d'hiver, ce qui, bizarrement, accentuait l'impression de tristesse.

Parfois, une tourbière ou un noir marécage venait rompre la monotonie de cette lande couverte d'herbes jaunies et de sombres bruyères qui s'étendait à perte de vue. Puis la neige apparut, d'abord par petites plaques, dans les ornières ou à la base des murets en pierres sèches. Avec l'altitude, elle devint plus présente, recouvrant totalement la lande. Au sommet des vallons, elle atteignait une bonne dizaine de centimètres d'épaisseur, rendant périlleuse la progression de la Volvo.

Il leur sembla être dans l'Arctique ou sur la Lune. Il

fallait être fou pour venir se promener dans un endroit pareil ! Mais brusquement, ils recommencèrent à descendre, laissant derrière eux ce morne paysage. De nouveau, il y eut des rivières, des cascades, des bois de mélèzes et de sapins, puis quelques chaumières isolées, des fermes entourées de terres cultivées et enfin des villages.

A présent, ils filaient le long d'un immense fjord. Après avoir dépassé l'imposant barrage d'une usine hydroélectrique, ils aperçurent une petite ville.

La rue principale longeait le lac, et, devant l'hôtel, des petits bateaux de pêche étaient couchés sur le flanc. Un panneau indiqua la direction de Creagan.

— Nous y sommes presque ! s'exclama Victoria tout excitée.

Dans la boîte à gants, elle prit la carte d'état-major qu'Olivier avait achetée et la déplia. Un coin déborda sur le volant, et Olivier la repoussa d'une chiquenaude.

— Fais donc attention, tu m'empêches de voir.

— Il ne nous reste plus que neuf kilomètres.

Thomas, armé de Piglet, donna un coup sur la carte et la fit tomber.

— Replie-la avant qu'il ne la déchire, ordonna Olivier en bâillant et en cherchant une meilleure position sur son siège, car depuis le matin la route avait été longue et difficile, et il était exténué.

Victoria replia la carte et la remit à sa place. La route serpentait doucement entre des talus de fougères et des cépées de bouleaux bleus, tandis qu'un ruisseau scintillant et cascadant semblait les accompagner. Soudain, le soleil surgit obligeamment de derrière un nuage. Au sortir d'un ultime virage, ils virent le loch argenté qui s'étendait devant eux.

— C'est formidable ! s'exclama-t-elle. On laisse la mer d'un côté et, après être passés de la lande désertique aux neiges polaires, on la retrouve de l'autre côté.

— Regarde, Thomas, de nouveau la mer.

Thomas regarda sans enthousiasme. Il en avait assez d'être en voiture, assez d'être sur les genoux de Victoria. Il mit son pouce dans sa bouche et commença à donner de grands coups de tête contre la poitrine de la jeune femme.

— Par pitié, calme-toi ! intima sèchement son père.

— Il a été sage, répliqua Victoria, prenant la défense de l'enfant. Il a été un gentil petit garçon. Il commence juste à en avoir assez. Crois-tu qu'il y ait une plage à Creagan ? Je veux dire une vraie plage de sable fin où je pourrais l'emmener. Nous n'en avons pas encore vu une. Sur la côte ouest, il n'y a que des galets...

— Nous demanderons à Roddy.

Victoria prit un air songeur.

— J'espère que cela ne le dérange pas que nous débarquions comme ça, à trois.

— Tu as déjà dit la même chose une bonne douzaine de fois. Arrête d'être si anxieuse !

— Je ne peux m'empêcher de penser que tu as forcé la main à Roddy. En fait, tu ne lui as pas laissé le temps de trouver une excuse.

— Tu te trompes complètement. Il était manifestement enchanté d'avoir un peu de compagnie.

— Mais il ne nous connaît pas, Thomas et moi.

— Dans ce cas, montrez-vous sous votre meilleur jour. Mais, tel que je connais Roddy, il ne cherchera même pas à savoir si vous avez deux têtes ou une queue... Il vous dira bonjour le plus aimablement du monde et me servira un gin-tonic bien tassé !

Creagan les surprit. Victoria s'attendait à la bourgade de province écossaise typique, avec son unique petite rue flanquée de maisons basses en pierres plates. Or, la rue principale de Creagan était une large artère à trois voies bordée de trottoirs pavés. En retrait, se dressaient de splendides maisons séparées les unes des autres par de grands jardins. A la fois simples et élégantes, ces constructions représentaient ce qu'il y avait de plus beau dans l'architecture écossaise.

Le centre de la ville était occupé par une vaste place au milieu de laquelle s'élevait une belle église de granit au clocheton d'ardoise.

— C'est ravissant ! On se croirait en France.

Olivier, quant à lui, avait remarqué autre chose.

— C'est surtout désertique, oui.

Victoria regarda plus attentivement et comprit sa remarque. Creagan semblait aussi vide qu'un dimanche sans grand-messe. Pas un passant en vue, seules quelques voitures garées ici et là. Et...

— Les magasins sont fermés, remarqua la jeune femme, étonnée. Toutes les grilles sont baissées. Peut-être ferment-ils tôt ?

Elle ouvrit sa vitre pour laisser entrer un peu d'air frais. Thomas tenta de passer sa tête dehors, mais Victoria l'en empêcha. L'air piquait, chargé de sel et de l'odeur du varech. Une mouette se mit à crier sur le faîte d'un toit.

— Voici une boutique ouverte, signala Olivier.

C'était un marchand de journaux qui vendait en même temps des jouets en plastique et des cartes postales. Victoria referma sa vitre car l'air était glacial.

— On pourrait acheter quelques cartes.

— Pour quoi faire ?

— Pour les envoyer...

Elle hésita. Depuis Loch Morag, elle n'avait cessé de penser à Mme Archer. Elle n'avait pas encore trouvé l'occasion de se confier à Olivier, mais à présent... Elle prit une profonde inspiration et, avec la détermination des faibles, se lança :

— Nous pourrions en envoyer une à la grand-mère de Thomas par exemple.

Olivier ne répondant pas, Victoria continua :

— Juste une ligne ou deux, pour lui faire savoir qu'il va bien.

Olivier restait muet, ce qui n'était pas bon signe. Cependant, elle ne se laissa pas démonter.

— Cela ne peut pas faire de mal. Juste une carte postale, ou une lettre... Enfin quelque chose !

— Tu me casses les pieds !

— Je voudrais lui envoyer une carte.

— Bon sang ! Nous n'allons rien lui envoyer du tout.

Elle ne pouvait croire qu'il fût buté à ce point.

— Pourquoi es-tu comme ça ? J'avais pensé...

— Eh bien, arrête de penser, si tu ne peux rien trouver de plus intelligent !

— Mais...

— Le but de ce voyage était de nous éloigner des Archer, tu sembles l'oublier.

— Mais si elle savait où il était...

— Oh ! la ferme.

Ce n'était pas tant ce qu'il avait dit que le ton qu'il avait employé qui lui déplut. Un lourd silence s'installa. Puis Victoria tourna la tête et le regarda. La lèvre boudeuse, les yeux fixes, il avait l'air furieux.

Ils avaient laissé la ville derrière eux et la voiture reprenait de la vitesse lorsque, dans un virage, ils virent le panneau indiquant Benchoile et le loch Muie. Olivier, pris au dépourvu, freina brusquement. La voiture dérapa dans un horrible crissement de pneus avant de s'engager sur la route à voie unique qui montait vers les collines.

Victoria regardait fixement devant elle, sans rien voir tant elle était préoccupée. Elle savait qu'Olivier avait tort, et c'était là, sans doute, la raison de son obstination. Mais Victoria aussi pouvait se montrer obstinée.

— Tu m'as affirmé qu'elle ne pouvait rien faire légalement pour reprendre Thomas puisqu'il était ton enfant, c'est bien ça ?

Cette fois encore, Olivier ne daigna pas répondre.

— Alors, si tu es si sûr de toi, il n'y a aucune raison pour ne pas lui faire savoir que Tom va bien.

Comme il restait muré dans son silence, Victoria joua sa dernière carte.

— Il n'est peut-être pas dans tes intentions d'informer les Archer, mais rien ne m'empêche de le faire.

Cette dernière phrase tira Olivier de son mutisme.

— Si jamais tu lui écris ou tu lui téléphones, dit-il d'un ton doucereux, je te promets une raclée dont tu te souviendras toute ta vie, c'est clair ?

Il avait l'air déterminé. Victoria le regarda avec stupeur, cherchant un signe qui montrerait que ses paroles avaient dépassé sa pensée, mais elle ne trouva rien de tel. La froideur de sa colère était terrible, et elle ne put s'empêcher de trembler comme s'il l'avait déjà frappée. Soudain, le visage d'Olivier devint flou. Elle détourna vite son regard pour qu'il ne remarque pas ses larmes, qu'elle essuya subrepticement.

Ainsi, ce fut entre la colère et les pleurs qu'ils arrivèrent à Benchoile.

Les funérailles de Jock Dunbeath avaient été imposantes, comme il convenait à un homme de sa condition. L'église et le cimetière étaient pleins à craquer d'hommes vêtus de costumes sombres. Issus de tous les milieux, ils étaient venus souvent de très loin pour rendre un dernier hommage à ce respectable vieil ami.

En revanche, la réception qui suivit resta limitée à quelques proches qui firent le trajet jusqu'à Benchoile. Ils se retrouvèrent autour d'une bonne flambée dans la bibliothèque, où ils purent déguster les sablés faits par

Ellen, arrosés d'un doigt du meilleur whisky pur malt qui soit.

Robert MacKenzie était l'un d'eux, non seulement au titre de notaire de la famille, mais aussi en tant qu'ami de toujours du défunt. Robert avait été le témoin du mariage de Jock, lequel avait été le parrain du fils aîné de Robert. Robert était venu en voiture d'Inverness le matin même, vêtu d'un long manteau noir qui le faisait ressembler à un croque-mort, et il avait aidé à porter le cercueil dans l'église.

Au milieu de la réunion, son verre à la main, il s'approcha de Roddy.

— Roddy, si c'est possible, j'aimerais te parler un instant en privé.

Roddy lança un regard interrogateur au notaire, dont le visage resta impassible et indéchiffrable.

— Bien sûr, mon vieux. Veux-tu que je fasse un saut à Inverness, en début de semaine prochaine ? Si cela te convient, évidemment.

— Dans quelque temps, ce serait une bonne idée. Mais, pour l'instant, j'aimerais te dire un mot. Après la réception, par exemple. J'en ai pour cinq minutes tout au plus.

— Tu peux même déjeuner avec moi. Il n'y a que de la soupe et un peu de fromage, mais cela devrait nous suffire.

— Non merci. Je dois rentrer. J'ai un rendez-vous à trois heures, mais je peux rester quelques minutes quand tout le monde sera parti.

— Certainement. Pas de problème...

Roddy détourna le regard et remarqua qu'un des invités avait un verre vide à la main.

— Cher ami ! Une dernière goutte pour la route...

La réunion n'eut rien de triste. On n'évoqua que de bons souvenirs et, très vite, les sourires apparurent, les rires fusèrent. Quand enfin les invités partirent, au volant qui de sa Range Rover, qui de son break ou de sa vieille camionnette bringuebalante, Roddy leur fit signe depuis le perron comme il le faisait à la fin d'une joyeuse partie de chasse.

La comparaison lui plut car c'était exactement ce que Jock aurait souhaité. La dernière voiture disparut derrière les rhododendrons. Il ne restait plus que la vieille Rover de MacKenzie.

Roddy alla retrouver Robert, qui l'attendait devant la cheminée, dos au feu.

— Tout s'est très bien passé, Roddy.

— Grâce à Dieu, il n'a pas plu. Rien n'est pire que des funérailles sous des trombes d'eau.

Roddy n'avait pris que deux whiskies aussi, voyant que Robert en avait encore un peu dans son verre, il décida d'aller se resservir, avant de demander :

— De quoi voulais-tu me parler ?

— De Benchoile, répondit le notaire.

— Oui... J'imaginais qu'il s'agissait de ça.

— Je ne sais pas si Jock t'avait fait part de ses intentions à ce sujet.

— Non. Nous n'en avons jamais parlé. Il ne paraissait pas urgent d'en discuter. (Roddy réfléchit.) Sachant comment les choses ont tourné, nous aurions probablement dû.

— T'a-t-il parlé du jeune John ?

— Tu veux dire, le fils de Charlie ? Non, jamais, pourquoi ?

— Il lui a tout laissé...

Roddy, qui était en train de mettre un peu d'eau dans son whisky, renversa quelques gouttes sur le plateau. Il leva les yeux, et son regard rencontra celui de Robert. Doucement, il reposa la cruche.

— Mon Dieu ! s'exclama-t-il.

— Tu ne t'en doutais pas ?

— Non, pas du tout.

— Je sais que Jock avait l'intention de t'en parler, mais sans doute l'occasion ne s'est-elle pas présentée.

— Nous ne nous voyions pas beaucoup, tu sais, bien que nous vivions plus ou moins dans la même maison... Nous ne nous parlions pas beaucoup, non plus.

La voix de Roddy se cassa. Il était visiblement troublé.

Robert reprit avec douceur.

— Est-ce que cela te gêne ?

Roddy écarquilla ses yeux bleus, l'air étonné.

— Est-ce que cela me gêne ? Non, bien sûr. En fait, cela m'est égal. Benchoile n'a jamais été à moi. Il appartenait à Jock. Je ne connais rien à l'élevage et je suis incapable de m'occuper de la maison et du jardin. La chasse ne m'intéresse que très peu. J'y ai juste fait mon nid. Je ne suis qu'un locataire...

— Alors, tu ne t'attendais pas à prendre sa relève ?

En fait, Robert était plutôt soulagé. Il était inconcevable d'imaginer Roddy en colère, mais il aurait pu être déçu. Or, tel n'était pas le cas.

— Pour tout te dire, mon vieux, je n'y ai jamais pensé. Je n'ai même jamais envisagé la mort de Jock. Il paraissait si résistant, toujours à grimper dans les collines, à conduire les moutons avec Guthrie ou à travailler au jardin.

— Pourtant, lui rappela Robert, il avait eu une attaque.

— Certes, mais pas très grave d'après ce qu'avait dit le médecin. Il avait l'air d'aller bien, ne se plaignait jamais. Mais, bien sûr, ce bon vieux Jock n'était pas homme à se plaindre...

Un nouveau silence s'instaura entre les deux hommes, puis Robert insista :

— Mais, depuis sa mort, tu as bien dû te demander ce qu'il allait advenir de Benchoile ?

— En vérité, je n'ai guère eu le temps de me poser ce genre de question. Cela a été l'enfer de tout organiser, tu sais. Quand quelque chose comme cela vous tombe dessus... Je me réveillais au milieu de la nuit avec des sueurs froides, essayant de penser à tout ce que j'aurais pu oublier.

— Mais...

Roddy lui sourit et avala une gorgée de whisky.

— Remarque, finalement, je n'ai rien oublié du tout.

Robert abandonna l'idée de s'occuper dans l'immédiat de l'avenir de Roddy et revint à l'objet initial de leur conversation.

— J'ai écrit à John, mais je n'ai pas encore de réponse.

— Il était à Bahreïn. J'ai reçu un télégramme de lui m'expliquant la raison de son absence.

— Je l'ai invité à venir me voir. Nous avons à discuter.

— Oui, je suppose. (Roddy réfléchit un instant et ajouta, désabusé :) Il ne voudrait sans doute pas vivre ici.

— Qu'est-ce qui te fait croire ça ?

— Benchoile n'est sûrement pas un endroit pour lui.

— Jock n'avait pas l'air de ton avis.

— Il était difficile parfois de savoir ce que Jock pensait réellement. Par exemple, je n'aurais jamais cru qu'il aimait particulièrement le fils de Charlie. Ils étaient toujours extrêmement courtois l'un envers l'autre, mais rien de plus. Et puis John Dunbeath a sa carrière. C'est un garçon intelligent, posé, plein d'avenir, qui saura se bâtir une fortune, bien qu'il soit déjà très riche grâce à sa mère. En plus, il est américain, ne l'oublions pas.

— A moitié américain, rectifia Robert avec un sourire en coin. Et j'aurais cru que tu serais le dernier à lui en tenir rigueur.

— Je ne lui en tiens pas rigueur. Je n'ai rien contre John, sincèrement. C'est un garçon exceptionnel, mais j'ai du mal à l'imaginer en laird de Benchoile. Comment assumerait-il cela ? Il n'a que vingt-huit ans. (Plus Roddy y pensait, plus l'idée lui paraissait absurde.) Une telle exploitation exige des connaissances.

— Il peut apprendre.

Les deux hommes se regardèrent et Roddy soupira.

— Je me demande pourquoi lui. Remarque, après tout, ni Jock ni moi n'avons d'héritier. En fait, il n'y avait personne d'autre.

— Que penses-tu qu'il va se passer ?

— Je suppose qu'il va vendre... C'est terrible, mais je ne vois pas ce qu'il pourrait faire de Benchoile.

— Le garder pour y venir en vacances.

— Une petite maison de campagne d'une quarantaine de chambres !

— A moins qu'il ne vende le manoir et continue à exploiter la ferme.

— Il ne trouvera personne pour acheter la maison sans la ferme et les terres.

— S'il vend Benchoile, que comptes-tu faire ?

— C'est une question piège ? Je n'ai pas toujours vécu ici, et d'ailleurs il y a trop longtemps que je m'encroûte... Je ferais bien de changer d'air, d'aller à l'étranger, quelque part, très loin.

Un bref instant, Robert eut la vision de Roddy se promenant à Ibiza, un panama sur la tête.

— Par exemple, Creagan, ajouta Roddy pour plaisanter.

Robert éclata de rire.

— Tu sais, je suis content que tu le prennes comme ça, dit-il en posant son verre vide. Et j'espère que nous serons capables de régler tout ceci à l'amiable. Tu ne vois pas d'inconvénient à ce que John vienne à Benchoile ?

— Au contraire, quand il veut. Dis-lui de me passer un coup de fil.

Ils se dirigèrent vers la porte.

— Nous resterons en contact.

— D'accord. Et merci pour ce que tu as fait aujourd'hui, Robert. Et pour tout...

— Jock me manquera.

— Il nous manquera à tous.

Sur ce, Robert, en homme occupé qu'il était, reprit la route d'Inverness, où l'attendait son rendez-vous.

Roddy regarda la Rover disparaître. Il était désormais seul, et il sentit que quelque chose se terminait.

A son grand étonnement, tout s'était bien passé. Pas le moindre contretemps n'était venu troubler l'ordonnancement quasi militaire des funérailles, comme si tout avait été organisé par Jock lui-même et non par son désordonné de frère. Roddy eut un soupir de tristesse mêlée de soulagement. Il leva les yeux vers le ciel, attentif au cri de l'oie cendrée, là-haut, au-dessus des nuages. Un léger vent de mer se leva, ridant la surface du loch aux eaux sombres.

Jock n'était plus, et, dorénavant, Benchoile appartenait à John. Une page était tournée, et selon toute vraisemblance le domaine serait vendu. Il allait falloir s'habituer à cette idée, affronter ce terrible problème. Roddy comptait avancer pas à pas, sans précipitation. La vie continuait après tout. Il consulta sa montre. Elle indiquait midi et demi. Il pensa à l'après-midi bien triste qui l'attendait et se rappela soudain que des amis arrivaient pour passer quelques jours. Olivier Dobbs, sa dernière conquête et leur enfant. Ce garçon ne doit jamais être à court de femmes, pensa Roddy en revoyant le visage du jeune et brillant écrivain.

Ils allaient arriver d'un moment à l'autre, et cette idée lui remonta le moral. Cette journée était sombre, mais, se dit Roddy, lorsque Dieu ferme une fenêtre, il prend soin d'ouvrir une porte. Ce vieil adage avait-il quelque chose à voir avec Olivier Dobbs ? Roddy l'ignorait, mais cela l'aidait à comprendre qu'il y avait un temps pour le chagrin et un temps pour la vie, et il trouvait cela réconfortant.

Pour commencer, il allait quitter ce kilt qu'il supportait péniblement depuis le matin.

Son kilt. Il n'avait pas porté ce vêtement depuis au moins deux ans, mais pour les funérailles de son frère, il s'était senti obligé de le mettre. Lorsqu'il l'avait sorti du placard, l'odeur de la naphtaline l'avait d'abord fait grimacer, puis il s'était rendu compte qu'il n'arrivait plus à rentrer dedans. Au bout de cinq bonnes minutes, il avait trouvé plus sage d'aller demander l'aide d'Ellen.

Il l'avait trouvée dans la cuisine, vêtue et chapeautée de noir. Les larmes d'Ellen avaient coulé en privé, derrière la porte close de sa chambre. Mais pour l'heure, les yeux secs, la bouche pincée, elle astiquait les gobelets d'étain avant de les installer sur la table recouverte de damas de la bibliothèque. Quand Roddy était apparu, serrant son kilt autour de lui comme il l'eût fait d'une serviette de bain, elle avait marmonné un de ses sempiternels « Je vous l'avais bien dit » et avait fini de disposer les serviettes à thé avant de venir l'aider, tirant de toutes ses forces sur les petites courroies de cuir, tel un lad serrant les sangles d'un cheval trop bien nourri.

Finalement, elle avait réussi à fermer les boucles.

— Voilà ! avait lancé triomphalement Ellen, le visage rouge et le chignon à moitié défait.

Roddy avait retenu son souffle. Le kilt le serrait atrocement, mais il tenait.

— Bravo ! s'était-il exclamé.

— Que vous le vouliez ou non, avait déclaré Ellen tout en arrangeant son chignon, il serait grand temps que vous vous mettiez au régime, sinon il va falloir faire élargir ce kilt à Inverness. Je ne tiens pas à ce que vous mouriez à votre tour d'une crise cardiaque !

Exaspéré, Roddy était sorti à grands pas de la cuisine.

Toute la matinée, il avait vaillamment supporté la torture. Considérant qu'il était inutile de souffrir plus longtemps, il décida de regagner les écuries pour enlever ses vêtements d'apparat et en enfiler d'autres plus confortables. Il était en train de passer une veste lorsqu'il entendit une voiture approcher. De la fenêtre de sa chambre, il vit une Volvo bleu foncé longer les rhododendrons et s'arrêter devant la maison. Il jeta un rapide coup d'œil à son miroir, passa une main dans ses cheveux ébouriffés et sortit de la pièce. Son vieux chien Barney se hissa sur ses pattes et le suivit. Il avait passé la matinée enfermé, et n'entendait pas continuer. Roddy sortit des écuries au moment où Olivier surgissait de derrière son volant. Il alla à sa rencontre, ses pieds faisant crisser le gravier, ses bras ouverts en signe de bienvenue.

— Olivier !

Le jeune homme sourit. Il n'a pas changé, pensa Roddy avec satisfaction. Il n'aimait pas que les gens changent. Au dîner où ils s'étaient rencontrés, Olivier portait une veste de tweed et une cravate pour le moins extravagante. Là, il arborait un pantalon de velours râpé et un épais pull norvégien, mais il paraissait toujours le même, avec ses cheveux cuivrés, sa barbe et son éternel sourire.

Olivier s'avança à son tour, et la vue de ce grand et beau jeune homme mit du baume au cœur de Roddy.

— Heureux de vous voir, Roddy !

Ils se serrèrent la main, Roddy gardant quelques secondes celle d'Olivier entre les siennes.

— Cher ami, comment allez-vous ? C'est merveilleux que vous ayez pu venir comme prévu. Vous n'avez pas eu trop de mal à trouver le chemin ?

— Pas du tout. Nous avons acheté une carte d'état-major à Fort William et nous avons simplement suivi les routes indiquées en rouge.

Olivier regarda autour de lui, admirant la maison, la pelouse en pente douce, les eaux grises du loch et les vallons.

— Quel endroit fantastique ! s'exclama-t-il.

— Oui. C'est joli, n'est-ce pas ? Mais il ne fait pas très beau, il faut que j'arrange ça !

— Le temps n'a pas d'importance. La seule chose dont Victoria ait envie, c'est de s'asseoir sur une plage, dit-il en se souvenant brusquement de sa compagne et de son fils.

Il s'apprêta à rejoindre la voiture, mais Roddy l'arrêta.

— Ecoutez, il faut que je vous parle. (Il se gratta la tête, cherchant ses mots.) C'est-à-dire... Voilà, mon frère, Jock Dunbeath, est mort au début de la semaine. Son enterrement a eu lieu ce matin à Creagan.

Pétrifié, Olivier regarda fixement Roddy, essayant d'appréhender la situation.

— Oh ! Mon Dieu..., dit-il d'une voix où transparaissaient la tristesse, la compassion et une certaine gêne.

— Cher ami, ne soyez pas triste, s'il vous plaît. Je préférais vous le dire maintenant, pour que vous compreniez la situation.

— En traversant Creagan, nous avons remarqué que tous les volets étaient tirés, mais nous en ignorions la raison.

— En effet, les gens d'ici ont tenu à rendre hommage à mon frère à leur façon. Jock était un homme respecté de tous.

— Je suis vraiment désolé. Quand est-ce arrivé ?

— Lundi, vers midi. Il était sorti avec les chiens et il a eu une crise cardiaque. Nous l'avons trouvé au pied d'une digue.

— Et, bien sûr, vous ne saviez pas où nous joindre pour nous demander de ne pas venir ! Cette visite tombe vraiment mal pour vous. Je suis sincèrement confus.

— Ne le soyez pas. Même si j'avais pu vous joindre, cela n'aurait rien changé. J'attendais votre venue avec impatience et j'aurais été infiniment déçu si vous aviez renoncé à cette visite.

— Mais nous ne pouvons pas rester.

— Bien sûr que si. Mon frère est mort, mais la vie doit continuer. En revanche, j'avais initialement prévu que vous dormiriez dans la grande maison, mais cela me semble déprimant maintenant que Jock n'est plus. Alors, si un logement plus modeste ne vous gêne pas, vous pourriez vous installer dans ces écuries avec moi. Ellen, la gouvernante de Jock, et Guthrie, le fermier, ont fait vos lits et allumé un feu. Tout est prêt.

— Etes-vous vraiment certain que nous n'allons pas vous déranger ?

— Au contraire. Je suis heureux d'avoir un peu de compagnie. Je n'en ai pas eu beaucoup ces jours-ci.

Il jeta un coup d'œil en direction de la voiture et vit que la jeune femme, en ayant probablement assez de rester assise à l'intérieur pendant que les deux hommes conversaient, était sortie et marchait sur la pelouse, en direction de l'eau, tenant le petit garçon par la main. Elle était plus ou moins habillée comme Olivier, en pantalon et pull-over, mais elle avait noué un foulard autour de sa tête, dont le rouge rappelait celui de la salopette de l'enfant. C'était un charmant tableau, plein d'innocence, dans ce paysage maussade.

— Venez, je vais vous les présenter, proposa Olivier.

Tandis qu'ils se dirigeaient lentement vers Victoria et Tom, Roddy demanda :

— Juste une petite question, Olivier, je suppose que vous n'êtes pas marié avec cette jeune femme ?

— Non, en effet, répondit Olivier avec un petit sourire. Cela vous gêne peut-être ?

Roddy fut vexé qu'Olivier ait pu déduire de sa question qu'il était vieux jeu.

— Mais pas le moins du monde ! Cela n'a aucune importance... Pour moi en tout cas. Votre vie privée ne regarde que vous. Par contre, les gens de Benchoile, eux, sont très à cheval sur les principes. Je ne voudrais pas les choquer. Je suis certain que vous comprenez.

— Oui, bien sûr.

— Ellen, la gouvernante, nous ferait une crise cardiaque si elle connaissait la vérité. Et Benchoile ne serait plus le même sans elle. Elle a toujours été là, depuis aussi longtemps que je me souvienne. Elle a quitté son île pour venir s'occuper de mon plus jeune frère, et elle est restée, inébranlable, tel un roc. Vous allez la rencontrer, mais n'imaginez pas une vieille dame dévouée et souriante. Ellen est dure comme un vieux cuir et aimable comme une porte de prison ! Vous comprenez pourquoi mieux vaut ne pas la contrarier.

— Absolument.

— M. et Mme Dobbs, alors ?

— M. et Mme Dobbs, approuva Olivier.

Victoria, serrant la petite main potelée de Thomas dans la sienne, se tenait au bord du lac, au milieu des roseaux, et luttait contre l'horrible conviction qu'elle n'aurait jamais dû venir dans cet endroit.

Alors que durant tout le voyage elle avait attendu

impatiemment le moment où elle arriverait à Benchoile, elle n'éprouvait plus maintenant qu'un sentiment de déception et de solitude. Ce qu'elle découvrait n'avait rien de commun avec le Benchoile décrit par le petit garçon de dix ans qu'avait été Roddy Dunbeath. *Les Années de l'aigle* était une saga de l'été, pleine de ciels bleus, de longues soirées dorées et de vallons empourprés de bruyères. Un lieu magique à l'opposé de cet endroit sinistre et venteux. Victoria ne reconnaissait rien. Où étaient le petit canot et la cascade près de laquelle Roddy et ses frères pique-niquaient pieds nus ?

La réponse était simple. Tout cela n'était que souvenirs envolés... enfermés entre les pages d'un livre.

Ce ciel bas, ce paysage gris, ce silence, que seuls venaient rompre le souffle du vent dans les sapins et le clapotis de l'eau grise sur les galets : c'était cela Benchoile. Victoria regarda les hautes collines qui s'élevaient telle une muraille sur la rive opposée du loch, elle en suivit les contours, survolant les énormes rochers à moitié éboulés, les plateaux noirs de bruyères, les pics lointains, voilés de brume, et elle trouva à ce spectacle un côté menaçant. Elle se sentait écrasée, aussi insignifiante qu'une fourmi, incapable de faire face à la soudaine détérioration de ses rapports avec Olivier.

Elle essaya de se convaincre qu'il ne s'agissait que d'une querelle sans conséquence, mais elle savait, au plus profond d'elle-même, qu'il s'agissait bien d'une rupture, aussi amère qu'inattendue. Et tout cela par sa faute. Pourquoi avait-elle parlé d'envoyer cette maudite carte postale à Mme Archer ? Sur le moment, cela lui avait paru si important qu'elle n'avait pas hésité à affronter la colère d'Olivier. Mais, ce faisant, elle avait tout gâché. En même temps, elle se reprochait sa faiblesse. Pourquoi ne s'était-elle pas mieux défendue, n'avait-elle pas rendu coup pour coup, et montré à Olivier qu'elle avait de la volonté, au lieu de rester hypnotisée comme un lapin, la vue brouillée par les larmes ?

Elle était accablée. Par cette querelle, par Benchoile, par une immense lassitude et par le sentiment d'avoir perdu toute identité.

Qui suis-je ? se demanda-t-elle. Que suis-je venue faire dans cet endroit ? Comment suis-je arrivée ici ?

— Victoria !

Elle ne les avait pas entendus approcher, et la voix d'Olivier la fit sursauter.

— Victoria, je te présente Roddy Dunbeath.

Elle se retourna pour se trouver face à un homme corpulent, qui lui fit penser à un de ces vieux ours en peluche trop longtemps câlinés. Ses vêtements étaient chiffonnés, ses cheveux gris et clairsemés voletaient au vent, et les traits de son visage disparaissaient dans la graisse. Mais son sourire était jovial et son regard bleu plein de bienveillance. Victoria se sentit moins déprimée et révisa aussitôt son impression déplorable sur Benchoile.

— Bonjour, dit-elle.

Ils se serrèrent la main et, baissant les yeux sur Thomas, Roddy demanda :

— Et comment s'appelle ce petit mignon ?

— Thomas, répondit Victoria en prenant l'enfant dans ses bras.

Tom posa sa joue dans le creux de son épaule et se mit à observer Roddy.

— Bonjour, Tom ! quel âge as-tu ? demanda ce dernier.

— Il a deux ans, répondit Olivier. Et vous serez heureux d'apprendre qu'il ne dit pas un mot.

Roddy sembla réfléchir.

— Il a plutôt l'air en bonne santé, je ne crois pas

qu'il faille s'inquiéter. (Il regarda de nouveau Victoria.) Je crains que vous ne voyiez pas Benchoile sous son meilleur jour... Quel vilain temps !

Il avait à ses pieds un vieux labrador noir. Dès qu'il l'aperçut, Thomas commença à se tortiller pour descendre et aller le caresser. Victoria le reposa. Le chien et l'enfant s'observèrent un moment, puis Tom toucha le museau doux et grisonnant.

— Comment s'appelle-t-il ? demanda Victoria.

— Barney. Il est très âgé. Presque autant que moi.

— J'étais certaine que vous aviez un chien.

— Victoria, expliqua Olivier, est une de vos admiratrices, Roddy.

Le ton de sa voix était redevenu normal et gai, et la jeune femme se demanda s'il avait oublié leur dispute.

— Mais c'est magnifique ! s'exclama Roddy. Reconnaissez-vous Benchoile ?

— A vrai dire, je cherchais la cascade, dit Victoria avec un sourire.

— Même par beau temps, vous n'auriez pu la voir. Elle est cachée derrière un de ces rochers, dans une petite crique. Si le temps se dégage et que je retrouve la clé du hangar à bateaux, nous irons.

Un coup de vent glacial fit frissonner la jeune femme et rappela Roddy à ses devoirs d'hôte.

— Rentrons, sinon nous aurons tous une pneumonie ! Nous allons sortir vos bagages de la voiture et vous installer.

Victoria fut de nouveau déçue. Roddy ne les emmena pas dans la grande maison mais dans les écuries, manifestement aménagées en appartements. Les chambres se trouvaient au rez-de-chaussée.

— Celle-ci est pour vous deux, expliqua Roddy avec la célérité d'un valet de chambre. Il y a un petit salon à côté où j'ai pensé mettre l'enfant. Voilà la salle de bains. Ce n'est pas très grand, mais j'espère que vous pourrez tout de même vous installer confortablement.

— Ce sera parfait, répondit Victoria en posant Tom sur le lit et en regardant autour d'elle.

La fenêtre donnait sur le loch. Sur le rebord, était posé un joli pot rempli de perce-neige, et Victoria se demanda si c'était leur hôte qui les avait mis là.

— C'est une drôle de maison, reprit Roddy. Le salon et la cuisine sont au premier. Mais j'aime ça. Dès que vous aurez défait vos valises et que vous vous serez rafraîchis, montez. Nous prendrons un verre et nous déjeunerons. Est-ce que Thomas aime la soupe ?

— Il aime tout.

Roddy sourit.

— Quel enfant facile, remarqua-t-il avant de sortir.

Victoria s'assit au bord du lit et prit Thomas sur ses genoux pour lui enlever sa veste. Elle examina la pièce, et la trouva ravissante ; blanchie à la chaux, elle était meublée simplement, mais avec tout ce qu'il fallait pour la rendre confortable. Il y avait même une cheminée d'angle dans laquelle un feu se consumait lentement, et, à côté, un panier rempli de tourbe pour l'alimenter. Elle s'imagina dormant au coin du feu, ce qui lui parut le comble du romantisme. Peut-être, se dit-elle, peut-être les choses vont-elles s'arranger, après tout.

Olivier apparut, portant la dernière valise. Il la posa et referma la porte derrière lui.

— Olivier...

— Quelque chose d'affreux est arrivé ! annonça-t-il, l'interrompant brusquement. Le frère de Roddy est mort en début de semaine. Les obsèques ont eu lieu à Creagan, ce matin... C'est pour cela que tous les volets étaient descendus. En signe de deuil.

Victoria le fixait, atterrée.

— Mais pourquoi ne pas nous l'avoir dit ?

— Il ne pouvait pas, puisqu'il ne savait pas où nous étions. Il m'a juré que, de toute façon, il nous aurait laissés venir.

— Il a dit ça par politesse.

— Non, je ne le crois pas. D'une certaine manière, je pense que nous sommes la meilleure chose qui pouvait lui arriver. Tu sais, cela va l'occuper... Et puis, nous sommes là maintenant, nous n'allons pas repartir.

— Mais...

— Ah ! Il y a autre chose. Nous sommes dorénavant M. et Mme Dobbs. Il y a, paraît-il, des gens ici qui n'apprécieraient pas l'horrible vérité ! (Il se mit à fouiner, tel un chat marquant son territoire.) Quelle fantastique installation ! C'est là que Thomas va dormir ?

— Oui. Olivier, peut-être ne devrions-nous rester qu'une nuit.

— Pardon ? Tu n'es pas bien ici ?

— Si. Mais...

Il s'approcha d'elle et plaqua un rapide baiser sur ses lèvres entrouvertes, la réduisant au silence. Le souvenir de leur querelle planait toujours entre eux, et Victoria se demanda si ce baiser signifiait qu'il s'excusait ou si elle allait devoir faire le premier pas. Mais avant qu'elle ait pu en décider, il l'embrassa de nouveau, donna une tape affectueuse sur la tête de son fils et sortit, les plantant là. Elle l'entendit monter les marches quatre à quatre, puis parler à Roddy. Elle soupira, prit Thomas dans ses bras et l'emmena dans la salle de bains.

Il était près de minuit et il faisait nuit noire. Roddy Dunbeath, qui n'avait pas lésiné sur le cognac, siffla son chien, et, une torche à la main, partit faire le tour du manoir. Ainsi qu'il l'expliqua à Olivier, il voulait s'assurer que les portes et fenêtres étaient bien toutes fermées et que la vieille Ellen, dont la chambre se trouvait sous les combles, était en sécurité.

Que risquait-elle donc ? Olivier avait rencontré au cours du dîner la fameuse Ellen, laquelle lui avait paru aussi vénérable et imposante que le Tout-Puissant lui-même.

Victoria était partie depuis longtemps se coucher. Thomas dormait à poings fermés. Olivier alluma le cigare que Roddy lui avait offert et décida de le fumer dehors.

Le vent était tombé, et il régnait un silence de mort. Ses pas crissèrent sur le gravier, puis tout redevint silencieux lorsqu'il atteignit la pelouse, dont il pouvait sentir l'humidité à travers ses semelles. Il se dirigea vers le loch et longea la rive. L'air était glacial, et ses vêtements — une veste de velours sur une chemise en soie — n'étaient guère adaptés, mais il trouvait que le froid avait quelque chose de stimulant.

Ses yeux s'habituèrent lentement à l'obscurité. Bientôt, les imposants vallons se dessinèrent, surplombant le loch miroitant ; dans un des arbres situés derrière la maison, un hibou ulula. Olivier marcha jusqu'à la jetée, faisant résonner ses pas sur les planches de bois. Au bout, il s'arrêta et jeta son mégot dans l'eau noire.

Alors, les voix reprirent. Celle de la vieille femme. *Ce n'est pas ainsi que ton père aurait agi...* Cette vieille femme qui tournait dans son esprit depuis des mois. Ellen Tarbat... Et pourtant... Non, ce n'était pas cette Ellen, native du Sutherland, mais une certaine Kate qui venait du Yorkshire. *Ton père n'était pas comme ça ! Pas du tout...* Elle était aigrie, épuisée, mais indestructible. *Il a toujours su se suffire à lui-même. Et il était si fier ! Pour son enterrement, il y avait du jambon. Pauvre Mme Hackworth ! Lorsqu'elle a enterré son mari, il n'y avait que du pain aux noix.*

Elle était Kate et Ellen tout à la fois. Comme toujours, le passé et le présent, le fantastique et la réalité se mêlaient de telle façon qu'il était impossible de dire où commençait l'un, où finissait l'autre. Et cette chose qui grossissait en lui comme une tumeur. Il était possédé par ses personnages, dont les cris résonnaient dans sa tête.

Pendant des semaines, des mois, il se sentirait ainsi, vide, incapable de faire quoi que ce soit, excepté d'obéir à certaines fonctions vitales, comme dormir, boire sa bière au pub du coin ou acheter ses cigarettes.

Cet état proche de la gestation l'emplit d'une certaine excitation et, malgré le froid, les paumes de ses mains étaient moites. Il se retourna et contempla la masse sombre du manoir. Une lumière brillait sous les combles, et il imagina la vieille Ellen mettant son dentier dans un gobelet, récitant ses prières, clopinant jusqu'à son lit. Il la vit étendue, regardant fixement le plafond, le nez au ras des draps, attendant le sommeil, si incertain à cet âge.

Il remarqua la lumière qui filtrait à travers les rideaux tirés, dans le salon de Roddy. En bas, la chambre où Victoria dormait depuis longtemps était plongée dans l'obscurité.

Il reprit son chemin, lentement, vers la maison.

Quand il entra dans la chambre et alluma la lampe de chevet, Victoria se réveilla aussitôt. Il s'assit à côté d'elle, et elle bâilla en se retournant, murmurant son nom. Elle portait une chemise de nuit de fine batiste blanche, bordée de dentelle, et ses cheveux clairs, étalés sur l'oreiller, évoquaient des fils de soie aux reflets chatoyants.

Il retira sa cravate et commença à déboutonner sa chemise.

— Où étais-tu ? demanda-t-elle.

— Dehors.

— Quelle heure est-il ?

— Tard.

Il se pencha et prit tendrement son visage entre ses mains pour l'embrasser.

Alors qu'il dormait, Victoria resta éveillée dans ses bras pendant une heure, peut-être plus. Les rideaux n'avaient pas été tirés et l'air froid de la nuit entrait par la fenêtre entrouverte. Dans la cheminée, le feu de tourbe achevait de se consumer, et son éclat se reflétait sur le plafond en dessins de lumière. Leur querelle de la matinée s'était dissoute dans leur amour. Victoria en fut rassurée. Elle restait étendue là, tranquille, convaincue que rien ne pouvait durablement ternir un bonheur si parfait.

10

VENDREDI

Victoria s'éveilla en sursaut, désorientée, ne sachant où elle se trouvait. Elle regarda par la fenêtre et découvrit un ciel clair et limpide, sans le moindre nuage. Les crêtes des collines se découpaient comme des éclats de verre illuminés par les premiers rayons du soleil.

Benchoile... Benchoile dans ses plus beaux atours. La journée promettait d'être belle. Peut-être pourrait-elle emmener Thomas à la plage.

Thomas... La grand-mère de Thomas. Mme Archer... C'était cela qui l'avait réveillée. Dès aujourd'hui, elle écrirait à Mme Archer. Son esprit en avait décidé ainsi tandis qu'elle dormait, craignant qu'elle ne tergiverse encore.

La lettre serait écrite ce matin même et postée à la première occasion. Elle trouverait l'adresse des Archer dans l'annuaire, à la poste de Creagan. Woodbridge était situé dans le Hampshire, et comme c'était un minuscule village, il ne devait y avoir qu'une seule famille portant le nom de Archer.

La lettre prenait forme : « Je vous écris pour vous faire savoir que Thomas va bien et qu'il est très heureux... »

Oui, mais que dire du père de Thomas ? A ses côtés, Olivier dormait paisiblement, la tête tournée légèrement de côté, ses longs bras reposant sur les couvertures dans un complet abandon.

Victoria se souleva sur un coude et contempla son visage si détendu. Comme il semblait sans défense, vulnérable !

Et à n'en point douter, Olivier l'aimait. L'amour et la crainte ne pouvaient partager le même lit. Or, elle n'avait plus peur d'Olivier et, de toute façon, elle n'évoquerait plus les Archer. Après tout, il n'avait pas besoin de savoir.

Elle se rallongea avec précaution et continua mentalement sa lettre : « ... Olivier ne voulait pas que je vous écrive. Je vous prierai donc de ne pas répondre à cette lettre, ni d'essayer d'entrer en contact avec nous... »

Elle ne comprit pas pourquoi cette idée ne lui était pas venue plus tôt. Mme Archer ne pourrait qu'approuver ; elle ne souhaitait rien d'autre qu'être rassurée sur son petit-fils. Et Victoria lui promettrait à la fin de sa missive de lui écrire régulièrement pour lui donner des nouvelles.

Cela ressemblerait à s'y méprendre à une correspondance secrète...

Dans la pièce voisine, elle entendit Thomas remuer, puis se mettre à chantonner. Elle l'imagina suçant son pouce, cognant Piglet contre le mur, le long du lit. Au bout d'un moment, le fredonnement s'arrêta, remplacé par un remue-ménage, puis la porte s'ouvrit sur l'enfant.

Victoria fit semblant de dormir, immobile, les yeux fermés, mais Thomas grimpa sur le lit et lui souleva les paupières de ses petits doigts. Elle vit son visage tout près, ses yeux bleus étonnés, son nez touchant presque le sien...

Libérée de son sentiment de culpabilité par la décision qu'elle avait prise d'écrire à Mme Archer, Victoria n'éprouvait que plus de tendresse pour le petit garçon. Elle le prit dans ses bras et le serra contre elle. Il posa sa joue contre la sienne et lui donna une petite tape sur le ventre, comme pour lui dire qu'il était temps de se lever.

Olivier dormait toujours. Victoria ramena Tom dans sa chambre, l'habilla, puis enfila à son tour ses vêtements de la veille. Sur la pointe des pieds, ils sortirent de la chambre et, main dans la main, ils montèrent prendre leur petit déjeuner.

A Benchoile, entre le manoir et les anciennes écuries, cohabitaient deux modes de vie complètement différents. La veille, ils avaient déjeuné simplement de soupe et de fromage dans le ravissant salon de Roddy, sur une table dressée près de la baie vitrée, et le repas avait été aussi informel qu'un pique-nique ; le dîner, en revanche, avait été servi au manoir, dans l'immense salle à manger. Sans se concerter, ils s'étaient tous changés pour l'occasion. Olivier avait mis sa veste de velours, et Roddy portait un gilet en tartan et une large ceinture de soie qui dissimulait ses rondeurs. Un feu de bois brûlait dans l'âtre et les bougies étaient allumées sur les chandeliers d'argent. Des portraits d'ancêtres au regard sévère s'alignaient sur les murs lambrissés, et Victoria s'était demandé si celui de Jock figurait parmi eux, mais elle n'avait osé poser la question.

Il y avait quelque chose d'un peu déconcertant dans la chaise vide placée en bout de table, et Victoria avait eu le sentiment qu'ils étaient là en intrus. Pendant tout le dîner, elle s'était attendue à voir surgir le maître des lieux, étonné de les trouver là. Mais elle avait été la seule, apparemment, à avoir cette impression. Olivier et Roddy n'avaient cessé de parler d'écrivains, d'éditeurs et de producteurs, un monde dont Victoria ignorait tout. La conversation s'était poursuivie gaiement, arrosée de bon vin, et même la vieille Ellen n'avait pas semblé trouver répréhensible une si joyeuse humeur un soir d'enterrement. Vêtue de sa robe noire et de son beau tablier blanc, elle allait et venait entre la table et le passe-plat qui donnait sur la cuisine, apportant les différents mets, enlevant les assiettes sales. Victoria avait esquissé un geste pour aller l'aider, mais Roddy l'avait arrêtée.

— Jess Guthrie est dans la cuisine. Ellen serait mortellement vexée si vous vous leviez, avait-il expliqué à la jeune femme alors qu'Ellen était hors de portée de voix.

Victoria était restée assise, silencieuse, se laissant servir comme les autres.

A la fin du repas, Ellen s'était absentée une bonne dizaine de minutes avant de revenir avec le café en annonçant fièrement que le petit garçon dormait comme un ange. Comprenant que la vieille femme avait pris la peine d'aller jusqu'aux écuries, pour vérifier que l'enfant n'avait besoin de rien, Victoria éprouva une profonde gratitude.

— Je m'apprêtais à aller le voir, avait-elle murmuré, un peu gênée.

Ellen avait pincé les lèvres comme si Victoria avait proféré quelque insanité.

— Et pourquoi seriez-vous obligée de quitter la table alors que je suis là pour surveiller ce petit ?

Victoria s'était sentie comme une petite fille sévèrement réprimandée.

Mais, pour l'heure, elle allait devoir se débrouiller seule dans une cuisine inconnue, fouiller, ouvrir les placards les uns après les autres pour dénicher de quoi préparer un petit déjeuner. Elle finit par trouver des œufs, du pain et un pot de lait, puis des assiettes, des tasses, des couverts et même du beurre et du café instantané. Elle installa Thomas sur une chaise, devant un plateau en plastique, lui noua une serviette autour du cou et ôta le chapeau de l'œuf à la coque qu'elle avait posé devant lui et qu'il s'empressa d'attaquer.

Victoria se fit une tasse de café et s'assit en face de l'enfant.

— Est-ce que tu aimerais aller à la plage aujourd'hui ? lui demanda-t-elle.

Thomas s'arrêta de manger pour la regarder, un peu de jaune d'œuf coulant sur son menton. Alors qu'elle l'essuyait, elle entendit la porte d'entrée s'ouvrir et se refermer, puis des pas gravir lentement l'escalier. Quelques secondes plus tard, Ellen faisait irruption dans la cuisine.

— Bonjour, dit Victoria.

— Bonjour. Vous êtes déjà levée et habillée. Vous êtes matinale, madame Dobbs.

— C'est Thomas qui m'a réveillée.

— J'étais venue lui donner son petit déjeuner, mais je vois que vous vous en êtes déjà occupée.

Ses manières étaient déconcertantes, et il était impossible de déceler à sa voix si elle faisait un reproche ou un compliment. Quant à son visage, il semblait exprimer une constante désapprobation. Avec ses yeux froids et perçants, sa bouche pincée, ses cheveux blancs serrés en un petit chignon sur la nuque, elle était tout sauf avenante. Sa silhouette paraissait s'être tassée avec l'âge, si bien que ses vêtements démodés semblaient trop grands d'une taille. Ses mains aux articulations déformées et noueuses comme les racines d'un vieil arbre étaient gonflées et rouges d'avoir trop frotté. Elle les tenait croisées sur son ventre, contre son tablier noir à fleurs, dans l'attitude d'une femme qui a servi toute sa vie. Victoria se demanda quel âge elle pouvait bien avoir.

— Peut-être aimeriez-vous une tasse de café, proposa-t-elle timidement.

— Je ne touche jamais à cette chose... le café ne me réussit pas du tout.

— Une tasse de thé alors ?

— Non, non, j'en ai déjà pris une.

— Asseyez-vous. Reposez-vous un instant.

Victoria supposa que cette tentative amicale allait être brutalement repoussée, mais, à son grand étonnement, Ellen, sans doute séduite par son regard insistant, s'empara d'une chaise et s'installa au bout de la table.

— Mange ton œuf, alors, intima-t-elle à Tom, avant de se tourner vers Victoria : C'est un bien bel enfant.

— Vous aimez les enfants ?

— Oh ! oui. Il y en a toujours eu à Benchoile... Plein, qui couraient partout.

Elle était venue pour voir Thomas, c'était évident, et Victoria attendit que la vieille femme continue.

— Je me suis d'abord occupée de Charlie alors qu'il n'était qu'un bébé. Charlie était le cadet. Je me suis occupée des autres aussi, mais Charlie était tout à moi. Il vit aux Etats-Unis maintenant. Il s'est marié avec une Américaine.

Ellen tartina le toast de Thomas, puis le coupa en morceaux.

— Je me sens terriblement gênée que nous soyons arrivés si tôt après..., dit Victoria. Je veux dire... Nous n'étions pas au courant...

Elle s'arrêta, confuse, regrettant d'avoir abordé ce sujet, mais Ellen ne parut guère s'en formaliser.

— Vous voulez parler du décès de M. Jock ?

— Oui. C'est cela.

— Il a eu un très bel enterrement. Toutes les sommités étaient là.

— J'en suis certaine.

— Pourtant, c'était un homme seul. Il n'avait pas d'enfant, vous savez. Il était triste que son épouse n'ait pu lui donner d'héritier. Mme Jock avait l'habitude de dire : « Vous êtes là, Nanny Ellen, mais la nursery est vide et je crains qu'elle ne le reste. » Et en effet, elle n'eut jamais de bébé.

Ellen glissa un autre morceau de toast dans la main de Tom.

— Que lui est-il arrivé ? s'enquit Victoria.

— Elle est morte, il y a environ cinq ans. C'était une très belle femme. Toujours en train de rire. (Elle regarda Thomas.) C'est bien, mon mignon, tu manges comme un grand.

— Et votre préféré, Charlie, il a eu des enfants ?

— Oh ! oui. Charlie a un fils, un garçon brillant. Ils avaient l'habitude de venir ici tous les étés. Quels bons moments nous avons passés ! Et ces pique-niques dans les collines ou sur la plage de Creagan... « J'ai trop à faire pour aller pique-niquer », disais-je, mais John insistait : « Ellen, viens ! Ça ne serait pas un vrai pique-nique sans toi. »

— Il s'appelle John ?

— Oui, en hommage au colonel.

— Il devait vous manquer quand il repartait en Amérique.

— Oui, Benchoile nous semblait vide. Triste comme une tombe.

Victoria éprouva soudain pour Ellen une infinie sympathie. Elle ne se sentait plus du tout intimidée.

— Avant de venir, je connaissais déjà un peu Benchoile à travers les romans de Roddy.

— C'était le bon temps, les garçons étaient jeunes, et la guerre encore loin.

— Roddy devait être un enfant attachant avec sa passion des animaux ?

Ellen fit claquer sa langue.

— Je crois plutôt qu'il souhaitait ma mort ! C'était un beau petit diable, malgré sa tête d'ange. Vous ne saviez jamais ce qu'il allait inventer. Quand je nettoyais ses vêtements, je trouvais de tout dans ses poches, y compris des vers de terre.

Victoria éclata de rire.

— Cela me fait penser, dit-elle, que j'aimerais faire une lessive. Nous voyageons depuis quatre jours et bientôt nous n'aurons plus rien à nous mettre.

— Il y a une machine à laver.

— Je viendrai au manoir tout à l'heure, et vous me montrerez comment m'en servir.

— Ne vous occupez pas de cela, je suis là. Vous n'allez pas passer vos vacances à faire la lessive. Et, ajouta-t-elle avec un air malicieux, si vous voulez aller vous promener avec votre mari, je pourrai très bien surveiller le petit.

Elle n'attendait que ça : avoir Thomas un peu à elle. Victoria pensa à la lettre qu'elle devait écrire.

— Je vais aller faire quelques courses dans ce cas. Il semble que nous n'ayons plus de dentifrice, et Olivier voudra certainement des cigarettes. Si j'allais à Creagan en voiture ce matin, pourriez-vous vous occuper de Tom ? Il n'aime guère aller dans les magasins.

— Pourquoi aimerait-il ça ? C'est ennuyeux pour un petit bonhomme, dit-elle en faisant un clin d'œil à Tom. Tu resteras avec Ellen, n'est-ce pas, mon trésor ? Tu m'aideras à faire la lessive ?

Thomas regardait fixement le visage ridé d'Ellen, et Victoria redouta une réaction violente. Elle serait bien embarrassée si Tom se mettait à crier. Mais la vieille dame et l'enfant se sourirent. Des dizaines d'années les séparaient, mais ils faisaient, à n'en point douter, partie du même monde.

Thomas, ayant fini son petit déjeuner, se leva et alla ramasser Piglet, tombé près du réfrigérateur, pour le montrer à Ellen. La vieille gouvernante prit le cochon et le fit danser sur la table en chantant une comptine de sa voix cassée. « Kitty Birdy avait un cochon... » Thomas éclata de rire et posa sa petite main sur les genoux de la vieille dame, dont les doigts noueux se refermèrent sur les siens.

Il est étonnant de voir comme les choses deviennent simples dès qu'on prend une décision. Les problèmes que l'on croyait insurmontables se résolvent d'eux-mêmes, comme par magie.

Ellen emporta le linge sale et l'enfant, soulageant ainsi Victoria de ses obligations les plus pressantes. Roddy et Olivier, qui devaient cuver leur cognac de la veille, n'avaient toujours pas émergé, et Victoria se rendit dans le salon de Roddy à la recherche de papier à lettres.

Les rideaux étaient toujours tirés, et la pièce empestait le cigare. Elle ouvrit les rideaux et les fenêtres et vida les cendriers dans la cheminée éteinte.

Sur le bureau encombré de Roddy, elle trouva du papier à lettres à en-tête ainsi que des feuilles blanches. Elle hésita un instant. Si elle utilisait le papier blanc sans mentionner son adresse, Mme Archer risquait de croire qu'Olivier et elle tenaient à garder secret l'endroit où se trouvait l'enfant. Par ailleurs, ce papier à en-tête, épais et joliment gravé, respirait l'aisance, ce qui ne pourrait que rassurer la grand-mère de Tom.

BENCHOILE. CREAGAN, SUTHERLAND. Convaincue que Mme Archer serait impressionnée par cette simplicité du meilleur goût, Victoria prit une feuille de ce papier ainsi qu'une enveloppe pour aller avec. Dans un gobelet en argent terni, elle trouva un stylo à bille. C'était comme si quelqu'un avait tout préparé pour elle, lui rendant ainsi la tâche plus facile.

Chère madame Archer,

Je vous écris pour vous informer que Thomas va bien et qu'il est heureux. Depuis que nous avons quitté Londres, il a été très gentil. Il n'a pas pleuré une fois, ne s'est jamais réveillé la nuit et mange avec appétit.

Victoria fit une pause, se demandant s'il était nécessaire qu'elle précise que Thomas n'avait pas réclamé sa grand-mère. Mais elle trouva que cela frôlait le manque de tact.

Comme vous pouvez le constater, nous sommes en Ecosse. Le temps est magnifique et peut-être pourrons-nous emmener Thomas à la plage.

Elle marqua une nouvelle pause avant de terminer.

Olivier ne sait pas que je vous écris. Nous en avons discuté, mais il est tout à fait opposé à cette démarche. Je pense donc qu'il serait mieux que vous ne me répondiez pas et que vous n'essayiez pas de nous joindre. Je vous donnerai d'autres nouvelles de Thomas, soyez-en sûre.
Avec mes sincères salutations,

Victoria

Victoria... Victoria quoi ? Elle ne s'appelait pas Victoria Dobbs et n'avait plus rien de commun avec Victoria Bradshaw. Finalement, elle signa seulement de son prénom. Elle glissa la lettre dans l'enveloppe doublée de papier de soie bleu foncé et mit le tout dans sa poche.

Elle descendit, pénétra doucement dans la chambre et attrapa son sac à main. Olivier n'avait pas bougé d'un pouce.

Elle sortit, grimpa dans la Volvo et fit route vers Creagan.

Debout devant le plan de travail de sa petite cuisine, Roddy Dunbeath, ceint d'un grand tablier à rayures bleues et blanches qui lui donnait l'air d'un charcutier, était en train de couper les légumes de la soupe au-dessus de la marmite d'eau bouillante, tentant d'oublier ainsi sa gueule de bois. A midi, il se servirait un solide remontant et il tuait le quart d'heure qui lui restait à attendre en cuisinant. En fait, Roddy faisait fort bien la cuisinc et adorait recevoir.

Ses invités, conformément à la tradition de Benchoile qui voulait que chacun vaque à ses occupations sans attendre les autres, étaient partis de bon matin, bien avant qu'il ne fût levé. Roddy appréciait. Il avait horreur des gens qui traînaient dans ses pattes, ne sachant que faire. Il avait besoin de tranquillité pour se livrer à ses petites tâches domestiques.

Mais il était passé tout de même au manoir pour prendre des nouvelles. Ellen lui avait appris que Victoria était allée à Creagan avec la Volvo et que le petit garçon était resté avec elle, à étendre la lessive et à jouer avec les pinces à linge.

Olivier, quand finalement il était apparu, avait semblé totalement indifférent à ce que pouvait faire sa famille. Roddy avait même eu le sentiment qu'il était soulagé à la perspective d'être seul une heure ou deux.

Ensemble, ils avaient avalé un énorme petit déjeuner et avaient décidé d'aller l'après-midi même en voiture jusqu'à Wick, où un ami de Roddy, lassé des trajets interminables et quotidiens pour aller travailler, avait monté une petite imprimerie de livres rares, reliés à la main et tirés en nombre limité. Roddy, passionné par tout ce qui touchait à l'art, avait envie d'aller voir les presses fonctionner et de visiter l'atelier de reliure. Olivier avait accepté avec enthousiasme de l'accompagner.

— Et Victoria? s'était enquis Roddy.

— Oh! elle voudra certainement faire quelque chose avec Thomas.

Ils avaient appelé à l'imprimerie et organisé leur visite. Puis Olivier avait commencé à marcher de long en large, comme un ours en cage, et avait fini par avouer qu'il aimerait bien travailler un peu. Roddy lui avait donné un bloc de papier et l'avait envoyé dans la grande bibliothèque du manoir, où il pourrait écrire sans être dérangé.

Roddy, enfin seul, avait allumé une belle flambée, écrit quelques lettres, puis commencé à préparer la soupe...

Une bonne odeur de céleri embaumait l'air, le soleil entrait à flots par la baie, tandis qu'à la radio on passait un concerto de Vivaldi.

Soudain, le téléphone se mit à sonner.

Roddy jura entre ses dents, continuant de couper ses légumes comme si l'appareil allait se charger de répondre à sa place. A contrecœur, il se décida à poser son couteau, s'essuya les mains avec un torchon et traversa le salon pour aller décrocher.

— Roddy Dunbeath !

— Roddy... C'est John Dunbeath.

Stupéfait, Roddy se laissa tomber sur une chaise fort heureusement placée derrière lui.

— Je croyais que tu étais à Bahreïn.

— Je suis rentré hier matin. Je suis vraiment triste pour Jock... Et désolé de n'être pas venu à l'enterrement.

— Mon cher petit, nous avons très bien compris. D'où appelles-tu ? De Londres ? On dirait que tu es dans la pièce d'à côté.

— Non, je ne suis pas à Londres, mais à Inverness.

— Inverness ? (Le cerveau de Roddy, encore embrumé par l'alcool, fonctionnait au ralenti.) Comment es-tu arrivé là ? Et depuis quand ?

— J'ai pris le train hier soir et je suis arrivé ce matin. J'ai passé la matinée avec Robert MacKenzie. Il m'a dit que tu apprécierais certainement mon coup de fil... et ma visite.

— Mais bien sûr ! Quelle bonne surprise ! J'espère que tu restes pour le week-end. Quand arrives-tu ?

— Eh bien... Dans l'après-midi. Je vais louer une voiture... Est-ce que cela te va ?

— Cela me va parfaitem...

Brusquement Roddy s'interrompit et se frappa le front dans un geste théâtral d'autant plus comique qu'il n'y avait personne pour le voir.

— Zut ! Je ne serai pas là, j'avais prévu de monter à Wick. J'ai un ami ici, en ce moment, et nous voulions visiter une imprimerie... Mais ce n'est pas grave. Nous serons très vite de retour, et Ellen sera là.

— Comment va-t-elle ?

— Indestructible. Elle nous enterrera tous. Je vais lui dire que tu viens et qu'elle t'attende.

— J'espère que je ne vous dérange pas.

Roddy se rappela combien John était un garçon bien élevé.

— Absolument pas. Et puis, c'est ta maison maintenant...

Il y eut un silence à l'autre bout du fil.

— Certes, murmura John d'une voix étrange. J'aimerais que nous en parlions d'ailleurs. Nous avons beaucoup de choses à nous dire.

— Nous discuterons de tout ça tranquillement après le dîner, promit Roddy. A tout à l'heure. J'ai hâte de te revoir, cela fait trop longtemps que nous ne nous sommes vus, John !

— Ouais, admit John, retrouvant son accent américain pour l'occasion. Trop longtemps, en effet.

Victoria revint dix minutes plus tard, au moment précis où, ayant fini de préparer la soupe et de ranger la cuisine, Roddy attaquait le cognac qu'il s'était servi. Assis près de la fenêtre, il observait un vol de canards sauvages au-dessus du lac, lorsqu'il entendit le bruit de sa voiture et, un instant plus tard, celui de la porte d'entrée qui s'ouvrait et se refermait.

— Victoria ? appela-t-il.

— Bonjour !

— Je suis en haut, tout seul. Venez donc me rejoindre.

Sans se faire prier, Victoria monta les escaliers et le trouva tranquillement installé, avec son vieux chien pour unique compagnie.

— Où sont les autres ? demanda-t-elle.

— Olivier s'est enfermé dans la bibliothèque du manoir pour travailler. Et Thomas est toujours avec Ellen.

— Je devrais aller le chercher...

— Ne soyez pas ridicule, il est très bien là où il est. Asseyez-vous... et prenez un verre.

— Non merci.

Elle s'assit à côté de lui en enlevant son écharpe. Roddy réalisa soudain qu'elle était ravissante. La veille, elle lui avait paru quelconque, timide, fade et insignifiante. Au dîner, c'était à peine si elle avait prononcé un mot, et il s'était étonné de voir Olivier avec elle.

Or, ce matin, elle était tout autre, avec ses yeux brillants, ses joues roses et son sourire éclatant. Roddy se demandait même pourquoi Olivier ne l'épousait pas. Quel âge pouvait-elle bien avoir ? Où l'avait-il rencontrée ? Et depuis combien de temps étaient-ils ensemble ? Elle était bien jeune pour avoir un enfant de deux ans...

— Vous avez le regard bien brillant. Que vous est-il arrivé à Creagan ?

— Rien, mais la journée est superbe. La luminosité est telle qu'on voit à des kilomètres à la ronde et le paysage est si lumineux, si étincelant ! Je ne comptais pas rester partie si longtemps, je n'avais que du dentifrice et des cigarettes à acheter. Mais comme Ellen m'a assuré que cela ne la gênait pas de s'occuper de Thomas, je me suis laissé séduire par Creagan. C'est une petite ville adorable. J'ai visité l'église et l'ancienne maison du doyen qui abrite aujourd'hui une boutique d'artisanat.

Son enthousiasme était touchant.

— Vous avez acheté quelque chose ?

— Non, mais j'y retournerai. J'ai vu de très beaux pulls en shetland. Ensuite, je n'ai pas résisté à l'envie de voir la plage. Contrairement à mes craintes, je n'ai pas eu froid, car le soleil était déjà haut.

— Je suis heureux que vous ayez passé une agréable matinée.

— Excellente, même.

Leurs regards se croisèrent, et le visage de Victoria s'assombrit.

— Hier soir, je n'ai pas eu l'occasion de vous dire combien j'étais désolée pour votre frère... et honteuse que nous soyons venus vous déranger ainsi.

— Ne vous faites aucun reproche. Votre présence m'est d'un grand réconfort, au contraire.

— Je sais bien que nous vous causons du souci. Je m'en suis voulu toute la matinée d'avoir filé comme ça en abandonnant Thomas à Ellen, au lieu de vous aider.

— Une heure ou deux sans Tom ne peut vous faire que du bien. Il faut savoir souffler de temps en temps.

— Il est vrai que c'était fort agréable, admit-elle.

Ils échangèrent un sourire complice.

— Vous avez bien dit qu'Olivier était en train de travailler ?

— C'est ce qu'il a déclaré.

Les traits de la jeune femme se rembrunirent.

— Je ne savais pas qu'il souhaitait écrire.

— Probablement veut-il coucher sur le papier certaines idées avant qu'elles ne s'envolent.

Il se souvint brusquement de la balade à Wick et fit part à Victoria de leur projet, s'empressant d'ajouter :

— Vous pouvez venir si vous le souhaitez, mais Olivier pensait que vous voudriez plutôt faire quelque chose avec Tom.

— En effet, je préférerais rester ici.

— Dans ce cas, je vous demanderai un service. Un jeune homme doit arriver cet après-midi ; je pense qu'il va rester un jour ou deux. Si nous ne sommes pas encore rentrés, pourriez-vous lui servir le thé, l'accueillir en somme ?

— Bien sûr, avec plaisir. Mais où va-t-il coucher ? Il me semble que votre maison est pleine.

— Il s'installera au manoir. J'en ai déjà parlé à Ellen qui est tout excitée. Le lit est déjà fait, la chambre briquée du sol au plafond.

— La pauvre ! Avec tout le travail qu'elle a déjà...

— Ne la plaignez pas, elle est ravie. Ce jeune homme est le fils du bébé chéri d'Ellen. En fait, il s'agit de mon neveu, John Dunbeath.

Victoria eut l'air surprise.

— John Dunbeath ? Vous voulez dire le fils de votre frère Charlie ? Ellen m'en a parlé ce matin, au petit déjeuner. Mais je croyais qu'il vivait aux Etats-Unis.

— Non, plus maintenant. Il vit à Londres, et il vient de m'appeler d'Inverness il y a un quart d'heure.

— Ellen doit être aux anges.

— Elle l'est ! Et pas seulement parce qu'il revient, mais aussi parce qu'il est le nouveau maître de Benchoile. Mon frère Jock lui a tout légué.

Victoria parut quelque peu troublée.

— Mais je croyais que vous étiez le nouveau laird de Benchoile.

— Dieu n'en a pas décidé ainsi.

Elle lui sourit.

— Vous auriez pourtant fait un merveilleux châtelain.

— Vous êtes trop gentille, mais je ne serais pas bon à grand-chose. Je suis trop vieux, trop prisonnier de mes mauvaises habitudes. Il nous faut du sang neuf ! Quand j'ai annoncé la nouvelle à Ellen, ses yeux se sont mis à briller. Etaient-ce les larmes ou une lueur de triomphe ? Difficile à dire...

— Ne soyez pas méchant. Je l'aime bien.

— Moi aussi, mais un jour elle me rendra fou. (Il soupira et fixa son verre vide.) Etes-vous certaine de ne pas vouloir boire quelque chose ?

— Tout à fait certaine.

— Dans ce cas, soyez une chic fille et allez chercher Olivier et Thomas. Le déjeuner sera prêt dans une dizaine de minutes.

Il se leva et alla mettre une bûche dans le feu. Comme toujours, des étincelles jaillirent sur le tapis, et, comme toujours, Roddy les écrasa vivement sous la semelle de sa chaussure.

Victoria lui demanda où se trouvait la bibliothèque, avant de dévaler les escaliers, impatiente de retrouver Olivier.

Une fois seul, Roddy soupira de nouveau, en proie à son habituel dilemme. Mais, finalement, il succomba et se resservit un autre verre, qu'il emporta à la cuisine pour pouvoir surveiller la soupe qui embaumait à présent toute la maison.

Victoria passa la tête dans l'entrebâillement de la porte.

— Olivier ?

Le jeune homme n'écrivait pas. Il était assis à un bureau, devant une fenêtre, les bras ballants, les jambes allongées.

— Olivier !

Il tourna enfin la tête et mit une seconde ou deux avant de la reconnaître. Puis son regard vide sembla reprendre vie. Il sourit comme s'il venait juste de s'éveiller et se frotta le cou.

— Salut. Le déjeuner est servi.

Elle referma la porte derrière elle. Il ouvrit grand les bras et elle vint se blottir contre lui, enfouissant son visage dans son ample pull-over, comme une enfant. De tendres souvenirs de la nuit précédente lui revinrent en mémoire, tandis que son regard errait sur le bureau jonché de feuilles éparses noircies de ces pattes de mouche qui caractérisaient l'écriture d'Olivier.

— Le déjeuner est servi, répéta-t-elle.

— Ce n'est pas possible, je ne suis là que depuis cinq minutes.

— Roddy m'a dit que tu étais là depuis le petit déjeuner, rectifia-t-elle.

— Où as-tu été ?

— A Creagan.

— Qu'as-tu été faire là-bas ?

— Des courses.

Il la repoussa et scruta son visage. Victoria ne cilla pas et répéta :

— Des courses. Je t'ai acheté des cigarettes. J'ai pensé que tu serais bientôt à court.

— Quelle fille merveilleuse tu es !

— Quelqu'un d'autre arrive cet après-midi.

— Qui ?

— John Dunbeath, le neveu de Roddy, expliqua-t-elle, avant d'ajouter avec un parfait accent écossais : Le nouveau laird de Benchoile.

— Mon Dieu ! On se croirait dans un roman de Walter Scott.

Victoria éclata de rire.

— Tu viens déjeuner, oui ou non ?

— Bien sûr, dit-il en repoussant son bloc de papier. (Il se releva avec difficulté, un peu raide, et s'étira en bâillant.) Mais j'aimerais prendre un verre d'abord.

— Ça tombe bien, Roddy cherche désespérément quelqu'un pour boire avec lui, plaisanta-t-elle.

— Où est Thomas ?

— Je vais le récupérer. Ellen s'en est occupée toute la matinée.

— Pauvre femme ! ironisa Olivier.

Au volant de sa voiture de location, John Dunbeath traversa Eventon et continua vers l'est. A sa droite, sous un magnifique ciel d'hiver sans nuages, aussi bleu que celui de la Méditerranée en été, s'étendait le golfe de Cromarty.

Au-delà, les collines paisibles de Black Isle se découpaient sur l'horizon resplendissant, avec leurs beaux champs cultivés qui descendaient jusqu'au bord de l'eau et leurs moutons qui paissaient sur les pentes. Çà et là, de petits tracteurs rouges, semblables à des jouets d'enfants, labouraient la terre lourde et sombre.

Cette journée éblouissante était comme un don du ciel. John avait quitté Londres sous la pluie, épuisé par ces dernières quarante-huit heures de travail incessant, auxquelles s'ajoutaient le décalage horaire et le choc occasionné par ce legs pour le moins inattendu de son oncle.

Une fois dans le train, il avait bu deux whiskies bien tassés et était tombé dans un sommeil si profond que l'employé des wagons-lits avait dû le secouer pour le réveiller quand ils étaient entrés en gare d'Inverness avec cinq minutes d'avance sur l'horaire.

Mais à présent qu'il était en route pour Benchoile, et malgré les mauvaises nouvelles dont il était porteur, il ne pouvait s'empêcher de se croire en vacances.

Plus il s'éloignait de Londres et se rapprochait de Benchoile, plus les souvenirs devenaient précis, vivants. Cette route lui était incroyablement familière, comme s'il l'avait empruntée pour la dernière fois la veille et non pas une dizaine d'années auparavant. Une chose manquait, cependant. Son père n'était pas à ses côtés pour lui signaler tous les endroits intéressants avec sa gaieté coutumière.

La route bifurqua. Il laissa le golfe de Cromarty derrière lui, passa le col de la Struie et redescendit jusqu'au magnifique golfe de Dornoch. Au loin, il apercevait les remparts neigeux du Sutherland. A l'est s'étendait la mer, calme et bleue comme par un jour de juillet.

Il baissa la vitre pour humer les odeurs de mousse et de tourbe humide, et l'air marin si vivifiant. La route descendant en lacets, il devait rouler très lentement.

Quarante minutes plus tard, il arrivait à Creagan. Il ralentit pour ne pas manquer le brusque tournant qui menait à Benchoile. Lorsqu'il quitta la route principale, tout lui devint encore plus familier. Il était de retour au pays.

Il reconnut le chemin qu'il avait un jour emprunté avec son père et Guthrie et qui menait à travers les collines jusqu'au morne vallon du loch Feosaig où ils avaient pêché toute la journée. Dans la soirée, Jock était venu les chercher en voiture pour les ramener à la maison.

En bas serpentait la rivière, et il dépassa l'endroit où, une fois, il était resté deux bonnes heures aux prises avec un saumon de belle taille. Puis il vit l'affût où les chasseurs se postaient dans l'attente des coqs de bruyère, la ferme des Guthrie avec son jardin où claquait gaiement le linge étendu sur des fils. Un chien aboya furieusement au passage de sa voiture.

Après le dernier virage, le loch Muie lui apparut, puis, tout au bout, solitaire, comme endormie, la vieille maison grise baignant dans la lumière de la fin d'après-midi.

A cette vue, son cœur se serra. Pourtant, sa décision

était prise. « Je la vendrai », avait-il confié à Robert MacKenzie quelques heures plus tôt, car, dès l'instant où il avait lu la lettre de l'avocat, il avait su qu'il n'avait pas d'autre solution.

Sans doute avait-elle guetté son arrivée, car à peine eut-il ouvert le coffre pour sortir sa valise qu'Ellen apparut.

Elle descendit le perron, un peu chancelante, plus petite que dans son souvenir, des mèches blanches s'échappant de son chignon, ses vieilles mains rouges et noueuses s'ouvrant en signe de bienvenue.

— Eh bien, te voilà ! Quelle joie de te revoir après toutes ces années !

Il posa son bagage et alla l'embrasser. Elle était si minuscule qu'il dut se courber en deux, et si fragile que le moindre coup de vent semblait pouvoir l'emporter. Quand il la vit se précipiter sur sa valise et tenter de la traîner, il dut pratiquement la lui arracher de force.

— Qu'essaies-tu de faire ? Allez, donne-moi ça, je t'en prie !

— Bon, mais rentrons, il gèle.

Elle franchit la première la porte de la maison et la referma soigneusement derrière lui. Le grand hall sentait un mélange de tourbe, de tabac, d'encaustique et de vieux cuir. Les yeux bandés, saoul ou à moitié mort, il aurait reconnu entre toutes cette odeur. L'odeur de Benchoile.

— As-tu fait bon voyage ? Quelle surprise ce matin quand Roddy m'a annoncé ta venue... Je te croyais chez les Arabes.

— Où est Roddy ?

— M. Dobbs et lui sont allés à Wick. Ils ne devraient pas tarder.

— Comment va-t-il ?

— Il tient le coup. La mort de ton oncle a été un choc pour nous tous.

Elle commença de monter les escaliers, très lentement, une main sur la rampe, puis ajouta :

— J'ai eu un pressentiment, ce jour-là, quand il n'est pas rentré déjeuner. J'étais sûre que quelque chose était arrivé. Et c'était le cas.

— Il a eu une belle mort.

— Oui, tu as raison. Il se promenait tranquillement avec ses chiens, il faisait un temps magnifique... Oui, c'est bien de partir ainsi, mais c'est terrible pour ceux qui restent.

Au milieu de l'escalier, elle fit une pause, John changea sa valise de main, puis ils continuèrent leur ascension.

— Et à présent tu es là. Souvent, nous nous sommes demandé, Jess et moi, ce qui se passerait si le colonel mourait ainsi brutalement... mais nous n'avons jamais osé en parler, évidemment. Ça n'aurait pas été convenable. Alors, quand Roddy est venu ce matin m'annoncer la nouvelle, tu peux imaginer ma joie ! Je lui ai dit : « C'est la personne idéale pour Benchoile ! Le fils de Charlie... mon petit Charlie adoré ! »

John, préférant ne pas poursuivre sur ce thème, changea résolument de sujet.

— Et toi, Ellen, comment vas-tu ?

— Je ne rajeunis pas, mais je suis toujours active.

Connaissant la taille de la maison, il ne voyait pas comment il aurait pu en être autrement.

Au moment où ils atteignaient enfin le palier du premier étage, John se demanda où il allait dormir et, l'espace d'un instant, l'idée qu'Ellen ait décidé de l'installer dans la chambre de son oncle décédé lui traversa l'esprit. C'était bien le genre de chose dont elle était capable, et il fut soulagé en voyant qu'elle lui avait préparé la plus belle des chambres d'amis, celle qu'occupait son père quand il venait l'été.

Ellen ouvrit la porte sur une grande pièce illuminée

par le soleil couchant et dans laquelle s'engouffrait un air glacial.

— Oh ! s'exclama-t-elle, désolée, en allant refermer la fenêtre.

Entrant à sa suite, John regarda le lit haut et large, recouvert de sa couverture de coton blanc amidonnée, la coiffeuse avec son miroir au cadre finement ciselé et la méridienne tapissée de velours. La pièce avait beau avoir été abondamment aérée, l'odeur de cire et de savon noir persistait. Ellen avait été, de toute évidence, fort occupée.

— Rien n'a changé, n'est-ce pas ? demanda-t-elle avec fierté.

Elle remit en place un napperon en lin brodé et ouvrit l'armoire pour vérifier qu'il y avait assez de cintres, laissant échapper une forte odeur de naphtaline.

John posa sa valise sur la banquette disposée à cet effet au pied du lit et alla à la fenêtre. Le soleil, déjà bas dans le ciel, teintait de rose le sommet des collines ; la pelouse soigneusement tondue s'étendait à perte de vue. Soudain, de derrière un bosquet de bouleaux argentés surgirent deux silhouettes se dirigeant vers la maison : une jeune femme et un petit garçon. Derrière eux, trottait un vieux labrador fatigué.

— Il y a des serviettes propres dans la salle de bains et j'ai...

— Ellen ! Qui est-ce ?

La vieille gouvernante s'approcha à son tour de la fenêtre.

— C'est Mme Dobbs et son fils Thomas. Ils logent chez Roddy.

Soudain, l'enfant se retourna, puis se mit à courir en direction du loch. La jeune femme parut hésiter un instant, puis le suivit avec résignation.

— J'ai pensé que vous pourriez prendre le thé

ensemble dans la bibliothèque pendant que Thomas goûterait avec moi à la cuisine, dit-elle, avant d'ajouter pour le convaincre : Il y a une fournée de petits pains au lait dans le four et du miel de bruyère sur le plateau.

Comme John restait figé devant la fenêtre sans répondre, Ellen se sentit vexée. Après tout, c'était pour lui qu'elle avait fait tout ça !

— Alors, tu descendras prendre le thé ?

— Oui, bien sûr...

Devant son air absent, Ellen préféra le laisser. John l'entendit descendre lentement l'escalier, tandis que dehors, après une courte explication, la jeune femme prenait l'enfant dans ses bras pour le porter jusqu'au manoir.

John quitta la chambre et descendit à son tour. Il traversa le hall et alla ouvrir la porte d'entrée. Quand elle l'aperçut, la jeune femme sursauta, puis s'immobilisa sous l'effet de la surprise. Il vint la rejoindre sur la pelouse. Il n'aurait su dire à quel moment précis il l'avait reconnue. Sans doute dès l'instant où elle était sortie du bosquet.

La jeune femme portait un jean et un pull vert vif, agrémenté de pièces de daim cousues aux épaules. De ses yeux aussi bleus que ceux de l'enfant, elle le regardait approcher. Il remarqua des taches de rousseur sur son nez et s'étonna de ne pas les avoir remarquées la première fois qu'il l'avait rencontrée.

Mme Dobbs... Sans aucun doute accompagnée de l'enfant qui avait fait tout ce tintamarre le soir où John l'avait reconduite. Mme Dobbs...

— Bonjour, Victoria, dit-il.

— Bonjour, répondit-elle.

Ils dînaient tous les quatre dans la grande salle à manger, mais, contrairement à la veille, ce soir la chaise de Jock était occupée.

Victoria portait un caftan de soie bleue brodé d'or au col et aux poignets. John se dit qu'elle avait dû faire son chignon à la hâte, car quelques mèches de cheveux s'en échappaient, lui donnant l'air encore plus jeune que d'habitude. Son long cou paraissait aussi vulnérable que celui d'un enfant; ses yeux étaient sombres, sa bouche pâle et elle affichait toujours le même air mystérieux et impénétrable.

Pour quelque étrange raison cela rassura John : s'il n'avait pu briser cette barrière, Olivier Dobbs n'y était pas parvenu non plus.

« Ils ne sont pas mariés », lui avait confié Roddy, alors qu'ils attendaient Olivier et Victoria pour l'apéritif. « Et ne me demande pas pourquoi, car je la trouve tout à fait charmante. »

Charmante et réservée. Mais peut-être que dans l'intimité ses défenses tombaient... Son regard alla plusieurs fois d'Olivier à Victoria, puis, irrité, il reporta son attention sur ce que disait son oncle.

— ... la meilleure chose est de continuer à investir dans la terre, et pas seulement de l'argent mais aussi du temps et de l'enthousiasme. L'objectif devrait être de transformer en pâturage la moindre parcelle désertique; de maintenir leur emploi aux gens du pays; d'arrêter l'exode des paysans.

Roddy révélait par ce discours une face cachée de sa personnalité. Victoria prit une orange dans le compotier placé au centre de la table en se demandant combien de personnes l'avaient entendu exposer ainsi, avec flamme, ces théories qui manifestement lui tenaient au cœur. Il s'exprimait avec l'autorité d'un homme qui a passé une bonne partie de sa vie en Ecosse, qui en connaît les problèmes, et qui est prêt à se battre contre toute solution irréaliste ou inadéquate.

Le problème essentiel, selon lui, était le problème humain. C'est le peuple qui assurait la cohésion sociale sans laquelle il n'y avait aucun avenir possible.

— Et que pensez-vous de la sylviculture ? demanda Olivier.

— Tout dépend de la façon dont on s'y prend. James Dochan, un des fermiers du coin, a planté environ quatre cents hectares de bois...

Victoria commença d'éplucher son orange tout en fixant John. Cela faisait cinq heures maintenant qu'il était à Benchoile, et elle ne s'était pas encore remise du choc causé par sa soudaine apparition... Que le jeune Américain rencontré dans une soirée à Londres et le neveu de Jock Dunbeath, le fils unique du chouchou d'Ellen, Charlie, fussent une seule et même personne, lui paraissait toujours aussi incroyable, aussi insensé.

Il présidait, assis en bout de table à l'ancienne place de Jock, le visage légèrement éclairé par la flamme vacillante d'une bougie, détendu, attentif à ce que disait Roddy. Il portait un costume sombre et une chemise blanche et faisait tourner son verre à vin entre ses doigts. L'or de sa chevalière brillait à la lumière des chandelles.

— ... mais il a gardé assez de pâturages pour son bétail et développe même son élevage de moutons. La sylviculture, étant donné le peu d'aide accordée par l'Etat, n'est pas une réponse aux problèmes des agriculteurs des collines...

« Mme Dobbs... », pensa-t-elle, en se demandant si Roddy avait révélé la vérité à John ou si ce dernier avait deviné tout seul qu'elle n'était pas mariée à Olivier. Quoi qu'il en fût, il semblait considérer comme allant de soi que Thomas fût son enfant, et elle trouvait que ce n'était pas plus mal. Olivier et elle n'avaient pas à se justifier ni à s'expliquer. Elle avait toujours souhaité deux choses : partager sa vie avec quelqu'un et se sentir indispensable. Or, elle vivait avec Olivier, et Thomas avait besoin d'elle. Que pouvait-elle désirer d'autre ? Elle sépara les quartiers d'orange, et du jus coula le long de ses doigts, puis sur l'assiette de fine porcelaine.

— Et le tourisme ? demanda à son tour John. L'Ecosse et ses îles...

— Le tourisme est tentant mais dangereux. Rien n'est plus triste qu'un peuple qui dépend exclusivement du tourisme. Vous pouvez construire des maisons ou des chalets, transformer vos fermes en gîtes ruraux, mais s'il fait mauvais temps le touriste fuira. Le pêcheur, le randonneur, l'ornithologue accepteront la pluie, mais la mère de famille avec ses trois gosses, coincée dans une petite villa de location pour quinze jours, insistera l'été suivant pour aller à Torremolinos ! Non, l'unique solution, c'est le travail. Du travail pour chaque homme... Et c'est ce qui leur manque.

Olivier soupira. Il avait bu deux verres de vin et commençait à s'assoupir. Il écoutait la conversation, non pas parce qu'elle l'intéressait, mais parce que John le fascinait. Il était l'incarnation même du jeune homme de bonne famille, calme, parfaitement élevé, élégant et distingué. Lorsqu'il parlait, Olivier l'observait du coin de l'œil, se demandant ce qui pouvait bien se cacher derrière cette façade polie et réservée. Plus que tout, il mourait d'envie de savoir ce que John pensait de Victoria.

Il savait qu'ils s'étaient rencontrés à Londres, Victoria le lui avait dit avant le dîner, tandis qu'il prenait son bain et qu'elle se brossait les cheveux dans la chambre.

— C'est incroyable ! lui avait-elle dit, par la porte entrouverte, d'une voix faussement désinvolte qui avait aussitôt éveillé sa curiosité. C'est l'homme qui m'a ramenée à la maison, l'autre soir. Est-ce que tu te souviens ? Quand Tom était en train de pleurer.

— Tu veux sans doute parler de John Hackenbaker de Consolidated Aloominum ? Incroyable...

Fascinant, vraiment. Il avait ruminé cette nouvelle en pressant l'éponge sur son épaule.

— Et qu'a-t-il dit en te revoyant ?

— Pas grand-chose. Nous avons juste pris le thé dans la bibliothèque...

— Je croyais qu'il partait à Bahreïn.

— Effectivement. Mais il en est revenu, avait-elle expliqué patiemment.

— Un véritable pigeon voyageur. Et que fait-il quand il ne vole pas de-ci de-là ?

— Je crois qu'il est dans la banque.

— Oh ! Et pourquoi n'est-il pas à Londres en train d'encaisser les chèques des clients ?

— Olivier ! Ce n'est pas ce genre de banquier... Et il a pris quelques jours pour régler les problèmes de succession de son oncle.

— Et qu'est-ce que ça lui fait d'être le nouveau laird de Benchoile ?

— Je ne lui ai pas demandé, avait-elle répliqué un peu sèchement.

Elle avait essayé de garder son calme, mais Olivier, sachant qu'il l'agaçait — il avait remarqué qu'elle prenait inconsciemment la défense du nouvel arrivant —, n'avait pu résister à l'envie de continuer à la taquiner. Il était sorti du bain et, enveloppé dans une serviette, avait fait irruption dans la chambre.

— Je suis sûr qu'il se voit déjà en kilt... Les Américains adorent se déguiser.

— Cette manière de généraliser est parfaitement idiote.

A travers le miroir, il avait croisé le regard agacé de Victoria.

— Oh ! Mais tu sais t'exprimer, quand tu le veux, avait-il persiflé.

— Ce n'est pas un Américain ordinaire, c'est tout.

— Et quel genre d'Américain est-il d'après toi ?

— Je ne sais pas, avait-elle avoué en se mettant du mascara. Je ne sais pas grand-chose de lui.

— Eh bien, moi oui. J'ai discuté avec Ellen pendant qu'elle donnait le bain à Tom. Quand on sait la prendre, cette femme est une mine de renseignements. Il paraît que son père, Charlie, a épousé une riche Américaine... Et voilà qu'il hérite de Benchoile maintenant. Tout lui tombe du ciel... Ce type doit être né avec une petite cuillère d'argent dans la bouche, ma parole.

Toujours enveloppé dans sa serviette de bain, Olivier s'était mis à faire les cent pas dans la pièce, laissant des traces humides sur le tapis.

— Mais qu'est-ce que tu veux à la fin ? avait demandé Victoria, exaspérée.

— Une cigarette.

Ce type doit être né avec une petite cuillère d'argent...

Roddy avait offert un cigare à Olivier, et ce dernier, carré dans un bon fauteuil, les yeux mi-clos, inhalait la fumée en observant John Dunbeath. Avec ses yeux noirs, son teint hâlé, son impeccable coupe de cheveux, on dirait un jeune cheikh arabe qui a troqué sa djellaba contre un costume occidental, pensa Olivier, qui, ravi de cette comparaison malicieuse, ne put s'empêcher de sourire. John, qui le regardait à cet instant précis, au lieu de répondre à son sourire, se tourna vers Roddy.

— Et le pétrole ? Es-tu de ceux qui pensent que le pétrole doit rester la propriété de l'Ecosse ?

— En tout cas, c'est ce que pensent les nationalistes, répondit Roddy, sans trop s'avancer.

— Mais que fais-tu des milliards investis par les compagnies anglaises et américaines ? Sans elles, ce pétrole serait toujours au fond de la mer du Nord.

— Les nationalistes te rétorqueraient qu'il s'est passé la même chose au Moyen-Orient...

Leurs voix s'estompèrent en un doux murmure, les mots se fondirent les uns dans les autres. Et d'autres voix s'installèrent... Des voix plus réelles, celles-là... comme celles de cette mère et de sa fille...

— *Et où penses-tu aller ?*

— *Je vais à Londres, chercher du travail.*

— *Penistone ne te convient plus ? Et un travail à Huddersfield ?*

— *Oh ! Maman... Pas ce genre de travail. Je veux devenir mannequin.*

— *Mannequin ou faire le trottoir, c'est tout comme.*

— *C'est ma vie, après tout.*

— *Et où comptes-tu habiter ?*

— *Je trouverai... J'ai des amis.*

— *Si tu t'installes avec ce Ben Lowry, je ne veux plus entendre parler de toi. Jamais !*

— ... bientôt il ne restera plus un seul véritable artisan. Je ne parle pas de ces excentriques qui nous arrivent de Dieu sait où et qui s'installent dans des ateliers délabrés pour peindre des écharpes de soie dont personne ne veut ou pour tisser un tweed qui ressemble à de la serpillière. Non, je parle d'artisans traditionnels, de fabricants de kilts, d'orfèvres, pas encore corrompus par l'appât du gain que leur offrent les plates-formes pétrolières ou les raffineries. Tenez, prenez cet homme que nous sommes allés voir aujourd'hui ; il a une entreprise qui marche. Il a commencé avec deux employés et à présent il en a dix, dont la moitié ont moins de vingt ans.

— Il a des débouchés ?

— Certes. Il s'en était occupé avant de venir ici. (Roddy se tourna vers Olivier.) Quel était cet éditeur pour qui il travaillait avant, quand il était à Londres ? Il nous a dit son nom, mais je n'arrive pas à m'en souvenir...

— Pardon? fit Olivier qui n'avait pas écouté. Désolé, je ne faisais pas attention. L'éditeur? Hackett et Hansom, je crois.

— Oui, c'est ça, Hackett et Hansom. Vous voyez...

Roddy s'arrêta brusquement, prenant conscience d'avoir été trop prolixe. Il se tourna vers Victoria pour s'excuser, mais, au même instant, celle-ci se mit à bâiller. Tout le monde éclata de rire, et la jeune femme devint rouge de confusion.

— Je ne m'ennuie pas, mais j'avoue que je commence à avoir sommeil.

— Ce n'est pas étonnant. Nous nous comportons comme des sauvages. Je suis désolé, nous aurions pu discuter de tout cela un autre jour.

— Non, non, ça va.

Mais le mal était fait. Ce bâillement avait mis fin à la discussion. Les bougies étaient presque consumées, il ne restait plus que des braises dans la cheminée, et Roddy, en regardant sa montre, constata qu'il était dix heures et demie.

— Mon Dieu! Il est tard, dit-il, avant d'ajouter en prenant son meilleur accent d'Edimbourg : Comme le temps passe vite, madame, en votre compagnie!

Victoria retrouva son sourire.

— C'est l'air pur qui me fatigue.

— Nous ne sommes pas encore habitués, ajouta Olivier en se carrant dans son fauteuil.

— Qu'aimeriez-vous faire demain? demanda Roddy. La météo annonce du beau temps. Que penseriez-vous d'aller à la cascade? On pourrait y pique-niquer... A moins que quelqu'un d'autre ait une meilleure suggestion?

Personne ne répondant, Roddy développa son idée.

— Nous sortirons la barque, si j'arrive à trouver la clé du hangar. Ça amusera sûrement Thomas de faire du bateau. Ellen nous préparera un panier et, une fois sur l'autre rive, nous allumerons un feu de camp pour nous réchauffer.

Cela sembla convenir à tout le monde et, sur cette note plutôt gaie, la soirée se termina. Olivier finit son verre de vin, écrasa son cigare et se leva.

— Je crois que je vais emmener Victoria au lit, déclara-t-il à la cantonade.

Bien qu'il eût remarqué le regard appuyé que lui avait lancé Olivier, John resta impassible. Victoria étant prête à se lever, il se précipita vers elle pour tirer sa chaise.

— Bonne nuit, Roddy, dit-elle en allant embrasser son hôte.

— Bonne nuit, Victoria.

— Bonne nuit, John, dit-elle en se dirigeant vers la porte.

Olivier la suivit. Avant de sortir, toutefois, il se retourna et lança avec son plus charmant sourire :

— A demain matin, John !

La porte se referma. Roddy jeta un peu de tourbe dans le feu pour le ranimer, puis John et lui approchèrent leurs fauteuils de la cheminée pour reprendre la discussion.

11

SAMEDI

Les prévisions de la météo ne s'étaient révélées qu'en partie exactes, car, s'il prédominait, le soleil était parfois voilé par des nuages passagers poussés par un vent d'ouest. La limpidité de l'atmosphère donnait à ce paysage de collines et d'eau l'aspect d'une aquarelle.

La maison et le parc étant bien abrités, seule une faible brise agitait les arbres alors qu'ils embarquaient leur imposant équipement dans le vieux bateau de pêche, mais à peine s'étaient-ils éloignés d'une quarantaine de mètres qu'un vent violent se fit sentir. La surface brune de l'eau commença de s'agiter, et bientôt de grosses vagues écumeuses secouèrent l'embarcation et ses occupants, entassés pêle-mêle et revêtus de divers vêtements glanés à Benchoile.

Victoria portait une parka en toile huilée vert olive, et Thomas une vieille veste de chasse encore tachée du sang de quelque malheureux gibier et qui limitait ses mouvements, au grand soulagement de Victoria qui craignait plus que tout de le voir passer par-dessus bord.

John Dunbeath avait tout naturellement pris les rames. Il portait le ciré noir de Jock, une paire de bottes vertes, mais pas de chapeau, si bien que ses cheveux et son visage étaient mouillés par les embruns. Il manœuvrait avec une grande habileté, jetant un coup d'œil par-dessus son épaule de temps à autre pour diriger le vieux rafiot dans la bonne direction. Personne ne parlait, et seuls le craquement des lourdes rames et le bruit des vagues troublaient le silence.

Roddy et Olivier étaient assis au milieu du bateau sur le large banc. Roddy tournait le dos à Victoria, son chien Barney entre les jambes, et Olivier se tenait à califourchon, appuyé contre le plat-bord. Tous deux fixaient le rivage qui se rapprochait. Roddy prit ses jumelles pour observer la falaise. D'où elle était, Victoria ne pouvait voir que le profil d'Olivier. Il avait remonté le col de sa veste, le vent balayait ses cheveux en arrière, ses joues et son nez étaient rouges de froid.

Par intervalles, Roddy posait ses jumelles pour prendre un récipient métallique et écoper l'eau qui s'accumulait inévitablement au fond du bateau. Heureusement, le panier de pique-nique, la caisse de fagots et les couvertures avaient été bien arrimés et soigneusement protégés par des bâches. Il y avait suffisamment de provisions pour nourrir une armée; Thermos et bouteilles de vin avaient été placées dans un panier compartimenté afin qu'elles ne se cassent pas.

Roddy, ayant fini d'écoper, reprit ses jumelles pour observer les collines.

— Que cherchez-vous? s'enquit Olivier.

— Des cerfs. Il est très difficile de les distinguer sur les parois rocheuses. La semaine dernière, il y avait de la neige, et j'en ai même repéré depuis la maison. Mais là, je n'en vois aucun.

— Où peuvent-ils être?

— Sur l'autre versant, sans doute.

— Il y en a beaucoup?

— On dénombre cinq cents biches et cerfs environ. Par temps froid, ils descendent et viennent manger le fourrage que nous donnons au bétail. En été, à la tombée de la nuit, ils amènent leurs petits dans les pâturages et vont s’abreuver au lac. Pour les surprendre, il suffit de se garer tous feux éteints sur la vieille route qui borde le lac. C’cst un spectacle absolument délicieux.

— Vous les chassez? demanda Olivier.

— Non. C’est notre voisin qui a le droit de chasse. Jock le lui a laissé. En contrepartie, notre congélateur est plein de cuissots de cerfs. Demandez à Ellen de vous en cuisiner un avant votre départ. Elle n’a pas sa pareille pour préparer la venaison. C’est délicieux. (Il tendit ses jumelles à Olivier.) Jetez un coup d’œil. Avec vos jeunes yeux, vous pourrez peut-être repérer quelque chose.

A cet instant, comme par magie, le rivage prit forme, révélant ses secrets. Ce n’était plus un contour mal défini, mais un affleurement de roches, une succession de jolies prairies vertes et de plages de galets ronds et blancs. Des fougères, épaisses comme de la fourrure, recouvraient la partie inférieure de la colline. Plus haut, elles faisaient place à la bruyère et à quelques pins isolés. A l’horizon, on apercevait la forme irrégulière d’une digue de pierre à moitié éboulée marquant la limite des terres de Benchoile.

Curieusement, toutefois, la cascade demeurait invisible. Serrant toujours Thomas dans ses bras, Victoria se penchait pour demander à Roddy l’explication de ce mystère, lorsque le bateau dépassa un promontoire, révélant la petite baie dans toute sa splendeur.

Victoria découvrit alors la plage de galets blancs et la cascade bouillonnante qui dévalait la falaise parmi la bruyère et les fougères, puis s’élançait d’une corniche de granite pour retomber dans la crique, dix mètres plus bas. Blanche d’écume, scintillant dans la lumière du matin, dansant au milieu des joncs et de la mousse, elle dépassait toutes les attentes de la jeune femme.

Roddy se retourna et vit son visage émerveillé.

— Vous y voilà... C'était bien pour cela que vous avez fait tout ce chemin, n'est-ce pas ?

Thomas, aussi excité qu'elle, s'échappa de son étreinte en titubant. Avant qu'elle ait pu le rattraper, il avait trébuché, perdu l'équilibre et heurté le genou de son père.

— Regarde ! s'exclama-t-il en se relevant.

C'était la première fois qu'il parlait. Il frappa du poing sur la jambe d'Olivier.

— Regarde ! Regarde ! répéta-t-il.

Mais Olivier continuait à observer le paysage à la jumelle, sans accorder la moindre attention à son fils. Celui-ci, alors qu'il insistait encore dans l'espoir que son père lui réponde, finit par glisser et tomber pour de bon, se cognant la tête contre le banc avant d'atterrir au fond du bateau, dans trois centimètres d'eau glacée.

Il se mit évidemment à pleurer, et le premier hurlement retentit avant même que Victoria ait eu le temps de se précipiter à sa rescousse. Comme elle le relevait et le serrait dans ses bras, elle surprit l'expression de John. Ce n'était pas elle qu'il fixait, mais Olivier, et il paraissait mourir d'envie de lui envoyer son poing dans la figure...

La quille heurta les galets. John rangea les rames, sauta par-dessus bord et tira le bateau pour que l'avant soit au sec. Un par un, ils descendirent, Roddy portant Thomas dans ses bras. Olivier se saisit de l'amarre pour l'attacher à une bitte de béton prévue à cet effet. Victoria passa les paniers de victuailles et les couvertures à John, puis quitta l'embarcation à son tour. Les galets crissèrent sous ses pieds et le bruit de la chute d'eau lui sembla terriblement assourdissant.

Les pique-niques de Benchoile semblaient obéir à un rituel très strict. Roddy et Barney ouvrirent la marche et les autres suivirent en un cortège désordonné. Ils établirent leur camp sur une belle étendue d'herbe située entre le bassin naturel alimenté par la cascade et les ruines d'une chaumière. Au milieu, se trouvait un foyer constitué de pierres disposées en cercle. Des morceaux de bois calciné portaient témoignage du dernier pique-nique. L'endroit était abrité. Le soleil de midi apparaissait et disparaissait au gré des nuages, mais, quand il brillait, il répandait une douce chaleur et faisait scintiller les eaux sombres du lac.

Tous s'empressèrent d'ôter leurs encombrants cirés. Thomas partit seul découvrir la plage. John prit quelques fagots et commença à préparer le feu. Olivier alluma une cigarette, tandis que Roddy, après avoir sorti deux bouteilles de bordeaux du panier à boissons, observait un couple d'oiseaux tournoyant au-dessus de la corniche de granite.

— Comment s'appellent ces oiseaux? demanda Victoria.

— Des râles d'eau. Ils commencent à repérer l'endroit où ils feront leur nid au printemps, expliqua-t-il.

Il grimpa sur un talus escarpé pour les voir de plus près. Olivier regarda un moment à la jumelle, puis le suivit. John cherchait du petit bois et ramassait des poignées d'herbes sèches et de bruyères roussies. Victoria allait lui proposer son aide quand elle aperçut Thomas qui courait en direction du lac. Elle s'élança vers lui et l'attrapa juste à temps.

— Enfin, Thomas! dit-elle en riant. Tu ne vas tout de même pas aller te baigner tout habillé.

Elle le chatouilla, et il éclata de rire tout en se débattant pour lui échapper.

— Mouiller, moi! lui hurla-t-il en plein visage.

— Tu es déjà assez mouillé comme ça. Viens, nous allons trouver autre chose à faire.

Elle le conduisit au bassin naturel qui débordait en un cours d'eau peu profond se jetant dans le loch. Elle fit asseoir Tom près de ce ruisseau et commença à jeter des petits galets. Thomas éclatait de rire à chaque fois que l'eau giclait et, bien vite, il voulut imiter Victoria. Celle-ci l'abandonna un instant pour aller chercher un gobelet dans le panier de pique-nique. De retour près de Tom, Victoria remplit le gobelet de sable.

— Regarde ! dit-elle en le retournant. Regarde, ça fait un petit château. Maintenant, à toi !

Consciencieusement, l'enfant remplit à son tour le gobelet. Ses gestes étaient maladroits, ses doigts gourds, mais sa persévérance était touchante.

L'observer emplissait Victoria d'une tendresse maintenant devenue familière. La jeune femme se demanda comment il était possible d'éprouver un tel sentiment maternel à l'égard d'un enfant qui n'était pas le sien. Mais ce petit garçon était si mignon, si attachant qu'il avait su trouver le chemin de son cœur. Avec un autre, cela eût probablement été différent.

Comment tout cela allait-il finir ? Quand Olivier lui avait raconté dans quelles circonstances il avait enlevé Thomas, Victoria, bien que choquée, avait été émue. Qu'il fût si conscient de sa paternité, qu'il eût pris ce risque, lui avait semblé admirable.

Au début, il lui avait paru à la fois amusé et sincèrement préoccupé par son fils. Il lui avait offert ce petit cochon, le portait sur ses épaules durant les promenades, lui lisait des histoires le soir, avant qu'il ne s'endorme. Puis il avait accordé de moins en moins d'attention à Thomas comme un enfant vite lassé d'un jouet.

L'incident du bateau en était la parfaite illustration. Maintenant, malgré sa bienveillance naturelle, Victoria commençait à soupçonner Olivier d'avoir agi non par amour pour son fils ou par sens des responsabilités, mais uniquement par désir de se venger de ses beaux-parents.

Victoria préféra ne pas s'attarder sur cette cruelle évidence, qui non seulement rabaissait Olivier à ses yeux, mais surtout rendait son avenir et celui de Thomas tristement incertains.

— Regarde ! s'écria Tom en lui tapant sur le bras.

L'air réjoui, l'enfant lui montra le petit château de sable qu'il venait de construire.

— Je t'aime, murmura Victoria en prenant Thomas sur ses genoux et en le serrant dans ses bras. Tu sais que je t'aime, n'est-ce pas ?

Le petit garçon se mit à rire comme si elle venait de faire une énorme plaisanterie. Ce rire chassa les pensées moroses de la jeune femme. Tout irait bien. Elle aimait Thomas, elle aimait Olivier, et celui-ci les aimait lui aussi, à sa façon. Tant d'amour devait permettre de surmonter les obstacles, Victoria en était convaincue.

Elle entendit un crissement de pas sur les galets, derrière elle. Elle se retourna et vit John Dunbeath. Le feu crépitait à présent et une fumée bleue s'élevait vers le ciel. Les deux autres avaient disparu. Elle les chercha du regard et vit leurs lointaines silhouettes qui s'éloignaient vers le sommet de la falaise.

— Nous ne déjeunerons pas avant une heure, je le crains. Je suppose qu'ils vont essayer d'apercevoir les cerfs sur l'autre versant, expliqua John.

Il resta un moment à ses côtés, à fixer, sur l'autre rive du lac, la vieille maison à demi cachée par des arbres, éclairée par un rayon de soleil. Comme ça, elle paraissait petite, un peu comme une chaumière de conte de fées avec la fumée qui s'échappait de sa cheminée.

— Cela n'a pas d'importance. Si Thomas a faim, nous pourrons toujours lui donner quelque chose à manger en attendant leur retour.

John s'assit sur les galets, et s'adressa gentiment à Tom.

— Aussitôt que tu as faim, tu nous le dis, d'accord?

Tom ne répondit pas, mais il descendit des genoux de Victoria et alla remplir à nouveau son gobelet de sable.

— Vous n'aviez pas envie d'aller voir les cerfs? demanda Victoria.

— Pas aujourd'hui. La pente est trop raide et, de toute façon, j'en ai vu tellement... Je ne m'étais pas rendu compte qu'Olivier était aussi énergique et aussi intéressé par la vie sauvage.

Bien qu'il n'y eût aucune animosité perceptible dans les paroles de John, Victoria se sentit obligée d'ajouter :

— Tout le passionne : les nouvelles expériences, les nouveaux paysages, les gens...

— Oui, je sais. L'autre soir, après que vous êtes allés vous coucher, Roddy m'a expliqué qu'il était écrivain lui aussi. C'est amusant, quand j'ai entendu son nom la première fois, j'ai tout de suite pensé : Olivier Dobbs... ça me dit quelque chose. Mais je n'avais pas fait le rapprochement. J'ai vu une de ses pièces à la télévision. C'est un type intelligent.

Ces paroles rassurèrent Victoria.

— Il est intelligent, c'est vrai. Sa dernière pièce se joue actuellement à Bristol. La première a eu lieu lundi, et, selon son agent, elle a été accueillie avec enthousiasme.

— C'est formidable !

Elle continua d'encenser Olivier, un peu comme si de faire son éloge pouvait effacer la mauvaise impression que John avait eue de lui sur le bateau.

— Il n'a pas toujours connu le succès. Les débuts ont été difficiles, mais il n'a jamais renoncé ni perdu confiance en lui. Ses parents l'ont pratiquement renié parce qu'il ne voulait pas entrer dans l'armée ou devenir avocat ou quelque chose comme ça... Si bien que dans les premiers temps, il vivait dans un total dénuement.

— C'était il y a combien de temps ?

— Quand il a quitté le lycée, je suppose.

— Vous le connaissez depuis longtemps ?

Victoria se pencha pour ramasser un galet mouillé et froid.

— Depuis trois ans.

— Il était déjà connu à cette époque ?

— Non. Il faisait des petits boulots pour survivre et payer le loyer. Puis un éditeur s'est intéressé à lui, la télévision lui a pris une pièce, et depuis les choses se sont enchaînées. Il n'a jamais perdu son temps à regarder en arrière. Roddy et lui se sont rencontrés au cours d'une soirée... Mais je suppose que Roddy vous l'a raconté. Voilà pourquoi nous sommes là. J'avais lu son roman *Les Années de l'aigle* lorsque j'étais à l'école et je n'ai jamais cessé de le relire depuis. Quand Olivier m'a dit qu'il connaissait Roddy et que nous allions venir ici, je ne pouvais en croire mes oreilles.

— Vous n'êtes pas déçue au moins ?

— Non. Bien qu'il faille s'habituer à voir Benchoile en hiver.

— En effet, dit John en riant.

Victoria se dit qu'il faisait plus jeune lorsqu'il riait. Le soleil, après être resté caché derrière les nuages un bon moment, reparut, leur offrant son éclat et sa douce chaleur. Victoria s'allongea, le visage offert aux bienfaisants rayons.

— La seule chose triste fut d'apprendre la mort de votre oncle. J'ai proposé que nous repartions, mais Roddy n'a rien voulu entendre.

— Votre venue est sans doute la meilleure chose qui pouvait lui arriver. Il avait besoin d'un peu de compagnie.

— Ellen m'a confié que vous aviez l'habitude de venir ici quand vous étiez petit. Enfin, quand vous n'étiez pas dans le Colorado.

— C'est vrai, je venais avec mon père.

— Et cela vous plaisait ?

— Oui, bien que je ne me sois jamais senti chez moi, ici. Ma vraie maison, c'était le ranch.

— Que faisiez-vous quand vous étiez là ? Vous chassiez le cerf et le coq de bruyère avec les hommes, je présume.

— J'avais surtout l'habitude de pêcher. Je n'aimais pas la chasse. Je ne l'ai jamais aimée. Cela me rendait la vie un peu difficile, d'ailleurs.

— Pourquoi ?

Victoria avait du mal à imaginer John en proie à quelque difficulté que ce soit.

— Sans doute parce que je me distinguais des autres. Tout le monde chassait, même mon père. Mon oncle Jock ne me comprenait pas du tout, dit-il avec un large sourire. En fait, je pense qu'il ne m'aimait guère.

— Oh ! Ce n'est pas possible. Il ne vous aurait pas laissé Benchoile si ç'avait été le cas.

— Il n'avait tout simplement personne d'autre à qui le léguer, répondit vivement John.

— Vous vous y attendiez ?

— Cette idée ne m'a jamais traversé l'esprit, aussi incroyable que cela puisse paraître. A mon retour de Bahreïn, j'ai trouvé une lettre du notaire sur mon bureau...

Il se pencha pour ramasser à son tour un galet qu'il lança avec une précision diabolique sur un des rochers couvert de lichens.

— Et il y avait aussi une lettre de Jock, reprit-il, écrite quelques jours avant sa mort. Recevoir une lettre de quelqu'un qui vient de mourir procure un sentiment très étrange...

— Est-ce que... Est-ce que vous allez venir vivre ici ?

— Je ne pourrais pas, même si je le désirais.

— A cause de votre travail ?

— Oui. Et pour bien d'autres raisons. Je suis basé actuellement à Londres, mais je peux être renvoyé à New York sans préavis. Et puis j'ai des engagements. J'ai ma famille.

— Votre famille ?

Elle était surprise. Mais après réflexion, elle se demanda pourquoi. Après tout, elle avait rencontré John à une soirée et l'avait pris pour un célibataire, mais rien ne s'opposait à ce qu'il eût laissé femme et enfants aux Etats-Unis. Partout dans le monde, des hommes d'affaires menaient de telles vies. Il n'y avait rien d'exceptionnel à ce genre de situation. Elle tenta d'imaginer sa femme, jolie, élégante comme toute Américaine fortunée, avec une maison ultramoderne et un break pour conduire les enfants à l'école.

— Par famille, j'entendais mon père et ma mère, précisa John, comme s'il devinait ses pensées.

— Oh ! (Victoria se mit à rire, se sentant un peu idiote.) J'avais compris que vous étiez marié.

Il lança un autre galet, touchant sa cible avec une précision parfaite, puis il se tourna vers Victoria.

— J'ai été marié. Je ne le suis plus.

— Je suis désolée.

Il ne semblait pas qu'il y eût autre chose à ajouter.

— C'est sans importance.

— Je ne savais pas.

— Comment l'auriez-vous su ?

— Roddy et Ellen parlent souvent de vous. Ils auraient pu me dire que vous aviez été marié.

— Cela n'a duré que quelques années, et de plus ils n'ont jamais rencontré mon ex-femme.

Il s'appuya sur ses coudes et regarda au-delà du lac, vers les collines et la vieille demeure.

— Je voulais l'amener à Benchoile..., reprit-il. Avant que nous soyons mariés, je lui parlais souvent de cet endroit, et elle semblait enthousiaste à l'idée d'y venir. Elle n'était jamais venue en Ecosse et en avait une vision très romantique. Vous savez, les cornemuses, le brouillard, les kilts, le monstre du loch Ness... Mais après notre mariage... Je ne sais pas... Nous n'avions jamais le temps de rien faire.

— Est-ce... Est-ce à cause de votre divorce que vous êtes venu en Angleterre ?

— C'est une des raisons, en effet. Je voulais rompre définitivement avec mon ancienne vie.

— Vous avez des enfants ?

— Non, et finalement c'est une chance.

Victoria comprit alors qu'elle s'était trompée sur lui. Lors de leur première rencontre, elle l'avait pris pour un être indépendant, froid et sûr de lui. Or, sous ce masque, elle découvrait un homme vulnérable, meurtri et souffrant probablement de la solitude. Elle se souvint qu'à cette fameuse soirée il était censé venir avec une amie, mais que celle-ci lui avait fait faux bond à la dernière minute. Elle se rappela aussi qu'il l'avait invitée à dîner et qu'elle avait refusé. Rétrospectivement, elle en éprouva une certaine culpabilité.

— Mes parents ont divorcé alors que j'avais dix-huit ans, dit-elle. Curieusement, malgré mon âge, cela m'a profondément marquée. Plus rien n'a jamais été pareil. Envolé ce merveilleux sentiment de sécurité... (Elle resta quelques secondes perdue dans ses pensées, puis reprit :) Benchoile semble un lieu immuable. On dirait que les gens y vivent comme il y a cent ans.

— C'est vrai. Pour ma part, je n'ai rien vu changer depuis mon enfance. Même l'odeur est toujours la même.

— Que va devenir cette propriété maintenant ? s'enquit Victoria.

John ne répondit pas tout de suite.

— Je vais la vendre, dit-il enfin.

Victoria le regarda fixement, et, dans ses yeux sombres, elle lut sa détermination.

— Mais John, c'est impossible !

— Que puis-je faire d'autre ?

— La garder.

— Je n'ai rien d'un fermier, je n'aime pas la chasse, je ne suis même pas un véritable Ecossais. Qu'est-ce qu'un banquier américain pourrait bien faire d'un endroit comme Benchoile ?

— Vous pourriez vous contenter de superviser l'exploitation du domaine.

— Depuis Wall Street ?

— Pourquoi pas, si vous avez un bon régisseur ?

— Qui ?

Victoria réfléchit un instant.

— Roddy ?

— Si je ne suis qu'un banquier, Roddy, lui, n'est qu'un écrivain, un dilettante. Il n'a jamais rien été d'autre. Jock était le pilier de cette famille, un homme exceptionnel... Il ne se contentait pas de se promener autour de la propriété avec son chien sur les talons. Il travaillait. Il escaladait les collines avec Guthrie et l'aidait à ramener les moutons ; il soignait les agneaux ; il allait au marché de Lairg. C'était Jock, encore lui, qui surveillait les plantations forestières, qui s'occupait du parc, qui tondait la pelouse...

— Il n'avait pas de jardinier ?

— Il y a bien un retraité qui vient de Creagan à vélo, trois jours par semaine, mais sa tâche se limite à entretenir le potager, à couper des bûches et à garnir les cheminées du manoir.

Mais Victoria ne paraissait toujours pas convaincue.

— Roddy semble pourtant s'y connaître. Hier soir...

— Il connaît pas mal de choses parce qu'il a passé

toute sa vie ici, mais pour ce qui est d'agir, c'est une autre paire de manches. Sans Jock pour le pousser et l'épauler, je crains fort que Roddy ne soit qu'un bon à rien.

— Vous pourriez au moins lui donner une chance, insista Victoria.

John prit un air sincèrement désolé et secoua la tête.

— C'est une grande propriété. Trois mille hectares de terre à cultiver, des kilomètres de clôtures à entretenir, un millier de moutons à élever, les machines à renouveler, tout ça coûte des sommes folles.

— Et vous n'entendez pas perdre d'argent, n'est-ce pas ? demanda-t-elle sur un ton ironique.

Il eut un large sourire.

— Je ne suis pas banquier pour rien, non ? Trêve de plaisanterie, je pourrais en effet me permettre de perdre un peu d'argent, mais si le domaine périclitait, il deviendrait impossible de le vendre dans de bonnes conditions.

Victoria détourna son regard, croisa les bras autour de ses genoux et se mit à fixer le vieux manoir de l'autre côté du lac. Elle pensa à sa chaleur si hospitalière, aux gens qui y vivaient, sans pouvoir se résoudre à n'y voir qu'une affaire plus ou moins lucrative.

— Et Ellen ?

— Ellen est un problème majeur, comme les Guthrie, d'ailleurs.

— Est-ce qu'ils savent que vous avez l'intention de vendre ?

— Pas encore.

— Et Roddy ?

— Je le lui ai annoncé hier soir.

— Comment a-t-il réagi ?

— Il n'a pas paru surpris. Il m'a affirmé qu'il s'attendait à cette décision, puis il s'est servi un gigantesque cognac et a changé de sujet.

— Que va-t-il advenir de lui d'après vous ?

— Je l'ignore, répondit John, d'une voix chargée d'émotion.

Elle le regarda par-dessus son épaule, et éprouva une réelle compassion en voyant son air soudain si triste.

— Il boit trop, dit-elle impulsivement. Je parle de Roddy, évidemment.

— Je sais.

— Mais je l'aime bien.

— Moi aussi. Je les aime tous d'ailleurs, c'est pourquoi c'est si dur...

Elle chercha une parole réconfortante.

— Peut-être se produira-t-il un miracle.

— Cela m'étonnerait. Je vais vendre Benchoile, car je n'ai pas d'autre solution. Dès la semaine prochaine, Robert MacKenzie, notre notaire, va passer une annonce dans tous les grands journaux du pays. « A vendre, belle propriété de chasse en Ecosse. » Vous voyez, je ne peux plus reculer à présent.

— Si seulement je pouvais vous faire changer d'avis...

— Vous ne pouvez pas. Alors parlons d'autre chose, si vous le voulez bien.

Thomas commençait à s'ennuyer et à avoir faim. Il abandonna son gobelet par terre et grimpa sur les genoux de Victoria.

— Il est presque une heure, annonça John en regardant sa montre. Allons grignoter quelque chose.

Ils se relevèrent, et Victoria enleva le sable qui collait à son jean.

— Et les autres ? dit-elle en scrutant la colline.

Roddy et Olivier étaient en train de redescendre plus vite qu'ils n'étaient montés.

— Ils doivent avoir aussi faim et soif que nous, répondit John en prenant Thomas dans ses bras et en se dirigeant vers le feu qui se consumait doucement. Voyons ce qu'Ellen a mis dans ces fameux paniers!

Sans doute à cause de ce pique-nique réussi et des fêtes précédentes qu'il avait évoquées, la conversation au dîner, ce soir-là, ne porta pas sur l'avenir de l'Ecosse ni sur le monde littéraire, mais sur les bons vieux souvenirs du temps passé.

Roddy, ivre d'air pur et de bon vin, et habilement encouragé par son neveu, enchaînait les anecdotes, toutes plus cocasses et pittoresques les unes que les autres.

Autour de la table d'acajou éclairée aux chandelles, les vieux serviteurs, les amis excentriques, les douairières autoritaires — pour la plupart disparus — reprenaient vie. Et cette fête de Noël où le sapin avait pris feu... Et cette chasse au coq de bruyère où un jeune et détestable cousin avait criblé de plombs l'invité d'honneur, avant d'être renvoyé chez lui, disgracié... Et cet hiver lointain où Benchoile était resté totalement isolé pendant plus d'un mois, tandis que ses habitants étaient condamnés à faire bouillir la neige pour avoir de l'eau pour le porridge et à jouer aux charades pour occuper leurs interminables soirées.

Et puis il y avait eu cette saga du bateau retourné et du shérif Bentley qui avait fini au fond du lac, et celle de cette femme du monde ruinée qui, venue passer un week-end à Benchoile, occupait toujours la meilleure chambre d'amis, deux ans plus tard.

Cela prit un certain temps de raconter toutes ces histoires et Roddy semblait intarissable. A minuit, alors que Victoria était en train de se dire qu'il était peut-être temps d'aller se coucher, Roddy repoussa brusquement sa chaise et suggéra à l'assemblée de passer au salon.

Au milieu de la pièce déserte et passablement poussiéreuse, se trouvait un piano à queue recouvert d'un drap blanc. Roddy le replia, approcha un tabouret et commença à jouer.

La pièce était glaciale. Il n'y avait plus de doubles rideaux depuis longtemps, et les volets intérieurs étaient fermés. Les vieilles mélodies se répercutaient contre les murs vides. Un immense lustre de cristal aux milliers de facettes lumineuses se reflétait sur le garde-feu en cuivre posé devant l'imposante cheminée de marbre blanc.

Roddy chantait surtout des chansons d'avant-guerre, de Noel Coward et de Cole Porter.

Olivier s'approcha. Manifestement ravi du tour inattendu que prenait la soirée, il s'accouda au piano en fumant son cigare, les yeux fixés sur Roddy comme s'il voulait s'imprégner de la moindre expression de son visage.

John se tenait appuyé contre la cheminée, les mains dans les poches. Victoria, quant à elle, était juchée sur l'accoudoir d'un fauteuil recouvert d'un tissu bleu passé et admirait deux immenses portraits placés de chaque côté d'un miroir, représentant Jock et sa femme Lucy.

Pénétrée par cette musique nostalgique, elle les contemplait : Jock était vêtu de l'uniforme de son régiment, tandis que Lucy portait une jupe en tartan et un pull du même brun que ses yeux; elle souriait. Victoria se demanda si c'était elle qui avait décoré cette pièce, choisi ce tapis aux bouquets de roses ou si tout était déjà ainsi quand elle était entrée dans la famille. Elle se demanda aussi ce que Jock et Lucy pouvaient bien penser de la vente prochaine de Benchoile. Etaient-ils tristes, ou fâchés? Comprenaient-ils le dilemme de John? En observant de nouveau le portrait de Lucy, Victoria se dit qu'elle au moins devait comprendre. Mais Jock... Avec son col montant et ses épaulettes dorées, il était figé dans une expression lointaine, et ses yeux pâles ne révéleraient rien.

Tout à coup, elle frissonna. Pour quelque obscure raison, elle avait mis une robe du soir sans manches, peu appropriée à un dîner d'hiver en Ecosse. C'était plutôt le genre de robe à porter bronzée, jambes nues, avec des sandales dorées...

Alors qu'elle se frictionnait les bras pour se réchauffer, elle entendit John lui demander à voix basse si elle avait froid. Elle comprit qu'il l'observait et en éprouva un certain émoi. Elle reposa ses mains sur ses genoux et lui adressa un vague signe de tête signifiant qu'il ne fallait pas déranger Roddy.

John ôta les mains de ses poches et vint la rejoindre, non sans avoir pris au passage, sur une chaise en bois de rose, une étoffe de coton, qu'il déposa sur ses épaules et qui lui procura immédiatement un grand réconfort.

John s'installa sur l'autre accoudoir, le bras passé derrière son dos, et cette proximité troublante acheva de la réchauffer. Bientôt, elle ne sentit plus du tout le froid pourtant glacial qui régnait dans la pièce.

Roddy s'arrêta enfin pour boire un peu.

— C'est tout pour ce soir, annonça-t-il.

— Tu ne peux pas t'arrêter là, protesta John. Tu ne nous as même pas joué *Viendras-tu, Lassie, viendras-tu ?*

Roddy se retourna avec un froncement de sourcils.

— D'où connais-tu cette vieille chanson ?

— Je l'ai entendue ici quand j'étais petit, et mon père me la chantait souvent.

— Quel type sentimental tu fais ! rétorqua Roddy en souriant. Je ne peux évidemment pas te refuser ça.

Il attaqua aussitôt le vieil air écossais qui, sur un rythme de valse lente, se mit à résonner dans le salon poussiéreux.

Oh! L'été arrive
Et les arbres fleurissent, doucement,
Et le thym sauvage des montagnes
Pousse parmi la bruyère en fleur.
Viendras-tu, Lassie, viendras-tu ?

Mon amour, je te construirai une tour
Près d'une fontaine de cristal,
Que j'emplirai
De toutes les fleurs de la montagne.
Viendras-tu, Lassie, viendras-tu ?

Mon amour, si tu pars,
Je trouverai une autre demoiselle,
Là où le thym sauvage des montagnes
Pousse parmi la bruyère en fleur.
Viendras-tu, Lassie, viendras-tu ?

12

DIMANCHE

Il était dix heures du matin ; le vent avait de nouveau tourné au nord-est, apportant de la mer un froid sec et vif. Très haut dans le ciel, les nuages filaient, laissant fugitivement entrevoir un morceau de ciel bleu. Il était difficile de croire qu'hier encore ils avaient pique-niqué à la cascade, assis au soleil, comme par une belle journée de printemps.

John s'installa au chaud près de la cuisinière et but sa tasse de thé. La cuisine des Guthrie était aussi douillette qu'un nid, le feu rougeoyait dans le poêle et, dehors, derrière les fenêtres bien fermées et les murs épais, on entendait mugir le vent. La bonne odeur de tourbe se mêlait au parfum de la soupe qui mijotait, et la table était déjà mise pour le repas de midi.

Jess était sur le point de partir à l'église. Elle prit son chapeau sur le buffet et fléchit un peu les genoux pour mieux se voir dans la glace.

Tout en l'observant, John se dit que, décidément, de tous les habitants de Benchoile, les Guthrie étaient ceux qui avaient le moins changé. Jess était toujours mince, jolie, avec à peine quelques fils blancs dans sa chevelure blonde ; Davey, lui, semblait à John encore plus jeune que dans ses souvenirs.

— Maintenant, dit Jess en enfilant ses gants, je dois

partir. Vous m'excuserez mais j'ai promis à Ellen Tarbat de passer la prendre. (Elle jeta un coup d'œil à la pendule.) Et si vous voulez grimper au sommet de la colline et être de retour pour déjeuner, mes amis, vous feriez mieux de ne pas traîner.

Quelques instants après qu'elle eut fermé la porte derrière elle, ils entendirent une affreuse cacophonie de moteur récalcitrant et de boîte de vitesses grinçante, puis la camionnette grise de Davey descendit le chemin cahoteux et disparut en direction de Benchoile.

— Cela m'effraie toujours de la voir au volant, fit observer Davey en reposant sa tasse de thé sur la table. Cela étant, elle a raison, nous devrions y aller.

Il traversa le petit vestibule et décrocha sa veste imperméable du portemanteau, puis alla chercher sa canne et sa lunette d'approche. Les deux labradors blonds qui jusque-là paraissaient endormis, bondirent brusquement en sentant qu'ils allaient se promener. Ils couraient de tous côtés, donnaient de petits coups de museau sur les cuisses de leur nouveau maître, battaient furieusement de la queue.

Il s'agissait, expliqua Davey, des chiens de Jock.

— Pauvres bêtes. Elles étaient avec lui lorsqu'il est mort. Après, elles erraient comme des âmes en peine autour de la maison. On a d'abord pensé faire piquer la plus vieille qui a presque neuf ans maintenant, mais nous n'avons pu nous y résoudre. Le colonel l'aimait tellement, et c'est une si bonne fille à la chasse ! Alors nous les avons prises toutes les deux. Et pourtant, nous, les chiens... Il n'y en a jamais eu à la maison. Mais ces deux-là n'ayant jamais connu le chenil, je me suis laissé attendrir. Evidemment, elles auraient pu rester à Benchoile, mais M. Roddy a son chien, et Ellen a suffisamment à faire sans avoir à s'occuper de deux grands bébés comme elles.

Davey ouvrit la porte, et les labradors s'élancèrent

dans le jardin embroussaillé et battu par les vents, se roulant dans l'herbe comme de jeunes chiots. A leur vue, les chiens de berger de Davey commencèrent d'aboyer furieusement, se jetant avec violence contre le grillage de leur chenil.

— Taisez-vous, sales bêtes ! leur cria Davey.

Mais ils continuèrent longtemps après que les deux hommes et leurs chiens eurent franchi le portail pour prendre le chemin qui montait à travers la bruyère.

Il leur fallut plus d'une heure pour atteindre la clôture qui marquait la limite nord du domaine de Benchoile. Leur ascension fut d'autant plus longue que Guthrie marchait à pas lents, s'arrêtant fréquemment pour signaler les points de repère, scruter les collines à la recherche de cerfs, observer le vol d'un faucon. Les chiens restaient sagement aux pieds de leur maître, mais, malgré cela, des coqs jaillissaient de temps à autre des bruyères et s'envolaient en rasant la colline.

Peu à peu, Benchoile disparut de leur vue ; le lac n'était plus qu'un ruban d'argent, la maison et les arbres étaient cachés par les reliefs du terrain. Au nord, les sommets restaient uniformément blancs de neige malgré le soleil hivernal. Alors qu'ils montaient encore, ils aperçurent Creagan, réduite par la distance à une petite grappe de maisonnettes grises d'où s'élevait la minuscule flèche de l'église. Non loin, le golf apparaissait sous la forme d'une tache verte. Au-delà, s'étendaient la mer et l'horizon sans nuages.

— Pour une belle journée, c'est une belle journée, fit Davey.

Au sommet, les bruyères firent place aux tourbières pleines de lichens et de mousses. Le sol devint marécageux et de l'eau noire suintait sous leurs pieds. Il y avait des empreintes de cerfs partout.

Quand ils atteignirent enfin le mur d'enceinte, le vent du nord les assaillit. Il pénétrait les oreilles, les narines, emplissait les poumons, transperçait les cirés, piquait les yeux. John s'appuya contre les pierres sèches et regarda en bas, vers Feosaig. A ses pieds, s'étendait le lac noir et profond. Il n'y avait pas le moindre signe de présence humaine, seulement quelques moutons, des faucons qui tournoyaient et, blanches silhouettes se détachant sur la colline sombre, un couple de mouettes filant vers l'intérieur des terres.

— Ce sont nos moutons ? demanda John en élevant la voix pour couvrir le vent.

— Oui, oui, fit Davey en hochant la tête.

Il s'assit au pied du mur, à l'abri du vent, et attendit que John vienne le rejoindre.

— Mais il n'y a pas que nos bêtes qui paissent ici, il y a aussi celles de Feosaig, expliqua-t-il. Nous commencerons à les rassembler à la fin du mois et nous les redescendrons alors dans nos terres respectives.

— Quand commencent les agnelages ? demanda John.

— Vers le 16 avril.

— J'espère qu'il fera moins froid.

— Il pourrait faire bien plus froid encore. Il y a souvent de gros orages en avril, avec des chutes de neige qui peuvent laisser les collines aussi blanches qu'en plein hiver.

— Cela ne doit pas faciliter votre travail.

— En effet. Plus d'une fois je me suis vu au milieu des congères en train de traire des brebis prêtes à mettre bas. Parfois une mère abandonne son agneau, et il n'y a plus qu'à le ramener à la ferme et à l'élever au biberon. Jess est parfaite pour ça, dit-il avec un sourire.

— Oui, je n'en doute pas. Dites-moi, comment comptez-vous vous débrouiller, maintenant que Jock n'est plus ? Roddy m'a raconté que mon oncle s'occupait des agneaux. Vous allez avoir besoin d'un homme, probablement même de deux, pour vous aider durant les six semaines à venir.

— Oui, c'est un problème, en effet, acquiesça Davey sans paraître le moins du monde perturbé.

Il sortit de sa poche deux sandwiches enveloppés dans un sac en papier et en tendit un à John. Il commença de manger, mastiquant soigneusement, un peu comme un ruminant.

— J'en ai parlé à Archie Tulloch, reprit-il. Il pourra me donner un coup de main cette année.

— Qui est-ce ?

— Archie est un petit fermier. Il cultive quelques hectares sur la route de Creagan. Mais il commence à se faire vieux. Il a bien soixante-dix ans, sinon plus... Il ne pourra pas continuer bien longtemps. Il a un fils avec qui j'ai discuté peu de temps avant la mort de votre pauvre oncle : il serait d'accord pour reprendre la ferme et l'intégrer au domaine de Benchoile. Nous aurions ainsi plus de terres arables, sans compter qu'ils ont un excellent pâturage pour les vaches près de la rivière.

— Archie serait d'accord ?

— Oui. Il a une sœur à Creagan. Voilà longtemps qu'il parle d'aller vivre avec elle.

— Mais cela nous ferait plus de terres et un autre bâtiment...

— Votre oncle était d'accord pour prendre un autre métayer. Après sa crise cardiaque, il a commencé à réaliser qu'il n'était pas immortel.

Il mordit une nouvelle fois dans son sandwich et se remit à mastiquer. Quelque chose attira soudain son attention. Il reposa son pain, enfonça sa canne dans le sol et sortit sa longue-vue. Se servant de la canne comme support, il se mit à observer la colline. Il y eut un long silence, seulement entrecoupé de rafales de vent.

— Un lièvre, annonça-t-il enfin. Juste un lièvre.

Il remit la lunette dans sa poche et voulut reprendre

son sandwich, mais la vieille chienne l'avait déjà englouti.

— Tu n'es qu'une sale gourmande ! gronda-t-il.

John s'écarta légèrement du mur dont les pierres saillantes lui labouraient le dos. Si son corps gardait encore la chaleur accumulée pendant la montée, son visage en revanche était gelé.

Devant eux, une trouée bleue apparut dans le ciel. Un rayon de soleil tomba alors comme une flèche d'or sur les eaux sombres du loch Muie, tandis que les fougères se teintaient de roux et d'ocre. Soudain, face à ce spectacle éblouissant, John comprit que cette terre, pratiquement à perte de vue, lui appartenait. Et il en ressentit comme un choc.

Benchoile... Il prit une poignée de terre noire et l'émietta entre ses doigts.

Il était assailli par un sentiment d'éternité : depuis des décennies rien n'avait changé, et tout semblait devoir rester immuable à l'avenir. Il eut subitement la désagréable impression d'être incapable d'agir, attitude qui n'était guère dans sa nature. D'ailleurs, à la banque, il était connu et apprécié comme un homme énergique, volontaire, déterminé et nullement enclin aux tergiversations stériles — autant de qualités qui expliquaient sa remarquable réussite professionnelle.

Il avait organisé cette balade, ce matin, dans l'unique intention de se retrouver seul avec Davey et de pouvoir l'informer, avec autant de tact que possible, que Benchoile serait mis en vente. Or, il se retrouvait à discuter de la future politique agricole du domaine comme s'il avait fermement l'intention d'y finir ses jours.

Il hésitait, ne pouvant se résoudre à asséner la nouvelle à Davey. Etait-ce bien le moment de mettre fin à tout ce pour quoi cet homme avait travaillé si dur pendant toute sa vie ?

Sans doute devrait-il plutôt tenir conseil dans la grande salle à manger de Benchoile. Une réunion à caractère officiel le mettrait à l'abri des réactions personnelles des uns ou des autres. Outre Davey, Ellen Tarbat et Jess seraient présentes, ainsi que Roddy, qui lui apporterait son soutien. Enfin, il demanderait à Robert MacKenzie de présider la réunion et d'annoncer à tous la mauvaise nouvelle.

Tandis que les deux hommes admiraient la nature dans un silence qui n'avait rien de pesant, le soleil se voila à nouveau, rendant le froid subitement plus intense. En regardant Davey Guthrie, John pensa que ces hommes des Highlands avaient bien des points communs avec les ouvriers qui travaillaient dans le ranch de son père, là-bas dans le Colorado : des hommes fiers, indépendants, conscients de leur valeur et francs comme l'or.

Lui aussi se devait d'être franc avec Davey Guthrie. Il mit fin au silence.

— Depuis combien de temps travaillez-vous à Benchoile ?

— Presque vingt ans.

— Et quel âge avez-vous ?

— Quarante-quatre.

— Vous ne les faites pas.

— Une vie saine garde un homme en bonne santé, répondit Davey avec le plus grand sérieux. Et l'air pur. Vous qui travaillez à Londres, à New York, ne trouvez-vous pas que l'air y est irrespirable ? Lorsque Jess et moi allons faire des courses à Inverness, je n'ai qu'une hâte, c'est de rentrer à la maison pour respirer le bon air de Benchoile...

— Vous savez, dans mon travail, on n'a pas vraiment le temps de penser à l'air qu'on respire. Et quand je me sens trop oppressé, je retourne dans le Colorado. Là-bas, l'air est si pur qu'à la première inspiration vous avez l'impression d'avoir avalé un whisky cul sec !

— Ce ranch doit être magnifique, et vaste aussi, n'est-ce pas ?

— Pas aussi grand que Benchoile, il couvre environ mille cinq cents hectares. Nous faisons surtout de l'élevage bovin. Seulement un dixième des terres est cultivé, le reste est en prairies.

— Quelles races élevez-vous ?

— Un peu de tout, de la pure Hereford à la Black Angus et jusqu'à la Running Gear. S'il n'y a pas de gelées tardives, si la neige a été lourde et les pâturages bien irrigués, nous atteignons jusqu'à mille têtes.

Davey paraissait méditer sur ce qu'il venait d'entendre, mâchonnant un brin d'herbe, le regard fixe. Au bout d'un moment, il raconta :

— Un jour, un agriculteur du Rosshire va à la vente de taureaux de Perth, où il rencontre un gros éleveur texan. Ils commencent à discuter, et le Texan lui demande combien il possède d'hectares.

Comprenant que Davey lui racontait en fait une bonne blague, John écouta avec attention, soucieux de n'en rien manquer.

— « Deux mille », lui répond le type du Rosshire avant de lui retourner la question. Mais le Texan, au lieu d'annoncer un chiffre, lui dit : « Si je prends ma voiture le matin et que je roule en longeant les clôtures de mon ranch, à la fin de la journée je n'en aurai toujours pas fait le tour. » A ce moment-là, l'Ecossais réfléchit, puis laisse tomber : « J'avais une voiture comme ça, il y a longtemps, mais je m'en suis débarrassé. »

John fit d'abord mine de ne pas trouver l'histoire drôle, puis éclata de rire.

— Eh ! oui, fit Davey avec son accent du Sutherland. J'ai pensé qu'elle vous plairait ! Elle est bonne, non ?

Ellen Tarbat, vêtue de son beau manteau noir du dimanche, mit son chapeau et le fixa à l'aide d'une épingle. Ce chapeau n'avait que deux ans et était orné d'une boucle, car elle pensait que rien ne valait une boucle pour donner du chic à un chapeau.

Elle jeta un coup d'œil à l'horloge de la cuisine. Il était dix heures et quart et grand temps de partir pour l'église.

Elle allait leur servir un repas froid aujourd'hui, au lieu du rôti dominical. Elle avait épluché les pommes de terre, fait un roulé à la confiture et dressé la table dans la salle à manger. Elle n'attendait plus que Jess. Davey ne venait pas avec elles, car John l'avait emmené faire un tour dans les collines pour observer les moutons.

Ellen n'approuvait pas de telles activités un dimanche et elle ne s'était pas gênée pour le dire à John, qui lui avait répliqué qu'il ne lui restait que très peu de temps avant de repartir. Ellen ne pouvait comprendre pourquoi il tenait à retourner à Londres. Elle-même n'y était jamais allée, contrairement à sa nièce Anne, mais ce qu'elle en avait entendu dire ne lui en avait guère donné envie.

Son chapeau fixé, elle vérifia qu'elle avait bien descendu toutes ses affaires. Monter les escaliers était ce qui la fatiguait le plus. Or, elle détestait être fatiguée. Et elle détestait être vieille.

Elle boutonna son manteau, en lissa le col à revers auquel elle avait accroché sa plus belle broche, puis ramassa son sac à main et ses gants.

Le téléphone retentit, et elle resta un instant immobile, essayant de se rappeler qui était là et qui était sorti. Mme Dobbs avait emmené son petit garçon se promener, John était avec Davey... Comme personne ne décrochait, Ellen, en soupirant, reposa son sac et ses gants pour aller répondre. Elle traversa le hall, puis entra dans la bibliothèque, où, posé sur le bureau du colonel, se trouvait le téléphone.

— Allô !

Il y eut une série de cliquetis et de bourdonnements exaspérants. Décidément, elle détestait cet engin.

— Allô ! répéta-t-elle, irritée.

Après un dernier cliquetis, une voix d'homme répondit.

— Je suis bien à Benchoile ?

— Oui.

— Pourrais-je parler à Olivier Dobbs, s'il vous plaît ?

— Il n'est pas là, répondit sèchement Ellen.

Jess allait arriver d'un instant à l'autre, et elle ne voulait pas la faire attendre.

— N'y a-t-il pas moyen de le joindre ? C'est très important !

Le mot « important » attira aussitôt l'attention d'Ellen. Elle adorait que des gens « importants » viennent, que des choses « importantes » arrivent. Cela changeait des sempiternelles conversations sur le prix des agneaux ou le temps qu'il faisait.

— Il... Il est peut-être...

— Pourriez-vous aller le chercher, je vous prie ? la coupa son interlocuteur.

— Cela risque de prendre un moment.

— Je reste en ligne.

— Le téléphone coûte cher, lui rappela Ellen, jugeant coupable de jeter ainsi l'argent par les fenêtres.

— Pardon ? demanda l'homme, manifestement ahuri par cette remarque. Cela n'a pas d'importance... Je vous serais reconnaissant d'aller le chercher. Dites-lui que c'est son agent.

Ellen soupira à l'idée de manquer le premier cantique.

— Bien, j'y vais.

Elle reposa le combiné et sortit de la bibliothèque. Lorsqu'elle ouvrit la porte de derrière une bourrasque de vent lui arracha la poignée des mains, et elle dut tenir son chapeau en traversant la cour. A peine entrée dans les anciennes écuries, elle appela Roddy.

Des pas firent craquer le plancher au-dessus d'elle, puis Dobbs apparut en haut des escaliers.

— Il n'est pas là. Il est allé à Creagan chercher les journaux du dimanche.

— C'est un coup de fil pour vous, monsieur Dobbs. Votre agent, il dit que c'est très important.

Le visage d'Olivier s'illumina.

— Ah! très bien, j'arrive.

Il descendit si vite l'escalier qu'Ellen dut faire un bond sur le côté pour ne pas être renversée.

— Merci, Ellen! dit-il en passant devant elle et en se précipitant dehors.

— Il attend au bout du fil, cria-t-elle alors qu'il était déjà au milieu de la cour. Ça va lui coûter une fortune!

Mais Dobbs ne se retourna même pas. Ellen fit la grimace. Les gens, vraiment... Elle enfonça son chapeau et regagna la maison en clopinant. Arrivée dans la cuisine, elle regarda par la fenêtre et vit la camionnette des Guthrie qui l'attendait, avec Jess au volant.

Dans l'affolement, elle faillit en oublier ses gants.

Olivier resta au téléphone plus d'une demi-heure. Le temps qu'il revienne aux écuries, Roddy était de retour avec ses journaux, installé dans son fauteuil de cuir préféré, face à un bon feu, attendant son premier verre de la journée.

Il reposa l'*Observer* et, en regardant par-dessus ses lunettes, il vit Olivier qui finissait de grimper l'escalier quatre à quatre.

— Bonjour! Je croyais que tu m'avais abandonné, plaisanta-t-il.

— J'ai reçu un coup de fil, expliqua Olivier en s'asseyant en face de lui.

Roddy le fixa d'un regard perçant, sentant l'excitation secrète du jeune homme.

— Bonnes nouvelles, j'espère ?

— Oui, excellentes. C'était mon agent. Tout est pour le mieux. Ma nouvelle pièce va être jouée à Londres dès qu'elle quittera l'affiche à Bristol. Mêmes acteurs, même metteur en scène, tout...

— Fantastique ! s'exclama Roddy en retirant ses lunettes. Mon vieux, mais c'est la gloire !

— J'ai aussi d'autres pistes, mais pour plus tard. Je veux dire, rien n'est encore signé.

— Je suis vraiment content pour toi, Olivier, ajouta Roddy en jetant un coup d'œil à sa montre. Le soleil n'est pas encore à son zénith, mais je trouve que ce coup de téléphone mérite...

Olivier l'interrompit.

— Il y a juste une chose... Est-ce que cela t'ennuierait que je te laisse Victoria et Tom pendant deux jours ? Je dois impérativement faire un saut à Londres, mais je n'y passerai qu'une nuit. Il y a un vol qui part d'Inverness demain à dix-sept heures... Je me demandais si quelqu'un pourrait m'y conduire...

— Moi, bien sûr. Je t'y accompagnerai avec la M.G. Quant à Victoria et Tom, il n'y a aucun problème, tu peux les laisser ici autant que tu veux.

— Merci, Roddy. De toute façon, dès mon retour, nous plierons tous bagage et nous prendrons la route du sud.

La simple évocation de leur départ remplit Roddy de tristesse. Il appréhendait de se retrouver seul, car, une fois ces trois-là envolés, il n'aurait plus aucune excuse et devrait affronter la réalité.

La réalité dans toute sa froideur... Jock était mort ; John allait vendre Benchoile ; les traditions, les liens seraient rompus à jamais, ce serait la fin d'une certaine douceur de vivre.

— Vous n'êtes pas obligés de partir... Tu le sais, n'est-ce pas ? fit-il dans l'espoir de repousser ce moment fatal.

— Si, il le faut malheureusement. Tu as été très gentil et merveilleusement accueillant, mais nous ne pouvons pas rester ici éternellement. Tu sais, les invités sont comme le poisson, il ne faut pas les garder plus de trois jours..., plaisanta-t-il.

— Vous me manquerez. Quant à Ellen, elle aura le cœur brisé de voir partir le petit Tom. Quand vous ne serez plus là, rien ne sera pareil.

— Tu as John.

— John ne reste que le strict minimum. Il doit rentrer à Londres.

— Victoria m'a dit qu'il souhaitait vendre Benchoile.

Roddy parut surpris.

— J'ignorais qu'il en avait parlé à Victoria.

— Elle me l'a dit hier soir.

— Oui, en effet. Il va vendre. Il n'a pas d'autre possibilité. Et pour être sincère, je m'y attendais un peu, tu sais.

— Que vas-tu devenir ?

— Cela dépend de qui achètera le domaine. Si c'est un riche Américain, amateur de chasse et de pêche, je pourrai peut-être prétendre à un poste de garde-chasse... Je toucherai du doigt ma casquette et recevrai d'énormes pourboires.

— Tu devrais te marier.

Roddy lui jeta un regard perçant.

— Cela te va bien de dire ça !

Olivier sourit, puis répondit sur un ton suffisant :

— Toi et moi, c'est différent. Je suis d'une autre génération que toi. J'ai d'autres valeurs, d'autres principes moraux...

— Je n'en suis pas si sûr.

— Parce que tu ne m'approuves pas.

— Peu importe que j'approuve ou non. Je suis trop fainéant pour me battre sur des sujets qui ne me concernent pas vraiment. C'est cette paresse qui m'a sans doute empêché de me marier, à moins que ce ne soit mon esprit de contradiction. Tout le monde attendait que je me marie, or j'ai toujours détesté faire ce qu'on attendait de moi. Rester célibataire faisait partie du personnage, comme d'écrire des livres, d'observer les oiseaux ou de trop boire. Je faisais le désespoir de Jock.

— Ce personnage n'est pas si mal, rétorqua Olivier. Il ne diffère guère du mien...

— Oui, à cette différence près que personnellement je me suis donné pour règle de ne jamais m'engager, pour ne faire souffrir personne.

Olivier eut l'air surpris.

— Tu penses à Victoria ?

— Elle est très vulnérable.

— C'est une fille intelligente.

— Le cœur et l'esprit sont deux entités distinctes.

— Tu veux dire la raison et l'émotion, c'est ça ?

— Si tu veux.

— Je refuse toute attache.

— Tu aurais pu y penser avant, fit remarquer Roddy. Tu as un enfant, ne l'oublie pas.

Olivier sortit une cigarette, qu'il alluma avec une brindille prise dans la cheminée.

— N'est-il pas un peu tard pour commencer à me faire la leçon ?

— Il n'est jamais trop tard.

Ils se toisèrent, et Roddy fut stupéfait par la froideur qu'il décela dans le regard d'Olivier.

— Tu sais où est Victoria ? demanda ce dernier, désireux de changer de conversation.

Devant cette fin de non-recevoir, Roddy ne put s'empêcher de soupirer.

— Je crois qu'elle a emmené Thomas se promener.

— Je ferais mieux d'aller la retrouver pour lui annoncer mon départ, déclara Olivier en se levant et en se dirigeant vers l'escalier.

Il dévala les marches et claqua la porte d'entrée derrière lui. Ses pas précipités résonnèrent sur les pavés de la cour. Roddy n'en savait guère plus sur Olivier et craignait même d'avoir fait plus de mal que de bien en se mêlant de ce qui ne le regardait pas.

Au bout d'un moment, il alla se servir un gin-tonic bien mérité.

Alors qu'elle sortait du petit bois de bouleaux, Victoria vit Olivier traverser la cour devant les écuries, une cigarette à la main. Elle n'eut pas besoin de l'appeler, car, les ayant aperçus, elle et Tom, il venait à leur rencontre en traversant la pelouse.

Thomas, que ses petites jambes ne portaient plus, était juché sur les épaules de Victoria. Celle-ci, voyant Olivier arriver, fit descendre l'enfant, qui se mit à courir et alla se jeter dans les jambes de son père.

Olivier ne fit aucun mouvement, attendant que la jeune femme soit à portée de voix.

— Où étais-tu ? demanda-t-il.

— En balade. Nous avons découvert un torrent, moins spectaculaire que la cascade, bien sûr, mais très joli tout de même. Et toi, qu'as-tu fait ?

— J'ai passé l'essentiel de mon temps au téléphone, répondit-il.

Les joues de la jeune femme étaient roses de froid, et le vent faisait voler ses cheveux blonds ; elle tenait une curieuse fleur jaune à la main, probablement trouvée dans le sous-bois. Olivier la prit dans ses bras et l'embrassa. Elle était toute fraîche et sentait la pomme, ses lèvres étaient douces sous les siennes et son baiser était aussi pur que l'eau claire.

— A qui as-tu téléphoné ?

— A personne ; c'est mon agent qui m'a appelé.

Il desserra son étreinte et se baissa pour dénouer les bras de son fils, toujours accroché à ses jambes. Thomas protesta et Victoria le prit dans ses bras.

— Et qu'a-t-il dit ? demanda-t-elle enfin.

— Il m'a annoncé plein de bonnes choses. Entre autres que ma pièce va être jouée à Londres...

La jeune femme s'arrêta net.

— Olivier, mais c'est merveilleux !

— Oui. Seulement, il y a un problème ; il faut que je sois à Londres demain soir.

Le visage de Victoria se figea.

— Quelle idée !

— Ne prends pas cet air tragique, ma douce, je serai de retour après-demain.

— Pourquoi n'irions-nous pas avec toi ?

— Je ne vois vraiment pas l'intérêt d'aller à Londres pour une journée. Je ne peux discuter affaires avec Thomas et toi constamment dans mes jambes.

— Mais nous ne pouvons tout de même pas rester tous les deux ici ! se rebella-t-elle.

— Et pour quelle raison ?

— Je n'admets pas d'être abandonnée ainsi.

Olivier, dont la bonne humeur avait fait place à l'exaspération, se mit à crier.

— Il ne s'agit pas de vous abandonner mais de passer une nuit à Londres, bon Dieu ! Je descends d'avion, je remonte en avion, et à mon retour, nous faisons nos bagages, nous prenons la voiture et nous repartons... Ensemble ! Est-ce que ça te convient ?

— Mais qu'est-ce que je vais faire sans toi ? gémit Victoria.

— Exister, tout simplement ! Cela ne devrait pas être trop difficile, non ?

— Je pense à Roddy. Nous débarquons comme ça, chez lui... Et à présent...

— Ne t'inquiète pas pour lui. Il se réjouit de vous avoir avec lui pendant mon absence. A vrai dire, c'est d'être seul qui l'effraie. Une fois que nous serons partis, il devra faire face à la réalité... Et c'est ce qu'il redoute le plus.

— Tu ne devrais pas parler ainsi de Roddy !

— Je ne dis que la vérité. C'est un être charmant, amusant, tout droit sorti d'une comédie musicale du début du siècle, mais je doute fort que de toute sa vie il ait eu à affronter le moindre problème.

— Il a fait la guerre, or, à la guerre, ce sont des monceaux de problèmes qu'il faut affronter ! cria-t-elle.

— J'évoquais des problèmes personnels, évidemment. A la guerre, on ne peut pas se protéger derrière un whisky-soda...

— Olivier ! Je déteste quand tu es comme ça. Et je ne veux pas que tu t'en ailles sans nous.

— Je t'en prie, Victoria, ça suffit !

Elle ne répondit pas. Il passa un bras autour de ses épaules et lui embrassa les cheveux.

— Cesse de bouder. Mardi, tu prendras la Volvo et tu viendras me chercher. Et si tu es de meilleure humeur, je t'emmènerai dîner à Inverness. Nous goûterons de la panse de brebis farcie et nous irons voir des danses folkloriques. Ça te va ?

— J'aurais préféré que tu ne partes pas, dit-elle, retrouvant peu à peu le sourire.

— Je n'ai pas le choix. Je suis désolé de vous laisser, mais que veux-tu, c'est la rançon du succès...

— Parfois je préférerais que tu en aies moins.

Il l'embrassa de nouveau.

— Tu sais ce qui ne va pas avec toi ? Tu n'es jamais contente.

— Ce n'est pas vrai ! protesta-t-elle.

Il se laissa attendrir.

— Ce n'est pas tout à fait vrai, admit-il.

— J'ai été heureuse ici, murmura-t-elle timidement.

Elle espérait qu'Olivier lui dirait qu'il l'avait été lui aussi, mais il se tut.

Et tous les trois regagnèrent la maison.

13

LUNDI

— Victoria ! appela Roddy du haut des escaliers.

Victoria, qui avait passé la matinée à repasser les vêtements avant de commencer à faire les valises, se redressa, releva la mèche de cheveux qui lui tombait sur le visage et alla ouvrir la porte de sa chambre.

— Je suis là ! cria-t-elle à son tour.

— John et Olivier sont avec moi. Venez nous rejoindre, nous prenons un verre.

Il était midi et demi, et la journée était belle et ensoleillée. Roddy et Olivier partiraient après déjeuner. Un quart d'heure auparavant, Ellen était venue prendre Thomas. Exceptionnellement, le déjeuner aurait lieu dans la grande salle à manger. C'était une idée d'Ellen, qui considérait qu'il ne fallait jamais entreprendre un voyage sans s'être confortablement sustenté d'abord, et Olivier ne pouvait échapper à la règle.

En conséquence, Jess Guthrie et elle avaient été occupées toute la matinée à préparer le repas, et d'appétissantes odeurs flottaient dans la grande maison, lui donnant cette atmosphère spéciale de jour d'anniversaire ou de fin de vacances.

Victoria pouvait entendre, au-dessus d'elle, dans le salon de Roddy, le murmure de la conversation. Elle ferma la valise, se recoiffa devant le miroir, puis monta rejoindre les trois hommes.

Comme il faisait beau, elle ne les trouva pas au coin du feu, mais près de la baie vitrée. Olivier et Roddy, grimpés sur le rebord, tournaient le dos à la vue, tandis que John était assis dans le fauteuil qu'il avait pris derrière le bureau.

— La voilà ! Venez, Victoria, nous vous attendions, dit Roddy en la voyant arriver.

John se leva et déplaça son fauteuil pour lui faire de la place.

— Que désirez-vous boire ? demanda-t-il.

Elle réfléchit.

— Rien, merci, finit-elle par répondre.

— Allez ! insista Olivier en attirant Victoria à lui. Tu as travaillé comme une forcenée toute la matinée, tu mérites bien un verre.

— Bon, d'accord.

— Qu'est-ce qui vous ferait plaisir ? demanda John. Je vais vous servir.

Toujours prisonnière des bras d'Olivier, elle le regardait.

— Une bière blonde, peut-être...

Il lui sourit et se dirigea vers la cuisine.

A peine eut-il refermé le réfrigérateur que la porte d'entrée s'ouvrait et qu'Ellen leur annonçait que le déjeuner était prêt, que tout serait brûlé s'ils ne venaient pas immédiatement.

— Satanée bonne femme ! marmonna Roddy entre ses dents.

Mais il n'y avait plus qu'à obéir. Chacun emportant son verre, ils quittèrent les écuries et se dirigèrent vers le manoir.

Ils trouvèrent la salle à manger inondée de soleil et la table superbement dressée sur la longue nappe blanche empesée. Un rôti de bœuf fumait sur la desserte, des plats de légumes attendaient sur les chauffe-plats d'argent, et Thomas était déjà installé dans sa chaise haute, en bout de table.

Ellen allait et venait, indiquant à chacun sa place, se plaignant que le rôti refroidissait, marmonnant qu'elle ne voyait pas l'intérêt de cuisiner pour des gens incapables de respecter l'horaire.

John intervint avec bonne humeur.

— Allez, Ellen, tu sais bien que tout cela est faux. Nous étions déjà au garde-à-vous lorsque tu es arrivée... Qui découpe ?

— Toi, répliqua Roddy sans hésiter en allant s'asseoir, dos à la fenêtre, aussi loin que possible de la desserte.

Il n'avait jamais su découper quoi que ce soit, laissant Jock se charger de cette tâche.

Avec la dextérité d'un professionnel, John aiguisa son couteau au manche de corne avant de se mettre au travail.

Ellen tendit en premier l'assiette de Thomas et commença à le faire manger, après avoir coupé sa viande, écrasé ses légumes et mélangé le tout dans la sauce, puis elle le laissa continuer seul.

— Et voilà ! petit bonhomme... Tu vas avaler tout ça maintenant pour devenir un grand et beau garçon.

— Le pauvre chou, il est si maigre ! fit Roddy d'un ton moqueur, alors qu'Ellen repartait à la cuisine.

Tous éclatèrent de rire, tant il était vrai que Thomas, avec ses bonnes grosses joues roses, n'avait rien d'un enfant chétif.

Ils allaient attaquer les desserts qu'Ellen leur avait préparés — tarte aux pommes et flan — quand le téléphone se mit à sonner. Conformément à ce qui semblait être une habitude à Benchoile, chacun attendit qu'un autre se lève pour répondre. Finalement, Roddy lâcha un juron.

Victoria eut pitié de lui.

— Voulez-vous que j'y aille ?

— Non, ne vous dérangez pas.

Roddy engloutit son morceau de tarte, repoussa sa chaise et, sans se presser, traversa la pièce en maugréant.

— Quelle drôle d'heure pour téléphoner !

Comme il avait laissé la porte de la salle à manger ouverte, ils purent l'entendre répondre de la bibliothèque.

— Benchoile. Roddy Dunbeath à l'appareil. (Il y eut une pause.) Quoi ? Pardon ? Oui, bien sûr. Juste un instant, je vais le chercher.

Il reparut, tenant toujours sa serviette à la main.

— Olivier, mon vieux, c'est pour toi.

Olivier leva les yeux de son assiette.

— Pour moi ? Mais qui est-ce ?

— Aucune idée. Un homme apparemment.

Roddy se rassit devant sa tarte aux pommes, tandis qu'Olivier sortait à son tour.

— Il faudrait absolument inventer quelque chose pour empêcher le téléphone de sonner pendant les repas ! grommela Roddy.

— Tu n'as qu'à le laisser décroché, conseilla John.

— Certes, mais il y a de bonnes chances pour que j'oublie ensuite de raccrocher.

Thomas commençait à en avoir assez de manger, et Victoria s'empara de sa cuillère pour l'aider.

— Dans ce cas, laissez tout simplement sonner, suggéra-t-elle à Roddy.

— Je n'ai pas assez de caractère pour ça ! J'imagine toujours, au bout de quelques sonneries, que quelqu'un cherche à me joindre pour quelque chose de grave. Et je pars au galop ! Une fois sur deux, je tombe sur mon percepteur ou sur une personne qui s'est trompée de numéro !

— Raison de plus pour ne pas répondre, railla John.

Le temps qu'Olivier revienne, le repas était terminé. Tandis que Roddy allumait un cigare et que John revenait de la cuisine avec le plateau du café, Victoria épluchait une belle orange bien juteuse pour Tom. Absorbée dans sa tâche, elle ne vit pas Olivier s'approcher.

Ce dernier gardait un silence pour le moins étrange qui finit par attirer l'attention de la jeune femme. Soudain, l'atmosphère devint tendue, au point que Thomas lui-même s'immobilisa. L'air inquiet, un quartier d'orange dans sa petite main, il regardait son père, debout près de la table.

Victoria se sentit rougir en voyant tous les regards converger vers elle. Pâle comme un linge, Olivier la fixait d'un œil sévère. Son estomac se serra et elle déglutit avec peine.

— Qu'y a-t-il ? demanda-t-elle d'une voix qui lui parut irréelle.

— Tu sais qui vient de téléphoner ? demanda froidement Olivier.

— Non, répliqua-t-elle en tremblant malgré elle.

— C'est ce fumier d'Archer ! Il appelait du Hampshire...

Mais je lui avais dit de ne pas appeler, que je leur écrirais de nouveau... Je leur avais expliqué pour Olivier...

— Tu lui as écrit ! explosa-t-il.

La bouche sèche, Victoria tenta de se justifier.

— Pas à lui, à elle...

Olivier s'avança et se pencha vers elle, par-dessus la table.

— Je t'avais interdit de leur écrire ! fulmina-t-il en martelant ses mots. De leur téléphoner, d'entrer en contact avec eux, et ce, par quelque moyen que ce soit !

— Olivier, je devais...

— Comment as-tu eu leur adresse ?

— J'ai... J'ai cherché dans l'annuaire.

— Et quand ça ?

— Jeudi... Vendredi..., bégaya-t-elle, affolée. Je ne sais plus.

— Et je faisais quoi à ce moment-là ?

— Tu étais en train de dormir, je crois... De toute façon, je t'avais dit que j'écrirais. Je ne pouvais supporter l'idée qu'elle reste sans nouvelles de Thomas... Qu'elle ne sache même pas où il se trouvait !

Olivier avait l'air toujours aussi mauvais, et Victoria sentit sa bouche trembler, sa gorge se nouer, ses yeux s'emplir de larmes.

Elle était profondément mortifiée de pleurer ainsi, devant tout le monde.

— Elle savait où il était ! hurla Olivier.

— C'est faux !

— Elle savait qu'il était avec moi, et c'était suffisant. Je suis son père. Ce que je fais avec lui, où je l'emmène, ne regarde personne. Et toi moins que quiconque !

Les larmes coulaient le long des joues de Victoria sans qu'elle pût les retenir.

— Eh bien, je pense...

— Je ne te demande pas de penser ! Je te demande simplement de la fermer !

Il ponctua ses paroles d'un coup de poing sur la table qui fit sauter les assiettes et s'entrechoquer les verres. Thomas, qui était resté étrangement silencieux jusque-là, se mit à pleurer lui aussi devant la violence de son père.

— Il ne manquait plus que lui ! beugla ce dernier, en proie à une rage grandissante.

— Olivier, je t'en prie !

Victoria bondit de sa chaise et prit l'enfant dans ses bras pour le consoler. Thomas enfouit sa tête dans son cou tout en continuant de sangloter.

— Ne hurle pas ainsi devant cet enfant, reprit-elle. Arrête !

Mais Olivier ignora ses supplications. Rien, désormais, n'aurait pu le calmer.

— Je ne voulais pas que tu écrives, parce qu'il était évident que, dès qu'ils sauraient où nous nous trouvions, les Archer nous bombarderaient d'appels larmoyants et de menaces. Tout se passe exactement comme je l'avais prévu, et, maintenant, il n'y a plus qu'à attendre la lettre de mise en demeure et les huissiers.

— Mais tu avais dit...

Elle n'arrivait plus à se souvenir des arguments qu'il avait avancés pour la convaincre, tant elle était bouleversée. Elle reniflait et hoquetait lamentablement.

— Je... Je..., bafouilla-t-elle à travers ses larmes.

Que pouvait-elle dire ? Elle songea un instant à s'excuser, mais, consciente que cette ultime bassesse serait vaine, elle préféra se taire.

— Tu sais ce que tu es ? cria-t-il. Une sale petite garce !

Sur cette injure finale, Olivier se redressa et quitta la pièce à grandes enjambées.

Victoria restait là, en larmes, un enfant hystérique dans les bras, au milieu du désordre de la table.

Roddy et John l'observaient en silence, et elle se sentit submergée par la honte.

— Ma chère petite..., fit Roddy en venant se placer à ses côtés.

Victoria savait qu'elle aurait dû s'arrêter de pleurer, chercher son mouchoir et essuyer ses larmes, mais elle en était incapable, comme elle était incapable de calmer le pauvre Tom, que secouaient des sanglots de plus en plus déchirants.

— Viens, mon mignon, intervint John à son tour en prenant Thomas dans ses bras. Viens voir Ellen, elle doit avoir des bonbons pour toi... Ou un biscuit au chocolat. Tu aimes les biscuits au chocolat ? lui demanda-t-il en se dirigeant vers la porte.

— Ma chère petite..., répéta Roddy une fois seul avec Victoria.

— Je... Je n'arrive pas à m'arrêter, hoqueta Victoria.

Emu par tant de chagrin, Roddy serra Victoria dans ses bras et se mit à la bercer doucement.

Au bout d'un moment, il sortit son grand mouchoir à carreaux rouges et blancs de la poche de sa vieille veste de tweed et le lui tendit. Victoria put enfin se moucher et essuyer ses yeux.

Elle commença de se sentir mieux. Le cauchemar se dissipait...

Elle partit à la recherche d'Olivier, ne sachant que faire d'autre.

Il était au bord du lac, sur la jetée, en train de fumer, et, s'il l'entendit arriver, il ne le montra pas. Elle l'appela doucement. Il hésita un court instant avant de jeter sa cigarette dans l'eau et de se retourner.

Victoria se souvint alors de sa menace : « Si jamais tu lui écris, je te promets une raclée... » Elle n'y avait pas réellement cru, n'ayant jamais été témoin de la violence d'Olivier. Or, à présent, c'était chose faite. Elle se demanda si sa femme, Jeannette, en avait été la victime et si cela expliquait leur divorce précipité.

— Olivier...

Il la fixa. Elle savait qu'elle devait être hideuse, avec son visage rougi et boursouflé par les larmes, mais elle s'en moquait. Rien d'autre que leur terrible querelle n'avait d'importance, et, ne serait-ce que pour le petit Thomas, il fallait à tout prix qu'ils se réconcilient.

— Je suis vraiment désolée..., dit-elle.

Il continua à la regarder en silence, puis, au bout d'un moment, il soupira et haussa les épaules.

Elle dut s'armer de courage pour poursuivre.

— Je sais que c'est peut-être difficile à comprendre pour toi, mais, tu vois, depuis que je connais Tom, j'ai compris ce que signifiait aimer un enfant. Même s'il n'est pas à nous, on s'attache à lui, on a l'impression qu'il fait partie de soi et on se sent capable de tuer si quelqu'un lui faisait du mal, ou simplement le menaçait.

— Est-ce que tu as vraiment cru un instant que Mme Archer avait l'intention de me tuer? demanda Olivier.

— Non. Mais je savais qu'elle était folle d'inquiétude.

— Elle m'a toujours détesté, et son mari aussi.

— Peut-être qu'ils avaient de bonnes raisons pour cela.

— J'ai épousé leur fille, c'est ce qu'ils voulaient, non?

— Et tu as enlevé leur petit-fils...

— Thomas est mon fils avant tout.

— Justement, c'est là que je ne comprends plus. Tu m'as répété que les Archer n'avaient aucun droit sur lui, alors, pourquoi ne pas te montrer un peu généreux avec eux? Thomas est tout ce qui leur reste de leur fille. Olivier, essaie de comprendre... Tu es perspicace, intelligent, tu écris des pièces pleines de sensibilité, or tu es incapable d'affronter cette situation en faisant preuve d'un minimum d'humanité.

— C'est sans doute parce que je n'ai pas de cœur.

— Si, tu as un cœur. (Elle sourit timidement.) Je l'ai entendu battre toute la nuit.

Elle avait dû trouver les mots justes, car l'expression d'Olivier se radoucit. Toutefois, Victoria ne remarqua pas la pointe d'ironie qui perçait dans son regard. Elle passa ses bras autour de sa taille et pressa sa joue contre son pull épais et rêche.

— Les Archer ne comptent pas, reprit-elle. Ce qu'ils font ou disent ne change rien.

Il lui caressait distraitement le dos, comme on flatte machinalement un bon chien.

— Ne change rien à quoi ? demanda-t-il.

— A mon amour pour toi.

C'était dit. Envolés, la fierté et l'amour-propre. L'amour d'Olivier était son seul but, tout ce à quoi elle aspirait ; c'était aussi le ciment de cette nouvelle famille qu'ils formaient avec Thomas.

— Tu dois être folle !

Il ne s'excusa pas de son attitude violente ni des injures qu'il lui avait lancées devant tout le monde, et elle doutait qu'il le fît auprès de Roddy et de John. Mais cela était sans importance, puisqu'elle avait arrangé les choses. Sa blessure n'était pas encore cicatrisée, la douleur était toujours là, mais, avec le temps, elle guérirait.

Victoria se dit que, dans la vie, il était toujours possible de se relever, quel que soit le nombre de fois où l'on se retrouvait à terre.

— Je dois être folle, en effet. Cela t'ennuie ?

Sans lui répondre, il posa les mains sur ses épaules et la repoussa doucement.

— Je dois partir, dit-il, il est l'heure. Sinon je vais rater mon avion.

Ils regagnèrent les écuries pour prendre sa valise ainsi que quelques livres. Quand ils ressortirent, ils virent la vieille Daimler garée devant le manoir ; Roddy et John attendaient à côté.

Tout le monde semblait avoir décidé de faire comme si rien ne s'était passé.

— J'ai pensé que cela serait plus pratique de prendre la grosse voiture, expliqua Roddy. Il n'y a guère de place pour les bagages dans la M.G.

Il s'exprimait d'une voix parfaitement naturelle qui rassura Victoria. Olivier déposa sa valise et ses livres dans le coffre, puis se tourna vers John, qui l'observait, l'air glacial.

— Bien, dit-il avec un large sourire, un peu narquois, il ne me reste qu'à vous dire adieu, John.

— Nous nous reverrons, lui répondit sèchement le jeune homme, sans lui tendre la main. Je ne pars pas avant mercredi.

— Parfait ! ironisa Olivier qui ajouta en embrassant Victoria sur la joue : Au revoir, ma chérie.

— A demain. Ton avion atterrit à quelle heure, déjà ? demanda-t-elle.

— A dix-neuf heures trente.

— J'y serai.

— D'accord.

Il s'engouffra dans la voiture, et Roddy démarra aussitôt. La Daimler s'éloigna, lourde et digne entre les rhododendrons, puis longea les chenils et franchit la grille d'entrée.

John eut terriblement peur, maintenant qu'il se retrouvait seul avec elle, que Victoria ne se remette à pleurer. Une crise de larmes ne l'aurait pas gêné, si cela pouvait la soulager, mais il n'aurait jamais osé la prendre dans ses bras pour la consoler comme l'avait fait Roddy.

Elle lui tournait le dos et agitait la main en signe d'adieu. Il imaginait ses frêles épaules sous l'épaisseur du pull; curieusement, ses cheveux soyeux tirés en queue de cheval lui rappelèrent un poulain que son père lui avait offert, il y avait bien longtemps, dans le Colorado. C'était un animal si craintif que John avait dû faire preuve d'une patience infinie pour gagner sa confiance, mais finalement ce cheval était devenu son plus fidèle compagnon.

Là aussi, il devrait se montrer très attentif et patient... Mais il savait attendre quand il le fallait.

Au bout d'un moment, comprenant que John n'avait pas l'intention de la laisser seule, Victoria chassa quelques mèches folles de son visage et se tourna vers lui.

— Eh bien, voilà..., dit-elle avec un sourire un peu triste.

— C'est un temps idéal pour faire de la route. La traversée de Struie sera magnifique.

— J'imagine.

— Et si nous allions faire un tour en voiture, nous aussi ?

Voyant se figer le sourire de Victoria, John comprit qu'elle redoutait précisément une telle proposition, qu'elle devait juger uniquement inspirée par la pitié.

— De toute façon, je dois aller à Creagan, à la pharmacie, poursuivit-il rapidement. Je n'ai plus de savon à barbe... Et j'espère que le marchand de journaux aura le *Financial Times*. Voilà trois jours que je ne suis plus les cours de la Bourse.

A la vérité, il n'avait nullement besoin de se rendre à Creagan, mais ce pieux mensonge permettait de sauver la face.

— Et Thomas ?

— Laissons-le ici. Il est si heureux avec Ellen, répondit-il avec un sourire.

— Par ce beau temps, j'aurais pu l'emmener à la plage...

— Allez-y demain, par exemple. Et, dans l'immédiat, si vous ne lui dites pas où vous allez, il n'a aucune raison de vouloir venir.

Victoria réfléchit un instant.

— Oui... c'est vrai. Mais je dois prévenir Ellen.

— Ils sont derrière la maison, à l'endroit où on étend le linge. Je vous retrouve ici dans deux minutes. En attendant, je sors la voiture.

Quand il revint au volant de sa Ford de location, elle l'attendait sur les marches du perron. Sachant qu'à cette saison Creagan était un endroit venteux et froid, il faillit lui conseiller de prendre un manteau, mais il se rappela qu'un de ses pulls était resté sur la banquette arrière : en cas de besoin, cela ferait l'affaire. Il ne voulait pas perdre plus de temps. Il se pencha pour ouvrir la portière à Victoria. Sitôt qu'elle se fut installée, ils partirent sans dire un mot.

Il roulait doucement en espérant que cette balade l'apaiserait.

— Comment allait Thomas ? demanda-t-il, rompant le silence.

— Très bien. Vous aviez raison, Ellen et lui s'entendent à merveille. Elle tricotait au soleil et Thomas jouait avec les pinces à linge, répondit-elle, avant d'ajouter avec une pointe de mélancolie : Ils avaient l'air tellement paisibles...

— Thomas n'est pas votre enfant, n'est-ce pas ?

Victoria, calme, les mains posées sur ses genoux, regardait défiler la route en lacet.

— Non, en effet.

— S'il n'y avait pas eu ce coup de téléphone, tout à l'heure, je ne l'aurais jamais deviné ; Roddy non plus, d'ailleurs. C'est curieux comme cet enfant vous ressemble. C'est même frappant.

— Tom est le fils d'Olivier et d'une certaine Jeannette Archer. Olivier n'est resté marié avec elle que quelques mois. Elle s'est tuée dans un accident d'avion peu après leur divorce.

— Et c'est là que vous apparaissez, je présume ?

— Non. J'étais là bien avant, dit-elle d'une voix tremblante. Je suis désolée, mais je crains de me remettre à pleurer.

— Cela n'a pas d'importance.

— Cela ne vous dérange pas ? demanda-t-elle, surprise.

— Pourquoi cela me dérangerait-il ? (Il ouvrit la boîte à gants et en sortit un paquet de Kleenex.) Vous voyez, j'ai tout ce qu'il faut !

— Les Américains ont toujours des mouchoirs en papier, paraît-il. (Elle en prit un et se moucha.) Je déteste pleurer, car, une fois que j'ai commencé, je ne peux plus m'arrêter. C'est pour cela que je pleure rarement.

Sur cette affirmation, Victoria fondit en larmes. John, faisant mine d'ignorer ses sanglots et ses reniflements, attendit tranquillement qu'elle se calme avant de reprendre la parole.

— Pourquoi empêcher quelqu'un de pleurer ? Enfant, je pleurais toujours quand je devais retourner à Fessenden. Eh bien, mon père ne m'a jamais grondé en me disant qu'un garçon ne doit pas pleurer. Parfois, il semblait lui-même sur le point d'éclater en sanglots en me voyant si triste.

Victoria esquissa un petit sourire.

John et elle n'échangèrent plus un mot jusqu'à Creagan.

La ville baignait dans la douce lumière de l'après-midi. Alors qu'en été les rues grouillaient de touristes, en cette saison, tout était désert.

John s'arrêta devant la pharmacie.

— Vous avez besoin de quelque chose ?

— Non, merci.

Il sortit de la voiture et alla acheter son savon à barbe, ainsi que des lames pour son rasoir. Puis il passa chez le marchand de journaux, qui se trouvait juste à côté. Comme prévu, celui-ci n'avait pas le *Financial Times*. John acheta des bonbons à la menthe pour ne pas sortir les mains vides et retourna à la voiture.

— Tenez, dit-il à Victoria en posant le paquet sur

ses genoux. Si vous n'aimez pas ça, vous les donnerez à Thomas.

— Ou à Ellen. Les personnes âgées raffolent de ce genre de chose.

— Ces bonbons sont trop mous pour Ellen. La pauvre ! avec son dentier, elle ne peut pas manger des choses comme ça. Bien, que faisons-nous maintenant ?

— On rentre à Benchoile, non ?

— Vous n'aimeriez pas plutôt faire une promenade, ou aller à la plage ?

— Vous savez comment on y va ?

— Quelle question ! Bien sûr ! J'y vais depuis que je suis haut comme trois pommes.

— Si vous n'avez rien d'autre à faire...

— Absolument rien !

La plage de Creagan n'était accessible que par le golf, et John gara sa voiture près du pavillon. Dès qu'il coupa le moteur, ils purent entendre le vent mugir. L'herbe, le long du fairway, se couchait sous ses rafales, et deux golfeurs semblaient prêts à s'envoler, tant leurs vêtements étaient gonflés.

John remonta la fermeture Eclair de son blouson de cuir et attrapa le gros pull bleu marine à col roulé, resté sur la banquette arrière. Il le tendit à Victoria, qui l'enfila aussitôt ; il était immense et lui faisait comme une houppelande.

Après être sortis de la voiture, ils durent lutter contre les bourrasques pour refermer les portières. Un chemin escarpé, bordé de thym et d'ajoncs, descendait vers la mer à travers les fairways. Au-delà du golf, s'étendaient des dunes couvertes d'herbes folles, où un camping et des baraques à frites élisaient domicile en été. Les dunes s'arrêtaient brusquement, formant une falaise de sable qui surplombait la plage. Pour l'heure, la marée était au plus bas.

La mer, au loin, roulait ses vagues écumantes. Il n'y avait pas âme qui vive, pas un chien, pas un seul enfant ; juste quelques mouettes qui tournoyaient en criant au-dessus de leurs têtes.

Le sable de la plage était ferme et humide sous les pieds. Ils coururent un peu pour se réchauffer. Le ciel bleu se reflétait dans les flaques d'eau. Victoria se mit à ramasser des coquillages, s'émerveillant de leur variété.

— Ils sont magnifiques ! Je n'en avais jamais vu autant et en si bon état. Comment se fait-il qu'ils ne soient pas abîmés ?

— Le rivage est très plat et il n'y a que du sable ici ; c'est sans doute la raison, répondit John gentiment, comprenant qu'elle cherchait quelque chose pour se distraire et oublier sa peine.

Il trouva à son tour une belle étoile de mer et un minuscule crabe fossilisé.

— Qu'est-ce que c'est ? demanda-t-elle en lui montrant ses dernières trouvaille.

Il les examina rapidement.

— Ça, c'est une mye. Et celui-ci, avec sa drôle de forme allongée, c'est un solen.

— Ah bon... Comment connaissez-vous leurs noms ?

— Je venais souvent ramasser des coquillages quand j'étais petit, et Roddy m'avait offert un livre avec de nombreuses photos pour que j'apprenne à les identifier.

Ils continuèrent d'avancer en silence jusqu'à la mer. Là, ils s'arrêtèrent face au vent, contemplant les rouleaux écumeux qui venaient mourir à leurs pieds. L'eau était claire, couleur d'aigue-marine.

Soudain, une des vagues laissa derrière elle un gros coquillage que John s'empressa de ramasser et de déposer, humide et brillant, dans la paume de Victoria.

Il était d'une jolie teinte corail et, fermé, il devait avoir la taille d'une balle de tennis.

— On ne trouve ce coquillage qu'aux Caraïbes et en Ecosse, expliqua John.

— Je vais le garder, il est très décoratif.

— Et cela vous fera un souvenir.

Victoria lui lança un bref regard, puis, pour la première fois depuis qu'ils avaient quitté Benchoile, elle esquissa un sourire.

— Oui, un souvenir...

Ils tournèrent le dos à la mer et prirent le chemin du retour. Lorsqu'ils arrivèrent au pied du haut talus de sable qu'ils avaient si facilement dévalé à l'aller, Victoria montrait des signes de fatigue, et John dut la prendre par la main pour la tirer jusqu'en haut. Quand ils atteignirent enfin le sommet, ils étaient tous deux hors d'haleine.

Sans s'être donné le mot, ils se laissèrent tomber sur le sable de la dune. Au niveau du sol on ne sentait pratiquement plus le vent et, bien vite, le soleil les réchauffa. John, appuyé sur les coudes, offrait son visage aux rayons bienfaisants, tandis que Victoria, mince et fragile dans son pull-over trop grand pour elle, ne se lassait pas d'admirer son coquillage.

— Je devrais peut-être le donner à Thomas ? Qu'en pensez-vous ?

— Il est trop petit pour apprécier. Vous aimez beaucoup cet enfant, n'est-ce pas ?

— Oui.

— Parlez-moi de lui.

— Je ne saurais pas par où commencer, et je crains que vous ne puissiez pas comprendre...

— Essayez tout de même de m'expliquer.

— Si vous y tenez, après tout... (Elle prit une profonde inspiration.) Les Archer sont les grands-parents de Thomas...

— Ça, j'avais cru saisir.

— Ils vivent dans le Hampshire. Il y a quelque temps, Olivier est passé près de chez eux en revenant de Bristol...

Lentement, hésitant parfois, elle lui raconta toute l'histoire. Elle lui tournait légèrement le dos, et John fixait la courbe gracieuse de son cou en l'écoutant attentivement.

— ... Et c'est justement le soir où vous m'avez ramenée à la maison, qu'il est arrivé sans prévenir avec son fils.

John se souvenait très bien de cette soirée, la veille de son départ pour Bahreïn. Le ciel noir, la petite maison, l'impasse obscure dans laquelle s'engouffrait le vent, Victoria emmitouflée dans son vieux manteau de fourrure, les yeux pleins d'appréhension et d'inquiétude... il n'avait oublié aucun détail.

— Le lendemain, poursuivait Victoria, nous prenions la route du nord. Nous nous sommes retrouvés à Benchoile parce que Olivier connaissait Roddy, mais je vous l'ai déjà dit, je crois.

— Je suppose que vous n'avez pas de travail fixe à Londres ?

— Oh ! si, j'en ai un. Je travaille dans une boutique de mode, à Beauchamp Place. Sally, ma patronne, voulait que je prenne des vacances. Ce voyage est tombé au bon moment.

— Et vous comptez reprendre ce travail ?

— Je ne sais pas.

— Comment cela, vous ne savez pas ?

— Ça dépendra d'Olivier.

Cette réponse laissa John sans voix. Il n'arrivait pas à comprendre ce qu'une jeune et jolie femme comme Victoria pouvait bien faire avec ce psychopathe égocentrique. Il avait beau faire des efforts louables pour rester objectif, il ne pouvait s'empêcher de trouver cela irritant au plus haut point.

Mais elle continuait son récit.

— ... j'imaginais l'inquiétude de la grand-mère de Tom et j'ai proposé à Olivier de lui écrire, mais il a refusé, catégoriquement. Il ne tenait pas à ce que les Archer sachent où nous étions. Mais j'ai quand même écrit à Mme Archer en lui demandant de ne pas chercher à nous contacter, sachant quelle serait alors la réaction d'Olivier... A-t-elle montré ma lettre à son mari ou est-il tombé dessus par hasard... ?

Comme si elle était soulagée d'être arrivée à la fin de son récit, Victoria se tourna vers John et le regarda dans les yeux, souriante et détendue.

— Quoi qu'il en soit, c'est lui qui a téléphoné tout à l'heure. A présent, vous comprenez pourquoi Olivier était tellement furieux.

— Oui, plus ou moins, mais je continue de trouver son comportement inacceptable.

— Mais vous comprenez ?

Il paraissait important pour elle qu'il comprenne. Mais comprendre ne voulait pas dire excuser. En fait, ses pires doutes se confirmaient. Les pièces du puzzle s'imbriquaient les unes dans les autres ; tout désormais devenait clair... L'orgueil, l'égoïsme, l'amertume, l'esprit de vengeance et, au milieu de tout cela, deux victimes innocentes. Oui, c'était exactement l'expression qui convenait pour désigner Thomas et Victoria : deux innocentes victimes.

John pensa à Olivier. Dès le premier abord, ils avaient éprouvé une antipathie réciproque. Ils s'étaient flairés, comme deux chiens, le poil hérissé. En bon gentleman, considérant cette aversion instinctive comme totalement irraisonnée, John avait redoublé d'efforts pour cacher ses sentiments. Mais il avait bientôt trouvé insupportable la désinvolture avec laquelle Olivier traitait Victoria et Roddy, sans parler du peu d'intérêt qu'il portait à son enfant.

Après ces deux jours passés en sa compagnie, il avait dû admettre qu'il ne l'aimait guère. Pis encore : depuis la scène du déjeuner, il le trouvait franchement détestable.

— Vous avez l'intention de l'épouser? finit-il par demander.

— Je ne sais pas.

— Vous ne savez pas si vous voulez l'épouser ou vous ne savez pas si lui désire vous épouser?

— Je ne sais pas si..., répondit-elle en rougissant, je ne sais pas s'il désire m'épouser. Il est parfois étrange... Il...

John, soudain envahi par une rage incontrôlée, interrompit brutalement la jeune femme.

— Victoria! Cessez de jouer les idiotes!

Elle le fixa, les yeux écarquillés.

— Pardonnez-moi de vous parler aussi brutalement, Victoria, mais je n'arrive pas à comprendre. Vous avez toute la vie devant vous, et vous parlez d'épouser un homme dont vous ne savez même pas s'il vous aime. Et quand ce serait le cas, sachez que le mariage ne se limite pas à une belle histoire d'amour; c'est une construction longue et difficile, à laquelle chacun doit contribuer. Un mariage réussi exige en permanence des efforts et des concessions de part et d'autre, comme j'ai pu le constater à travers l'expérience heureuse de mes parents. Faute de ce désir de surmonter ensemble les difficultés quotidiennes, survient inévitablement la rupture, le plus souvent dans les larmes, la colère et l'amertume. Là aussi, je sais de quoi je parle, Victoria. Le divorce n'est pas un remède, mais une douloureuse opération chirurgicale, même s'il n'y a pas d'enfant. Or, Olivier et vous avez Thomas, ne l'oubliez pas.

— Je ne peux plus reculer.

— Bien sûr que si!

— C'est facile à dire. Votre mariage s'est soldé par

un échec, mais vous avez toujours vos parents, votre travail. Et Benchoile maintenant, quoi que vous décidiez d'en faire. Si j'abandonne Olivier et Thomas, je n'aurai plus rien à quoi je tienne vraiment, personne à qui appartenir, personne qui ait besoin de moi...

— Mais vous avez votre vie, Victoria !

— Peut-être ne suis-je pas assez...

— Vous semblez avoir une bien piètre opinion de vous-même.

Victoria se détourna vivement, offrant à John la vision de son cou fin et gracieux. Tout en la regardant, celui-ci se demanda les raisons de cette brusquerie tellement inhabituelle chez lui. C'était la première fois depuis des mois qu'il se sentait suffisamment concerné par quelqu'un pour avoir envie de hausser le ton.

— Je suis désolé, s'excusa-t-il, mais je trouve insupportable de voir une ravissante jeune femme comme vous gâcher ainsi sa vie !

— Peut-être, mais il s'agit de ma vie !

— Et de celle de Thomas, lui rappela-t-il sèchement.

— Et de celle d'Olivier...

Comme elle restait figée dans une attitude presque hostile, John posa sa main sur son bras, et l'attira à lui, l'obligeant à le regarder. A contrecœur, elle leva les yeux vers lui.

— Vous allez devoir beaucoup aimer Olivier, infiniment plus qu'il ne vous aime, si vous voulez que ça marche avec lui.

— Je sais.

— Dans ce cas, faites comme il vous plaira. Cependant, je ne peux que vous conseiller de garder les yeux grand ouverts.

— Je sais, répéta-t-elle en se dégageant doucement de son emprise. Mais, voyez-vous, il n'y a jamais eu personne d'autre qu'Olivier dans ma vie.

14

MARDI

Olivier trouvait qu'à Londres le vent était très différent de celui qui soufflait en Ecosse. Il surgissait à l'improviste d'une ruelle, arrachant les premiers bourgeons des arbres et jonchant les rues de papiers sales, tandis que les gens se pressaient, le visage renfrogné, emmitouflés dans leur manteau, luttant contre cet ennemi qui avait envahi la ville.

La pluie commença de tomber alors que le taxi qu'il avait pris à Fulham tournait dans le dédale de l'aéroport de Heathrow, essayant de se frayer un chemin au milieu du flot incessant de voitures. Les lumières se reflétaient sur la chaussée mouillée, un avion vrombissait au-dessus de leurs têtes, attendant d'atterrir, et les lourdes vapeurs d'essence rendaient l'air irrespirable.

Olivier fit arrêter le taxi devant l'entrée principale du terminal un. Il sortit sa valise du coffre et chercha de quoi régler le chauffeur.

— Voilà, dit-il en lui tendant des billets.

— Eh ! Vous êtes sûr que c'est le bon endroit ? Ici, ce sont les vols intérieurs !

— Oui, et alors ?

— J'avais cru comprendre, en voyant l'étiquette sur votre valise, que vous partiez à l'étranger...

— Ne vous en faites pas, c'est parfait, et gardez la monnaie, répliqua Olivier avec un grand sourire.

— O.K. C'est votre problème..., laissa tomber le chauffeur en démarrant.

Olivier reprit sa valise, franchit les portes de verre, traversa l'immense bâtiment abondamment éclairé, puis monta l'escalator qui conduisait au hall des départs.

Celui-ci était bondé, comme d'habitude. Tous les sièges étaient occupés par les voyageurs attendant que leur vol soit annoncé. Dans l'air, flottait l'odeur caractéristique de toutes les salles d'attente, mélange de café, de tabac et de transpiration.

Olivier avançait lentement, comme s'il cherchait quelqu'un. Son regard glissa sur une femme qui essayait de calmer un de ses enfants en pleurs, puis sur deux religieuses, pour s'arrêter sur un homme en pardessus et chapeau melon, qui, son attaché-case posé entre ses jambes, semblait absorbé dans la lecture d'un article.

— Excusez-moi...

L'homme sursauta et leva les yeux de son journal. Il avait un visage long et pâle, portait une chemise blanche impeccable sous son costume anthracite, ainsi que des lunettes à monture d'écaille.

Un avocat ou un homme d'affaires, se dit Olivier.

— Désolé, mais j'ai vu sur l'étiquette de votre serviette que vous alliez à Inverness, dit-il.

— Oui, et alors ? répondit sèchement l'homme, qui n'appréciait visiblement pas d'être ainsi importuné.

— Vous prenez l'avion de dix-sept heures trente, je suppose ?

— En effet.

— Je me demandais si vous auriez la gentillesse de remettre une lettre à quelqu'un, de ma part, expliqua Olivier en sortant une enveloppe de sa poche. Je devais prendre ce vol, moi aussi, mais j'ai un empêchement de dernière minute et je ne voudrais pas que cette personne m'attende inutilement à Inverness...

L'homme aux lunettes paraissait toujours aussi peu enthousiaste, comme si la lettre pouvait contenir une bombe.

— Il s'agit d'une jeune femme. J'ai bien essayé de la prévenir, mais quand j'ai appelé elle était déjà partie. Elle réside dans le Sutherland, vous comprenez.

L'homme regarda l'enveloppe, puis Olivier, lequel affichait un air sincèrement désolé.

— Si je prends cette lettre, dit-il en posant son journal, comment vais-je reconnaître la personne en question ?

— Elle est jeune, blonde ; elle a les cheveux longs et sera certainement en pantalon. Elle s'appelle Victoria Bradshaw et, ajouta-t-il, espérant convaincre son interlocuteur, elle est ravissante.

Mais l'homme aux lunettes n'était pas du genre à se laisser abuser aussi facilement.

— Et que vais-je faire si elle n'est pas là ?

— Elle sera là, c'est absolument certain.

L'homme se décida enfin à prendre la lettre, non sans réticence, cependant.

— Est-ce qu'il ne vaudrait pas mieux la remettre à l'hôtesse de l'air ?

— Oui, peut-être, mais je n'ai vraiment pas le temps d'attendre, je dois me rendre immédiatement au terminal trois pour prendre un autre avion.

— Très bien, dit l'homme avec un sourire compréhensif, je remettrai votre lettre, vous pouvez compter sur moi.

— Merci, dit Olivier. Merci mille fois. Je suis vraiment désolé de vous avoir dérangé et je vous souhaite un excellent voyage.

— A vous de même, répondit l'homme, s'empressant de reprendre sa lecture.

Olivier prit sa valise et s'éloigna. Il devait maintenant redescendre, sortir du bâtiment, marcher sous la pluie jusqu'au terminal trois et enregistrer ses bagages sur le prochain vol à destination de New York. Après ça, il se retrouverait à nouveau seul avec lui-même, avec la vie devant lui.

Il était libre. Tout était fini. Le bref interlude était terminé, les acteurs s'étaient évanouis, la scène était vide. Il ne lui restait plus qu'à trouver la trame du nouveau scénario qu'il peuplerait de personnages issus de sa fabuleuse imagination.

— *Tu es de retour.*

— *C'est ça.*

— *Elle est partie, alors ?*

— *Oui, en effet.*

— *Ah ! bon. Il y a toujours une drôle d'atmosphère dans une maison quand les enfants partent, surtout le dernier. On pense qu'ils sont là pour toujours, et puis voilà... Il ne reste rien. A part la télé... Oui, la télé.*

— Oh ! Excusez-moi, entendit-il, alors qu'il était en haut de l'escalator.

Olivier se retourna et vit l'homme au chapeau melon, sans toutefois le reconnaître immédiatement, tant il était déjà loin par la pensée. L'homme tenait son attaché-case dans une main, la lettre destinée à Victoria dans l'autre.

— Excusez-moi, répéta-t-il, mais je ne me souviens plus du nom de la jeune femme à qui je dois remettre cela. Vous l'avez noté sur l'enveloppe, mais votre écriture n'est guère lisible.

— Elle s'appelle... (Olivier hésita un instant, comme en proie à un soudain trou de mémoire.) Elle s'appelle Victoria Bradshaw, dit-il enfin.

Roddy supposait qu'il devait y avoir un moment où

on commençait à se sentir vieux. Pas adulte, ni mûr, ni sage, mais vieux tout simplement.

Il avait déjà soixante ans. Or, s'il devait mourir au même âge que son frère Jock, il ne lui restait plus que neuf ans à vivre... Et qu'allait-il faire de ces années ?

Il n'aurait plus Benchoile pour le protéger de la dure réalité extérieure, mais cela, il s'y était depuis bien longtemps préparé. Le plus dur était l'absence de but, de projets. Il n'avait plus un seul livre en tête, ni même le moindre petit article. Ses amis, sa vie sociale naguère si bien remplie, tout avait disparu... Ses proches commençaient de mourir, les délicieuses jeunes femmes qu'il courtisait jadis étaient devenues de vénérables grand-mères, et les merveilleuses soirées qui avaient enchanté sa jeunesse n'étaient plus qu'un lointain souvenir.

En se servant son second verre de la soirée dans l'espoir de se remonter le moral, Roddy se dit qu'après tout il n'était pas à plaindre. Il devenait vieux et resterait seul, assurément, mais il n'était pas pauvre. Même si Benchoile était vendu, lui, Roddy Dunbeath, pouvait se permettre d'acheter une petite maison pour y finir ses jours. Où ? Cela restait à décider...

Et Ellen ? Le problème d'Ellen lui vint soudain à l'esprit. Il ne pouvait être question de l'abandonner. S'il ne pouvait convaincre une de ses relations de prendre cette vieille chose grincheuse chez elle, il n'aurait d'autre issue que de la garder avec lui. A l'idée de vivre dans une petite maison avec Ellen Tarbat pour seule compagnie, Roddy frissonna. Il se mit à prier avec ferveur pour que rien de tel ne lui arrive jamais.

Il était huit heures du soir, et il était seul. C'était cette solitude qui le rendait morose. Heureusement, Olivier allait bientôt revenir avec Victoria ! La jeune femme avait pris la Volvo en fin d'après-midi pour aller le chercher à l'aéroport, laissant Thomas aux bons soins d'Ellen. Après avoir dîné et pris son bain, le petit garçon s'était tranquillement endormi en écoutant la brave femme lui raconter une histoire. Quant à John, il était au manoir, à faire Dieu sait quoi... Les affaires concernant Benchoile semblaient le préoccuper, car il avait tourné comme un lion en cage toute la journée, le visage sombre, sans dire un mot. Pour clore le tout, le temps était devenu exécrable, avec de violentes averses et un vent à décorner les bœufs. De nouveau, le sommet des collines était couvert de neige.

Le printemps n'arrivera-t-il donc jamais? se demanda Roddy, submergé par la mélancolie de cette soirée sinistre, où tout portait à croire qu'en effet le printemps ne reviendrait jamais, que la fin du monde approchait, que les étoiles allaient tomber, que des tremblements de terre secoueraient la planète et la plongeraient dans un hiver éternel...

Suffit! Il avait atteint le fond du désespoir, là, dans son fauteuil, ses pantoufles aux pieds, partageant la chaleur de l'âtre avec son vieux chien. Mais il était temps de se ressaisir. Il regarda sa montre et décida d'aller rejoindre John et de prendre un verre avec lui. Ils pourraient même dîner ensemble, et, plus tard, quand Olivier et Victoria seraient revenus d'Inverness, ils se réuniraient tous devant la cheminée de la grande salle à manger et écouteraient les dernières histoires d'Olivier.

Face à cette agréable perspective, Roddy s'extirpa de son fauteuil en laissant glisser de ses genoux le journal dont il avait à peine lu les gros titres. Dehors, le vent hurlait, et un courant d'air glacial venant des escaliers agita les franges des tapis qui couvraient le parquet ciré. Les écuries avaient beau être bien isolées, quand le vent soufflait du nord-ouest, rien ne pouvait l'empêcher de pénétrer par les moindres interstices.

Soudain, Roddy trouva qu'il faisait froid dans le salon. Il déposa quelques bûches dans la cheminée, afin de ranimer le feu. Ainsi, quand il rentrerait, il retrouverait une douce chaleur.

Il éteignit les lumières et appela son chien.

— Tu viens, Barney ?

Le vieux chien se souleva avec difficulté ; chez lui aussi, l'âge se faisait sentir.

— Oui, je sais. Tu n'es pas le seul, commenta son maître.

Et ensemble, ils descendirent lentement les escaliers.

Dans le salon sombre et désert de Roddy, la lumière du feu vacillait. Soudain, une bûche craqua, et des étincelles retombèrent en pluie sur le tapis, devant le foyer. Alors qu'elles s'éteignaient, un nouveau courant d'air venant de l'escalier se chargea de les rallumer. Une petite braise rougeoyante roula jusqu'au journal abandonné par Roddy, près du fauteuil. Le papier prit feu aussitôt, et des flammes vinrent lécher le pied du guéridon couvert de livres, de magazines et de cigares, avant de s'attaquer au panier à bûches. Bientôt le bas des rideaux s'enflamma...

John Dunbeath était assis à son bureau, dans la bibliothèque, où il avait passé la plus grande partie de l'après-midi à trier les papiers de son oncle, classant d'un côté tout ce qui concernait l'exploitation du domaine, de l'autre ce qui concernait les affaires personnelles de Jock, cela, afin de faciliter le travail de Robert MacKenzie, de l'agent de change d'Edimbourg et du comptable.

Le vieil homme tenait ses comptes avec le plus grand soin, et John n'avait eu aucune difficulté à s'y retrouver. En revanche, il avait éprouvé une grande tristesse en triant les papiers personnels de Jock. Il avait découvert de vieux agendas, des cartons d'invitation, des photos jaunies représentant une chasse au tigre, un mariage et différents personnages inconnus de lui. Parmi les photos prises à Benchoile, John reconnut son père enfant ainsi que Roddy, jeune homme svelte en pantalon de flanelle blanche, semblant tout droit sorti d'une comédie musicale d'avant-guerre...

La porte s'ouvrit et Roddy apparut, en chair et en os. John était d'autant plus content de le voir que cette visite lui fournissait un excellent prétexte pour s'arrêter de travailler. Il recula sa chaise, tenant toujours les photos en main.

— Viens voir ce que j'ai trouvé !

Roddy s'approcha pour regarder par-dessus l'épaule de John.

— Mon Dieu ! Dire qu'à l'origine de tout homme grassouillet, il y a un jeune homme mince... Où as-tu trouvé ça ?

— Elles étaient rangées avec de vieux papiers. Il doit être affreusement tard, non ? Je n'ai pas vu le temps passer.

— Il est huit heures et quart, et c'est la plus épouvantable soirée de tout l'hiver, plaisanta Roddy en frissonnant. Les bourrasques ont failli m'emporter alors que je traversais la cour.

— Que dirais-tu d'un verre ?

— Voilà une excellente idée, approuva Roddy comme s'il n'y avait pas déjà pensé.

Il se dirigea vers la console où Ellen avait posé les bouteilles d'alcool et les verres de cristal.

John se demanda combien de scotches son oncle avait déjà ingurgités, puis il se dit que cela n'avait pas d'importance ; ce n'était pas son problème, et, après tout, lui aussi avait bien besoin d'un verre pour se remonter.

Il se leva pour aller ranimer le feu, puis approcha un

fauteuil pour Roddy, près de la cheminée. Ce dernier apporta les deux whiskies qu'il avait servis, et en offrit un à son neveu, avant de se laisser tomber dans son fauteuil avec un soupir de soulagement. John préféra rester debout, le dos au feu, pour se réchauffer. Il était ankylosé et transi d'être resté assis près de la fenêtre.

— A notre santé ! déclara Roddy en levant son verre. Tu sais à quelle heure ils reviennent ?

— Aucune idée, répliqua John, impassible. Vers dix heures, je suppose, si l'avion n'a pas de retard, mais avec un vent pareil, on ne sait jamais...

— Tu repars vraiment à Londres demain, c'est décidé ? demanda Roddy.

— Il le faut, mais je reviendrai certainement la semaine prochaine ou la suivante. Je vais avoir une foule de choses à régler ici.

— Je suis heureux que tu aies pu venir.

— Moi aussi. Je suis juste désolé que les choses prennent cette tournure. J'aurais aimé que Benchoile continue comme par le passé.

— Mon garçon, rien ne dure éternellement. L'important est que nous ayons su gérer notre patrimoine.

Ils évoquèrent de nouveau le bon vieux temps. Ils appréciaient de se retrouver tous les deux à deviser tranquillement au coin du feu.

Ils en étaient à leur deuxième verre — du moins pour John — quand leur parvint un bruit de pas, derrière la porte. Aucun d'eux ne fut surpris de voir entrer Ellen, connaissant la fâcheuse habitude qu'avait la vieille gouvernante de surgir inopinément. Elle leur parut encore plus tassée et plus fatiguée que d'ordinaire, mais il est vrai que le vent et le froid n'étaient pas bons pour ses vieux os et qu'elle était debout depuis l'aurore. Elle arborait son air revêche, les lèvres serrées, le regard hautain.

— J'ignore si vous avez l'intention de dîner, mais le repas est prêt !

— Merci, Ellen, répondit Roddy avec une pointe de sarcasme qui échappa totalement à la vieille dame.

— A leur retour d'Inverness, les autres devront se contenter d'un bouillon.

— Ce sera parfait, Ellen, dit John, avant d'ajouter pour l'apaiser : Nous finissons notre verre, et nous arrivons.

— Vous buvez trop tous les deux ! lança-t-elle tout en réfléchissant à ce qu'elle pourrait bien trouver d'autre à leur reprocher. Roddy, est-ce que vous avez jeté un coup d'œil au petit garçon avant de quitter les écuries ?

— Pardon ? Non, pourquoi, j'aurais dû ?

— Ç'aurait été la moindre des choses, tout de même !

Cette remarque eut le don d'exaspérer Roddy.

— Ellen, je viens juste d'arriver ! De toute façon, tous les soirs, nous le laissons seul.

— Très bien, si c'est comme ça, j'y vais moi-même.

Elle repartit en traînant les pieds, si vieille, si fatiguée que John eut pitié d'elle. Il posa son verre.

— Ellen ! Reste ici, je vais y aller. Cela ne me prendra qu'une minute, et, quand je reviendrai, nous passerons à table. Ainsi tu pourras monter te coucher.

— Qui a parlé d'aller se coucher ? grommela Ellen.

— Moi. Tu as l'air fatiguée, ce soir. Je crois que tu serais mieux dans ton lit.

— Hum. Je ne sais pas...

Elle repartit vers les cuisines en dodelinant de la tête, tandis que John s'engageait dans le long couloir qui menait à la porte de derrière. Il y faisait aussi froid que dans un donjon ; au-dessus de lui, les ampoules se balançaient au bout de leur fil, jetant sur les murs des ombres aux formes étranges.

Il poussa la porte donnant sur la cour, et là, pendant

une seconde qui lui sembla une éternité, il s'immobilisa sur le seuil, pétrifié.

Tout le premier étage des écuries était en feu. Des flammes mêlées à une fumée noire s'échappaient du toit en produisant un ronflement furieux. La fournaise explosait en sinistres craquements, semblables à des coups de feu. Une vitre vola en éclats, et aussitôt une immense flamme surgit de ce nouvel orifice, avec une telle violence que John en sentit la chaleur sur son visage.

Thomas...

Il traversa la cour en quelques enjambées et ouvrit la porte des écuries sans prendre le temps de réfléchir aux conséquences de son acte. Les escaliers avaient commencé à brûler, et le vent en s'engouffrant les transforma en un véritable brasier. La fumée était étouffante, et John dut mettre son bras devant son visage pour ne pas suffoquer. Il se rua sur la première porte, n'ayant aucune idée de l'endroit où se trouvait l'enfant.

— Thomas ! cria-t-il. Thomas !

La pièce était vide. Il ouvrit une seconde porte.

— Thomas !

Il entra dans la chambre de Roddy. La fumée était aveuglante, ses yeux le piquaient atrocement, et il se mit à tousser.

— Thomas ! hurla-t-il à nouveau d'une voix rauque.

N'ayant aucune réponse, il replongea dans l'épaisse fumée et ouvrit la porte d'une autre chambre.

Par chance, ici, l'air était plus respirable.

— Thomas ?

Un gémissement plaintif lui répondit. Il n'eut pas le temps de remercier Dieu que l'enfant ne soit pas déjà mort d'asphyxie, car le plafond de la chambre menaçait de s'effondrer d'un moment à l'autre. Un trou s'agrandissait de seconde en seconde, laissant apparaître le brasier, au-dessus. John attrapa Thomas, qui hurlait de frayeur, et pressa son visage contre son épaule, avant de sortir de la pièce. Il venait à peine de franchir la porte que le plafond s'écroulait d'un seul morceau. Le lit de Thomas disparut sous un amas de débris incandescents.

L'avion en provenance de Londres — en retard d'un bon quart d'heure à cause des vents contraires — vrombissait dans la nuit noire et orageuse. Le plafond nuageux était bas et l'avion surgit de l'obscurité, en bout de piste, avant d'atterrir sur le tarmac luisant de pluie.

Dès qu'il se fut immobilisé, commença l'habituel ballet. Les chariots à bagages et les camions-citernes convergèrent vers l'appareil, tandis que la passerelle était amenée par deux hommes en ciré noir. Les portes s'ouvrirent, et l'hôtesse de l'air apparut. Lentement, les passagers descendirent, puis s'acheminèrent vers l'aérogare, luttant contre le vent, tenant fermement leurs sacs et leurs paquets. L'air s'engouffrait dans leurs vêtements et ils baissaient la tête pour tenter de se protéger de la pluie. Une femme dut même courir pour rattraper son chapeau emporté par une bourrasque.

Victoria, les mains dans les poches de son manteau, attendait devant les portes vitrées. Un par un, les passagers sortaient et se dirigeaient vers les proches venus les accueillir. Victoria remarqua deux religieuses, puis une femme qui se débattait avec une multitude d'enfants, sans personne pour l'aider. Puis vinrent quelques hommes d'affaires, reconnaissables à leur attaché-case.

La file des passagers s'amenuisait, et Olivier n'apparaissait toujours pas. Victoria l'imagina assis dans l'avion, prenant son temps, attendant que la première horde soit passée. Alors, et alors seulement, il déplierait ses longues jambes, attraperait son manteau et s'avancerait tranquillement dans le couloir. Avant de quitter l'appareil, il ne manquerait pas d'échanger quelques mots avec l'hôtesse... Victoria se surprit à sourire, amusée. Elle le connaissait si bien !

— Excusez-moi.

Interrompue dans ses pensées, Victoria sursauta, puis se retourna. Elle reconnut aussitôt un des hommes d'affaires qu'elle avait vus sortir. Avec son chapeau melon et son col cassé, il ne pouvait passer inaperçu.

— Seriez-vous, par hasard, Mlle Victoria Bradshaw ? demanda l'homme.

Victoria remarqua qu'il tenait une enveloppe à la main.

— Oui, en effet, répondit-elle.

— C'est bien ce que je pensais. Cette lettre est pour vous. Un de vos amis m'a chargé de vous la remettre.

— Un de mes amis ?

— Oui. Un jeune homme barbu. Désolé, mais il ne m'a pas dit son nom. Il m'a juste demandé de vous donner ça.

— Mais il n'est pas dans l'avion ? s'étonna Victoria.

— Non. Il a eu un contretemps, si j'ai bien compris. Cette lettre doit certainement tout vous expliquer.

Victoria s'empara de l'enveloppe et reconnut immédiatement l'écriture d'Olivier.

— Mais où est-il ? s'inquiéta-t-elle.

— Je n'en sais rien. Il m'a seulement expliqué qu'il ne pouvait venir et m'a donné votre description, afin que je puisse vous remettre son message.

— Je vois. Bon, eh bien, merci. Je... je suis désolée que l'on vous ait mis à contribution.

— Ce n'est rien, je vous assure. Je dois partir maintenant, ma femme m'attend dans la voiture et elle va se demander ce qui m'arrive. Au revoir, mademoiselle, dit-il en soulevant légèrement son chapeau et en se dirigeant résolument vers la sortie.

— Au revoir, monsieur.

Victoria se retrouva seule. Les passagers étaient tous partis à présent. Le personnel de l'aéroport vaquait à ses occupations. Un homme en bleu de travail conduisait un chariot électrique bourré de bagages.

Abasourdie, Victoria resta là un bon moment, la lettre à la main, se demandant ce qu'elle pourrait bien en faire. De l'autre côté du hall d'accueil, il y avait un comptoir de rafraîchissements. La jeune femme décida d'aller s'asseoir sur un des grands tabourets et de commander un café noir bien serré.

— Du sucre ? demanda la serveuse en posant la tasse devant elle.

— Non, pas de sucre, merci.

Elle se décida enfin à ouvrir l'enveloppe.

— Quel temps de chien ! poursuivit la serveuse.

— Affreux, approuva Victoria en ouvrant son sac et en sortant de quoi payer son café.

— Il vous reste une longue route à faire ?

— Oui, je retourne dans le Sutherland.

— Oh, ma pauvre ! Quelle plaie ! Je préfère que ce soit vous que moi.

Victoria déplia sa lettre. Olivier l'avait écrite à la machine, et la jeune femme en ressentit une sorte d'appréhension. Les doigts serrés autour de sa tasse bien chaude, elle commença de lire.

Fulham, mardi 24 février

Victoria,

Si j'étais un homme différent, je te dirais que cette lettre a été difficile à écrire. Mais l'écriture n'a rien de difficile pour moi, même dans un cas comme celui-ci.

Je ne reviendrai pas en Ecosse. J'ai passé la plus grande partie de la journée avec mon agent littéraire.

Il m'a pressé d'aller à New York où Sol Bernstein, un metteur en scène de Broadway, m'attend pour signer le contrat de Un homme dans la nuit *avec, je l'espère, tous les honneurs dus à mon rang !*

Aussi vais-je prendre dès ce soir le premier avion pour New York.

Il ne peut pas me faire ça, songea Victoria, abattue. Mais si, il le peut, puisqu'il l'a déjà fait...

Je ne sais pas quand je reviendrai. Cette année, l'année prochaine, un jour, jamais... En tout cas, certainement pas dans un futur proche. Il y a trop d'intérêts en jeu pour envisager pareille éventualité, trop de choses à décider... Ma tête est près d'éclater.

Je ne pars pas sans avoir mûrement réfléchi. J'ai pensé à toi toute la nuit, en réalité. La nuit porte conseil, paraît-il. Dans l'obscurité et le calme, la vérité se fait jour. Les choses prennent leur vrai sens.

J'ai compris que je ne pourrais jamais vivre avec toi, ni avec aucune autre femme d'ailleurs. Il y a longtemps, quand je t'ai quittée pour la première fois, je t'ai avoué n'avoir jamais aimé. Rien n'a changé, quels que soient mes sentiments pour toi. Les seules choses vraiment excitantes de ma vie se passent dans ma tête. La création, l'écriture, rien d'autre ne compte pour moi.

Ma décision n'a rien à voir avec ce qui s'est passé à Benchoile, ni avec toi, ni avec le fait que tu aies écrit aux Archer. Ces quelques jours passés ensemble resteront inoubliables, un moment de bonheur comme je n'en avais jamais connu.

Revenons maintenant à des considérations matérielles. Tu vas devoir ramener Thomas à ses grands-parents, le rendre à leur affectueuse sollicitude. Leur attitude à mon égard m'indigne toujours autant, de même que le genre de vie étriquée qu'ils réservent à mon fils, mais il est évident que je n'ai pas d'autre solution.

Concernant la Volvo, tu n'auras probablement guère envie de la ramener jusqu'à Londres. Si tel est le cas, demande à Roddy d'essayer de la vendre sur place. Dis-lui que je lui écrirai à ce sujet.

Bien sûr, il y a l'épineux problème de l'argent... Je note le nom et l'adresse de mon agent au bas de cette lettre. Dès ton retour à Londres, tu peux le contacter. Il a tout pouvoir pour te donner l'argent dont tu auras besoin.

Voilà. Je ne voudrais pas terminer sur une note aussi prosaïque. Sache que j'aurais aimé que les choses se terminent autrement, bien que les fins heureuses ne soient pas vraiment dans mon registre.

Victoria pleurait. Les mots tremblotaient devant ses yeux et elle avait peine à les lire. Des larmes coulèrent sur le papier, brouillant la signature écrite à la main.

Prends soin de toi. J'aurais aimé pouvoir te dire que je t'aimais, mais je ne veux pas te mentir. Quant à l'affection que je te porte, je sais qu'elle ne te suffit pas.

Olivier

Victoria replia la lettre et la remit dans son enveloppe. Puis elle fouilla dans son sac à la recherche d'un mouchoir, en se disant qu'il ne servait à rien de pleurer. Avec deux heures de route à faire par ce temps épouvantable, elle finirait contre un arbre ou dans un fossé si elle ne se calmait pas. L'idée d'un possible accident la fit penser à Thomas. Que se passerait-il, si elle ne revenait pas, elle non plus ?

La serveuse ne put ignorer plus longtemps le chagrin de son unique cliente.

— Ça va ? demanda-t-elle.

— Oui, oui, mentit Victoria en se mouchant.

— Vous avez reçu de mauvaises nouvelles, c'est ça ?

— Non, pas vraiment. Mais je dois y aller, maintenant.

— Vous devriez prendre une autre tasse de café et manger quelque chose, lui conseilla la fille.

— Non, cela ira. Tout va bien maintenant, dit Victoria en esquissant un sourire.

Il ne restait plus que la Volvo dans le parking désert. Victoria sortit sa clé et s'installa au volant, prenant soin d'attacher sa ceinture. Au-dessus d'elle, un avion bourdonnait dans la nuit noire. Elle songea un instant à s'envoler pour une quelconque destination. Elle se vit, atterrissant sur un aéroport inondé de soleil, au milieu des palmiers, dans un endroit inconnu où elle pourrait panser ses blessures et repartir à zéro, tel un criminel en quête d'une nouvelle identité et d'une nouvelle vie.

Recommencer une nouvelle vie... C'était très exactement ce qu'Olivier venait de faire. Par une simple lettre, il s'était démis de ses responsabilités, s'en débarrassant comme il l'aurait fait d'un vieux manteau. A cette heure, il devait être au-dessus de l'Atlantique, bien loin de Victoria et de Thomas, uniquement préoccupé de son avenir personnel. Elle l'imaginait devant un whisky-soda, vibrant d'excitation à la pensée de l'aventure qu'il allait vivre à New York.

Olivier Dobbs...

Les seules choses vraiment excitantes de ma vie se passent dans ma tête.

Cette phrase à elle seule résumait la personnalité d'Olivier, Victoria le comprenait maintenant. Si elle avait été une intellectuelle comme lui, une jeune femme brillante diplômée de l'université, les choses auraient peut-être été différentes. Si elle avait vécu plus longtemps avec lui, si elle avait eu une plus forte personnalité, si elle avait été capable de lui résister, de se montrer indépendante, sans doute aurait-elle été à même de lui offrir ce qu'il attendait. Je me suis donnée à lui, se répétait Victoria, mais cela n'a pas suffi. Je l'aimais, mais lui ne m'a jamais aimée. J'étais prête à lui consacrer ma vie. A lui, et à Thomas aussi.

A la pensée de Thomas, son cœur s'emplit de tendresse. Lui, au moins, avait besoin d'elle. Et, pour lui, elle saurait se montrer calme, pratique, efficace. Elle rendrait l'enfant à ses grands-parents en essayant de faire le moins de vagues possible. Elle se vit en train de faire ses bagages, d'acheter les billets de train, de prendre un taxi pour Woodbridge, de sonner chez les Archer. Elle vit la porte s'ouvrir...

Au-delà, c'était le trou noir. Une fois Thomas sorti de sa vie, tout serait fini. La réalité et le rêve s'arrêtaient là.

Elle fit démarrer la voiture, alluma les phares, actionna les essuie-glaces et quitta le petit aéroport pour rejoindre la grand-route.

Deux heures plus tard, elle arrivait à Creagan, mais ce ne fut qu'au moment où elle s'engageait sur la route à une voie qui menait à Benchoile que Victoria eut le pressentiment que quelque chose n'allait pas. Le temps s'était amélioré, le vent était tombé et les nuages se déchiraient, laissant entrevoir quelques étoiles et une lune pâle, à l'est, bien trop pâle pour expliquer la teinte orangée que prenait le ciel devant elle. Plus troublantes encore étaient les immenses volutes de fumée qui s'élevaient à l'horizon.

Victoria baissa sa vitre et sentit l'odeur âcre d'un feu. Un feu ? Un feu de bruyères, vraisemblablement, qu'un paysan n'avait su contrôler et qui avait embrasé la colline. Non, ce n'était pas possible ; on ne brûlait pas de la bruyère en février, et même si c'était le cas, avec l'humidité, le feu serait éteint depuis longtemps.

Brusquement, Victoria eut peur. Elle appuya sur l'accélérateur, et la lourde Volvo s'élança dangereusement dans les tournants. Elle dépassa la maison des Guthrie, négocia l'ultime virage et comprit à cet instant que ce n'était pas de la bruyère qui brûlait, mais bien Benchoile. Benchoile était en flammes.

La Volvo franchit la grille en rugissant, roulant à toute allure vers le manoir. On y voyait comme en plein jour, et Victoria remarqua aussitôt les voitures de pompiers et l'énorme tuyau qui serpentait sur les graviers de la cour. Des gens au visage noirci et aux yeux rouges couraient dans tous les sens. Un homme traversa le faisceau de ses phares en criant des instructions, et Victoria reconnut Davey Guthrie.

Apparemment la grande maison était indemne, mais les écuries... Elle s'arrêta dans un crissement de pneus, et c'est tout juste si elle parvint à détacher sa ceinture et à ouvrir la portière tant ses mains tremblaient. La panique montait en elle et menaçait de l'étouffer.

Thomas !

Elle vit que la maison de Roddy avait presque entièrement brûlé. Seul le pignon de pierre restait debout, telle une ruine, son œil-de-bœuf se découpant sur le ciel rouge.

Et Thomas dans sa chambre au rez-de-chaussée, dans son lit... Elle devait savoir tout de suite ; elle n'avait pas le temps de poser des questions ni d'attendre des réponses. Elle courut vers le brasier, indifférente à la fumée et à la chaleur.

Mon Dieu, Thomas !

— Arrêtez ! cria un homme.

Mais rien n'aurait pu l'arrêter.

— Victoria !

Elle entendit quelqu'un courir derrière elle. Des bras

la saisirent et la tirèrent en arrière. Elle se débattit de toutes ses forces pour essayer de se dégager.

— Victoria !

C'était John Dunbeath. Malgré les coups de pied qu'elle lui lançait, il ne la lâcha pas et l'obligea à se retourner.

— Essayez de comprendre, hurla-t-elle, Thomas est là-dedans !

Il la saisit par les épaules et la secoua violemment.

— Thomas est sain et sauf, Victoria, tout va bien, il est hors de danger.

Elle se calma enfin. Sa respiration était haletante, difficile, comme si elle allait défaillir. Quand elle se sentit mieux, elle regarda John et vit, à la lueur du brasier, ses yeux injectés de sang, ses cils à moitié brûlés et ses vêtements noircis.

Elle réussit à articuler.

— Vraiment, c'est sûr ?

— Oui. Nous l'avons sorti à temps... Il va bien. Il va très bien.

Elle se sentit au bord de l'évanouissement, tant elle était soulagée. Elle ferma les yeux sans trouver la force d'expliquer à John qu'elle craignait de se trouver mal. Mais celui-ci avait compris car, l'instant d'après, il la soulevait dans ses bras et la portait jusqu'au manoir.

Peu après minuit, tout était terminé. Le feu était circonscrit, mais il ne restait plus des écuries que des ruines fumantes.

John avait réussi à sauver les deux voitures en les sortant du garage, tandis que Roddy appelait les pompiers. Puis, ensemble, ils avaient transporté sur la pelouse les bidons d'essence qu'ils gardaient en réserve pour la scie et la tondeuse. C'est seulement après que John s'était senti rassuré pour le manoir. Cela n'avait toutefois pas empêché le garage de flamber, et c'était un miracle si la grande maison avait échappé aux flammes.

A part John, tout le monde était maintenant couché. Thomas avait longuement pleuré, non de peur, mais parce qu'il avait perdu Piglet. Et personne n'avait pu lui expliquer pourquoi il ne reverrait plus son cochon favori. Ellen avait déniché de vieux jouets, mais quand elle lui avait donné l'ours du père de John, espérant le consoler, Thomas s'était remis à hurler de plus belle, à la vue de cette créature sans bras et râpée. Finalement, il était allé se coucher en serrant contre lui une locomotive en bois, à la peinture écaillée.

Si Ellen avait traversé ce drame avec son stoïcisme habituel, lorsque tout avait été fini, elle s'était mise brusquement à trembler sans pouvoir s'arrêter. John l'avait obligée à s'asseoir et à boire un cognac. Après quoi, Jess Guthrie avait accompagné la vieille gouvernante jusqu'à sa chambre.

Jess et Davey étaient arrivés sur les lieux bien avant les pompiers. Davey avait tout de suite organisé les équipes, aidé par les gars de Creagan arrivés en renfort.

Quant à Victoria... songea John brusquement, elle était bel et bien revenue seule d'Inverness, et personne n'avait songé à lui demander où était passé Olivier.

En la voyant ainsi surgir en plein drame et s'élancer vers le brasier, John n'avait eu qu'une seule et unique pensée : la sauver des flammes et la mettre à l'abri.

Lorsqu'elle avait été sur le point de s'évanouir, il l'avait portée tout naturellement dans le lieu qui lui avait paru le plus sûr, c'est-à-dire sa chambre. Là, il l'avait déposée sur son lit. Elle avait enfin ouvert les yeux et murmuré :

— Thomas est vraiment en sécurité, n'est-ce pas ?

Il l'avait rassurée, puis Jess Guthrie était arrivée avec une boisson chaude et des paroles de réconfort.

A présent, Victoria devait dormir. Demain matin, ils auraient tout le temps de bavarder.

Il était minuit et tout était fini.

John, tournant le dos au lac, regardait sa maison. Il était exténué, vidé, brisé, mais, en même temps, il ressentait une immense paix intérieure, comme il n'en avait pas connu depuis des années. Pourquoi ? C'était un mystère... La seule chose importante était que Thomas soit en vie. Et qu'Olivier Dobbs ne soit pas revenu de Londres... Il soupira d'aise, avec l'impression d'avoir accompli un exploit.

La tempête s'était éloignée, le vent était tombé et il ne restait plus que quelques voiles de brume. Dans la nuit maintenant paisible, la lune éclairait de ses reflets d'argent la masse sombre des eaux du lac. Un couple de canards s'envola... Des colverts, pensa John. Pendant un court moment, il les vit se détacher sur le ciel, avant de se fondre dans la nuit noire et silencieuse.

Bientôt, il perçut d'autres sons : la brise dans les cimes des pins, le clapotis des vagues contre la vieille jetée de bois. Il contempla la grande maison adossée aux collines.

Sa maison. Ses collines. Les collines de Benchoile.

Il resta ainsi un long moment, les mains dans les poches, jusqu'à ce qu'il se mette à trembler de froid. Il se retourna pour jeter un dernier regard vers le lac, et puis, lentement, il traversa la pelouse et rentra au manoir.

Roddy n'était pas monté se coucher. Il attendait dans la bibliothèque, affalé dans le fauteuil de Jock, à côté du feu mourant, l'air profondément abattu.

Le cœur de John se serra à la vue de son oncle. De tous, Roddy était celui qui souffrait le plus. Pas seulement parce qu'il avait perdu tout ce qui représentait sa vie : ses papiers, ses livres, ses meubles, sa maison, mais parce qu'il ne pouvait se pardonner ce qui était arrivé.

— J'aurais dû y penser, avait-il répété inlassablement, toute la soirée, mais je ne pense jamais à rien. Ce pauvre Jock m'a conseillé mille fois d'acheter un garde-feu, mais je remettais toujours à plus tard. Quel fainéant, quel minable je fais ! Et si Ellen n'avait pas pensé à Thomas... Et si toi, John, tu n'étais pas allé vérifier...

— Cesse de penser à ça, Roddy, puisque le drame a été évité, lui avait dit John pour le consoler. D'ailleurs, si Ellen n'était pas venue, moi non plus je n'aurais pas pensé à Thomas.

— Non, je suis impardonnable, absolument impardonnable...

A présent, John se tenait dans la bibliothèque glaciale et fixait son oncle avec sympathie et affection. Roddy semblait réellement inconsolable.

— Tu devrais aller te coucher, lui dit John, Jess a fait ton lit. Il ne sert à rien de rester ici toute la nuit.

Roddy se frotta les yeux.

— Non, en effet, cela ne sert à rien... Mais je crains de ne pouvoir trouver le sommeil, après tout ça.

— Dans ce cas...

John laissa sa phrase en suspens, puis remit une bûche dans la cheminée, et la souleva pour attiser la flamme. Roddy le regardait faire d'un air morose.

— C'est fini, dit John d'un ton ferme. N'y pense plus. C'est fini. Et, si cela peut atténuer ta culpabilité, souviens-toi que tu as tout perdu !

— C'est sans importance. Les biens matériels m'importent peu, tu sais.

— Alors, sers-toi un verre.

— Non, merci.

John s'efforça de cacher son étonnement.

— Est-ce que cela t'ennuie si j'en prends un ? demanda-t-il.

— Non, je t'en prie.

John se servit un fond de cognac avant de s'asseoir face à son oncle. Il leva son verre.

— Santé !

Une étincelle d'ironie brilla dans l'œil de Roddy.

— Tu deviens un véritable Ecossais.

— Mais je suis écossais ! Enfin, à moitié...

Roddy se leva de son fauteuil.

— Olivier n'est pas rentré de Londres ?

— Apparemment non.

— Je me demande pourquoi.

— Je n'en ai aucune idée.

— Crois-tu qu'il ait l'intention de revenir un jour ?

— Vraiment, je n'en sais rien. Je n'ai posé aucune question à Victoria à ce sujet, mais je pense que nous en saurons plus demain matin.

— C'est un bien étrange garçon, fit remarquer Roddy. Intelligent, c'est certain. Peut-être... (Son regard rencontra celui de John.) Peut-être un peu trop intelligent pour cette jeune femme.

— Je crois que tu as tout compris.

— Heureusement, elle a l'enfant.

— Tu vas être étonné, mais Thomas n'est pas son enfant.

Roddy leva un sourcil.

— Incroyable ! Là, tu marques un point, dit-il en secouant la tête. La vie est vraiment pleine de surprises, décidément.

— Oh ! mais j'ai encore de quoi t'étonner, plaisanta John.

— Vraiment ?

— Tu veux savoir ?

— Comment ça, maintenant ?

— Tu m'as dit que tu ne voulais pas aller te coucher. Alors, quitte à rester ici le reste de la nuit, nous pouvons tout aussi bien bavarder.

— D'accord, acquiesça Roddy. Vas-y. Je t'écoute...

15

MERCREDI

John Dunbeath, portant un plateau de petit déjeuner, poussa du pied la porte de la cuisine, puis il traversa le hall.

Dehors, la brise, qui avait succédé à la tempête de la veille, agitait les grands pins et troublait la surface du loch, tandis qu'un pâle soleil montait dans un ciel d'azur, pénétrant peu à peu dans la maison.

Le vieux labrador de Roddy était allongé au pied de l'escalier, profitant de la douce chaleur d'un rayon de soleil.

John gravit les marches lentement, prenant garde de ne rien faire tomber.

Arrivé à l'étage, il se dirigea vers sa chambre et, prenant le plateau en équilibre sur une main, frappa à la porte.

— Qui est-ce ? répondit aussitôt Victoria.

— Le garçon d'étage ! annonça John en ouvrant. Je vous apporte votre petit déjeuner, madame.

La jeune femme était assise dans son lit, toute fraîche, comme si elle était réveillée depuis déjà un certain temps. Les rideaux étaient ouverts, et un rayon de soleil éclairait un coin de la commode, glissant comme une coulée d'or sur le tapis.

— La journée s'annonce magnifique, dit John en

déposant de façon théâtrale le plateau sur les genoux de Victoria.

— Je n'avais pas besoin de prendre mon petit déjeuner au lit, protesta-t-elle.

— Mais si. Comment avez-vous dormi ?

— Comme si j'avais été droguée. J'allais descendre, vous savez. J'ai oublié de remonter ma montre et je n'ai aucune idée de l'heure qu'il est.

— Presque neuf heures et demie.

— Vous auriez dû me réveiller !

— J'avais décidé de vous laisser dormir.

Victoria portait une chemise de nuit pêche en crêpe de Chine, qu'Ellen lui avait donnée la veille et qui avait appartenu à Lucy Dunbeath, de même que le châle en shetland blanc qu'elle avait jeté sur ses épaules. John remarqua des cernes sombres sous les yeux de la jeune femme, qui lui parut encore plus fragile que d'ordinaire.

Victoria regarda autour d'elle.

— C'est votre chambre, n'est-ce pas ? Quand je me suis réveillée, je ne savais plus où j'étais. Je ne me trompe pas, c'est bien votre chambre ?

— En effet. C'était le seul lit qui était fait à ce moment-là.

— Et vous, où avez-vous dormi ?

— Dans le petit salon de mon oncle Jock, expliqua-t-il.

— Et Roddy ?

— Dans la chambre de Jock. Il y est toujours, d'ailleurs. Nous sommes restés à bavarder dans la bibliothèque jusqu'à quatre heures du matin. Il doit rattraper les heures perdues.

— Et... Thomas ? balbutia-t-elle comme si le simple fait de prononcer ce nom lui faisait mal.

John approcha une chaise et s'installa à côté d'elle, ses longues jambes étendues devant lui, ses bras croisés sur la poitrine.

— Thomas est en bas à la cuisine, répondit-il. Il prend son petit déjeuner avec Ellen et Jess. Et vous, pourquoi n'attaquez-vous pas le vôtre, avant qu'il ait complètement refroidi ?

Victoria jeta un regard dénué d'enthousiasme à son œuf à la coque et à ses toasts.

— En fait, je n'ai pas faim.

— Allez ! Mangez, cela vous fera du bien.

Elle commença de briser la coquille de l'œuf, puis reposa sa petite cuillère.

— John, j'ignore tout des circonstances de ce drame... Que s'est-il passé exactement ?

— Nous n'en savons rien. Le feu s'est déclaré alors que Roddy et moi prenions un verre dans la bibliothèque avant de dîner. Roddy avait remis quelques bûches dans sa cheminée en quittant les écuries. Comme d'habitude, des étincelles ont probablement volé sur le tapis. Mais il n'y avait personne pour les écraser et le vent soufflait fort hier... Cela a dû les attiser, et je suppose qu'en un instant la pièce s'est transformée en un véritable brasier.

— Mais comment vous en êtes-vous aperçu ?

— Quand elle est venue nous dire que le souper était prêt, Ellen nous a reproché d'avoir laissé Thomas tout seul. Alors, j'ai voulu vérifier si tout allait bien... C'est alors que j'ai trouvé les écuries en flammes.

— C'est affreux... murmura-t-elle d'une voix éteinte. Et qu'avez-vous fait ?

Il lui raconta les faits en s'efforçant toutefois de les minimiser. Il voyait Victoria suffisamment bouleversée pour ne pas lui infliger des descriptions cauchemardesques de chambre d'enfant emplie de fumée noire, de plafond en train de s'effondrer et de brasier ronflant au-dessus de leurs têtes. Mais il savait que, pour sa part, il garderait cette vision d'horreur jusqu'à la fin de ses jours.

— Tom devait être terrorisé, j'imagine.

— Evidemment. N'importe quel adulte l'aurait été, alors un enfant... Mais nous nous en sommes bien sortis. Ellen s'est occupée de Thomas pendant que Roddy alertait les pompiers. De mon côté, je sortais les voitures du garage avant que tout n'explose et que nous ne soyons tous expédiés au paradis !

— Avez-vous réussi à sauver quelque chose de la maison de Roddy ?

— Rien. Absolument rien. Tout ce qu'il possédait est parti en fumée.

— Pauvre Roddy !

— Cette perte ne semble guère l'affecter. Ce qui le bouleverse, c'est le sentiment d'être la cause de ce drame. Il ne cesse de répéter qu'il aurait dû se montrer plus attentif, qu'il aurait dû avoir un garde-feu, qu'il n'aurait jamais dû laisser Thomas seul...

— Ce doit être terrible pour lui !

— Cela va mieux depuis que nous en avons discuté. Thomas, quant à lui, est en pleine forme, mais il réclame Piglet à cor et à cri ! Il a dormi avec une vieille locomotive en bois. Le pauvre n'a plus rien à se mettre, à part le pyjama qu'il avait sur lui. Jess va l'emmener à Creagan pour lui racheter quelques vêtements.

— J'ai vraiment cru qu'il se trouvait au milieu des flammes... Je veux dire, quand je suis revenue de l'aéroport. Sur la route, j'ai d'abord pensé qu'il s'agissait d'un feu de bruyères, et c'est seulement en arrivant que j'ai compris. En voyant la maison de Roddy en feu, je n'ai plus eu qu'une seule idée : sauver Thomas, le sortir de cette fournaise à tout prix...

Sa voix recommençait à trembler.

— Heureusement, il n'y était pas, l'interrompit John. Il devait même déjà dormir quand vous êtes arrivée.

Victoria prit une profonde inspiration.

— C'est curieux, pendant toute la route depuis Inverness, je n'ai pas cessé de penser à lui...

— Au fait, Olivier n'est pas revenu de Londres finalement, dit John en prenant le ton le plus naturel possible.

— Non. Il... Il m'a fait passer un message.

Victoria se força à entamer son petit déjeuner, comme si cela pouvait l'aider à cacher son trouble.

— Un message ?

— Il avait donné une lettre pour moi à un des passagers du vol à destination d'Inverness ; l'homme me l'a remise alors que j'attendais dans le hall d'arrivée.

— Et que disait cette lettre ?

Victoria abandonna toute velléité de manger et repoussa son plateau. Puis elle se cala sur ses oreillers et ferma les yeux.

— John, il ne reviendra pas à Benchoile, laissa-t-elle tomber, l'air exténué. Il s'apprêtait à partir pour New York, quand il a écrit sa lettre. Il doit déjà y être. Une de ses pièces va être montée à Broadway...

Bien que redoutant la réponse, John eut le courage de poser la question qui lui brûlait les lèvres.

— Est-ce qu'il compte revenir en Angleterre ?

— Je suppose qu'il reviendra... Cette année, l'année prochaine, un jour, jamais... Tels sont les termes qu'il a employés, répondit Victoria en rouvrant les yeux. De toute façon, il ne reviendra pas dans un avenir proche...

Elle marqua une pause, et John attendit patiemment qu'elle continue.

— John, il m'a quitté, dit-elle d'un ton neutre comme si toute cette histoire était sans importance. C'est la deuxième fois qu'il me quitte, d'ailleurs. Cela devient une habitude... (Elle esquissa un pâle sourire et poursuivit :) Je sais, vous m'avez mise en garde contre Olivier, mais je pensais vraiment que, cette fois-ci, tout était différent, qu'il avait mûri, qu'il voulait bâtir un foyer pour Thomas... se marier.

John ne la quittait pas des yeux. La brusque disparition d'Olivier Dobbs et le choc de l'incendie semblaient avoir agi comme une catharsis. En tout cas, plus aucune barrière n'existait entre eux dorénavant. Abandonnant toute réserve, Victoria se montrait enfin honnête avec elle-même comme avec lui, et John en éprouva un sentiment de triomphe. Finalement, concernant Olivier, il avait vu juste.

— Avant-hier, sur la plage, je n'ai pas voulu vous écouter. Mais vous aviez raison... Tout à fait raison à propos d'Olivier.

— Dire que j'aurais préféré avoir tort serait malhonnête de ma part.

— Faites-moi grâce du « Je vous l'avais bien dit » de rigueur dans ce genre de situation.

— Ce sont des paroles que je ne prononce jamais, soyez rassurée.

— Vous savez, Olivier n'a besoin de personne, c'est ça le problème. Il le reconnaît implicitement d'ailleurs dans sa lettre, quand il dit que l'écriture est la seule chose au monde qui le passionne. J'avoue que c'est un peu dur à digérer pour moi...

— Qu'allez-vous faire à présent ? s'inquiéta John.

Victoria haussa les épaules.

— Franchement, je ne sais pas par où commencer. Olivier me conseille de ramener Thomas chez les Archer. J'ai essayé d'imaginer la scène... Je me demande vraiment ce que je vais dire, une fois devant eux... Quant à perdre Thomas, c'est un véritable crève-cœur. Il faut aussi que je règle le problème de la voiture. Olivier suggère que je la laisse ici pour que Roddy tente de la vendre. J'aurais pu la prendre pour rentrer à Londres, mais avec Thomas cela me semble difficile. Non, il vaut mieux que je prenne le train et que...

Exaspéré, John lui coupa la parole.

— Taisez-vous, Victoria, ordonna-t-il d'un ton sec. Je ne veux pas entendre un mot de plus.

Interrompue au beau milieu de sa phrase, étonnée par sa brusquerie, la jeune femme le fixait, bouche bée.

— Mais... Vous comprenez, j'ai tant de choses à régler...

— Vous n'avez rien à régler. Je m'occupe de tout.

— Mais vous avez déjà assez de soucis avec cet incendie, Roddy et Benchoile.

— Je m'organiserai pour ramener Thomas à ses grands-parents. Avant tout, il va falloir que je les calme, parce que, vu la façon dont les choses se sont passées, ils doivent en avoir sérieusement besoin ! Je m'occuperai de Thomas et de vous ; quant à la Volvo, elle peut pourrir dans son coin, je m'en contrefiche ! Comme je me contrefiche d'Olivier Dobbs et de son foutu génie littéraire ! Qu'il aille au diable ! Je ne veux plus entendre prononcer le nom de ce salaud totalement égocentrique ! Est-ce clair ?

Victoria fit mine de réfléchir.

— Vous ne l'avez jamais beaucoup aimé, n'est-ce pas ? dit-elle.

— Non, mais j'essayais de ne pas le montrer.

— Ça se voyait tout de même, vous savez...

Il eut soudain envie de rire.

— Il a eu de la veine que je ne lui envoie pas mon poing dans la figure !

Il consulta sa montre, s'étira comme un chat, puis se leva.

— Où allez-vous ? demanda Victoria.

— Je descends. J'ai un million de coups de fil à passer. Et maintenant que vous n'avez plus de soucis, vous allez me faire le plaisir d'avaler ce petit déjeuner.

— Je viens de penser à quelque chose.

— Quoi donc ?

— Mon coquillage. Il était sur le rebord de la fenêtre de ma chambre. Dans la maison de Roddy.

— Nous en trouverons un autre.

— Il me plaisait tant...

John ouvrit la porte.

— La mer regorge de merveilles, Victoria !

Dans la cuisine, John trouva Jess Guthrie épluchant des pommes de terre, au-dessus de l'évier.

— Jess, où est Davey ?

— Il est parti dans les collines de bon matin.

— Quand revient-il ?

— Vers midi. Il redescend pour déjeuner.

— Dites-lui de passer me voir dans l'après-midi... Disons, vers deux heures et demie. J'ai à lui parler.

— Je transmettrai, c'est promis.

Mon amour, si tu pars,
Je trouverai une autre demoiselle,
Là où le thym sauvage des montagnes
Pousse parmi la bruyère en fleur.
Viendras-tu, Lassie, viendras-tu ?

Il entra dans la bibliothèque et referma soigneusement la porte derrière lui. Après avoir allumé le feu dans la cheminée, il s'assit au bureau de son oncle afin de passer ses coups de fil.

Il appela d'abord son bureau. Il parla avec sa secrétaire, son vice-président et quelques collègues. Puis il demanda aux renseignements l'adresse et le numéro de téléphone des Archer, à Woodbridge. Après s'être longuement entretenu avec eux, tranquillisé, il téléphona à la gare d'Inverness pour réserver trois places de train pour le lendemain. Il appela MacKenzie, le notaire, ainsi que Leith et Dudgeon, ses hommes d'affaires. Enfin, sur sa lancée, il informa la compagnie d'assurances de l'incendie de la veille.

Il était presque midi lorsqu'il eut terminé. Après avoir calculé l'heure qu'il était dans le Colorado, John décida d'appeler son père. Il tira le brave homme de son sommeil et discuta avec lui pendant une bonne heure.

Il ne lui restait plus qu'une chose à faire : téléphoner à Tania Mansell. Il composa son numéro à Londres, mais la ligne était occupée. Il raccrocha, et ne jugea pas utile de renouveler son appel.

16

JEUDI

Les valises avaient été rapidement faites pour la bonne raison qu'ils n'avaient plus rien. Tout ce que Victoria et Thomas avaient emporté à Benchoile avait brûlé. Ils n'avaient donc pour tout bagage qu'un sac contenant le pyjama de Thomas et la vieille locomotive qu'Ellen avait proposé à l'enfant de garder.

Les adieux allaient certainement être intenses mais brefs, les Highlanders n'étant guère démonstratifs. Le petit déjeuner à peine avalé, John, qui se comportait comme un père de famille soucieux de la ponctualité, leur demanda de se presser. Il avait troqué ses confortables vêtements de campagne contre un costume foncé et une cravate qui changeaient complètement son apparence. Même son comportement était différent. L'hôte aimable et insouciant de ces derniers jours avait fait place à un homme responsable, habitué à commander et à être obéi.

Victoria trouvait cette nouvelle facette de sa personnalité plutôt rassurante. Avec ce genre d'homme on se sentait en sécurité ; pas de panne, pas de billets égarés ni de train raté.

— Allez ! il est temps de partir, insista John.

Ellen enfourna le dernier morceau de toast dans la bouche de Thomas, puis elle essuya l'enfant avec soin et le sortit de sa chaise haute. Elle l'avait soigneusement coiffé avec une raie sur le côté, et il portait la salopette écossaise et le pull bleu que Jess lui avait achetés à Creagan, en même temps qu'un anorak rouge et des chaussures noires à lacets. La boutique étant tenue par sa belle-sœur, Jess avait obtenu un bon prix.

Ellen mourait d'envie de l'embrasser mais pas devant tout le monde. Ses yeux s'embuaient depuis quelque temps aux moments les plus inopportuns, mais pour rien au monde elle ne se serait laissée aller à pleurer. Même aux mariages ou aux enterrements, Ellen se contentait de vous serrer longuement la main. Rien de plus.

— Voilà, mon mignon, dit-elle à Thomas en le posant par terre. Enfile ça, maintenant.

Elle attrapa le joli anorak rouge, aida l'enfant à le mettre, puis se baissa pour remonter la fermeture Eclair.

Ils étaient tous prêts. Victoria avala à la hâte sa dernière gorgée de café en jetant un coup d'œil à Roddy par-dessus sa tasse.

Il n'avait plus l'air abattu et semblait s'être remarquablement bien remis de cet incendie, dans lequel, pourtant, il avait tout perdu. Il s'était organisé très rapidement, et, la veille, avait passé la plus grande partie de la journée avec l'assureur. Il s'était installé au manoir, dans les appartements de Jock, et n'appréhendait plus de mettre des bûches dans la cheminée de la bibliothèque qui, il est vrai, était entourée d'un dallage de marbre et possédait un garde-feu digne d'un club londonien. Cela n'empêchait pas Roddy de clamer qu'il s'en procurerait un autre encore plus efficace, un de ceux dont il avait vu la publicité dans les magazines.

— Allez ! Nous devons partir à présent, répéta John une ultime fois.

Comme un seul homme, ils quittèrent la cuisine, et, sans s'attarder dans le hall, sortirent les uns après les autres.

Dehors il faisait froid et sec, une légère gelée matinale recouvrait encore la pelouse, mais la journée s'annonçait belle. Du regard, Victoria dit adieu au parc, au loch et, au-delà, aux collines étincelantes. Elle dit adieu au manoir si paisible et si accueillant, aux ruines calcinées de ce qui avait été le domaine de Roddy, adieu à ce qui n'avait été qu'un rêve, ou peut-être un cauchemar... Cela, seul l'avenir le lui dirait.

— Oh ! Roddy, s'exclama-t-elle, émue.

Roddy lui ouvrit les bras, et ils s'embrassèrent.

— Revenez, dit-il. Revenez nous voir.

Il l'embrassa de nouveau sur les deux joues avant de la laisser partir. Thomas, ravi à l'idée d'aller se promener en voiture, s'était déjà installé sur le siège arrière et avait sorti la locomotive de son sac.

— Au revoir, Ellen, dit Victoria.

— Je suis heureuse de vous avoir connue, répondit la vieille gouvernante en lui tendant une main rouge et noueuse.

— Vous avez été incroyablement prévenantes et attentionnées, vous et Jess. Je tenais à vous en remercier.

— Sauvez-vous ! intima Ellen pour cacher son émotion. Ne faites pas attendre John. Allez, en voiture !

Seul John fut autorisé à l'embrasser. Elle dut se hisser sur la pointe des pieds pour recevoir son baiser, puis aussitôt, elle sortit un mouchoir de sa manche.

— Oh ! quel vent ! lança-t-elle à la cantonade, j'en ai les yeux qui piquent.

— Roddy...

— Au revoir, John.

Les deux hommes se serrèrent la main en se souriant. Le drame qu'ils venaient de traverser ensemble semblait les avoir rapprochés.

— Je reviens bientôt, dit John. Je t'appellerai pour te dire quand.

— Quand tu veux, répondit Roddy.

Les adieux étant terminés, ils montèrent en voiture, accrochèrent leur ceinture, et John démarra. Victoria eut à peine le temps de se retourner pour faire un dernier signe de la main à Roddy et Ellen que la voiture tournait déjà derrière la haie de rhododendrons.

— Je déteste les adieux, dit Victoria.

John, qui conduisait très vite, fixait attentivement la route.

— Moi aussi, répondit-il.

Sur le siège arrière, Thomas faisait rouler sa locomotive.

— Vroom! Vroom! psalmodiait-il.

Il joua ainsi pendant tout le trajet en voiture, puis continua dans le train, s'arrêtant seulement pour aller déjeuner, dormir ou regarder par la fenêtre. Le train filait dans un bruit assourdissant, et, à mesure qu'ils descendaient vers le sud, des nuages s'amoncelaient dans le ciel. Bientôt, la pluie se mit à tomber. Les collines étaient loin derrière eux maintenant, et la campagne s'étirait à perte de vue, plate et monotone. A ce spectacle, l'humeur de Victoria s'assombrit.

Là-bas, à près de mille kilomètres de chez elle, il était facile d'envisager l'avenir, mais maintenant, alors que chaque tour de roue la rapprochait inexorablement de son destin, elle sentait l'angoisse l'envahir.

Pourtant, ce n'était pas son avenir personnel qui l'inquiétait; la vie se chargerait de lui montrer le chemin à suivre. Quant à Olivier, elle refusait pour l'instant d'y penser. Plus tard, quand elle se retrouverait chez elle, au milieu de ses objets familiers, elle aurait le courage de revenir sur cet épisode douloureux de sa vie. Et puis, il y avait les amis, si précieux dans l'adversité. Elle songea à Sally et à son jugement péremptoire sur les hommes... Oui, Sally l'aiderait à donner à cette péripétie la place qu'elle méritait.

A la réflexion, la seule chose qui l'angoissait vraiment était de devoir remettre Thomas aux Archer, d'avoir à lui dire adieu pour toujours. Si elle n'avait aucune idée de ce qu'elle leur dirait, Victoria imaginait très bien ce que les grands-parents de Tom lui reprocheraient. Elle s'était rendue complice d'Olivier, après tout.

Le pire de tout serait que Thomas refuse de retourner chez lui, qu'il fonde en larmes en voyant les Archer, qu'il pique une crise de nerfs en s'accrochant à Victoria.

En deux semaines, le petit garçon s'était habitué à elle, se montrant toujours gai et affectueux. Victoria était en proie à des sentiments contradictoires : d'un côté, elle souhaitait que Thomas montre combien il était attaché à elle ; de l'autre, elle redoutait une scène déchirante.

Elle regarda l'enfant assis en face d'elle, ses petites jambes étendues sur la banquette, sa tête ébouriffée posée contre l'épaule de John. Sur les pages jaunes du *Financial Times*, celui-ci avait dessiné au feutre un cheval, une vache, une maison et attaquait à présent un cochon.

— Il a un gros nez pour mieux renifler et trouver sa nourriture et une petite queue en tire-bouchon, expliquait-il à mesure qu'il dessinait.

Thomas éclata de rire et se blottit un peu plus contre John.

— Encore ! encore ! demanda-t-il avant de remettre son pouce dans sa bouche.

Victoria ferma les yeux et appuya sa tête contre la vitre hachurée de pluie. Il était plus aisé de retenir ses larmes, les yeux fermés.

La nuit tomba bien avant qu'ils atteignent Londres.

Thomas s'était endormi, et, quand le train s'arrêta, Victoria dut le prendre dans ses bras. John attrapa sa valise et le sac contenant les affaires de Thomas, et ils descendirent sur le quai sombre, pour se retrouver dans l'agitation des passagers, des porteurs et des camionnettes de la poste.

Chargée de son lourd fardeau, Victoria se voyait mal se frayer un chemin à travers la cohue et attendre des heures un taxi...

Elle dut bien vite reconnaître qu'elle avait sous-estimé John Dunbeath quand, de la foule, surgit une silhouette grise, en uniforme et casquette.

— Bonsoir, monsieur Dunbeath.

— George ! Quel miracle ! Comment avez-vous fait pour nous trouver si rapidement ? s'exclama John.

— J'ai demandé au bureau d'information, et on m'a dit que les premières étaient en queue de train.

Sans plus attendre, il s'empara des bagages, permettant ainsi à John de récupérer Thomas. Puis ils se dirigèrent vers la sortie.

— Qui est-ce ? demanda Victoria, qui devait presque courir pour rester à la hauteur des deux hommes.

— C'est le chauffeur de la banque. J'avais demandé à ma secrétaire qu'il vienne nous chercher avec ma voiture.

Devant la gare, ils attendirent quelques minutes, le temps que George aille chercher l'Alfa-Romeo garée au parking. Lorsqu'il revint, il laissa sa place à John tandis que Victoria déposait Thomas toujours endormi sur le siège arrière.

— Merci beaucoup, George. C'est très gentil à vous. Comment allez-vous rentrer ?

— Je prendrai le métro, monsieur. C'est direct.

— Bien, merci encore.

— Il n'y a vraiment pas de quoi, monsieur Dunbeath, répondit George avant de s'éloigner.

— Comme c'est agréable ! s'exclama Victoria.

— Agréable ?

— Oui. Enfin, je veux dire, comme il est agréable d'être ainsi attendu, de ne pas avoir à faire la queue pour un taxi ou à prendre un métro bondé.

— C'est toute la différence entre l'improvisation et l'organisation.

Ils filèrent vers l'ouest, sous une pluie battante. Trois quarts d'heure plus tard, ils quittaient l'autoroute pour prendre la direction de Woodbridge. Dans la nuit, des lumières brillaient ici et là aux fenêtres des petites chaumières de brique rouge perdues au milieu des champs. A un moment, ils traversèrent un pont alors qu'un train passait au-dessous.

— Cela porte bonheur, fit remarquer John.

— Qu'est-ce qui porte bonheur ?

— De traverser un pont au moment où un train passe au-dessous, expliqua John.

— Connaissez-vous d'autres choses qui portent bonheur ? demanda Victoria, qui avait bien besoin d'un peu de baume au cœur.

— Deux lettres qui se croisent. Vous écrivez à quelqu'un, qui lui-même vous écrit, et vos lettres se croisent. Ça, c'est infaillible.

— Je crains que cela ne me soit jamais arrivé.

— Et puis il y a les trèfles à quatre feuilles, les pattes de lapin, la nouvelle lune...

— C'était la nouvelle lune, le soir de l'incendie, l'interrompit Victoria.

— Dans ce cas, supprimons la nouvelle lune de la liste, plaisanta John.

Mais déjà les lumières de Woodbridge scintillaient devant eux. Ils dépassèrent la pancarte indiquant l'entrée du bourg et, après un virage, s'engagèrent dans ce qui devait être la rue principale. Tout en roulant au pas, ils passèrent devant un pub dont l'enseigne lumineuse clignotait, puis devant un salon de coiffure.

— Le problème est que nous ne savons pas où ils habitent...

— Mais nous allons bientôt le savoir ! Il suffit de chercher sur la droite une maison de brique rouge avec une porte peinte en jaune pâle. C'est la seule maison à deux étages de toute la rue. Tenez ! La voilà.

John se gara le long du trottoir. Victoria remarqua le perron, le joli auvent et les hautes fenêtres éclairées.

— Comment savez-vous qu'il s'agit bien de cette maison ? demanda-t-elle.

Il coupa le moteur.

— Parce que j'ai téléphoné à Mme Archer, tout simplement.

— Elle était furieuse, n'est-ce pas ? s'inquiéta Victoria.

— Non, répondit John en ouvrant la portière, je l'ai trouvée charmante.

Thomas, réveillé par le brusque arrêt de la voiture, se frotta les yeux en bâillant. Puis il se mit à regarder fixement devant lui avec l'expression ahurie de quelqu'un qui vient de découvrir qu'on lui a joué un tour. Il serra sa locomotive contre lui.

— Tu es à la maison, lui expliqua doucement Victoria, en lissant ses cheveux avec la main dans l'espoir de le rendre un peu plus présentable.

Thomas cligna les yeux. Apparemment, le mot « maison » ne signifiait pas grand-chose pour lui. John ouvrit la portière arrière et prit Thomas dans ses bras, tandis que Victoria récupérait le sac contenant le pyjama de l'enfant.

Arrivé devant la porte jaune, John appuya sur la sonnette. Presque immédiatement, il y eut un bruit de pas précipité et un homme leur ouvrit. La lumière de l'entrée se déversa sur eux trois, et ils se trouvèrent comme des acteurs pris sous le faisceau des projecteurs.

— Bonsoir, monsieur Archer. Je suis John Dunbeath.

— Oui, bien sûr...

La soixantaine grisonnante, pas très grand, l'homme avait l'air très sympathique. Il n'essaya pas de prendre Thomas des bras de John, se contentant de le regarder, l'air attendri.

— Alors, mon petit vieux, de retour au bercail! lança-t-il, avant d'ajouter à l'intention de ses visiteurs : Je vous en prie, entrez!

Ils s'avancèrent dans l'entrée, et M. Archer referma la porte derrière eux. John remit Thomas sur ses pieds.

— Je vais appeler ma femme, dit le grand-père de Thomas, je ne pense pas qu'elle vous ait entendus sonner.

Mais Mme Archer les avait parfaitement entendus, car l'instant d'après elle était là. D'allure très jeune malgré ses cheveux blancs, elle portait une jupe bleue et un cardigan assorti.

La voyant ses lunettes à la main, Victoria l'imagina assise dans un fauteuil, essayant de lire ou de faire des mots croisés en attendant le retour de son petit-fils.

Il y eut un silence. Thomas et elle se regardèrent au fond des yeux, puis elle se mit à sourire.

— C'est qui, ça? demanda-t-elle doucement. Hein, mon Thomas, c'est qui?

Un grand froid parcourut Victoria. Mais Thomas, après un silence étonné, comprit soudain où il se trouvait. Lentement, son visage s'illumina. Il prit une grande inspiration et lâcha sa première phrase convenable depuis deux semaines :

— C'est ma mamie! s'écria-t-il en se jetant dans les bras de sa grand-mère.

Ce fut un moment très émouvant. Mme Archer embrassait son petit-fils, riant et pleurant tout à la fois. Son mari sortit un grand mouchoir et se moucha bruyamment. Alertée par le bruit, une jeune fille, jolie comme un cœur, fit son apparition, dévalant les escaliers quatre à quatre, si bien que, lorsque Mme Archer se laissa convaincre de laisser respirer Thomas, celui-ci fut aussitôt happé par d'autres bras aimants.

Quand on l'eut enfin remis à terre, l'enfant put aller vers son grand-père, qui, à son tour, le serra contre lui, avant de le faire sauter en l'air. Thomas, qui de toute évidence appréciait les manières énergiques de M. Archer, riait et poussait de petits cris stridents.

Victoria n'avait qu'une envie : s'enfuir, avant qu'on ne l'accable de reproches. Mais comment faire sans paraître impolie ?

Ce fut Thomas qui finalement mit fin à ces retrouvailles. Se libérant de l'étreinte de son grand-père, il courut vers les escaliers qui menaient à sa chambre. Il venait de se souvenir de tous les trésors qui l'attendaient là-haut.

Ses grands-parents laissèrent la jeune fille au pair l'accompagner. Comme ils disparaissaient à l'étage, Victoria tira discrètement la manche de John. Si elle le remarqua, Mme Archer ne le montra pas.

— Je suis désolée de vous avoir laissés debout comme ça... Mais c'était si..., balbutia-t-elle en essuyant quelques larmes de joie et en se mouchant délicatement dans son mouchoir de dentelle. Venez prendre un verre, je vous en prie.

— Nous ferions mieux de partir..., suggéra Victoria.

Mais Mme Archer ne voulut rien savoir.

— Allez, vous n'êtes pas si pressés ! Venez vous asseoir un petit moment près du feu, dit-elle en indiquant la porte du salon. Edward, je suis sûre que M. Dunbeath prendrait volontiers quelque chose.

Il n'y avait plus qu'à obtempérer.

Le salon tapissé de chintz était agréable, avec ce bon feu qui ronronnait dans la cheminée. Sur le piano à queue, dans de jolis cadres d'argent, étaient posées toutes sortes de photos de famille, tandis qu'ici et là des pots de jacinthes embaumaient l'atmosphère. C'était un endroit chaud et accueillant, et cela était à l'évidence l'œuvre de Mme Archer.

Victoria se détendit un peu. Les deux hommes étaient partis, sans doute chercher des boissons, et Mme Archer et elle restaient seules.

La jeune femme s'assit avec précaution sur le joli canapé, mais Mme Archer n'avait pas l'air de se formaliser de la voir déranger les coussins parfaitement alignés.

— Voulez-vous une cigarette ? Ah ! Vous ne fumez pas... Vous devez être affreusement fatiguée. Je sais ce que c'est que de voyager avec un petit garçon aussi remuant.

Victoria était confuse d'être accueillie avec tant de gentillesse, alors qu'elle avait imaginé le pire de la part de Mme Archer et de son mari.

— Je crois que Thomas a été très heureux durant ces petites vacances, dit-elle.

— C'est vous qui avez écrit cette gentille lettre, n'est-ce pas ? Vous êtes Victoria ?

— Oui.

— C'était fort aimable de votre part. Plein d'égards.

— Hum... Olivier m'en a beaucoup voulu.

— Je voudrais que vous m'excusiez à ce sujet. Pour ma part, je n'aurais jamais essayé de vous joindre, mais mon mari, à la lecture de la lettre, est devenu fou furieux, et je n'ai pu l'empêcher de téléphoner et de s'expliquer avec Olivier. D'habitude, il m'écoute, mais là, je n'ai pas eu mon mot à dire.

— Tout cela n'a plus d'importance, de toute façon.

— Je l'espère. Vous voyez, Edward n'a jamais pu supporter Olivier, même quand il a épousé notre fille, mais il adore Thomas. Quand Olivier a enlevé son petit-fils, vous pouvez imaginer sans peine quelle fut sa réaction. Helga en a fait une dépression, la pauvre fille, comme si tout avait été sa faute. Et moi qui n'avais aucune idée de l'endroit où se trouvait Thomas, j'ai vécu un véritable cauchemar.

— Je vous comprends.

— Oui, je le pense, admit Mme Archer en s'éclaircissant la gorge. Votre... Votre ami, M. Dunbeath, m'a appelé hier pour me dire que vous me rameniez Thomas. Il m'a appris qu'Olivier était parti aux Etats-Unis.

— En effet.

— Pour monter une pièce, à ce que j'ai cru comprendre.

— Oui, c'est exact.

— Pensez-vous qu'il va revenir ?

— Un jour ou l'autre, probablement. Vous savez, je pense qu'Olivier aime son fils, mais à sa façon. Disons... qu'il n'est pas doué pour la paternité.

Les regards des deux femmes se croisèrent, puis Mme Archer ajouta d'une voix douce :

— Ni pour la paternité ni pour le mariage, ma chère petite.

— Vous avez sans doute raison.

— C'est un destructeur !

Personne d'autre que cette femme n'aurait pu le lui dire. Victoria savait qu'elle disait la vérité, et pourtant...

— Je ne sais pas, je n'ai pas le sentiment qu'il ait cherché à me détruire, dit-elle.

Les hommes revinrent, M. Archer portant un plateau avec des verres et des bouteilles, John suivant avec le siphon. La conversation prit un tour plus anodin ; on parla du temps qu'il faisait en Ecosse et dans le Hampshire, de l'état du marché financier et des fluctuations du dollar et de la livre.

John servit un whisky à Victoria sans même attendre

qu'elle le lui demande. Elle lui en fut reconnaissante, comme elle lui était reconnaissante de tout ce qu'il avait fait pour elle ces derniers temps... Il lui apparut soudain comme un homme d'une grande finesse et d'une infinie sensibilité. C'était sans doute l'être le plus gentil qu'elle eût jamais connu. Elle ne l'avait entendu dire du mal de quelqu'un qu'une seule fois. C'était à propos d'Olivier, et il fallait reconnaître que celui-ci l'avait bien mérité.

Elle l'observa tandis qu'il conversait avec les Archer. Elle s'attarda sur sa chevelure brune, ses yeux sombres, sur ce visage sérieux qui tout à coup s'illuminait d'un resplendissant sourire. Après une journée de voyage, il n'accusait pas la moindre fatigue et paraissait aussi frais et dispos qu'à son départ de Benchoile. C'était peut-être ce qu'elle admirait — et enviait — le plus chez lui : cette force et cette résistance dont elle savait pour sa part manquer cruellement.

C'était un roc que rien ne pouvait abattre. La vie serait toujours belle pour lui, parce qu'il aimait les gens et qu'il était aimé en retour.

Même au téléphone, cette bonté naturelle devait transparaître. Sinon, comment expliquer l'attitude de Mme Archer, qui n'avait pas fait la plus petite remarque désobligeante ?

Victoria regrettait de ne pas avoir eu le temps de mieux connaître cet homme à la personnalité si attachante. Bientôt, ils se diraient adieu. Il la raccompagnerait à Londres et la laisserait devant sa porte, à Pendleton Mews. Il n'aurait même pas à monter ses bagages puisqu'elle n'en avait pas. Ils se diraient juste au revoir. Peut-être l'embrasserait-il, avant de lui souhaiter bonne chance. Puis il disparaîtrait à jamais, il se replongerait dans ces activités professionnelles dont elle ignorait tout. Par association de pensées, Victoria se rappela subitement cette petite amie anonyme qui n'avait pu se rendre à la soirée des Fairburn. La première chose que ferait John, en retrouvant la douce chaleur de son appartement, serait sans doute d'appeler cette femme, pour l'informer de son retour. « Et si nous dînions ensemble demain soir ? lui demanderait-il. J'ai une foule de choses à te raconter... » Ce à quoi sa maîtresse répondrait d'une voix suave : « Chéri ! Quelle merveilleuse idée ! »

Victoria l'imaginait ressemblant à Imogène Fairburn, belle, sophistiquée, mondaine...

— Nous ne voulons pas abuser de votre hospitalité, dit John en se levant après avoir terminé son verre. Vous mourez sûrement d'envie d'aller voir Thomas avant qu'il ne s'endorme.

A leur tour, les Archer se mirent debout, tandis que Victoria, revenue à la réalité, essayait à grand-peine de s'extirper du divan profond dans lequel elle s'était enfoncée. Aussitôt, John lui tendit une main secourable.

— Je pense, dit Mme Archer, que vous devriez manger quelque chose avant de repartir.

— Non merci, répondit John. Vous êtes gentille, mais nous sommes attendus à Londres. Et la journée a été longue.

Lorsqu'ils se retrouvèrent tous dans l'entrée, Mme Archer se tourna vers Victoria.

— Vous voulez peut-être dire au revoir à Thomas ?

— Non, répliqua Victoria, ajoutant immédiatement, de crainte que sa réponse ne soit mal interprétée : Inutile de le perturber. Il est manifestement heureux de se retrouver chez lui... Je crois qu'il vaut mieux que je parte discrètement.

— Vous aimez beaucoup Thomas, n'est-ce pas ?

Tous les regards se posèrent sur elle, mais elle parvint à ne pas rougir.

— Oui, énormément.

— Allons-y, intima John en ouvrant la porte, coupant court aux effusions.

Victoria prit congé et, à sa grande surprise, Mme Archer l'embrassa.

— Laissez-moi vous remercier, mademoiselle, de vous être si bien occupée de Thomas. Il a l'air en pleine forme, cela se voit à ses belles joues roses ; je suis certaine que cette petite mésaventure ne laissera aucune trace.

— Je l'espère sincèrement.

— Aux beaux jours, venez passer un dimanche ici. Nous déjeunerons tous ensemble, et, l'après-midi, vous pourrez aller vous promener avec Thomas. (Elle regarda John avec un petit sourire entendu.) Cette invitation vaut aussi pour vous, monsieur.

— C'est très aimable à vous, répondit John.

— Vous êtes bien silencieuse, fit remarquer John.

— J'essaie de ne pas pleurer.

— Et qu'est-ce qui vous chagrine ainsi, dites-moi ?

— Thomas, je suppose. Oui, Thomas.

— Thomas va bien ; il n'y a aucune raison de pleurer pour lui. Evidemment, il va vous manquer... Mais Thomas a une belle maison et il est entouré par des gens qui l'adorent. Que pensez-vous de l'accueil qu'il a fait à sa grand-mère ?

— J'en ai eu les larmes aux yeux, répondit Victoria.

— Moi-même, j'avais la gorge serrée, avoua John. Mais vous pourrez le voir quand bon vous semblera. Mme Archer semble vous avoir appréciée. Vous n'avez pas dit adieu à votre petit Thomas, Victoria, seulement au revoir.

— Ces gens sont adorables, n'est-ce pas ?

— Bien sûr. Pourquoi ? Vous les imaginiez autrement ? s'étonna John.

— Je ne sais pas au juste... Tiens ! s'exclama Victoria, se souvenant soudain d'une chose, je n'ai pas parlé de l'incendie...

— J'en ai glissé deux mots à M. Archer pendant que nous étions tous les deux dans la salle à manger. Je ne suis pas entré dans les détails, évidemment. Inutile de lui raconter que Thomas a failli mourir calciné !

— Quelle horreur ! s'écria Victoria, choquée.

— Je me sens parfois obligé de sortir ce genre d'atrocité pour chasser mes vieux fantômes...

— Heureusement, rien de tel n'est arrivé.

— Non, heureusement.

La conversation tourna court. La voiture roulait maintenant sur une petite route de campagne déserte et détrempée par une pluie fine et persistante. Seul le va-et-vient des essuie-glaces venait troubler le silence.

— Je pense que je pourrais facilement pleurer pour Benchoile, déclara Victoria au bout d'un moment.

— Quelle drôle de fille vous faites !

— Ça m'a fait quelque chose de quitter cette maison.

John ne fit aucun commentaire. A présent, la voiture filait rapidement sur l'autoroute. Bientôt ils dépassèrent un panneau annonçant la prochaine aire de repos, et John commença à ralentir. Deux kilomètres plus loin, il bifurqua sur la droite, avant de s'arrêter près d'un terrain de jeu. Quand il coupa le moteur, les essuie-glaces cessèrent leur ronronnement obsédant. On n'entendait plus que le bruit de la pluie et le tic-tac de l'horloge du tableau de bord.

— Pourquoi nous arrêtons-nous ? demanda Victoria, avec une pointe d'inquiétude.

John alluma le plafonnier et se tourna vers elle.

— Tout va bien, la rassura-t-il. Je veux juste vous parler, vous poser quelques questions. Et j'ai besoin de voir votre visage quand vous y répondrez. Pour commencer, j'aimerais savoir où vous en êtes avec Olivier Dobbs.

— Je croyais que vous ne vouliez plus entendre son nom !

— C'est exact. Mais ce sera la dernière fois.

— Mme Archer m'a parlé de lui. C'est une personne sage. Elle m'a dit d'Olivier qu'il était un destructeur.

— Et que lui avez-vous répondu ?

— Qu'il n'avait pas réussi à me détruire.

— C'est la vérité ?

Victoria hésita un court instant avant de répondre.

— Oui, dit-elle en regardant John droit dans les yeux. C'est l'exacte vérité, même si j'ai un moment cru le contraire. Je pense que nous devons tous vivre, un jour ou l'autre, un grand amour malheureux. Disons qu'Olivier fut le mien...

John sourit à Victoria, dont le cœur se mit à battre la chamade.

— Et que se passera-t-il à son retour d'Amérique ? insista John.

— Je ne crois pas qu'il revienne un jour... (Elle réfléchit un instant, puis ajouta d'un ton ferme :) Et même s'il revenait, je ne voudrais plus le voir. Jamais.

— Parce qu'il vous a fait du mal ou parce que vous ne l'aimez plus ?

— Peu à peu, à Benchoile, mes sentiments pour lui ont changé. Oui, j'ai cessé de l'aimer. C'est venu progressivement, sans vraiment que je m'en rende compte, mais, maintenant, je sais que je n'éprouve plus rien pour lui.

— Dans ce cas, puisque nous voilà l'un et l'autre débarrassés d'Olivier Dobbs, parlons d'autre chose. Vous m'avez dit tout à l'heure que vous aviez eu de la peine en quittant Benchoile. Eh bien, sachez que vous pourrez y retourner aussi souvent que vous le voudrez. J'ai décidé de ne pas vendre le domaine, du moins dans un avenir proche.

— Mais vous aviez dit...

— J'ai changé d'avis.

La jeune femme sembla sur le point de fondre en larmes, pour finalement éclater de rire en se jetant au cou de John.

— Oh ! John, s'écria-t-elle, quelle merveilleuse nouvelle !

S'il savait lui faire plaisir en lui annonçant sa décision, John était surpris par une telle manifestation de joie.

— Vous m'étranglez ! protesta-t-il sans pour autant la repousser.

Victoria ne parut pas l'entendre.

— Vous ne vendez plus ! John, vous êtes formidable !

Il la prit dans ses bras et l'étreignit à son tour. Elle était menue, fragile, et ses cheveux blonds avaient la douceur de la soie, contre sa joue.

Elle s'écarta un peu, tout en demeurant dans ses bras.

— Pourtant, vous disiez que Benchoile péricliterait sans votre oncle Jock...

— Encore une fois, changé d'avis. Je me donne un an pour voir comment les choses vont évoluer.

— Qu'est-ce qui vous a fait changer d'avis ? demanda-t-elle.

— Je n'en sais trop rien. L'incendie, peut-être... On ne prend pleinement conscience de la valeur d'une chose qu'au moment de la perdre. Ce soir-là, j'ai eu la vision de Benchoile en proie aux flammes. Vous n'étiez pas encore arrivée. C'est vraiment un miracle si tout n'a pas brûlé... Plus tard dans la nuit, je suis sorti dans le parc et je suis resté un long moment à regarder le manoir. De ma vie, je n'ai éprouvé un tel sentiment de gratitude !

— Mais qui va gérer le domaine ?

— Roddy et Davey Guthrie. Ils prendront quelqu'un pour les aider.

— Roddy ? s'étonna Victoria.

— Oui, Roddy. C'est vous qui m'avez fait remarquer qu'il était le plus à même de s'en occuper. Il connaît sur Benchoile plus de choses que je ne pourrais en apprendre durant ma vie entière, et c'est uniquement parce que Jock réfléchissait et agissait à sa place qu'il s'est peu impliqué dans la gestion du domaine jusqu'à maintenant. Etant aux commandes, Roddy va non seulement cesser de boire, mais il va tous nous étonner, j'en suis absolument convaincu.

— Il va s'installer définitivement dans le manoir, je suppose.

— Bien sûr, avec Ellen. Vous voyez, j'ai été bien inspiré. Tous mes problèmes sont résolus. Et même si ces deux-là se chamaillent, la maison est assez grande pour qu'ils y vivent sans s'entretuer, du moins, je l'espère !

— Vous pensez vraiment que cela marchera ?

— Je vous l'ai dit, je me donne un an. Mais je suis optimiste. D'ailleurs, mon père pense comme moi.

— Votre père ?

— Oui, je l'ai appelé hier matin et nous en avons longuement discuté.

— Mais vous avez passé la matinée au téléphone !

— Je suis habitué. Au bureau, je ne fais que ça de la journée.

Benchoile était sauvé, pensa Victoria, au moins pour un temps. Et sans doute John avait-il raison : Roddy, qui n'avait après tout que soixante ans, reprendrait goût à la vie. Mince, bronzé, il parcourrait les collines, couperait les arbres, s'occuperait des bêtes... Il était indéniable qu'il avait beaucoup d'atouts pour réussir. De plus, le fait de vivre au manoir donnerait un coup de fouet à sa vie sociale. Il organiserait sûrement des petits dîners. Ellen ôterait les housses des meubles du salon et remettrait des rideaux ; on allumerait un feu de bois dans la majestueuse cheminée, et des gens en tenue de soirée écouteraient Roddy leur jouer au piano quelques vieux airs de Cole Porter. Oui, se dit Victoria, il n'y a aucune raison pour que ça ne marche pas.

— Bien, déclara John, l'interrompant dans ses réflexions, à présent que nous sommes rassurés sur le sort de Benchoile, nous allons passer à des choses bien plus importantes.

— Comme quoi ?

— Comme vous et moi.

Victoria leva un sourcil interrogateur, mais sans lui laisser le temps de poser la moindre question, John poursuivit, bien décidé à ne pas se laisser couper la parole.

— J'ai pensé que nous devrions étudier notre cas. Nous avons commis quelques erreurs, au début, car nous étions partis du mauvais pied. Il nous a fallu du temps et beaucoup de drames pour que nous nous sentions enfin à l'aise tous les deux... Que diriez-vous, une fois rentrés à Londres, d'aller dîner quelque part ensemble ? Si vous préférez vous changer avant, je vous dépose chez vous et je reviens vous prendre plus tard. Nous pourrions aussi prendre un verre chez moi avant d'aller au restaurant. Disons que, sur la forme, je suis prêt à accepter toutes les suggestions... Sur le fond, en revanche, il n'est pas question que je vous quitte comme ça, après vous avoir dit adieu sur le pas de votre porte. Qu'en pensez-vous ?

— John, ne vous en faites pas pour moi, c'est très gentil, mais...

— Je ne suis pas gentil ! la coupa-t-il. A vrai dire, je suis même tout à fait égoïste. Etre avec vous est la seule chose au monde dont j'aie envie, à cet instant.

J'ai toujours su qu'un jour je tomberais à nouveau amoureux, même si je n'avais pas imaginé que cela se passerait de cette manière, ni aussi vite. Victoria, je ne vous demande pas de me répondre maintenant ; prenez votre temps, regardez autour de vous, je saurai être patient, mais sachez que je vous aime.

Victoria pensa qu'au cinéma c'était le moment où la musique devenait sirupeuse et où l'image s'arrêtait sur des pommiers en fleur, illuminés par les derniers rayons du soleil...

Mais elle n'était pas une héroïne de film romantique. Elle était en voiture, par une nuit sombre, à écouter la déclaration d'un homme avec qui il lui semblait avoir déjà parcouru un long chemin.

— Vous savez, je ne crois pas avoir jamais rencontré quelqu'un d'aussi bien que vous, dit-elle pensivement.

— Eh bien, je me contenterai de ça pour l'instant, répondit-il sur le ton de la plaisanterie.

Quand elle lui sourit, il prit son visage entre ses mains pour l'embrasser. Après un long baiser passionné, il s'écarta doucement, comme à regret, et remit le contact.

L'instant suivant, l'Alfa-Romeo quittait l'aire de repos et s'élançait dans le flot ininterrompu des voitures qui regagnaient la capitale.

— Quand nous étions chez les Archer, j'ai soudain compris combien ce serait dur de vous dire au revoir, avoua timidement Victoria. Mais je n'ai pas imaginé un instant qu'il pouvait en être de même pour vous !

— Ne pas vouloir se quitter n'est-il pas la première preuve de l'amour ? déclara John le cœur rempli d'espoir.

La route qui menait à Londres se déroulait devant eux, tel un long ruban.

AU BOUT DE L'ÉTÉ

1

Tout au long de l'été, le temps avait été lourd et nuageux, et la chaleur du soleil tempérée par les brumes marines apportées inlassablement par le Pacifique. Mais en septembre, comme il arrive souvent en Californie, les brumes refluaient loin au-dessus de l'océan, et s'étiraient à la lisière de l'horizon, sombres comme une longue meurtrissure.

A l'intérieur des terres, au-delà de la bande côtière, des champs gorgés de plantations : arbres fruitiers, maïs et artichauts, pamplemousses roses frémissaient sous le soleil. De petits bourgs aux constructions en bois somnolaient, accablés par la chaleur, gris et poussiéreux comme de gros insectes. Les plaines, riches et fertiles, s'étiraient à l'est jusqu'au pied de la sierra Nevada. Elles étaient traversées de part en part par la large autoroute de Camino Real, qui filait au nord vers San Francisco et au sud vers Los Angeles, tout étincelante de l'acier brûlant de milliers de voitures.

Pendant les mois d'été, la plage était désertée, car Reef Point se trouvait au bout de la route et était rarement fréquenté par les promeneurs d'un jour. Deux bonnes raisons à cela : d'une part, la route, non goudronnée, était dangereuse et peu engageante; d'autre part, la station de La Carmella, avec ses charmantes rues ombragées, son élégant club sportif et ses hôtels immaculés, était un site privilégié, et quiconque possédait un peu de bon sens et quelques dollars la choisissait comme lieu de séjour. Par ailleurs, il fallait être un esprit aventureux, ou un passionné de surf, pour oser parcourir le dernier mile et affronter la piste cahoteuse qui menait à Reef Point, cette vaste baie inhabitée et battue par les vents.

Mais à cette époque de l'année, avec cette chaleur agréable et les rouleaux bien dessinés qui venaient balayer la plage, la baie fourmillait de monde. Des véhicules de toutes sortes descendaient la côte en brinquebalant pour se parquer à l'ombre des cèdres. Ils déversaient pique-niqueurs, campeurs, surfeurs, et des familles entières de hippies, adeptes du New Age, lassées de San Francisco, et qui faisaient route vers le Nouveau-Mexique et le soleil, tels des oiseaux migrateurs. Les week-ends apportaient également leur flot d'étudiants, qui arrivaient de Santa Barbara dans leurs vieilles décapotables ou Coccinelle bariolées, bondées de filles, de caisses de bière, et surchargées de planches de surf multicolores. Ils établissaient de petits campements tout au long de la plage, et l'air s'emplissait de leurs voix, de leurs rires, et de l'odeur d'huile solaire.

Ainsi, après des semaines et des mois de quasi-solitude, nous nous retrouvions soudain entourés de gens et d'animation. Mon père travaillait avec acharnement pour essayer d'achever un scénario, et il était d'une humeur exécrable. Sans même qu'il le remarque, je me repliais sur la plage en emportant quelques vivres (hamburgers et Coca-Cola), un livre, un grand drap de bain, et Rusty pour me tenir compagnie.

Rusty était un chien. Mon chien. Un animal à la fourrure laineuse et brune, de race indéterminée mais d'une grande intelligence. A notre arrivée au bungalow, au printemps, nous étions sans chien, et Rusty, qui nous avait repérés, avait décidé de remédier à cette lacune. Il s'était donc mis à rôder dans les parages. J'avais beau le chasser et mon père lui jeter de vieilles bottes pour le faire déguerpir, il revenait toujours, inlassable et sans rancune, s'asseoir à un ou deux mètres de la véranda, confiant et remuant la queue. Un matin de forte chaleur, apitoyée, je lui apportai un bol d'eau. Il but, se rassit, jappa et recommença à remuer la queue. Le lendemain, je lui donnai un vieil os de jambonneau. Il le prit avec délicatesse, l'emporta pour l'enterrer, et revint au bout de cinq minutes. Toujours jappant. Et toujours la queue en mouvement.

Mon père sortit de la maison et jeta une botte dans sa direction, mais sans conviction. Ce n'était qu'une démonstration de force guère probante. Rusty le savait et il se rapprocha.

Je demandai à mon père :

— A qui crois-tu qu'il appartient ?

— Dieu seul le sait.

— Lui semble croire que c'est à nous.

— Erreur, répondit mon père. Il croit que *nous* lui appartenons.

— Il n'est pas agressif et il ne sent pas mauvais.

Mon père leva les yeux du magazine qu'il s'efforçait de lire.

— Essaies-tu de me dire que tu veux garder cet animal ?

— Eh bien... en réalité je ne vois pas... je ne vois pas comment nous allons nous en débarrasser.

— A moins de l'abattre.

— Oh non !

— Il doit être infesté de puces, qu'il ne manquera pas de ramener dans la maison.

— Je lui achèterai un collier anti-puces.

Mon père me jeta un coup d'œil par-dessus ses lunettes. Il commençait à rire. J'insistai.

— Je t'en prie, papa. Pourquoi pas ? Il me tiendra compagnie quand tu t'absentes.

— D'accord, concéda mon père.

Sans perdre une minute, j'enfilai des chaussures, sifflai le chien, et me rendis à La Carmella chez un vétérinaire. Après une longue attente dans une petite salle remplie de caniches dorlotés et de chats siamois accompagnés de leurs maîtres, je fus admise dans la salle de consultation, où le vétérinaire déclara Rusty en parfaite santé, lui administra une injection et m'indiqua où me procurer un collier insecticide. Je payai le vétérinaire, allai acheter un collier *ad hoc*, et revins à la maison escortée de Rusty. A notre arrivée, mon père lisait encore son magazine. Rusty entra poliment dans la maison, attendit qu'on le prie de s'asseoir, et s'installa sur la vieille carpette devant la cheminée vide.

Mon père demanda :

— Quel est son nom ?

— Rusty !

J'avais eu autrefois une housse de chemise de nuit en forme de chien appelée Rusty, et c'est donc le premier nom qui m'était venu à l'esprit.

Inutile de parler de son adaptation à la famille car Rusty semblait en avoir toujours fait partie. Il allait partout où j'allais. Il adorait la plage et en exhumait de fabuleux trésors qu'il rapportait à la maison pour nous les faire admirer : vieux objets flottés, flacons de détergent en plastique, longues tresses de varech. Et parfois aussi des choses qu'il n'avait visiblement pas déterrées : un mocassin neuf, une serviette de bain, et même un ballon de plage crevé d'un coup de croc que mon père dut remplacer pour consoler son jeune propriétaire en larmes. Rusty aimait également nager et insistait toujours pour m'accompagner. Je nageais plus vite et plus loin que lui, pourtant il me suivait avec témérité, sans jamais se décourager.

Ce jour-là, un dimanche, nous étions allés nager. Mon père venait de mettre un point final à son scénario, et s'était rendu en voiture à Los Angeles pour livrer son travail. J'étais restée seule avec Rusty, et nous avions passé l'après-midi sur la plage ou dans l'eau, à ramasser des coquillages et à jouer avec un vieux morceau de bois flotté. Mais il commençait à faire plus frais et je dus enfiler un vêtement. Nous étions assis côte à côte, aveuglés par le feu du soleil couchant, et nous admirions les surfeurs.

Ils n'avaient pas arrêté de la journée et pourtant ils ne semblaient jamais fatigués. Agenouillés sur leur planche, ils pagayaient avec leurs mains afin de parvenir à franchir les rouleaux pour gagner la surface verte et lisse au-delà. Puis ils attendaient, patients, perchés sur la ligne d'horizon comme des cormorans, guettant la formation des vagues. Ils en choisissaient une, se redressaient lorsque le rouleau s'incurvait et se bordait d'une crête blanche, puis ils s'élançaient avec elle, la chevauchaient, dans un équilibre miraculeux, animés de la confiance et de l'arrogance de la jeunesse. Ils l'accompagnaient jusqu'à ce qu'elle vienne lécher le sable. Alors ils sautaient de leur planche, la ramassaient, et s'élançaient de nouveau à l'assaut de la mer. Car le credo des surfeurs est qu'il y a toujours une vague plus grosse, une déferlante plus forte, et il faut se dépêcher d'aller à sa rencontre avant que la nuit ne tombe.

Un garçon avait particulièrement retenu mon attention. Il était blond, très bronzé, avec des cheveux coupés très courts, et il portait un bermuda du même bleu vif que sa planche. C'était un formidable surfeur, avec un style et une fougue qui reléguaient les autres au rang de simples amateurs. Alors que je l'observais, il sembla décider de s'arrêter. Il s'élança encore sur une dernière vague, accosta en douceur, descendit de sa planche, et après un regard à la mer teintée par le rose du soir, il ramassa sa planche et longea la plage.

Je détournai les yeux. Il passa tout près de moi pour rejoindre, à quelques mètres, le petit tas de vêtements soigneusement pliés qui l'attendait. Il déposa sa planche et prit un sweat-shirt délavé portant l'emblème d'une université. Je glissai à nouveau un regard dans sa direction, et lorsque sa tête émergea de l'encolure du sweat-shirt, nos yeux se croisèrent.

Apparemment amusé, il lança :

— Salut !

— Salut.

Il ajusta son sweat-shirt et ajouta :

— Voulez-vous une cigarette ?

— Oui, merci.

Il se baissa pour prendre un paquet de Lucky et un briquet dans son pantalon et s'approcha. Il m'offrit une cigarette, en prit une pour lui, les alluma, puis s'assit sur le sable à côté de moi, en s'étendant de tout son long, appuyé sur ses coudes. Ses jambes, son cou et ses cheveux étaient poudrés de sable, et il avait ce regard bleu et cet air propre que l'on rencontre si fréquemment sur les campus des universités américaines.

— J'ai remarqué que vous étiez restée assise ici tout l'après-midi, sauf quand vous avez nagé.

— Je sais.

— Pourquoi ne pas faire comme nous ?

— Je n'ai pas de planche de surf.

— Vous pourriez en acheter une.

— Je n'ai pas d'argent.

— En emprunter une, alors !

— Je ne connais personne à qui en emprunter.

— Vous êtes anglaise, n'est-ce pas ?

— Oui.

— Touriste ?

— Non, j'habite ici.

— A Reef Point ?

— Oui.

Je fis un signe de la tête pour indiquer la rangée de bungalows en bois, visibles derrière la crête des dunes.

— Comment se fait-il que vous habitiez là ?

— Nous louons un bungalow.

— Nous ?

— Mon père et moi.

— Depuis quand êtes-vous là ?

— Depuis le printemps.

— Mais vous n'y passez pas l'hiver.

C'était un constat plus qu'une question. Personne ne passait l'hiver à Reef Point. Les maisons n'étaient pas construites pour affronter le mauvais temps ; la route devenait impraticable, les lignes téléphoniques et les lignes électriques étaient très souvent endommagées par la tempête.

— Je pense que si. Sauf si nous décidons de déménager.

— Vous êtes des hippies ?

Avec ma dégaine de l'époque, je ne pouvais le blâmer de poser une telle question.

— Non. Mais mon père écrit des scénarios pour le cinéma et la télé. Comme il a horreur de vivre à Los Angeles, nous avons loué ce bungalow.

Il semblait intrigué.

— Et vous, que faites-vous ?

— Pas grand-chose. Je fais les courses, je vide la poubelle, et j'essaie de refouler le sable hors de la maison.

— C'est votre chien ?

— Oui.

— Comment s'appelle-t-il ?

— Rusty.

— Rusty ? Viens, Rusty !

Rusty accueillit ses avances avec un hochement de tête des plus dédaigneux et continua de contempler la mer. Pour pallier ses mauvaises manières, j'enchaînai aussitôt :

— Vous venez de Santa Barbara ?

— Hum, répondit le jeune homme, visiblement peu enclin à parler de lui. Depuis quand vivez-vous aux Etats-Unis ? Vous avez encore un terrrrible accent british.

Je souris poliment à ce trait d'humour trop fréquemment entendu.

— Depuis l'âge de quatorze ans. C'est-à-dire depuis sept ans.

— En Californie ?

— Un peu partout. New York, Chicago, San Francisco.

— Votre père est américain ?

— Non. Il aime vivre ici. La première fois, il est venu à Hollywood pour adapter l'un de ses romans, dont un producteur avait acheté les droits.

— Sans blague ? Je le connais ? Quel est son nom ?

— Rufus Marsh.

— Vous voulez dire que *Grand comme le matin*, c'est lui ? J'ai dévoré ce bouquin quand j'étais encore au lycée. Toute mon éducation sexuelle vient de là !

Il me regarda avec un intérêt nouveau et je songeai : « Encore un. » Les garçons se montraient amicaux et gentils, mais ne me témoignaient d'empressement que lorsque je mentionnais *Grand comme le matin*. Je suppose que cela avait un rapport avec mon physique, car j'ai les yeux très clairs, des cils presque incolores, et la peau qui, au lieu de brunir au soleil, se couvre de taches de rousseur. De plus, j'ai les os du visage saillants et je suis grande pour une femme.

— Ce doit être un sacré bonhomme, remarqua le jeune homme rêveusement.

Une expression nouvelle se lisait sur ses traits. Il brûlait d'envie, visiblement, de poser des questions que la politesse l'empêchait d'exprimer.

« Si vous êtes la fille de Rufus Marsh, comment se

fait-il que vous soyez là, sur cette plage oubliée, dans un trou perdu de Californie, vêtue d'un jean délavé et d'une chemise d'homme qui auraient dû être jetés aux chiffons depuis des lustres, et que vous n'ayez même pas quelques dollars en poche pour acheter une planche de surf ? »

Comme s'il avait deviné le cheminement de ma pensée, il demanda :

— Quel genre d'homme est-il ? en dehors d'être père, bien sûr.

— Je ne sais pas.

Il m'était impossible de décrire mon père, même pour moi. Je pris une autre poignée de sable pour modeler une montagne miniature, au sommet de laquelle je plantai ma cigarette en formant un cratère, un mini-volcan avec un mégot en guise de cœur fumant. « Un homme toujours en activité. Un homme qui se lie facilement d'amitié et perd ses amis le lendemain. Un homme querelleur, critique, talentueux jusqu'au génie, mais totalement désemparé devant les petits problèmes du quotidien. Un homme capable de charmer et de déclencher la fureur. Un paradoxe vivant. »

Je répétai :

— Je ne sais pas.

Je me tournai pour observer le garçon assis près de moi. Il était sympathique.

— Je vous inviterais volontiers à boire une bière pour que vous fassiez sa connaissance et en jugiez par vous-même, mais il est allé à Los Angeles et ne rentrera pas avant demain matin.

Le jeune homme réfléchit, en se grattant vigoureusement l'arrière de la tête.

— J'ai une idée, dit-il. Si le temps se maintient, je reviendrai le week-end prochain.

— Ah oui ?

— Je m'arrangerai pour vous trouver.

— D'accord.

— Et j'apporterai une planche de surf en rab. Comme ça vous pourrez vous amuser.

— Inutile de me soudoyer.

Il feignit de s'offusquer :

— Comment ça, vous soudoyer ?

— Je vous présenterai mon père le week-end prochain. Il aime voir de nouveaux visages.

— Je ne cherchais pas à vous soudoyer, je vous assure.

— Je sais, dis-je, radoucie. J'ai envie de faire du surf.

Il sourit et écrasa sa cigarette. Le soleil, en sombrant vers l'horizon, se dessinait et se colorait jusqu'à ressembler à un pamplemousse tout rose. Le jeune homme s'assit, frotta ses yeux aveuglés par le soleil, esquissa un bâillement et s'étira. Puis il se leva.

— Il faut que je parte, dit-il en hésitant un instant.

Au-dessus de moi, son ombre s'allongeait à l'infini.

— Bon, eh bien ! au revoir.

— Au revoir.

— A dimanche.

— D'accord.

— C'est un rendez-vous ferme. Ne l'oubliez pas.

— Promis.

Il alla ramasser ses affaires, m'adressa un dernier salut et se dirigea vers l'extrémité de la plage, à l'endroit où les vieux cèdres ensablés balisaient le sentier qui menait à la route.

En le regardant s'éloigner, je m'aperçus que je ne connaissais pas son nom. Pire : il n'avait même pas pris la peine de me demander le mien. Pour lui, j'étais seulement la fille de Rufus Marsh. Pourtant, si le temps se maintenait, il reviendrait le dimanche suivant. Si le temps se maintenait... Comme il était bon d'avoir un projet !

2

Si nous vivions à Reef Point, c'était à cause de Sam Carter, l'agent de mon père à Los Angeles. En désespoir de cause, Sam avait fini par promettre de nous trouver un logement bon marché hors de Los Angeles : l'incompatibilité entre Hollywood et mon père était telle qu'il n'était plus capable d'écrire un seul mot acceptable (et donc vendable). Sam avait alors pressenti le danger : il risquait de perdre à la fois un client important et de l'argent.

— L'endroit s'appelle Reef Point, avait dit Sam. C'est un trou perdu, mais vraiment paisible... une paix de fin du monde, avait-il précisé, effaçant d'un coup les visions d'un paradis à la Gauguin.

C'est ainsi que nous avions loué le bungalow, chargé nos maigres possessions dans la vieille Dodge cabossée de mon père, et pris la route vers Reef Point en laissant la pollution de Los Angeles derrière nous, excités comme des enfants par les premières senteurs océanes.

Au début, Reef Point avait tenu ses promesses. Après la vie citadine, c'était vraiment magique de s'éveiller le matin bercés par le roulement incessant de l'océan et les cris des oiseaux marins, de marcher sur le sable au petit jour, de voir le soleil se lever derrière les collines, d'étendre le linge dehors et de le regarder se gonfler de vent comme des voiles.

L'intendance de la maison était forcément réduite à sa plus simple expression. De toute façon, je n'avais jamais eu l'âme d'une ménagère. Reef Point disposait en tout et pour tout d'une unique épicerie, que l'on appelait ici un drugstore mais que ma grand-mère, en Ecosse, aurait baptisée « bric-à-brac ». On y vendait de tout : des licences d'armes à feu aux vêtements de travail, en passant par les surgelés et les boîtes de Kleenex. Ce bazar était tenu de façon assez dilettante par Bill et Myrtle, qui manquaient régulièrement de légumes frais, de fruits, de poulets et d'œufs, c'est-à-dire de tous les produits dont j'avais envie. Néanmoins, pendant l'été, nous étions devenus d'assidus consommateurs de chili con carne en conserve, de pizzas surgelées, et de diverses crèmes glacées qui faisaient manifestement les délices de Myrtle : elle était obèse, comprimait ses hanches et ses cuisses monstrueuses dans des jeans, et exhibait ses bras gras comme des jambons dans des chemisiers sans manches.

Mais, au bout de six mois passés à Reef Point, l'ennui commençait à poindre. Combien de temps allait durer ce délicieux été indien ? Encore un mois sans doute. Ensuite les tempêtes sérieuses allaient commencer. La nuit tomberait plus tôt, puis viendraient la pluie, la boue, le vent. Le bungalow ne disposait pas de chauffage central, seulement d'une énorme cheminée dans le salon traversé de courants d'air, où le bois flotté brûlait à une allure vertigineuse. Je pensais avec nostalgie aux seaux de charbon que nous utilisions chez nous. Ici, pas de charbon. Chaque fois que je remontais de la plage, je rapportais une branche ou un morceau de bois, comme faisaient les femmes des pionniers autrefois, afin d'alimenter la pile entreposée derrière le bungalow. Le tas de bois prenait des proportions impressionnantes mais je savais que, le moment venu, il fondrait en un rien de temps.

Le bungalow était situé juste en retrait de la plage, abrité des vents du large par une simple dune dc sable. Construit en bois, sur pilotis, il avait une teinte délavée gris argent. On accédait aux vérandas de la façade et de l'arrière par deux marches. Il se composait d'une vaste salle de séjour, avec des baies vitrées donnant sur l'océan, d'une cuisine exiguë, d'une salle de bains sans baignoire mais avec une douche, et de deux chambres : une grande chambre « de maître » où dormait mon père, et une chambre plus petite, avec un lit étroit, sans doute destinée à un enfant ou à un parent âgé de peu d'importance, qui était la mienne. Le bungalow était meublé d'une façon assez disparate — comme souvent le sont les maisons de vacances — avec des meubles hétéroclites provenant de maisons différentes et sans aucun doute plus spacieuses. Ainsi, le lit de mon père était une monstruosité en bronze, avec des cabochons manquants et des ressorts qui couinaient au moindre mouvement. Dans ma chambre était accroché un miroir enchâssé dans un lourd cadre doré, qui semblait avoir commencé sa longue existence dans un bordel de l'époque victorienne et me renvoyait l'image d'une noyée couverte de pustules noirâtres.

La salle de séjour ne valait guère mieux : les fauteuils défoncés étaient recouverts de châles tricotés pour cacher la tapisserie élimée ; la carpette était trouée ; les chaises laissaient échapper le crin de cheval avec lequel elles étaient rembourrées. Une seule table trônait au milieu de la pièce. Mon père en avait réquisitionné la moitié pour en faire son bureau, ce qui nous obligeait à prendre nos repas coude à coude, sur la moitié restante. L'élément le plus agréable de la salle était, sans nul doute, la banquette qui bordait les fenêtres sur toute la longueur de la pièce : matelassée de tapis douillets et de coussins, elle était aussi confortable et accueillante qu'un bon vieux sofa. On pouvait s'y pelotonner pour bouquiner, admirer le soleil couchant, ou simplement rêvasser.

Mais c'était un endroit isolé. La nuit, le vent redoutable mugissait dans les interstices des fenêtres disjointes, et toute la maison s'emplissait de craquements et de bruissements étranges, tel un navire en mer. Quand mon père était là, cela m'importait peu, mais lorsque je me trouvais seule, la rubrique des faits divers des journaux locaux nourrissait mon imagination avec force détails. Le bungalow était en soi une coque très fragile : aucun des loquets des portes ou des fenêtres ne pouvait rebuter un cambrioleur déterminé. De plus, la fin de l'été avait chassé les occupants des autres cabanons vers leurs résidences principales, et nous étions désormais totalement isolés. Même Myrtle et Bill habitaient à plus de cinq cents mètres. Quant au téléphone, c'était une simple ligne groupée, et pas toujours efficace. Mieux valait donc ne pas compter dessus.

Jamais je ne confiai mes craintes à mon père. Je ne voulais pas le tracasser avec ça, il avait un important travail à terminer. D'ailleurs, comme c'était un homme d'une grande sensibilité, je suis sûre qu'il me savait capable de m'inventer des frayeurs épouvantables. C'est pourquoi, entre autres raisons, il m'avait laissée garder Rusty.

Ce soir-là, après l'animation de la plage et ma rencontre avec le jeune étudiant de Santa Barbara, le bungalow paraissait d'autant plus désert.

Le soleil s'était faufilé derrière la ligne d'horizon, la brise du soir frémissait, et bientôt il ferait nuit. Pour me tenir compagnie, j'allumai un feu dans la cheminée, y enfournant sans compter des monceaux de bois flotté. Pour me réconforter, je pris une douche chaude, me lavai les cheveux, les enveloppai dans une serviette, puis j'allai dans ma chambre enfiler un jean propre et un vieux sweater blanc qui avait appartenu à mon père avant qu'un lavage ne le fasse malencontreusement rétrécir.

Sous le miroir de bordel, il y avait une commode qui faisait aussi office de coiffeuse. Comme je manquais de place, j'y avais déposé mes photos. Il y en avait beaucoup. Je les regardais rarement mais, ce soir-là, c'était différent... et, tout en démêlant mes longs cheveux humides, je les examinai les unes après les autres, comme si je les voyais pour la première fois, comme si elles ne m'avaient jamais concernée.

Il y avait là ma mère, posant de façon très formelle, dans un cadre en argent. Maman avec ses épaules dénudées, des diamants aux oreilles, qui venait de se faire coiffer chez Elizabeth Arden. J'adorais cette photo, pourtant ce n'était pas l'image d'elle que je préférais. Il y en avait une autre, plus vraie : un agrandissement où on la voyait au cours d'un pique-nique, vêtue d'un kilt, au milieu d'un champ de bruyère, riant probablement de quelque incident cocasse. Et puis il y avait une collection de clichés — ou plutôt une sorte de montage — que j'avais glissés dans un double cadre en cuir. Elvie, la vieille maison blanche entourée de mélèzes et de pins, avec la colline en arrière-plan, le miroitement du loch au bout de la pelouse, le ponton, l'infatigable barque que nous utilisions pour pêcher la truite. Ma grand-mère, devant une porte-fenêtre ouverte, son inévitable sécateur à la main. Une carte postale en couleurs d'Elvie Loch, achetée à la poste de Thrumbo. Une autre photo de pique-nique, avec mes parents et un gros épagneul brun et blanc assis aux pieds de ma mère, devant notre vieille voiture.

Et puis des photos de mon cousin Sinclair. Des

dizaines et des dizaines. Sinclair et sa première truite ; Sinclair en kilt se préparant à une sortie ; Sinclair en chemise blanche, capitaine de son équipe de cricket à l'école primaire ; Sinclair en train de skier ; au volant de sa voiture ; coiffé d'un chapeau haut de forme en papier lors d'un réveillon, et passablement ivre. (Sur cette photo, il passait un bras autour des épaules d'une jolie brune, mais j'avais agencé les autres photos de manière à la masquer.)

Sinclair était le fils du frère de ma mère, Aylwyn. Celui-ci s'était marié — beaucoup trop jeune, de l'avis général — avec une jeune fille dénommée Silvia. La désapprobation familiale s'avéra fondée, car, sitôt après avoir donné un fils à son jeune époux, Silvia les avait abandonnés tous les deux pour aller vivre avec un promoteur immobilier aux Baléares. Une fois la rancœur estompée, tout le monde s'était accordé pour dire que ce départ était finalement un bienfait, surtout pour Sinclair, qui fut confié à la garde de sa grand-mère et grandit à Elvie dans les meilleures conditions. A mes yeux, Sinclair avait toujours été très favorisé.

Quant à Aylwyn, le père de Sinclair, je n'en gardais aucun souvenir. Il avait émigré au Canada alors que j'étais toute petite, et s'il rendit visite à sa mère et à son fils, cela ne se produisit jamais lors de nos séjours à Elvie. L'oncle Aylwyn ne présentait pour moi d'autre intérêt que la possibilité de me faire offrir une coiffure d'Indien à plumes. J'y fis allusion un grand nombre de fois, au cours des années, mais sans jamais être entendue.

En fait, Sinclair était virtuellement l'enfant de ma grand-mère. Et, aussi loin que remontent mes souvenirs, il ne se passa pas un seul jour où je ne fusse amoureuse de lui. Mon aîné de six ans, il avait été le héros de mon enfance, l'emblème de la sagesse et de la bravoure. C'est lui qui m'avait appris à fixer un hameçon au bout d'une ligne, à tournoyer sur sa barre de trapèze, à frapper une balle de cricket. Ensemble nous avions nagé, fait du traîneau, allumé des feux interdits, construit une cabane dans un arbre, joué au pirate dans la vieille barque.

Au début de mon arrivée en Amérique, je lui écrivais régulièrement, mais l'absence de réponses finit par me décourager. Bientôt notre correspondance se réduisit aux vœux de Noël et à une carte griffonnée à l'occasion des anniversaires. Je n'avais, désormais, de ses nouvelles que par ma grand-mère. C'est d'ailleurs elle qui m'avait envoyé la photo de Sinclair à ce réveillon du Nouvel An.

Après la mort de ma mère, comme si l'éducation de Sinclair n'était pas une charge suffisante pour elle, ma grand-mère avait offert de m'accueillir.

— Rufus, pourquoi ne pas me laisser cette enfant ?

Cela se passait à Elvie, juste après les funérailles de maman. Avec son esprit pratique habituel, ma grand-mère avait refoulé sa peine pour parler de l'avenir. Je n'étais pas censée entendre la discussion, mais je me trouvais là, dans l'escalier, et la porte de la bibliothèque ne suffisait pas à étouffer leurs voix.

— Parce que vous avez déjà la charge d'un enfant, répliqua mon père.

— Mais je serais heureuse d'avoir Jane auprès de moi... et puis, elle me tiendrait compagnie.

— N'est-ce pas un peu égoïste de votre part ?

— Je ne le crois pas... Enfin, Rufus, réfléchissez, c'est à sa vie que vous devez penser ! A son avenir !

Mon père avait alors riposté par un mot unique et brutal. J'étais horrifiée, non pas par le mot employé, mais parce qu'il s'adressait à elle. Je m'étais même demandé s'il n'était pas un peu ivre pour parler ainsi.

Ma grand-mère, avec sa maîtrise habituelle de grande dame, n'avait pas relevé la crudité de son langage, et elle avait poursuivi la discussion, mais le son de sa voix avait baissé d'un ton, comme toujours lorsqu'elle se mettait en colère.

— Rufus, vous venez de me dire que vous partez en Amérique pour adapter votre roman au cinéma. Vous ne pouvez pas emmener une adolescente de quatorze ans à Hollywood !

— Pourquoi pas ?

— Et ses études ?

— Il y a des écoles, en Amérique.

— Ce serait tellement plus facile que je la garde ici. Au moins jusqu'à ce que vous soyez installé.

Mon père repoussa sa chaise bruyamment. Je l'entendis marcher dans la pièce.

— Et ensuite, je vous préviens et vous la mettez dans le premier avion ?

— Bien entendu.

— Ça ne marchera pas, vous le savez bien.

— Pourquoi pas ?

— Parce que si je laisse Jane ici quelque temps, Elvie deviendra sa maison et plus jamais elle ne voudra la quitter. Vous savez qu'elle rêve d'y habiter...

— Eh bien, justement, pour le bien de Jane...

— Pour le bien de Jane, je l'emmène avec moi.

S'ensuivit un long silence. Puis ma grand-mère reprit :

— Ce n'est pas l'unique raison, n'est-ce pas, Rufus ?

Il hésita, comme s'il voulait l'épargner, avant d'acquiescer.

— En effet, non, ce n'est pas l'unique raison.

— Quels que soient vos motifs, je persiste à penser que vous commettez une erreur.

— Si c'est le cas, ça me regarde. Jane est ma fille, et je la garde avec moi.

J'en avais assez entendu. Je montai comme une folle

l'escalier obscur, me jetai sur mon lit et éclatai en sanglots : j'allais quitter Elvie, je ne verrais plus Sinclair, et les deux personnes que j'aimais le plus au monde venaient de se disputer à cause de moi.

Bien entendu je gardai le contact en écrivant. Ma grand-mère répondait de longues lettres tout imprégnées des sons et des odeurs d'Elvie. Deux années venaient presque de s'écouler quand elle suggéra : « Pourquoi ne viendrais-tu pas en Ecosse quelque temps ? Pour des vacances, un mois ou deux. Tu nous manques terriblement et tu aurais tant de choses nouvelles à voir. J'ai planté une nouvelle allée de roses dans le jardin clos. Sinclair sera là au mois d'août. Il a un petit appartement à Londres, dans Earls Court, où il m'a invitée à déjeuner à ma dernière visite en ville. S'il y a le moindre problème pour ton billet d'avion, il te suffit de me le dire et je demanderai à Mr. Bembridge, l'agent de voyages, de t'envoyer un aller-retour. Parles-en avec ton père. »

La perspective de passer le mois d'août à Elvie, avec Sinclair, était plus que tentante, mais il m'était impossible d'aborder le sujet avec mon père. Leur discussion orageuse dans la bibliothèque restait gravée dans ma mémoire et j'étais sûre qu'il refuserait.

De plus, le temps et la possibilité d'effectuer un voyage en Europe semblaient faire défaut. Nous vivions un peu comme des nomades. A peine étions-nous installés quelque part qu'il fallait repartir. Parfois nous étions riches, mais le plus souvent fauchés. Sans la rigueur de ma mère, l'argent filait comme de l'eau claire entre les doigts de mon père. Nous vivions tantôt dans des demeures hollywoodiennes, tantôt dans des motels ; tantôt dans des appartements de la Cinquième Avenue à New York, tantôt dans des pensions miteuses. Les années se succédaient, nous passions notre vie à voyager à travers l'Amérique sans jamais nous établir, et le souvenir d'Elvie s'estompait et devenait irréel, comme si les eaux du lac avaient tout recouvert. Je devais même faire un effort pour me rappeler que la maison existait toujours, là-bas, avec des gens qui faisaient partie de moi, des gens que j'aimais et qui n'étaient pas engloutis ni perdus à jamais, balayés par quelque catastrophe naturelle.

Le gémissement de Rusty, couché à mes pieds, me fit sursauter. Absorbée par mes pensées, j'avais oublié jusqu'à son existence. Alors, comme un film de vacances que l'on aurait interrompu au beau milieu, le présent soudain refit surface. Je pris conscience que mes cheveux étaient presque secs, que Rusty réclamait sa gamelle et que moi-même j'avais faim. J'abandonnai donc mon peigne, chassai Elvie de mon esprit, allai remettre du bois dans la cheminée, et inspectai le frigo dans l'espoir d'y trouver quelque chose à manger.

Il était bientôt neuf heures du soir lorsque j'entendis la voiture descendre la colline en provenance de La Carmella. Je l'entendis parce que, comme toutes les voitures, sur cette portion de route, elle était obligée de rouler en première. Comme chaque fois que j'étais seule, tous mes sens étaient en alerte, prêts à capter le moindre son suspect.

J'étais en train de bouquiner, ma main se figea sur la page que je m'apprêtais à tourner et je tendis l'oreille. Rusty perçut ma crispation et se dressa sur son postérieur, sans un bruit, aux aguets. Nous écoutions l'un et l'autre avec la même intensité. Une bûche glissa dans l'âtre. Au loin, les vagues roulaient. La voiture continua d'approcher.

Je me mis à réfléchir à toute vitesse. Ce ne pouvait être que Myrtle et Bill. Ils étaient probablement allés au cinéma à La Carmella. Cependant, au lieu de s'arrêter devant l'épicerie, la voiture poursuivit sa route, toujours en première, dépassa les cèdres où les pique-niqueurs garaient habituellement leurs véhicules, et s'engagea sur la piste qui menait au bungalow.

Mon père ? Il ne devait pas rentrer avant le lendemain. Le jeune surfeur rencontré sur la plage, qui venait se faire offrir une bière ? Un rôdeur ? Un prisonnier évadé ? Un maniaque sexuel ?

Je me levai d'un bond, lâchai mon livre, et me précipitai pour contrôler les serrures des portes. Les deux étaient verrouillées. Mais les fenêtres n'avaient pas de rideaux et n'importe qui pouvait m'observer à mon insu. Saisie de panique, j'éteignis toutes les lumières. Mais le feu brûlait vigoureusement dans la cheminée et éclairait la pièce d'une lumière vacillante, qui projetait sur les murs des ombres inquiétantes.

Les phares approchaient et sondaient les ténèbres. Enfin je pus distinguer la voiture elle-même, qui avançait lentement en cahotant sur les ornières de la route. Elle dépassa le bungalow voisin, et s'arrêta derrière le nôtre, le long de la véranda. Ce n'était pas mon père.

J'appelai Rusty à voix basse, pour sentir le réconfort de son collier sous mes doigts et la chaleur de sa fourrure. Des grondements sortirent du fond de sa gorge, mais il n'aboya pas. Le moteur de la voiture s'éteignit, la portière s'ouvrit, se referma avec un claquement sec. Puis le silence. Ensuite des pas approchèrent sur la bande de sable qui séparait la véranda de la route, et on frappa à la porte.

Malgré moi, j'émis un hoquet de frayeur. C'en était trop pour Rusty qui échappa à ma main pour se ruer sur la porte en aboyant à tue-tête, prêt à bondir sur l'intrus.

— Rusty !

Je courus derrière lui, mais il continua de japper.

— Rusty, arrête... Rusty !

Je le saisis par son collier anti-puces afin de l'éloigner de la porte, mais il continua de clabauder furieusement. Je m'aperçus alors que, de l'extérieur, on devait le prendre pour un chien de garde, et, dans la détresse où je me trouvais, cela me convenait parfaitement.

Je repris mes esprits, parvins à le faire taire, et me redressai. Mon ombre, projetée par les flammes, dansait sur la porte.

Je déglutis, respirai à fond et lançai de la voix la plus ferme et assurée possible :

— Qui est là ?

Un homme me répondit :

— Je suis désolé de vous déranger, mais je cherche la maison de M. Marsh.

Un ami de mon père ? Ou bien une ruse pour entrer ? J'hésitais.

— Est-ce bien ici qu'habite Rufus Marsh ? reprit l'inconnu.

— Oui, c'est ici.

— Est-il là ?

Encore une ruse ?

— Pourquoi ?

— Eh bien... on m'a dit que je le trouverais ici.

J'en étais toujours à me demander ce que je devais faire, lorsque l'homme ajouta :

— Etes-vous Jane ?

Il n'y a rien de plus désarmant que d'entendre un étranger vous appeler par votre prénom. Par ailleurs, il y avait quelque chose dans sa voix, sa façon de parler, malgré le filtre de la porte fermée... quelque chose...

— Oui, c'est moi.

— Votre père est-il là ?

— Non, il est à Los Angeles. Qui êtes-vous ?

— Je m'appelle David Stewart... je... pardonnez-moi, mais c'est un peu difficile d'engager une conversation à travers une porte...

Mais j'avais dégagé le verrou avant même qu'il ait terminé sa phrase, et je lui ouvris. J'avais agi ainsi sans trop réfléchir, d'une façon qui pouvait paraître imprudente, mais, en fait, je le fis à cause de la manière très singulière dont il avait dit son nom. Stewart. Les Américains ont toujours du mal à le prononcer. En général ils disent : Stiouwart. Or l'homme l'avait dit à la manière de ma grand-mère. Donc il n'était pas américain, et avec un tel nom, il venait probablement d'Ecosse.

Peut-être même avais-je bêtement imaginé que j'allais le reconnaître. Or je ne l'avais jamais vu. Il se dressait devant moi, sa silhouette découpée par les phares de sa voiture. Seule la lumière du feu éclairait son visage. Il portait des lunettes à monture d'écaille et il était très grand, bien plus grand que moi. Nous nous dévisagions, lui surpris par mon brusque changement d'attitude, moi submergée par une rage soudaine. Rien ne déclenche plus ma colère que la frayeur, et je venais d'avoir une peur bleue.

— Qu'est-ce qui vous prend de venir rôder ici au milieu de la nuit ? lui demandai-je d'une voix tremblotante.

Il répondit, à juste raison il faut l'admettre :

— Il est seulement neuf heures, et je ne rôde pas.

— Vous auriez pu téléphoner pour m'annoncer votre venue.

— Je n'ai pas pu trouver votre numéro dans l'annuaire.

Il n'avait encore esquissé aucun geste pour entrer. Rusty continuait de gronder à l'écart.

— Et j'ignorais que vous seriez seule, ajouta-t-il. Sinon j'aurais attendu avant de venir.

Ma colère s'apaisait et je commençais à me sentir un peu honteuse de mon emportement.

— Eh bien, puisque vous êtes là, vous feriez mieux d'entrer.

Je reculai et tendis la main vers l'interrupteur. La pièce s'emplit d'une lumière froide, crue. Pourtant le visiteur hésitait encore.

— Vous ne voulez pas voir mes pièces d'identité ?... ma carte de crédit ? mon passeport ?

Je lui jetai un regard sombre. Une lueur d'amusement dansait derrière ses lunettes, et je me demandai pourquoi il trouvait la situation si drôle.

— Si vous aviez vécu ici aussi longtemps que moi, je pense que vous n'ouvririez pas votre porte au premier rôdeur venu.

— Avant que le rôdeur n'entre chez vous, il ferait bien d'aller éteindre ses phares de voiture. Je les avais laissés allumés pour voir où je mettais les pieds.

Sans attendre la réplique cinglante que j'aurais aimé lui adresser, David Stewart me tourna le dos, laissant la porte ouverte. J'allai remettre aussitôt une bûche sur le feu. Mes mains tremblaient encore et mon cœur cognait dans ma poitrine. Je redressai le tapis devant la cheminée, expédiai d'un coup de pied l'os de Rusty sous un fauteuil, et allumai une cigarette. David Stewart entra et ferma la porte derrière lui.

Je me tournai vers lui. Il avait le teint clair et les cheveux noirs comme la plupart des Ecossais des Highlands. Il était mince, et avait l'air d'un savant, avec ses manières saccadées et gauches. Ou, plutôt, il ressemblait avec son costume de tweed uni, légèrement poché aux coudes, aux genoux et aux boutonnières, avec sa chemise à carreaux beige et blanc et sa cravate vert foncé, à un maître d'école ou à un professeur enseignant quelque science obscure. Il était difficile de lui donner un âge. Il pouvait avoir entre trente et quarante ans.

— Vous sentez-vous mieux, maintenant ? s'enquit-il.

— Je me sens très bien.

Mais mes mains tremblaient et il s'en aperçut.

— Un petit verre ne vous ferait pas de mal !

— Je ne sais pas s'il y a de l'alcool dans la maison.

— Où pourrait-il se cacher, selon vous ?

— Peut-être sous la banquette de la fenêtre.

Il alla ouvrir le placard bas, fouilla à droite et à gauche, et revint avec des moutons de poussière sur sa manche et un flacon de whisky Haig.

— Exactement ce qu'il nous faut. Il ne manque plus qu'un verre.

J'allai dans la cuisine chercher deux verres, une carafe d'eau, le bac à glaçons, puis je l'observai en train de nous servir. Les verres avaient une teinte sombre suspecte.

— Je n'aime pas beaucoup le whisky, lui dis-je.

— Prenez ça comme un médicament, me conseilla-t-il en me tendant le verre.

— Je ne tiens pas à m'enivrer !

— Avec ça, vous ne risquez pas.

Il avait probablement raison. Le whisky avait un goût de fumé et irradiait une délicieuse chaleur. Rassérénée, et gênée de ma conduite stupide, je risquai un sourire, auquel il répondit en suggérant :

— Si on s'asseyait ?

Nous nous assîmes donc, moi sur le tapis devant la cheminée, lui sur le bord du grand fauteuil de mon père, les mains entre les genoux, le verre entre ses pieds.

— Simple curiosité. Qu'est-ce qui vous a subitement décidée à m'ouvrir la porte ?

— La façon dont vous avez prononcé votre nom. Stewart. Vous venez d'Ecosse, n'est-ce pas ?

— Oui.

— De quel coin ?

— Caple Bridge.

— Mais c'est juste à côté d'Elvie !

— En effet. Voyez-vous, je représente l'étude Ramsay ; McKenzie et King...

— Les notaires qui gèrent les affaires de ma grand-mère.

— C'est exact.

— Je ne me souviens pas de vous.

— Je ne suis associé de ce cabinet que depuis cinq ans.

Un froid glacial me serrait le cœur mais je me forçai à demander :

— Il n'y a rien... de grave ?

— Non, rassurez-vous.

— Alors pourquoi êtes-vous là ?

— C'est au sujet de plusieurs lettres restées sans réponse, expliqua David Stewart.

3

Je le regardai avec étonnement :

— Je ne comprends pas.

— Quatre lettres, pour être précis. Trois de Mme Bailey elle-même, et une de moi, écrite à sa demande.

— Des lettres adressées à qui ?

— A votre père.

— Quand ?

— Au cours des deux derniers mois.

— Etes-vous certain que les lettres ont été envoyées ici ? Nous déménageons très souvent, précisai-je.

— Vous avez écrit vous-même à votre grand-mère pour lui indiquer cette adresse.

Il disait vrai. J'avertissais ma grand-mère chaque fois que nous déménagions. Je jetai ma cigarette à demi consumée dans la cheminée et m'efforçai de comprendre cette histoire pour le moins insolite. Malgré ses nombreux défauts, mon père n'était pas un homme secret. Bien au contraire, il était capable de fulminer et de pester pendant des jours entiers quand quelque chose le contrariait ou le dérangeait. Or je ne l'avais entendu faire aucune allusion à des lettres.

— Vous n'avez vu aucune de ces lettres ? insista David Stewart.

— Non. Mais ça n'a rien de surprenant : chaque jour, c'est mon père qui va chercher le courrier à l'épicerie.

— Peut-être n'en a-t-il jamais pris connaissance ?

Mais cela non plus, ce n'était pas dans le caractère de mon père. Il ouvrait systématiquement toutes les lettres, pas nécessairement pour les lire, mais dans l'heureuse éventualité où elles contiendraient un chèque.

— Non, ça ne lui ressemble pas, dis-je en essayant de déglutir pour chasser la boule qui commençait à me serrer la gorge. Quel était l'objet de ces lettres ? à moins que vous ne soyez pas au courant.

— Si, bien entendu, je suis au courant, répondit-il d'un ton un peu sec.

On l'imaginait aisément assis derrière un bureau démodé, s'éclaircissant la gorge pour masquer ses émotions, déjouant les pièges de testaments nébuleux, enregistrant des déclarations sous serment, procédant à des ventes, des cessions de bail, délivrant des permis de visite de maisons à vendre...

— Tout simplement, votre grand-mère aimerait que vous alliez en Ecosse lui rendre visite.

— Je sais, elle en parle toujours dans ses lettres.

— Vous n'avez pas envie d'y aller ? demanda David Stewart, surpris.

— Mais si... bien sûr, j'en ai envie...

Je songeai à mon père, à la discussion surprise entre lui et ma grand-mère.

— Je ne sais pas. Je ne peux pas me décider comme ça.

— Y a-t-il une raison qui vous empêche de venir ?

— Eh bien, évidemment il y a... mon père.

— Vous voulez dire que personne d'autre ne peut s'occuper de la maison pour lui ?

— Non, ce n'est pas ce que je veux dire.

David Stewart attendait que je précise ma pensée. Son regard insistant m'embarrassait et je détournai la tête vers la cheminée. J'avais le sentiment désagréable que mon visage trahissait une expression qu'il pourrait qualifier de craintive.

— Vous savez, le fait que votre père vous ait emmenée avec lui, en Amérique, n'a laissé aucune rancœur.

— Ma grand-mère voulait que je reste à Elvie.

— Alors vous êtes au courant ?

— Oui. Je les ai entendus se disputer. Ça ne leur était jamais arrivé. Je croyais qu'ils s'entendaient bien. Mais ils ont eu des heurts terribles à cause de moi.

— Ça remonte à sept ans. Je suis sûr que, maintenant, nous pouvons arriver à un arrangement.

J'avançai alors l'argument le plus évident : l'argent.

— Le voyage coûte très cher.

— Mme Bailey vous offre le billet.

J'imaginai la réaction de mon père en entendant cela.

— Vous ne serez pas absente plus d'un mois. Ça ne vous tente pas ? demanda-t-il pour la seconde fois.

Sa façon de faire me désarmait.

— Si, bien sûr.

— Alors pourquoi un tel manque d'enthousiasme ?

— Je ne veux pas contrarier mon père. Et il est évident qu'il ne souhaite pas me voir retourner à Elvie, sinon il aurait répondu à ces lettres.

— Ah oui, les lettres. Je me demande ce qu'il a bien pu en faire !

Je désignai la table, derrière lui, encombrée de manuscrits, d'ouvrages de travail, de vieux dossiers, d'enveloppes et de factures impayées.

— Elles doivent être par là, je suppose.

— A votre avis, pourquoi ne vous en a-t-il jamais parlé ?

Je connaissais la réponse, mais je préférais la taire. D'une certaine façon, mon père gardait rancune à Elvie de compter autant pour moi. Peut-être était-il un peu jaloux de la famille de ma mère. Il craignait de me perdre.

— Je n'en ai aucune idée, mentis-je.

— Quand doit-il revenir de Los Angeles ?

— Je ne crois pas utile que vous le rencontriez. Ça ne pourrait que lui faire de la peine. Car même s'il accepte que j'aille en Ecosse, jamais je ne pourrais le laisser seul ici.

— Mais il existe sûrement un moyen de tout concilier.

— Non. Mon père a besoin de quelqu'un qui veille sur lui. Il est totalement démuni devant la vie pratique. Il ne penserait même pas à acheter à manger, à mettre de l'essence dans sa voiture. Si je le laissais seul, je passerais mon temps à m'inquiéter pour lui.

— Jane... vous devez penser aussi à vous.

— Un jour, je trouverai le moyen d'aller voir ma grand-mère... Dites-le-lui. Plus tard.

David Stewart réfléchit un moment en silence. Il finit son whisky et reposa le verre vide.

— Bien, voilà ce que je vous propose. Demain matin, vers onze heures, je repars pour Los Angeles. J'ai un billet pour vous dans l'avion de New York, mardi matin. Vous allez dormir là-dessus, et si jamais vous changez d'avis...

— Je ne changerai pas d'avis.

— Si jamais vous changez d'avis, rien ne peut vous empêcher de venir avec moi, dit-il en se levant. Et je persiste à croire que vous le ferez, ajouta-t-il en se penchant vers moi.

Je déteste que l'on me toise, aussi me levai-je à mon tour.

— Vous semblez très sûr de vous, M. Stewart.

— C'est parce que j'espérais que vous viendriez.

— Vous pensez que je cherche de mauvais prétextes, n'est-ce pas ?

— Pas entièrement.

— Je regrette que vous ayez fait ce long voyage pour rien.

— Je me trouvais à New York pour affaires. Et je suis ravi d'avoir fait votre connaissance. Je regrette seulement de ne pas avoir vu votre père. Au revoir, Jane, dit-il en me tendant la main.

Je lui tendis la mienne après une seconde d'hésitation. Les Américains ne sont guère portés sur les poignées de main, et on en perd vite l'habitude.

— Je transmettrai votre affection à votre grand-mère.

— S'il vous plaît, oui. Et aussi à Sinclair.

— Sinclair ?

— Vous devez sans doute le voir quand il vient à Elvie, non ?

— Oh... oui ! oui, bien sûr ! Je lui transmettrai votre bon souvenir.

— Dites-lui de m'écrire, ajoutai-je, en me penchant précipitamment pour caresser Rusty.

Je ne voulais pas que David Stewart voie mes yeux embués de larmes.

Après son départ, je rentrai dans le bungalow et marchai tout droit vers la table où mon père rangeait ses papiers. Je finis par retrouver une à une les quatre lettres restées sans réponse, toutes les quatre ouvertes. Je ne les lus pas. Quelque chose en moi me l'interdisait. De toute façon, je connaissais leur contenu. Aussi je les remis en place dans le fouillis.

Ensuite j'allai me mettre à genoux sur la banquette devant les baies, ouvris une fenêtre, et me penchai pour respirer l'air de la nuit. Il faisait très sombre, l'océan était noir d'encre, la brise fraîche, mais mes frayeurs s'étaient dissipées. Je songeais à Elvie avec nostalgie. Aux oies sauvages qui traversaient le ciel d'hiver, à l'odeur de la tourbe brûlant dans la cheminée du vestibule. Au loch, tantôt d'un bleu étincelant et lisse comme un miroir, tantôt gris et agité de vagues blanches par les tempêtes du nord. J'avais si violemment envie d'être là-bas, tout à coup, que j'en ressentais presque une douleur physique.

Et j'étais en colère contre mon père. Je ne voulais pas l'abandonner, mais je lui reprochais de n'avoir même pas abordé la question avec moi, ni de m'avoir donné la possibilité de prendre moi-même une décision. A vingt et un ans je n'étais plus une enfant, et je trouvais son attitude d'un égocentrisme insupportable.

Tu ne perds rien pour attendre, papa ! tu vas voir ! Je vais te mettre ces lettres sous le nez. Et tu vas m'entendre... Je vais...

Mais ma colère ne fit pas long feu. J'étais incapable de rancune. Refroidi par la fraîcheur de la nuit, mon ressentiment s'estompa, s'évanouit, et me laissa étrangement vide. Finalement, rien n'avait changé. J'allais rester avec mon père parce que je l'aimais, parce qu'il le voulait, parce qu'il avait besoin de moi. Il n'y avait pas d'autre possibilité. Et je ne lui parlerais pas des lettres, pour ne pas l'humilier et surtout pour qu'il ne se sente pas déprécié à mes yeux, car si nous devions avoir un avenir ensemble, il était important qu'il garde toute sa dignité.

Le lendemain matin, j'étais occupée à lessiver la cuisine, lorsque j'entendis le ronflement très reconnaissable du moteur de notre vieille Dodge qui franchissait le col et descendait la piste de Reef Point. J'essuyai en vitesse le dernier carré de linoléum craquelé, me relevai d'un bond, essorai la serpillière, vidai l'eau sale dans l'évier, et sortis sur la véranda pour accueillir mon père, tout en séchant mes mains sur mon vieux tablier rayé.

Il faisait un temps splendide. Le soleil était chaud, le ciel bleu et piqueté de petits nuages blancs, l'air matinal frémissait sous une brise légère, et les vagues de la marée montante se fracassaient sur la plage. J'avais déjà étendu une lessive, et le linge claquait au vent lorsque je passai dessous pour aller à la rencontre de la voiture qui cahotait sur les ornières.

Je vis aussitôt que mon père n'était pas seul. Comme le temps était beau, il avait abaissé la capote et, à côté de lui, je reconnus Linda Lansing à la chevelure flamboyante qui flottait au vent. En m'apercevant, elle se pencha par la portière en agitant la main, et son caniche blanc, juché sur ses genoux, se pencha, lui aussi, et se mit à aboyer furieusement dans ma direction, comme s'il me contestait le droit d'être là.

Alerté par les jappements du caniche, Rusty, qui était sur la plage en train de jouer avec un vieux panier, accourut à ma rescousse et déboucha comme un boulet à l'angle du bungalow, en aboyant comme un forcené, les crocs menaçants, visiblement impatient de les planter dans le cou blanc du caniche. Mon père poussa un juron, Linda poussa un cri en serrant contre elle son caniche, le caniche poussa des jappements, et moi je saisis Rusty par le collier pour le pousser dans la maison en lui ordonnant de se taire. Il n'y avait pas d'autre moyen pour pouvoir enfin échanger quelques mots.

Je laissai Rusty bouder dans le bungalow et ressortis. Mon père était déjà descendu de voiture. Il en fit le tour pour venir m'embrasser. J'eus l'impression qu'un gorille me serrait dans ses bras. Sa barbe me râpa la joue.

— Bonjour, ma belle. Tout va bien ?

— Oui, très bien, répondis-je en m'écartant. Bonjour, Linda.

— Bonjour, mon chou.

— Désolée pour le chien, dis-je en avançant pour lui ouvrir la portière.

Linda était maquillée comme pour une soirée. Elle portait des faux cils, un ensemble cintré bleu clair et des ballerines dorées. Le caniche avait un collier rose serti de strass.

— Ce n'est rien. Mitzi est trop nerveuse. Sans doute parce qu'elle est trop choyée.

Linda tendit la joue vers mon baiser en arrondissant les lèvres. Je l'embrassai et le caniche se remit à aboyer.

— Bon sang, vas-tu enfin faire taire ce clébard ! s'écria mon père.

Linda jeta le chien sans cérémonie hors de la voiture et descendit à son tour.

Linda Lansing était une actrice. Quelque vingt ans plus tôt, elle avait débuté comme starlette à Hollywood, ce qui lui avait valu une prodigieuse campagne de publicité personnelle, suivie d'une série de films insipides, dans lesquels elle jouait généralement le rôle d'une bohémienne ou d'une paysanne, vêtue d'un corsage échancré qui lui dénudait l'épaule, la lèvre écarlate et l'expression boudeuse. Comme c'était prévisible, ce genre de films ainsi que son style de jeu étaient passés rapidement de mode. Et Linda avec eux. Mais comme elle était loin d'être stupide, elle avait eu l'astuce de se marier au bon moment. « Mon mari passe avant ma carrière », lisait-on sous les photos de son mariage publiées dans la presse. Et elle disparut un certain temps de la scène et d'Hollywood. Mais récemment, après avoir divorcé de son troisième mari et avant d'en avoir retrouvé un quatrième, elle avait refait des apparitions dans de petits rôles à la télévision. Pour une jeune génération de spectateurs, c'était un visage nouveau, et, bien dirigée, elle avait révélé un talent insoupçonné pour la comédie.

Nous l'avions rencontrée au cours d'un de ces ennuyeux brunches dominicaux au bord d'une piscine, typiques de la vie hollywoodienne. Mon père avait été aussitôt séduit. Linda était en effet la seule femme présente avec qui l'on pouvait discuter. Moi-même, je la trouvais très sympathique. Elle avait un sens de l'humour très sain, une voix chaude et profonde, et une étonnante aptitude à rire d'elle-même.

Mon père a du succès auprès des femmes, mais il a toujours vécu ses aventures avec une discrétion admirable. Je savais qu'il avait une liaison avec Linda, mais jamais je n'aurais imaginé qu'il l'amènerait à Reef Point.

Je décidai de prendre les choses avec philosophie.

— En voilà une surprise, Linda ! Que venez-vous faire dans notre trou perdu ?

— Oh, tu dois savoir comment ça se passe lorsque ton père commence à faire du chantage ! Quelle merveille, l'air de la mer !

Linda aspira une grande bouffée d'air marin, toussota, puis se tourna vers la voiture pour prendre son sac à main. C'est alors que j'aperçus les élégants bagages empilés sur le siège arrière. Trois valises, un sac-penderie, une mallette de maquillage, un manteau de vison sous housse en plastique, et le panier de Mitzi avec le « nonos » en caoutchouc rose. Je restai muette un instant, mais avant que j'aie pu dire un mot, mon père me ramena à la réalité d'un coup de coude et m'écarta de son chemin pour sortir deux des valises.

— Ne reste pas plantée là, la bouche ouverte, dit-il. Porte quelque chose.

Là-dessus, il se dirigea vers le bungalow. Linda, en voyant mon expression, déclara avec tact que Mitzi avait besoin de se dégourdir les pattes sur la plage. Je commençai à suivre mon père, puis me ravisai et revins chercher le panier du caniche.

Je le rejoignis dans la salle de séjour, au milieu de laquelle il venait de déposer les deux valises. Il avait jeté sa casquette à longue visière sur une chaise, et une liasse de lettres et de vieux papiers sur la table. La pièce, que je venais de ranger et de nettoyer, reprit immédiatement son aspect négligé du quotidien. Mon père était capable de créer le désordre n'importe où, par le simple fait d'entrer quelque part. Il s'approcha de la fenêtre pour contempler la vue et aspira l'air du large à pleins poumons. Par-dessus son épaule massive, j'aperçus la silhouette lointaine de Linda qui marchait le long du rivage avec le caniche. Rusty, qui boudait toujours près de la banquette, ne remua même pas la queue.

Mon père se retourna et chercha son paquet de cigarettes dans sa poche de chemise. Il arborait un air satisfait.

— Alors ? Tu ne me demandes pas comment ça s'est passé ?

Il alluma une cigarette et me regarda en fronçant les sourcils.

— Pourquoi restes-tu plantée là avec le panier du chien ? ajouta-t-il en jetant l'allumette enflammée par la fenêtre. Pose ce panier, Jane !

Mais au lieu d'obtempérer, je lui dis :

— Peux-tu m'expliquer ce qui se passe ?

— Que veux-tu dire ?

Je savais que toute cette désinvolture et cet entrain n'étaient que rodomontades.

— Tu comprends très bien ce que je veux dire. Je parle de Linda.

— Quoi, Linda ? Tu l'aimes bien, non ?

— Bien sûr, je l'aime bien. Mais la question n'est pas là. Qu'est-elle venue faire ici ?

— Je lui ai demandé de venir.

— Avec toutes ses affaires ? Combien de temps ?

— Eh bien... (Il eut un large geste de la main.) Aussi longtemps qu'elle le souhaitera.

— Elle ne travaille pas ?

— Elle a tout plaqué.

Il alla rôder dans la cuisine à la recherche d'une boîte de bière. La porte du réfrigérateur grinça en se refermant.

— Linda en a assez de Los Angeles. Comme nous. Alors je me suis dit... pourquoi pas ? (Il reparut sur le seuil du salon, la bière à la main.) D'ailleurs, j'avais à peine formulé la suggestion que Linda avait déjà trouvé quelqu'un pour louer sa maison, bonne comprise, et fait ses bagages. Jane, est-ce que par hasard tu te serais prise d'une affection débordante pour ce panier à chien ?

— Combien de temps ? répétai-je en ignorant son ironie.

— Aussi longtemps que nous y resterons. Peut-être tout l'hiver.

— Il n'y a pas de place.

— Mais si, il y a de la place ! Et puis je suis quand même chez moi !

Il vida sa bière, jeta adroitement la boîte dans la poubelle à travers la cuisine, et sortit chercher le restant des bagages. Cette fois il porta les valises dans sa chambre. Je posai enfin le panier de Mitzi et le suivis. Entre le lit gigantesque, les valises et nous deux, il restait très peu de place.

— Où va dormir Linda ?

— A ton avis ? lança-t-il en s'asseyant sur le lit géant. Ici, évidemment.

Je ne trouvai rien à répondre. Je me contentai de le fixer. Jamais encore cela ne s'était produit. Je me demandais s'il avait perdu l'esprit.

Quelque chose sur mon visage dut l'alerter, car il eut soudain l'air contrit et me prit les mains.

— Janey, ne me regarde pas comme ça. Tu n'es plus une enfant, je n'ai pas à me cacher devant toi. Tu aimes bien Linda. Jamais je ne l'aurais amenée si j'avais pensé que tu ne l'aimais pas. Et puis ce sera une compagnie pour toi. Je n'aurai plus à te laisser seule si souvent. Allons, chérie, ne prends pas cet air grognon et va nous faire du café.

— Je n'ai pas le temps.

— Comment ça ?

— Je... il faut que je prépare ma valise.

Je quittai sa chambre pour la mienne, tirai ma valise de sous le lit, l'ouvris, et entrepris d'y fourrer mes affaires, comme on voit les acteurs le faire au cinéma, en vidant carrément les tiroirs dans la valise.

Par la porte entrouverte, mon père lança :

— Mais que fais-tu ?

Les mains pleines de chemises, de ceintures et de mouchoirs, je me retournai pour dire :

— Je pars.

— Où ?

— En Ecosse.

Il fit un pas dans ma chambre et me prit le bras pour m'obliger à lui faire face. Mais je ne lui laissai pas le temps de dire un mot.

— Tu as reçu quatre lettres. Trois de ma grand-mère et une de son notaire. Tu les as ouvertes, tu les as lues, mais tu ne m'en as pas parlé parce que tu ne voulais pas que j'aille là-bas. Tu n'as même pas essayé d'en discuter avec moi.

Sa main ne lâcha pas mon bras, mais je le vis pâlir.

— Comment as-tu appris l'existence de ces lettres ?

Je lui parlai de David Stewart.

— Il m'a tout raconté. D'ailleurs c'était inutile, car je savais déjà tout.

— Qu'est-ce que ça veut dire, tout ?

— Que tu n'as jamais voulu que je reste à Elvie après la mort de maman. Que tu ne voulais même pas que j'y retourne. (Il me fixait, intrigué.) J'ai tout entendu, ce jour-là ! m'écriai-je comme s'il était devenu sourd, j'étais dans le hall, et j'ai entendu ce que grand-mère et toi avez dit.

— Et tu n'en as jamais parlé ?

— A quoi ça aurait servi ?

Il s'assit avec précaution sur mon lit, comme s'il s'appliquait à ne rien bousculer.

— Tu aurais voulu que je te laisse là-bas ?

— Mais non ! répondis-je, furieuse de son manque de compréhension. J'étais heureuse de vivre avec toi, et c'était la seule façon. Mais c'était il y a sept ans, et maintenant je suis une adulte. Tu n'avais pas le droit de me cacher ces lettres et de ne pas en discuter avec moi !

— Tu as tellement envie de retourner là-bas ?

— Oh oui, j'en ai envie. J'adore Elvie. Tu sais ce que ça représente pour moi.

Je ramassai ma brosse à cheveux, mes photos, et les casai dans un coin de la valise.

— Je n'avais pas l'intention de te parler de ces lettres, papa. Je pensais que ça te ferait de la peine et, de toute façon, je ne pouvais pas partir en te laissant seul. Mais maintenant c'est différent.

— D'accord, c'est différent et tu t'en vas. Je ne t'en empêcherai pas. Mais comment comptes-tu y aller ?

— David Stewart quitte La Carmella ce matin à onze heures. En me dépêchant, je devrais le rattraper. Il a une réservation pour moi sur le vol de New York demain matin.

— Et quand comptes-tu revenir ?

— Je ne sais pas. Un jour...

Je fourrai dans ma valise le livre d'Anne Morrow Lindbergh[1] *Gift from the Sea*, dont je ne me séparais

1. Anne Morrow Lindbergh : écrivain américain et femme de Ch. Lindbergh, auteur d'ouvrages célèbres sur l'environnement, de poèmes et d'essais. *(N.d.T.)*

jamais, ainsi que mon disque favori de Simon and Garfunkel, puis je rabattis le couvercle de la valise. Ça débordait de partout et il était impossible de la fermer. Je la rouvris, aplatis fébrilement quelques affaires, mais sans plus de succès. Finalement mon père vint à mon secours et usa de sa force pour verrouiller la valise récalcitrante.

Nos regards se croisèrent.

— Tu sais, je ne partirais pas si Linda n'était pas là...

Ma voix se brisa. Je décrochai mon imperméable de la patère et l'enfilai.

— Tu oublies d'enlever ton tablier, remarqua mon père.

En temps ordinaire, c'était le genre de chose qui nous aurait fait rire. Pas ce jour-là. Dans un silence oppressant, je dénouai la ceinture du tablier, l'ôtai d'un geste brusque, et le jetai sur le lit.

— Ça t'ennuie, si je prends la voiture pour aller à La Carmella ? Tu pourras la récupérer au motel.

— Mais non, bien sûr, répondit-il. Attends...

Il disparut dans sa chambre et revint la main pleine de billets. Des billets de cinq dollars, de dix dollars et de un dollar, froissés et salis comme un paquet de vieux journaux.

— Tiens, prends ça, dit-il en les fourrant dans la poche de mon imperméable. Tu en auras sûrement besoin.

— Mais, et toi...

C'est le moment que choisit Linda pour revenir de sa promenade sur la plage avec Mitzi. Le caniche en s'ébrouant saupoudrait de sable le sol du salon et Linda était enchantée de sa courte communion avec la nature.

— Oh, ces vagues ! Je n'en ai jamais vu d'aussi grosses ! Elles mesurent au moins trois mètres de haut !

Linda remarqua alors la valise, mon imperméable et, probablement, mon air misérable.

— Jane, que fais-tu ?

— Je pars.

— Pas à cause dc moi, j'espère ?

— En partie, si. Mais seulement parce que papa aura quelqu'un pour s'occuper de lui.

Linda parut déconcertée, comme si la perspective de s'occuper de mon père la prenait totalement au dépourvu, mais elle cacha courageusement son désarroi et fit de son mieux pour donner le change.

— J'espère que tu vas bien t'amuser. Quand pars-tu ?

— Aujourd'hui. Tout de suite. Je prends la Dodge jusqu'à La Carmella et...

J'avais déjà commencé à reculer, car la situation devenait vraiment trop oppressante pour moi. Mon père souleva ma valise et me suivit.

— J'espère que vous passerez un bon hiver. Et que... il n'y aura pas trop de tempêtes. Et... il y a des œufs et du thon en boîte dans le frigo...

Je descendis les marches de la véranda, plongeai sous le linge qui séchait en me demandant si Linda penserait à le rentrer, et montai dans la voiture. Mon père casa la valise sur le siège arrière.

— Jane..., commença-t-il.

Mais je n'avais pas la force de lui dire au revoir. J'avais déjà démarré lorsque je songeai à Rusty. Trop tard. Il avait entendu ma voix, la portière claquer, le bruit du moteur. Il surgit de la maison tel un boulet de canon en aboyant désespérément. Il courut à côté de la voiture, les oreilles basses, sans se soucier du danger.

C'en était trop. J'arrêtai la voiture. Mon père s'élança à son tour en appelant Rusty. Dressé sur ses pattes de derrière, le chien grattait frénétiquement ma portière. Je me penchai pour essayer de le repousser.

— Je t'en prie, Rusty, arrête ! Arrête ! Je ne peux pas t'emmener. Je ne peux pas t'emmener avec moi !

Mon père nous rattrapa, prit Rusty dans ses bras, et me regarda. Les yeux de Rusty étaient pleins de reproche, mais le regard de mon père avait une expression que je ne lui avais encore jamais vue et que j'avais du mal à définir. Tout ce que je savais, c'est qu'à cet instant je n'avais pas la moindre envie de les quitter, ni l'un ni l'autre, et je fondis en larmes.

— Tu t'occuperas bien de Rusty, n'est-ce pas ? marmonnai-je entre deux sanglots. Enferme-le pendant un moment pour qu'il ne cherche pas à suivre la voiture. Et ne le laisse pas s'échapper. Il n'aime que les boîtes de Pal, pour sa nourriture. Ne le laisse pas seul sur la plage, quelqu'un pourrait le voler.

Je cherchai un mouchoir. Comme d'habitude, je n'en avais pas, et, comme d'habitude, mon père en sortit un de sa poche pour me le donner. Une fois mouchée, je tendis les bras vers lui pour l'embrasser, ainsi que Rusty. Mon père dit : « Au revoir, mon poussin », nom qu'il ne m'avait plus donné depuis l'âge de six ans. Redoublant de sanglots, complètement aveuglée par les larmes, je redémarrai sans regarder en arrière, certaine qu'ils resteraient là jusqu'à ce que la voiture ait disparu derrière la crête.

Il était onze heures moins le quart lorsque je pénétrai dans le hall du motel. Le réceptionniste leva les yeux de derrière son comptoir, vit mon visage boursouflé et rougi par les larmes, sans manifester la moindre émotion, comme si des femmes en pleurs circulaient dans l'hôtel à longueur de journée.

— Est-ce que M. Stewart est déjà parti ? demandai-je.

— Non, pas encore. Il lui reste une facture de téléphone à régler.

— Quel est le numéro de sa chambre ?

L'homme consulta son registre, puis balaya du regard mon imperméable, mon jean, mes tennis avachies.

— Trente-deux. Vous désirez le voir ? dit-il en tendant la main vers le téléphone.

— Oui, s'il vous plaît.

— Je vais lui annoncer votre visite. Quel est votre nom ?

— Jane Marsh.

— Chambre trente-deux.

Il pointa le menton vers une porte pour m'indiquer le chemin.

Je suivis une allée couverte qui longeait une grande piscine d'un bleu scintillant. Deux femmes paressaient dans des chaises longues, tandis que leurs enfants barbotaient dans l'eau en braillant, et se disputaient un anneau en caoutchouc. J'avais à peine parcouru la moitié du chemin que je vis David Stewart avancer à ma rencontre. Je me mis impulsivement à courir et, sous les regards intéressés des deux femmes et à ma propre surprise, je me jetai dans ses bras. Il m'enlaça d'un geste réconfortant, puis s'écarta pour me demander :

— Quelque chose ne va pas ?

— Non, rien, répondis-je en recommençant à pleurer. Je pars avec vous.

— Pourquoi ?

— J'ai changé d'avis, c'est tout.

— Pourquoi ?

Je n'avais pas eu l'intention de le lui dire, mais je ne pus m'en empêcher.

— Mon père a une amie. Elle est de Los Angeles et... elle... elle a dit...

— Venez, dit David Stewart en jetant un coup d'œil aux deux femmes qui nous observaient.

Il m'entraîna vers l'intimité de sa chambre et referma la porte derrière nous. Je séchai mes larmes et fis un effort pour me ressaisir.

— Je vous écoute, dit-il.

— Linda va s'occuper de mon père. Donc je peux venir avec vous.

— Vous avez parlé des lettres à votre père ?

— Oui.

— Et il ne s'oppose pas à ce voyage ?

— Non, il est d'accord.

David se tut. Je le regardai et vis qu'il avait tourné légèrement la tête et m'examinait du coin de son œil droit. Je devais découvrir plus tard que c'était chez lui une habitude, causée par sa vision déficiente et l'obligation de porter des lunettes, mais sur le moment cette attitude soupçonneuse me déconcerta.

— Vous ne voulez plus m'emmener ?

— La question n'est pas là. Simplement je ne vous connais pas suffisamment pour savoir si vous dites la vérité.

J'étais trop malheureuse pour me sentir offensée.

— Je ne mens jamais, répondis-je. Ou alors, quand cela m'arrive, je rougis et je baisse les yeux. Ça ne trompe personne. Je vous assure que mon père est d'accord.

Pour appuyer mes dires, je sortis de ma poche la boule de billets froissés. Certains voletèrent sur la moquette comme des feuilles mortes.

— Vous voyez, il m'a donné de l'argent.

David se pencha pour ramasser les billets et me les tendit.

— Je persiste néanmoins à penser, Jane, que je devrais mettre les choses au point avec lui avant que nous prenions l'avion. Nous pourrions...

— Je serais incapable de supporter d'autres adieux.

Le visage de David perdit sa sévérité. Il me tapota le bras et dit :

— Très bien. Restez ici. J'en ai pour un quart d'heure, tout au plus.

— C'est promis ?

— Promis.

Il s'en alla. J'explorai la chambre, feuilletai un journal, puis allai dans la salle de bains pour me laver le visage et les mains. Je me recoiffai et nouai mes cheveux en arrière avec un élastique oublié sur une étagère. Puis je ressortis attendre David au bord de la piscine.

Dès son retour, il chargea ma valise dans sa voiture et je m'installai à côté de lui sans rien dire. Nous quittâmes aussitôt La Carmella et rejoignîmes l'autoroute en direction de Los Angeles. Nous passâmes la nuit dans un motel près de l'aéroport. L'avion pour New York décollait le lendemain matin. Le soir même, un autre avion s'envolerait pour Londres.

C'est seulement une fois au-dessus de l'Atlantique que je me souvins du jeune homme avec qui j'avais rendez-vous à Reef Point, le dimanche suivant, pour faire du surf.

4

J'avais passé la plus grande partie de ma vie à Londres, pourtant j'eus l'impression, en y revenant, de découvrir la ville, tant elle était différente de celle que j'avais quittée. Les bâtiments de l'aéroport, les routes d'accès, le paysage, les immeubles, la circulation... tout avait changé au cours de ces sept dernières années. J'étais blottie sur la banquette arrière du taxi, ma valise à mes pieds. Il y avait tellement de brouillard que les réverbères étaient encore allumés et il faisait un froid humide dont j'avais perdu le souvenir.

N'ayant pas réussi à dormir dans l'avion, j'étais étourdie de fatigue et écœurée par les repas qui nous avaient été servis à deux heures du matin (si j'en croyais ce qu'indiquait ma montre, restée à l'heure californienne). J'avais le corps et la tête endoloris, la bouche pâteuse, mes yeux me brûlaient et j'avais l'impression de porter les mêmes vêtements depuis une éternité.

Des panneaux publicitaires, des routes qui s'entre-croisaient, des maisons, et Londres nous engloutit. Le taxi tourna à plusieurs carrefours, se faufila dans une rue paisible, bordée de voitures en stationnement, et s'arrêta devant un alignement de hautes maisons victoriennes.

J'y jetai un regard morne, en me demandant ce qu'on attendait de moi. David se pencha pour m'ouvrir la portière et annonça :

— C'est ici que nous descendons.

Je le regardai avec étonnement. Comment un homme, qui avait vécu avec moi le plus éprouvant des voyages non stop en avion, en traversant la moitié du monde, pouvait-il avoir l'air aussi frais, détendu et maître de la situation ? Je descendis docilement du taxi et restai plantée sur le trottoir en bâillant et en clignant les yeux comme un oiseau de nuit, pendant que David réglait la course et prenait les bagages. Il me guida vers un escalier qui conduisait à un appartement en sous-sol. La rampe était d'un noir luisant, le parterre pavé était orné d'une jardinière en bois garnie de géraniums, un peu noircis de suie mais néanmoins vifs et gais. David mit une clef dans la serrure et ouvrit la porte jaune.

L'appartement était tout blanc, avec des tapis persans, un canapé et des fauteuils tapissés de chintz, des meubles anciens, un miroir vénitien au-dessus de la cheminée. Il y flottait un parfum de maison de campagne. Des livres, des magazines, une vitrine remplie de porcelaine de Dresde, des carrés de tapisserie faite à la main et, derrière les fenêtres du fond, un petit jardin clos dans un patio, avec un platane, un banc en bois, et une statue encastrée dans une niche du mur de briques délavées.

David alla ouvrir une fenêtre, et je demandai :

— C'est votre appartement ?

— Non, celui de ma mère. Mais j'y habite lorsque je viens à Londres.

— Où est votre mère ?

On aurait dit que je m'attendais à la voir surgir.

— Elle est en vacances dans le sud de la France. Bien ! maintenant, ôtez votre manteau et mettez-vous à l'aise. Je vais faire du thé.

Il disparut par une porte et j'entendis un bruit de robinet, de bouilloire qu'on remplissait. Du thé. Le mot seul était réconfortant. Une bonne tasse de thé comme à la maison. Je bataillai avec les boutons de mon imperméable avant d'en venir à bout, et l'accrochai au dossier d'un fauteuil de style Chippendale (autant que je pouvais en juger). Puis je m'assis sur le canapé, en glissant un des coussins de velours sous ma tête, et je sombrai dans un profond sommeil.

Quand je m'éveillai, la lumière avait changé. Un long rai de soleil, où dansait la poussière, traversait mon champ de vision comme un faisceau de projecteur. Je changeai de position, chassai le sommeil de mes yeux, et regardai autour de moi. Une couverture légère et chaude me recouvrait.

Un feu crépitait dans la cheminée. Il me fallut un moment avant de m'apercevoir que c'était un feu électrique, avec de fausses bûches et de fausses flammes. Il régnait dans la pièce une atmosphère douce et chaleureuse. Je tournai la tête et aperçus David, enfoncé dans un profond fauteuil, submergé de dossiers et de papiers. Il avait changé de vêtements : chemise bleue, pull couleur crème avec un col en V. Faisait-il partie de ces gens qui n'ont jamais besoin de sommeil ? Il m'avait entendue remuer et m'observait.

— Quel jour sommes-nous ?

— Mercredi, répondit-il, avec un sourire amusé.

— Où sommes-nous ?

— A Londres.

— Non. Je veux dire dans quel quartier ?

— Kensington.

— Autrefois nous habitions Melbury Road. C'est loin d'ici ?

— Non, tout près.

— Quelle heure est-il ?

— Bientôt cinq heures.

— Quand partons-nous pour l'Ecosse ?

— Ce soir. J'ai loué des wagons-lits sur le Royal Highlander.

Je fis un effort considérable pour m'asseoir, étouffer un bâillement, chasser mes cheveux de mon visage, et sortir enfin de ma torpeur.

— Me serait-il possible de prendre un bain ? demandai-je alors.

— Bien sûr !

Je pris donc un bain, dans une eau qui moussait peu et où je versai des quantités de sels de bain appartenant à la mère de David, qu'il m'avait gentiment encouragée à utiliser. Une fois baignée, je sortis des vêtements propres que je troquai contre les sales, et parvins miraculeusement à refermer ma valise. Ensuite je retournai au salon, où David m'attendait avec du thé chaud, des toasts beurrés et des biscuits au chocolat. Des vrais biscuits avec du vrai chocolat, pas comme ceux que l'on trouve en Amérique.

— C'est la réserve personnelle de votre mère ?

— Non. Je suis sorti les acheter pendant que vous dormiez. Il y a une petite épicerie, au coin de la rue. C'est pratique quand on est à court de quelque chose.

— Votre mère a toujours habité ici ?

— Non, seulement depuis un an ou deux. Elle possédait une maison dans le New Hampshire, mais elle était devenue trop grande pour elle et le jardin était une charge. Il devient difficile de trouver du personnel de maison. Alors elle l'a vendue. Elle a conservé ses meubles et ses objets préférés et s'est installée ici.

Cela expliquait l'atmosphère provinciale de l'appartement.

— Il y a quand même un jardin, remarquai-je en regardant le petit patio.

— Oui. Il est assez petit pour qu'elle puisse l'entretenir elle-même.

Je pris un autre toast et essayai d'imaginer ma grand-mère dans une situation semblable. Mais c'était impossible. Jamais ma grand-mère ne se serait laissé rebuter par la taille de sa maison ni la somme de ses tâches, ni par la difficulté de trouver et de garder jardiniers et cuisinières. D'ailleurs, Mme Lumley travaillait pour elle depuis toujours et continuait de faire de la pâtisserie, debout devant sa table de cuisine, malgré ses jambes souffrantes. Et Will, le jardinier, avait un petit cottage et un lopin de terre à lui, où il cultivait des pommes de terre, des carottes et des chrysanthèmes à grosse tête.

— Donc vous n'avez jamais vraiment vécu ici ?

— Non, répondit David. J'y loge seulement lorsque je suis de passage à Londres.

— Souvent ?

— Assez souvent, oui.

— Il vous arrive de rencontrer Sinclair ?

— Parfois.

— Que fait-il ?

— Il travaille dans une agence de publicité. Je pensais que vous le saviez.

L'idée m'effleura de téléphoner à mon cousin. S'il habitait Londres, il serait facile de trouver son numéro. J'hésitai un moment, puis finis par y renoncer. Je n'étais pas certaine de sa réaction, et je ne tenais pas à ce que David Stewart soit témoin de mon éventuelle déconvenue.

— Est-ce que... Sinclair a une petite amie ?

— Je suppose, oui.

— Non, je veux dire... une relation sérieuse.

— Jane, je n'en sais vraiment rien.

Songeuse, je suçai le beurre chaud du toast qui avait coulé sur mon doigt.

— Pensez-vous qu'il viendra à Elvie pendant mon séjour là-bas ?

— Il y a des chances.

— Et son père ? Est-ce qu'oncle Aylwyn vit toujours au Canada ?

David remonta les lunettes sur son nez d'un long doigt fuselé avant de répondre :

— Aylwyn Bailey est mort, il y a environ trois mois.

— Oh, non ! Je l'ignorais ! Pauvre grand-mère ! Elle a sans doute eu beaucoup de chagrin ?

— Oui, beaucoup.

— Et l'enterrement et...

— Au Canada. Il était malade depuis un certain temps. Il n'a pas pu revenir.

— Donc Sinclair ne l'a jamais revu ?

— Non, jamais.

La nouvelle me bouleversa et m'emplit de tristesse. Je songeai à mon père. Aussi exaspérant qu'il pouvait être parfois, pour rien au monde je n'aurais voulu être privée des moments privilégiés que nous avions vécus ensemble, et je me mis à plaindre Sinclair de tout mon cœur. Autrefois, c'était moi qui l'enviais de vivre à Elvie alors que je ne faisais qu'y passer mes vacances. Et s'il était privé de la présence de son père, la maison ne manquait pas d'hommes, car en plus de Will, le jardinier — pour qui nous avions tous les deux une grande affection —, il y avait aussi Gibson, le garde-chasse, un homme austère mais sage. Sans compter les deux fils de Gibson, Hamish et George, qui avaient à peu près l'âge de Sinclair et l'entraînaient dans toutes leurs aventures : Sinclair avait donc appris à tirer, à lancer la mouche, à jouer au cricket, à grimper aux arbres, et bénéficié de plus d'attentions et de temps que la plupart des garçons de son âge. Non, tout bien considéré, Sinclair avait été privé de très peu de choses.

Le Royal Highlander partait de la gare d'Euston. Je passai la moitié de la nuit debout à regarder par la vitre et à me réjouir à l'idée que ce train filait vers le nord et que rien, hormis une désastreuse volonté divine, ne pouvait le stopper. A Edimbourg, je fus réveillée par une voix féminine teintée d'un fort accent qui annonçait : « Edimbourg Waverly. Ici Edimbourg Waverly », et je sus que j'étais en Ecosse. Je me levai d'un bond de ma couchette, enfilai mon imperméable par-dessus ma chemise de nuit, et m'assis sur le rebord du lavabo pour regarder disparaître les lumières d'Edimbourg en attendant la traversée du pont. Le train, avec un bruit soudain très différent, s'élança au-dessus de l'estuaire. Tout en bas, dans les eaux sombres du fleuve, se reflétaient les lumières mouvantes du convoi.

Je me recouchai et somnolai jusqu'à Relkirk. Là, je me levai à nouveau et ouvris la fenêtre. L'air vif, gorgé du parfum de la tourbe et des pins, s'engouffra dans le compartiment. Nous étions en bordure des Highlands. Il était seulement cinq heures moins le quart mais je m'habillai et passai la dernière partie du voyage la joue collée contre la vitre noire, fouettée par la pluie. Au début, je ne distinguais presque rien, mais une fois passé le défilé et entamée la longue descente en pente douce qui menait à Thrumbo, le jour commença à se lever. Le soleil n'avait pas encore surgi, mais la nuit pâlissait imperceptiblement. Les nuages étaient épais, gris et moelleux, accrochés aux crêtes des collines. Dès qu'ils amorçaient une descente vers la vallée, ils s'amenuisaient et s'effilochaient. La large courbe du vallon s'étirait devant nous, brune, dorée, paisible dans la faible clarté du petit matin.

On frappa à ma porte et le contrôleur annonça :

— Le monsieur désire savoir si vous êtes réveillée. Nous arrivons à Thrumbo dans une dizaine de minutes. Voulez-vous que je prenne vos bagages ?

Je lui confiai ma valise, refermai la porte derrière lui, et repris mon poste d'observation. Maintenant le paysage commençait à m'être familier et je ne voulais rien manquer. Je m'étais promenée sur cette route, j'avais monté un poney des Highlands dans ce pré, pris le thé dans ce cottage blanc. Puis vinrent le pont qui marquait les limites du village, le poste à essence, l'hôtel raffiné fréquenté par une clientèle âgée, où l'on refusait de vous servir simplement une consommation.

La porte du compartiment s'ouvrit de nouveau, mais cette fois, c'était David Stewart.

— Bonjour.

— Bonjour.

— Vous avez bien dormi ?

— Très bien.

Le train ralentit, freina, dépassa le poste d'aiguillage, passa sous le pont. Je descendis de mon perchoir et suivis David dans le couloir. Par-dessus son épaule, j'aperçus la pancarte annonçant triomphalement Thrumbo, et enfin le train s'immobilisa. Nous étions arrivés.

David avait laissé sa voiture dans un garage. Il m'abandonna à la gare le temps d'aller la chercher. Assise sur ma valise, face au village désert qui s'éveillait lentement, je regardais les lumières s'allumer les unes après les autres, les cheminées fumer. Un homme descendit la rue à bicyclette. Très haut, dans le ciel, j'entendis criailler, mais sans pouvoir distinguer les formations d'oies sauvages qui volaient au-dessus des nuages.

Elvie Loch se trouvait à environ trois kilomètres du bourg de Thrumbo. C'était une vaste étendue d'eau qui s'incurvait au nord près de la grande route conduisant à Inverness. En face, sur la rive opposée, les imposantes Cairngorm[1] fermaient l'horizon. Elvie, elle-même, était presque une île. Une île, en forme de champignon, reliée à la terre ferme par une étroite langue de terre, une simple digue entre des marécages remplis de roseaux, refuge de nombreux oiseaux.

Pendant des années le domaine avait appartenu à l'église. Les vestiges d'une chapelle en témoignaient. Elle était vide et sans toit, mais le petit cimetière qui la jouxtait était encore entretenu avec soin : les ifs taillés, la pelouse tondue, lisse comme du velours, étaient égayés, au printemps, par des jonquilles sauvages.

La maison où habitait ma grand-mère avait été jadis la demeure du pasteur. Au cours des années, toutefois, ses modestes proportions s'étaient modifiées. On avait ajouté des ailes et des chambres supplémentaires, sans doute dans le but d'accueillir les familles nombreuses de l'époque victorienne. Derrière, en arrivant par la route, elle ressemblait à une haute bastide inaccessible. Les rigueurs de l'hiver étaient telles que les fenêtres exposées au nord étaient rares et étroites. La porte d'entrée était discrète et habituellement fermée. Cet aspect austère de forteresse était renforcé par les deux hauts murs du jardin, qui, comme des bras, enserraient la maison tant à l'ouest qu'à l'est, et sur lesquels même ma grand-mère n'avait pu réussir à faire pousser des plantes grimpantes.

Mais, de l'autre côté, l'aspect d'Elvie était bien différent. La vieille maison toute blanche, protégée par ses grands murs, exposée au sud, somnolait, aveuglée par le soleil. Les portes et les fenêtres s'ouvraient largement sur le parc. Celui-ci descendait doucement vers

1. Les Cairngorm sont un groupe de montagnes qui font partie de la chaîne des Grampians, au centre des Highlands, dans le nord de l'Ecosse. On y fait du ski, de l'escalade et de la randonnée. *(N.d.T.)*

un profond saut-de-loup qui le séparait d'un champ étroit où un voisin laissait paître son bétail. Le champ plongeait vers la rive, et le clapotis léger des vagues sur les galets et le beuglement des bêtes faisaient, désormais, partie de l'ambiance sonore d'Elvie. Si bien qu'au bout d'un certain temps on finissait par ne même plus les entendre. Il fallait s'être éloigné longtemps d'Elvie pour les remarquer de nouveau.

La voiture de David Stewart me surprit : c'était une Triumph TR4 bleu foncé, très sportive pour un homme d'apparence si austère. Une fois nos bagages chargés à l'intérieur, David sortit de Thrumbo et je me calai sur mon siège, animée par une excitation fébrile. Des repères familiers surgirent, puis disparurent. Le garage, la confiserie, la ferme McGregor. Puis ce fut la campagne. La route serpentait à travers les champs de chaume doré ; les haies étaient piquetées du rouge des cynorhoders, et déjà un peu de givre les recouvrait ; les arbres commençaient à se parer des teintes ocre et rouges de l'automne.

Enfin, après un dernier virage, le lac s'étira sur notre droite, dans la grisaille matinale. En face, sur l'autre rive, les montagnes se perdaient dans les nuages. Nous parcourûmes encore sept ou huit cents mètres et Elvie apparut : la maison cachée derrière les arbres, puis la chapelle sans toit, abandonnée, avec son air si romantique. L'émotion me laissait sans voix. Avec une rare sensibilité, David s'abstint de tout commentaire. Nous avions pourtant parcouru un long chemin ensemble, si long qu'il était presque inconcevable que notre arrivée s'effectue dans un tel silence. La voiture bifurqua au niveau du cottage qui bordait la route, descendit entre les hautes haies, s'engagea sur la digue entre les marécages, et remonta sous les hêtres rouges pour s'arrêter devant l'entrée.

Je bondis de la voiture et m'élançai sur le gravier. Ma grand-mère, qui m'avait devancée, ouvrit la porte et apparut devant moi. Je me jetai dans ses bras. Elle répétait mon nom, encore et encore. Je sentis sur elle le parfum des sachets odorants qu'elle mettait dans les armoires à linge, et je me dis que rien n'avait changé.

5

Que d'émotions après tant d'années ! Nous disions des banalités, des incohérences, telles que : « Oh, tu es vraiment là... » ou « Je pensais ne jamais y arriver... », « Tu as fait un bon voyage ? », « Rien n'a changé », et nous restions enlacées, et nous nous embrassions, et nous riions de nos questions stupides.

Les chiens vinrent ajouter à la confusion. Ils bondirent hors de la maison et se mirent à aboyer joyeusement autour de nous pour attirer notre attention. C'étaient des épagneuls roux et blanc, que je ne connaissais pas mais qui m'étaient pourtant familiers, car il y avait toujours eu des épagneuls à la robe roux et blanc à Elvie, et ceux-là descendaient sans aucun doute de ceux que j'avais connus. A peine avais-je commencé à les caresser pour faire connaissance que Mme Lumley nous rejoignit, alertée par le vacarme et incapable de résister à la tentation de participer aux effusions de bienvenue. Elle était toujours aussi corpulente dans son éternelle blouse verte. Un large sourire aux lèvres, elle m'embrassa, constata que j'avais terriblement grandi et que j'avais encore plus de taches de rousseur qu'auparavant, puis m'annonça qu'elle était en train de me préparer un copieux petit déjeuner.

Derrière moi, David déchargeait en silence la valise de sa voiture. Ma grand-mère avança pour l'accueillir.

A ma grande surprise elle l'embrassa en disant :

— David, vous devez être épuisé ! Merci de me l'avoir ramenée saine et sauve.

— Vous avez reçu mon télégramme, apparemment.

— Bien sûr. Je suis levée depuis sept heures du matin. Entrez et venez prendre le petit déjeuner avec nous. Nous vous attendions.

Mais David s'excusa. Sa femme de ménage l'attendait à la maison et de plus il fallait qu'il se change avant d'aller au bureau.

— Dans ce cas, venez dîner ce soir. J'insiste ! Venez vers sept heures et demie. Je tiens à ce que vous me racontiez tout en détail.

David se laissa convaincre. Nos regards se croisèrent, et nous échangeâmes un sourire. Je pris conscience, avec une certaine surprise, que nous nous connaissions seulement depuis quatre jours, et pourtant, au moment de nous séparer, j'avais l'impression d'avoir affaire à un ami de toujours. Chargé d'une mission délicate, David s'en était acquitté avec tact et bonne humeur.

— Oh, David, je...

— Nous nous reverrons, Jane, dit-il pour couper court à mes remerciements maladroits.

Il remonta dans sa voiture et démarra sans attendre. Nous le suivîmes des yeux, jusqu'à ce qu'il disparaisse, tout au bout de la longue allée de hêtres.

— Un garçon délicieux, dit ma grand-mère d'un air songeur. Tu ne trouves pas ?

— Si... Charmant.

Et je me baissai pour empêcher Mme Lumley de prendre ma valise.

Je la portai moi-même dans la maison, suivie par ma grand-mère et la meute de chiens. La porte se referma derrière nous et David Stewart fut momentanément oublié.

La fumée des mottes de tourbe qui brûlaient dans la cheminée du hall m'assaillit, ainsi que le parfum qu'exhalaient les roses dans le grand vase posé sur la commode, près de l'horloge. L'un des chiens tirait la langue et remuait la queue en me regardant pour attirer mon attention ; je m'arrêtai pour lui gratter les oreilles. J'allais lui parler de Rusty lorsque ma grand-mère dit :

— Jane, j'ai une surprise pour toi.

Je me redressai et vis un homme qui descendait l'escalier à ma rencontre. Sa silhouette se découpait dans la lumière de la fenêtre et, pendant un instant, cette lumière m'éblouit. L'homme s'écria :

— Bonjour, Jane !

Et je réalisai qu'il s'agissait de mon cousin Sinclair.

Ravies du succès que venait d'obtenir leur surprise, ma grand-mère et Mme Lumley observaient mon air ébahi en souriant. Sinclair s'avança, me prit par les épaules et m'embrassa avant même que j'aie le temps de réagir, et je ne pus que murmurer :

— Je te croyais à Londres.

— Eh bien non, je suis ici.

— Mais... comment se fait-il ?... Pourquoi... ?

— J'ai pris quelques jours de congé.

Pour moi ? Etait-il possible que Sinclair ait pris des vacances pour m'accueillir à Elvie ? L'hypothèse était à la fois flatteuse et émouvante, mais avant que je ne puisse en dire davantage, ma grand-mère prit les choses en main.

— Bon, ce n'est pas la peine de rester là... Sinclair, peut-être pourrais-tu monter la valise de Jane dans sa chambre ? Ensuite, quand tu te seras un peu rafraîchie, ma chérie, tu descendras et nous prendrons le petit déjeuner. Tu dois être éreintée après ce voyage.

— Non, je ne suis pas fatiguée.

Et le fait était que je n'éprouvais aucune fatigue. Au contraire, je me sentais fraîche et dispose, pleine d'énergie et disponible. Sinclair prit ma valise et monta les marches deux à deux. Je le suivis comme si j'avais des ailes.

Ma chambre, qui donnait sur le jardin et sur le loch, était d'une propreté immaculée. Rien n'avait changé. Même le lit blanc, en bois peint, était poussé dans l'encoignure de la fenêtre, là où j'aimais dormir. Il y avait une pelote d'épingles sur la coiffeuse, des sachets de lavande dans l'armoire, et la même descente de lit bleue qui cachait un endroit élimé du tapis de sol.

J'accrochai mon imperméable et me lavai les mains. Sinclair vint s'asseoir sur le lit. Le dessus-de-lit blanc amidonné crissa tristement sous son poids. Il m'observait. En sept ans, il avait changé, bien sûr. Cependant, ses traits s'étaient altérés de manière très peu sensible : il était plus mince et quelques rides s'étaient formées aux coins des yeux et de la bouche, sans plus. Il était très beau. Ses sourcils et ses cils noirs rehaussaient le bleu sombre de ses yeux en amande. Son nez était droit, sa bouche bien dessinée et charnue, avec une lèvre inférieure légèrement boudeuse comme lorsqu'il était enfant. Ses cheveux épais et raides couvraient sa nuque. Habituée aux coiffures en vogue à Reef Point — presque rasées façon « marines » des surfeurs ou bien extra-longues à la manière hippie —, je trouvais celle de Sinclair très seyante. Il portait une chemise bleue avec un foulard noué autour du cou et un pantalon en toile beige délavée, tenu à la taille par une ceinture en laine tressée.

— Tu es vraiment en congé ? demandai-je, voulant avoir confirmation de ce que je n'osais espérer.

— Mais oui ! répondit-il, sans commentaire.

A l'évidence, je devais me contenter de cette réponse lapidaire.

— Tu travailles dans une agence de publicité, paraît-il ?

— Oui. Chez Strutt et Steward. Je suis adjoint du directeur.

— Est-ce une bonne situation ?

— Oui ! J'ai même droit à des notes de frais.

— En d'autres termes, une partie de ton activité consiste à faire d'ennuyeux déjeuners d'affaires bien arrosés avec des clients potentiels. N'est-ce pas ?

— Ils ne sont pas obligatoirement ennuyeux. Si c'est une cliente et qu'elle est jolie, ça peut être un dîner des plus agréables.

Je ressentis un petit pincement de jalousie, que je m'empressai de tuer dans l'œuf. J'étais assise devant la coiffeuse, en train de me peigner, et Sinclair, sans modifier son expression, remarqua :

— J'avais oublié combien tes cheveux étaient longs. Tu portais des tresses autrefois. On dirait de la soie.

— Régulièrement je me fais la promesse de les couper, mais je n'arrive jamais à me décider.

Je posai le peigne et allai m'agenouiller sur le lit devant la fenêtre ouverte, à côté de Sinclair.

— Comme ça sent bon ! dis-je en me penchant dehors. Ça sent l'automne...

— Ça ne sent pas l'automne, en Californie ?

— La plupart du temps ça empeste les vapeurs d'essence. Sauf à Reef Point, où les eucalyptus et l'océan embaument l'air.

— Comment vit-on, chez les Peaux-Rouges ?

Je lui jetai un regard furieux, le mettant au défi de lancer l'offensive. Il battit aussitôt en retraite.

— Je t'avouerai franchement, Jane, que je craignais de te voir revenir la poitrine bardée d'appareils-photo, mâchant du chewing-gum, et lançant des : « Hey, mec ! » en guise de discours.

— Tu retardes, mon frère.

— Je t'imaginais aussi défilant avec des pancartes pacifistes, renchérit Sinclair en prenant un faux accent américain.

— C'est une plaisanterie aussi puérile que celle que font les Californiens lorsqu'ils se moquent de mon terrrrible accent british, lui dis-je. En tout état de cause, s'il m'arrive de manifester, tu en seras le premier averti.

Sinclair esquissa un sourire crispé et changea de sujet.

— Comment va ton père ?

— Il s'est laissé pousser la barbe et ressemble étrangement à Hemingway.

— Je l'imagine très bien.

Un couple de canards sauvages piqua dans l'eau, en laissant, derrière lui, un léger sillage blanc. Je les observai pendant un moment, puis Sinclair bâilla en s'étirant. Il me donna une petite tape fraternelle, et déclara qu'il était temps de descendre déjeuner. Je refermai la fenêtre et le suivis.

Je découvris que j'avais une faim de loup. Il y avait des œufs, du bacon, de la marmelade et des petits pains chauds parfumés qu'on appelait ici *baps*. Pendant que je dévorais, ma grand-mère et Sinclair parlaient à bâtons rompus : l'un commentant les nouvelles du journal local, les résultats d'une exposition florale, l'autre une lettre écrite par un cousin plus âgé parti s'installer dans un endroit appelé Moltar.

— Je me demande ce qu'il est allé faire là-bas, dit Sinclair.

— La vie y est moins chère et le climat plus doux. Le pauvre a toujours horriblement souffert de rhumatismes.

— Et comment compte-t-il passer ses journées ? A promener les touristes en barque autour de Grand Harbour ?

Je compris seulement, alors, qu'ils parlaient de Malte. Moltar, Malte. L'accent américain avait déteint sur moi plus que je ne le pensais.

En observant ma grand-mère servir le café, je calculai qu'elle devait avoir maintenant près de soixante-dix ans. Pourtant elle était telle que je l'avais laissée. Grande, belle, digne, avec ses cheveux blancs immaculés, ses yeux bleus profondément enfoncés dans leurs orbites et ses sourcils finement dessinés. Leur courbe était gracieuse et juvénile. Ils pouvaient exprimer à la fois la gaieté, comme en ce moment, mais aussi, par un simple froncement accompagné d'un regard froid, la plus terrible désapprobation. Ses vêtements échappaient à l'usure du temps, eux aussi. Ils semblaient toujours à la mode. Des jupes en tweed couleur bruyère, des pulls ou des cardigans en cachemire. Dans la journée, elle portait un collier de perles et des boucles d'oreilles en corail, en forme de larmes. Le soir, un modeste diamant étincelait sur une robe de velours noir. Elle était d'une génération qui se changeait tous les soirs pour dîner, même le dimanche, et même si le menu se composait de modestes œufs brouillés.

En la voyant campée sur sa chaise, au bout de la table, je songeai qu'elle avait eu sa part de drames. Après son mari, elle avait perdu sa fille et maintenant son fils, l'insaisissable Aylwyn, qui avait choisi de vivre et de mourir au Canada. Il ne lui restait plus que Sinclair et moi-même. Et, bien sûr, Elvie. Malgré ses deuils elle gardait le front haut, et toute sa dignité. Je lui étais reconnaissante de ne pas être devenue une de ces vieilles dames éplorées qui ressassent le passé. De toute manière, cela ne pouvait arriver, elle était bien trop curieuse de la vie, trop active, trop intelligente. Elle était, en fait, indestructible. Oui, c'était bien le mot. Indestructible !

Après le petit déjeuner, Sinclair m'accompagna pour la promenade rituelle autour de l'île. Nous fîmes le tour intégral : en passant par le petit cimetière, avec les vieilles pierres tombales, la chapelle délabrée, puis le pré, avec les bêtes qui nous dévisageaient d'un œil curieux, de l'autre côté du muret, et enfin le lac. Notre présence dérangea un couple de canards sauvages. Nous fîmes un concours de ricochets à la surface de l'eau. Ce fut Sinclair qui gagna. Nous allâmes au bout de la jetée pour regarder la vieille barque qui prenait l'eau, et qu'il était si difficile de manœuvrer. Nos pas résonnaient sur les planches affaissées.

— Un de ces jours, ce ponton va s'écrouler, remarquai-je.

— A quoi bon le réparer si on ne l'utilise jamais ? dit Sinclair.

Notre promenade nous mena ensuite sous le large hêtre qui abritait encore notre vieille cabane, puis à travers le petit bois de bouleaux, où les feuilles tombaient en silence. Nous prîmes le chemin du retour, en passant par un petit groupe de dépendances abandonnées : porcheries, poulaillers, étables, hangar à charrettes transformé depuis longtemps en garage.

— Viens voir ma voiture, proposa Sinclair.

Il fallut batailler contre les vieilles serrures et la lourde porte s'ouvrit en grinçant et en dévoilant, à côté de l'imposante Daimler appartenant à ma grand-mère, une Lotus Elan jaune à capote noire.

— Depuis quand possèdes-tu cet engin de mort ?

— Depuis environ six mois, répondit Sinclair en s'asseyant au volant.

Il mit le contact et le moteur rugit comme un tigre en colère. Sinclair sortit en marche arrière. Comme un enfant, il me montra tous les gadgets de la voiture : l'ouverture automatique des vitres et du toit, l'alarme antivol, les protège-phares qui s'ouvraient et se fermaient comme de monstrueuses paupières.

— Ça roule à quelle vitesse ? demandai-je.

— Elle fait du deux cent vingt kilomètres à l'heure.

— Sûrement pas avec moi dans la voiture !

— Attends au moins que je t'y aie invitée, petite froussarde.

— De toute manière, on ne peut pas rouler à plus de quatre-vingt-dix sur ces routes sans aller dans le fossé... Tu ne la rentres pas dans le garage ?

— Non, répondit Sinclair en regardant sa montre. J'ai rendez-vous pour un tir aux pigeons.

Pas de doute, j'étais vraiment rentrée au pays. En Ecosse, les hommes vont toujours tirer sur quelque chose, sans se soucier des projets qu'ont pu faire leurs femmes ou leurs compagnes.

— A quelle heure seras-tu de retour ?

— Pour le thé, je pense. Si tu veux, après, je t'emmènerai rendre visite aux Gibson. Je sais qu'ils t'attendent avec impatience.

— D'accord.

De retour à la maison, Sinclair monta se changer, tandis que je commençai à défaire ma valise.

L'air frais qui régnait dans la pièce me fit frissonner, et je m'aperçus que le soleil californien et le chauffage central commençaient déjà à me manquer. Elvie était dotée de murs épais et orientée au sud. Des feux brûlaient en permanence dans les cheminées; cependant, la température des chambres restait fraîche. Je disposai mes affaires dans les tiroirs vides et parvins très vite au constat que mes vêtements « lavable machine », « séchage rapide », « tissu infroissable », n'étaient pas assez chauds. Pour l'Ecosse, quelques lainages chauds me seraient indispensables. Peut-être ma grand-mère m'aiderait-elle à en choisir quelques-uns.

Ce projet en tête, je descendis la rejoindre. Elle sortait de la cuisine, équipée de bottes en caoutchouc, d'un vieil imperméable et d'un panier.

— Justement, j'allais te chercher, dit-elle. Où est Sinclair ?

— Il est parti au tir aux pigeons.

— Ah oui, c'est vrai ! Il a prévenu qu'il serait absent pour le déjeuner. Tu viens m'aider à cueillir des choux de Bruxelles ?

Je dénichai de vieilles bottes et un vieux manteau et sortis avec ma grand-mère dans le matin paisible, mais cette fois du côté du jardin clos, où Will, le jardinier, travaillait déjà. A notre arrivée, il cessa de bêcher, releva la tête, et marcha prudemment sur la terre qu'il venait de retourner pour venir à notre rencontre et m'offrir une poignée de main terreuse.

— Eh ben ! Ça fait un bout de temps qu'on vous a pas vue à Elvie, marmonna Will. (Il avait une élocution peu intelligible car il s'entêtait à ne porter son dentier que le dimanche.) Comment est la vie, en Amérique ? Et comment se porte votre père ?

Je lui donnai quelques détails, des nouvelles de mon père et m'inquiétai de la santé délicate de sa femme. Puis il retourna bêcher, tandis que ma grand-mère et moi ramassions les choux de Bruxelles.

Une fois le panier rempli, nous retournâmes vers la maison, mais ma grand-mère déclara que le temps était trop agréable pour rentrer tout de suite, et nous allâmes nous asseoir sur le banc en fer, peint en blanc. De là, on pouvait admirer le jardin, le lac et les montagnes. Le parterre abondait en dahlias, zinnias et marguerites, et la pelouse était parsemée de feuilles pourpres envolées d'un érable canadien.

— J'ai toujours aimé l'automne, dit ma grand-mère. Certaines personnes trouvent que c'est une saison triste... Pour moi, la nature est trop belle pour être triste.

Je lui répondis en citant le vers d'un poème :

— « Septembre est venu, et sa vitalité exaltera l'automne. »

— De qui est-ce ?

— Louis MacNeice. Te sens-tu exaltée par la vitalité de l'automne ?

— J'ai l'impression d'avoir vingt ans de moins ! s'exclama-t-elle en riant et en prenant ma main. Oh, Jane, quel bonheur de t'avoir ici !

— J'aurais dû venir plus tôt. Tu me l'as si souvent demandé dans tes lettres ! Mais ce n'était vraiment pas possible.

— Bien sûr ! je m'en rends compte. C'était très égoïste de ma part d'insister comme je l'ai fait.

— Quant aux lettres que... tu as envoyées à papa, je n'étais pas au courant, sinon j'aurais répondu.

— Ton père a toujours été un homme obstiné, dit-elle en me jetant un regard de côté. Il ne voulait pas que tu viennes, n'est-ce pas ?

— J'ai pris ma décision et il s'est incliné. Et puis comme David Stewart était là, il pouvait difficilement s'y opposer.

— Je craignais que tu ne sois pas capable de le laisser seul.

— Il n'est pas seul, dis-je en me penchant pour ramasser une feuille d'érable. Une amie est auprès de lui.

Nouveau regard de côté de ma grand-mère.

— Une amie ?

C'était une femme de principes, mais pas prude. Je n'avais donc aucune raison de lui cacher la vérité.

— Elle se nomme Linda Lansing. C'est une actrice. C'est sa petite amie « régulière ».

— Je vois, dit ma grand-mère après un temps de réflexion.

— Non, je ne crois pas que tu voies. Mais c'est une femme sympathique. Je l'aime bien et elle s'occupera de lui au moins jusqu'à mon retour.

— Je n'arrive pas à comprendre pourquoi Rufus ne s'est jamais remarié.

— Peut-être parce qu'il ne reste jamais assez longtemps dans un endroit pour que les bans puissent être publiés !

— Mais enfin, c'est très égoïste ! Il ne t'a laissé aucune chance de t'échapper un peu pour venir nous voir, ni même pour t'occuper de ta propre carrière.

— Je n'ai jamais pensé à une carrière, tu sais !

— Peut-être, mais, de nos jours, une jeune femme doit pouvoir gagner sa vie toute seule.

Je lui expliquai que j'étais très heureuse de vivre aux dépens de mon père. Ma grand-mère me fit remarquer que j'étais aussi entêtée que lui, et me demanda s'il n'y avait vraiment aucun métier qui m'attirait.

J'eus beau réfléchir, la seule chose qui me faisait vraiment rêver, quand j'avais huit ans, c'était de m'engager dans un cirque pour dresser des chameaux. Mais je n'étais pas certaine que ça fasse très plaisir à ma grand-mère, aussi je répondis :

— Non, aucun.

— Oh, ma pauvre Jane !

Je me dressai pour prendre la défense de mon père.

— Pourquoi pauvre Jane ? Je ne suis pas à plaindre. Je n'ai jamais manqué de rien. Il n'y a qu'Elvie qui m'a manqué, ajoutai-je d'une voix adoucie. Et toi aussi, bien sûr.

Ma grand-mère ne fit aucun commentaire. Je me penchai pour ramasser une autre feuille d'érable et poursuivis, d'un ton grave :

— David Stewart m'a appris la nouvelle pour oncle Aylwyn. Je n'en ai pas parlé avec Sinclair mais... je suis sincèrement peinée... Mourir comme ça... si loin de tout !

— Oui, acquiesça ma grand-mère d'une voix neutre. C'est ce qu'il a choisi... vivre au Canada et... y mourir. Vois-tu, Elvie n'a jamais beaucoup compté pour Aylwyn. C'était un être insatisfait, passionné. Elvie ne répondait en rien à ses attentes.

— C'est bien étrange qu'un homme puisse s'ennuyer en Ecosse ! C'est un pays qui convient tellement au genre masculin !

— Oui, c'est juste, mais Aylwyn n'aimait ni la chasse, ni la pêche. En revanche il adorait les chevaux et les courses. C'était un merveilleux expert.

Je m'aperçus avec surprise que nous parlions d'oncle Aylwyn pour la première fois. Le sujet, pourtant, n'était en rien tabou, et je pris soudain conscience à quel point j'avais manqué de curiosité, voire d'intérêt pour cet oncle lointain. J'ignorais jusqu'à sa physionomie, d'autant que ma grand-mère, à l'inverse de la plupart des femmes de sa génération, n'avait aucun penchant pour les photos de famille. Celles qui existaient étaient soigneusement rangées dans des albums, et aucun cadre en argent n'ornait les dessus de cheminée ni le piano à queue.

— Quel genre d'homme était oncle Aylwyn ?

— Quel genre ? Il était comme Sinclair aujourd'hui. C'était un homme très séduisant. Quand il entrait dans une pièce, toutes les femmes se retournaient, lui souriaient et minaudaient. C'était très drôle à observer.

J'étais sur le point de la questionner sur Silvia, mais ma grand-mère regarda sa montre et se rappela ses devoirs de maîtresse de maison.

— Il est temps que j'aille donner ces choux de Bruxelles à Mme Lumley, sinon elle n'aura jamais le temps de les faire cuire pour le déjeuner. Merci de m'avoir aidée, ma chérie. Je suis ravie de notre petite conversation.

Sinclair, fidèle à sa parole, rentra à temps pour le thé. Ensuite, j'enfilai un manteau, appelai les chiens, et nous partîmes rendre visite aux Gibson.

Ils habitaient dans un petit cottage de garde-chasse, niché dans un pli de la colline au nord d'Elvie, ce qui nous obligeait à quitter l'île et à traverser la route, pour suivre le sentier bordé de bruyère qui épousait le cours sinueux d'une petite rivière, laquelle passait sous la route avant d'aller se jeter dans Elvie Loch. Cette petite rivière prenait sa source très haut dans la montagne. Le vallon qu'elle dévalait ainsi que les collines alentour faisaient partie du domaine de ma grand-mère. Autrefois, des chasses s'y déroulaient. Les enfants des écoles servaient de rabatteurs et des poneys des Highlands montaient les messieurs âgés jusqu'à leurs buttes de tir. Désormais, la lande était confiée à une société de chasse composée d'hommes d'affaires de la région, qui se plaisaient à arpenter le domaine durant le mois d'août, se contentant d'y pique-niquer avec leurs familles et de pêcher dans le torrent.

Notre arrivée au cottage déclencha un concert d'aboiements. Alertée par le vacarme, Mme Gibson apparut sur le seuil de sa porte. Sinclair agita la main en criant : « Hou, hou ! » Mme Gibson répondit à son geste et rentra précipitamment dans la maison.

— Penses-tu qu'elle soit allée mettre l'eau du thé à chauffer ?

— Ou demander à Gibson de mettre son dentier, ironisa Sinclair.

— Ce n'est pas gentil.

— Non, mais vraisemblable.

Une vieille Land Rover était garée sur le côté de la maison ; une demi-douzaine de poules blanches picoraient autour des roues ; du linge séchait au vent sur une corde. Mme Gibson revint sur le seuil pour nous accueillir. Elle avait retiré son tablier et portait un chemisier. Une broche en camée fermait le col. Un large sourire éclairait son visage.

— Oh, mademoiselle Jane ! Je vous aurais reconnue entre mille. J'en parlais avec Will et il disait que vous n'aviez pas changé du tout. Et M. Sinclair... Je ne savais pas que vous étiez monté.

— J'ai pris quelques jours de congé.

— Entrez donc. Gibson est en train de prendre son thé.

— J'espère que nous n'arrivons pas au mauvais moment.

Sinclair s'écarta pour me laisser passer. Je dus baisser la tête tant la porte était basse, et entrai dans la cuisine, où un feu rougeoyait dans l'âtre. Gibson se leva. La table était chargée de brioches, de gâteaux, de beurre, de confiture, de thé, de lait et de miel. Il se dégageait aussi une forte odeur de haddock.

— Je suis désolée, Gibson, nous vous dérangeons...

— Pas du tout, pas du tout, dit-il en me tendant la main, qu'il avait sèche et rugueuse comme une écorce.

Sans son inévitable chapeau en tweed, il était presque méconnaissable et aussi vulnérable qu'un policier sans son képi. Son crâne dégarni n'était plus protégé que par quelques touffes de cheveux blancs. Je m'aperçus que, de toutes les personnes que j'aimais à Elvie, c'était lui que l'âge avait marqué le plus. Ses yeux étaient pâles et bordés de blanc. Il était plus mince, plus courbé, et le timbre de sa voix avait perdu en gravité.

— On a appris que vous étiez de retour à la maison. Ah ! vous aussi, Sinclair, ajouta-t-il en voyant mon cousin entrer derrière nous dans la petite pièce.

— Bonsoir, Gibson.

Pendant ce temps, Mme Gibson s'affairait pour nous installer.

— Gibson vient juste de commencer à prendre son thé. Asseyez-vous un instant. Vous ne nous dérangez pas, pensez donc ! Jane, prenez place, près du feu. Il y fait bien chaud.

Je m'installai donc près de la cheminée.

— Vous prendrez bien une tasse de thé ?

— Oui, avec plaisir.

— Et aussi un petit quelque chose à grignoter.

En allant à la souillarde, Mme Gibson posa une main sur l'épaule de son mari et lui dit :

— Assieds-toi donc et finis ton haddock. Jane t'en voudra pas...

— Mais non, je vous en prie, finissez de manger, dis-je pour le mettre à l'aise.

Mais Gibson déclara qu'il avait terminé et Mme Gibson fit disparaître son assiette comme un objet indécent. Puis elle alla remplir la bouilloire. Sinclair prit une chaise et s'assit en face de Gibson, devant le plateau à biscuits en métal argenté. Il sortit son paquet de cigarettes, en offrit une au garde-chasse avant de se servir, et se pencha pour la lui allumer.

— Comment va la santé ? s'enquit Sinclair.

— Oh, pas si mal... pas si mal. On a eu un bel été bien sec. Vous avez tiré le pigeon, aujourd'hui, à ce qu'on dit. Comment ça s'est passé ?

Ils discutèrent, et en les regardant parler tous les deux, le jeune homme plein de vitalité et le vieil homme las, il était difficile d'imaginer que Gibson avait autrefois été la seule personne pour qui le jeune Sinclair ait éprouvé un véritable respect.

Mme Gibson revint avec deux tasses propres — de son plus joli service — et les disposa sur la table. Elle servit le thé, nous offrit des brioches, des pâtisseries à la crème et des sablés, que nous refusâmes avec délicatesse. Puis elle prit place près de la cheminée et j'entamai avec elle une conversation à bâtons rompus. Je dus donner une fois encore des nouvelles de mon père, et je lui demandai des nouvelles de ses fils. J'appris ainsi que Hamish était soldat et que George étudiait le droit à l'université d'Aberdeen.

Cela m'impressionna beaucoup.

— C'est formidable ! Je ne savais pas qu'il était si doué pour les études !

— George a toujours été un garçon courageux... et très intéressé par les livres.

— Ainsi, ni Hamish ni George ne suivront les traces de leur père.

— Oh, c'est bien différent, de nos jours, pour les jeunes gens. Ils ne veulent pas passer leur vie dans les collines par tous les temps... C'est trop calme pour eux. Notez que je ne les blâme pas. Ce n'est pas une vie, pour un garçon. On a réussi à les élever correctement, mais y a pas beaucoup d'argent à gagner par ici aujourd'hui. Alors qu'en ville, en travaillant en usine ou dans un bureau, ils peuvent espérer mieux vivre.

— Gibson n'a pas de regrets ?

— Non, répondit Mme Gibson en jetant un regard tendre vers son mari, qui était bien trop occupé à bavarder avec Sinclair pour la remarquer. Non, sa seule préoccupation était que ses enfants puissent avoir une bonne instruction afin de pouvoir faire le métier qui leur plairait.

— Vous avez des photos de vos fils ? J'aimerais voir combien ils ont changé.

Mme Gibson n'était que trop ravie de ma demande.

— Elles sont dans ma chambre, je vais vous les chercher.

Elle s'esquiva, je l'entendis monter le petit escalier, puis traverser la pièce au-dessus de nos têtes. Derrière moi, Gibson disait à Sinclair :

— Vous savez, les vieilles buttes sont encore en état. Dans le temps, on construisait pour durer. Elles sont juste un peu envahies par les herbes.

— Et les oiseaux ?

— Ça manque pas. J'ai aussi découvert deux renardes avec leurs petiots.

— Et les vaches ?

— Je les tiens à l'écart. Et la bruyère est impeccable. Elle a bien brûlé au début de la saison.

— Ça ne vous fait pas trop de travail, tout ça ?

— Bah, je suis encore costaud.

— Ma grand-mère m'a dit que vous aviez dû rester alité une semaine ou deux, pendant l'hiver.

— C'était juste un rhume. Le docteur m'a donné un bon remontant et ça a suffi... Faut pas écouter ce que disent les femmes.

Mme Gibson, qui revenait avec les photographies, attrapa ses paroles au vol.

— Qu'est-ce que tu dis à propos des femmes ?

— Vous n'êtes qu'une bande de vieilles poules, répondit son mari. Vous caquetez et vous faites des histoires pour un petit rhume.

— Pas si petit que ça... Il a quand même fallu que je le garde au lit un bout de temps, ajouta-t-elle à l'adresse de Sinclair.

Elle me tendit les photos de ses enfants et s'anima en évoquant les soucis de santé de Gibson.

— D'ailleurs, je suis pas sûre que c'était un simple rhume. Je voulais qu'il aille passer une radio, mais il a rien voulu entendre.

— Vous devriez écouter votre femme, Gibson, dit Sinclair.

— Bah ! j'ai pas de temps à perdre. Aller à Inverness pour ces bêtises...

Visiblement agacé de parler de sa santé et désireux de changer de sujet, Gibson fit pivoter sa chaise vers moi afin de regarder les photos de ses fils par-dessus mon épaule. Hamish, un solide caporal en poste au Cameroun, et George, posant dans un studio de photographe.

— Geordie est à l'université, Mme Gibson vous l'a dit ? reprit Gibson. Il est en troisième année et il en sortira avocat. Vous vous rappelez quand il vous aidait à construire votre cabane dans l'arbre ?

— Elle existe toujours. Elle ne s'est même pas effondrée.

— Tout ce que faisait Geordie, il le faisait bien. C'est un sacré petit gars.

La conversation se poursuivit ainsi encore un moment, jusqu'à ce que Sinclair repousse sa chaise en déclarant qu'il était temps de partir. Les Gibson nous raccompagnèrent dans la cour et les chiens recommencèrent à aboyer. Alors, nous fîmes un détour par le chenil. Il y avait deux chiens de chasse, deux femelles, l'une à la robe noire et l'autre à la robe dorée. Elles avaient un poil doux et soyeux, un air affectueux et des yeux fendus en amande.

— Je trouve que celle-ci est particulièrement belle, dis-je en désignant la femelle à poils dorés.

— Oui, elle est très belle, c'est vrai ! admit Gibson. C'est une brave bête. Elle est en chaleur, en ce moment, et je vais l'emmener à Braemar demain. Là-bas je connais quelqu'un qui a un bon mâle. Je me dis qu'on pourrait peut-être avoir une portée.

— Vous y allez demain ? dit Sinclair d'un ton animé. A quelle heure ?

— Pas plus tard que neuf heures.

— Quelles sont les prévisions de la météo ? Quel temps va-t-il faire demain ?

— On devrait avoir un coup de vent cette nuit, qui chassera toute cette brume. La météo est bonne pour tout le week-end.

Sinclair se tourna alors vers moi, radieux, et demanda :

— Qu'en penses-tu ?

Mais comme je jouais avec les chiens, je n'avais pas prêté attention à leur conversation.

— Comment ? lui dis-je.

— Que dirais-tu d'aller à Braemar demain matin ? Gibson pourrait nous y emmener et nous reviendrions à pied par Lairig Ghru... Gibson, vous pourriez venir nous chercher à Rothiemurchus dans la soirée ?

— Sûr que je pourrais. A quelle heure ?

— Vers six heures, je pense, répondit Sinclair après réflexion. Tu es d'accord, Jane ?

Je n'avais jamais fait la randonnée de Lairig Ghru. Autrefois, chaque été, il y avait toujours quelqu'un à Elvie pour faire la balade, et j'en rêvais. Mais on ne m'emmenait jamais parce que, à l'époque, on trouvait que j'étais trop jeune et que j'avais de trop petites jambes. Mais les temps avaient bien changé.

Je contemplai le ciel. Loin de s'être dispersés, les nuages de la matinée commençaient, en cette fin d'après-midi, à donner une bruine très fine.

— Vous êtes certain qu'il va faire beau, Gibson ?

— Sûr et certain. Et très chaud.

L'opinion de Gibson me suffisait.

— Dans ce cas, je serai ravie de faire la balade.

— Alors c'est entendu, décréta Sinclair. Neuf heures à la maison, Gibson ?

— Je serai là, promit le garde-chasse.

Nous les remerciâmes pour le thé, puis nous reprîmes le chemin d'Elvie en passant par la colline. L'air était gorgé d'humidité et, sous les hêtres rouges, il faisait déjà très sombre. Tout à coup je ressentis une profonde mélancolie. J'avais tellement désiré que rien ne change ! J'aurais voulu qu'Elvie reste exactement la même que dans mon souvenir. Mais la vue de Gibson, si vieilli, m'avait contrariée. Il avait été malade. Un jour, il mourrait. La pensée de la mort, à cette heure lugubre, entre chien et loup, dans cette campagne humide, me fit frissonner.

— Tu as froid ? s'inquiéta Sinclair.

— Non, ça va. La journée a été longue.

— Tu es certaine de vouloir venir, demain ? C'est une longue marche, tu sais.

— Je suis très contente d'y aller. Il faudra demander à Mme Lumley de nous préparer un pique-nique.

A la sortie du bois de hêtres, l’austère façade nord d’Elvie se dressa devant nous, découpée sur le ciel bas. Une unique lumière brillait à une fenêtre, jaune vif dans le crépuscule bleu. Je décidai de prendre un bain chaud avant le dîner. Lc bain chaud chasserait l’angoisse et la tristesse qui m’étreignaient.

6

Je ne m'étais pas trompée. L'eau écossaise, douce comme de la soie, m'avait apaisée et assoupie. Comme il était encore tôt, je remplis d'eau chaude la bouillotte qui était dans la salle de bains et me mis au lit pendant une heure, sans tirer les rideaux, attentive aux inlassables criaillements des oies sauvages.

Ensuite, je décidai de célébrer dignement ma première soirée à la maison en faisant un effort de toilette. Je relevai mes cheveux et utilisai toutes sortes d'artifices pour rendre mes yeux plus pétillants. Puis je choisis la seule tenue un peu habillée que je possédais : une sorte de caftan en soie noir et or, orné de broderies et de passementeries, que mon père m'avait acheté dans une obscure boutique chinoise d'une rue reculée de San Francisco.

Ainsi, j'avais une allure presque royale. Je mis des boucles d'oreilles, me parfumai, et descendis au rez-de-chaussée. J'étais en avance, mais c'était prémédité. Pendant ma sieste tardive, j'avais conçu un petit plan qui nécessitait que je sois seule.

Le salon, préparé pour la soirée, offrait un spectacle plein de charme, semblable à celui que l'on pouvait attendre d'une scène de théâtre. Les lourds rideaux de velours rouge masquaient la nuit, on avait gonflé les coussins, redressé la pile de magazines, allumé le feu dans la cheminée. Deux lampes éclairaient délicatement la pièce, la lueur des flammes se reflétait dans le garde-feu en cuivre et effleurait d'une lumière subtile toutes les surfaces en bois ciré qui décoraient la pièce. Il y avait des fleurs partout, un coffret garni de cigarettes, et sur la petite table qui faisait office de bar étaient déposés des bouteilles et des verres, un seau à glace et un petit plateau de noisettes.

De l'autre côté du salon, près de la cheminée, se dressait un cabinet d'ébène, richement décoré, avec une partie vitrée en haut et trois profonds et lourds tiroirs en bas. Je me dirigeai vers le meuble, écartai une petite table, et m'agenouillai devant le tiroir inférieur. L'une des poignées était cassée et le tiroir, très lourd, offrait une certaine résistance. J'étais en train de batailler pour essayer de le tirer lorsque j'entendis la porte s'ouvrir et quelqu'un entrer derrière moi. Je vis mes projets tomber à l'eau et je pestai intérieurement. L'intrus ne me laissa même pas le temps de me relever, j'entendis une voix, juste au-dessus de moi :

— Bonsoir, Jane.

C'était David Stewart. Je jetai un coup d'œil pardessus mon épaule et le vis juste derrière moi, très séduisant et romantique dans son smoking bleu foncé. J'étais trop surprise pour être polie.

— Oh, j'avais oublié que vous veniez dîner.

— Je suis en avance, on dirait ! Comme je ne voyais personne, je me suis permis d'entrer. Que faites-vous ? Vous avez perdu une boucle d'oreille ou vous jouez à cache-cache ?

— Ni l'un ni l'autre. J'essaie d'ouvrir ce tiroir.

— Pour quoi faire ?

— Autrefois on y rangeait les albums de photos. A en juger par son poids, ils y sont toujours.

— Laissez-moi essayer.

Je m'écartai docilement et l'observai plier ses longues jambes, saisir les poignées, et ouvrir le tiroir sans effort apparent.

— Ça paraît tellement simple, quand un autre le fait.

— Ce sont les albums que vous cherchiez ?

— Oui, ce sont bien eux.

Il y en avait trois, pleins à craquer.

— Si vous avez quelque nostalgie du passé, avec tout ce qu'il y a là, je pense qu'il vous sera facile de vous le remémorer et cela peut même occuper votre soirée entière.

— Non, ce n'est pas mon intention. Je voudrais seulement trouver une photo du père de Sinclair... Peut-être y a-t-il une photo de mariage ?

Après un petit silence, David demanda :

— Pourquoi ce désir soudain de trouver une photo d'Aylwyn Bailey ?

— Ça peut paraître ridicule, mais je n'en ai jamais vu une seule. Il n'y en a nulle part dans la maison. Je ne sais même pas si grand-mère en a une dans sa chambre. En tout cas je ne m'en souviens pas. C'est curieux, vous ne trouvez pas ?

— Pas quand on connaît votre grand-mère.

Je décidai de mettre David dans la confidence.

— Aujourd'hui, nous avons parlé d'Aylwyn. Ma grand-mère m'a expliqué combien Sinclair lui ressemble. C'était, paraît-il, un homme très séduisant. Je ne lui ai jamais accordé beaucoup d'attention lorsque j'étais petite. Pour moi, il était seulement le père de Sinclair en voyage au Canada. Mais... j'ignore pourquoi il éveille ma curiosité tout à coup.

Le premier album datait seulement d'une dizaine d'années, aussi je le reposai pour prendre le dernier de la pile. C'était un album magnifique, entièrement relié en cuir, où toutes les photos — désormais défraîchies et virant au brun sépia — étaient soigneusement classées, avec une disposition géométrique et des légendes à l'encre blanche.

Je le feuilletai : parties de chasse, pique-niques, photos de groupes, portraits en studio devant des fonds peints et des palmiers en pots, jeune fille en tenue d'apparat, et une adolescente (ma mère) avec des bas noirs et un costume de bohémienne.

Et puis une photo de mariage. *La* photo. Ma grand-mère, majestueuse dans une robe longue, le front ceint d'un turban en velours. Ma mère, radieuse, l'air enjoué et déterminé. Mon père, jeune et mince, rasé de près et l'air crispé. Une fillette inconnue (probablement une demoiselle d'honneur), et enfin les jeunes mariés : Silvia et Aylwyn. Aylwyn, le visage jeune et rond, innocent et inexpérimenté. Silvia, la bouche petite et peinte en rouge sombre. Aylwyn glissait un sourire entendu à la caméra, le coin de ses lèvres relevé suggérait qu'il voyait dans tout cela une bonne plaisanterie.

— Alors ? dit David.

— Ma grand-mère avait raison... Il ressemble énormément à Sinclair... Il a seulement les cheveux plus courts et coupés autrement. Et peut-être aussi est-il moins grand. Silvia... (je n'aimais pas Silvia), Silvia l'a quitté après un an de mariage. Vous le saviez ?

— Oui, je le savais.

— C'est pourquoi Sinclair a été élevé à Elvie. Mais que faites-vous ?

David était en train d'explorer le fond du tiroir. Il en sortit un paquet de photos collées sur d'épais supports, qui avaient été reléguées dans le fond.

— En voilà d'autres.

— Que représentent-elles ? demandai-je en reposant l'album.

— Un autre mariage, apparemment. Celui de votre grand-mère, je suppose.

— Puis-je voir ?

J'avais oublié Aylwyn. Les clichés nous ramenaient des lustres en arrière, à l'époque de la Grande Guerre, des jupes fourreaux et des grands chapeaux. Le groupe posait, assis sur des chaises, à la manière d'autrefois. Cols empesés et jaquettes, expressions graves et solennelles. La jeune mariée, ma grand-mère, avait un corsage imposant, drapé de dentelles. Son époux, à peine plus âgé qu'elle, arborait une expression amusée et enjouée, malgré ses habits sombres et son impressionnante moustache.

— Quel air jovial !

— C'était sûrement une bonne nature.

— Et celui-là, qui est-ce à votre avis ?

— Probablement le garçon d'honneur, répondit David en se penchant par-dessus mon épaule. Il est splendide, non ?

— Qui était-ce ?

— Un personnage haut en couleur, il me semble qu'il se faisait appeler Bailey de Cairneyhall. C'était une vieille famille de la région. La légende dit qu'il se donnait des airs importants alors qu'il n'avait pas un sou en poche.

— Et le père de ma grand-mère ?

— C'est ce monsieur à l'allure imposante, j'imagine ! Lui, par contre, était d'une autre trempe. Agent de change à Edimbourg. Il a gagné beaucoup d'argent et laissé une grosse fortune à sa mort. Votre grand-mère, ajouta-t-il de sa voix feutrée d'homme de loi, était son unique enfant.

— Vous voulez dire... que c'était une héritière ?

— En d'autres termes, oui.

J'examinai à nouveau la photo. Ces visages solennels et inconnus étaient mes ancêtres. Ceux qui avaient contribué à faire de moi ce que j'étais aujourd'hui.

— Je n'ai jamais entendu parler de Cairneyhall.

— C'est normal. La demeure est tombée en ruine et on a fini par la démolir.

— Donc ma grand-mère n'y a jamais vécu ?

— Peut-être un an ou deux, et dans le plus total inconfort, j'imaginc. Mais à la mort de son mari, elle est venue dans cette région, a acheté Elvie et y a élevé ses enfants.

— Mais alors...

Je m'interrompis. Je venais de m'apercevoir, sans pourtant y avoir jamais réfléchi, que j'avais toujours considéré que le veuvage avait laissé ma grand-mère, sinon riche, du moins aisée. Or j'apprenais que les choses s'étaient passées très différemment. Elvie, et tout ce qu'elle contenait, était son bien personnel, un héritage qui n'avait aucun lien avec son mariage.

David m'observait.

— Alors quoi ?

— Non, rien.

J'étais embarrassée. Les questions d'argent avaient le don de me mettre toujours mal à l'aise, un trait de caractère sans doute hérité de mon père. Je changeai vivement de sujet.

— Comment se fait-il que vous connaissiez si bien notre famille, David ?

— Parce que je m'occupe des affaires de votre grand-mère.

— Je vois.

— On ferait peut-être mieux de remettre tout ça en place, dit-il en refermant l'album.

— Oui, vous avez raison. David... je préférerais que ma grand-mère ne sache pas que j'ai posé toutes ces questions.

— Ça restera un secret entre vous et moi.

Une fois les albums rangés et le tiroir fermé, je remis la petite table en place, je pris une cigarette, puis écartai le garde-feu de la cheminée, pour l'allumer à l'aide d'une bûchette. En me redressant, je vis que David m'observait. Il remarqua, d'un ton naturel :

— Vous êtes très belle. L'Ecosse vous réussit.

— Merci, répondis-je, à la manière américaine.

Aux Etats-Unis, les jeunes filles apprennent à dire merci lorsqu'on les complimente. Au contraire, les jeunes Anglaises répondent en minaudant : « Oh, non, je ne suis pas très en beauté aujourd'hui », ou bien : « Ne dites pas ça, cette robe est affreuse », ce qui, à mon avis, est très déconcertant et rebutant.

Puis, comme je me sentais soudain intimidée, je fis diversion en suggérant de nous « préparer » un verre, et David observa qu'il n'y a qu'en Amérique que l'on « prépare » un verre. En Ecosse, on le sert.

— Sauf les Martini cocktails, insistai-je. On sert un Martini seulement après l'avoir préparé. C'est logique, non ?

— Un point pour vous, concéda David. Vous désirez un Martini cocktail ?

— Vous savez le préparer ?

— Je crois, oui.

— Mon père prétend qu'il n'y a que deux personnes en Grande-Bretagne capables de faire un bon Martini, et qu'il est l'une d'elles.

— Alors je dois être la seconde, sourit David en approchant de la table-bar.

Il s'affaira un moment autour des bouteilles, mit des glaçons dans les verres, et pela des zestes de citron, puis il me demanda comment j'avais occupé ma journée. Je lui racontai tout, sans omettre le bain chaud et ma sieste tardive, puis j'ajoutai :

— Vous ne devinerez jamais ce que nous avons prévu de faire demain.

— Dites-le-moi.

— Sinclair et moi allons faire le Lairig Ghru à pied.

— Non, vraiment ?

Son étonnement était flatteur.

— Mais oui, vraiment. Gibson nous conduit en voiture à Braemar et vient nous rechercher le soir à Rothiemurchus.

— Que dit la météo ?

— Gibson affirme que ça sera une belle journée. Le vent va chasser la brume et il fera chaud.

Je regardai David. J'aimais sa peau mate, ses longues mains, son visage encadré de cheveux bruns, ses épaules larges sous la veste de smoking bleu foncé. Prise d'une impulsion soudaine, je dis :

— Vous pourriez nous accompagner, peut-être ?

Il traversa le salon avec les deux verres givrés, remplis de liquide or pâle.

— J'aimerais pouvoir venir avec vous, malheureusement je suis occupé toute la journée.

— Peut-être une autre fois, dis-je en prenant le verre qu'il me tendait.

— Oui, peut-être.

Nous levâmes nos verres en souriant. Le Martini était délicieux, glacé et brûlant comme le feu.

— Je vais écrire à mon père pour lui annoncer que j'ai rencontré le second spécialiste des Martini cocktails. Ah, David, j'oubliais ! Je voudrais vous demander un service. Il me faudrait quelques vêtements.

— Quel genre de vêtements ? demanda-t-il, sans s'étonner du brusque changement de sujet.

— Ecossais. Des pulls et des gilets. J'ai l'argent que mon père m'a donné avant mon départ mais ce sont des dollars. Est-ce que vous pourriez les changer pour moi ?

— Sans aucun problème. Mais où comptez-vous faire du shopping ? On ne peut pas dire que Caple Bridge soit le centre de la mode.

— Je ne cherche pas de vêtements à la mode. Je veux juste quelque chose de chaud.

— Dans ce cas je suppose que Caple Bridge fera l'affaire. Quand comptez-vous faire vos emplettes ?

— Samedi.

— Pouvez-vous conduire la voiture de votre grand-mère ?

— Je peux mais je n'en ai pas le droit. Je n'ai pas le permis de conduire britannique. Mais ça n'a pas d'importance. Je prendrai le bus.

— Très bien. Alors, voilà ce que je vous propose. Vous passez d'abord à mon bureau pour que je vous remette votre argent, puis vous allez acheter vos lainages, et si ensuite vous n'avez rien de mieux à faire, je vous invite à déjeuner.

— C'est vrai ?

J'étais aussi surprise que ravie.

— Où m'emmènerez-vous ?

— Eh bien, le choix est plutôt réduit. Soit nous allons au *Crimond Arms*, soit chez moi. Mais ma femme de ménage ne vient pas le samedi...

— Je peux cuisiner. Vous faites les courses et je me charge du repas. Je serais contente de voir où vous habitez.

— Ça n'a rien d'extraordinaire.

Je brûlais déjà de curiosité. J'ai toujours pensé qu'on ne connaît bien un homme que lorsque l'on a vu son appartement, ses livres, ses tableaux, son mobilier. En Californie, et pendant notre périple jusqu'en Ecosse, David s'était conduit à mon égard avec beaucoup de douceur et de gentillesse, mais il ne m'avait montré que la facette professionnelle de sa personnalité. Or il venait d'entrer dans mon intimité, en regardant avec moi mes photos de famille et en répondant à toutes mes questions avec une grande patience. Et maintenant il m'invitait à déjeuner. Je m'apercevais qu'il gagnait beaucoup à être connu et je trouvais très agréable et gratifiant de penser qu'il ressentait peut-être la même impression à mon égard.

A la fin du dîner, je sentis que je succombais à la fatigue due au décalage horaire, et je pris le prétexte de la journée sportive qui m'attendait le lendemain pour dire bonsoir et me retirer. A peine étais-je allongée que je m'endormis.

Pourtant je m'éveillai un peu plus tard, en entendant le vent annoncé par Gibson siffler sous ma porte, taper contre ma fenêtre, agiter la surface du lac et faire clapoter les vagues sur les galets. Soudain, parmi les bruits de la nuit, des voix me parvinrent.

Je vérifiai l'heure à ma montre. Il n'était pas encore minuit. Je tendis l'oreille. Les voix se précisèrent et je reconnus ma grand-mère et Sinclair, qui passaient sur la pelouse en dessous de ma fenêtre. Sans doute étaient-ils sortis promener les chiens avant de fermer la maison pour la nuit.

— ... je l'ai trouvé très vieilli, disait Sinclair.

— Oui, mais que peut-on y faire ?

— Le mettre à la retraite et engager quelqu'un d'autre.

— Mais où iraient-ils, lui et son épouse ? Leurs fils ne sont pas encore établis et ne peuvent donc les accueillir chez eux. Et puis ils vivent ici depuis près de cinquante ans... Aussi longtemps que moi. Je ne peux pas m'en séparer sous prétexte qu'il devient vieux. D'ailleurs, le pauvre mourrait bien vite s'il n'avait plus rien à faire.

Mal à l'aise, je compris qu'ils parlaient de Gibson.

— Mais il n'est plus en mesure d'assumer ce travail.

— Sur quoi te bases-tu pour affirmer des choses pareilles ?

— Ça saute aux yeux, voilà tout. Il a fini son temps.

— Eh bien moi, je trouve qu'il assume parfaitement sa tâche. Ce n'est pas comme s'il devait organiser de grandes parties de chasse. La société qui...

— Justement, voilà le deuxième problème, l'interrompit Sinclair. C'est du gâchis de laisser ce superbe terrain de chasse à ces deux petits hommes d'affaires de Caple Bridge. Ce qu'ils paient ne couvre même pas le salaire de Gibson.

— Il se trouve que l'un de ces deux hommes d'affaires, Sinclair, fait partie de mes amis.

— La question n'est pas là. En réalité, on dirait que nous dirigeons une institution caritative.

Il y eut un petit silence, après quoi ma grand-mère rectifia froidement :

— On dirait que *je*... dirige une institution caritative.

Le ton glacial de sa voix aurait suffi à m'imposer le silence. Pas à Sinclair. Il y semblait imperméable, et je me demandai si ce courage lui venait de son ascendance hollandaise, ou bien de l'excès de cognac ingurgité après le repas.

— Dans ce cas, insista-t-il, je te suggère d'y mettre fin. Et tout de suite. Sépare-toi de Gibson et vends la chasse. Ou alors cède-la en location à une société capable de payer un prix raisonnable...

— Sinclair, je t'ai déjà dit...

Je n'en entendis pas davantage. Leurs voix se fondirent dans la nuit. Leur discussion n'était pas terminée, mais ils disparurent au coin de la maison. Immobile, crispée, malheureuse, je regrettais de les avoir surpris malgré moi. Leur querelle me rendait malade, mais plus encore l'objet même de leur querelle.

Gibson. Quand je songeais à lui, je le voyais tel qu'il avait toujours été : fort, infatigable, sage, connaissant intimement la nature. Je me le rappelais en train d'apprendre à Sinclair à chasser et à pêcher. Avec une patience infinie, il répondait à nos questions, nous laissait le suivre comme des petits chiens. Quant à Mme Gibson, elle nous gâtait, nous maternait, nous achetait des bonbons, nous offrait des petits pains tout chauds tartinés d'une épaisse couche de beurre qu'elle barattait elle-même.

Il était impossible de concilier le passé et le présent, le Gibson de mon souvenir et le vieil homme qu'il était devenu. Et il était encore plus difficile d'admettre que mon cousin Sinclair puisse statuer avec une telle désinvolture, un tel cynisme, sur le devenir de ce vieil homme.

7

Je m'éveillai à nouveau, arrachée au sommeil par je ne sais quelle alarme inconsciente. Je savais qu'il faisait jour. Je m'étirai, ouvris les yeux, et découvris un homme dressé au pied de mon lit qui m'observait d'un regard froid. Je laissai échapper un petit cri de frayeur et me redressai, le cœur battant. Mais c'était tout simplement Sinclair, qui était venu me réveiller.

— Il est huit heures, annonça-t-il. Et nous levons le pied à neuf.

Je refermai les yeux et m'accordai un moment pour recouvrer mon calme.

— Tu m'as fait une grande peur.

— Désolé, ce n'était pas mon intention. Je voulais juste te réveiller.

J'ouvris à nouveau les yeux et, cette fois, je ne vis aucune menace, seulement la silhouette familière de mon cousin au pied de mon lit, les bras croisés, qui m'observait d'un regard amusé. Il portait un kilt aux teintes délavées et un grand pull-over côtelé, avec un foulard noué autour du cou. Il avait un air propre, sain, et dégageait un agréable parfum de lotion après-rasage.

Je me mis à genoux pour ouvrir la fenêtre et inspecter le ciel. Il faisait un temps idéal, clair, lumineux, frais. Le ciel était immaculé.

— Gibson avait raison, constatai-je avec admiration.

— Evidemment. Gibson a toujours raison. Tu as entendu le vent souffler, cette nuit ? Il y a même du givre ce matin. Bientôt les arbres perdront leurs feuilles.

Le lac, bleu à cause du ciel qui s'y reflétait, était parsemé de petits moutons blancs, et les montagnes, en face, n'étaient plus voilées par la brume, mais claires et scintillantes, tachées de longues traînées de bruyère pourpre. Dans l'air cristallin du matin, on distinguait chaque rocher, chaque fissure, chaque cirque menant vers les cimes bosselées.

Comment ne pas se sentir exalté par les promesses d'une si belle journée ? Les incertitudes de la nuit s'étaient dissipées en même temps que les ténèbres. J'avais surpris une conversation qui ne m'était pas destinée. Dans la lumière vive du matin, il me semblait soudain possible que je me sois méprise sur les paroles que j'avais entendues. Après tout, je n'avais surpris que quelques bribes d'une discussion, et il était injuste d'émettre un jugement à partir de si peu d'éléments.

Ainsi rassérénée à bon compte, je me sentis envahie soudain d'une joie intense. Je bondis de mon lit et filai chercher mes vêtements, tandis que Sinclair, sa mission accomplie, descendait déjeuner.

Le petit déjeuner avait été préparé dans la cuisine. Mme Lumley fit frire des saucisses. J'en mangeai quatre et bus deux énormes tasses de café. Puis j'allai dénicher un vieux sac à dos pour y mettre notre repas : sandwichs, chocolat, pommes et fromage.

— Voulez-vous emporter une Thermos ? proposa Mme Lumley.

— Non, répondit Sinclair en dévorant une autre tartine de marmelade. Mais donnez-nous deux gobelets en plastique, nous boirons l'eau de la rivière.

Le klaxon d'une voiture retentit dans la cour et, presque aussitôt, Gibson apparut sur le seuil de la cuisine. Il portait son éternelle veste en tweed verte, des knickerbockers qui flottaient autour de ses mollets décharnés, et son vieux chapeau en tweed.

— Vous êtes prêts ? demanda-t-il sur un ton de surprise évidente.

Nous l'étions. Munis d'anoraks de secours et du sac à dos de pique-nique, nous sortîmes dans le radieux soleil du matin. L'air vif qui me picotait les narines et me glaçait les poumons me donnait des ailes.

— Quelle chance nous avons ! Il fait un temps absolument splendide !

— Pas mal, commenta Gibson.

Ce qui, pour un Ecossais, était le summum de l'enthousiasme.

Nous montâmes dans la Land Rover. Il y avait assez de place pour tenir à trois sur le siège avant, mais la chienne de Gibson montrait des signes de nervosité et réclamait de la compagnie, aussi je décidai de m'asseoir derrière avec elle. Au début elle s'agita et piétina, puis elle finit par s'habituer aux cahots de la voiture et s'installa pour dormir, sa tête veloutée posée sur ma chaussure.

Gibson emprunta la route de Braemar via Tomintoul, en traversant la montagne par le sud. Vers onze heures, nous étions dans la vallée de la Dee inondée de soleil. La rivière était en crue, profonde, transparente. Elle serpentait à travers les champs, les cultures et les plantations de hauts pins d'Ecosse. Après la traversée de Braemar, environ cinq kilomètres plus loin, nous franchîmes le pont qui enjambait la rivière et menait à Mar Lodge.

Là, Gibson arrêta la Land Rover et tout le monde

descendit, y compris la chienne qui courut se dégourdir les pattes, pendant que Gibson allait chercher les clés de la réserve forestière. Ensuite nous allâmes au bar. Gibson et Sinclair burent une bière et moi un verre de cidre.

— C'est encore loin ? m'informai-je.

— Environ six ou sept kilomètres, répondit le garde-chasse. Mais la route est très mauvaise. Vous feriez p'têt' bien de monter à l'avant avec nous.

J'abandonnai donc la chienne pour m'asseoir à l'avant entre les deux hommes. En réalité, la route n'était pas une route, mais une simple piste tracée au bulldozer, avec de profondes ornières, utilisée par le service des Eaux et Forêts. De temps à autre, nous croisions des équipes de gardes forestiers équipés de tronçonneuses et de tracteurs, avec qui nous échangions des saluts amicaux. Parfois ils devaient déplacer leurs lourds véhicules pour nous permettre de passer. L'air était gorgé de la senteur des pins. Arrivés à la maison forestière, qui accueillait grimpeurs et randonneurs, nous descendîmes de la Land Rover, raides et endoloris. Il régnait un silence profond. Les forêts, la lande et les montagnes nous encerclaient. Seuls un ruissellement d'eau, au loin, et le frémissement des pins au-dessus de nos têtes rompaient le silence.

— Je vous rejoindrai à Loch Morlich, promit Gibson. Vous pensez pouvoir y arriver vers six heures ?

— Si nous n'y sommes pas, attendez-nous, répondit Sinclair. Et si vous ne nous voyez pas à la nuit, prévenez les secours en montagne ! Nous resterons sur le sentier, ils pourront nous retrouver facilement.

— En tout cas, n'allez pas vous tordre une cheville, me dit Gibson. Et passez une bonne journée.

Cela, nous en étions sûrs. Gibson remonta dans sa voiture et fit demi-tour sur la piste. Le bruit du moteur décrut et se perdit bientôt dans l'immensité. Je levai les yeux et constatai, une fois de plus, que l'Ecosse possédait un ciel incomparable. En effet, dans ce pays, le ciel s'étire et s'élève jusqu'à l'infini. Un couple de courlis cendrés passa au-dessus de nous. Dans le lointain, on entendait des bêlements de moutons. Sinclair se tourna vers moi en souriant et dit :

— On y va ?

Il s'engagea le premier sur un sentier qui courait le long d'un ruisseau encaissé entre des joncs. Nous arrivâmes à une ferme isolée, avec des enclos à moutons en bois. Un chien se précipita vers nous en jappant, et attendit que nous ayons dépassé son territoire pour regagner son chenil. Et le silence tomba de nouveau. Par endroits surgissaient des taches de couleur : jacinthes, grands chardons mauves, massifs de bruyère bourdonnants d'abeilles. Le soleil était au zénith et il faisait assez chaud pour enlever nos lainages et les nouer autour de la taille. Le sentier serpentait à flanc de colline, à travers les arbres. Devant moi, Sinclair se mit à siffloter un air familier. C'était une chanson que nous chantions étant enfants, après le goûter, dans le salon, avec ma grand-mère qui nous accompagnait au piano : *La Noce de Mairi*.

Nous allons nombreux
Bras dessus bras dessous
En cortège gai et joyeux
Tous à la noce de Mairi.

Nous arrivâmes à un pont et à une cascade, dont l'eau n'était pas de couleur brunâtre mais d'un vert jade, qui chutait six ou sept mètres plus bas dans un gouffre de roches claires. Je restai sur le pont avec Sinclair pour contempler l'arche liquide étincelante comme un joyau, translucide et éclaboussée de soleil, bordée par un arc-en-ciel miniature, et qui se jetait dans un bassin bouillonnant. Je n'avais jamais rien vu d'aussi beau.

— Pourquoi l'eau est-elle de cette couleur et non pas brune ? demandai-je en forçant la voix pour couvrir le tumulte de la cascade.

Sinclair m'expliqua que l'eau qui dévalait à cet endroit provenait des pics calcaires et n'avait pas été teintée par la tourbe. Nous nous attardâmes un moment, puis Sinclair déclara que nous n'avions guère de temps à perdre et qu'il fallait avancer.

Chanter nous donnait du courage, et nous rivalisions pour retrouver les paroles de chansons anciennes. *La Route des îles*, *Chez nous dans le soleil couchant*, et *Marchons*, qui est comme son nom l'indique la meilleure chanson de marche. Ensuite le chemin commença à grimper pour franchir le contrefort d'une montagne, et il nous fallut arrêter de chanter pour ménager notre souffle. Le sol était noué de vieilles racines de bruyère et très tourbeux. A chaque pas, de la boue noirâtre suintait autour de mes semelles. Mes jambes et mon dos commençaient à être douloureux, le souffle à me manquer. J'avais beau me fixer des buts : tel sommet, puis tel autre, il y en avait toujours un qui surgissait plus loin. C'était décourageant.

Mais alors que je commençais à abandonner tout espoir d'arriver quelque part, se dressa soudain devant nous une haute dent noire, dont la cime acérée perçait le ciel bleu, et dont la face lisse tombait en à-pic sur plus de trois cents mètres jusqu'à atteindre le fond d'une étroite vallée brune.

Je m'arrêtai net.

— Sinclair, qu'est-ce ?

— Le pic du Diable.

Il avait une carte. Il s'assit pour la déplier et l'étaler en luttant contre le vent, afin d'identifier les monts environnants : Ben Vrottan et Cairn Toul, Ben Macdhui, et la longue chaîne qui menait au Cairngorm.

— Et cette vallée ?

— Glen Dee.

— Et le petit ruisseau ?

— Le petit ruisseau, comme tu l'appelles, n'est autre que l'impétueuse rivière Dee, à ses balbutiements, bien entendu.

De fait, c'était assez cocasse de comparer ce très modeste cours d'eau avec la majestueuse rivière que nous avions vue le matin même.

Nous reprîmes la route après avoir grignoté un morceau de chocolat. Nous amorcions heureusement une descente, cette fois, car nous avions rattrapé le chemin qui mène à Lairig Ghru proprement dit. Le sentier serpentait devant nous comme un trait blanc griffonné dans l'herbe brune, et remontait en pente douce vers un point éloigné à l'horizon, où les montagnes et le ciel semblaient se rencontrer. Le pic du Diable se dressa d'abord au-dessus de nous comme une sentinelle, puis il disparut dans notre dos. Nous marchions et nous étions seuls. Vraiment seuls. Ni lapins, ni lièvres, ni cerfs, ni coqs de bruyère. Pas d'aigle non plus. Rien ne rompait le silence. Aucune créature vivante ne se manifestait. Seulement le bruit de nos pas, et le sifflotement de Sinclair.

Repas copieux, harengs à volonté,
De la tourbe plein son panier,
Une foule d'enfants à élever,
Tels sont nos vœux pour Mairi.

Soudain une maison nous apparut, comme une pierre fichée au pied de la colline, sur la berge opposée de la rivière.

— Qu'est-ce que cette maison, Sinclair ?

— Un refuge pour les grimpeurs ou les randonneurs, en cas de mauvais temps.

— Où en sommes-nous dans notre horaire ?

— Dans la moyenne.

— J'ai faim.

— Nous nous arrêterons au refuge pour manger, promit-il en m'adressant un sourire par-dessus son épaule.

Plus tard, nous nous étendîmes sur le coussin moelleux de l'herbe frémissante, Sinclair se faisant un oreiller de sa veste, et moi un oreiller de l'estomac de Sinclair. Les yeux fixés sur le ciel bleu et vide, je songeai qu'il était bien étrange d'être avec un cousin. Tantôt nous étions aussi proches qu'un frère et une sœur, tantôt un malaise planait entre nous. Je songeai que cela avait sans doute un rapport avec le fait que nous n'étions plus des enfants et que je trouvais Sinclair terriblement séduisant. Toutefois cela ne suffisait pas à expliquer cette retenue instinctive : quelque part dans un coin de mon esprit, une petite sonnette d'alarme retentissait comme pour m'avertir d'un danger.

Une mouche, un moustique, ou je ne sais quel insecte, atterrit sur mon visage et je le chassai d'un geste, mais il revint se poser au même endroit.

— Ah, zut !

— Zut quoi ? s'enquit Sinclair d'une voix endormie.

— Une mouche.

— Où ?

— Sur mon nez.

Sa main vint chasser l'intrus, s'attarda sur la courbe de ma mâchoire, et s'y posa, les doigts en coupe autour de mon menton.

— Si nous nous endormons, c'est Gibson et toute l'escouade de secours en montagne qui viendront nous réveiller en fanfare, remarqua Sinclair.

— Nous ne risquons pas de nous endormir.

— Comment peux-tu en être si sûre ?

Je ne répondis pas. Comment lui expliquer mes sentiments, la crispation de mon estomac au contact de sa main, dont je ne savais si elle était due au désir ou à la peur. La peur. C'était un mot inconcevable concernant Sinclair, pourtant la conversation que j'avais surprise la veille au soir revint à mon esprit, et j'en ressassai les termes sans pouvoir en définir la portée exacte. Je regrettais de n'avoir pu voir ma grand-mère avant de quitter la maison. Un seul coup d'œil à son expression aurait suffi à m'éclairer. Mais elle n'était pas descendue de sa chambre avant notre départ et je n'avais pas voulu la réveiller.

Je bougeai, mal à l'aise, et Sinclair s'inquiéta :

— Qu'est-ce que tu as ? Tu es tendue comme une corde. Tu as des remords ? Tu te sens coupable ?

— De quoi devrais-je me sentir coupable ?

— C'est à toi de me le dire. D'avoir abandonné ton cher papa, peut-être ?

— Mon père ? Tu plaisantes !

— Tu veux dire que tu avais hâte de quitter les sables de Reef Point et la Californie ?

— Pas du tout. Mais, en ce moment, mon père ne manque de rien, et je n'éprouve pas la moindre culpabilité.

— Alors ce doit être autre chose, dit Sinclair en caressant ma joue du bout de son doigt. Je sais ! C'est l'homme de loi au cœur solitaire.

— Le quoi ?

— Le notaire. Tu sais bien, ce vieux rusé de Rankeillour en personne !

— Citer Robert Louis Stevenson ne te mènera nulle part. D'ailleurs je ne vois pas de quoi tu veux parler.

Cette fois je mentais.

— David Stewart, ma chérie. Il ne t'a pas quittée du regard un seul instant, hier soir. Tu ne t'en es pas rendu compte ? Il t'a dévorée des yeux pendant tout le dîner. Je dois avouer que tu étais à croquer. Où as-tu acheté cette tenue orientale ?

— A San Francisco. Ce que tu dis est ridicule, Sinclair.

— Pas du tout. Je t'assure, ça se voyait à des kilomètres. Ça te plairait d'être la chérie d'un vieillard ?

— David n'est pas vieux.

— Il a trente-cinq ans, et il est si digne de confiance, ma chère petite, dit Sinclair en imitant la voix chevrotante d'une douairière. C'est un garçon si charmant.

— Tu deviens méchant.

— Je le suis, dit Sinclair. (Puis, sans changer de ton :) Quand repars-tu en Amérique ?

— Pourquoi cette question ? demandai-je, prise de court.

— Je veux juste savoir.

— Dans un mois, je pense.

— Si tôt ? J'espérais que tu resterais. Que tu abandonnerais ton père pour planter enfin tes racines dans ton vieux pays.

— J'aime trop mon père pour l'abandonner. Et puis, d'ailleurs, qu'est-ce que je ferais ici ?

— Tu pourrais travailler.

— On croirait entendre grand-mère. Je ne peux pas travailler parce que je ne sais rien faire.

— Du secrétariat ?

— Même pas. Chaque fois que j'ai essayé de taper à la machine, le résultat a été catastrophique.

— Tu pourrais te marier.

— Je ne connais personne !

— Moi, tu me connais.

Son pouce, qui me caressait la joue, s'immobilisa. Après un temps, je m'assis et me retournai pour le regarder. Ses yeux étaient plus bleus que le ciel, mais son regard ne trahissait rien.

— Qu'as-tu dit ?

— J'ai dit : « Moi, tu me connais. »

Sa main glissa le long de mon bras et ses doigts se refermèrent sur mon poignet.

— Tu n'es pas sérieux !

— Crois-tu ? Faisons comme si je l'étais. Que répondrais-tu ?

— D'abord, je te ferais remarquer que ce serait presque un inceste.

— Objection non valable.

— Et pourquoi moi, au fait ? Tu m'as toujours trouvée plate comme une limande.

— Plus maintenant. Tu n'es plus plate du tout. Tu es devenue une somptueuse Viking.

— Je ne sais rien faire. Je ne sais même pas composer un bouquet de fleurs.

— Je me fiche complètement que tu saches composer des bouquets de fleurs !

— De toute façon, j'imagine qu'il y a une ribambelle de femelles avides à travers tout le pays qui ne rêvent que du jour où tu leur demanderas de devenir Mme Sinclair Bailey.

— Peut-être, admit Sinclair avec une suffisance exaspérante. Mais elles ne m'intéressent pas.

Malgré moi, Sinclair avait piqué ma curiosité et je m'amusai à développer son hypothèse.

— Où habiterions-nous ?

— A Londres, évidemment.

— Je n'aimerais pas vivre à Londres.

— Tu es folle. Il est inconcevable de vivre ailleurs. Tout se passe à Londres.

— Je préfère la campagne.

— Nous irions à la campagne le week-end. C'est ce que je fais habituellement, d'ailleurs. Je vais chez des amis...

— Et qu'est-ce que l'on ferait ?

— On flânerait, on ferait peut-être un peu de voile, on irait aux courses.

— Aux courses ?

— Tu n'as jamais assisté à des courses de chevaux ? Il n'y a rien de plus passionnant, dit Sinclair en se redressant sur les coudes, le visage au niveau du mien. Est-ce que je commence à te tenter ?

— Tu sembles avoir oublié un petit détail.

— Lequel ?

— L'amour.

— L'amour ? Mais, Jane, nous nous aimons. Nous nous sommes toujours aimés.

— C'est différent.

— Comment ça, différent ?

— Si tu ne le sais pas déjà, je ne peux pas te l'expliquer.

— Essaie quand même.

Je me redressai, mal à l'aise. Je savais que, dans un sens, Sinclair avait raison. Je l'avais toujours aimé. Quand j'étais petite, il était le personnage le plus important de ma vie. Mais j'étais moins sûre de l'homme qu'il était devenu. Craignant qu'il ne puisse lire mes pensées sur mon visage, je baissai la tête et commençai à arracher de petites touffes d'herbe, que le vent emportait. Enfin je me décidai à lui répondre.

— Parce que nous avons tous les deux changé, je suppose. Tu es devenu une personne différente. Et moi je suis presque une Américaine...

— Oh, Jane, je t'en prie...

— Mais c'est vrai. J'ai grandi, j'ai fait mes études là-bas. Mon passeport britannique ne peut pas effacer ça, ni la façon dont je ressens les choses.

— Tu tournes autour du pot. Tu en as conscience, n'est-ce pas ?

— Peut-être. Mais, de toute façon, n'oublie pas que cette conversation est purement hypothétique. Nous sommes en train de discuter sur une simple supposition.

Sinclair prit une profonde inspiration, comme s'il s'apprêtait à poursuivre le débat, puis il parut changer d'avis et chassa tout cela d'un éclat de rire.

— On pourrait rester assis ici et discutailler jusqu'à ce que le soleil se couche !

— On ferait mieux de partir, tu ne crois pas ?

— Si. Il nous reste encore une bonne quinzaine de kilomètres. Mais nous avons déjà parcouru un long chemin, et cela, je te le signale, est une remarque qui se veut à double sens.

Je souris. Sinclair glissa une main derrière ma nuque, attira mon visage vers le sien, et posa ses lèvres sur les miennes, entrouvertes et souriantes.

J'avais un peu anticipé son geste, mais je n'avais pas prévu ma propre réaction de panique. Je dus me forcer à demeurer immobile dans ses bras, à attendre qu'il ait terminé et s'écarte enfin, ensuite je restai là un moment, puis je commençai lentement à rassembler les affaires du pique-nique dans le sac à dos, les papiers des sandwichs, les gobelets en plastique. Tout à coup notre isolement m'effrayait. Je nous imaginais comme deux fourmis, les deux seules créatures vivantes dans cette vaste nature déserte, et je me demandais si Sinclair m'avait amenée ici dans l'intention d'engager cette invraisemblable discussion avec moi, ou bien s'il avait lancé cette idée de mariage sous le coup d'une simple impulsion.

— Sinclair, nous devons partir. Il le faut vraiment, répétai-je avec insistance.

Il avait un air songeur. Mais il se contenta de sourire et répondit :

— Oui.

Ensuite il se leva, prit le sac à dos et s'engagea le premier sur le sentier.

A notre arrivée, la nuit tombait. J'avais parcouru les derniers kilomètres dans un état second, en mettant un pied devant l'autre, sans oser m'arrêter de peur de ne pouvoir redémarrer. Enfin, après une dernière courbe, à travers les arbres j'aperçus le pont, la grille, Gibson et la Land Rover qui attendaient sur la route. J'avais du mal à croire que nous étions arrivés. Les muscles endoloris, je parcourus les derniers mètres, franchis la barrière, et m'écroulai dans la voiture. Mais lorsque je voulus allumer une cigarette, je m'aperçus que mes mains tremblaient.

Nous rentrâmes dans le crépuscule bleuté. A l'est, une nouvelle lune, pâle et fine comme un cil, se hissait dans le ciel. Dans le faisceau des phares qui fouillaient la route, un lapin fila se mettre à couvert, et les yeux d'un chien errant étincelèrent comme deux pierres précieuses avant de disparaître. A l'avant, les deux hommes bavardaient, alors que j'étais muette et paralysée par un épuisement qui n'était pas seulement physique.

Cette nuit-là, je fus réveillée par la sonnerie du téléphone. Elle se fraya un chemin dans mes rêves et m'arracha au sommeil comme un poisson pris à l'hameçon. Je n'avais aucune idée de l'heure mais, en tournant la tête, je vis la lune suspendue au-dessus du loch. Son reflet effleurait l'eau noire par petites touches argentées.

La sonnerie persista. Ensommeillée, je descendis de mon lit en titubant, traversai ma chambre et le palier obscur. Le téléphone se trouvait en bas, dans la bibliothèque, mais il y avait un deuxième poste au premier étage, dans un couloir qui menait à l'ancienne nursery. C'est vers celui-ci que je me dirigeai.

Pendant mon expédition dans le couloir, à demi inconsciente, la sonnerie dut sans doute s'interrompre, mais j'étais trop endormie pour le remarquer, aussi, quand je décrochai enfin le téléphone, j'entendis une voix qui parlait déjà. C'était une voix de femme, inconnue de moi, claire et agréable. « ... évidemment j'en suis certaine. J'ai vu le médecin cet après-midi et il affirme qu'il n'y a aucun doute possible. Ecoute, je crois que nous devrions en parler... Je voudrais te voir, mais je ne peux pas m'absenter... »

L'esprit gourd, encore plein de sommeil, je pensai qu'il y avait sûrement une interférence de lignes. La préposée de Caple Bridge avait dû commettre une erreur ou s'endormir. Cet appel n'était pas pour nous. J'allais intervenir pour arrêter la correspondante inconnue, lorsque j'entendis une voix d'homme, qui me réveilla tout à fait.

— C'est si urgent, Tessa ? dit la voix de Sinclair. Ça ne peut pas attendre ?

— Evidemment c'est urgent !... Nous n'avons pas de temps à perdre...

A ce moment, la voix de la femme perdit son calme, et je sentis la crise de nerfs poindre derrière les paroles qui suivirent :

— Sinclair, je vais avoir un bébé...

Je raccrochai doucement le téléphone. Il y eut un léger déclic et les voix s'éteignirent. Je restai un instant immobile dans le noir, toute frissonnante, puis je fis demi-tour dans le couloir et me penchai par-dessus la rampe pour écouter. L'escalier et le hall s'ouvraient au-dessous de moi comme un gouffre noir, mais, à travers la porte close de la bibliothèque, me parvenait le murmure très reconnaissable de la voix de Sinclair.

Mes pieds étaient glacés. Tremblante de froid, je regagnai ma chambre et mon lit. Puis un faible « ding » résonna, annonçant la fin de la communication. Presque aussitôt j'entendis les pas de Sinclair monter l'escalier tout doucement. Il entra dans sa chambre et s'y affaira quelques instants, ouvrit et ferma des tiroirs, puis il ressortit et descendit de nouveau. La porte d'entrée s'ouvrit, se ferma, et quelques instants après je reconnus le ronronnement de tigre de la Lotus qui démarrait et s'éloignait sur la route.

Je tremblais de tous mes membres, comme lorsque j'étais enfant et que j'étais éveillée par un cauchemar, convaincue que des fantômes se cachaient dans la penderie.

8

Le lendemain matin, en descendant, je trouvai ma grand-mère déjà assise à la table du petit déjeuner. Au moment où je me penchais pour l'embrasser, elle m'annonça :

— Sinclair est parti à Londres.

— Comment le sais-tu ?

— Il a laissé une lettre dans le vestibule.

Elle sortit la lettre de la liasse du courrier et me la tendit. Sinclair avait utilisé l'épais papier à en-tête d'Elvie. Son écriture était ferme, noire, tout empreinte de sa personnalité.

Désolé, je dois faire un saut à Londres pour un jour ou deux. Je rentrerai lundi soir ou mardi matin. Prenez soin de vous pendant mon absence, et ne faites pas de bêtises.

Tendresses,

Sinclair.

C'était tout. Je reposai la lettre.

— Le téléphone a sonné, cette nuit, vers minuit et demi. Tu as entendu ? demanda ma grand-mère.

— Oui, je l'ai entendu.

— Je m'apprêtais à aller répondre, et puis j'ai pensé

que c'était sûrement pour Sinclair, alors j'ai laissé sonner.

— Oui, bien sûr, dis-je en apportant ma tasse de café sur la table. Ça lui arrive souvent ?

— De temps à autre, répondit ma grand-mère en triant les factures dans le courrier.

Je m'aperçus qu'elle s'appliquait autant que moi à paraître occupée.

— Sinclair mène une vie très agitée, reprit-elle. Et son travail occupe beaucoup de son temps... Ce n'est pas comme s'il avait un emploi de bureau à horaires fixes.

— Oui, je m'en doute.

Le café, chaud et fort, estompa la tension qui me raidissait la nuque. Encouragée par son effet apaisant, je dis :

— C'est peut-être une petite amie qui l'a appelé.

Ma grand-mère me jeta un regard bleu acéré, mais répondit simplement :

— Oui, peut-être.

Je m'accoudai sur la table et ajoutai d'un ton que j'espérais désinvolte :

— Je suppose qu'il en a une certaine quantité ? Mon cousin est le plus beau spécimen d'homme que je connaisse. Lui arrive-t-il d'amener ses conquêtes à la maison ? En as-tu déjà rencontré certaines ?

— Parfois, à Londres. Tu sais, il les invite à dîner, ou bien nous allons au théâtre.

— T'est-il arrivé de penser qu'il pourrait en épouser une ?

— On n'est jamais sûr de rien, tu sais, avec Sinclair, répondit-elle d'un ton froid, presque désintéressé. Il mène à Londres une vie tellement différente d'ici. Elvie lui sert de cure de repos. Quand il vient, il passe son temps à flemmarder. Je crois qu'il est ravi de s'éloigner un peu de ses sorties nocturnes et de ses déjeuners d'affaires.

— Donc il n'a jamais eu de liaison sérieuse ? Personne qui lui plaisait particulièrement ?

— Si, il y en avait une, répondit ma grand-mère en reposant son courrier.

Elle ôta ses lunettes et regarda par la fenêtre le lac, au bout du jardin, d'un bleu étincelant sous le soleil d'automne.

— Il l'a rencontrée en Suisse, aux sports d'hiver. Je crois qu'ils se sont beaucoup fréquentés quand elle est rentrée à Londres.

— Aux sports d'hiver ? Il me semble que tu m'as envoyé une photo.

— Oui, je me souviens. C'était pour le Nouvel An, à Zermatt. C'est là qu'ils ont fait connaissance. Je crois qu'elle participait à un championnat de ski, ou quelque chose de ce genre. Une compétition internationale.

— Une championne, alors ?

— Oui, elle est très connue.

— Tu l'as rencontrée ?

— Sinclair me l'a présentée. Il l'a invitée à déjeuner au *Connaught* pendant l'été, lors d'une de mes visites en ville. C'est une fille charmante.

Je pris un toast et commençai à le beurrer avant de demander :

— Comment s'appelle-t-elle ?

— Tessa Faraday. Tu as sans doute entendu parler d'elle.

J'en avais en effet entendu parler, mais pas de la façon dont ma grand-mère le supposait. Je contemplai le toast que je venais de beurrer, certaine d'être malade si je me risquais à le manger.

Après le petit déjeuner, je montai dans ma chambre pour chercher le porte-photo dans lequel j'avais rangé la photo où Sinclair posait à côté d'une jeune femme.

Jeune femme que j'avais voulu ignorer en la camouflant.

Maintenant, c'était elle qui m'intéressait. Je vis une jeune femme mince, petite, enjouée, avec des yeux noirs, les cheveux relevés par un ruban, avec de gros anneaux d'or aux oreilles, vêtue d'un ensemble de velours brodé. Elle était nichée contre Sinclair et tous deux étaient enrubannés de serpentins multicolores. Elle semblait gaie, pleine de vitalité, heureuse, et au souvenir de sa voix au téléphone, la nuit précédente, j'eus soudain peur pour elle.

Le fait que Sinclair soit parti si précipitamment à Londres — vraisemblablement pour la rejoindre — aurait dû me rassurer. Mais je ne l'étais pas. Son départ avait été trop rapide, trop professionnel, dénué de toute considération affective pour sa grand-mère et pour moi. Je me remémorai, malgré moi, sa prise de position à l'égard de Gibson, lors de sa dispute avec ma grand-mère sur l'éventualité de la mise à la retraite du vieux garde-chasse, et je m'aperçus que, inconsciemment, je lui avais cherché des excuses.

Peu importe... je me devais d'être honnête avec moi-même, et le mot « insensible » me traversa l'esprit. Confronté à une situation qui aurait bouleversé n'importe qui, Sinclair était resté insensible. J'étais moi-même très anxieuse pour cette jeune femme que je ne connaissais pas, et j'osais espérer qu'il lui témoignerait un minimum de compassion.

Du hall, ma grand-mère m'appela. Je remis vivement la photo en place et sortis sur le palier.

— Oui, grand-mère ?

— Quels sont tes projets pour aujourd'hui ?

Je descendis à mi-étage et m'assis sur une marche.

— Je pense aller faire des courses. Je dois acheter quelques lainages, sinon je vais mourir de froid.

— Où comptes-tu aller ?

— A Caple Bridge.

— Mais, ma chérie, tu ne trouveras rien à acheter à Caple Bridge.

— Je trouverai au moins un pull-over.

— Ecoute, je dois me rendre à Inverness pour une réunion du conseil d'administration de l'hôpital. Je peux t'y emmener en voiture.

— Je ne peux pas. David Stewart a de l'argent pour moi. Il a changé les dollars que papa m'a donnés. Et puis il m'a invitée à déjeuner.

— Oh, c'est très gentil. Mais... comment vas-tu te rendre à Caple Bridge ?

— Par l'autobus. Mme Lumley dit qu'il en passe toutes les heures à l'embranchement.

— Très bien, si c'est ce que tu veux.

Pourtant elle semblait hésiter. Elle restait là, au pied de l'escalier, la main sur le pilastre de la rampe. Elle ôta ses lunettes et me regarda attentivement.

— Tu as l'air fatiguée, ma chérie. Votre randonnée d'hier était bien trop épuisante après un si long voyage.

— Mais non. C'était formidable.

— J'aurais dû dire à Sinclair d'attendre un jour ou deux...

— Nous aurions raté ce temps magnifique.

— Oui, c'est possible. Mais tu n'as rien mangé, ce matin.

— Je ne déjeune jamais.

— En tout cas, j'espère que David t'offrira un vrai repas.

Elle se tourna pour partir, puis se ravisa.

— Oh, Jane... puisque tu vas faire du shopping, veux-tu me laisser t'offrir un nouvel imperméable ? J'aimerais que tu aies quelque chose de plus confortable.

En dépit de tout, je parvins à sourire. J'adorais la façon qu'avait ma grand-mère de respecter les convenances et de dire les choses en y mettant les formes.

— Tu n'aimes pas le mien ? dis-je pour la taquiner.

— Si tu veux mon opinion, je trouve qu'il te donne l'air d'une bohémienne.

— Depuis toutes ces années que je le porte, c'est bien la première fois qu'on me dit une chose pareille !

— Tu ressembles de plus en plus à ton père.

Elle soupira, sans sourire de ma boutade, et se dirigea vers son bureau pour me signer un chèque. Avec une telle somme, j'aurais pu acheter un imperméable doublé de fourrure avec une capuche en zibeline, à condition bien sûr que j'en aie eu envie.

J'allai donc attendre à l'embranchement de la route l'autobus qui devait me conduire à Caple Bridge. Il faisait un soleil éclatant, et je ne me rappelais pas avoir connu ici une journée si lumineuse et si colorée. Comme il avait plu un peu pendant la nuit, la nature était lavée de frais et la route reflétait le bleu du ciel. Les haies regorgeaient de cynorhodons écarlates, les fougères étaient dorées, et les feuilles des arbres allaient du pourpre le plus sombre au jaune le plus clair. La brise qui soufflait du nord était fraîche et douce comme du vin frappé, et on y sentait déjà la première neige.

Le bus s'arrêta au croisement pour me prendre. Il était bondé de gens de la campagne qui allaient faire leurs courses du samedi à Caple Bridge, et la seule place libre était à côté d'une grosse dame coiffée d'un chapeau en feutre bleu, qui portait un panier sur ses genoux. Elle était si imposante qu'elle empiétait de moitié sur mon siège et à chaque virage j'encourais le danger d'en être carrément éjectée.

Il y avait sept kilomètres jusqu'à Caple Bridge et je connaissais la route aussi bien qu'Elvie. Je l'avais arpentée à pied, à bicyclette, j'en connaissais chaque borne. Je connaissais aussi les noms de toutes les familles qui habitaient les cottages qui la bordaient.

Dargie, Thompson, Willie McRae. Et ici la maison du chien hargneux, et là le pré des chèvres blanches.

Le bus atteignit la rivière, la longea pendant environ huit cents mètres, puis effectua un virage en S pour la franchir sur un étroit pont en dos d'âne. Jusqu'alors, rien n'avait changé, mais quand le bus arriva en haut du dos-d'âne, je découvris un peu plus loin, juste en face, des feux de signalisation clignotants indiquant la présence d'un chantier. On réalisait des excavations considérables afin de supprimer un virage extrêmement dangereux.

Les bulldozers avaient rasé les haies, laissant de grandes cicatrices de terre nue dans leur sillage. Des ouvriers maniaient pelles et marteaux-piqueurs, d'énormes excavateurs s'activaient en grondant comme des monstres préhistoriques, et par-dessus tout cela planait la chaude et délicieuse odeur de goudron chaud.

Le feu devant nous était rouge. Le bus s'immobilisa, moteur ronronnant. Puis le feu passa au vert et le bus redémarra en douceur sur la voie étroite, entre les feux clignotants, et rejoignit la route. La grosse dame à côté de moi commença à s'agiter sur son siège, à vérifier le contenu de son panier, levant des regards insistants vers le porte-bagages.

— Vous avez perdu quelque chose ? demandai-je.

— Est-ce que mon parapluie est là-haut ?

Je me levai pour exhumer le parapluie du porte-bagages et le lui donnai, ainsi qu'une grosse boîte à œufs en carton et un bouquet d'asters touffus, grossièrement enveloppés dans un journal. Le temps qu'elle récupère tout son bien, nous avions atteint notre destination. Le bus effectua un grand tour devant l'hôtel de ville, s'engagea sur la place du Marché et s'arrêta.

N'ayant ni panier ni objets encombrants, je fus la

première à descendre. Ma grand-mère m'avait localisé et décrit le cabinet notarial, et de l'endroit où je me trouvais, je reconnus la bâtisse en pierre, carrée, située de l'autre côté de la place pavée.

Je laissai passer le flot des voitures, traversai la place et entrai dans l'immeuble. Dans le hall un panneau indiquait que M. D. Stewart occupait le bureau numéro trois. Je montai un escalier sombre, gaiement décoré en vert kaki et brun foncé, passai sous une fenêtre aux vitres teintées qui ne laissaient pas filtrer la moindre lumière, et frappai à une porte.

— Entrez, convia une voix.

J'entrai donc, et découvris avec soulagement que le bureau de David était clair, lumineux et orné d'un tapis. La fenêtre donnait sur la place du Marché. Sur la cheminée en marbre, il y avait un gros vase garni de marguerites d'automne, et il régnait dans la pièce une ambiance de travail chaleureuse et cordiale. Sans doute parce que c'était samedi, David portait une chemise sport à carreaux et une veste en tweed. Lorsqu'il me sourit pour m'accueillir, le poids qui m'avait pesé sur l'estomac toute la matinée s'allégea miraculeusement.

— Quel temps superbe, n'est-ce pas ? dis-je en avançant à sa rencontre.

— Bien trop beau pour travailler.

— Ça vous arrive souvent de travailler le samedi ?

— Parfois. Tout dépend de ce qu'il y a à faire. Vous seriez surprise de la masse de travail en retard que l'on peut abattre lorsqu'on est seul et que le téléphone ne sonne pas.

Il ouvrit un tiroir de son bureau et ajouta :

— J'ai changé vos dollars au taux du jour. Tenez, je vous ai fait une note.

— C'était inutile.

— Comment ? Votre sang écossais devrait vous inciter à vérifier que je ne vous ai pas roulée du moindre sou !

— Eh bien, si vous m'avez roulée, considérez que c'est votre commission !

Je tendis la main et il me remit une liasse de billets et quelques pièces de monnaie.

— Avec ça, vous pourrez faire des folies, mais je vois mal où vous allez les faire à Caple Bridge.

— C'est exactement ce que m'a dit ma grand-mère, répondis-je en fourrant l'argent dans la poche de mon imperméable de bohémienne. Elle proposait de m'emmener à Inverness mais je lui ai dit que je déjeunais avec vous.

— Vous aimez les steaks ?

— Je n'en ai pas mangé depuis mon anniversaire. Mon père m'avait invitée au restaurant. A Reef Point, nous nous nourrissions de pizzas surgelées.

— Vous en avez pour combien de temps ?

— Une demi-heure.

— C'est tout ? s'étonna David.

— J'ai horreur du shopping. Je ne trouve jamais rien à ma taille, et quand je trouve, ça ne me plaît pas. Vous allez me voir revenir avec des vêtements importables, et probablement de très mauvaise humeur.

— Je vous dirai qu'ils vous vont à ravir et je vous redonnerai le sourire, promit David en regardant sa montre. Midi, ici, ça vous convient ?

— Parfait.

Je quittai son bureau la poche pleine d'argent et me mis en quête d'un endroit où le dépenser. Il y avait des boucheries, des épiceries, des marchands de jouets, un armurier et un garage. Enfin, entre l'inévitable glacier italien que l'on trouve dans toutes les bourgades d'Ecosse et la poste, je découvris la seule et unique boutique capable de m'intéresser : ISABEL MCKENZIE NOUVEAUTES. Je poussai une porte vitrée, pudiquement voilée de tulle, et débouchai dans une petite pièce aux murs couverts d'étagères sur lesquelles étaient disposés des vêtements pour le moins affligeants. Il y avait aussi un comptoir-vitrine rempli de sous-vêtements couleur pêche et beige, et, ici et là, artistement présentés, des pull-overs à la mine triste.

Je me sentis défaillir, mais il était trop tard pour fuir. Dans le fond de la boutique, un rideau se souleva et laissa apparaître une petite femme aux allures de souris, vêtue d'un ensemble en jersey deux fois trop grand pour elle, orné d'une énorme broche en pierre des Cairngorm.

— Bonjour, dit la femme.

Son accent révélait qu'elle était originaire d'Edimbourg et je me demandai si elle était Isabel McKenzie Nouveautés en personne et, dans ce cas, ce qui l'avait poussée à venir à Caple Bridge. Peut-être lui avait-on fait croire que le commerce de la mode y était des plus lucratifs.

— Oh... bonjour. Je... cherche un pull-over.

A peine le mot prononcé, je compris que je venais de commettre ma première erreur.

— Nous avons de très jolis *jairseys*. Vous le voulez en laine ou en bouclé ?

— En laine.

— Quelle taille ?

— Médium, je suppose.

Elle se mit alors à vider ses étagères et je me trouvai confrontée à toute une panoplie de chandails couleur vieux rose, vert mousse et brun feuille-morte.

— Vous... vous n'avez pas d'autres couleurs ?

— Quel genre de couleur cherchez-vous ?

— Eh bien... bleu marine, par exemple.

— Le bleu marine se porte très peu, cette année, affirma Isabel McKenzie.

Je me demandai d'où elle tenait cette information. Peut-être était-elle en contact direct avec Paris.

— Il y a cette ravissante teinte...

Elle exhibait un bleu pétrole, couleur qui, j'en suis convaincue, ne va avec rien ni à personne.

— Je préférerais quelque chose de plus simple... chaud, épais... un col polo, peut-être ?

— Oh, désolée, nous n'avons pas de polos. D'ailleurs les polos ne sont pas...

— Ça ne fait rien, dis-je en l'interrompant grossièrement. Vous avez peut-être des jupes ?

Et la même scène se reproduisit.

— Tartan ? Tweed ?

— Tweed, je pense.

— Quel est votre tour de taille ?

Je le lui dis, mais je commençais à m'énerver. Elle effectua quelques recherches, sortit deux modèles, et les étala devant moi avec emphase. L'une des jupes était indescriptible. L'autre, un peu moins hideuse, était à chevrons marron et blancs. J'acceptai à regret de l'essayer et me retrouvai coincée dans un espace aussi exigu qu'un placard, fermé par un rideau. Je parvins, après quelques gesticulations, à m'extraire de mes propres vêtements et à enfiler la jupe. Le tweed était rêche et piquant, tellement le tissage en était grossier. Je fermai la glissière et m'examinai dans le miroir. L'effet était saisissant, j'avais des hanches éléphantesques et la ceinture me sciait la chair à hauteur de la taille, que j'avais pourtant mince.

Isabel McKenzie Nouveautés émit une toux discrète et écarta le rideau comme un conjuré en plein complot.

— Oh, vous êtes ravissante dans cette jupe ! Le tweed vous va comme un gant !

— Vous ne la trouvez pas un peu... un peu longue ?

— Les jupes se portent plus longues, cette saison, vous savez.

— Oui, mais celle-ci me couvre presque les mollets.

— Eh bien, si vous voulez, je peux vous la raccourcir un peu. C'est très chic. Il n'y a rien de plus chic que le tweed.

Pour m'enfuir, il m'aurait suffi de l'acheter. Mais je jetai un second coup d'œil dans le miroir et fis preuve d'une courageuse détermination.

— Non. Non, je suis désolée, mais ça ne va pas. Ce n'est pas ce que je cherchais.

Je dégrafai l'horrible jupe et l'enlevai vivement, avant qu'Isabel McKenzie ne me persuade de l'acheter, et elle battit en retraite tristement, en détournant pudiquement les yeux de mon slip.

— Peut-être aimeriez-vous essayer le tartan ? Les anciennes couleurs sont très seyantes.

— Non, je vous remercie, dis-je en réenfilant à la hâte et avec soulagement ma jupe américaine « lavable à l'eau tiède » et à « séchage rapide ». Non, je crois que je vais en rester là... Je n'étais pas très décidée... Merci beaucoup.

Je remis mon imperméable, récupérai mon sac et marchai vers la porte voilée de tulle. Isabel McKenzie Nouveautés l'atteignit la première et l'ouvrit à regret, comme un chasseur libérant d'un piège un animal convoité.

— Peut-être, si vous repassez un autre jour...

— Oui, peut-être.

— Je vais recevoir ma nouvelle collection la semaine prochaine.

Direct de chez Dior, sans aucun doute, pensai-je en la remerciant encore.

Je retrouvai le grand air avec soulagement et m'éloignai le plus vite possible. Je dépassai l'armurerie puis, saisie d'une inspiration, je revins sur mes pas pour y entrer. Il me fallut à peine deux minutes pour faire l'acquisition d'un grand pull-over bleu marine d'homme. Ravie d'avoir sauvé ma matinée de shopping d'un échec total, et serrant vigoureusement mon achat empaqueté, je regagnai l'étude de David.

Pendant qu'il rangeait ses papiers et ses dossiers, je m'assis sur le coin du bureau et lui racontai mon expédition. Enrichie de ses commentaires (il savait à la perfection prendre l'accent d'Edimbourg), mon histoire s'enjoliva et je la terminai en riant tellement que j'en avais mal aux côtes. Il nous fallut un moment avant de reprendre notre souffle. Après quoi David glissa quelques dossiers dans un cartable déjà bourré, et nous quittâmes son bureau pour retrouver la rue animée et baignée de soleil.

Comme il habitait à une centaine de mètres du centre de la petite ville, nous y allâmes à pied. Le vieux cartable de David battait contre ses longues jambes. De temps à autre, il nous fallait esquiver une voiture d'enfant ou deux commères en pleine discussion. Sa maison faisait partie d'une rangée de bâtisses en pierre identiques, à deux niveaux ; chacune disposait d'un petit jardin et d'une allée de graviers allant de la grille jusqu'à la porte d'entrée. A la différence de ses voisins, David avait ajouté un garage entre sa maison et la suivante, avec une allée en ciment rejoignant la rue, et sa porte d'entrée était peinte d'un jaune soleil éblouissant.

Il ouvrit la grille et je le suivis dans l'allée jusqu'à la porte. Il s'écarta pour me céder le passage et j'entrai dans un vestibule terminé par un escalier, avec des portes de chaque côté et une cuisine que l'on apercevait dans le fond par une autre porte ouverte. Tout cela aurait pu être parfaitement ordinaire, mais David — ou quelqu'un d'autre — en avait fait un endroit plein de charme, avec une tenture murale assortie à la moquette et des gravures anciennes représentant des scènes de chasse.

David me débarrassa de mon imperméable et de mon paquet pour les déposer avec son cartable sur une chaise du vestibule, puis il me fit entrer dans un salon tout en longueur, flanqué d'une fenêtre à chaque extrémité. Je pus alors apprécier la situation exceptionnelle de la petite maison : les fenêtres donnant au sud avaient été agrandies en une baie lumineuse et celle-ci ouvrait sur un long jardin qui descendait en pente douce vers la rivière.

Le salon lui-même était plein de charme : des étagères garnies de livres et de disques ; des magazines sur la table basse devant la cheminée ; des fauteuils douillets ; un petit canapé ; une vitrine ancienne remplie de porcelaine de Meissen ; et, au-dessus de la cheminée... Je m'approchai pour mieux l'examiner...

— Un Ben Nicholson ?

— Oui, acquiesça David.

— Un original ?

— Oui. Ma mère me l'a offert pour mes trente et un ans.

— A propos, cette maison me rappelle un peu l'appartement de votre mère à Londres. C'est le même genre d'atmosphère.

— Sans doute parce que les meubles proviennent plus ou moins de la même maison, à l'origine. Et puis c'est elle qui m'a aidé à choisir les rideaux et le papier.

Secrètement ravie qu'il s'agisse de sa mère et non d'une autre femme, je me dirigeai vers la fenêtre.

— Qui pourrait soupçonner l'existence d'un si joli jardin ?

Il y avait, en effet, une petite terrasse, avec une table et des sièges en bois, puis une grande pelouse, jonchée de feuilles mortes, et des massifs de fleurs encore garnis de roses tardives et de marguerites d'automne. On apercevait aussi un petit bassin pour les oiseaux et un vieux pommier incliné.

— Est-ce vous qui jardinez ?

— On ne peut guère appeler ça jardiner. Comme vous voyez, ce n'est pas très grand.

— Mais c'est ravissant, avec ces fleurs et cette rivière au bout.

— C'est ce qui m'a décidé à acheter la maison. Je raconte à tous mes amis que j'ai une pêche sur la rivière Caple et ça les impressionne beaucoup. Je ne précise pas, bien évidemment, qu'elle mesure seulement dix mètres de large !

J'aperçus sur la bibliothèque un cadre rempli de photographies qui m'attira irrésistiblement.

— C'est votre mère, je suppose ? Et votre père ? Et là, ce petit garçon souriant d'une douzaine d'années, c'est vous ?

— Oui.

— Vous ne portiez pas de lunettes à cette époque.

— Je n'en ai porté qu'à partir de seize ans.

— Pourquoi ?

— J'ai eu un accident. Avec des camarades, nous faisions une course dans la campagne, et l'un d'eux a lâché une branche d'arbre juste devant moi ; celle-ci est venue me fouetter l'œil. Ce n'était pas sa faute. Ça aurait pu arriver à n'importe qui. Mais j'ai perdu en partie la vision de cet œil et depuis lors je porte des lunettes.

— Quel accident malheureux !

— Oh, ce n'est pas si grave. Je peux pratiquement tout faire. Sauf jouer au tennis.

— Pourquoi ?

— Je ne sais pas. Si j'arrive à voir la balle, je ne peux pas la frapper, et si j'arrive à la frapper, je ne vois pas où je l'envoie. Dans ces conditions, le jeu devient difficile !

La cuisine était aussi petite que celle d'un yacht, et si impeccable que j'eus honte rétrospectivement de mon propre désordre. David jeta un coup d'œil dans le four pour voir l'état des pommes de terre qu'il avait mises à cuire avant de partir, puis il prit une poêle, et sortit le beurre et le paquet de viande du réfrigérateur. Il avait acheté deux magnifiques steaks très épais.

— Qui les fait cuire, vous ou moi ? demanda David.

— Vous. Pendant ce temps je vais mettre la table. Est-ce que l'on déjeune dehors ? dis-je en ouvrant la porte-fenêtre qui donnait sur la terrasse. On se croirait sur la Méditerranée.

— Si ça vous fait plaisir.

— C'est tellement agréable. On peut se servir de cette table ?

Tout en bavardant, en me mettant en travers de son chemin, en lui demandant sans cesse où se trouvait telle ou telle chose, je finis tant bien que mal par arriver à dresser la table, pendant que David préparait une salade, coupait une miche de pain français croustillant, et nous servait deux verres de porto que nous emportâmes dehors.

Il retira sa veste et étendit ses jambes devant lui, le visage tourné vers les chauds rayons du soleil.

— Parlez-moi d'hier, dit-il tout à coup.

— Hier ?

— Vous avez fait la randonnée de Lairig Ghru, ou non ?

— Oh, oui.

— Alors ?

J'essayai de lui en faire le récit mais je m'aperçus que tout avait disparu de ma mémoire, hormis l'incroyable conversation avec Sinclair.

— C'était... magnifique. Vraiment merveilleux.

— Vous n'avez pourtant pas l'air très enthousiaste.

— Si... c'était merveilleux, répétai-je, à court d'adjectifs.

— Mais épuisant, je suppose.

— Oui, très fatigant.

— Combien de temps avez-vous mis ?

Là encore, la réponse me faisait défaut.

— Eh bien, nous sommes rentrés à la nuit tombante. Gibson nous attendait à Loch Morlich.

— Hum... Et que fait votre cousin Sinclair, aujourd'hui ?

Je me penchai pour ramasser un caillou et jouai avec.

— Sinclair est allé à Londres.

— A Londres ? Je le croyais en congé.

— Oui, il l'est, dis-je en ramassant un autre caillou. Mais il a reçu un coup de téléphone dans la nuit et... j'ignore pour quelle raison... il est parti en nous laissant un mot.

— En voiture ?

J'entendais encore le ronronnement de la Lotus dans la nuit.

— Oui, il a pris sa voiture. Il sera de retour dans un jour ou deux. Lundi soir, peut-être.

Je n'avais pas envie de parler de Sinclair. Je redoutais les questions de David et je m'arrangeai pour changer de sujet.

— Vous arrive-t-il vraiment de pêcher au bout de votre jardin ? J'aurais juré qu'il n'y avait pas assez de place pour lancer une ligne. Vous devez accrocher l'hameçon dans le pommier, non ?

Ainsi la conversation dévia sur la pêche. Je racontai à David nos parties de pêche dans l'Idaho, sur la Clearwater, où mon père m'avait emmenée passer des vacances.

— La rivière grouille littéralement de saumons. On pourrait presque les attraper avec un simple crochet.

— Vous aimez l'Amérique, n'est-ce pas ?

— Oui. Oui, beaucoup.

David se tut, et son silence m'encouragea à exprimer le dilemme devant lequel je me trouvais.

— C'est étrange d'appartenir à deux pays. On a l'impression de n'être adapté ni à l'un ni à l'autre.

Quand j'étais en Californie, j'avais envie d'être à Elvie. Et maintenant que je suis ici...

— Vous aimeriez retourner en Californie.

— Pas exactement. Mais il y a certaines choses qui me manquent.

— Lesquelles ?

— Oh, des choses très spécifiques. Mon père, bien sûr. Et Rusty. Le bruit du Pacifique, le soir, quand les rouleaux viennent lécher la plage.

— Et les choses moins spécifiques ?

— C'est plus compliqué, dis-je en essayant de préciser ma pensée. L'eau glacée. La Compagnie du téléphone. San Francisco. Le chauffage central. Les jardineries qui vendent des plantes et des accessoires, et le parfum des orangers en fleur.

Je me tournai et croisai le regard de David qui m'observait en souriant.

— Mais il y a de bonnes choses ici, également, ajoutai-je.

— Par exemple ?

— Les bureaux de poste. A la campagne, on peut acheter n'importe quoi dans les bureaux de poste. Même des timbres ! Et aussi le temps qui varie d'un jour à l'autre. C'est beaucoup moins lassant. Et puis le thé, l'après-midi, avec les petits pains chauds, les biscuits, le pain d'épice.

— Seriez-vous en train de me rappeler, d'une manière subtile, qu'il est temps de manger ces steaks ?

— Pas consciemment, en tout cas.

— Allons-y.

Ce fut un repas délicieux, dans un décor idéal. David ouvrit une bouteille de vin rouge, complément parfait des steaks et du pain français. Ensuite : fromage et fruits frais. Je m'aperçus que j'avais une grande faim et je dévorai comme un ogre, ne laissant rien dans mon assiette. Je terminai par une orange dont le jus me dégoulina sur les doigts. Puis David alla faire du café.

— Voulez-vous prendre le café dans le jardin ? proposa-t-il par la porte ouverte.

— Oui, avec plaisir. Allons au bord de la rivière.

Je rentrai un instant pour me passer les mains à l'eau sous le robinet de l'évier.

— Vous trouverez une couverture dans le placard du vestibule, dit David. Ensuite allez vous installer au bord de l'eau, j'apporte le café.

— Et la vaisselle ?

— Laissez ça. Il fait trop beau pour perdre son temps devant un évier.

C'était exactement le genre de remarque réconfortante qu'aurait faite mon père. J'allai donc chercher la couverture et descendis au fond du jardin l'étaler sur la pelouse, au soleil, à quelques mètres de l'eau. Après la sécheresse de l'été, le niveau de la Caple était bas, et un banc de cailloux bordait le lit comme une plage miniature, entre l'eau sombre et l'herbe tendre.

Le pommier était chargé de fruits, d'autres gisaient à terre. Je secouai le tronc et quelques pommes tombèrent sur l'herbe avec un bruit doux. Sous l'ombrage de l'arbre, il faisait frais et ça embaumait une odeur de moisi, comme dans les vieux greniers. Appuyée contre le tronc, je contemplai la rivière ensoleillée à travers l'entrelacs de branches. C'était un spectacle paisible.

Apaisée, rassérénée par la bonne chère et la compagnie de David, je sentis mon moral remonter et je pensai que c'était le moment opportun pour commencer à aborder de front mes craintes enfouies. A quoi bon les refouler et les ressasser comme on triture une dent douloureuse, et m'infliger des maux d'estomac ?

Je devais me montrer réaliste à l'égard de Sinclair. Il n'y avait aucune raison de penser qu'il refuserait d'assumer la responsabilité du bébé que Tessa Faraday allait mettre au monde. Dès son retour à Elvie, le lundi, il nous annoncerait probablement qu'il allait se marier et grand-mère serait ravie. N'avait-elle pas dit elle-même que Tessa lui était sympathique ? Quant à moi, je serais tout aussi ravie, et jamais je ne révélerais un mot de la conversation que j'avais surprise au téléphone.

Pour ce qui était de Gibson, on ne pouvait nier qu'en effet il vieillissait, et peut-être vaudrait-il mieux, pour toutes sortes de raisons, qu'il prenne sa retraite. Et s'il devait effectivement partir, grand-mère et Sinclair pourraient certainement lui trouver un petit cottage, avec un jardin où il pourrait continuer de faire pousser des légumes et élever quelques poules, afin de garder un semblant d'activité.

En ce qui me concernait, le problème était beaucoup moins facile à régler. J'aurais vraiment aimé comprendre pourquoi, la veille, Sinclair avait lancé cette idée de mariage. Peut-être était-ce tout simplement une fantaisie qui lui était passée par la tête, un divertissement digestif. Si tel était le cas, cela resterait à l'état de jeu. Mais le baiser qu'il m'avait donné n'était pas un baiser fraternel, ni un baiser de jeu. D'ailleurs son seul souvenir me troublait, d'où ma confusion. Sinclair avait-il agi ainsi délibérément pour me mettre dans l'embarras ? Il avait toujours eu l'esprit un peu tordu. Peut-être essayait-il simplement de tester mes réactions.

— Jane !

— Oui ?

Je me retournai et vis David, dans le soleil, qui m'observait. Derrière lui j'aperçus le plateau de café posé sur la couverture, et je compris qu'il m'avait déjà appelée sans que je l'entende. Il se baissa pour passer sous les branches du pommier et se tint devant moi, une main contre le tronc.

— Quelque chose ne va pas ?

— Pourquoi demandez-vous cela ?

— Vous avez l'air un peu inquiète. Et vous êtes très pâle.

— Je suis toujours pâle.

— Et toujours inquiète ?

— Je n'ai pas dit que je l'étais.

— Est-ce que... est-ce qu'il s'est passé quelque chose hier ?

— Que voulez-vous dire ?

— Rien. J'ai simplement remarqué que vous n'aviez pas très envie d'en parler.

— Il ne s'est rien passé.

J'aurais voulu m'esquiver mais le bras de David était au-dessus de mon épaule et m'interdisait la fuite, à moins de passer dessous. Il tournait légèrement la tête pour m'observer de son œil valide, et sous ce regard désormais familier et déconcertant, je sentis mes joues et ma nuque s'empourprer.

— Un jour vous m'avez avoué que vous rougissez lorsqu'il vous arrive de mentir, dit-il d'une voix douce. Je sais que quelque chose vous contrarie.

— Non, pas du tout. Ce n'est rien.

— Si vous aviez envie de m'en parler, vous le feriez, n'est-ce pas ? Je pourrais peut-être vous aider.

Je songeai à la jeune femme de Londres, à Gibson, et à moi, et toutes mes craintes affluèrent de nouveau.

— Personne n'y peut rien, soupirai-je. Personne ne peut rien y faire.

David n'insista pas. Nous quittâmes l'ombrage du pommier pour retourner dans la lumière, et je m'aperçus que j'avais froid. Je m'assis sur la couverture tiède et bus mon café. David m'offrit une cigarette pour tenir les moustiques à distance. Au bout d'un moment, je m'étendis, la tête sur un coussin, le corps réchauffé par le soleil. J'étais fatiguée et le vin m'avait un peu grisée. Je fermai les yeux, bercée par les bruits de la rivière, et m'endormis.

Je m'éveillai une heure plus tard. A un mètre de moi, appuyé sur un coude, David lisait un journal. Je m'étirai en bâillant et remarquai :

— C'est la deuxième fois que ça se produit.

— Quoi ?

— De vous trouver en ouvrant les yeux.

— Je n'allais pas tarder à vous réveiller. Je vous ramène chez vous.

— Quelle heure est-il ?

— Trois heures et demie.

— Vous reviendrez prendre le thé avec nous, ce soir ? Ma grand-mère serait ravie.

— Ce serait avec plaisir, mais je dois rendre visite à un vieux célibataire qui vit dans la région. Périodiquement il se tourmente au sujet de son testament et je dois aller le réconforter.

— C'est un peu comme le climat écossais.

— Que voulez-vous dire ?

— Un jour vous êtes à New York, occupé à je ne sais quelle affaire, et la semaine suivante vous allez dans un coin reculé de la campagne écossaise pour apaiser les tourments d'un vieux monsieur. Ça vous plaît d'être notaire de campagne ?

— A la vérité, je crois que oui.

— Ça vous va à la perfection. On dirait que vous avez vécu là toute votre vie. Et votre maison, ce jardin... tout est en harmonie, comme si quelqu'un vous avait réunis à dessein.

— Vous aussi, vous êtes en harmonie, dit David.

J'attendis avec impatience qu'il développe davantage cette idée, et il parut sur le point de le faire pendant un instant, mais il se ravisa et, au lieu de cela, il se leva et ramassa le plateau de café pour le rapporter dans la cuisine. Quand il revint, je rêvassais encore sur la couverture, en contemplant la rivière. David me prit sous les aisselles pour me relever et, en me retournant, je me trouvai dans le cercle de ses bras.

— C'est la deuxième fois que cela se produit.

— Oui, mais la première fois vous aviez le visage bouffi de larmes. Aujourd'hui...

— Aujourd'hui ?

— Aujourd'hui vous avez récolté des dizaines de taches de rousseur supplémentaires ! répondit-il en riant. Et aussi des brins d'herbe dans les cheveux.

David me reconduisit à Elvie. Sa voiture était décapotée et il sortit un foulard en soie de la boîte à gants pour que je le noue autour de mes cheveux.

En arrivant aux travaux près du pont, le feu était rouge et David dut s'arrêter pour laisser passer la file de voitures qui roulaient en sens inverse.

En observant la manœuvre, il remarqua :

— Je ne peux m'empêcher de penser qu'au lieu de couper ce virage, ils auraient mieux fait de démolir le pont et d'en construire un autre.

— Ce serait dommage, le pont est ravissant.

— Très dangereux, Jane.

— Tout le monde le connaît et roule au ralenti.

— Les gens de la région, oui. Mais l'été, un conducteur sur deux est un touriste.

Le feu passa au vert et il redémarra, sous un grand panneau indiquant : DOS-D'ÂNE.

— Qu'est-ce qu'on leur met sur le dos, aux pauvres ânes !

Un long silence suivit ma boutade et je me sentis embarrassée, comme chaque fois que je crois faire de l'humour et que personne ne réagit. Mais je me trompais car David remarqua :

— L'âne n'est pas toujours celui qu'on croit. Ils auraient dû songer qu'un âne peut en cacher un autre.

Là-dessus, David franchit le pont, puis, le tronçon dangereux passé, il écrasa la pédale d'accélérateur et le vent rugit à mes oreilles jusqu'à Elvie.

Plus tard, dans l'après-midi, j'exhibai devant ma

grand-mère mon unique achat de la matinée : le pull bleu marine de la boutique d'armes.

— Je t'admire d'avoir réussi à dénicher quelque chose à Caple Bridge, me félicita ma grand-mère en examinant le tricot informe. Il a l'air très chaud. Avec quoi vas-tu le porter ?

— Un pantalon, je pense. Je voulais m'acheter une jupe mais je n'ai rien trouvé.

— Quel genre de jupe ?

— Quelque chose de chaud, je n'ai pas d'idée précise. La prochaine fois que tu iras à Inverness...

— Que dirais-tu d'un kilt ?

Evidemment je n'y avais pas pensé. C'était une très bonne idée. Il n'y a rien de plus confortable qu'un kilt, et les couleurs en sont toujours très harmonieuses.

— D'accord, mais où vais-je acheter un kilt ?

— Voyons, ma chérie, il est inutile d'en acheter, la maison en est pleine. Sinclair porte des kilts depuis qu'il est en âge de marcher et nous n'en avons jeté aucun.

J'avais oublié ce détail fort pratique qu'un kilt, à l'inverse d'une bicyclette, est unisexe.

— C'est une excellente idée ! Pourquoi n'y avons-nous pas pensé plus tôt ? Je vais aller chercher ça tout de suite. Où sont-ils rangés ? Dans le grenier ?

— Pas du tout. Ils sont dans la chambre de Sinclair, tout en haut de la penderie. Je les ai emballés avec de la naphtaline pour les protéger des mites. Si tu en prends un, il faudra l'aérer pour enlever l'odeur, mais il sera comme neuf.

Je ne voulais pas perdre une minute et partis sur-le-champ à la recherche d'un kilt. La chambre de Sinclair, momentanément désertée par son occupant, avait été nettoyée et rangée. Rien ne traînait. L'ordre avait toujours été une caractéristique de Sinclair. Etant enfant, déjà, il ne supportait pas le désordre, il pliait ses vêtements tout seul et rangeait ses jouets.

J'approchai une chaise de la penderie aménagée dans le renfoncement jouxtant la cheminée. Tout en haut, on rangeait les valises ou les vêtements qui n'étaient pas de saison. Je grimpai sur la chaise et ouvris les portes. Il y avait une pile de livres et de magazines bien rangés, une raquette de squash, une paire de palmes. Une forte odeur de naphtaline se dégageait d'une housse à vêtements soigneusement fermée par un cordon. Je tirai sur la housse afin de la descendre, mais elle pesait un bon poids et, dans l'effort, mon coude heurta les livres, qui dégringolèrent sans que je puisse les rattraper et s'éparpillèrent en vrac sur le sol avec un grand bruit.

Je poussai un juron, réussis enfin à descendre mon fardeau que je déposai sur le lit, et m'agenouillai pour ramasser les livres épars. Il s'agissait surtout de manuels scolaires, un thesaurus, *Le Petit Larousse*, une vie de Michel-Ange, et...

C'était épais et lourd, relié en cuir rouge, la couverture armoriée d'un écusson, et le titre gravé à l'or fin sur le dos : *Histoire de la terre et de la nature vivante*, tomes I et II.

Je connaissais cet ouvrage. Et soudain je me remémorai... J'avais six ans. Mon père l'avait rapporté d'une de ses expéditions épisodiques dans la boutique de livres d'occasion de M. McFee, à Caple Bridge. M. McFee était décédé depuis longtemps et sa boutique avait été transformée en débit de tabac. Mais à l'époque mon père passait des heures à discourir avec le vieux libraire, un excentrique chaleureux, totalement dénué de principes rigides quant au désordre et à la poussière, et qui flânait inlassablement parmi ses étagères surchargées de livres poussiéreux.

Mon père avait déniché *La Nature vivante* de Goldsmith par un pur coup de chance, et l'avait rapportée triomphalement à la maison. Non seulement c'était un ouvrage rarissime, mais, relié et armorié par son noble propriétaire, il était devenu en soi un bel objet. Ravi et impatient de partager son plaisir, mon père s'était précipité pour nous le faire admirer. J'imagine que ma propre réaction l'avait déçu. J'avais caressé le cuir fin de la reliure, regardé une ou deux images représentant des éléphants d'Asie, et j'étais retournée à mon puzzle.

Mais Sinclair avait réagi tout autrement. Mon cousin adorait ce genre de choses, les gravures anciennes, les pages épaisses, les aquatintes, les dessins très détaillés. Il aimait l'odeur de vieille encre, le papier marbré des reliures, et même le poids des livres anciens.

L'apport d'une telle rareté à la collection de mon père méritait un certain cérémonial. Il alla donc chercher l'un de ses ex-libris, une vignette avec ses initiales entrelacées dans des motifs floraux très décoratifs, et l'apposa d'un geste solennel sur la page de garde de *La Nature vivante* de Goldsmith. Le rite se déroula dans le silence, sous les regards attentifs de Sinclair et de moi-même. A la suite de quoi je poussai un soupir de soulagement, car l'opération avait été effectuée avec une réussite parfaite et parce qu'elle prouvait, sans l'ombre d'un doute, que le livre appartenait désormais à mon père.

L'ouvrage fut ensuite descendu sur la table du salon, où il pouvait être admiré, feuilleté, compulsé. On cessa d'en parler jusqu'au jour où mon père s'aperçut qu'il avait disparu.

Personne ne s'en alarma. *La Nature vivante* de Goldsmith avait sans doute simplement été déplacée, ou bien empruntée. Mais personne n'avait emprunté le livre. Mon père commença à poser des questions. Sans résultat. Ma grand-mère entreprit à son tour des investigations, mais le livre demeurait introuvable.

On nous interrogea. Sinclair ou moi, avions-nous par hasard aperçu le livre quelque part ? Non, bien entendu. Et jamais notre parole ne fut mise en doute. Ma mère émit alors l'hypothèse d'un voleur, ce que ma grand-mère réfuta d'un air dédaigneux. Quel voleur négligerait l'argenterie ancienne pour se contenter d'un simple livre ? Non, selon elle, *La Nature vivante* de Goldsmith était tout bonnement égarée et réapparaîtrait un jour ou l'autre. Comme toute énigme irrésolue, le mystère mourut de sa belle mort, et le livre ne fut jamais retrouvé.

Jusqu'à aujourd'hui ! Il était toujours aussi beau, avec son cuir rouge et lisse si doux au toucher, et ses lettres dorées à l'or fin. En le soupesant, je me rappelai l'ex-libris de mon père et je l'ouvris. Mais les initiales enluminées qui figuraient autrefois sur la vignette avaient été grattées avec soin, probablement à l'aide d'une lame de rasoir, et sur le carré blanc, de l'écriture noire et décidée d'un garçon de douze ans, étaient maintenant tracés ces mots :

Ce livre appartient à :
SINCLAIR BAILEY
Elvie

9

Le beau temps continuait. Le lundi après-midi, armée d'une bêche et d'une paire de gants de jardinage, ma grand-mère sortit planter des bulbes. J'offris mon aide mais elle la déclina, prétextant que nous serions tentées de bavarder et que le travail n'avancerait pas. Elle irait plus vite toute seule. Nullement vexée par son rejet — le jardinage ne me passionne pas outre mesure —, je sifflai les chiens et partis me promener.

Je parcourus des kilomètres et restai absente plus de deux heures. A mon retour, le soleil commençait à décliner et la fraîcheur à tomber. Quelques nuages étaient apparus au sommet des montagnes, poussés par le vent du nord, et des traînées de brume planaient au-dessus du lac. Du jardin clos, où Will avait allumé un feu, s'élevait un long panache de fumée bleue, et l'air était imprégné de l'odeur de bois brûlé. Les mains enfoncées dans mes poches et rêvant d'un bon thé près de la cheminée, je traversai la digue et longeai la route sous les hêtres rouges. L'un des chiens se mit à japper et, en levant les yeux, j'aperçus la Lotus jaune garée devant la maison.

Sinclair était de retour. Je regardai ma montre. Cinq heures. Il était rentré plus tôt que prévu. Je traversai la pelouse couverte d'un tapis de feuilles mortes où l'on s'enfonçait jusqu'aux chevilles, et remontai l'allée de graviers. En passant à côté de la voiture, je caressai l'un des gros pare-chocs comme pour m'assurer qu'elle était vraiment là. J'entrai dans le vestibule imprégné de l'odeur de tourbe brûlée, attendis les chiens, et refermai la porte.

Des voix me parvenaient du salon. Les chiens filèrent se désaltérer dans la cuisine et revinrent s'affaler devant la cheminée du hall. Je défis la ceinture de mon imperméable, l'enlevai, ôtai mes chaussures boueuses, et glissai les mains dans mes cheveux pour leur redonner forme. Ensuite je traversai le hall et ouvris la porte du salon.

— Bonsoir, Sinclair.

Ils étaient près de la cheminée, devant une table basse où était servi le thé. Sinclair se leva pour venir m'accueillir.

— Janey ! Où étais-tu passée ? dit-il en m'embrassant.

— Je me suis promenée.

— Il fait presque nuit. On te croyait perdue.

Je levai les yeux sur lui. Je ne sais pourquoi, j'avais imaginé le retrouver différent. Moins volubile, fatigué de sa longue course en voiture, plus soucieux, chargé du poids de ses nouvelles responsabilités. Mais de toute évidence je m'étais trompée. Sinclair paraissait plus gai, plus jeune et plus insouciant que jamais. Il y avait même en lui une sorte d'excitation, digne de celle d'un enfant la veille de Noël.

— Tu as les mains glacées, dit-il en les prenant dans les siennes. Viens te réchauffer près du feu. Je t'ai laissé un toast, mais je suis sûr que si tu as faim, Mme Lumley se fera un plaisir de t'en faire d'autres.

— Non, ça me suffit, dis-je en tirant un pouf pour m'asseoir entre eux deux.

— Où es-tu allée, ma chérie ? s'enquit ma grand-mère.

Je le lui dis et elle s'inquiéta des chiens.

— Tu leur as donné à boire ? Est-ce qu'ils sont rentrés mouillés et crottés ? Tu les as séchés ?

Je la rassurai : je leur avais bien donné à boire, ils n'étaient ni mouillés ni crottés et donc je n'avais pas eu besoin de les sécher.

— Nous ne sommes pas allés dans les marais et j'ai enlevé les feuilles de leurs poils avant de rentrer.

Elle me tendit une tasse de thé, que je pris à deux mains pour réchauffer mes doigts engourdis, et je me tournai vers Sinclair.

— Et Londres, c'était comment ?

— Chaud et étouffant. Et plein d'hommes d'affaires épuisés, étriqués dans leur costume d'hiver.

— As-tu... conclu l'affaire qui t'amenait là-bas ?

— C'est un bien grand mot.

— Alors ?

— Oui, j'ai réglé le problème. Sinon je ne serais pas là.

— Quand... quand as-tu quitté Londres ?

— Tôt ce matin. Vers six heures. Grand-mère, reste-t-il encore un peu de thé ?

Elle souleva le couvercle de la théière pour vérifier et répondit :

— Très peu, je vais aller en faire d'autre.

— Appelle Mme Lumley.

— Non, elle a mal aux jambes. Je vais m'en occuper. D'ailleurs il faut que je discute avec elle du dîner. Nous faisons un faisan en cocotte.

— Hum, délicieux, le faisan en cocotte, dit Sinclair lorsqu'elle fut partie.

Et il prit mon poignet entre ses doigts, comme un bracelet. Son contact était doux et léger.

— Il faut que je te parle.

— A quel sujet ?

— Pas ici. Je te veux pour moi seul. Je pensais que, après le thé, nous pourrions faire un tour en voiture. Au sommet du Bengairn, par exemple, pour admirer la lune en train de se lever. D'accord ?

Je me dis que s'il voulait me parler de Tessa, la Lotus était un confessionnal qui en valait un autre. J'acceptai donc.

Rouler dans une Lotus Elan était pour moi une expérience nouvelle. Attachée à mon siège par la ceinture de sécurité, j'avais l'impression de décoller en direction de la lune, et la vitesse à laquelle Sinclair démarra ne fit rien pour dissiper cette impression. Le moteur vrombissant, il s'arrêta un instant au croisement de la grand-route avant de s'y élancer. L'aiguille du compteur atteignit le cent vingt en quelques secondes, et les champs, les haies, les repères familiers, se mirent à défiler et se brouillèrent en une image floue, vertigineuse.

— Est-ce que tu conduis toujours aussi vite ?

— Voyons, chérie, ce n'est pas ce qu'on appelle rouler vite.

Je ne tentai pas d'argumenter. Bientôt (presque tout de suite, me sembla-t-il), nous arrivâmes au pont en dos d'âne. Sinclair ralentit légèrement. La Lotus bondit sur le pont, laissant mon estomac soulevé, puis fonça vers les travaux. Le feu étant vert, Sinclair accéléra, et nous débouchâmes de l'autre côté bien avant qu'il ne soit redevenu rouge.

Puis ce fut Caple Bridge et la vitesse limitée à cinquante à l'heure. Par déférence pour l'agent de police et à mon grand soulagement, Sinclair ralentit et traversa le bourg à la vitesse réglementaire, mais la dernière maison à peine dépassée, il accéléra à nouveau. Il n'y avait pas de circulation. La route s'incurvait légèrement devant nous. La voiture bondissait comme un cheval dont on aurait lâché la bride.

Ensuite nous arrivâmes à notre embranchement, et nous prîmes une petite route de traverse escarpée qui conduisait directement au sommet du Bengairn. Les champs cultivés et les prés dégringolaient à flanc de montagne. Une fois passée la grille qui empêchait le bétail d'aller sur la route, nous pénétrâmes dans la lande marécageuse, où l'herbe brune était tachetée de bruyère et peuplée de moutons à face noire. L'air froid embaumait la tourbe. Une bande de brume s'étirait plus loin devant nous. Sinclair arrêta la Lotus, sur un terre-plein, et coupa le moteur.

Un vaste panorama s'offrait à nous : la vallée paisible, un ciel turquoise clair, teinté, à l'ouest, par le rose du couchant. Tout en bas, Elvie Loch reposait, immobile et, scintillant comme un joyau, la rivière Caple formait un ruban argent. Tout était calme. Seuls le vent qui jouait avec la voiture et le cri des courlis troublaient le silence.

Sinclair défit sa ceinture de sécurité et, voyant que je ne bougeais pas, se pencha pour dégrafer la mienne. Puis, sans un mot, il prit mon visage entre ses mains et m'embrassa. Je le repoussai doucement et dis :

— Tu voulais me parler, je crois.

Il sourit, pas du tout dépité, et se souleva pour fouiller dans sa poche.

— J'ai quelque chose pour toi.

Il sortit une petite boîte, l'ouvrit, et il me sembla que le ciel tout entier se reflétait dans les diamants qui jetaient mille feux.

J'eus l'étrange sensation de rouler au bas d'une pente escarpée. Je me redressai, étourdie, hébétée, stupide, et quand enfin la parole me revint, je murmurai :

— Mais... Sinclair, ce n'est pas pour *moi*.

— Evidemment, c'est pour toi ! Tiens.

Il sortit la bague, jeta négligemment la boîte sur le tableau de bord et prit ma main gauche. Avant que je puisse réagir, il avait glissé l'anneau à mon annulaire. J'essayai de me dégager mais il tenait fermement ma main, tellement serrée que la bague me blessa.

— Sinclair, cette bague *ne peut pas* être pour moi.

— Si, elle est pour toi. Uniquement pour toi.

— Nous devons avoir une conversation, Sinclair.

— C'est bien pour cela que je t'ai amenée ici.

— Non. Je veux que tu me parles de Tessa Faraday.

Si j'avais cru le surprendre, je m'étais trompée.

— Que sais-tu de Tessa ? demanda-t-il d'un ton indulgent, pas du tout contrarié.

— Je sais qu'elle va avoir un enfant. Ton enfant.

— Et comment l'as-tu appris ?

— La nuit où elle a téléphoné, j'ai entendu la sonnerie et j'ai voulu aller répondre sur le poste de l'étage. Mais tu avais déjà décroché et je l'ai entendue... Je l'ai entendue te dire...

— Alors c'était toi ? dit-il d'un ton soulagé, comme s'il était satisfait d'avoir résolu un petit mystère. Il me semblait bien, en effet, avoir entendu un déclic sur la ligne. C'est très délicat de ta part de n'avoir pas écouté la fin de la communication.

— Que comptes-tu faire, Sinclair ?

— Moi ? Rien du tout.

— Mais cette femme est enceinte de toi !

— Chérie, qui peut affirmer que l'enfant est de moi ?

— Il *pourrait* être le tien, c'est suffisant.

— Oh, oui, il pourrait. Mais ça ne prouve pas qu'il le soit. Et je n'ai pas l'intention de payer pour l'imprudence d'un autre.

Je songeai à Tessa Faraday et à l'image que je m'étais faite d'elle. Cette jolie jeune femme gaie et pétulante, riant au bras de Sinclair. La championne de ski talentueuse, adulée par ses admirateurs. La jeune femme comblée, déjeunant au *Connaught* avec ma grand-mère. « Une fille charmante », avait dit celle-ci, qui se trompait rarement sur les gens. Rien de tout cela ne collait avec le tableau qu'essayait de me brosser mon cousin.

— Est-ce en ces termes que tu lui as parlé, Sinclair ?

— A peu près, oui.

— Qu'a-t-elle répondu ?

— Que si c'était ce que je pensais, elle prendrait d'autres dispositions.

— Et tu en es resté là ?

— Oui. Nous en sommes restés là. Ne sois pas naïve, Jane. Tessa connaît la vie, c'est une fille intelligente.

Pendant tout ce temps, Sinclair avait gardé ma main serrée. Enfin il relâcha un peu son étreinte et je pus délier mes doigts engourdis. Il prit la bague entre le pouce et l'index et la tourna doucement.

— De toute façon, je lui ai dit que j'allais t'épouser.

— Tu lui as dit *quoi* ?

— Oh, chérie, écoute-moi. Je lui ai dit que j'allais t'épouser et que...

— Mais tu n'avais aucun droit de lui dire une chose pareille ! Tu ne m'as même pas demandé mon avis !

— Bien sûr que si, je te l'ai demandé ! Tu as oublié notre discussion de l'autre jour ? Que croyais-tu que je faisais ?

— Que tu jouais la comédie.

— Eh bien non, je ne jouais pas. D'ailleurs tu le sais très bien.

— Sinclair, tu n'es pas amoureux de moi.

— Mais je t'aime, dit-il d'un ton mesuré et raisonnable. Je t'ai retrouvée, ici à Elvie, et c'est la meilleure chose qui me soit arrivée. Il y a tant de fraîcheur en toi, Jane. Tu peux être naïve comme un enfant et, l'instant d'après, d'une surprenante sagesse. Et puis tu me fais rire. Et je te trouve délicieusement séduisante. Et tu me connais mieux que je ne me connais moi-même. Tu ne trouves pas que tout ça vaut mieux que d'être simplement amoureux ?

— Quand on épouse quelqu'un, c'est normalement pour la vie, Sinclair.

— Et alors ?

— Tu as certainement été amoureux de Tessa Faraday, et maintenant tu ne veux plus entendre parler d'elle.

— Jane, c'était complètement différent.

— Pourquoi différent ? Je ne vois aucune différence.

— Tessa est attirante, gaie, facile à vivre, et je me suis beaucoup plu en sa compagnie... mais de là à passer le restant de ma vie avec elle, non.

— Elle va avoir un enfant pour le restant de sa vie, Sinclair.

— Je te le répète, il n'est sûrement pas de moi.

Il était évident que, vu sous cet angle, Sinclair se considérait comme inattaquable. J'essayai donc une autre tactique.

— Supposons, Sinclair, que je ne veuille pas t'épouser. Comme je te l'ai déjà fait remarquer l'autre jour, nous sommes cousins germains.

— Ces choses-là arrivent.

— Nous sommes trop proches. Jamais je ne prendrais ce risque.

— Je t'aime, dit Sinclair.

C'était la première fois que j'entendais ces mots. Je l'avais souvent imaginé, dans mes rêveries d'adolescente, mais jamais comme cela.

— Moi, Sinclair, je... je ne t'aime pas.

— Tu manques de conviction, remarqua-t-il en souriant.

— Pourtant c'est vrai. Je ne t'aime pas.

— Même pas assez pour... m'aider ?

— Oh, Sinclair, tu n'as pas besoin d'aide dans ce domaine !

— C'est là où tu te trompes. J'ai terriblement besoin d'aide. Si tu ne m'épouses pas, tout mon univers va s'écrouler.

Ça ressemblait à une déclaration d'amour, et pourtant je n'avais pas le sentiment que c'était dit avec amour.

— Tu parles au sens propre, n'est-ce pas ?

— Comme tu es perspicace, ma chérie. Oui, c'est exact.

— Pourquoi ?

Tout à coup Sinclair parut perdre patience. Il lâcha ma main comme si elle l'encombrait et chercha ses cigarettes pour faire diversion. Il les trouva dans sa poche de manteau. Il en prit une, l'alluma avec l'allume-cigare, et répondit enfin :

— Oh, parce que.

— Parce que quoi ? insistai-je.

— Parce que j'ai des dettes par-dessus la tête, voilà pourquoi, soupira Sinclair. Je dois rembourser l'argent que je dois, ou bien trouver quelqu'un à qui l'emprunter, or je n'ai ni l'un ni l'autre. Et si l'affaire s'ébruite, ce qui risque fort de se produire, je serai convoqué sans tarder chez mon directeur, qui m'informera avec regret qu'il se passera de mes services.

— Tu veux dire que tu vas perdre ta situation ?

— Non seulement elle est perspicace, mais elle comprend vite !

— Mais... comment as-tu contracté ces dettes ?

— A ton avis ? Les courses, les cartes.

A première vue, ça me semblait bien inoffensif.

— Je ne comprends pas très bien. Combien as-tu perdu d'argent ?

Il me dit une somme qui me parut exorbitante. Je

n'arrivais même pas à concevoir que l'on pût posséder autant d'argent. Donc encore moins le devoir !

— Tu dois avoir perdu l'esprit ! Comment est-ce possible, simplement en jouant...

— Oh, pour l'amour du Ciel, Jane, redescends sur terre ! Dans les cercles de jeu londoniens, on peut perdre une somme pareille en une seule soirée. Moi, ça m'a pris deux ans.

Il me fallut quelques secondes pour prendre conscience qu'un homme était capable d'une telle folie. Moi qui trouvais que mon père n'avait aucune notion de l'argent !

— Grand-mère ne peut pas t'aider ? Te prêter ce que tu dois ?

— Elle l'a déjà fait, par le passé. Sans grand enthousiasme d'ailleurs.

— Tu veux dire que ce n'est pas la première fois ?

— Non, Jane, ce n'est pas la première fois. Et cesse de prendre cet air choqué et ahuri. De toute façon, notre grand-mère ne dispose pas d'une grosse somme d'argent en liquide. Elle appartient à une génération qui capitalise. Tous ses biens sont placés en valeurs mobilières, investis dans des affaires, ou dans la terre.

— Et si elle vendait un peu de terre, justement ? dis-je d'un ton pensif. La réserve de chasse, par exemple ?

Sinclair me jeta un coup d'œil où se lisait une sorte de respect circonspect.

— J'y ai déjà pensé. J'ai même contacté un groupe d'Américains très désireux d'acquérir le domaine. Et, s'ils ne peuvent l'acheter, du moins ils pourraient le louer à un prix très avantageux pour nous. Pour être honnête, Jane, c'est la raison pour laquelle j'avais pris ce congé. Je voulais essayer de persuader grand-mère. Evidemment, elle ne veut pas en entendre parler ! Pourtant, je ne vois vraiment pas quel bénéfice elle tire de ce terrain.

— Il est déjà loué.

— Pour des clopinettes. Le loyer que verse cette société de chasse minable paie à peine les cartouches de Gibson.

— Et Gibson ?

— Qu'il aille au diable ! De toute façon il est fini. Il est temps qu'il prenne sa retraite.

Le silence retomba à nouveau. Sinclair fumait et moi, à côté de lui, j'essayais fébrilement de mettre mes idées au clair. Ce qui me surprenait le plus, ce n'était pas son absence de cœur — que je soupçonnais déjà — ni le fait qu'il se soit mis dans une situation aussi scabreuse, mais qu'il fasse preuve d'une telle franchise à mon égard. Soit il avait abandonné sa folle idée de mariage, soit il éprouvait pour lui-même un mépris sans bornes.

La colère commençait à monter en moi. Je perds rarement mon sang-froid, et quand cela arrive c'est avec une certaine lenteur, mais une fois la limite passée, je peux devenir très violente. Sachant cela et préférant éviter un tel débordement, j'étouffai mes pulsions dans l'œuf et me concentrai avec application pour garder l'esprit froid et lucide.

— La décision de vendre une partie des terres devrait t'appartenir aussi, dis-je. Après tout, le domaine te reviendra un jour. Si tu désires te séparer de quelques parcelles maintenant, il me semble que ça te regarde.

— Qu'est-ce qui te fait dire que j'hériterai d'Elvie ?

— C'est évident, voyons. Tu es l'unique petit-fils de grand-mère.

— Tu parles comme si c'était un héritage de droit, comme si le domaine se transmettait de père en fils. Mais ce n'est pas le cas. Le domaine appartient à notre grand-mère, et si l'envie lui prend, elle peut très bien en faire un refuge pour chats !

— Pourquoi ne te le léguerait-elle pas ?

— Parce que, ma chère, je suis le fils de mon père.

— Ce qui signifie ?

— Que je suis un vaurien, une brebis galeuse. Un vrai Bailey, en d'autres termes.

Je le dévisageai sans rien dire, et tout à coup Sinclair éclata d'un rire déplaisant.

— Comment, innocente petite Jane ! Personne ne t'a parlé de ton bon oncle Aylwyn ? Ton père ne t'en a rien dit ?

— Non.

— Moi, j'ai été mis au courant le jour de mes dix-huit ans. Une sorte de cadeau d'anniversaire empoisonné. En réalité, Aylwyn n'était pas seulement incompétent mais aussi malhonnête. Il a passé cinq de ses années au Canada dans une prison. Pour fraude, détournement de fonds, et Dieu sait quelle autre escroquerie. Tu ne t'es jamais étonnée de son absence plus que douteuse ? Jamais de visites, très peu de lettres, pas une seule photo de lui dans la maison ?

C'était en effet si évident que je m'étonnais de n'avoir jamais deviné la vérité toute seule. La conversation avec ma grand-mère, quelques jours plus tôt, me revint en mémoire : *Il a choisi de vivre au Canada et d'y mourir. Elvie n'a jamais beaucoup compté pour Aylwyn... Sinclair lui ressemble beaucoup. C'était un homme très séduisant.*

— Mais pourquoi n'est-il jamais revenu ? demandai-je assez sottement.

— Je suppose qu'il vivait sur les rentes que lui versait sa famille. Notre grand-mère a probablement jugé qu'il valait mieux pour moi ne pas subir sa mauvaise influence, dit Sinclair en baissant sa vitre pour jeter sa cigarette à demi consumée. Mais à en juger par la façon dont les choses ont tourné, ça n'a pas fait une grande différence. J'ai tout simplement hérité de la tare familiale. Et il faut endurer ce qu'on ne peut soigner.

— Tu veux dire que tout le monde est obligé de l'endurer !

— Oh, je t'en prie, Jane ! Ce n'est pas facile pour moi non plus. Tu sais, c'est curieux que tu aies fait allusion à l'héritage d'Elvie parce que, l'autre soir, quand je discutais avec grand-mère de l'éventualité de vendre la lande et de nous séparer de Gibson, j'ai sorti cette carte de ma manche, mon dernier atout : « Elvie sera à moi un jour ou l'autre. Donc je peux décider maintenant de ce que je veux en faire. » Tu sais ce que grand-mère m'a répondu ? dit Sinclair en se tournant vers moi avec un sourire désarmant.

— Non.

— Elle m'a dit : « C'est là que tu fais erreur, Sinclair. Elvie ne représente rien d'autre pour toi qu'une source de revenus. Tu as fait ta vie à Londres et jamais tu ne reviendras habiter ici. Elvie ira à Jane. »

Cette fois, tout était clair. Sinclair venait de me donner la dernière pièce du puzzle et le tableau était complet.

— Maintenant je comprends pourquoi tu voulais m'épouser. Tu voulais mettre la main sur Elvie.

— C'est une façon un peu crue de dire les choses, mais...

— Un peu crue !

— Mais c'est l'idée générale, en effet. Cela s'ajoute à toutes les autres raisons que je t'ai déjà données, bien entendu. Qui sont réelles, vraies et parfaitement sincères.

Je crois que ce sont ces derniers mots qui me firent perdre le contrôle de moi-même.

— Réelles, vraies et sincères ! Sinclair, tu ne connais même pas le sens de ces mots. Comment oses-tu les utiliser après m'avoir dit tout cela ?

— Après t'avoir parlé de mon père ?

— Non, ton père n'a rien à voir. Je me fiche de ton

père, et de toi aussi. Et je me fiche d'Elvie. Je ne veux pas d'Elvie. Même si grand-mère me le lègue, je le refuserai. Mais en tout état de cause, je préférerais y mettre le feu, m'en débarrasser à n'importe quel prix, plutôt que de te voir mettre la main dessus.

— Ce n'est pas très charitable.

— Je me moque d'être charitable. Tu ne mérites pas la charité. Tu es obsédé par le goût de possession. Tu l'as toujours été. Il fallait toujours que les choses t'appartiennent, et si elles n'étaient pas à toi, tu les prenais. Quand tu étais petit, c'étaient les trains électriques, les bateaux, les battes de cricket, les pistolets. Maintenant, ce sont les belles voitures, les appartements à Londres, l'argent, l'argent, et encore l'argent. Tu n'es jamais satisfait. Même si je cédais à tous tes désirs, t'épouser, te donner Elvie, le contenu et le contenant, ça ne te suffirait pas...

— Tu commences à perdre le sens des réalités, Jane.

— Je ne crois pas. Ce n'est pas le terme approprié. En fait, l'important dans la vie est d'avoir des priorités et de comprendre que les personnes comptent davantage que les biens matériels.

— Les personnes ?

— Mais oui, les gens. Tu sais bien... les êtres humains, qui ont des sentiments et des émotions, toutes choses que tu sembles avoir oubliées. Si toutefois elles ont jamais existé pour toi. Les gens comme ta grand-mère, comme Gibson, et cette femme, Tessa, qui porte ton enfant. Et ne me dis pas que ce n'est pas ton enfant, parce que je sais que c'est le tien, et tu le sais aussi, ce qui est plus grave. Une fois que les gens t'ont donné ce que tu attendais d'eux, ils t'encombrent et tu les élimines de ta vie sans ménagements.

— Pas toi, Jane. Je ne t'éliminerai pas. Je t'emmènerai avec moi.

— Certainement pas !

La bague était trop serrée. Je me blessai en la retirant, et me retins de justesse de la lui jeter à la figure. Je pris la petite boîte, glissai la bague dans l'encoche de velours noir, refermai le couvercle d'un coup sec, et lançai l'écrin sur le tableau de bord.

— Tu avais raison en disant que nous nous aimions, Sinclair. C'est vrai, je t'aimais, et j'ai toujours pensé que tu étais l'être le plus merveilleux de la terre. Malheureusement, tu es non seulement devenu l'être le plus méprisable, mais aussi le plus stupide. Tu as dû perdre la tête pour imaginer que j'allais entrer dans ton jeu. Comment as-tu pu me prendre pour une demeurée ?

A mon grand désespoir, j'entendis ma voix commencer à trembler. Je me rejetai contre mon siège. J'aurais voulu être dehors, à l'air frais, ou dans une immense pièce où j'aurais pu hurler à ma guise, briser des objets et m'abandonner à une crise de nerfs. Mais j'étais prisonnière de la voiture.

Sinclair poussa un soupir et dit :

— Qui aurait pu soupçonner que tu reviendrais d'Amérique avec de tels principes !

— Mon attitude n'a aucun rapport avec l'Amérique. Je suis comme j'ai toujours été. Et maintenant je veux rentrer à la maison, ajoutai-je en sentant mes yeux se remplir de larmes.

Dans l'impossibilité de me retenir, je me mis à pleurer. Bien entendu, je n'avais pas de mouchoir, et je dus me résigner à accepter celui que Sinclair me tendait en silence.

Je m'essuyai les yeux et me mouchai, et pour je ne sais quelle raison ridicule, ce geste très banal brisa la tension entre nous. Sinclair alluma deux cigarettes et m'en offrit une. La vie reprit son cours. Je m'aperçus que la nuit était tombée pendant que nous parlions, et que le croissant de la lune, fin et arrondi, s'élevait à l'est. Mais la brume, qui était mollement descendue du sommet de la montagne, en estompait la clarté et nous enveloppait.

Je me mouchai à nouveau et demandai :

— Que vas-tu faire ?

— Dieu seul le sait.

— Peut-être pourrions-nous en parler à David Stewart...

— Pas question.

— Ou à mon père. Il n'a pas le sens pratique, mais il est de bon conseil. On peut lui téléphoner...

— Non.

— Mais enfin, Sinclair...

— Tu avais raison. Il est temps de rentrer à la maison, dit-il en mettant le contact.

Le ronronnement du moteur recouvrit tous les autres bruits.

— Nous nous arrêterons en chemin pour boire un verre à Caple Bridge. Je crois que nous en avons besoin tous les deux. Moi, en tout cas. Quant à toi, tu pourras en profiter pour te refaire une beauté avant de te présenter devant grand-mère.

— Pourquoi ?

— Tu as le visage bouffi et chiffonné. Comme quand tu avais la rougeole. On dirait une petite fille.

10

En Ecosse, la consommation d'alcool est une prérogative purement masculine, de même que la participation aux processions funèbres. Les femmes sont très mal acceptées dans les bars, et la bienséance recommande aux hommes qui ont le désir d'inviter leur épouse ou leur petite amie dans un pub de le faire dans la plus grande discrétion, en occupant, par exemple, un salon privé.

Le *Crimond Arms*, à Caple Bridge, ne faisait pas exception à la règle en usage. On nous introduisit dans une salle froide et peu accueillante, au papier peint orange, meublée de chaises et de tables en rotin, décorée de canards et de fleurs poussiéreuses en plastique. Il y avait un poêle à gaz, qui n'était pas allumé, d'énormes cendriers de marques de bière, et un piano qui, après vérification, s'avéra soigneusement verrouillé. Interdiction formelle de s'amuser.

Déprimée et glacée par l'atmosphère, par les angoisses indicibles qu'éveillait en moi la situation de Sinclair, et par tout ce qui venait de se passer, je m'assis seule dans un coin en attendant qu'il revienne du bar avec nos consommations. Il rapporta un petit verre de porto à la couleur ambrée pour moi et un double whisky opaque et sombre pour lui.

— Pourquoi n'as-tu pas allumé le poêle ?

— J'ai pensé que nous n'en avions pas le droit.

— C'est ridicule.

Sinclair s'agenouilla devant le chauffage à gaz et gratta une allumette.

Il y eut une petite déflagration, une forte odeur, et une petite flamme s'alluma. Au bout de quelques minutes, une douce chaleur commença à irradier à hauteur de mes jambes.

— C'est mieux ? s'enquit Sinclair.

Ça aurait dû l'être, mais le froid qui m'étreignait venait du plus profond de mon être et ne pouvait se dissiper. Cependant, je répondis le contraire. Satisfait, Sinclair s'assit sur la petite chaise en rotin, alluma une cigarette, et leva son verre de whisky dans ma direction.

— A ta santé, dit-il.

C'était une vieille coutume et, comme telle, une invitation, dans le moment, à conclure une trêve. J'étais donc censée répondre : « A la tienne », mais je ne le fis pas car je n'étais pas sûre que nous pourrions à nouveau être amis.

Après cela, Sinclair se tut. Je terminai mon porto, reposai le verre vide et, voyant qu'il était encore loin d'avoir terminé le sien, décidai d'aller jusqu'aux toilettes afin de me rafraîchir avant d'affronter ma grand-mère. Sinclair m'assura qu'il m'attendrait là et je sortis. Je trébuchai dans un passage étroit et grimpai une volée de marches pour arriver enfin aux toilettes des dames, qui n'étaient guère plus accueillantes ni engageantes que la sinistre salle du bas. Le miroir me renvoya l'image d'un visage défait, boursouflé, marbré par les larmes et maculé de traînées noires de mascara. Je me lavai les mains et le visage à l'eau froide, lissai mes cheveux emmêlés, tout cela avec l'impression de procéder à la toilette d'une morte.

Toute cette préparation prit un certain temps et, en redescendant, je trouvai la salle vide. Mais derrière la porte qui menait au bar, j'entendis la voix de Sinclair qui discutait avec le barman, et je compris qu'il avait saisi cette occasion pour s'offrir un autre verre et le boire dans une ambiance plus conviviale.

Je ne tenais pas à rester plus longtemps dans cet endroit, aussi décidai-je d'aller l'attendre dans la voiture. Il avait commencé à pleuvoir. La place du Marché était luisante et noire comme un lac et reflétait les lumières orange des réverbères. Je me recroquevillai sur mon siège, glacée, inerte, sans même avoir l'énergie d'allumer une cigarette. La porte du pub s'ouvrit et j'aperçus, l'espace d'un instant, la haute silhouette de Sinclair se découper en noir sur la lumière. Puis la porte se referma et il approcha.

Il tenait un journal à la main.

Il s'assit au volant de la Lotus, claqua la portière, et resta assis là sans bouger, haletant. Il empestait le whisky et je me demandai combien il avait trouvé le temps d'en boire pendant que je m'apprêtais. Un long moment passa sans qu'il fît le moindre geste pour démarrer, et je finis par demander :

— Quelque chose ne va pas ?

Il restait muet, les yeux baissés, le regard fixe, le teint pâle. Ses cils noirs et épais faisaient une ombre sur sa pommette.

Il me tendit le journal. Il s'agissait d'une édition locale, qu'il avait dû trouver sur le bar. A la lumière des réverbères, je lus les gros titres qui annonçaient un accident de bus et la récente élection d'un conseiller municipal (avec la photo de l'intéressé). Il y avait aussi un article sur la réussite d'une fille de Thrumbo émigrée en Nouvelle-Zélande et... en bas à droite :

MORT D'UNE SKIEUSE CÉLÈBRE

Le corps de Tessa Faraday a été retrouvé hier matin à

son domicile londonien de Crawley Court. Tessa Faraday, qui était âgée de 22 ans, avait remporté le Championnat de ski féminin l'hiver dernier...

Les caractères se mirent à danser et se brouillèrent. Je fermai les yeux, comme pour repousser l'horreur, mais les ténèbres la rendaient pire encore, et je savais qu'il n'y avait pas d'échappatoire possible à cette sordide nouvelle. *Elle a dit qu'elle prendrait d'autres dispositions*, m'avait expliqué Sinclair. *Tessa connaît la vie, c'est une fille intelligente.*

— Elle s'est tuée, murmurai-je stupidement.

J'ouvris les yeux. Sinclair n'avait pas bougé.

— Avais-tu une idée de la nature des « dispositions » qu'elle voulait prendre, Sinclair ?

— Je pensais qu'elle allait se faire avorter, dit-il d'une voix sourde.

Soudain tout devint clair. Je savais.

— Elle n'avait pas peur d'avoir un enfant, Sinclair. Ce n'était pas dans son caractère. Elle s'est suicidée parce qu'elle a compris que tu ne l'aimais plus. Parce que tu allais en épouser une autre.

Soudain Sinclair déversa sur moi un torrent de rage.

— Tais-toi ! Je t'interdis de parler d'elle ! Tu entends ? Pas un seul mot. Tu ne sais rien d'elle, alors ne fais pas semblant. Tu ne comprends rien, tu ne comprendras jamais rien.

Là-dessus, il mit le contact, desserra le frein, et, dans un grand crissement de pneus sur les pavés mouillés, la Lotus se propulsa à travers la place du Marché en direction d'Elvie.

Il était ivre, ou effrayé, ou choqué, ou fou de douleur. Ou peut-être tout cela à la fois. Il n'était plus en état de raisonner. Sinclair fuyait, poursuivi par mille démons, et la vitesse était son seul exutoire.

La voiture fonça dans les rues étroites et surgit

comme un bolide dans la campagne. Il n'existait plus rien que la route, que l'ivresse de la vitesse. Moi qui n'avais jamais vraiment connu la peur physique, je m'aperçus que je serrais les dents à en avoir mal aux mâchoires, et mon pied écrasait un frein imaginaire avec une telle force que j'en ressentais des contractures dans tout le corps. Le dernier virage avant la section des travaux approchait. Le feu était vert et, pour traverser la voie avant que le feu ne passe au rouge, Sinclair donna un nouveau coup d'accélérateur. Je me mis à prier. *Seigneur, faites que le feu passe au rouge. Vite. Je vous en supplie, que le feu passe au rouge.*

A cet instant, à cinquante mètres à peine du panneau, le miracle se produisit. Sinclair commença à freiner et je sus à cet instant précis ce que j'allais faire. La Lotus finit par s'arrêter. Tremblant de tous mes membres, j'ouvris la portière et descendis.

— Qu'est-ce que tu fais ? s'écria Sinclair.

Je restais plantée là, immobile, sous la pluie et dans l'obscurité, comme un petit animal surpris dans le faisceau d'un phare. Les voitures venant en sens inverse commençaient à approcher.

— J'ai peur, dis-je.

— Allons, remonte dans la voiture, dit Sinclair d'une voix radoucie. Tu vas te mouiller.

— Je rentre à pied.

— Il y a sept kilomètres.

— Je préfère marcher.

Il se pencha pour essayer de m'attraper et de m'attirer dans la voiture, mais je reculai.

— Mais enfin, pourquoi, Jane ?

— Je te l'ai dit, j'ai peur. Le feu est vert. Démarre, sinon tu vas bloquer la circulation.

Comme pour confirmer mes paroles, une petite camionnette qui arrivait derrière la Lotus klaxonna. C'était un klaxon ridicule, le genre de son qui, dans d'autres circonstances, nous aurait fait sourire.

— Très bien, dit Sinclair d'un ton résigné en saisissant la poignée pour refermer ma portière. En tout cas, tu avais raison sur un point, Janey.

— Lequel ?

— Le bébé de Tessa. C'était bien le mien.

Je recommençai à pleurer. Les larmes se mêlaient à la pluie sur mon visage sans que je puisse les retenir. Je ne trouvais rien à dire, aucune parole de réconfort. La portière claqua et, la seconde suivante, il avait démarré. La voiture se faufila à vive allure entre les panneaux de signalisation aux lumières clignotantes.

Comme dans un cauchemar, sans raison apparente, une petite musique résonna dans ma tête, avec des sons discordants de piano mécanique. C'était la chanson de Sinclair. Déjà, je regrettais de n'être pas repartie avec lui.

Nous allons nombreux
Bras dessus bras dessous
En cortège gai et joyeux...

Sinclair venait d'atteindre le pont et la Lotus franchit le dos-d'âne comme un cheval dans une course d'obstacles. Les feux arrière disparurent et, une fraction de seconde après, le silence de la nuit fut déchiré par un crissement terrible de pneus dérapant sur l'asphalte mouillé. Puis il y eut un fracas de tôle froissée et de verre brisé. Je me mis à courir, mais avec la sensation de ne pas avancer, comme dans un rêve, trébuchant et pataugeant dans les mares, cernée par les feux clignotants et les panneaux lumineux qui avertissaient : DANGER, DANGER, DANGER. J'étais encore à une centaine de mètres du pont lorsque retentit une explosion et là, devant mes yeux, la nuit s'illumina de l'éclair rouge d'un brasier.

C'est seulement après les funérailles de Sinclair que

se présenta la possibilité, enfin, de parler avec ma grand-mère. Jusque-là, tout dialogue avait été impossible. Nous étions l'une et l'autre sous le choc et nous refusions même de mentionner le nom de Sinclair, comme si sa seule évocation risquait d'aviver les plaies de notre chagrin si soigneusement maîtrisé. A cela s'ajoutèrent toutes les démarches à faire, les dispositions à prendre, les gens à prévenir et à recevoir. Surtout cela. Les vieux amis, les Gibson, Will, le prêtre, Jamie Drysdale, et le menuisier de Thrumbo, métamorphosé par ses vêtements d'ordonnateur de pompes funèbres. Il avait fallu, également, répondre aux questions de la police, aux coups de téléphone des journalistes. Accuser réception des fleurs et des lettres, des dizaines et des dizaines de lettres de condoléances, auxquelles nous avions commencé à répondre, mais que nous avions fini par abandonner, entassées sur le plateau en cuivre du vestibule.

Ma grand-mère était d'une génération qui n'avait pas peur de la mort et de son apparat. Elle avait insisté pour que les funérailles se déroulent selon le rite ancestral. Elle en assuma l'épreuve sans défaillance apparente, même lorsque Hamish Gibson, venu en permission, avait joué *Les Fleurs de la forêt* sur sa cornemuse. Elle avait chanté les cantiques à l'église, et était restée debout plus d'une demi-heure pour serrer les mains, sans omettre de remercier tous ceux qui avaient accompli les tâches les plus humbles.

Mais, maintenant, elle était fatiguée. Mme Lumley, épuisée par l'émotion et les allées et venues, était montée dans sa chambre étendre ses jambes enflées. J'avais allumé le feu dans la cheminée du petit salon où était installée ma grand-mère, et allai préparer le thé.

En attendant que l'eau bouille, je contemplai d'un regard absent la grisaille du monde extérieur par la fenêtre. Octobre était là. Il faisait un temps froid, presque immobile. Pas un souffle de vent n'agitait les dernières feuilles des arbres. Le lac, qui reflétait le ciel gris, était comme figé. Plus loin, les collines s'épanouissaient, semblables à de grosses prunes. Demain, peut-être, ou le jour suivant, les premières neiges viendraient, et ce serait l'hiver.

La bouilloire siffla et je mis le thé à infuser. Puis j'emportai le plateau dans le petit salon. Le tintement des tasses et le craquement des bûches dans l'âtre apportaient un réconfort, comme souvent peuvent le faire les petites choses anodines en face des tragédies.

Ma grand-mère tricotait un bonnet d'enfant en laine rouge et blanche, destiné à la vente de charité paroissiale de Noël. Pensant qu'elle préférait ne pas être dérangée, j'avais bu mon thé, allumé une cigarette et ouvert le journal. Je rêvassais en lisant vaguement un article sur une nouvelle pièce de théâtre, lorsqu'elle m'adressa soudain la parole.

— J'ai des remords, Jane. J'aurais dû te parler d'Aylwyn, le jour où nous avons bavardé dans le jardin, sur le banc. Tu m'as posé des questions à son sujet et j'étais sur le point de te répondre, puis quelque chose m'en a empêchée. C'était stupide de ma part.

J'abaissai le journal et le repliai. Ses aiguilles continuaient de cliqueter. Elle n'avait pas interrompu son ouvrage.

— Sinclair m'a tout raconté.

— Vraiment ? Je suis contente qu'il l'ait fait. C'était très important pour lui. Il voulait que tu sois au courant. As-tu été choquée ?

— Pourquoi l'aurais-je été ?

— Pour diverses raisons. Parce que Aylwyn était malhonnête. Parce qu'il a fait de la prison. Parce que j'ai essayé de vous le cacher.

— Il valait sans doute mieux ne pas en parler. Ça ne pouvait que nous faire du mal.

— J'ai toujours cru que ton père t'en parlerait.

— Non, il ne m'en a jamais touché un mot.

— C'est gentil à lui. Il connaissait ton affection pour Sinclair.

J'allai m'asseoir sur le tapis devant la cheminée, une place idéale pour les confidences.

— Pourquoi Aylwyn se conduisait-il ainsi ? Pourquoi n'était-il pas comme toi, grand-mère ?

— Aylwyn était un Bailey, répondit-elle simplement. Les Bailey ont toujours été des propres-à-rien, mais les plus grands séducteurs du monde. Ils n'avaient jamais un sou en poche, et surtout pas la moindre idée de comment il fallait faire pour en gagner et encore moins pour le conserver.

— Ton mari était ainsi ?

— Oh, oui, répondit-elle avec un sourire, comme si un souvenir amusant lui revenait en mémoire. Sais-tu ce qui s'est passé, juste après notre mariage ? Mon père a payé toutes ses dettes. Mais il n'a pas perdu une minute pour en faire d'autres.

— Tu l'aimais ?

— A la folie. Mais j'ai vite compris que j'avais épousé un garçon irresponsable qui n'avait pas la moindre intention de changer.

— Tu as quand même été heureuse.

— Il est mort très tôt et je n'ai pas eu le temps d'être malheureuse. Ensuite j'ai compris que je ne pouvais compter que sur moi, et j'ai décidé qu'il vaudrait mieux pour mes enfants les élever loin des Bailey. J'ai acheté Elvie et nous sommes venus vivre ici. Je croyais que tout serait différent. Mais, tu sais, l'environnement ne suffit pas à effacer entièrement l'hérédité, quoi qu'en pensent les spécialistes de la psychologie infantile. J'ai vu Aylwyn grandir et ressembler chaque jour davantage à son père. Et je ne pouvais rien y faire. Une fois adulte, il est allé à Londres où il a trouvé un emploi, mais très vite il s'est retrouvé dans une situation financière catastrophique. Je l'ai aidé, bien sûr, à maintes et maintes reprises, mais un jour est arrivé où cela n'a plus été possible. Il avait commis je ne sais quelles actions frauduleuses sur des titres cotés en Bourse, et le directeur de son entreprise voulait mettre l'affaire entre les mains de la justice. J'ai réussi à le convaincre de n'en rien faire, et il a accepté de se taire à condition qu'Aylwyn s'engage à ne plus exercer à la Bourse de Londres. C'est pour cela qu'il a émigré au Canada. Bien entendu, tout a recommencé là-bas, mais cette fois le pauvre Aylwyn a eu moins de chance. Je pense que la vie aurait été différente pour lui s'il avait épousé une jeune fille sensée, ayant les pieds sur terre et assez de caractère pour l'aider à surmonter ses faiblesses. Mais Silvia était aussi insouciante que lui. Ils étaient comme deux enfants. Dieu sait pourquoi elle a voulu l'épouser. Peut-être s'imaginait-elle qu'il avait de la fortune. En tout cas, il est difficile de croire qu'elle l'aimait, pour l'abandonner ainsi, avec son bébé, comme elle l'a fait.

— Pourquoi Aylwyn n'est-il jamais revenu du Canada ?

— A cause de Sinclair. Il arrive parfois que l'image du père soit meilleure que sa propre présence. Mais Sinclair est... (elle se corrigea, avec un tremblement dans la voix)... était lui aussi un Bailey. C'est surprenant comme un défaut peut se transmettre à travers les générations.

— Tu veux parler du goût pour le jeu ?

— Je vois que Sinclair t'a raconté toute l'histoire.

— Une partie.

— Pourtant il n'avait pas besoin de ça, tu sais. Il avait une belle situation, un bon salaire. Mais il lui fallait de la fantaisie. Il était incapable d'y résister. Le fait que nous ne comprenions pas cette passion ne doit pas nous rendre indifférentes. Bien qu'il m'arrive de penser que Sinclair ne vivait que pour cela.

— Pourtant il aimait venir à Elvie.

— De temps en temps, seulement. Il n'avait pas le même attachement que ta mère, ou toi. En fait, dit-elle en attaquant un autre rang de tricot, j'ai décidé il y a bien longtemps de te léguer Elvie. Est-ce que cela te plaît ?

— Je... je ne sais pas.

— C'est la raison pour laquelle je tenais absolument à ce que ton père te laisse venir. Je l'ai bombardé de lettres auxquelles il a toujours refusé de répondre. Je voulais te parler du domaine.

— C'est une idée merveilleuse, mais je... la possession des choses m'effraie. Je ne suis pas sûre de vouloir et de pouvoir assumer toutes les responsabilités d'une propriété comme Elvie. J'ai l'impression que je ne serai plus libre d'aller où bon me semble quand j'en aurai envie.

— Ça me paraît une attitude bien poltronne. J'ai l'impression d'entendre ton père. S'il avait été plus réaliste sur ce chapitre, à l'heure actuelle il aurait planté quelques racines et ne s'en porterait pas plus mal. Tu ne veux pas de racines, Jane ? Tu ne veux pas te marier et avoir des enfants ?

Je regardai le feu, assaillie par une foule de pensées. Sinclair, mon père... David. Tous les endroits du monde que j'avais visités, les vastes étendues que j'espérais découvrir un jour, et puis Elvie. Elvie avec des enfants, mes enfants, qui y grandiraient et feraient toutes les choses merveilleuses que Sinclair et moi avions connues.

— Je ne sais pas ce que je veux, grand-mère. C'est vrai.

— Ça ne m'étonne pas. Et aujourd'hui n'est pas le meilleur jour pour parler de ces choses. Ni toi ni moi ne sommes dans un état d'esprit favorable. Mais j'aimerais que tu y réfléchisses, Jane. Pèse le pour et le contre. Nous aurons tout le temps d'en reparler.

Une bûche se cassa et tomba dans les braises. Je me levai pour en mettre une autre, puis, comme j'étais debout, je décidai de rapporter le plateau à la cuisine. Mais au moment où j'allais ouvrir la porte, jonglant avec le plateau et la poignée, ma grand-mère me rappela.

— Jane.

— Oui ?

Je me retournai. Elle avait cessé de tricoter et retiré ses lunettes. Ses yeux bleus paraissaient encore plus bleus dans son visage très pâle. Jamais je ne l'avais vue si pâle. Si vieille.

— Jane, te souviens-tu de notre conversation à propos de l'amie de Sinclair, Tessa Faraday ?

Ma main se crispa sur la poignée de la porte. Je pressentis ce qui allait suivre et priai pour que cela ne vienne pas.

— Oui, je m'en souviens.

— J'ai lu dans le journal qu'elle était morte. Une absorption massive de barbituriques. Tu étais au courant ?

— Oui.

— Tu ne m'en as pas parlé.

— Non.

— Est-ce que... sa mort a un rapport avec Sinclair ?

Nos regards se croisèrent. J'aurais donné mon âme, à cet instant, pour être capable de mentir avec conviction. Mais j'étais une piètre menteuse et ma grand-mère ne le savait que trop. Il m'était impossible de m'esquiver.

— Oui, répondis-je. Elle attendait un enfant de lui.

Ses yeux se voilèrent de larmes. C'est la seule fois où je vis ma grand-mère pleurer.

11

David vint à Elvie le lendemain après-midi. Ma grand-mère s'occupait de son courrier et j'étais sortie dans le jardin pour balayer les feuilles mortes, me souvenant du vieil adage qui dit que la dépense physique est la meilleure thérapie pour guérir la détresse morale. J'avais amassé un tas de feuilles, que je m'apprêtais à transporter dans une brouette, lorsque la porte-fenêtre s'ouvrit : David apparut. Je me redressai et le regardai venir à ma rencontre, grand, mince, les cheveux au vent. Il était difficile d'imaginer comment nous aurions pu traverser l'épreuve de ces derniers jours sans lui. Il avait tout fait, veillé à tout, tout organisé, et même trouvé le temps de téléphoner personnellement à mon père pour lui annoncer la mort de Sinclair. Et je savais, quel que fût l'avenir qui nous attendait l'un et l'autre, que je lui en serais toujours reconnaissante.

Il enjamba d'un seul pas le dernier talus et se dressa devant moi.

— Que comptez-vous faire de cette petite brassée de feuilles mortes ?

— Les mettre dans la brouette, répondis-je en mettant mon projet à exécution.

Mais un coup de vent chassa une bonne partie des feuilles.

— Si vous pouvez dénicher deux morceaux de bois pour maintenir les feuilles, vous accélérerez considérablement le processus, suggéra David d'un air moqueur. Tenez, je vous ai apporté une lettre.

Il sortit une enveloppe de sa vaste poche, et je reconnus l'écriture de mon père.

— Comment se fait-il qu'il vous l'ait envoyée ?

— Elle était jointe à une lettre qui m'était adressée. Il m'a demandé de vous la remettre.

Abandonnant la brouette et le râteau, nous descendîmes le jardin jusqu'au pré voisin pour aller nous asseoir côte à côte sur le vieux ponton, sans nous préoccuper des planches pourries. Je décachetai l'enveloppe et lus la lettre de mon père à haute voix.

Ma chérie,

J'ai été sincèrement navré d'apprendre la mort de Sinclair et la façon dont tu t'es trouvée impliquée dans ce drame, mais je suis heureux que tu aies été auprès de ta grand-mère pour la réconforter dans ce douloureux moment.

Je me sens coupable — et bien plus encore depuis ton départ — de t'avoir laissée retourner à Elvie sans t'informer au sujet de ton oncle Aylwyn. Mais on remet toujours les choses au lendemain, et avec ton départ aussi précipité que dramatique je n'en ai pas trouvé l'opportunité. Toutefois, j'en avais parlé à David Stewart, qui m'avait promis de veiller sur toi...

— Vous ne m'avez rien dit.

— Ce n'était pas à moi de le faire.

— Pourtant vous étiez au courant.

— Bien entendu.

— Et vous saviez aussi, pour Sinclair ?

— Je savais qu'il puisait largement dans la fortune de votre grand-mère.

— Il y a pire, David.

— Que voulez-vous dire ?

— Sinclair est mort en laissant d'énormes dettes.

— C'est bien ce que je craignais. Comment l'avez-vous appris ?

— C'est lui qui me l'a avoué. Il m'a dit beaucoup de choses.

Je repris la lecture de la lettre :

Si j'étais si hostile à ton retour à Elvie, ce n'était pas tant à cause de ce que je savais sur ton oncle Aylwyn que parce que je savais ce que ton cousin Sinclair était devenu. *Après la mort de ta mère, ta grand-mère m'a suggéré de te laisser avec elle, et, en effet, cela semblait la solution la plus simple. Mais il y avait le problème de Sinclair. Je connaissais ton affection et ton admiration pour lui, et je savais très bien que si tu vivais auprès de lui, il finirait par te briser le cœur et détruire tes illusions. Les deux possibilités qui s'offraient étaient douloureuses pour toi, mais l'une pouvait s'avérer désastreuse, aussi ai-je préféré te garder avec moi et t'emmener en Amérique.*

David m'interrompit :

— Je me demande ce qui rendait votre père si sûr de son jugement sur Sinclair.

Je songeai à lui raconter l'histoire de *La Nature vivante*, de Goldsmith, puis me ravisai. Le livre n'existait plus. Le lendemain de la mort de Sinclair, j'avais été le chercher dans son placard pour le brûler dans la cuisinière. Il n'en restait plus la moindre trace. Mieux valait l'oublier.

— Je ne sais pas, dis-je. L'instinct, je suppose. Mon père est un être d'une grande sensibilité. On ne peut pas le tromper.

La lettre continuait ainsi :

C'est aussi la raison pour laquelle j'étais si réticent à répondre aux lettres de ta grand-mère, qui insistait pour que tu lui rendes visite. Les choses eussent été différentes si Sinclair avait été marié, mais je savais qu'il ne l'était pas et cela me rongeait d'anxiété.

Je suppose que tu souhaites demeurer quelque temps à Elvie. Ici, mes affaires ont pris un nouvel élan. Sam Carter se démène pour moi et je nage dans l'opulence, comme on dit. Je pourrai donc t'offrir un billet d'avion pour rentrer en Californie dès que tu le désireras. Tu me manques beaucoup, et Rusty s'ennuie de toi. Mitzi ne suffit pas à compenser ton absence, malgré les prévisions de Linda, qui reste persuadée que, le moment venu, lorsque la lune sera dans le bon quartier, Mitzi et Rusty tomberont éperdument amoureux et fonderont une famille. Personnellement, je préfère ne pas imaginer les résultats d'une telle union.

Linda est en pleine forme. Elle adore Reef Point et ce qu'elle appelle la vie simple. A ma grande surprise, elle s'est mise à peindre. Je ne sais pas si mon flair me trompe, mais j'ai l'impression qu'elle est très douée. Qui sait ? peut-être va-t-elle faire fortune et m'offrir le train de vie auquel j'aspire !

Tout mon amour, ma petite fille.

Ton père.

Je repliai la lettre en silence et la remis dans l'enveloppe, puis dans la poche de mon manteau.

Je réfléchis un instant avant de dire :

— J'ai l'impression qu'il songe à épouser Linda. Ou bien c'est elle qui essaie de l'inciter à le faire. Il est bien difficile d'apprécier la situation.

— Peut-être en ont-ils envie l'un et l'autre. Ça vous plairait qu'ils se marient ?

— Oui, je crois. Au moins, je n'aurais plus à me sentir responsable de mon père. Je serais libre.

Curieusement, ce mot eut une drôle de résonance et ne souleva en moi aucun enthousiasme. Il faisait froid sur le ponton, et je me mis tout à coup à frissonner.

David passa un bras autour de moi et m'attira contre lui. La tête dans le creux de son épaule, je me réchauffai à la chaleur de son corps.

— Dans ce cas, le moment est peut-être bien choisi de vous convaincre d'épouser un notaire de campagne à moitié borgne, qui vous aime depuis le premier jour.

— Vous n'aurez pas beaucoup à argumenter pour me convaincre, David.

Son bras se resserra autour de moi et ses lèvres effleurèrent mes cheveux.

— Ça ne vous ennuie pas de vivre en Ecosse ?

— Non. A condition que vous vous arrangiez pour avoir des clients à New York, en Californie, et peut-être même plus loin, et que vous promettiez de m'emmener dans vos voyages.

— Ça ne devrait pas poser de problèmes.

— J'aimerais aussi avoir un chien.

— Très facile. Bien entendu, ce ne sera pas Rusty, car Rusty est unique. Mais on tâchera d'en trouver un aussi intelligent et charmeur.

Je me blottis contre David et enfouis mon visage dans son cou. L'espace d'un instant, je crus que j'allais pleurer, mais c'était ridicule. Les gens ne pleurent pas quand ils sont heureux, seulement dans les livres. Je murmurai « Je t'aime », et David m'enlaça étroitement. Je finis quand même par pleurer, mais ça n'avait pas d'importance.

Nous étions toujours assis sur le ponton, enveloppés dans le grand manteau de David, en train d'imaginer des projets complètement farfelus, comme de nous marier à la mission de Reef Point et demander à Isabel McKenzie Nouveautés de me tricoter une robe de mariée en jersey, ce qui évidemment déclenchait des fous rires. Nous étions si absorbés que nous n'avions pas remarqué que le jour déclinait et que l'humidité du soir tombait. Ce fut ma grand-mère qui nous ramena à la réalité. Elle ouvrit une fenêtre pour nous appeler et nous prévenir que le thé était prêt. Gelés, les membres engourdis, nous quittâmes le ponton.

Le crépuscule descendait sur le jardin et l'enveloppait d'ombres épaisses. Nous n'avions pas évoqué Sinclair mais tout à coup je sentis sa présence partout. Non pas l'homme, mais l'enfant de mes souvenirs. Il courait d'un pas léger sur la pelouse et faisait bruisser les feuilles mortes sous les arbres. Est-ce qu'Elvie parviendrait un jour à se libérer de lui ? Cette pensée m'attristait car, quoi qu'il arrive et quels que soient les futurs habitants de la maison, je ne voulais pas qu'elle soit hantée.

David m'avait devancée pour ramasser le râteau et l'emporter avec la brouette sous l'érable. Maintenant il m'attendait, sa haute silhouette se découpant sur les lumières de la maison.

— Qu'y a-t-il, Jane ?

— Des fantômes.

— Non, il n'y a pas de fantômes.

Je regardai de nouveau vers les ténèbres des arbres et vis qu'il avait raison. Il n'y avait que le ciel, l'eau, le vent dans les feuilles. Pas de fantômes. David prit ma main et je le suivis dans la maison.

Cet ouvrage a été composé
par EURONUMÉRIQUE à 92120 Montrouge, France

Imprimé en France sur Presse Offset par

BRODARD & TAUPIN

GROUPE CPI

6619 – La Flèche (Sarthe), le 30-04-2001
Dépôt légal : mai 2001

POCKET – 12, avenue d'Italie - 75627 Paris cedex 13
Tél. : 01.44.16.05.00